KB214087

펄프헤드

알마 인코그니타 Alma Incognita
알마 인코그니타는 문학을 매개로,
미지의 세계를 향해 특별한 모험을 떠납니다.

Pulphead
펄프헤드

익숙해 보이지만 결코 알지 못했던 미국, 그 반대편의 이야기

* * * * * * * *

John Jeremiah Sullivan
존 제러마이아 설리번

고영범 옮김

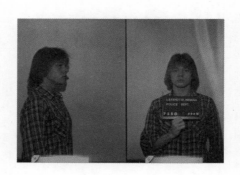

M.과 J.와 M.J.

그리고 피위(1988~2007)를 위해

이제 안녕, 술친구들, 잘들 지내기를.

당신들한테는 좋은 잡지가 있으니(펄프헤드들이 말하듯이)…

_노먼 메일러,

사직서(반려되었음), 1960

차례

* * * * * * * *

일러두기
• 단행본과 앨범은《 》로, 단편소설, 정기간행물, 노래, 영화, 드라마 등은〈 〉로 표
  시했다.
• 본문의 주석은 모두 옮긴이 주다.

1
이 반석 위에서

잘난 체하는 건 좋지 않지만, 애초의 내 계획은 완벽했다. 나는 미주리주의 오자크 호수에서 열리는 크로스오버 페스티벌을 취재하는 일을 맡았다. 중서부의 외진 곳에 있는 한 야외 행사장에서 사흘 동안 정상급의 크리스천 밴드들과 그들을 추종하는 이들이 모이는 행사였다. 군중들이 모여 있는 곳 언저리에 서서 현장 분위기를 좀 끄적댄 뒤 관객들 중 몇몇 사람들과 이야기를 나누고("어떤 게 더 어렵니─홈스쿨, 아니면 일반 학교?"), 취재 패스를 흔들어 보이며 백스테이지로 가서 연주자들과 대화를 나누면 되는 일이었다. 가수는 사랑으로 충만한 영혼으로 노래를 부를 때 모든 음악은 '그분'을 영광되게 한다는 식의 뻔한 이야기를 내게 들려줄 것이고, 나는 속으로 코웃음을 치며 그가 하는 이야기에서 열 단어에 하나 정도씩만 받아적을 것이었다. 그러다가 밤이 되면 내가 몰고 온 렌터카에서 몰래 술을 좀 마신 뒤 모닥불 가에 둘러앉은 기도 그룹 사이에 끼어앉아 그들의 분위기를 느끼면 될 것이었다. 그러고는 비행기 타고 귀가, 통계 사항들을 좀 섞어 넣은 뒤 입금 확인.

하지만 아침식사 때마다 내가 주문처럼 외우는 말이 있다. 나는 프로페셔널이다. 게다가 그렇게 아무 생각 없이 가뿐하게 쓰는 글에 대해서는 아무도 상을 주지 않는다. 나는 그 사람들, 그러니까, 이런 음악을 사랑한다고 주장하는 사람들, 이런 음악을 라이브로 듣기 위해 주 경계선을 넘어 수백 킬로미터씩 차를 몰고 오는 사람들이 대체 어떤 사람들인지 알아내고 싶어졌다. 그때, 계시처럼, 갑작스러운 깨달음이 왔다. 그들과 함께 가자. 아니 그것보다는, 그 사람들이 나와 함께 가면 되겠다는 것이었다. 아주 근사한 놈으로 밴을 한 대 빌려서 같이 여행하는 거다. 광팬 서너 명하고 같이 동부에서 출발해 오자크 호수라는 맥락 없는 이름이 붙은 곳까지. 밤새 이야기를 나누고, 그들은 나를 개종시키려고 하겠지. 그동안 나는 내 자그마한 녹음기를 내내 틀어놓는 거다. 그러다보면 서로 약간 좋아하게 되고, 불쌍하게 여기게 될 것이다. 근사한 스토리가 되지 않을까—다음 세대들을 위해서.

유일하게 남은 질문은 이거였다. 그런데 지원자를 어떻게 구하지? 그러나 이것 또한 문제될 게 없는 것이, 영혼에 상처를 입은 이들은 도움이 될 만한 현명한 조언을 찾아 매일 밤 '대화방'에 들어온다는 걸 누구나 알고 있다. 그리고 예수쟁이들 중에는 일상에 질려 있는 이들이 넘쳐난다. 예수가 그런 이들을 더 선호하기도 했고.

그래서 나는 청소년들이 주로 들어오는 사이트 한 군데 (youthontherock.com)와, 크로스오버에 출연하기로 되어 있는 미남 크리스천 팝펑크 밴드 릴라이언트 K의 팬들이 모이는 인터넷 포럼 두 군데에 익명으로 광고를 냈다. 그리고 다락방 구석에 앉아 릴라이언트 K 멤버들이 《좌회전을 두 번 한다고 해서 우회전이 되지는 않는다… 그러나 세 번 하면 된다Two Lefts Don't Make a Right... But Three Do》 앨범에 수록된 〈횡설수설Gibberish〉을 부르는 모습을 직접 보길 꿈꾸고 있는 아이를 그려보았다. 그 아이가 어떻게 거기까지 갈 수 있을 것인가? 휘발윳값은 떨어지지 않을 것이고, 릴라이언트 K가 플로리다주 북부에 와서 공연할 일은 절대 없을 것이다. 그 아이는 기도할 것이다. 하나님, 제발 그 공연을 볼 수 있게 해주세요. 그때 갑자기, 내가 올린 포스팅이 환한 빛을 발하는 것이다. 우린 서로를 도울 수 있다. "페스티벌까지 저와 동행할 진지한 크리스천록 팬 몇 분을 찾고 있습니다." 나는 이렇게 썼다. "남녀 성별은 관계없지만, 저는 이번 행사를 기본적으로 젊은 세대의 현상으로 보고 있기 때문에 28세가 넘으면 안 됩니다."

누가 봐도 별문제가 없는 말들이었다. 하지만 결과부터 말하자면, 나는 이런 콘서트가 어느 정도나 "젊은" 세대의 현상인지를 제대로 파악하지 못했다. 그 대화방들에 드나드는 이들 대부분은 십대였다. 그것도 열아홉이 아니라 열네 살. 이들 중 일부는, 나도 그제야 알게 된 건데, 이제 막 십대가 된 아이들이었다. 나는 아무 생각 없이 인터넷의 세계로 터벅터벅 걸어들어가 열두 살짜리 크리스천들한테 내 밴을 타러 오지 않겠느냐고 말한 것이었다.

얼마 지나지 않아 아이들이 와글와글 나를 둘러쌌다. "자기 이메일 주소는 잘라버리고, 영리하시군." 아이디 'mathgeek29'는 결코 예수에 감화된 인물 같지 않은 말투로 이렇게 썼다. "인터넷에서 전혀 모르는 사람에게 자기 정보를 모두 주려는 사람은 없을 텐데… 맨해튼에는 이 제안에 응할 청소년 크리스천이 하나도 없나봐요?"

실제로 몇몇은 진지하게 받아들였다. 'Riathamus'는 이렇게 썼다. "저는 열네 살이고 인디애나주에 살고 있는데, 부모님이 인터넷에서 만난 낯선 사람을 따라가도록 허락하지 않을 거예요. 하지만 정말 재미있기는 할 거 같아요." 'Lil-Loser'라는 이름을 쓰는 어떤 여자애는 심지어 다정하기까지 했다.

우리 부모님은 이메일 주소 말고는 아는 게 하나도 없는 어떤 아저씨랑 어린 딸이 같이 가게 허락하지 않을 거 같아요. 특히 말씀하시는 것처럼 그렇게 긴 시간 동안 그렇게 멀리까지 가는 거는요… 아저씨가 징그러운 아동 성추행범이라는 얘기는 아니고요, 물론 아니겠죠. 하지만 아저씨 얘기에 관심 있는 사람이 많을 거 같지는 않아요… 왜냐면, 제가 말한 것처럼, 딱 보면 징그럽거든요… 하지만요, 아저씨의 그 선고의 사면[1], 잘되기 바래요. ㅋㅋ

나는 그 소녀가 빌어준 행운을 얻어보려고 이리저리 알아봤지만 여의치 않았다. 이 기독교도들은 나하고의 채팅을 일제히 중단했고, 자기들끼리 나를 조심하라는 채팅을 주고받았다. 마침내 릴라이언트 K의 공식 사이트에는 내가 "마흔 살 난 유괴범"인 것 같으니 내 꾐에 넘어가지 말라고 경고하는 포스팅마저 올라왔다. 그로부터 얼마 뒤 그 사이트에 로그인했더니, 내 포스트와 그 밑에 달린 온갖 비난의 댓글들까지 다 지워져 있었다. 사이트 관리자가 아무런 설명 없이 모두 삭제해버린 것이었다. 그쯤 되면, 의심의 여지 없이, 그 사이트에서 엄마들 네트워크로 주의 사항이 전달되고 있을 것이었다. 나는 겁이 나서 움츠러들었다. 보스턴에 있는 내 변호사한테 전화를 걸었더니, "컴퓨터들을 쓰지 말라"고 했다(복수형은 그가 쓴 것이다).

결국 이 경험 때문에 나는 크로스오버 페스티벌이라는 주제 자체에 대해 흥미를 잃었고, 이 일을 하지 말아야겠다

---

[1]   여자애는 아마도 선교의 사명missionary quest이라고 말하고 싶었던 것 같은데, 원문에서는 questy missiony라고 잘못 썼다.

이 반석 위에서   15

고 마음먹었다. 그리고 손을 뗐다.

〈계간 젠틀먼Gentlemen's Quarterly〉 같은 삐까번쩍한 잡지의 문제는, 언제나 내가 예상한 것보다 성취욕이 강한 편집자들이 있다는 거다. 그중에 그레그가 있었다. 이 사람은 아직 세상의 쓴맛을 보지 않은 탓에, 내가 예의상 전화를 걸어 "크로스오버 그거 안 되겠어요"라고 하면서 "다음에 할 거 생각나면" 연락하겠다고 하자, 냉큼 인터넷이라는 신비하고 놀라운 도구에 올라타, 내가 가려고 했던 페스티벌이 사실 내가 주장했던 것처럼 "이 나라에서 제일 규모가 큰 것"은 아니라는 사실을 찾아냈다. 이 나라에서—그러니까, 기독교권 전체에서— 제일 규모가 큰 건 1979년에 시작된 진정한 갓스톡Godstock[2]인 크리에이션 페스티벌Creation Festival이다. 그리고 이 행사는 미주리가 아니라 펜실베이니아에서도 가장 외진 곳, 아가페라는 대형 농장이 자리한 초원의 골짜기에서 벌어진다. 그런데 이 페스티벌이 이미 끝났기는커녕 바로 내일모레 시작하는 것이었다. 사람들이, 이미 수만 명 이상이 모여들고 있었다. 당신의 '선고의 사면'에 행운이 있기를.

나의 요구 사항은 딱 한 가지였다. 캠핑은 하지 않겠다는 것. 접었다 폈다 하는 거라도 상관없으니, 내부에 매트리스가 갖춰진 차를 준비해달라고 요구했다. "좋아요." 그레그

---

2   대규모 뮤직페스티벌의 분기점 역할을 한 우드스톡Woodstock에서 유래한 명칭. 크리스천 밴드로 꾸며진 페스티벌이라는 의미이다.

가 말했다. "자, 제가 전화를 좀 돌려봤는데, 필라델피아에서 반경 160킬로미터 안에는 남은 밴이 없어요. 그래서 RV를 하나 구했어요. 9미터짜리예요." 우리는 일단 내가 렌터카 업체에 도착하고 나면, 틀림없이 그것보다 좀 작아서 내가 몰고 다닐 수 있을 만한 놈으로 바꿀 수 있을 거라는 데 의견이 일치했다(혹은 그레그는 자신이 그 의견에 동의했다고 내가 믿게끔 만들었다).

9미터짜리가 RV 중에서 가장 일반적인 길이인 이유는, 내가 생각하기엔, 차 길이가 너무 길면 특별한 허가가 필요하기 때문인 것 같다. 그런 허가를 받으려면 별도의 서류도 작성해야 하고, 그에 따른 비용도 들어갈 것이고, 어쩌면 신원 조회도 해야 할지 모른다. 하지만 저 9미터짜리의 경우는, RV 대여업체에 가서 허벅지까지 잘린 두 다리를 스케이트보드에 대충 묶고 손 대신 갈고리가 매달린 두 팔을 미친 듯이 흔들면서 행선지도 말하지 않은 채 저 차를 내놓으라고 고래고래 고함을 지르더라도, 그 사람들이 알고 싶어 하는 건 이게 전부다. 신용카드인가요, 아니면 직불카드인가요, 소인국 고객님?

이틀 뒤, 나는 발밑에 내 여행 가방을 내려놓은 채 어떤 주차장에 서 있었다. 데비가 내게로 다가왔다. 헤어스프레이로 단단하게 고정해놓은 뱅헤어 아래로 보이는 그녀의 얼굴은 생일 케이크만큼이나 달콤해 보였다. 우리 둘 가운데 누군가 입을 열기 전에 먼저 데비가 그 힘 좋아 보이는 팔을 들어 한 곳을 가리켰다. 그녀가 가리킨 건 고대 이집트인들이 사막에 내버려두고 떠난 것처럼 거대해 보이는 차였다.

"아, 안녕하세요." 내가 말을 건넸다. "저기요, 제가 필요한 건 캠핑 밴 같은 거예요. 나 혼자 쓸 건 데다 800킬로미터를 달려야 하거든요…"

그녀는 나를 유심히 들여다봤다. "어디 가시는데요?"

"크리에이션이라는 데요. 크리스천록 페스티벌 같은 거예요."

"아저씨하고 모두 다!" 그녀가 말했다. "우리 밴 빌린 사람들 전부 다 거기에 가요. 엄청 많아요."

그녀의 남편이자 직장 동료인 잭이 나타났다. 땅딸막한 몸에 문신을 하고 회색의 뒷머리를 길게 기른 그는 맵퀘스트[3]를 대놓고 혐오했다. 그는 내게 제대로 된 경로를 알려주겠다고 했다. "하지만 그 전에 차부터 살펴봅시다."

우리는 곧 내가 거주하게 될 피라미드의 외곽을 돌아보기 시작했다. 시간이 꽤 걸렸다. 잭은 하나하나를 가리키면서 설명해줬는데, 어찌된 건지 그 모든 것들이 다 그것만 기억하면 되는 것들이었다. 화이트 워터, 그레이 워터, 블랙 워터(음용수, 샤워용, 기타 용수). 이건 이렇게 해야 하는 거고, 저건 절대로 하면 안 되는 거고. "주말 전사들weekend warriors"[4]에

---

3   미국에서 가장 오래된 내비게이션 서비스 중 하나다.
4   주중에는 일반적인 직장생활을 하다가 주말에 과격한 취미생활을 즐기는 이들로, 주로 오토바이를 타고 다니는 이들을 일컫는다. 자동차 운전자들, 특히

대한 불평. 나는 듣고 있을 수가 없었다. 듣고 있으면 그 이야기들을 사실로 받아들이게 될 것 같았기 때문이다. 그러나 그가 별로 대수롭지 않은 듯이 던진, 조수석 쪽 사이드미러로 봤을 때 안 보이는 구간이 제법 넓다고 한 이야기는 귀에 들어왔다. 그의 말에 따르면 "보통의 차보다 60센티 정도씩 양쪽으로" 보이지 않는 구간—내가 생활공간으로 사용할, 양옆으로 툭 튀어나온 공간 때문에—이 있으니 운전할 때 "염두에 둬야" 한다는 것이었다. 데비는 보험과 관련해 촬영하느라 비디오카메라를 들고 우리를 따라다녔다. 내 가족과 친지들이 마호가니 패널로 두른 방[5]에 모여 이 비디오를 시청하면서, "내가 화장실을 아예 안 써도, 그래도 물 스위치를 열어놔야 하나요?"라고 말하는 걸 어쩔 수 없이 듣고 있는 모습이 눈에 선했다.

　잭은 계단을 끌어내리더니 그걸 딛고 차 안으로 올라갔다. 아주 제대로였다. 실내에서는 난장판으로 보낸 휴가와 아마추어들이 포르노를 찍고 남은 흔적을 모텔의 샤워 커튼에 싸서 햇볕에 내버려둔 것 같은 냄새가 났다. 나는 문간에서 문자 그대로 잠시 멈춰 섰다. 이 RV에는 예수가 한 번도 강림한 적이 없는 게 확실했다.

지역 주민들은 주말이면 자기 동네에 나타나 휘젓고 다니는 이들을 달가워하지 않는다.
5　　장례식장을 뜻한다.

크리에이션까지의 여정에 대해서 무어라 말해야 할까? 여러분은 혼자 외로이 눈을 부릅뜨고 덜덜 떨리는 손으로 타이어 달린 풍차 방앗간을 몰고 러시아워의 펜실베이니아 턴파이크 고속도로를 달릴 때의 내 기분에 대해 알고 싶은 가? 아니면 그레그가 전화해서 "어떻게 되어가는지" 웃어가며 물어온 것에 대해, 혹은 다른 차선으로 진입하려 할 때마다 창피한 줄도 모르고 높은 톤으로 "노 노 노 노!"를 외치는 내 목소리를 내 귀로 들어야 하는 일에 대해, 아니면 빵빵하면서도 신기할 정도로 쾌적하게 들리는 라디오 소리 밑으로 경적 소리가 깔리는 걸 들은 것 같다는 생각이 들어 조수석 쪽 사이드미러를 확인해보는데, 알게 되는 거라고는 얼마 동안인지 모르지만 계속 차선을 밟으면서 운전해왔다는 것(그놈의 60센티!), 그리고 내 차에 막혀서 서행하고 있는 차들이 내 시야를 벗어날 정도로 길게 늘어서 있던 것에 대해 알고 싶은가? 그것도 아니면, 내가 침대 시트와 베개, 피넛버터를 사려고 타깃[6]에 들렀다가 스포츠용품 코너에서, 바깥에는 그놈의 9미터짜리 차가 내가 세워놓은 그 자리에 그대로 버텨선 채 내가 우리 둘의 공통의 목적지에 데려다줄 때까지 기다리고 있다는 걸 뻔히 알면서도, 도저히 멈출 수가 없어 꼬박 이십오 분이나 골프스윙 연습을 했다는 사실에 대해 알고 싶은가?

---

6   대형 종합매장.

그 차는 데비와 잭이 약속한 대로, 사실은 그들도 믿는 것 같진 않았지만, 나를 목적지까지 데려다주었다. 마운트유니언에서 11킬로미터쯤 떨어진 지점에 이르자, '전방에 크리에이션'이라고 쓴 표지가 나타났다. 해가 저물고 있었다. 해는 불타는 금색 풍선처럼 계곡 위에 떠 있었다. 나는 승용차와 트럭[7]과 밴으로 이뤄진 기나긴 행렬—RV는 별로 없었다—의 일부가 되었다. 거기에 그 사람들이 있었다. 자기를 최우선으로 생각하는 사람들, 거듭난 사람들. 내 오른쪽 차선에는 옅은 푸른색 티셔츠를 똑같이 맞춰 입은 십대 여자아이들을 짐칸에 가득 태운 픽업트럭이 있었다. 그 아이들이 모호크 머리를 하고 갓길을 걷고 있는 아이를 보고 소리를 질렀다. 나는 그 여자아이들과 눈이 마주치지 않게 조심했다. 그애들이 혹시 내가 며칠 전에 여기에 같이 오자고 매달렸던 아이들일지 누가 알겠는가? 그 차선이 조금 더 빨리 움직이면서 오렌지색 낡은 닷선이 내 옆으로 붙었다. 운전대를 잡은 여자가 창문을 내리더니 몸을 반쯤 밖으로 내밀고 산양뿔로 만든 호른으로 길고 맑은 소리를 냈다. 여러분이 내 말을 의심하더라도, 다 이해한다. 하지만 어쨌거나, 그 여자는 정말 그렇게 했다. 내가 녹음도 해두었다. 그 여자는 산양뿔 호른을 상당히 능숙하게, 두 번 불었다. 아마도, 자신이

7　미국에서 트럭은 우리가 흔히 그 말을 듣고 떠올리는 커다란 산업용 차량들뿐 아니라 가정용의 소형 픽업트럭과 SUV도 두루 포함한다.

크리에이션에 도착했다는 사실을 알리는 연례 의식일는지도 몰랐다.

출입구에 도착했고, 내 차례가 됐다. 출입구를 지키는 여성은 나를 보고, 그다음에는 비어 있는 옆자리를 보고, 그러고 나서는 내 9미터짜리 RV를 머리에서 꼬리까지 훑어봤다. "일행이 모두 몇 명이죠?" 그녀가 물었다.

나는 뿌듯함을 느끼면서, 9미터짜리 덩치를 우쭐대면서 그곳을 빠져나왔다. 9미터의 덩치가 공중에 뜬 것 같았다. 길은 들떠 있는 크리스천들로 붐볐다. 대개는 열여덟 살이 채 안 된 청소년들이었다. 어른들은 모두 부모이거나 목사들처럼 보였는데 오고 싶어서 온 것 같진 않았다. 석양이 내려앉고 있었고, 계곡에 가라앉은 공기는 캠프파이어에서 나오는 연기로 칼칼했다. 왼편에서 엄청난 함성이 터져나왔다— 무대 위에서 무언가 벌어지고 있었다. 소리로 봐서 숫자가 엄청난 것 같았다. 그 소리는 계곡을 채우고 한참을 그 안에 머물렀다.

남의 시선을 끌지 않고 들어갈 수 있을 거라고 생각했는데—그 RV가 일종의 위장막 역할을 해줄 거라고 생각했다—나는 벌써 사람들의 이목을 집중시키고 있었다. 내가 지나갈 때 서로 관계없는 두 녀석이 각각 "저 아저씨 좀 불쌍하다"라고 말했다. 또 한 녀석은 운전석 계단에 뛰어올라오더니 "아이고, 아저씨" 하고는 내려서 뛰어갔다. 나는 계속 브레이크를 잡으면서 갔다. 가만히 서 있을 때도 너무 빨리 움직이는 느낌이었다. 무슨 볼거리가 일으킨 소리였는지는 모르지만, 함성은 이제 가라앉았다. 길은 완전히 막혀 있었다. 마치 장애물을 피해가는 개미 행렬처럼 아이들이 내 차 양옆으로 갈라져 각자의 캠프장으로 흘러갔다. 아이들은 내 RV 앞 범퍼에 등이 닿을락 말락 할 정도가 돼야 마지못해 옆으로 비켜서서 나를 불편하게 만드는 재주가 있었다. 높은 곳에 올라앉아 있는 내 관점에서 보자면, 아이들은 비켜야 할 시점에서 약 십분의 일 초쯤 더 기다렸다 움직이는 것 같았다. 나는 조심하되 머뭇거리지 않고 천천히 그들 사이를 헤치고 나아갔다.

이 복음주의자들 그룹은 내가 고등학교 시절에 봤던 모습과 크게 다르지 않았다. 다만, 내가 관찰한 바로는, 다들 외모는 더 나아진 것 같았다. 많은 아이들이 스케이트보더나 지난 시즌의 이스트빌리지 멋쟁이들처럼 차려입었고(초교파주의자들), 어떤 아이들은 트레일러하우스에 사는 것처럼 보였으며(외진 지역의 침례교나 하나님의 교회), 모범생처럼 차려입은 아이들도 있었다(영라이프, 기독체육인들의 회중[8]—대마초는 이 아이들이 가지고 있을 것 같았다). 상대적으로 경직된 교리를 신봉하는 그룹들은 그들의 변치 않는 반反패션과 창백하고 침울한 표정으로 바로 짚어낼 수 있었다. 나중에 어떤 여

---

8   모두 청소년 기독교 단체들이다.

성에게 백인들 비율이 어느 정도나 될 것 같으냐고 묻자, "대략 100퍼센트"라는 대답이 돌아왔다. 아시아인들 약간과 흑인들도 서너 명 눈에 띄긴 했다. 이 아이들은 입양아일 거라는 확실한 느낌을 풍겼다.

나는 꽤 멀리까지 차를 몰고 들어갔다. 행사장이 이렇게까지 멀리 이어질 줄은 아무도 몰랐을 것이다. 코너를 돌 때마다 텐트와 자동차들이 가득한 풀밭이 나왔다. 캠핑장은 물리적으로 허용될 수 있는 자리까지 이어져, 언덕 발치까지 밀고 올라가 있었다. 그 많은 사람들이 야외 공간에서 생활하고 돌아다니는 모습이 불러일으키는 감각적인 효과는 한마디로 정리하기 어렵다. 어떤 면에서는 대가족의 회합 같고, 부분적으로는 난민 캠프 같은 느낌도 있다. 민병대 같은 군사 조직의 느낌도 주지만, 그보다는 밝고 흥청거린다.

차는 흙길로 접어들었는데, 길은 전혀 넓어지지 않았다. 할렐루야 하이웨이, 곧은 길이라 불리는 거리⁹ 같은 이름이 붙어 있었다. 입구에서 "H"구역으로 가라는 이야기를 듣고 온 것인데, 막상 도착하니 오렌지색 조끼를 입은 십대 아이 둘이 그늘에 앉아 있다 나와 그 구역은 이미 다 찼다고 말했다. 나는 엄지손가락으로 내 이동 주택을 애처롭게 가리키면서 말했다. "나 좀 도와줘." 그 둘은 무전기를 꺼내들었다. 시간이 흘렀다. 날이 어두워졌다. 그 둘보다 어린 아이 하나가

---

9   사도행전 9장 11절.

자전거를 타고 나타나더니 나에게 손전등을 흔들며 따라오라는 신호를 보냈다.

이 아이에게 모든 걸 맡기자 마음이 너무나 편안해졌다. 나는 그저 아이를 잃어버리지만 않으면 되었다. 아이의 조끼가 내 헤드라이트 불빛을 받아 따뜻하게 빛나며 주최 측의 공신력을 보여주고 있었다. 아마도 그래서 아이가 나를 거의 수직에 가까운 오르막길―"D구역 너머의 언덕"―로 인도하고 있다는 사실을 제때 인지하지 못한 것인지도 모르겠다.

돌이켜 생각해보면, 내 척추에 달려 있는 작은 벨이 이 RV의 한계를 넘어서는 경사지에 들어섰다는 사실을 알려준 게 먼저였는지, 아니면 차가 뒤로 미끄러지기 시작했다는 걸 알게 됐을 때의 그 토할 것 같던 느낌이 먼저였는지는 분명치 않다. 나는 자리에서 엉덩이를 떼고 몸을 잔뜩 앞으로 웅크린 채 가속기를 밟았다. 누군가가 외치는 소리가 들렸다. 나는 급히 브레이크를 밟았다. 그러고는 마치 물에 빠진 사람처럼 허우적거리며 왼쪽 발과 손으로 비상 브레이크를 더듬어 찾았다(잭이 조작 요령을 가르쳐줄 때 이것의 위치에 대해서는 언급하지 않았었나?). 차가 접지력을 잃고, 진동하기 시작했다. 내 어린 안내인의 눈에 공포가 어렸다.

나는 이 9미터짜리 괴물이 나를 배신하는 이런 순간이 오리라는 걸, 물론, 알고 있었다. 이 차와 나 둘 다, 출발할 때부터 이 사실을 알고 있었다. 하지만, 고백하건대, 나는 죽음에 대한 이 차의 갈망이 이토록 극단적일 줄은 상상도 못하고 있었다. 내 뒤에는 빵을 굽고 기타를 치면서 교제를 나누는 기독교인들이, 문자 그대로, 벌판을 이루고 있었다. 신문에 실릴 항공사진에는 이 평화로운 텐트촌을 낫으로 휘둘러 친 것 같은 길다란 상처가 생생하게 드러날 것이다. 그리고 이 9미터짜리 사이코패스가 한 어린아이—무구하지만 대책 없이 헷갈리고 있는 어린이—를 통해 어떻게 자신의 악마 같은 설계를 현실로 옮겼는지도…

그후 오 초 동안의 기억은 누가 손가락으로 문지른 것처럼 흐릿한데, 한 사내의 거대하고 완전히 네모난 머리통이 창문에 나타났던 것만큼은 분명하다. 그는 금발에 안경을 쓰고 있었다. 그 머리통은 눈을 휘둥그레 뜨고 웨스트버지니아 백인의 말투로 빠르게 말했다. 브레이크를 밟은 상태에서 "핸들을 오른쪽으로 홱 꺾으라"는 것이었다. 내 전두엽 속 운동 피질의 어떤 부분인가가 그 명령에 복종했다. RV는 조금 미끄러지다 멈췄다. 그때 같은 목소리가 또 들려왔다. "잘했어요. 셋 셀 때 가속기를 밟아요. 하나, 둘…"

RV는—마치 도르래에 끌려가는 것처럼—천천히 언덕을 오르기 시작했다. 가당찮게 강력한 어떤 존재가 그놈을 밀어 올리고 있었다. 얼마 지나지 않아 우리는 언덕 꼭대기의 평지에 이르렀다.

그 자리에는 다섯 명이 있었다. 모두 이십대 초반이었다. 나는 나의 9미터짜리 애물단지 안에 그대로 앉아 있었다. 모두들 그 아래로 모여들었다. "고맙습니다." 내가 인사를 건넸다.

"아, 뭘요." 데리어스가 바로 말을 받았다. 내게 지시를 내리던 이였다. 데리어스는 말을 무척 빨리 했다. "하루 종일 이러고 있었어요―걔는 왜 사람들을 계속 이리로 데리고 오는지 모르겠어요―우린 웨스트버지니아에서 왔어요―걔 좀 바보예요―바로 저쪽에 공터가 있어요."

나는 고개를 돌려 그가 가리키는 곳을 내려다봤다. 목초지였다.

제이크가 앞으로 나섰다. 그도 데리어스처럼 금발이었지만, 날씬했다. 야성적인 느낌의 미남이었다. 그의 얼굴은 머리카락만큼 옅은 색 수염으로 뒤덮여 있었다. 그도 웨스트버지니아 출신이었고, 내가 어디에서 왔는지 궁금해했다.

"난 루이스빌에서 태어났어요." 내가 말했다.

"정말요?" 제이크가 말했다. "거기 오하이오강 있는 데 아녜요?" 데리어스처럼 제이크 역시 대답하는 속도와 말이 무척 빨랐다. 나는 그 말 그대로라고 대답해줬다.

"오하이오 출신의 죽은 사람을 하나 알아요. 내가 의용소방대거든요. 그 사람은 쉐비 블레이저[10] 안에서 아홉 번을 굴렀어요. 여기에서 저 능선 위까지 사지를 쫙 뻗고 있었어요. 아주 확실하게 갔죠."

"뭐 하는 분들이에요?" 내가 물었다.

―――――――――

10 쉐보레에서 나온 SUV 차종.

리터가 대답했다. 리터는 거한이었다. 살이 쪘지만 지방질은 전혀 없는 유의 사내였는데, 직업은 교도관이고—곧 알게 되는 바에 따르면—전직 헤비급 레슬러였다. 팔뚝 사이에 파인애플을 끼워 넣고 부숴버린 뒤 피식 웃을(혹은 내가 그렇게 상상하는) 그런 사내였다. 군대식 헤어스타일에 수염은 별로 없었다. "우린 그냥 그리스도한테 열광하는 보통의 웨스트버지니아 사람들이에요." 그가 말했다. "나는 리터고, 여기는 데리어스, 제이크, 법, 그리고 제이크 동생 조시예요. 피위는 저기 어딘가에 있고요."

"꽁무니를 쫓아다니고 있죠." 데리어스가 툭 내뱉었다.

"다들 그냥 여기 모여서 놀고 있는 건가요, 사람들 목숨이나 구하면서?"

"우린 웨스트버지니아에서 왔어요." 데리어스가 반복했다. 이 친구는 내가 좀 모자란다고 생각했던 것 같다. 대개의 경우 데리어스가 일행을 대표해서 말했다. 데리어스는 아랫입술 밑에 넣어둔 씹는 담배 때문에 아래턱이 불룩 튀어나와 있어서 도발적으로 보였지만, 내 느낌으로는 그저 쉽게 기분이 변하는 타입인 것 같았다.

"저기." 제이크가 끼어들었다, "어, 우리 캠프장은 바로 저기예요." 제이크는 승용차 한 대, 트럭 한 대, 텐트 하나, 모닥불 하나, 그리고 통나무로 만든 키 큰 십자가가 있는 곳을 향해 고개를 까딱거렸다. 거기에는 다른 것도 하나 있었다… 대민 방송 시스템 같은 거라고 해야 하나?

"우린 작년에도 이 자리에 있었어요." 데리어스가 말했다. "이 자리 달라고 기도드렸죠. '하나님, 꼭 그 자리로 돌아가고 싶어요—그게 하나님의 뜻이라면요.'"

나는 크리에이션 기간 내내 대략 외롭게 지내다가 마지막에 내 한목숨을 바치는 걸로 마무리하게 될 거라고 생각했었다. 그런데 웨스트버지니아에서 온 이 친구들은 꽤 따뜻한 사람들이었다. 따뜻함이 밖으로 흘러나오고 있었다. 그들은 내가 뭐 하는 사람인지, 내가 사사프라스 차[11]를 좋아하는지, 내 RV로 몇 사람이나 더 데리고 왔는지 등등을 물었다. 게다가 그들은 내가 자라난 지역에 있는 강과 이름이 같은 주 출신으로 끔찍하게 죽은 사람도 알고 있었다. 그리고 나는 그런 이야기에 대해 토를 다는 성격이 아니다.

"이따가 다들 뭐 할 거예요?" 내가 물었다.

법은 키가 작고 단단한 사내였다. 양손이 쓰레기 압축기만큼이나 튼튼해 보였다. 법은 다른 일행에 비해 피부색이 진한 편이었고—올리브색에 가까웠다—위장무늬 모자를 쓰고 있었다. 갈색 머리에 갈색 눈, 그리고 짙은 색 콧수염을 풍성하게 기르고 있었다. 나중에 그는 친구들이 자기한테 아무래도 "N으로 시작하는 단어"[12]의 피가 일부 섞인 것 같다고 말했다는 사실을 내게 털어놓았다. 법은 수줍음을

---

11 사사프라스나무의 껍질과 뿌리는 원주민 시절부터 의약품과 식용으로 사용됐는데, FDA가 발암물질로 규정해 복용을 금지시켰다.
12 흑인을 비하해서 가리키는 단어 Negro를 말한다.

타고, 항상 무언가를 골똘히 생각하고 있는 것처럼 보였다. "나하고 리터는 음악을 들으러 갈 거예요." 그가 말했다.

　"어느 밴드요?"

　"자스 오브 클레이Jars of Clay요." 리터가 말했다.

　그 밴드에 대해 읽은 적이 있었다. 유명한 밴드였다. "가는 길에 내 RV에 들를래요?" 내가 말했다. "난 저기 완전히 텅 비어 있는 벌판에 자리를 잡을 거예요."

　리터가 말했다. "그렇게 하죠." 그러고는 모두들 줄을 서서 나와 차례로 악수를 나눴다.

　리터와 법을 기다리는 동안 나는 침대에 누워 랜턴 불빛에 의지해 〈사일런스드 타임스The Silenced Times〉를 읽고 있었다. 페스티벌 안내 책자와 함께 받은 얇은 신문이었다. 이건 사실 신문이라고 보기는 어렵고, 제리 젠킨스의 신작 소설 《사일런스드Silenced(침묵당한 사람들)》를 출간한 출판사에서 내놓은 홍보물이었다. 제리 젠킨스는 수억 달러를 벌어들인 '뒤에 남겨진 사람들Left Behind' 시리즈를 개발한 이들 중 하나인데, 이미 열두 권도 넘게 출간된 이 시리즈는 소위 '휴거' 이후에 나 같은 이들에게 어떤 일이 벌어지는가에 대한 이야기를 담고 있다. 젠킨스의 신작은 2047년을 배경으로 하는, 이를테면 미래에 관한 내용이다. 〈사일런스드 타임스〉의 간행일은 "38년 3월 2일"이다. 짐작이 가는가? 인간들이 예수를 역사에서 지워버린 지 삼십칠 년이 지난 뒤의 일이다. 〈사일런스드 타임스〉는 미래의 그날에 간행된 것처럼 보이게 편집되어 있다.

간행물에는 상당히 암울한 내용이 담겨 있었다. 38년 고대 죽음의 사교가 바이러스처럼 퍼지면서 "미7주합중국 United Seven States of America"을 완전히 장악한다. 이 사교의 지지자들은 "세포 조직" 단위로 움직이면서(영리한 작전이다. 옛 공산주의자들의 용어를 살짝 빌려왔다) 젊고 전 지구적 권력 장악에 목마른 이들을 결집시키는데, 이들의 활동이 활발해질수록 이 세계의 종말은 점점 앞당겨진다. 34년—마지막 인구조사가 이뤄지는 해—에는 전 인구의 44퍼센트가 이 조직의 구성원이었는데, 그 수가 이제는 거의 절반에 가깝다. 지구상에 남아 있는 어떤 종교운동도 이들 앞에서는 아이들 장난에 불과하다. 심지어 대통령(그들이 선택해 당선시킨 인물이다)도 개종했다. 이 나라에서 가장 많은 이들이 보는 뉴스 채널은 공개적으로 대통령과 그의 정책을 지지하고, 그해에 가장 화제가 된 영화는 모호하고 영리하게 비틀긴 했지만 그 사교를 노골적으로 선전하는 작품이고, 대부분의 사람들은 미디어가 실질적으로 누군가의 손에 의해 조종되고 있다고 믿고 있다. 그 누군가가 누구냐면—

잠깐! 그러고 보니 이건 모두 현실 세계에서 일어나고 있는 일이다. 바로 복음주의가 이렇다. 그런데도 〈사일런스드 타임스〉에서는 기독교인들이 투옥되고, 지하로 숨어들고, 그들의 선전물은 압수되었다고 묘사하고 있다. 어떤 사내는 학교에서 성경 공부를 이끌던 자신의 누이를 고발하고 상을 받는다. 특히 내 마음에 든 건, 반종교 경찰이 젠킨스를 동굴 속으로 몰아넣어 마침내 체포한 사실에 대한 기사 부분이었다. 그는 아흔일곱 살이지만 글을 쓰는 걸 멈춘 적이 없고, 그들에게 끌려 나가면서 큰 소리로 성경 구절을 읊는다.

리터가 문을 두드렸다. 리터와 법은 자스 오브 클레이를 들으러 갈 준비가 되어 있었다. 이제 밤이 되었고, 더 많은 불들이 피어올라 계곡 전체에서 나무 타는 냄새가 났다. 그리고 하늘에는 수천 개의 별들이 나와 있어 마치 엄청나게 큰 불놀이용 깡통 속에서 불빛이 새어나오는 것 같았다. 수많은 사람들이 무대로 향하고 있어서 걷기가 어려울 정도였는데, 사람들이 리터에게는 조금 더 넓은 공간을 내어주는 경향을 보인다는 게 눈에 띄었다. 리터는 약간 뒤로 몸을 젖힌 채 사람들 머리 위를 내려다보는 것이 마치 누군가를 찾고 있는 것처럼 보였다. 나는 그가 웨스트버지니아에서 다니고 있다는 교회에 대해 물었다. 침례교도인 제이크 외에는 모두 성령강림파Pentecostal[13] 교회에 다닌다고 했다. 성령강림파는 방언부터 시작해서 온갖 것들을 다 하는 교파다. 하지만 "싱sing"—한 주에 한 번 누군가의 집에 모여 음식을 나누고 찬송가를 부르며 진행하는 성경 공부 모임—에는 모두 같이 참석한다고 했다. 그럼 리터는 여기에 모인 모든 사람

---

13 '성령의 세례'를 통해 하나님과 직접 만나는 경험에 강조점을 두는 교파.

들이 다 크리스천이라고 생각할까?

"아뇨, 아마 구원받지 못한 사람들도 좀 있을 거예요. 이렇게 사람들이 많은데, 분명히 있겠죠." 그 사실에 대한 그의 느낌은 어떨까?

"그 사람들한테는 목격할 수 있는 기회가 열려 있는 거죠." 그가 말했다.

갑자기 법이 걸음을 멈췄다. 무언가 하고 싶은 말이 있는 듯했다. 그가 할 말을 고르느라 서 있는 그 짧은 시간 동안 군중이 우리가 서 있는 자리를 둘러 갔다. "여기에는 유태인들도 있어요." 그가 말했다.

"정말요?" 내가 말했다. "정말 유태인처럼 사는 유태인 말이에요?"

"네." 법이 말했다. "피위가 데리고 온 여자애들이 그래요. 걔들은 유태인이에요. 멋진 일이죠." 법은 얼굴을 움직이지 않은 채 웃었다. 법의 웃음은 순전히 소리만으로 이뤄지는 현상이었다. 눈이 조금 촉촉해졌던가?

우리는 다시 걷기 시작했다.

나는 우리가 걸어가는 동안 이런저런 것들을 의식했지만, 어떤 차원에선가—사실은 의식의 차원에서—그것들을 의도적으로 의식하고 싶어 하지 않았던 건 아닌가 의심이 든다. 나는 지난 오 년간 이 나라에서 열린 수많은 대형 공개 행사에 참여해 스포츠 기사든 뭐든 써왔는데, 그 모든 행사에서 발견할 수 있었던 한 가지 공통점은 미국의 특히 수놈

들이 늘 품고 다니는 이상한 적대감이다. 말도 안 되는 일반
화라고 해도 좋다. 하지만 거대한 경기장의 넓은 통로나 홀
같은 데서 늦은 오후 한나절을 보내다보면, 단순한 남성성
이상의 훨씬 어두운 어떤 것을 느끼게 된다. 어딘가 상처 입
은 것 같고, 무언가를 비웃는 것 같고, 나쁜 일이 일어날 거
라는 걸 알고 준비하고 있는 것 같은 그런 느낌. 그런 느낌
이 여기에는 없었다. 그냥, 없었다. 일부러 찾아봤지만, 찾을
수 없었다. 크리에이션에서 사흘을 보내는 동안 나는 단 한
건의 싸움도 보지 못했고, 누군가가 언성을 높이는 걸 단 한
번도 듣지 못했고, 아주 약하게라도 위협당한다는 느낌을
받지 못했다. 사실은, 남다르게 친절한 사람들을 많이 만났
다. 그렇다, 모두 같은 인종이었고, 모두 한 가지 신앙을 가지
고 있었고, 술을 마시지 않았다. 거기엔 십만 명이 모여 있었
는데.

우린 한 줄로 길게 늘어서 있는 간이 화장실들 앞을 지
나갔다. 그 옆에는 음식 노점들이 늘어서 있었다. 모퉁이를
돌자 저 멀리로 무대 옆모습이 보였다. 그 무대 맞은편 언덕
위에 군중들이 모여 있었다. 어둠 속에 완전히 묻히기 전까
지는 그들의 몸이 떠 있는 것처럼 보였다. "죽인다." 내가 말
했다.

리터가 자신이 기획자라도 되는 것처럼 팔을 흔들었다.
"이게 바로, 친구여, 크리에이션이에요." 그가 말했다.

자스 오브 클레이는 앙코르곡으로 U2의 〈올 아이 원트

이즈 유All I Want Is You〉를 불렀다. 블루스풍이었다.

밴드들에 대해서는 여기까지만 말하겠다.

아니면, 아니 잠깐, 이 얘기를 해야 한다. 내가 크리에이션에서 마흔 남짓 되는 팀들의 음악을 찾아가거나 지나면서 듣는 동안 단 한마디도 흥미로운 부분을 못 찾긴 했지만, 그걸 그들의 연주 자체에 대한 반발 혹은 록을 연주하는 크리스천이라는 근본적인 개념에 대한 경멸로 간주해서는 안 된다. 이 밴드들은, 이게 중요한데, 크리스천 밴드가 아니라 크리스천록 밴드들이다. 이 동네를 파악하는 데 가장 중요한 게 바로 이 한 음절 차이에 들어 있다. 크리스천록은 복음주의적 크리스천들을 정서적으로 고양시키고 그렇게 해서 돈을 벌려는 목적으로 존재하는 장르다. 메시지를 알고는 있지만 냉담하게 받아들이는 청자들을 위한 메시지 음악으로, 무엇보다, "사람들에게 다가가야 한다"는 책임감—아티스트들은 이 점을 분명하게 받아들이고 있다—을 분명하게 인지한 상태에서 작동한다. 정확히 말하자면, 크리스천록은 뻔함과 최대한의 기호 충족 두 가지(밴드 당사자들은 선명성이라고 말하겠지만)를 모두 제공하는데, 이것은 결국 수용자에 대한 기생을 의미한다. 약국에서 팔던 분무형 향수들을 기억하는가? "만약 당신이 드라카 누아르를 좋아한다면, 섹시 머스크는 사랑하게 될 거예요." 크리스천록도 그런 원리로 작동한다. 내용은 형편없지만 상업적인 성공을 거두고 있는 세속적인 그룹들(대개는 음반회사의 형태로 존재한다)도 크리스천들을 대상으로 하는 방계 브랜드를 가지고 있는데, 이건 문화적인 관점에서 보자면 적절한 전략이다. 왜냐면 이런 방계 브랜드들은 원래의 그룹 그 자체에 대안을 제시하거나 개선시키는 것을 목적으로 한 것이 아니라 단순한 대체재 역할로 기획된 것이기 때문이다. 크리스천록의 순조로운 성공은 이런 맥락에서 이뤄진다. 만약 그들의 음악이 완전히 엉망이라고 생각한다면, 그건 당신이 우선시하는 것들이 그들에게는 그리 중요하지 않기 때문이다. 당신은 무언가 멋지고 새로운 걸 듣고 싶어 하지만, 그들은 예수그리스도를 찬양하는 한편 그들의 청중이 좋아한다는 사실이 이미 확인된 곡들을 연주한다… 그것이 크리스천록이다. 반면에 크리스천 밴드는 그냥 보통 밴드인데 그 구성원 가운데 한 명 이상의 크리스천이 있는 경우다. U2가 그 전형이라 할 수 있겠다. 사람들은 신자와 비신자 할 것 없이 U2를 좋아하는데, 이들 말고도 사람들이 "걔들 크리스천들인 거 알았어? 응—골 때리지. 어쨌든 걔들 좆나 잘해" 이렇게 말하는 밴드들이 여럿 있었다. 더 콜The Call이 그랬고 론 저스티스Lone Justice가 그랬다. 요즘은 페드로 더 라이온Pedro the Lion이나 데이미언 주라도Damien Jurado(이 외에 내가 들어보지 못한 이들도 있겠지만)처럼 인디 신에서 활동하는 이들에 대해 그렇게 이야기하는 걸 들을 수 있다. 대개의 경우 이런 밴드들은 자신들이 "크리스천록"을 연주하는 걸로 보이지 않게 하려고 매우매우 세심한 주의를 기울인다. 이건 대체로 화술의 문제가 된다. 인터뷰어에게 자신이 거듭난 자라고 말하는 대신, 신앙은 자신의 삶에서 매우 중요한 부분이라고 말하는 식이다. 아주 잠깐 시건방진 소리를 하자면, 바로 이 지점에서 그들의 음악이 얼마나 좋은가 하는 간단치 않은 문제가 개입한다. 이 질문을 제기해야 하는 건, (데이미언 주라도 같은 이처럼) 끝내주는 노래를 쓸 능력이 있는 어떤 열성 크리스천이 이제 막 열아홉 살이 됐는데 크리스천록과 관련된 뭐라도 해야 하는가 하는 문제가 있기 때문이다. 재능은 표면으로 쉽게 드러나지 않는 일정한 수준의 섬세함과 예민함과 더불어 오는 경우가 대부분이다. 그리고, 믿거나 말거나, 크리스천록 시장을 주도하는 이들은 U2나 스위치풋Switchfoot(이 밴드는 내가 크리에이션 취재를 갔을 무렵 일반 라디오 프로그램에서 〈멘트 투 리브Meant to Live〉 같은 곡으로 대히트를 기록했다. 그리고 크리에이션에서 연주했는데, 소속사에서는 무대에서의 사진 촬영을 허락하지 않았다) 같은 밴드들이 노골적으로 '예수-사랑'의 메세지를 내세우는 이들로부터 거리를 두기 위해 조용히 노력하는 것에 일종의 유보적인 승인을 해주는 태도를 취해왔다. 현실 세계와 연결되어 있기 위해서는 이런 노골적인 메시지를 피하는 게 가장 확실한 방법이기 때문이다(그들이 우리더러 무어라 하는지 알지 않는가? 우리는 "이 세계의 산물"이다). 따라서 크리스천록은 하나의 음악적 장르—정말로 그렇게 보인다—라고 말할 수 있는데, 뛰어날 수 있는 가능성을 스스로 차단한 장르는 내가 알기로는 이것 하나뿐이다.

늦은 시간이었고, 유태인들이 불화의 씨앗이 되었다. 법이 말한 건 사실이었다. 크리에이션에는 유태인들이 와 있었다. 예수를 위한 유태인Jews for Jesus[14] 소속으로, 리치먼드에서 온 눈이 번쩍 뜨이게 예쁜 고등학생 둘이었다. 내가 법과 리터와 함께 자스 오브 클레이 공연을 보고 돌아왔을 때, 그 둘은 불가에—둘 중 하나는 피위와 손가락을 끼고 있었다—앉아 있었다. 피위는 나머지 일행보다 어리고 마르고 귀여운 인상이었는데, 두 여자아이들이 말할 때 존중하는 눈빛으로 그들을 쳐다봤다. 어느 순간 그 둘이 리터가 몸에 문신을 하고 있는 것 때문에(리터는 두 군데 문신을 새겼다) 지옥에서 고통받을 거라고 말했다. 그들 교파에서는 그렇게 믿고 있었다. 리터는 그 소식을 그리 잘 받아넘기지 못했다. 리터는 선택받은 자들 사이에서 자신이 갖는 위치에 대해 상당한 확신을 가지고 있었다. 논쟁이 벌어졌다. 피위는 여자아이들을 그애들의 텐트로 데려다줘야 했고, 그동안 데리어스가 리터를 달랬다. "저 사람들 생각이 좀 이상하긴 해." 그가 말했다. "하지만 우린 같은 신을 예배하잖아."

모닥불은 잉걸로 가라앉았고, 이제는 우리 남자들만 남아 쿨러 위에 걸터앉은 채 늦은 밤의 해석학 블루스를 나누고 있었다. 법은 어떻게 하나님이 스스로의 마음을 바꿀 수 있는지, 어떻게 구약에서는 온갖 말도 안 되는 소리를 했다

---

14 기독교를 믿는 유태인들의 조직체. 1973년에 결성되었다.

—이를테면 문신을 하지 말라든가 삼촌이 벌거벗고 있는 모습을 보지 말라든가—신약에 와서는 다 취소할 수 있는지 알 수가 없다고 했다.

"이런 식으로 생각해봐." 내가 말했다. "네가 데리어스를 정말로 화나게 하는 어떤 짓을 했고, 그래서 데리어스가 너한테 화가 났어. 그랬는데 화해하기 위해 네가 무언가를 해, 그래서 데리어스가 널 용서해. 이건 데리어스가 마음을 바꾼 게 아니라 상황이 바뀐 거야. 구약하고 신약도 마찬가지야, 화해를 위한 행동을 한 게 예수라는 점만 다를 뿐."

법은 이 설명이 마음에 드는 것 같았다. "누가 이런 식으로 설명하는 걸 들어본 적이 없어요." 그가 말했다. 그러나 데리어스는 불 너머에서 나를 흘겨봤다. 그는 내 말이 신학적으로 옳다는 건 인정했지만, 내가 그걸 어떻게 알게 됐는지 의아해했다. 이 친구들은 내가 무얼 믿는 사람인가—그들의 표현을 따르자면 "내가 거쳐온 길은 어디인가"—하는 문제를 둘러싸고 밤새도록 조심스럽게 이런저런 이야기를 나누었다.

이제 우리는 서로를 상당히 잘 알게 되었다. 피위가 돌아온 뒤 이들은 기꺼이 자신들의 캠프를 보여줬다. 이들의 텐트는 숲속에 설치되어 있었다. 그렇게 하면 안 되지만, 그 안쪽이 훨씬 시원했기 때문이다. 데리어스가 텐트에서 30미터쯤 떨어진 곳에서 가느다란 시냇물을 발견했고, 손으로 웅덩이를 팠다. 이게 그들의 식수 공급원이었다.

알고 보니 이 친구들은 한 해의 대부분, 혹은 최소한 상당 기간을 숲속에서 지냈다. 이들은 브랙스턴 카운티 한쪽에 있는 자기들 동네에서 사냥을 해서 먹고살았다―사람들이 다들 그러듯이, 라고 그들은 말했다. 이 친구들은 숲속에서 나는 식물들 가운데 어떤 걸 먹을 수 있고, 어떤 걸 약용으로 어디에 사용할 수 있는지 다 알고 있었다. 데리어스가 반으로 접은 커다란 판지를 꺼냈다. 그리고 그걸 내 얼굴 밑에서 펼쳤다. 사사프라스나무의 뿌리 덩어리가 거기 들어 있었다. 데리어스는 손바람을 일으켜 그 검은색 감초 향이 내 얼굴로 풍기게 하더니 한 조각을 먹어보게 했다.

　　그러더니, 내가 대마초를 좋아할 거라고 장담했다. 나는 내가 좋아하지 않는 건 아닐 거라는 정도로 눙치고 넘어갔다. "나도 그걸 좋아했거든요." 데리어스가 말했다. 그러더니 내가 약간 멈칫하는 걸 보고 이렇게 말했다. "아니, 솔직히 말해서 그거 때문에 유죄판결을 받은 적은 없어요. 하지만 사회적으로 용인되지도 않고, 내가 크리스천으로 성장하는 데에도 방해되니까요."

　　이 친구들은 내가 뭘 해서 먹고사는지 대충 파악했고―그렇지만, 여전히 내가 거기에 와 있는 것에 대한 타당한 설명으로는 받아들이지 않는 것 같았다―내가 자신들을 매우 이색적으로(실제로는 그것보다 더했지만) 생각하고 있다는 사실을 점차 알아차렸다. 서서히 그들은 자신이 어떤 사람인지 설명하는 수다 삼매경에 빠져들었다. 그들은 자신들이 어떤 사람인지 알려주려고 열띤 설명을 늘어놓았다. 이들이 구식 인간들이었다면 이 과정이 점점 지루해졌을 수도 있었을 것이다. 하지만 이들은 자신들이 크리에이션에 올 수 있도록 하나님이 직접 나서서 리터의 은색 쉐보레 카발리에[15]에 네 사람이 탈 수 있게 해줬다고 믿는 이들이었다.

"보세요." 법이 말했다. "난 꽤 큰 편이잖아요. 한 덩치 한단 말이에요. 그리고 데리어스는 엄청나죠." 이 대목에서 데리어스가 끼어들어 근육이 거의 기형에 가까울 정도로 튀어나와 있는 자신의 장딴지를 보여줬다. "난 괴물이에요." 그가 말했다. 법은 한숨을 쉬더니 내 눈에서 시선을 떼지 않고 말을 이어갔다. "그리고 리터도 덩치가 크죠. 거기에 쿨러 두 개, 기타, 전자피아노, 그리고 텐트와 기타 등등이 있었던 거예요." 법은 몸을 돌려 조목조목 가리키고는 다시 돌아앉더니 잠시 멈추었다 입을 뗐다. "이 모든 걸 그 차 안에 넣어 온 거예요." 그의 눈에 아까 내게 여기에 유태인들이 와 있다고 말할 때와 같은 표정이 어렸다. "내 생각엔 이건 기적이에요." 그가 말했다.

그들은 지금까지 살아오면서 끔찍한 폭력을 보아왔다. 리터와 데리어스는 사실 중학교 수학 시간에 서로를 두들겨 패면서 처음 알게 됐다. 누가 이겼느냐고? 리터는 마치 자신의 대답에 허락을 받기라도 하려는 듯이 데리어스를 쳐다보

---

15 소형 스포츠 세단.

더니 대답했다. "아무도요." 제이크가 가지고 있던 낚싯대를 데리어스가 밟아서 부러뜨린 적이 있는데, 제이크는 그 낚싯대로 데리어스가 땅바닥에 쓰러질 때까지 두들겨 팼다. "내가 데리어스한테 이렇게 말했죠. '그러니까, 발 조심하고 다녀.'" 제이크가 말했다. (데리어스는 이때의 기억을 떠올리고 너무 심하게 웃는 바람에 안경을 벗어야 했다.) 그들의 어린 시절 친구들 가운데 절반은 마약과 관련해서, 혹은 아무것도 아닌 일로 총에 맞거나 칼에 찔려서 살해당했다. 그렇지 않은 아이들은 자살했다. 데리어스의 할아버지, 종조부, 그리고 한때 가장 절친했던 친구 모두 자살했다. 데리어스의 아버지는 아들의 성장기 내내 감옥에 들락날락했고, 최소한 한 번은 장기 징역을 살았다. 오하이오주에서 어떤 사내의 가슴을 칼로 찔렀던 것이다(그 사내는 데리어스의 할아버지를 두들겨 패고 있었는데, 그만두라고 해도 멈추지 않았다). 데리어스는 그 시절 내내 "너네 아빠는 빵쟁이"라는 놀림을 듣고 살아야 했다. "힘들었겠네." 내가 말했다.

"별로요." 데리어스가 말했다. "손발이 잘린 사람들도 있는데요 뭘." 데리어스는 자기가 얼마나 아버지를 사랑하는지 말했다. "진심으로 하는 말인데—아버지는 정말 최고예요. 아버지가 지금의 나를 키운 거예요."

"그리고 어쨌든," 데리어스가 덧붙였다. "난 모든 걸 다 하나님께 바쳤어요—그 모든 분노와 그런 것들요. 하나님이 다 가져갔어요."

하나님은 자신의 지혜 안에 데리어스가 의지해서 버틸 만한 것들을 남겨놓았다. 그날 초저녁에 이 친구들은 피위를 거칠게 다루고는 나무에 묶어놓았다. 다른 크리스천들이 피위의 비명 소리를 듣고 신고했던 모양이다. 오렌지색 조끼를 입은 스태프가 부지런히 언덕을 올라왔다. 피위는 별로 다치지 않았지만 웃기기 위해 눈물을 흘리면서 쇼를 했다. "날 항상 이렇게 괴롭혀요." 그가 말했다. "나 좀 구해주세요, 아저씨!"

그 스태프는 그 쇼를 시답잖아했다. "당신이 걱정해야 할 건 이 사람들이 아니에요." 그가 말했다. "내가 어떻게 할까를 걱정해야지."

그건 실로 멍청한 소리였다! 데리어스가 동물 다큐멘터리에 나오는 움직임이 빠른 흉측한 파충류처럼 앞으로 미끄러져 나왔다. "아저씨, 나 같으면 말조심할 겁니다." 그가 말했다. "이 아저씨가 지금 누굴 상대하고 있는지 영 감이 없으시네. 우리한테는 악수를 하는 거나 총을 쏘는 거나 별다르지 않아요."

그 사내는 실제로는 걸음을 옮기지 않았지만 마치 그 자리에서 뒤로 물러서는 것처럼 보였다. "무기 소지는 금지돼 있어요." 그가 말했다.

"아 그래요?" 데리어스가 말했다. "우리한텐 노출시키지만 않으면 소지할 수 있는 권리가 있어서 차 글러브박스 안에 넣어뒀는데. 아저씨, 나 웨스트버지니아에서 왔거든요―

총기소지법에 대해선 나도 좀 안다고요."

"지금 거짓말하는 거 같은데." 사내가 말했다. 그의 목소리가 조금 떨렸다.

데리어스가 마치 잘 들으려고 하는 것처럼 몸을 앞으로 숙였다. 눈알이 머리통에서 튀어나올 것처럼 보였다. "그걸 어떻게 아실까?" 그가 말했다. "아저씨 혹시 예언자예요?"

"난 크리에이션 스태프요!" 사내가 말했다.

제이크가 일어섰다—그는 모닥불가의 자기 자리에 앉아서 이 장면을 지켜보고 있었다. 얼굴에 공손한 미소를 띠고 있었지만 음흉한 미소와 잘 구분되지 않았다.

"그러니," 그가 말했다. "어디 다른 데 가서 선생님만의 문제를 만드시는create[16] 게 어떨까요?"

이 웨스트버지니아 사내들이 드러낸 공격성에 대한 이런 이야기가 내가 앞에서 말했던 "누군가가 언성을 높이는 걸 단 한 번도 듣지 못했고" 어쩌고 하는 것과 모순되는 것처럼 보인다는 사실은 인정한다. 하지만 이건 장난 같은 거였다. 최소한 데리어스는 나를 위해 연기를 하고 있는 것처럼 보였다. 그리고 이 친구들이 자기들 동네에서는 항상 방어 태세를 취하고 있어야 한다는 점을 고려한다면, 그들이 여기 크리에이션에 와서는 그런 본능을 성공적으로 제어하고 있다는 사실에 주목할 필요가 있다.

---

16 '크리에이션'을 이용해 말장난을 하고 있다.

이 경우를 어떻게 볼 것인가 하는 것과는 별개로, 그후로는 대체로 별문제 없이 잘 지냈다. 이 "잘 지냈다"는 것에는 새벽 두 시와 세 시 사이에 매우 큰 소리로 음악을 연주한 것도 포함된다. 이 친구들은 제이크의 트럭 배터리를 이용해서 대형 야외 방송 시스템을 작동시켰다. 리터와 데리어스는 자기네 동네에서 '퍼스트 버스First Verse'라는 이름의 밴드로 활동하고 있었다. 이 밴드는 그들이 다니는 교회에서 음악을 담당했다. 리터는 자신의 몸이 아니라 다른 몸에서 나오는 듯한 천사의 테너 목소리를 가지고 있었다. 그리고 조시는 훌륭한 기타리스트였다. 그는 레스폴 기타와 이펙트 보드를 가지고 있었다. 우리는 돌아가면서 어쿠스틱 기타를 연주했다. 나는 크리스천 음악들을 기억해내느라 머리를 쥐어짜야 했다. 나는 루 리드의 〈지저스Jesus〉를 연주했는데, 다들 무난하게 받아들였다. 그들이 진짜 좋아한 건 밥 말리의 〈리뎀션 송Redemption Song〉이었다. 내가 그 노래 연주를 마쳤을 때, 법은 "야, 그 사람 진짜 크리스천이네. 정말로요"라고 말했다. 데리어스는 나한테 그 노래를 가르쳐달라고 했다. 집에 돌아가서 "예배 때 써야겠다"면서.

  그러더니 그가 벌떡 일어나 3, 4미터 밖에 놓아둔 전자피아노로 뛰어가 눈을 감고 연주하기 시작했다. 나는 테크닉이 좋은 연주를 구분할 정도로는 피아노에 대해 아는데, 데리어스는 아주아주 잘 연주했다. 데리어스는 거의 한 시간 가량 즉흥 연주를 이어나갔다. 어느 순간 법이 일어나서 데

리어스 옆에 가더니 주머니에 손을 넣은 채 우리 쪽을 보고
섰다. 마치 자신의 친구가 황홀경에 들어가 있어 무방비 상
태라 보호해주기라도 하려는 것처럼 보였다. 리터가 내 귀에
대고 데리어스가 웨스트버지니아의 한 대학에서 음악 장학
금을 제안받은 적이 있다고 속삭였다. 친구를 만나러 갔다
그 학교에 있는 피아노를 좀 가지고 놀았는데, 그걸 들은 그
대학의 교수가 그 자리에서 전액 장학금을 제안했다는 것이
었다. 리터는 데리어스가 그 제안을 왜 거부했는지 제대로
설명하지 못했다. "데리어스는 레인맨 같은 데가 있어요." 리
터가 말했다.

어느 순간 나는 랜턴을 들고 언덕을 기어 내려왔던 모
양이다. 아침에 일어나보니 9미터짜리 차에 옷을 다 입은 채
똑바로 앉아 있었다. 나는 군대가 진격을 준비하면서 내는
것과 같은 야만적인 웅성거림 때문에 잠에서 깨어났다. 크리
에이션의 이른 아침은 찬양과 예배로 시작했다. 크리스천록
의 새로운 형식으로, 밴드와 군중이 다 함께, 할 수 있는 한
큰 소리로, 신을 향해 노래를 부르는 것이었다. 하다보면 상
당히 강렬해진다.

그 친구들은 오늘 대부분의 시간을 주무대에서 밴드들
의 공연을 보며 보낼 예정이라고 말했다. 하지만 나는 밴드
들에 대한 검토는 이미 끝난 상태였다. 나한테는 9미터짜리
트레일러에 남아 여기에서 받은 인상을 써내려가는 일이 남
아 있었다.

그런데 무척 더웠다. 점점 더워지면서 비닐 덮개 밑에 깔린 옅은 갈색 카펫에서 가스가 올라오기 시작했다. 나는 약간의 어지럼증을 느끼면서 옆문으로 빠져나와 데리어스와 리터, 법을 찾아나섰다.

대낮이었는데도 스커트를 입고 팔에 레이스를 두르고 있는 사내, 판지로 만든 갑옷을 차려입고 칼까지 든 괴이하고 자그마한 중성적인 인간까지, 상당한 수준에 도달한 미치광이들을 여기저기서 볼 수 있었다. 이들은 자신들이 안전한 장소에 와 있다는 걸 알고 있었던 것 같다.

그 친구들은 나를 레모네이드 판매대 줄에 세워놓고 사라졌다. 리터가 좋아하는 밴드 중 하나인 스킬렛Skillet을 놓치고 싶지 않았기 때문이다. 나는 내 음료를 받아들고 그들이 서 있을 법한 곳으로 슬슬 걸어갔다. 먹은 것도 없고, 몸은 더럽고, 금방이라도 일사병이 덮칠 것 같고, 이런 것들 때문에 몸이 괴로웠다. 게다가 아래로 내려오니 똥 냄새가 옅게 풍겼다. 땡볕 아래 놓여 있는 수많은 간이 화장실의 문이 열릴 때마다 냄새가 뿜어져나왔다.

나는 음식 노점과 군중 사이의 자갈밭 한가운데에 서서, 사지마비 환자처럼 입에 문 빨대를 요리조리 움직이며 얼음들 사이에 고여 있는 녹은 물을 찾아 마셨다. 내가 서 있는 곳은 무대에서 꽤 거리가 있었지만, 공연은 충분히 잘 보였다. 그 순간 내 안에서 어떤 일이 일어나기 시작했다. 밴드 멤버들은 다들 중년의 나이였다. 그들은 블라우스 비슷한 셔츠를 입고 1980년대 중반에나 볼 수 있던 체육관 록콘서트 스타일대로 성의 없이 건들거리고 있었다.

그 느낌을 무어라 설명할 수 있을까? 그 밴드의 보컬은 마치 하던 걸 멈추면 그 자리에서 쓰러질 수도 있다는 듯, 가사 한 줄 한 줄 사이에 활짝 웃었다. 나는 간신히 그 가사를 알아들을 수 있었다.

> 가야 할 더 높은 곳이 있어요(믿음 저 너머에, 믿음 저 너머에),
> 우리가 도달하는 다음 고원에(믿음 저 너머에, 믿음 저 너머에)…

빨대가 내 입에서 미끄러져 떨어졌다. "오, 이런, 페트라잖아."

1988년이었다. 나를 인도한 친구를 우리는 버름이라고 불렀다(여기 나오는 이름들은 가명이다. 이들은 내 추억 여행에 끌려 들어올 이유가 없는 사람들이다). 버름은 키가 작고, 짙은 색 머리를 포니테일로 묶고 다니던 미남이었다. 늘 악마 같은 미소를 지으면서 스케이트보드를 타는 전직 대마초 중독자였는데, 우리가 만나기 한 해쯤 전에 대마초 때문에 집에서 쫓겨나기도 했다. 그의 부모는 내가 고등학교를 다닌 오하이오주에서 초교파교회에 다니고 있었다. 그 교회는 단순한 교회를 넘어 일종의 종교운동이었고, 당시 신도 수가 이미 수천 명을 넘어선 상태였다. 지금은 더 커졌다고 들었다. "중앙 집회"는 장소의 크기 때문에 비어 있는 대형 창고에서 열렸지만, 소모임들은 모이는 장소에 따라 가정 교회(오십 명가량), 세포 그룹(열 명 남짓) 등으로 나뉘었다. 버름의 아버지가 아들에게 이렇게 말했다. 자, 우리랑 같이 한 주에 한 번 교회에 나가면 집에 돌아와도 된다.

버름은 구원받았다. 버름은 영리한 데다(우리 학교에 외국인 학생이 입학할 때마다 점심시간에 그 옆에 붙어 앉아 그 나라 언어에 능숙해질 때까지 배운 전설적인 인물이었다), 과거의 약물 중독자 시절을 통해 타락한 영혼들을 수도 없이 알고 있었기 때문에 가장 실적이 우수한 전도자, 모두가 인정해주는 아이가 되었다.

나는 새로 이사 온 상태였고, 오하이오에 대한 끝없는 증오를 키우고 있던 중이었다. 버름은 내가 스미스Smiths를 좋아한다는 걸 알고는 나와 테이프를 바꿔 듣기 시작했다. 오래 지나지 않아 우리는 방과 후에 같이 시간을 보내게 되었다. 그러고는 '거듭남'을 경험한 친구를 사귈 때 항상 겪는 일이 내게도 닥쳤다. "야, 내가 수요일 저녁마다 여기 가거든. 성경 공부 모임 같은 거야—아니, 들어봐, 쿨한 데야. 거기 모이는 사람들이 실제로 정말 쿨해."

이게 중요한데, 정말 그랬다. 십오 분도 안 돼서 크리스천들에 대해 내가 가지고 있던 생각들이 죄다 사라졌다. 그들은 내가 여태 본 어떤 그룹의 사람들보다도 현명했고(내가 비록 케임브리지 같은 데서 자라난 건 아니지만, 주변에 배운 사람들이 있었는데), 어떤 종류의 낯설고 이상한 것들도 다 받아들였고, 보다 높은 것을 추구하는 사람들한테서만 느껴지는 빛 같은 걸 가지고 있었다. 가장 말을 아껴서 표현한다고 해도, 그들은 매력적이었다. 나는 질문을, 그것도 수도 없이 많은 질문을 던지기 시작했다. 그리고 그들은 그걸 즐겼다. 대답을 쥐고 있었기 때문이다. 그게 복음주의가 작동하는 방식 중 하나다. 평균적인 불가지론자들은, 이를테면, 성서를 구성하는 텍스트들 사이에서 보이는 불일치의 문제들에 대해 명쾌하고 심사숙고된 변론을 내놓을 수 있도록 잘 훈련되어 있지 않다. 하지만 거듭난 크리스천들은 그런 문제들에 대해 의문을 품은 낯선 사람들을 만나는 경우에 대비해 훈련을 받는다. 당신이 이제 막 열네 살이 됐고 지적인 야심은 있지만 적절한 영양 공급은 안 되고 있는 상태인데, 카리스마 넘치는 어른이 당신을 앉혀놓고는 이런 이야기를 한다고 생각해보자. 자, 달력의 한 해 중 이 기간을 유태인 달력으로 전환시켜놓고 그걸 7배수한 뒤 그걸 아무개 왕 치세의 어느 날짜에 연결시키면, 성서의 이 구절이 예수의 탄생을 거의 시간까지 예측하고 있다는 걸 한눈에 알 수 있단다. 복음서의 저자들은 이런 정보에 대해 알지도 못했는데 말이다! 다른 사람은 몰라도, 나는 혹했다.

뿐만 아니라, 그런 이야기들은 내 천진한 생각을 넘어선 차원에서 나를 강력하게 자극했다. 내 상상력은 그렇게 순수하고 열정을 자극하는 내용의 이야기들에 장악당했다. 세상에 이런 크리스천들이 있다는 사실을 누구도 내게 말해주지 않았다. 그들은 매주 대학원 세미나 정도의 강도로 성경을 공부했다. 그들의 지도자는 몰이었다(몰로크Moloch를 줄인 말이다. 그 사람이 지난 70년대에 이 모든 걸 시작했다). 그는 헝클어진 짙은 색 턱수염과 쏘는 듯한 푸른색 눈의 사내였다. 지하조직—반체제적인 열정을 공유하는—에 대한 나의 러시아 문학적 환상이 충족되었고, 실체화되는 듯했다. 반문화지만, 누추한 히피적 틀거리는 배제한 반문화가 거기에 있었다.

버름은 모임이 끝난 뒤 복도에서 내가 "나도 믿게 될 것 같아"라고 말하자 나를 껴안았다. 내가 끝까지 가는 시점— "예수를 내 마음에 영접"하는(역사와 전통을 자랑하는 형식으로)—에 도달했을 때, 우리는 함께 기도를 드렸다.

삼 년이 지났다. 나는 영적으로 강하게 단련되었다. 버름과 나는 그 집단의 고등학교 부문을 이끄는 리더 비슷한 역할을 하고 있었다. 몰은 내가 언어를 잘 다룬다는 사실과 사람들 앞에서 말을 잘한다는 사실을 발견했다(나 역시 같은 사실을 발견했다). 버름과 나는 한 달에 한 번씩 성경 공부를 이끌기 시작했다. 우리는 엄청나게 많은 영혼을 구원하면서 하늘나라에 상당한 양의 재화를 쌓아올렸다. 나는 버름처럼 효과적인 전도자는 아니었지만, 버름에 비해 은근하게 접근했다. 버름은 마무리를 했고, 우리 둘은 그렇게 사람들의 생각을 바꾸었다. 이런 작업을 '증인되기'라고 불렀다. 나는 학교에서 사교적으로도 꽤 활발했고, 그 결과 인기가 있는 그룹에 낄 수 있었다. 그리고 이 과정을 통해 많은 이들을 하나님에게 인도할 수 있었다. 버름과 나는 각종 회의와 '연구 수련회'에 참여했고, 그 그룹에서 유망한 젊은 지도자들에게 무료로 제공하는 신학 강의를 듣기 시작했다. 그리고, 그 모든 것 이전에, 그러나 동시에 그 모든 걸 장악하는 각종 세포 그룹 모임들이 매주 금요일이나 토요일 밤에 있었다. 이 모임들 덕분에 나는 주말마다 이른 새벽 시간까지 밖에 나와 있을 수 있었다. (내 부모님은 성공회였고 나의 이런 활동을 끔찍해했지만, 자식한테 교회 활동을 줄이라고 말하기는 쉽지 않은 법이다.)

세포 그룹 모임은 대개 그 그룹의 지도적인 위치에 있는 누군가의 집 식당에서 이뤄졌다. 이걸 알아줘야 하는데, 몰이 주도하는 세포 그룹에서 활동하는 건 엄청난 명예였다. 중앙 집회에서 나를 만나는 사람들은 "그분하고 매주 만나서 이야기하는 기분이 어때?"라고 묻곤 했다. 근사한 일이었다. 그는 '말씀'을 정말 잘 알았다(그는 옛날 히피들이 쓰던 멋진 말투들을 그대로 사용했다. 무슨 일이 됐든 '액션'이라는 말을 붙였는데, 이를테면 "자 이제 친교 액션을 할 시간이니까… 칩하고 살사 액션을 좀 취해봅시다" 하는 식이었다). 그는 범교파적인 킹 제임스 판본은 정확하지 않은 곳들이 너무 많다며 무거운 "학습용 성서"를 가지고 다녔다. 그리고 수공으로 마름질한 그 책의 가죽 표지를 여는 순간, 시작되는 것이었다. 그때부터는 장난이 아니었다. 그 형제는 특별한 재능을 가지고 있었다.

상대적으로 평이한 스타일의 뉴암스테르담 스탠더드 버전만 가지고 있을 때도 그는 특정한 구절을 듣는 이의 의식 속에 나사못처럼 박아 넣고, 예수그리스도가 그 자리에 서서 고개를 끄덕이고 있다고 생각하게 만드는 재주가 있었다. 기도 시간만 해도 한 시간을 끌곤 했다. 그러고 난 뒤에는 늘 뒷마당에서 불을 피우고 둘러앉는 시간이 있었다. 몰은 자리에 앉아 큰 도마에 마체테를 박아 넣곤 했다. 그는 싸구려 시가를 피웠고, 우리에게도 담배를 피우게 했다. 그리고 돌아가면서 기타를 쳤다. 우리는 어느 형제가 죄의 문제로 고통받고 있는지, 혹시 그가 상담을 필요로 하는지에 대해 이야기했다. 아니면, 이제 곧 다가올 이 세계의 종말에 대해 이야기했다. 우리는 가능한 한 많은 생명을 구원해야 했다.

내가 그 무리에서 빠져나온 이유를 일일이 설명하면서 여러분을 괴롭히지는 않겠다. 사실 그들은 상투적인 데가 있었고, 완전히 순수한 것도 아니었다. 내가 몰이 추천한 것들 말고 다른 책들을 읽기 시작했다고 말하는 것만으로도 충분할 것이다. 그 책들 가운데 어떤 것들은 상당히 현명해 보였다—그리고 성경과 다른 말을 하고 있었다. 그가 그 수많은 밤 동안 확신에 찬 성서 주해를 통해 내게 주입한 방어적인 신학들은 차츰 금이 가기 시작했다. 지옥에 대한 이야기, 특히 그 이야기를 나는 받아들이기 어려웠다. 인간은 자신에게 끔찍한 짓을 저지른 자들을 용서할 수 있었고, 인간은 신에 비하면 구더기 같은 존재에 불과하다는 사실에도 우리는 동의했다. 그런데도 신은 뭐가 못마땅해서 지옥이란 걸 또 들고 나온단 말인가? 나는 예수에게로 나아갈 기회를 가진 적이 없던 내 주위의 사람들을 돌아보았다. 그들은 모두 심한 불구 상태에 처해 있었다. 이들은 이곳에서의 삶이 끝나고 난 뒤-심지어 우리들보다 더—신의 도움을 얻어야 하는 사람들이 아닐까?

기독교에 관한 모든 것은 **기독교 신앙이라는 맥락 안에서** 정당화될 수 있다. 그 조건들을 수용한다면 말이다. 일단 그러고 나면, 당신은 신앙의 이름으로 데이터를 수정하기 시작하고(그것들이 스스로를 논리적으로 방어할 수 있는 방법으로), 그 수정된 데이터들은 다시 신앙을 강화한다. 이 과정에서 명백하게 비논리적인 순간을 따로 분리해내는 것은 어려운 일이고, 어쩌면 그런 순간은 존재하지 않을 수도 있다. 이건 확대경을 들고 팔을 쭉 폈다 눈 가까이로 가지고 올 때 일어나는 현상과 다르지 않다. 멀리 들고 있을 때에는 모든 것이 뒤집혀 있고, 가까이 가져오는 동안에도 계속 뒤집혀 있다 어느 순간 바로 서 있는 것이다. 이 과정의 중간에 무엇이 개입하고 있을까? 무언가가 있었다면, 관찰하기 어려울 정도로 빨리 지나가버렸다. 이것이 신앙에 속하지 않은 상태에서는 진정한 크리스천이 무엇인지 설명하기 어려운 이유다. 이건, 격언에도 있지만, 그들이 설명되지 않았기 때문이 아니라—많은 경우들이 존재한다—신앙이란 것은 당신의 뒤에서 잠기는 논리적인 문이기 때문이다. 이어지는 생각의 끈처럼 보이는 것이 사실은 휘어지면서 원을 그리고 있고, 그 원은 당신을 안에 가둔다. 이런 논리에 따르면 배교자는 진정한 크리스천이었던 적이 없다고 말할 수 있을 텐데, 그런 의미에서 보자면 나는 크리스천이 아니었다. 나는 이 두 가지 진술 모두가 타당하다고 생각한다. 내가 내 옛 친구들에 대해 쓰면서 어쩔 수 없이 미안해하는 태도를 드러내는 걸 보면 사실은 내가 그들의 일원이었던 적이 없다는 걸 보여주는 게 아닐까?

결별은 내가 주니어[17]이던 해의 겨울에 이뤄졌다. 어느 날 늦은 오후 나는 버름으로부터 전화를 받았다. 몰에게 무얼 하겠다고 약속한 게 있는데, 지금 자기가 아프다는 것이었다. 비염이었다(버름은 늘 비염을 달고 살았다). 버름은 페트라라는 이름을 들어봤느냐고 물었다. 크리스천록 밴드인데 다운타운의 체육관에서 공연을 하고 있다고 했다. 그리고 그 밴드의 보컬은 공연이 끝나고 나면 예수에 대해 좀 더 알고 싶어 하는 사람은 누구든 무대 뒤로 초대하고, 그렇게 찾아온 사람들과 이야기를 나눌 사람을 대기시켜놓는다는 것이었다.

그 공연의 프로모터가 몰에게 전화했고 몰은 버름에게 이 일을 맡겼는데, 버름은 내가 그 일을 도와줄 수 있는지 물어온 것이었다. 거절할 수가 없었다.

---

17 미국은 고등학교가 4년제로, 주니어는 3학년이다.

그 콘서트는 처음부터 마음에 들지 않는 구석이 있었다. 이들은 팔을 들어서 휘젓고 울고불고 하는 유의 복음주의자들이었는데, 나는 그때 이런 사람들을 처음으로 목격한 것이었다(우리 모임에서는 "멀쩡한" 상태를 유지하는 걸 좋아했다). 내 앞자리의 여자애는 모든 노래 가사에 수화를 덧붙이고 있었는데, 정작 그애는 농인이 아니었다. 무시무시한 풍경이었다.

버름은 자기가 받은 팸플릿을 전화로 내게 읽어주었다. 우리는 첫 번째 앙코르가 끝난 후 증인 존으로 이동한 다음 거기서 기다리게 되어 있었다. 나는 그리로 갔다. 그리고 바닥에 주저앉았다.

오래지 않아 그들, '찾는 자'들이 들어서기 시작했다. 나는 내가 상담하게 된 이들이 왜 거기에 온 건지 알 수가 없었다. 화장실을 찾아가다 사람들에 휩쓸려서 그리로 오게 됐던 게 아닌가 싶다. 그들은 대략 내 나이에 갈색 후드 셔츠를 입고 있었고, 입은 헤 벌리고 눈은 멍했다. 나는 그들에게 질문을 던졌다. 지금 들은 것들에 대해 어떻게 생각하는가? 페트라가 말한 것들에 대해 궁금한 점이 있는가? (그들은 노래 사이사이에 많은 말을 했다.)

나는 그들의 입을 열지 못했다. 그들은 마치 내가 자기들 따귀를 때려주기를 기다리는 듯한 표정으로 나를 쳐다보기만 했다.

내가 먼저 시작해야 했다. 그들은 넋이 나가 있거나 어떤 식으로든 정신적으로 문제가 있는 것처럼 보였는데, 둘 중 문제가 무엇이든, 그리스도는 내게 그때 그 자리에서 증언을 요구하고 있었다.

문장이 제대로 되어 나오질 않았다. 나는 머릿속으로 여러 교리들 가운데 특히 내가 생각하기에 말이 된다고 생각했던 걸 찾아보려고 했는데, 아무것도 떠오르지 않았다.

어색하고 몸 둘 바를 모를 침묵이 이어질 수도 있었지만, 나는 이 모든 경험을 끝내버릴 이상한 결단을 내렸다. 나는 그들에게 그 자리를 떠나고 싶으냐고 물었고—그건 원래 그저 해보는 소리에 불과한 거였지만—나도 떠나고 싶다고 말했다. 우리는 다 같이 그 자리를 떠났다.

그로부터 며칠 뒤, 나는 몰과 버름을 한쪽으로 불러내서 의심이 나를 장악하고 있다는 사실을 이야기했다. 내가 모임에 계속 나타난다면 그건 내가 스스로를 속이고 있을 뿐이라는 사실도. 그건 두 사람에 대한, 하나님에 대한, 그 모임에 대한 모욕이었다. 버름은 침묵을 지키다가 나를 포옹했다. 몰은 내 생각을 존중한다면서, 내가 다시 강하게 서려면 내가 가지고 있는 의심들을 더 파고들어봐야 할 거라고 말했다. 그는 나를 위해 기도하겠다고 말했다. 그의 성격에 어떤 급격한 변화가 일어나지 않은 한, 그는 지금도 기도하고 있을 것이다.

통계적으로 보자면, 내가 한때 복음주의에 몰두했던 게

아마 그리 대단한 사건은 아니었을 것이다. 나 같은 사회경제적 배경(중산층에서 중상류층)을 가진 백인 미국인들 가운데 상당수가 십대 후반에서 이십대에 도달하기 직전까지의 시기에 이런 경험을 한다. 크리에이션에서 내 주변에 있던 아이들의 상당수 역시 그런 경우였다. 그들 중 얼마나 많은 수가 다원에 대해서 알고 있을까? 그들은 곧 배우게 될 것이다. 대학 시절 이래로, 최소한 한 해에 한 명 정도는 나처럼 고등학교를 다니는 동안 "예수 시절"을 거친 이들을 만날 것이다. 그건 항상 신나는 웃음거리다. 물론 그 시절이 더 긴 몰두의 시간으로 확장되지 않고 끝날 경우—혹은 다른 것에 몰두하는 시절에 자리를 내어주든가—의 이야기다.

광신적 종교 집단에 들어가 세뇌되었다가 빠져나와 머릿속을 재조직한 이들에게 축복이 있을진저. 이런 경우에는 간단하다. 그냥 과거의 일로 치부해버리면 된다. 내가 들어갔던 그룹은 광신적 종교 집단은 아니었다. 그들은 나를 설득했지만 결코 강요하진 않았다. 나를 처벌하지도 않았다. 내가 그 모임으로 끌어들인 친구 하나—우리는 그를 구그라고 불렀다—는 아직도 나와 가까운 사이다. 지금 그는 모임들을 이끌면서 매해 일정 기간 동안 캄보디아에 가서 무료 치과 의료 봉사를 한다. 그는 내게 언제 돌아오느냐고 한 번도 물어본 적이 없다.

내 문제는 내가 지옥에 가 있거나 몰이 내 창문에 서 있는 꿈을 꾸는 게 아니다. 내가 심리적으로 상처를 입었다고 느끼는 것도 아니다. 그런 데 빠졌었다고 스스로를 한심해하는 것 역시 아니다. 문제는 내가 예수그리스도를 사랑한다는 것이다.

"나는 그분의 신발끈을 풀 자격도 없는 사람이다." 그는 가장 아름다운 사내였다. 사도들의 서한들이나 나중에 벌어지는 핍박 따위는 잊어도 좋다. 그가 무슨 말을 했는지 보라. 제퍼슨 성경을 읽어보라. 아니면 그보다 더 좋은 건, 가이 대브포트Guy Davenport와 벤저민 우루티아Benjamin Urrutia가 편집한 《예수의 말The Logia of Yeshua》을 읽어보는 것이다. 그 책은 우리 시대의 학자들이 예수가 직접 한 말이 맞다고 판단한 것들만 골라 아무런 장식을 더하지 않고 번역한 것이다. 여기에 그 사내가 있다. 그는 약함에서 아름다움을 봄으로써 돌파구를 찾아냈다. 성스러움은 정복자나 그의 영광 속에 있는 게 아니라, 약하고 고통받는 존재들 안에 있었다. 구원 또한 마찬가지다. "권력을 가진 자들로 하여금 그걸 포기하게 하라." 그는 말했다. "너희들의 아버지는, 너희들이 그래야 하는 것처럼, 모두에게 자비롭다." 이게 그가 자신을 아는 이들에게 말한 방식이다.

그런 그가 왜 사람들을 괴롭히겠는가? 그의 영이 좀 더 친절하지 않을 이유가 어디 있는가? 내가 그 깨달음의 선한 자식이 되고, 우리가 인간이라는 종으로서 어떤 존재가 될 수 있는지, 그의 삶 안에서 지속 가능한 예를 찾으면 왜 안 되는가?

일단 그를 신으로 알고 나면, 사람에게서 위로를 구하는 게 어려워진다. 총체적이고 어디에서나 발견되는 삶에 대한 순전한 감각—가장 보잘것없는 존재들에도 그대로 투사하게 되는 중요한 느낌—이 끌어당기는 힘은 느슨해지지 않는다.

그리고 일단 의심이 생기면, 그 의심에 대한 의심도 생기는 법이다.

"어젯밤에 퓨마 소리 들었어요?"

날은 어두웠고, 제이크는 위장복을 입은 채 나를 내려다보며 서 있었다. 나는 재만 남은 모닥불가에 놓아둔 아이스박스 위에 쭈그리고 앉아 어디론가 사라졌던 그 친구들이 돌아오기를 기다리면서 몇 시간째 무언가를 읽고 있던 중이었다. 나는 아무것도 못 들었다고 말했다.

법 역시 위장복을 입은 채 뒤쪽에서 나타났다. 그가 말했다. "한밤중에 그 소리에 깼어요."

제이크가 말했다. "애기가 우는 소리 같았어요."

"아주 쪼끄만 애기요." 법이 말했다.

제이크는 내 발 근처 그림자 속에 놓인, 살아 있는 것처럼 보이는 무언가를 만지작거리고 있었다. 법은 장작개비 몇 개를 모닥불에 얹어놓고는 성냥을 찾으러 차로 갔다.

나는 거기 앉은 채 제이크가 뭘 하고 있는지 보려고 애썼다. "랜턴 있어요?" 그가 말했다. 랜턴은 내 발치에 있었고, 나는 불을 켰다.

제이크는 꼬챙이에 꿰어뒀던 개구리들을 빼내기 시작했다. 한 마리씩 차례대로. 개구리들이 제이크의 손아귀 안에서 부들거리면서 허공에 발길질을 해댔다. "어디에서 난 거야?" 내가 물었다.

"저쪽으로 한 1킬로 들어간 데서요." 그가 말했다. "시냇물 한가운데부터는 사유지가 아니거든요." 법이 그 특유의 표정 없는 고음의 웃음을 터뜨렸다.

"이건 별로 안 큰 거예요." 제이크가 말했다. "웨스트버지니아에 가면 거의 닭만 해요."

제이크는 그놈들의 몸통을 반으로 가르기 시작했다. 몸을 앞으로 기울이고 칼을 쥔 손에 무게를 실어 개구리를 깨끗하게 반으로 가른 뒤 다리를 프라이팬에 던져 넣었다. 그러고는 개구리들의 뇌를 찌른 뒤 상반신은 다른 무더기에 던져놓았다. 물론 개구리들은 계속 꼼지락거렸다—신경이 살아 있어서 그랬을 것이다. 어떤 놈들은 특히 심하게 움직였다. 특히 한 놈은 공기를 들이마시느라 계속 입을 뻐끔거리며 날 노려보았다. 그놈의 폐는 그놈 옆 잔디밭에 던져져 있었는데도 말이다.

"저놈 머리통 좀 한 번 더 찔러줄래?" 내가 말했다. 제이크는 능숙하게 꼬챙이로 찌르고는 다음 개구리를 집어들었다.

"다리를 잘라내기 전에 뇌를 먼저 찌르는 게 낫지 않을까?" 내가 물었다. 제이크는 미소를 지었다. 그는 내가 자기를 웃겼다고 했다.

데리어스는 자리로 돌아온 뒤 내게 뜨거운 사사프라스 차를 한 잔 만들어주었다. "이거 마셔요, 기분이 괜찮아질 거예요." 그가 말했다. 나는 기분이 좋지 않다고 말한 적이 없다. 제이크는 개구리 다리들을 버터에 살짝 볶아 따뜻한 상태로 내게 건네주었다. "드세요." 그가 말했다. 개구리 다리 고기는 매우 부드러워서 혀 위에서 그대로 녹았다.

피위는 그 유태인 소녀들과 함께 돌아왔는데, 여자애들은 우리가 모두 저주받았다는 말을 두 번째로 하고야 말았다. (레위기 11장 12절, "수중 생물에 지느러미와 비늘 없는 것은 너희가 혐오할 것이니라.")

제이크는 이 말을 듣더니 상반신만 남은 개구리를 들어 올려 복화술사의 인형처럼 말하는 흉내를 내게 하고는 자기 입을 크게 벌려 그 안에 들어 있는 개구리 고기를 다들 볼 수 있게 쇼를 했다.

여자애들이 다시 뛰쳐나갔다. 피위가 그들을 쫓아가면서 "아냐, 그냥 장난치는 거야!" 하고 소리를 질렀다.

데리어스가 제이크를 노려봤다. 그는 화가 난 게 아니라 그저 슬퍼 보였다. 제이크가 말했다. "피위가 여자애들을 데리고 오는 건 좋지만, 그러려면 최소한 우리가 뭘 먹든 간섭은 하지 말아야지."

"그러므로 고기가 내 형제로 하여금 실족하게 한다면,"

데리어스가 말했다. "나는 이 세계가 존재하는 한 고기를 먹지 않겠노라."

"고린도전서." 내가 말했다.

"8장 13절." 데리어스가 말했다.

나는 한잠도 자지 못한 상태에서 눈을 떴고—그 끔찍한 느낌이라니—사방에서 들려오는 기도와 예배의 압박 속에서도 버티면서 그 자리에 그대로 누워 있었다. 도저히 더는 참을 수 없는 상태가 된 뒤에야 나는 물을 끓여 인스턴트 커피를 만들었고, 그 데일 것처럼 뜨거운 걸 피넛버터 병의 뚜껑에 부어서 마셨다. 내 몸에서는 오래된 캠프파이어 냄새가 났다. 머리에는 잎사귀와 재 따위가 붙어 있었다. 샤워를 해볼까 싶었지만, 이 9미터짜리 시스템에 대해 거의 아무것도 알아보지 않은 채 이틀을 이미 지냈는데, 이제 와서 투항한다는 건 좀 우스운 일 같았다.

나는 운전석에 앉아 기독교인들이 삼삼오오 무리를 지어 지나가는 걸 선팅이 된 창문 사이로 지켜봤다. 그들은 여느 곳에서 볼 수 있는 사람들과 다르지 않았다. 다만 조금 더 즐거워 보이고, 조금 더 스스로를 자제할 뿐. 아니면, 단순히 외형상으로만 다른 곳의 사람들과 같아 보인 걸 수도 있다. 모르겠다. 내게는 유사 인류학적인 대충 때려잡기 능력이 더이상 남아 있지 않았다. 나는 밖으로 나와 여기저기 돌아다녔다. 나는 무대 앞쪽에 있는 군중들 틈에 끼어 앉았다.

무대 위에서는 붉은 머리의 크리스천 연사가 무대를 왔다 갔다 하면서 말을 하고 있었다. 느닷없이 그가 고함을 질렀다. "여러분 모두 여러분의 랍비 예수의 재를 뒤집어쓰게 되기를!" 그가 얼마나 큰 소리로 이 말을 했는지를 내가 그대로 전달하려 했다면, 그걸 듣는 이들은 내가 단어 맞히기 게임 사회를 보고 있다고 생각했을 것이다.

한 사내가 내 발밑에서 쓰러져 죽었을 때, 나는 음식 노점 사이에서 헤매던 중이었다. 그 사내는 퍼넬 케이크[18]를 파는 노점 앞에 서 있었다. 육십대 초반으로 덩치가 크고, 반바지에 짧은 팔 남방을 입고 있었다. 사내는 그냥… 죽었다. 치명적인 심장마비였다. 나는 그 자리에 서 있었고 사내는 쓰러졌다. 우리의 뇌 속에 이런 걸 처리하는 어떤 원초적인 영역이 있는지는 모르겠지만, 그의 몸이 바닥에 닿는 순간 나는 그가 죽었다는 사실을 직감했다. 구급요원들이 재빨리 그에게 달라붙었는데, 얼마나 빨리 나타났는지 마치 미리 대기하고 있던 것 같은 희한한 느낌이 들 정도였다. 그들은 사내의 가슴을 계속 펌프질했고, 입으로 숨을 불어넣었고, 수액을 꽂았다. 앰뷸런스가 나타났고, 더 많은 장비들이 동원되었다. 사내의 넓적한 얼굴에는 이제 막 사망한 사람들 특유의 약간 기분이 상한 듯한 표정이 떠올랐다.

18　끓는 기름에 깔때기funnel로 반죽을 흘리면서 자그마한 방석 모양으로 튀겨낸 뒤 가루 설탕을 입힌 음식. 놀이공원이나 행사장에서 파는 거리 음식이다.

사람들이 주위에 몰려들었다. 어떤 이들은 이게 다 쇼라고 생각했다. 내 가까이에 서 있던 한 여자가 씁쓸한 어조로 내게 말했다. "쇼가 아녜요. 사람이 죽었어요." 여자가 울기 시작했다. 그녀가 내 손을 잡았다. 은색 머리에 눈썹이 검은 자그마한 여자였다. "저 사람은 괜찮아요, 저 사람은 괜찮아요." 여자가 말했다. 나는 여자의 옆얼굴을 봤다. "저 사람 가족을 위해서 기도해요." 여자가 말했다. "저 사람은 괜찮아요."

나는 내 트레일러로 돌아왔고, 형편없이 무너져버렸다. 나는 울기 시작했다 몇 가지 이유로 멈췄다. 나는 말도 안 될 정도로 나약하게 노출되어 있는 것 같았고, 외로웠다. 이 여행을 장난처럼 생각하다니, 나는 얼마나 멍청이였던가. 여기에는 너무나 많은 유령들이 있었다. 모든 사람들이 너무나 낯선 동시에 너무나 친숙하게 느껴졌다. 게다가 나는 거의 굶은 상태였다. 개구리 고기는 정말 맛있었지만, 심지어 제이크도 동의했듯이, 충분치 못했다.

이 와중에 스티븐 볼드윈이 보조 무대—크리에이션의 보다 "비주류적"인 활동들은 여기에서 이뤄진다—에서 하고 있는 연설이 내 9미터짜리 차의 벽을 뚫고 들려오기 시작했다. 볼드윈 형제[19] 가운데 누가 누군지 잘 분간할 수 없을지도 모르는데, 스티븐은 그 형제들 중 앞머리를 일자로 자

---

19 배우 알렉 볼드윈을 포함한 4형제. 모두 배우이다.

르고 서부극 시대의 외투를 입고 다니던 약간 혈거인처럼 보이는 인물이다. 그가 하나님에게로 돌아왔다. 몇 달 전 케이블티브이의 어떤 종교적인 토크쇼에서 그를 본 적이 있다. 스티븐 볼드윈과 겔 비지가 같이 나왔다. 볼드윈이 무어라 했는지는 기억에 없다. 왜냐면 비지가 무어라 해괴한 소리를 해서 사회자를 당혹스럽게 만들었기 때문이다. 비지는 "한 세대에 대한 저주"라는 이야기를 꺼냈다. 그게 무슨 소린지 궁금하다면, 미안하다. 난 거듭난 자이지, 마약으로 키워진 자가 아니다.

볼드윈은 여러 가지를 말했는데, 그의 이야기는 갈수록 점점 괴이해졌다. 그는 애리조나 투산에 살던 시절 그들 가족을 위해 일하던 브라질 출신의 아이 돌보미 어거스타가 자신과 아내를 개종시킴으로써 그녀가 고향에서 설교자로부터 들었던 예언을 실현시켰다고 말했다. 볼드윈은 "하나님이 9·11이 일어나게 허락"했고, "그것은 하나님의 분노"였으며, 예수께서 그에게 이 이야기를 우리에게 전파하라고 했다고 말했다. 그는 악마가 9·11을 일으켰다고 말했다. 하나님이 그가 "끝내주게 쿨한 크리스천 영화"를 만들기를 바라고 있다고도 했다. 그는 11월[20]에 "가장 큰 신앙을 가지고 있는 남자"에게 투표해야 한다고 말했다. 군중들은 그 지점에서

---

20 힐러리 클린턴과 도널드 트럼프가 맞붙은 2016년 11월의 대통령 선거를 말한다.

더이상 참지 못하고 폭발했다. 내 트레일러가 뒤흔들렸다.

제이크와 법이 문을 두드렸을 때, 나는 몇 시간째 들어앉아 점점 기운을 잃어가는 가운데 〈사일런스드 타임스〉와 페스티벌 프로그램을 다시 읽는 중이었다. 프로그램에 따르면, 그날 밤 촛불 의식이 있을 예정이었다. 촛불 의식에 대해서는 이미 그 친구들이 이야기해줬다―크리에이션에서 제일 근사한 것 가운데 하나라고. 모두 무대 앞으로 모여들면, 스태프들이 사람들에게 일일이 촛불을 건네준다. 홍보 담당자들 말로는, 무대 위쪽 산으로 걸어 올라가면 전망 좋은 곳이 있었다. 제대로 보려면 거기서 봐야 한다고, 그들은 말했다.

내가 문을 열자, 제이크가 신문을 흔들고 있었다. 법은 제이크 뒤에서 함박웃음을 짓고 있었다.

"이것 좀 봐요." 제이크가 말했다. 그가 들고 있는 건 남부 헌팅턴 카운티 일대를 대상으로 간행되는 수요일판 〈밸리로그The Valley Log〉―"밸리로그에서 읽기 전에는 소문에 불과합니다"―였다.

그 주의 헤드라인은 "퓨마가 크리에이션 페스티벌 야영객들에게 위협이 되지는 않을 듯"이었다.

"우리가 뭐라 그랬어요?" 법이 말했다.

"위협은 아니라니 다행이네." 내가 말했다.

"어쨌든, 우리한테는 위협이 못 되죠." 제이크가 말했다.

나는 그 친구들의 캠프장까지 같이 올라갔다. 모두 말이 없었다. 데리어스는 손으로 턱을 괸 채 아이스박스에 앉아 지평선을 바라보고 있었다. 명상에 잠긴 것처럼 보였다. 조시와 리터는 악기를 연주하며 노래를 부르고 있었다. 피위는 듣고 있었다. 혼자였다. 유태인 여자애들하고는 끝났다.

"안녕, 데리어스." 내가 말했다. 그가 일어섰다. "대략 십분 안에 소나기가 올 거예요." 그가 말했다. 나는 그의 뒤로 가 서서 그가 쳐다보고 있는 곳을 보려고 했다.

"내가 어떻게 아는지 궁금하죠?" 그가 말했다.

데리어스는 내게 바람, 하늘의 얼굴에 대해, 비가 올 것 같을 때 플라타너스 우듬지의 나뭇잎들이 어떻게 뒤집히면서 하얀 면을 내보이는지, 대기 중의 빛이 어떻게 어떤 특정한 "죽은" 색으로 바뀌는지 설명해줬다. 그는 어린아이용 책을 읽듯 내게 풍경을 읽어줬다. "저쪽을 봐요." 그가 말했다. "계곡에 습기가 찬 게 보이죠? 아직 비가 쏟아지지는 않았어요. 하지만 저 뒤는 맑아요—그건 비가 우리 쪽으로 오고 있다는 얘기예요."

몇 분 뒤 비가 쏟아지기 시작했다. 굵고, 모든 것을 순식간에 젖게 만드는, 두들겨대는 빗방울이었다. 모두들 한곳으로 모여들었다. 나는 다 함께 내 트레일러로 가자고 제안했다. 그들은 그런 방법도 있겠구나, 하는 표정으로 서로를 쳐다봤다. 그때 리터가 소리 질렀다. "해치우자!" 우리는 기타—조시의 케이스에 넣어서—와 숲속에서 잡아온, 아직 정체를 밝혀내지 못한 어떤 생명체의 고기를 볶아놓은 프라이팬을 들고 언덕을 달려 내려갔다.

트레일러는 모두 앉을 수 있을 정도로 자리가 넉넉했다. 나는 손전등을 식탁 위에 올려놓았다. 우리는 창문을 열어 바람이 통하게 했다. 데리어스가 카드 트릭을 보여줬다. 우리는 샘물을 마셨다. 누군가가 방귀를 뀌었다. 누가 범인인가(피위였다)에 대한 대화가 이십 분 넘게 이어졌다. 지붕에 떨어지는 빗방울 소리가 드럼 소리 같았다. 그 친구들은 내 숙소에 상당히 깊은 인상을 받았다. 그들은 트레일러 주변에 울타리를 둘러야겠다고 말했다. 내가 버는 돈이면 브랙스턴 카운티에서는 상당히 괜찮은 집을 살 수 있었다.

우리는 기타를 쳤다. RV가 출렁거렸다. 제이크는 크리스천록에 별 관심이 없었지만 신실한 침례교 신자로서 오래된 복음성가들을 좋아했고, 몇 곡을 청했다. 하나님의 사랑이 그에게 임하길. 리터가 한 곡을 불렀고, 그게 날 죽였다. 그리고, 왜 그렇게 됐는지 모르겠는데, 이 친구들이 세속적인 것들에 몰두하기 시작했다. 피위가 닐 영을 무척 좋아한다는 것도 그렇게 알게 됐다. 재미있는 건 피위가 그 전까지는 닐 영을 한 번도 들어본 적이 없었다는 사실이다. 내가 〈파우더 핑거〉를 불러주는 동안 피위는 어린아이처럼 몸을 동그랗게 말고 노래를 들었다. 그러고는 내가 노래를 마치자마자 다시 한 번 부르게 했다. 피위는 내 목소리가 예쁘다고 했다.

우리는 서로에게 얼마나 뛰어난지, 직업적으로 음악을 하는 걸 고려해봐야 한다고 칭찬을 퍼부었다. 조시가 〈스테어웨이 투 헤븐Stairway to Heaven〉을 연주했는데, 모두들 따라 부르면서 목청을 높였다. 데리어스가 말했다. "소리들 낮춰! 다들 우리가 죄악의 마차에 타고 있다고 생각하게 할 필요는 없잖아."

비가 그쳤다. 나갈 시간이 되었다. 그 친구들 중 둘은 아침에 떠날 계획이었고, 나 역시 산 위에 올라가 촛불 의식을 내려다보려면 출발해야 하는 시간이었다. 길이 무대로 갈라지는 데까지 모두들 나와 함께 걸었다. 한 사람씩 나를 안아줬다. 제이크는 내가 "머리를 맑게 해야 하는 상황"이 오면 자기들에게 전화하라고 말했다. 데리어스는 하나님이 나를 축복하기 바란다고, 눈에 진심을 가득 담아 말했다. 그러고 나서 이렇게 덧붙였다. "만약 우리에 대해서 쓸 거면, 한 가지만 부탁해도 돼요?"

"물론이지." 내가 말했다.

"우리가 하나님을 사랑한다는 사실을 써줘요." 그가 말했다. "우리가 미치광이들 같다고 말해도 되는데, 우리가 하나님을 사랑한다는 건 말해줘요."

오르는 길은 멀고 가팔랐다. 꼭대기에는 뒷마당의 데크 같은 게 설치되어 있었다. 데크는 계곡 쪽으로 삐져나와 그 무엇에도 방해받지 않는 전망을 제공했다. 아이들이 마치 여우원숭이들처럼 난간 여기저기에 달라붙어 있었다.

나는 양해를 구하며 가장자리까지 다가갔다. 바로 밑은 절벽이었다. 어두울 무렵이었는데, 갑자기 더 어두워지더니 아주 캄캄해졌다. 무대 양쪽의 조명이 모두 꺼졌다. 핀으로 뚫은 구멍으로 새어나오는 것 같은 작은 불빛들이 나타나 통로를 따라 움직였다. 어렸을 때 우리도 크리스마스이브에 교회에서 이런 촛불 의식을 하곤 했다. 가장자리에 서 있는 사람들부터 불을 밝히고, 점점 가운데로 번져 들어오는 것이다. 촛불은 기하급수적으로 번지는데, 그 효과는 상상을 넘어서는 것이어서, 마지막에 가면 절반의 사람들이 나머지 절반이 들고 있는 초에 불을 붙이면서 마치 누군가가 스위치를 올린 것처럼 보인다. 지금도 딱 그랬다.

구름이 걷히면서 밝은 별들이 다시 모습을 드러냈다. 사방의 나무들에는 온통 반딧불이 천지였고, 내 앞과 저 멀리 아래에는 타오르는 촛불들의 작은 불꽃 수만 개가 카펫처럼 펼쳐져 있었다. 나는 점멸하는 불빛들로 가득한 어둠의 영토 안에 그대로 멈춰 서 있었다.

물론 나는 뉘른베르크[21]를 떠올렸다. 하지만 거기 있었던 동안의 대부분은 데리어스, 제이크, 조시, 법, 리터, 그리고 피위에 대해 생각했다. 다시 만날 수 있을 것 같지 않은 이들, 내가 사랑하게 된 이들, 그리고 하나님을 사랑하는 이들—데리어스가 부탁하지 않았어도 나는 이렇게 말했을 것이다. 아마도 이 말은 내가 여기에 쓴 내용 가운데 가장 진실한 말일 것이다. 그들은 미쳤고, 그리고 하나님을 사랑했다.

---

21 신성로마제국 시대에 중심적인 역할을 했던 도시이자 독일 중앙부에 위치한 도시라 나치가 전당대회 개최지로 활용했다. 대형 군중집회들이 모두 이곳에서 열렸다.

그리고 나로서는 가능하지 않았던, 그 일의 완전무결한 숭고함에 대해 생각했다. 어떤 것이 진실이 아니라는 걸 안다는 것과, 만약 그것이 진실이었을 때 그걸 믿을 수 있을 정도로 당신이 견고하다는 건 다른 이야기다. 저 아래 계곡에서 빛나고 있는 불빛들 가운데 여섯 개는 그들의 것이었다.

바로 그 찰나, 불빛 주변으로 그들의 얼굴이 하나씩 하나씩 고리를 이루어, 사도 바울이 "바라는 것들의 실상"[22]이라고 독특하게 명명한 어떤 것으로 빛나면서 내 눈앞에 떠올랐다. 이 영혼들에 상을 주지 않는 건 실상을 훼손하는 것처럼 느껴졌다.

체스와프 미워시의 시에 이런 구절이 있다.

그리고 만약에 그들 모두가, 수백만, 수억의 그들이,
손바닥을 가지런히 해서 무릎을 꿇고 다 함께 자신들의 환상을 끝낸다면?
나는 절대로 동의하지 못할 것이다. 나는 그들에게 왕관을 줄 것이다.
인간의 마음은 놀라운 것이다; 입술은 강력한 것이고, 그것의 호출은 위대한 것이어서 천국을 열어젖힌다.

만약 누군가가 그렇게 말할 수 있다면, 진정으로 의미한다면.

그들은 한순간, 동시에 촛불을 불어서 껐고, 계곡—실제로 지리학적으로 그렇다—은 연기로 가득 찼다.

나는 새벽에, 크리에이션이 잠들어 있는 동안, 떠났다.

2
연기 속에 잠긴 두 발

1995년 4월 21일 아침, 내 형 워드(엘스워드의 애칭)는 켄터키주 렉싱턴에 있는 한 차고에서 마이크를 입에 갖다댔고, "죽을 정도로 충격을 받았다"는 말 그대로, 감전당했다. 형과 형네 밴드 무비고어스는 내가 학교를 다니고 있는 테네시에서 콘서트를 하기 위해 시카고에서 오는 길이었고, 리허설을 위해 렉싱턴에 하루 머물렀다. 형은 불과 이틀 전에 내게 전화를 걸어 혹시 콘서트에서 듣고 싶은 노래가 있는지 물었다. 나는 지난 크리스마스에 만났을 때 내게 들려줬던 신곡을 불러달라고 했다. 우리의 휴가는 늘 같은 식으로 끝났다. 둘이 늦게까지 술을 마시면서 각자 만든 새 곡들을 서로에게 들려주는 것이다. 형제끼리 화음을 맞추다보면 생물학적으로 뭔가 충족감을 느끼게 된다. 우린 여느 집의 아버지와 아들이 야구를 일종의 정서적 코드로 활용하는 것처럼, 기타를 도구 삼아 음악으로 소통하는 데 도달해 있었다. 워드 형은 나보다 일곱 살이 많은데, 그 정도 나이 차면 형제 사이가 서먹서먹할 수 있다. 내 짐작이 맞을 텐데, 형이 나를 어떤 식으로든 대화가 가능한 상대로 처음 느낀 건 내가 인디애나에 있던 우리의 낡은 집 지하 침실에서 형이 내게 절대로 건드리지 말라고 했던 형의 검정색 텔레캐스터를 가지고 〈라디오 프리 유럽Radio Free Europe〉을 연습하다 들켰을 때였다.

내가 신청한 〈이즈 잇 올 오버Is It All Over〉는 무비고어스의 전형적인 곡들과는 좀 달랐다. 그 곡은 밴드가 자신들의 주특기로 발전시킨 중독성 강한 팝록에 비하면 단순하고 진지했다. 이 변화는 다른 밴드 멤버들에게 여전히 익숙하지 않았고, 워드가 첫 소절—"다 끝난 건가? 난 신문을 훑어보고 있어 / 그 여자를 대신할 누군가를 찾기 위해"—을 부르면서 밴드를 이끌어나가던 순간, 갑자기 전기가 흘러 형의 몸을 관통했다. 전기는 형이 쥐고 있던 마이크를 자석화시켜 작지만 강력한 미사일처럼 형의 가슴에 달라붙게 하고, 기타의 첫 번째 줄과 프랫을 형의 손바닥에 화인처럼 찍어놓고, 형의 심장을 멈춰 세웠다. 형은 그 자리에서 뒤로 넘어갔고, 죽어가기 시작했다.

이 사건에 대해서는 독자들도 이미 알고 있을지 모르겠다. 나는 방금 묘사한 세부 사항의 상당 부분을 그 사고가 있고 나서 반년쯤 뒤에 방영된 〈레스큐 911Rescue 911〉(윌리엄 새트너가 진행하는 리얼리티쇼)의 한 에피소드에서 가져왔다. 형은 이 에피소드의 극화된 부분에서 자기 자신을 연기했는 데, 연기하면서 스스로 놀랐다고 했다. 실제로 일어났던 사 건에 대해 아무런 기억도 없었기 때문이다. 우리 가족과 형 의 친구들은 그 장면들을 지켜보는 걸 힘들어했다.

   새트너의 프로그램은 형이 살아날지도 모른다는 걸 가 족들이 알게 되는 순간에서 끝나는데, 그건 내가 아는 내용 과는 조금 다르다. 하지만 새트너의 이야기가 이런 일의 위 험성에 대해 경고를 보내는 데에는 보다 유용하다. 실제로 이런 응급 상황에서 의학적 처치가 이뤄질 때 이런 "기적" 이 일어나는 경우는 거의 없기 때문이다. 그 단어를 부정하 려는 건 아니지만—렉싱턴에 있는 휴마나 병원의 스태프들 은 내 형의 사례가 "기적적"인 거라고 했다. 그들은 끔찍한 사고와 설명하기 어려운 회복의 경우를 꽤 보아온 사람들인 데도 그랬다—이 표현은 사람의 목숨을 구하는 데 투입되는 사람의 기술과 냉철한 이성을 가리는 경향이 있다. 나는 형 의 가장 가까운 친구이자 밴드 멤버인 리엄에 대해 생각한 다. 리엄은 형이 쓰러진 뒤 구급차가 도착하기 전까지 내내 형을 붙들어 안고 형이 완전히 정신을 놓지 않도록 했을 뿐 만 아니라, 밴드가 연습을 시작할 때 그가 척 테일러라고 부 르는 고무판을 바닥에 놓아줬다. 형이 더 심각하고 영구적 인 장애를 입지 않을 수 있었던 것은 오직 그 고무판 덕택이 다. 또한 나는 형을 살려낸 소방대원이자 구급요원인 캡틴 클래런스 존스에 대해 생각한다. 생각해보면 이상한 일인데, 그는 200줄joule의 순수한 전기충격을 가해서 형을 살려냈다. (그는 나중에 내 할머니의 야단스러운 감사 인사에 대해 모든 공을 하나님에게로 돌렸다.) 이런 사람들, 그리고 내가 만나지 못했고 섀트너가 언급하지 않은 여러 사람들이 아니었더라면, 의심의 여지 없이, 이런 식의 기적은 가능하지 않았을 것이다.

아버지가 내게 이 사고에 대해 알려준 건 오후였는데, 아버지는 전화로 형이 "다쳤다"고만 간단하게 말했다. 나는 형이 살 수 있느냐고 물었는데, 아버지는 끔찍한 침묵을 지키다가 "모르겠다"고 말했다. 나는 테네시에서 렉싱턴까지 차로 다섯 시간 정도 걸리는 거리를 세 시간 반 만에 달려갔다. 병원 주차장에는 렉싱턴에서 사업을 하고 있는 이란성 쌍둥이 외삼촌 둘이 기다리고 있었다. 두 외삼촌은 나를 중환자실로 데리고 가면서, 엘리베이터 안에서 형의 상태에 대해 설명해줬다. 형은 앰뷸런스에 실려오는 동안 다섯 차례나 심장박동이 멈추었고, 캡틴 존스가 〈레스큐 911〉과의 인터뷰에서 "죽음을 부르는 리듬"이라고 묘사한 "심장무수축" 상태에 들어가 있었다고 했다. 형의 맥박이 드럼을 연타하는 것처럼 길게 이어지는 하나의 리듬에 가까웠을 뿐 아니라 아주 약해서 신체에 혈액을 공급하는 역할을 전혀 하지 못하고 있었다는 뜻이었다. 내가 도착했을 때 최소한 형의 심장은 자기 힘으로 뛰고 있었지만, 호흡은 기계의 힘에 전적으로 의지하는 상태였다. 최악의 뉴스는 형의 뇌에 관한 것이었다. 형은 뇌가 1퍼센트만 기능하고 있는 식물인간 상태였다.

대기실에 있는데, 육십대쯤 되어 보이는 덩치 좋은 간호사가 와서 낸시라고 자신을 소개했다. 낸시는 내 손을 잡고는 아무런 소음도 내지 않고 작동하는 두 개의 자동 유리문을 지나 중환자실로 데려갔다. 형은 온갖 튜브와 선들의 지옥에 묶여 있었고, 시커먼 기계들이 형의 내부에서 일어나는 모든 일들을 조용히 측정하고 있었다. 펌프는 아무 기능도 하지 않고 있는 형의 폐 속에 공기를 채웠다 빼내는 일을 대신하고 있었다. 말라붙은 침에서 나는 것 같은 악취가 온 방을 가득 채우고 있었다. 형의 두 눈은 감겨 있고, 몸의 근육 하나하나가 다 늘어져 있었다. 오직 기계들만이 형의 몸을 포기하길 거부하는 어떤 고약한 의지에 사로잡혀 살아 있는 것 같았다.

나는 그 자리에 얼어붙은 채 서서 형을 지켜봤다. 방 한쪽 구석에 있던 간호사가 책망하는 투로 말했다. 내가 전혀 예상하지 못하던 말투여서 그때도 깜짝 놀랐고, 지금 돌아봐도 납득하기 어렵다. "내일 당장 깨어날 것도 아니고 바로 회복되지도 않을 거예요." 나는 멍한 표정으로 그 간호사를 쳐다봤다. 나한테 더 큰 충격을 주고 싶었던 걸까?

"네, 그럴 거 같네요." 나는 이렇게 말하고, 혼자 있게 해달라고 부탁했다. 내 뒤에서 문이 닫힌 뒤, 나는 침대 옆으로 다가갔다. 형과 나는 아버지가 달라서 절반만 형제인 셈이지만, 내가 태어났을 때 형은 이미 내 아버지와 함께 살고 있었기 때문에 사실 나는 형 없이 살아본 적이 없다. 그렇기는 해도 우린 전혀 다르게 생겼다. 형은 굵고 검은 머리카락에 올리브색 피부를 가졌고, 그날 저녁 병원에 모여 있던 우리 가족들의 눈이 모두 푸른색인 데 비해 유일하게 녹색인 구성원이었다. 나는 형의 얼굴 위로 몸을 숙였다. 두 뺨은 평소에 떠올라 있던 홍조가 사라져 창백했고, 입술은 튜브를 받아들이기 위해 살짝 벌어져 있었다. 생명, 싸움, 위기 같은 어떤 신호도 찾아볼 수 없었고, 오직 공기를 형의 폐로 집어넣었다가 빼내었다 하는 작업을 계속하는 산소 공급기에서 나는 음울한 기계음만이 있었다. 형의 뇌는 1퍼센트 정도만 활동하고 있다는 외삼촌들의 암담한 목소리가 머릿속에 울렸다. 나는 몸을 더 숙여 내 입을 형의 오른쪽 귀에 갖다댔다. "형." 내가 말했다. "나야, 존."

아무런 경고도 없이, 193센티미터 거구가, 자신의 온몸에 있는 모든 구멍과 피부에 주렁주렁 매달려서 몸을 온통 묶다시피 한 족히 천 개는 될 것 같은 선들을 비틀면서, 갑자기 깨어났다. 형의 머리가 뒤로 젖혀지면서 나를 향해 눈을 부릅떴다. 눈동자는 거의 보이지 않았다. 형의 두 눈은 오직 아주 짧은 시간 동안만 뜨였고 내 눈에 멍하니 초점을 두었다가 다시 감겼다. 하지만 그 짧은 순간의 강렬함이란! 나는 대학에서 의용소방대원으로 일하면서 전복된 트럭에서 이미 죽어 있는 사람을 끄집어내는 걸 도운 적이 있다. 그때 내 뒤에 서 있던 사람에게 시체를 넘기면서 본 눈을 기억한다. 나는 죽음의 순간 뭐가 됐든 그의 마음에 떠올랐을 마지막 생각의 그림자, 감정 같은 걸 기대하고 있었는데, 그의 두 눈은 그저 두 개의 구슬, 사물에 불과할 뿐이었다. 형의 눈은 그 사람의 눈과 전혀 달랐다. 형의 두 눈은, 비유하자면, 우물에 빠져 기어 올라오려고 하지만 움직이는 순간 바로 바닥으로 미끄러져버리는 사람의 공포에 질린 눈 같았다. 형의 머리는 다시 베개 위로 떨어져 움직이지 않았고, 몸은 이 세계로 다시 들어오려는 잠깐의 노력 때문에 탈진한 것처럼 보였다. 나는 나도 모르는 사이에 붙잡고 있던 형의 손을 내려놓고, 복도로 나왔다.

형은 그날 밤, 그리고 그다음 날 낮과 밤을 혼수상태로 보냈다. 겉으로 드러나는 차이는 없었지만 뇌기능이 향상되고 있다는 신호들이 기계에 포착되기 시작했다. 아일랜드계 신경외과 의사가 우리에게 설명해준 바에 따르면(그의 입장에서 보자면 어린아이의 언어를 사용한 것이었을 텐데), 우리의 뇌는 그 자체로 전기기계인데, 형이 사용하던 오래된 깁슨 앰프에서 흘러나온 전류가 형의 몸에 충격을 가한 뒤, 이를테면 아직도 형의 머리뼈 속을 돌아다니고 있었다. 의사 말로는, 형이 혼수상태에서 깨어날 가능성이 꽤 높지만 형에게 어떤 모습이 남아 있을지, 어떤 성격의 인간이 튀어나올지 누구도 알 수 없다고 했다. 기다리는 것 외에는 할 수 있는 게 없었던 그때의 시간들이 지금은 콜라주처럼 떠오른다. 끔찍한 음식과 간호사들의 조심스러운 격려, 그리고 우리가 가지고 있는 모든 질문에 대해 답을 가지고 있지만 말을 하는 건 거부하는 예언자처럼 침대에 붙박여 누워 있는 형의 불안한 존재감 같은 것들의 콜라주로. 우리는 박물관을 드나드는 관광객들처럼 돌아가면서 형의 병실을 드나들었다.

"사흘째 되는 날"(나라면 절대로 그렇게 말하지 않았을 텐데, 새트너가 TV 프로그램에서 내 대신 이렇게 말했다), 형은 깨어났다. 간호사들이 무척 뿌듯해하는 표정으로 우리를 형의 입원실로 안내했다. 형은 마치 혼수상태에 있던 게 더 좋아서 언제고 다시 그 상태로 돌아가겠다고 결심할 수도 있다는 듯 눈을 무겁게 감은 채 조심스럽게 팔꿈치를 괴고 있었다. 형은 우리가 한 사람씩 방에 들어갈 때마다 좀 모자라는 사람처럼 맥없이 표정이 밝아졌고 거의 알아듣기 어려운 쉰 목소리로 우리 이름을 차례로 부르며 맞이했다. 형은 우리를 알아보는 것 같긴 했지만, 왜 우리가 다 함께 거기에 와 있는지, 혹은 "거기"가 어딘지는 전혀 짐작도 못하는 것 같았다. 그 뒤로 두 주가 더 흐르는 동안 형이 생각해낸 가장 그럴듯한 이유는 결혼식 피로연, 고등학교 동문 포커게임 등이었고, 한번은 일종의 유치장이라고 생각하기도 했다.

감전으로 거의 죽었다 살아난 사람, 한 달 정도를 멍하니 지내고 나서야 원래 우리가 알던, 그리고 지금 우리가 알고 있는 사람으로 돌아온 형을 사람들에게 효과적으로 설명하기 위해 난 지난 몇 년 동안 여러 번 시도를 했더랬다. "마약에 취한 것 같았다"고 하면 훨씬 수월하겠지만, 그건 사실과 거리가 먼 설명이다. 오히려 형은 우리가 중학교 때 약에 취한 척 "야, 네 코가 별처럼 보여" 하면서 상상하던 환각 속에 살고 있는 것처럼 보였다. 나중에 내가 진짜로 약을 하고 경험해본 환각은 그보다 약간 덜 마술적이었지만. 형은 그 세계에 넘어가 있었다. 아버지와 나는 각자 노트를 작성하고 있었다. 우리는 서로가 그렇게 하고 있다는 걸 모르는 상태에서, 형이 드러내는 사소한 모습들이 사라지기 전에 모두 기록해두려고 애쓰고 있었다. 지금 나는 그때 내가 기록한 내용들을 앞에 펼쳐놓고 있다. 특별히 두드러져 보이는 건 없다. 그 가운데 몇 가지를 여기에 옮겨보겠다.

23일 밤. 내 손을 꼭 쥐었다. 그리고 속삭였다. "그게 인간의 경험이야."

24일. 점심을 먹다 말고 갑자기 내가 자기 동생 흉내를 내고 있다고 확신했다. 내 신분증을 보자고 요구했다. 그리고 물었다. "존 흉내를 내는 이유가 뭐요?" 내가 "형, 근데 내가 존처럼 보이지 않아?" 하고 따지자, 형은 "정말 똑같이 보여요. 그러니까 안 잡히는 것도 무리는 아니지"라고 대답했다.

25일. 점심을 먹다 말고 자리에서 일어났다. 내가 다시 앉히려고 했지만, 형은 자기 트레이에 있던 음식들을 다 쏟아버렸다.

형은 자기 어깨를 꽉 붙들고 있는 내 손을 보더니 이렇게 말했다. "나는… 남자들끼리의 사랑을 혐오하는… 사람은 아녜요. 하지만 내 취향은 아녜요."

25일 저녁. 침대 끄트머리에 있는 자기 발가락들을 보며 이렇게 말했다. "사진 찍으면 멋지겠네. 연기 속에 잠긴 두 발."

26일 낮. 심장 모니터를 두고 "엉겨 붙어서 단단하게 굳은 영양분 덩어리"라고 말했다.

26일 밤. 내가 아버지와 존 외삼촌과 함께 형을 침대에 붙들어 매려고 하자 있는 힘을 다해 내게 주먹을 휘둘렀다. 주먹은 불과 1, 2센티미터 차이로 살짝 빗나갔고, 팔에 매달았던 링거줄이 떨어져나갔다. 형의 두 눈은 두려움에 떨고 있었다. 형은 그때 우리를 파시스트 깡패들로 여기고 있었던 거 같다.

27일 저녁. 느닷없이 의자에서 벌떡 일어나더니 당혹스러운 표정으로 벽을 향해 달려갔다. 앞을 보지 못하는 사람처럼 벽의 좁은 면에 양 손바닥을 대고 더듬다가 돌아서더니 이렇게 물었다. "피냐타piñata[1]가 어디 있지?" 그러고는 어기적거리면

---

1   안에 초콜렛이나 사탕 따위를 넣고 봉한 종이공. 아이들의 생일파티 등에서 주로 쓴다.

서 복도로 나갔다. 우리 근처에 있던 덩치 큰 간호사가 복도를 따라 멀어져가는 게 보였다. "저 여자가 우리 피냐타를 가지고 있다면, 내가 정말 화낼 거야."

우리의 경험은 비극에서 희비극으로, 그리고 완전한 소극으로 단절 없이 이어졌기 때문에, 언제 어떤 것이 다른 걸 촉발했는지 콕 집어서 이야기하기는 어렵다. 형은 세상에서 제일 즐거운 주정뱅이 같았다. 잠시도 한자리에 가만있지 못했고, 어떤 것에 대해서도 일 초 이상 집중하지 못하고 온 병원을 헤집고 다녔고, 나는 형이 혹시라도 넘어질까봐 곁다리처럼 줄곧 따라다니며 지켜봐야 했다. 형은 성스러운 바보가 되었다. 형은 기타의 프렛과 줄 자국이 빨간색 십자가처럼 깊이 화인으로 박힌 자기 손바닥을 내려다보면서 이렇게 말했다. "야, 이 흉터에 기어다니는 이 개미들만 없으면 성흔 같을 텐데." 형은 엄마와 아버지가 마치 서로 한 번도 만나보지 않은 사람들인 것처럼 "엄마, 이쪽은 아빠예요. 아빠, 딕시 진이에요"라며 서로를 소개해주기도 했다. 신경외과 의사가 형에게 이름의 스펠링이 어떻게 되느냐고 묻자, "의사 선생님, 만약 선생님 이름이 스펜서라면, w-o-r-t-h-E[2]라고 쓰면 될 거예요"라고 대답했다.

다른 간호사에게 형이 언젠가는 정상으로 회복될 수 있

---

2   이건 자신의 이름이다.

을지 묻자, 그녀는 이렇게 대답했다. "어쩌면요, 하지만 그냥 이대로 있어도 좋지 않겠어요?" 그녀 말이 옳았다. 그 말을 듣고 나는 부끄러웠다. 형의 뇌 속에서 현실을 구축하는 작업이 벌어지는 동안 그 장면을 그 안에서 구경할 수 있다면, 그것처럼 희망적인 동시에 재미있는 일도 없을 것이다. 많은 사람들이 그렇듯, 나는 항상 뇌의 한가운데는, 만약 그곳을 찾아낼 수만 있다면, 틀림없이 무척 어두울 것이고, 인간에게 선하거나 아름다운 면이 있다면 그건 우리의 선천적인 모든 것, 육체적으로 타고난 모든 것에 대항해 싸워온 우리의 투쟁의 결과일 거라고—이를테면 유사 홉스주의자적으로—생각해왔다. 형은 내 그런 생각을 완전히 바꿔놓았다. 여기에 물질의 차원으로, 말라서 갈라지는 시냅스 덩어리 차원으로 축소된 의식이 있었다. 형은 단어들의 사용법은 알고 있었지만, 그걸 사물과 제대로 연결시키지는 못했다. 그 사물들과, 에너지장처럼 다가왔다가 멀어져가는 친숙하지 않은 사람들을 위해 형은 새로운 이름들을 발명해야 했다. 그리고 그런 형의 자리는 나무랄 데 없는, 심지어 시적인 자리라고 부를 수도 있는 곳이었다. 형은 죽음을 만져봤지만, 혹은 죽음이 형을 건드렸지만, 형에게 삶이란 심지어 그런 것도 가능한, 여전히 흥미로운 어떤 것인 듯이 보였다.

또 한 가지 주목할 만한 일이 있다.

4월 25일 늦은 오후. 창살 때문에 형이 누워 있는 중환자실 전체에 철창 모양의 그림자가 드리워져 있었다. 나는 엄마와 아버지에게 형과 둘이서만 시간을 좀 보내고 싶다고 허락을 구했다. 아직 형이 내가 누군지 정확히 알고 있는 것 같지 않았기 때문이다. 자신이 병원에 입원 중이라는 걸 형이 의식하지 못하고 있다는 건 알고 있었다. 입원에 관해 형이 가장 최근에 가지고 있는 생각은, 우리 모두가 할아버지 할머니네 집에 모여 파티를 하고 있다는 것이었고, 한번은 형이 간호사실로 빠져나가 자기 턱시도가 준비되어 있는지 물어보기도 했다. 형과 나는 형의 입원실에 앉아 있었다. 우리 둘 다 아무 말도 하지 않았다. 형은 포크로 젤로를 쿡쿡 찔러보고 있었고, 나는 형이 그걸 가지고 어떻게 할지 그저 지켜보고 있었다. 그날 이른 아침에 형은 수많은 "낯선 사람들" 때문에 두려움을 느끼고 있었기 때문에 나는 더이상 형을 자극하고 싶지 않았다. 아마 오 분쯤 그렇게 침묵 속에 앉아 있었을 것이다.

아주 조용히 형이 울기 시작했고, 형의 어깨가 감정을 주체하지 못하고 들먹거렸다. 나는 형을 건드리지 않고 그대로 두었다. 일 분 정도가 지났다. "형, 왜 우는 거야?" 내가 물었다.

"내가 죽었다는 사실을 알았을 때 내가 본 걸 생각하고 있었어."

내가 제대로 들은 게 분명했지만, 아무튼 다시 한 번 물었다.

형은 마찬가지로 담담하게 같은 말을 되풀이했다. "내가 죽었다는 사실을 알았을 때 내가 본 걸 생각하고 있었어."

자기가 병원에 있다는 사실조차 알지 못하고, 자기한테 어떤 특별한 일이 일어났다는 것도 모르던 형이 자기가 죽었다는 사실을 어떻게 알았을까? 갑자기 맑은 정신이 돌아온 걸까?

"그게 뭐였는데? 뭘 봤는데?"

형이 고개를 들었다. 눈물은 말라 있었다. 형은 차분하고 진지해 보였다. "스틱스강[3]의 둑에 있었어" 형이 말했다. "나를 강 건너로 싣고 갈 배가 왔어. 그런데… 노를 젓는 사람이 카론[4]이 아니라, 헉과 짐[5]이었어. 그런데 헉이 후드를 뒤로 젖혔을 때 보니까, 노인이었어… 아흔 살쯤 됐을까."

형은 얼굴을 손에 파묻고 조금 더 울었다. 그러고 나서는 이 모든 걸 잊은 것처럼 보였다. 내가 노트에 기록한 내용에 따르면, 바로 그다음에 형의 입에서 나온 말은 이랬다. "이거 좀 봐—내 밀크셰이크 안에 앤드루스 자매[6]가 들어가 있네."

우리는 그 뒤로 다시는 그 일에 대해 이야기하지 않았

---

3   그리스 신화에 나오는 명부의 강.
4   스틱스강을 건네주는 배의 사공.
5   마크 트웨인의 작품 《허클베리 핀》의 두 등장인물. 헉은 열세 살의 허클베리 핀이고, 짐은 성인으로 노예 상태에서 도망친 흑인이다.
6   스윙과 부기우기가 유행하던 시절에 활동하던 세 자매 가수.

다. 형이 겪었던 사고와 관련된 건 어떤 것이든 형과 이야기하는 게 쉽지 않다. 형은 마이크에 입술을 대던 그 순간부터 시작해서 그후로 한 달 정도의 기간에 대해 아무것도 기억하지 못한다. 감전, 구급차, 죽었던 것, 되살아난 것, 모두를 기억하지 못한다. 퇴원할 무렵이 됐을 때까지도 형이 조각조각 흩어져 있던 기억들을 간신히 맞춰낸 결과는 어디선가 있을 예정인 콘서트에 늦었다는 것이었고, 이 시기의 형과 관련해서 내가 마지막으로 기억하는 것은 내가 학교로 돌아가야 한다고 했을 때 형이 유쾌하게 손을 흔들어주던 모습이다. "공연장에서 보자." 형이 주차장 건너편에서 소리쳤다. 가족들이 모일 때면 자연스럽게 형의 사고가 화제에 오르는데, 그때마다 형은 약간 의심스러운 눈초리로 우리를 쳐다본다. 형은 그것이 다른 누군가에 대한 이야기고, 어쩌면 우리가 대충 지어낸 이야기라고 생각하는 듯하다.

  잠이 오지 않을 때면 난 아직도 이따금 형이 봤던 걸 재구성해보려고 시도해본다. 형은 교회에 열심히 다녔던 적이 한 번도 없지만(형은 열다섯 살이 됐을 때 자기가 무신론자라고 선언했다) 고등학교 때 라틴어에 뛰어난 학생이었다. 그때 형의 라틴어 선생은 머리를 뒤로 동그랗게 묶은 랭크라는 이름의 나이 많고 다정하고 똑똑한 여자 교사로, 자기 수업을 듣는 학생들에게 고전신화를 읽는 훈련을 시켰다. 임사체험을 하는 순간, 형은 자신을 엄습한 두려움을 설명하기 위해 마음속 가장 깊은 곳에서 무언가를 길어내야 할 필요가 생겼고, 그때 자신이 어렸을 때 가장 강렬하게 느꼈던 어떤 이미지를 끄집어냈던 건 아닐까. 대부분의 사람들은 그런 경우 터널 끝을 밝히는 빛과 관련된 것들을 끄집어낸다는데, 내 형의 경우에는 지하 세계였다.

하지만 헉과 짐이 왜 거기에서 나오는지는 내가 도저히 알 수 없는 부분이다. 내 아버지는 마크 트웨인의 광팬—아버지가 평생에 유일하게 가졌던 교직은 초등학교 1학년 교사 자리였는데, 쉬는 시간에 아이들에게 배우가 읽어주는 마크 트웨인 작품을 들려주었다가 해고당했다—인데, 아버지가 유일하게 추론해낸 단서는 형의 사고가 마크 트웨인이 사망한 1910년으로부터 85주년이 되는 해에 일어났다는 것뿐이었다.

나로선 그들이 내 형을 강의 이쪽에 그대로 남겨두기로 결정했다는 사실이 반가울 뿐이다.

3
미스터 라이틀: 에세이

스무 살 때, 나는 앤드루 라이틀이라는 사내의 일종의
조수가 되었다. 그와 막상막하로 늙었지만 그보다 약간 어
린 누이동생 폴리를 제외하고는 최소한 지난 십여 년 동안
누구에게도 미스터 라이틀 외의 다른 호칭으로 불려본 적이
없는 사람이었다. 폴리는 그를 브라더라고 불렀다. 혹은 브
라다[Brutha][1]라고 하기도 했는데, 두 경우 모두 마지막의 r을 발
음하는 건 들어본 적이 없는 것 같다. 그의 장성한 두 딸은
모두 아빠라고 불렀다. 미스터 라이틀은 나에게 자기를 *mon
vieux*[2]라고 불러도 된다는 식의 언질을 여러 번 주었지만,

---

[1]   Brother를 폴리가 때때로 바꿔서 발음하는 걸 그대로 표기한 것이다.
"Brother", "Sister"는 우리말의 "오빠", "언니"에 해당하는 일종의 경칭이다.
[2]   "old friend" 혹은 "old man" 같은 친숙한 표현에 해당하는 프랑스어.

나는 결코 그를 앤드루나 "올드 맨"[3], 혹은 기타 친숙한 느낌의 호칭으로 불러보고 싶다는 약간의 충동조차 느껴본 적이 없었다. 미스터 라이틀은 나를 소년, 빌러비드beloved 등으로 불렀고, 한번은 편지에서 "내 콧속의 숨결"이라고 불렀다. 내가 그의 집 지하로 옮겨갔을 때 미스터 라이틀은 아흔두 살이 되기 직전이었고, 아흔셋이 되기 한참 전 겨울에 세상을 떠났다. 그가 들어갈 관은 향나무로 짰는데, 나도 그 작업을 도왔다. 향나무를 고른 것은 미스터 라이틀이 그게 냄새가 좋을 것 같다고 했기 때문이다. 관 짜는 일에 내가 큰 도움이 되진 못했다. 나는 삭막한 조명을 매단 춥디추운 작업실에서 이틀 밤을 새면서 널짝에 밀랍을 입혔다. 다른 사람들, 나이 든 사내들—우린 모두 다 해서 넷이었다—은 나무를 자르고 대패질을 하는 데 몰두했다. 그들은 끌로 열장이음새[4]를 파냈다. 목공에 관한 한 내가 해본 거라곤 공작 수업시간에 돌아가는 띠톱에 판재를 집어넣어본 게 전부였고, 내가 서툰 짓 하다가 망칠 경우 다시 손볼 여유가 없는 상황이었기 때문에 나는 그저 시키는 대로, 러닝셔츠를 잘라서 만든 걸레로 향나무 판재의 잿빛 무늬가 자주색으로 반짝거릴 때까지, 마치 그게 그의 삶이 기억되는 방식이기라도 한 것처럼 계속 밀랍을 먹였다.

---

3   친숙하게 느끼는 어른에 대한 호칭으로 자주 쓰인다. 자신의 아버지를 지칭하는 용도로도 많이 쓰인다.
4   비둘기꼬리 모양으로 나무를 파내어 끼워 맞추도록 한 장부맞춤의 한 방식.

이 밤샘 작업 과정을 전체적으로 관장한 이는 그 고원 지역 가장자리의 숲 뒤켠에 외따로 서 있는 집에 살던 로엠이라는 이름의 악기 제조공이었다. 로엠은 2미터 가까운 키에 앞머리를 대충 일자로 자르고 콧수염을 덥수룩하게 기르고 있었다. 거기에 커다란 안경을 꼈다. 그 며칠 동안의 로엠보다 더 긴장해 있는 사람은 한 번도 본 적이 없는 것 같다. 향나무는 자른 지 얼마 안 됐고 건조 과정을 전혀 거치지 않은 상태였다. 로엠은 나무가 전혀 말을 듣지 않는다고 투덜거렸다. 이렇게 일을 서둘러야 하는 것에 대한 불만도 어느 정도는 있었을 것이다. 라이틀은 몇 주 동안 누워서 죽어가고 있었다. 뇌로 들어가는 혈액 공급에 수시로 문제가 생겨 정신이 혼미한 상태였다. 그는 끊임없이 "집에 갈 시간이야"라고 말했다. 처음에는 자기 집, 진짜 자기 집으로 데려다달라는 말이었는데, 섬망 상태에 빠지자 우리가 자기를 끔찍한 가짜 집으로 몰래 납치해왔다고 생각했다. 나중에 열이 올라 눈에 귀기가 서리면서 모든 것이 고통스러울 정도로 선명하게 보이는 상태에 도달했을 때, 그 문장은 우리가 짐작할 수 있는 그런 뜻을 의미하는 게 되었다.

다른 말로 하자면, 그는 충분한 임종 시간을 누렸다. 갑자기 떠난 게 아니었다. 그랬는데도, 그의 가족과 친구들은 그가 평소에 원하던 대로 향나무 관 속에 누우려면 관을 따로 맞춰야 한다는 걸 알았으면서도, 누구 하나 나서서 이 산 꼭대기 마을에서 그 일을 누가 할 수 있을지, 얼마나 오래 걸

릴지 등등의 질문을 던지지 않았다. 해야 할 일을 하지 않았다고 해서 그들 탓을 할 생각도, 우리 스스로를 탓할 생각도 없다. 그건 그가 죽으리라는 걸 믿지 않으려던 태도 때문인 듯하다. 라이틀의 존재 자체가 아주 오랜 기간 동안 근본적으로 그의 죽음 이후를 전제했기 때문에, 라이틀은 이제 자신이 실제로 죽어간다는 이유로 우습게 보일 수도 있는 위험을 감수할 생각이 전혀 없었을 것이다. 나의 할아버지가 당신이 스와니 대학에 다니던 1930년대에 이미 사람들이 라이틀을 노인처럼 대했다는 이야기를 한 적이 있다. 내가 그를 만나기 무려 육십 년 전에 말이다. 그리고 그는 스스로도 "영원의 감각 속에서 살고" 있다는 식의 이야기를 하면서 자신에 대한 이런 인상을 북돋은 면이 있다. 게다가 그가 성장한 세계—20세기가 시작되는 시점의 테네시주 한복판—는 우리가 살면서 겪은 남부보다는 유럽의 중세와 공통점이 더 많은 곳이었다. 그의 동료와 적들 모두 이미 세상을 떠났다. 가운데 딸은 이미 오래전에 묻었다. 그의 단 하나뿐인 아내 역시 세상을 떠난 지 삼십사 년이 됐고, 이제 미스터 라이틀도 죽었다. 그리고 우리한테는 향나무 관이 없었다.

하지만 누군가가 로엠을 알았다. 혹은 로엠이라는 사람에 대해 알았다. 그리고 알고 보니 로엠은 라이틀의 저작들을 알고 있었다. 사람들이 로엠에게 며칠밖에 시간이 없다고 말했을 때, 로엠은 아무런 망설임 없이 일을 맡겠다고 나섰을 뿐 아니라, 심지어 용서를 모르는 주인을 불쾌하게 만들까봐 두렵기라도 한 듯 조바심을 내기까지 했다. 로엠은 그 작은 작업 공간에서 커다란 플라스틱 통에 블랙커피를 잔뜩 담아놓고 수시로 전자레인지에 데워가면서 콜라를 마시듯이 들이부었다. 로엠의 모습은 위압적이었다. 덩치가 너무 커서 나머지 사람들은 서 있을 공간도 부족해 보였다. 게다가 관이 실내 한가운데의 작업대 위에 올려져 있었기 때문에 우리들은 벽에 붙어서 움직여야 했다. 작고 섬세한 악기를 붙들고 몇 달씩 작업을 하던 로엠이 최소한 하룻밤에 두어 번은 등받이도 없는 작업 의자 위에 무너지듯 그 큰 덩치를 구기고 앉아서 손바닥에 얼굴을 파묻은 채 "죄다 엉망이야!"라고 웅얼거리곤 했다. 나와 내 친구 샌포드는 그 모습을 멍하니 지켜보기만 했다. 하지만 네 번째 구성원, 라이틀과 위층에서 같이 살면서 마지막 무렵에 간호사 역할을 했고 로엠에 대해 좀 알고 있었던 자그마한 사내 할—이제 와서 생각해보니, 처음에 가족에게 로엠에 대해 이야기한 사람이 아마도 그였을 것 같다—은 로엠의 양 어깨에 두 손을 얹고는 사람들 모두 시간이 부족하다는 걸 알고 있다는 점을 상기시키고, 필요하면 잠깐 쉬었다 하라고 조용히 말하면서 그를 안정시키곤 했다. 그러면 로엠은 일어나서 담배를 피웠다. 로엠은 옛날 영화에 나오는 불량배들이 하던 것처럼 두 손가락 끝으로 담배 끄트머리를 잡고는 입술에 물었다 뗐다 하며 담배를 피웠다. 샌포드와 나는 그의 트럭에 앉아 샌포드가 휴대용 술병에 넣어 온 보드카를 마시면서 거의 한마디 말도 나누지 않은 채 작고 밝은 불빛이 새어나오는 창문과 그 작업 창고를 지켜보곤 했다.

그로부터 몇 주 뒤에 샌포드가 할에게서 들은 이야기를 해줬는데, 라이틀의 장례식—이상하게도 로엠은 참석하지 않았다—이 있던 날 아침 일곱시에 할이 자다가 일어나보니 로엠이 할과 그의 아내가 자고 있는 침대 발치에 앉아서 혼잣말로 반복해서 "됐어"라고 중얼거리고 있었다고 한다. 그 뒤로는 두 번 다시 로엠을 보지 못했다. 관은 예술이었다. 그 관을 본 사람은 거의 없었다. 장례식에서, 그리고 장례식장에서 묘지까지 가는 내내 관에는 천이 덮여 있었고, 사람들이 줄지어 서서 구덩이에 흙을 조금씩 퍼 넣을 때에도 그 육각형 뚜껑과 로엠이 거의 기적적으로 한 시간의 여유 시간을 확보해서 거기에 새겨 넣은 소용돌이 장식은 불과 몇 초만 보이다가 시야에서 사라져갔다.

라이틀이 아내를 잃고 나서 오래지 않아, 어쩌면 그 전부터, 어린 남학생들이 라이틀의 집에서 살기 시작했는데, 이 집은 내가 열일곱 살의 나이로 대학에 들어가던 그때에는 비공식적이기는 해도 일종의 교육기관으로 인식되고 있었다. 예전에 그 집에 거주하던 학생들은 주로 뛰어난 문학적 재능을 보여준 이들이었는데, 그 자신이 라이틀의 제자였고, 라이틀이 오랜 기간 혼자 사는 동안 친아들 같은 역할을 했던 일찍 머리가 센 교수가 이 학생들을 선발했다. 그러나 세월과 함께 라이틀의 명성도 쇠락하면서, 이들의 역할은 단순히 그 집에 상주하면서 라이틀을 태우고 다니고, 장작을 패고, 그가 넘어져서 엉덩이뼈가 부러지거나 할 때 그 소리를 듣고 쫓아가는 일 같은 것에 기울어졌다.

이 집에 거주하는 걸 일종의 특권으로 여기는 이들은 항상 있었는데, 특히 영문학을 전공하는 아이들이 그랬다. 우리는 남부대학The University of the South[5]의 학생들이었고, 라이틀은 남부 그 자체였다. 그는 '흙의 사람Agrarian'이라는 문학 선언을 발표했고, 공동 에세이집 《나는 내 자리를 지킬 것이다I'll Take My Stand》를 펴낸 그 유명한 '열두 명의 남부인들Twelve Southerners'[6] 중 마지막 생존자였다. 신성시되는 시인 그룹 '도망자들the Fugitives'[7]의 동지였고, 앨런 테이트Allen Tate[8], 로버트 펜 워런Robert Penn Warren[9]과 젊은 시절부터 친구였고, 플래너리 오코너Flannery O'Connor와 제임스 디키James Dickey, 그리고 해리 크루즈Harry Crews의 멘토였고, 1960년대에 〈스와니 리뷰The Sewa-

---

5   테네시주에 있는 스와니 대학의 별칭.

6   'Southern Agrarians'라고도 불렸는데, 대부분 도망자 그룹과 겹친다.

7   테네시주 내슈빌 소재 밴더빌트 대학을 중심으로 모여 〈도망자The Fugitive〉라는 문학잡지(1922~1925)를 발간한 시인, 학자들을 일컫는다. 남부문학을 재건했다는 평가 속에 20세기 미국 시단의 중요한 한 부분을 차지했다. 이들 중 일부는 이후 신비평운동에서도 중요한 역할을 한다.

8   '도망자들'에서 가장 큰 명성을 얻은 시인. 미국의 계관시인이 되었다.

9   워런은 테이트와 함께 밴더빌트 대학에 다녔다. 테이트는 학부생 시절부터 밴더빌트의 교수와 지역 지식인들로 구성된 시 워크숍 그룹에 참여했고, 여기에 동료 학생인 워런을 소개한다.

nee Review〉[10]의 편집자로 코맥 매카시Cormac McCarthy의 소설을 처음 간행한 이들 중 한 사람이기도 했다. 내가 그를 알게 된 1990년대 중반에는 소위 남부 르네상스 문학이 이미 학계에서 빛바랜 지역 연구 주제 정도로 상당 부분 사그라든 상태였다는 걸 염두에 둘 필요가 있다. 라이틀은 이 쇠락하고 위축된 조건 아래서도 시간이 지나면서 망가진 것, 다시 되살려내야 할 것을 상징하는 존재로 그럭저럭 남아 있었다.

누구나 다 그렇게 느꼈던 건 아니다. 내가 신입생 때 기숙사 방을 같이 쓴 애틀란타 출신의 43킬로그램짜리 말라깽이 금발 스미티와 처음 만난 날 밤 방바닥에 앉아 이런 이야기를 나누었던 게 기억난다. 스미티는 어느 사립학교에서 연극 담당 교사에게 베케트 작품을 하게 해달라고 조르면서 고등학교 사 년을 끔찍하게 보낸 뒤였다. 그날, 내가 어떤 음악을 좋아하는지 묻자 스미티는 **트럼펫**이라고 쏘아붙였다. 그날 밤 스미티는 라이틀에 대해서도 이런저런 이야기를 늘어놓으며, 그가 그로테스크한 데다 지독한 파시스트라고 했다. "너 앤드루 라이틀이 뭐라고 했는지 알아?" 스미티가 라

---

10 미국의 문학잡지는 전국적인 규모의 상업 공간에서 간행하는 잡지(〈뉴요커〉 등), 독립 문학잡지(〈원 스토리〉, 〈플로우셰어〉 등), 그리고 대학에 기반하는 문학잡지(여기에서 언급한 〈스와니 리뷰〉 등)로 분류할 수 있다. 대학에 기반하는 문학잡지라 하더라도 필자와 독자는 대학 외부를 향해 열려 있어서 미국 문학 생태계의 기반 역할을 한다. 독립 문학잡지와 함께 '작은 잡지Little Magazines'로 통칭된다. 〈스와니 리뷰〉는 1892년 이래 한 번도 빠지지 않고 분기별로 간행되어왔는데, 윌리엄 포크너, 유도라 웰티, 월리스 스티븐스, 코맥 매카시, 플래너리 오코너, 실비아 플라스 등 유수의 소설가, 시인들의 초기작들을 게재했다.

이터를 흔들면서 말했다. "들어봐. '인생은 멜로드라마다. 오직 예술만이 진짜다.'"

나는 스미티의 뒷말을 기대하면서 고개를 끄덕였다.

"너무 **끔찍한** 말 아냐?"

내 생각엔 별로 그렇지 않았다. 아니면 그렇다고 생각했지만 그렇거나 말거나 관심이 없었던 것일 수도 있다. 나는 내가 무슨 생각을 하고 있는지도 모르는 상태였다. 당시 나는 남부라는 비극적인 주술에 걸려 있었는데, 내가 그렇다는 사실을 느꼈을 수도 있고, 그렇지 않았을 수도 있다. 내 경우에는 중증이었다. 왜냐면 나는 과도할 정도로 자랑스럽게 여기던 켄터키의 뿌리에서 잘려나와, 인디애나에서 뉴잉글랜드 출신 아버지 밑에서 성장하면서 내 인생이 아무 데도 속해 있지 않다는 느낌을 희미하게나마 늘 가지고 있었기 때문이다. 다른 아이들은 그런 걸 느끼지 않았고, 신경도 쓰지 않는 것 같았다. 나는 그 고통을 신체적으로 느낄 정도였다. 그리고 마침내 나는 어떤 의미 있는 곳에, 거기에 있게 되었다. 남부… 나는 그후로도 항상 외부에 있게 될 사람만이 할 수 있는 방식으로 남부를 사랑했다. 밤에 포크너Faulkner라는 말을 듣기만 해도 격한 감정이 몰려왔다. 입학하고 몇 달 후 셸비 푸트Shelby Foote가 와서 자신이 쓴 《시민전쟁사The Civil War: A Narrative》 가운데 한 부분을 읽은 적이 있다. 그가 낭독을 마치자 셋째 줄에 앉아 있던 흰색 양복 차림에 기름기가 흐르는 백발을 길게 기른 동네 노인 하나가 지팡이를 짚고 일어나더니, 아무개 장군과 아무개 장군이 어떻게 어떻게 했다면 남부가 이길 수도 있지 않았겠느냐면서 푸트에게 의견을 물었다. 그러자 푸트가 북부는 한 손을 뒷짐 진 채 '그 전쟁'을 이겼다고 대답했다. 관객석이 술렁였다. 사람들이 이렇게 관심을 가지고 있는 걸 보고 나는 신이 났다. 그러니 어떻게 라이틀에 대해 궁금해하지 않을 수 있었겠는가. 교정 뒤쪽의 조상 대대로 내려온 작은 집에서 타오르는 장작불 앞 흔들의자에 앉아 역시 대대로 내려온 은잔에 버번을 마시면서 언젠가 유도라 웰티가 자신에게 한 말을 우울하게 되새기고 있는 사람을. 학교에 유명한 작가들이 찾아올 때마다 그들은 라이틀을 만나고 싶다고 청하곤 했다. 그의 소설들을 읽어보려고 했지만, 내 마음은 그대로 튕겨나오곤 했다. 그 소설들은 뚫고 들어갈 수 없도록 짜여 있는 것 같았다. 그렇지만, 그럼에도 나는 그를 만나고 싶었다. 1970년대에 그런 식으로 초대받아 그의 집에서 지냈던 내 삼촌 가운데 한 사람은 그 경험이 자신을 근본적으로 변화시켰고, 늘 무엇이 진짜인지 추구하면서 살게끔 했다고 내게 말했다.

그 일이 성사된 방식은 너무나 독특해서, 운명의 작용이라고 하기도 그렇고 운명 따위는 존재하지 않는다고 하기에도 적절하지 않다. 그 무렵 나는 학생도 아니었다. 나는 성적 불량으로 제적당하는 상황을 모면하기 위해 2학년을 마친 뒤 자퇴했고, 친구와 함께 아일랜드로 가 돈도 모으지 못하면서 식당에서 일하고 있었다. 하지만 내가 떠나기 전에 이미 무언가가 일어나고 있었다. 당시 나는 샌포드라는 장난기 넘치는 사내와 친구로 지내고 있었는데, 나이가 쉰 가까이 된 이 사내는 공동 농장 근처에서 전기 공급의 혜택도 거부하고 독불장군처럼 혼자 자연인의 삶을 살고 있었다. 그는 토머스 제퍼슨이 발명했을 것 같은 그런 집에서 살았다. 샘에서 끌어올린 물이 집 위에 세워진 탑에 있는 오래된 우유 저장고에서 흘러내려왔고, 냉장고는 트레일러들이 모여 있는 동네에서 건진 프로판가스 통을 직접 개조한 것이었다. 지붕에는 1세대 태양광 패널이 설치되어 있었고, 흙벽 그대로의 지하 저장고와 장작 난로가 있었다. 샤워는 폭포에 가서 했다. 우리는 기억에 남을 만한 환각의 시간을 여러 번 가졌는데, 당연히 내 학점을 올리는 데는 전혀 도움이 되지 않았다.

샌포드는 돈을 거의 필요로 하지 않았지만 타운에서 마사지 치료사로 일하면서 돈을 벌었는데, 그 고객 중 하나가 바로 앤드루 라이틀이었다. 라이틀은 한 주에 한 번씩, 어떤 때는 오른쪽 차선으로, 어떤 때는 왼쪽 차선으로, 마음 내키는 대로, 거의 요트만 한 크기의 초콜릿색 엘도라도를 직접 몰고 나타났다. 경찰은 그가 나타나면 뒤를 따라가야 한다는 사실을 다들 알고 있었고, 멀찌감치 떨어져, 오로지 그의 안전을 위해 그렇게 했다. 라이틀은 종종 샌포드가 일하는 시간보다 일찍 나타나서 차 안에서 안달하며 기다리곤 했다. 그는 사람의 손이 자기 살에 닿는 느낌을 좋아하고, 그게 자기가 계속 살아 있게 해준다고 믿는다고 말했다.

하루는, 라이틀이 마사지를 받으면서, 지금 자기 집에 있는 아이가 졸업하게 됐다고 말했다. 내가 학업을 얼마나 말아먹었는지도, 그래서 곧 학교를 떠날 예정이라는 것도 아직 모르고 있던 샌포드는 내 이야기를 하면서 그에게 내가 쓴 단편소설들을 몇 편 건넸다. 아니면 시였던가? 두말할 것 없이 끔찍한 것들이었지만, 아마도 "장래성"은 있어 보였던 모양이다. 여름이 끝나갈 무렵, 항공우편들이 우리가 살고 있던 코크시의 언덕 꼭대기 아파트 문 밑으로 모습을 보이기 시작했다. 그 봉투들은, 아직 기억하는데, 묵직한 타자기에서 말려 나온 탓에 내가 받아볼 때도 약간 말려 있는 상태였다. 첫 번째 편지에는 날짜가 적혀 있었다. "나는 이제 영원의 감각 속에서 살고 있기 때문에 정확한 날짜를 아는 경우가 거의 없고, 날씨가 변하는 걸 보고 그날의 경과를 알게 되는 편인데, 지금은 아마 8월 말일 거요." 그리고 이런 내용이 이어졌다. "나는 당신이 여기에 와서 나와 함께 살게 될 것으로 추정하고 있소."

그렇게 된 것이다. 그가 그렇게 요구했다. 따지고 보면, 그는 구체적으로 요구하지도 않았다. 라이틀이 적절한 경로를 무시했다는 사실 때문에 나중에는 학교 측과 약간 어색한 관계가 되기도 했다. 당시에는 그런 것들이 전혀 중요하지 않았다. 나는 흥분했다. 위대한 인간의 인정을 받는 데서 오는 불안정한 진동 같은 느낌, 그리고 그 뒤 멀리에서 명성과 명예 따위가 다가오는 느낌 같은 것들 때문에. 그의 편지는 처음에는 한 주에 한 번씩 오다가, 그 뒤에는 두 번씩 왔다. 그 편지들은 일관성의 안팎을 제멋대로 넘나들고, 다양한 시제와 여러 세기 사이를 자유자재로 오가는, 아주 명민한 치매 상태를 보여주었다. "이게 내가 저항하는 방식이다 완벽히 헛되게"라고 쓸 때 쉼표를 빠뜨리면서 마음을 움직이는 문장이 탄생한 것처럼, 때때로 그의 오타와 미약한 시력이 아주 놀라운 문장들을 만들어내기도 했다. 그는 나더러 이미 작가인데도 스스로 뭘 하고 있는지 아무 생각이 없다면서 이렇게 말했다. "이 지점에서 바로 손위 예술가가 개입해줘야 하는 거지." 그는 우리가 젊었을 때 뮤즈가 우리를 시험하는 방식에 대해 썼다. 우리 사이의 말투가 점점 친밀해지면서, 그의 말투도 점점 다급해져갔다. 빨리 돌아와야 한다, 내가 얼마나 더 살지 누가 알겠는가, 하는 식이었다. "누구도 자기 앞에 놓인 걸 예방하거나 피할 수 없네." 그는 내게 전수해주고 싶은, 그로서도 "배우는 데 너무 오래 걸린" 것들이 있다고 말했다. 지금 그는 자신의 폭발적인 집중력이 사라졌다는 사실에 놀라고 있었다. 그는 내게 학교에 대해서는 걱정하지 말라고 했다. "대학이 아마 작가한테 가장 좋은 준비 과정은 아닐 거야." 나는 지하실에서 손님으로 살게 될 터였다. 우리는 우리의 작업을 해나가게 될 것이었다.

돌아가는 데 몇 달 걸렸고, 라이틀은 짜증을 냈다. 마침내 내가 그 집의 현관문을 들어서게 됐을 때 라이틀은 자기 의자에서 일어나지 않았다. 그의 몸은 소파 위에 괴기한 모습으로 널브러져 있었다. 도둑들이 그의 몸에서 뼈를 다 빼내어 훔쳐가고 나머지만 그 자리에 내버려둔 것 같았다. 라이틀은 거대한 검정색 장작받이가 들어 있는 돌로 된 벽난로를 가리키면서 말했다. "장작이 너무 적어서 미안하네. 내가 11월에도 살아 있을 줄은 몰랐거든." 그는 내가 불을 다시 붙이고 키우는 동안 마치 전신마비라도 된 사람처럼 꼼짝 않고 앉아서 지켜보기만 했다. 그는 내가 나무를 쌓아올리는 모양이 마음에 들지 않을 때에만 말을 했다. 무거운 장작이 아래로 가야 해, 열을 발산할 수 있으려면. 불길이 너무 세면 안 돼. "젊은이들은 언제나 그 실수를 범하지." 그는 위스키를 좀 부어달라고 하고는 자기는 낮잠을 잘 생각이라고 단도직입적으로 말했다. 그리고 뒤로 기대더니 위스키병을 넣었던 벨벳 천을 눈 위에 얹었다. 나는 그의 맞은편에 삼사십 분정도 앉아 있었다. 그는 처음에는 잠꼬대를 하더니 나중에는 내게 말했다. 그가 무의식에서 의식으로 움직여가는 전환점은 눈치채기 어려울 정도로 미묘하게 변화했고, 그마저도 중간중간 과정을 건너뛰기 일쑤였다. 그가 말하는 내용은 불평과 경고가 대부분이었다. 예술가의 삶에는 도처에 덫이 있다, "적의 교묘한 책략"을 조심해라 등등.

"라이틀 선생님." 내가 속삭였다. "누가 적이죠?"

그가 일어나 앉았다. 초점을 잃은 그의 눈은 얼음 같은 푸른색이었다. "이런, 이 친구야," 그가 말했다. "부르주아들이지!" 그러더니 그는 내가 누구인지 잊어버리기라도 한 듯

나를 잠깐 쳐다봤다. "물론," 그가 말했다. "자네야 아직 애기니까."

그 낮잠 시간 동안 나도 버번을 두 잔 마셨고, 약간 알딸딸해졌다. 그가 자기 잔을 들면서 말했다. "적에게 혼란을." 우리는 마셨다.

라이틀이 사는 곳은 '회합'이라고도 불리던, 오래된 초토쿠아Chautauqua[11]가 있던 제법 목가적인 곳이었다. 중남부의 주들을 휩쓴 황열병을 피하기 위한 방편으로 북쪽 혹은 고지대에 생겨나기 시작한 허름한 리조트의 일종이었다. 라이틀은 자기가 어린아이였을 때 그곳에 왔던 걸 기억하고 있었다. 사람들 말로는 19세기에 어느 나이 든 판사가 작은 만灣 어딘가에 있던 작은 집을 통째로 옮겨왔다고 했다. 세월이 지나는 동안 집을 상당히 잘 꾸며왔지만, 벽면에 노출된 목재들이 그대로 남아 있었다. 집의 사면을 포치가 빙 둘러싸고 있었다. 소나무숲을 훑고 지나는 바람 소리를 제외하면 대체로 고요했다. 손님이 오는 경우가 아니면 사람의 흔적을 찾아볼 수 없었다. 여름 별장으로 적합한 곳이었는데, 라이틀은 다른 계절에도 그곳을 떠난 적이 없었다.

11　19세기 후반~20세기 초반에 걸쳐 미국 전역에 걸쳐 유행했던, 성인을 대상으로 하는 사교·교육 운동. 감리교회에서 여름학교 교사들을 훈련시키려는 목적으로 시작되었는데 곧 일반인들에게도 퍼져나갔다. 여름 캠프 같은 형식으로 정착해서 규모가 큰 곳은 수천 명이 모여들었고, 음악, 강연, 설교와 예배, 공연 등의 프로그램이 있었다.

라이틀은 모퉁이 방에 있는 조각으로 장식된 넓은 침대에서 잤다. 그의 삶은 침대에서 술병 등을 넣어두는 작은 캐비닛으로, 다시 난롯가의 의자로 이어지는 길을 오가는 푹신푹신한 베이지색 슬리퍼의 조용한 소리와 그 길을 따라가며 가볍게 두드리는 지팡이 소리의 연속이었다. 그는 혼자 노래를 부르기도 했다. 애팔래치아산맥에 사는 이들의 노래였는데, 가사는 이랬다. "두려움은 두려움을 두렵게 할 수 없다네, 나의 오랜 벗이여." 아니면 그가 내 나이 때 혹은 그보다 어렸을 때 파리에서 배운 〈파리의 다리 아래Sous les Ponts de Paris〉와 〈원탁의 기사들Les Chevaliers de la Table Ronde〉 같은 노래를 불렀다. 라이틀은 프랑스어를 아주 잘했는데, 정말 매력적인 건 그의 영어 말투였다. 지금은 사라져버린 중남부 개척자들의 언어에, 역시 지금은 아무도 사용하지 않는 북동부 지역 도심의 켈트어[12](번드burned를 "보인드"라고 발음한다)의 거친 고풍스러움을 간직하고 있었다.

나는 아래층에 있으면서도 그가 움직이는 소리를 늘 들을 수 있었고, 그가 지금 집의 어디에 있는지 훤히 알았다. 내가 기거하는 공간은 한때 부엌으로 쓰이던 곳이었다. 하인들은 뒷계단을 통해 위층으로 오르내렸다. 바닥에는 돌이 그대로 노출되어 있었고, 늘 습기가 차 있었다. 그리고 밤

---

[12] 보스턴을 위시한 북동부 도시에 거주하는 스코틀랜드, 아일랜드 출신 이민자들의 언어.

이 돼서 참을 수 없이 습해지기 전까지는 따뜻해지는 법이 없었다. 잠을 자려고 누워 있으면 동굴귀뚜라미들이 나타나 뛰어다녔는데, 착지할 때마다 아주 작은 딸깍 소리를 냈다. 아침에 눈을 떠보면 그가 한 손에는 커피를, 다른 손에는 지팡이를 든 채 나를 내려다보고 있을 때가 자주 있었다. 그리고 그는 "자, 주인님, 이제 일어나서 귀부인께 자비를 구해야 하지 않을까요?"라고 말하는 것이었다. 이 귀부인이란 뮤즈를 말하는 것이었다. 라이틀은 온갖 종류의 인사법과 호칭을 알고 있었다.

반년에 걸쳐 우리는 그가 의식의 일관성을 가장 잘 유지하던 늦은 아침부터 이른 오후에 이르는 시간 동안 꾸준히 공부했다. 플로베르와 조이스를 읽었고, 유명한 러시아 작가들을 그보다 더 많이 읽었다. 그리고 그가 에세이를 쓰던 시절에 다룬 책들을 읽었다. 라이틀은 내게 융을 읽히려고 했다. 그는 내가 쓴 것들을 자르고 또 잘라서 결국엔 결론 부분만 남겨놓고는, 그 부분에 대해서는 자신이 경탄한다고 주장했다. 내가 너무 쉽게 웅변으로 빠진다는 게 그가 늘 내리는 진단이었다. 나는 그의 비평을 수용하려고 노력했지만, 그의 비평이 너무 복잡해 구체적인 결과물로 보여줄 수 없었다. 그는 내가 세상에 존재하고 있는 줄도 모르고 있던 문제를 해결하는 법을 가르쳐주려 애썼다.

거의 하루에 한 번 그는 이렇게 말하곤 했다. "아직 조금 더 쓸 수 있을 거 같아, 정신이 버텨준다면 말이지." 어느 날 아침에는 타자기 키가 움직이는 소리가 아래층까지 들리기도 했다. 그날, 그가 낮잠을 자고 있는 동안 나는 그의 방에 몰래 들어가 타자기 덮개를 벗기고 그가 삼사십 개 정도의 단어로 쓴 한 문장을 훔쳐봤다. 두어 단어에 삭제 표시가 되어 있고, 그 위에 그것들을 대신하는 단어가 볼펜으로 적혀 있었다. 충격적인 문장이었다. 말이 제대로 안 되는 문장일 거라고 어느 정도 예상하고 있었고, 그 사실이 우리의 이 모든 실험과 나의 교육에 대해 무언가 불길한 사실을 말해줄 것 같아 두려워하고 있었는데, 그와 정반대되는 것을 맞닥뜨렸던 것이다. 그 문장은 완벽했다. 그 문장 속에서 라이틀은 자신이 어렸을 때 여러 사람이 초기 모델 자동차를 타고 가다가 벌어진 일을 묘사했다. 운전사가 조종 능력을 잃고 문이 열려 있는 창고 속으로 돌진해 들어갔는데, 정말 다행스럽게도 창고 안이 텅텅 비어 있었고 반대편 문도 열려 있어서 차는 그대로 창고를 통과해 다시 햇볕 속으로 돌아왔다. 그렇게 나온 뒤, 그 차에 타고 있던 이들이 모두들 웃고 경적을 울리고 양 팔을 흔들면서 자신들이 살아남은 기적을 축하했다. 라이틀은 자신의 산문을 통해 공포에서 기쁨으로 옮겨간 이 순간적이고 거의 연금술적인 전환을 효과적으로 재현해냈다. 내가 왜 그 문장을 옮겨 적지 않았는지 모르겠다. 아마도 훔쳐보고 있다는 부끄러움 때문이었을 것이다. 라이틀은 그 이상은 쓰지 않았다. 하지만 내게는 그 한 문장이 그와 함께 산 그해의 핵심이었다. 그가 가장 허약해져 있는 상태에서도 여전히 해낼 수 있었던 걸 나는 할 수 없었다. 나는 그의 말이 더없이 지루할 때조차, 더 열심히 경청하기 시작했다.

그의 머리카락은 얼마 남지 않았고 완전히 은색이었다. 그는 매일 트위드 재킷을 입었고, 목에는 너구리의 음경 뼈를 날카롭게 갈아서 만든 이쑤시개에 금으로 만든 손잡이를 붙인 걸 매달고 다녔다. 그의 안경을 한번 써본 적이 있는데, 그걸 쓴 채 팔을 뻗고 내 손을 보니 형체가 불분명한 커다란 베이지색 덩어리만 보였다. 그의 이마에는 무언가가 튀어나와 있었다. 내 생각엔 아마 물혹이었던 것 같은데, 어떻게 할 수 없을 정도로 커져 있었다. 탁구공을 반으로 잘라놓은 것 같은 모양에 딱 그 크기였다. 의사가 여러 차례 제거 수술을 권했지만, 라이틀은 그걸 화젯거리 정도로 여겼다. "치장하는 거는 나랑 안 맞아." 그는 띠에 파랑새 깃털이 꽂혀 있는 회색 페도라[13]를 쓰고 다녔다. 얼굴 피부는 이상할 정도로 젊어 보였다. 팽팽하고 투명했다. 하지만 몸의 다른 부분들은 외계인 같았다. 나는 한 주에 한 번 그가 목욕하는 걸 도왔다. 반점을 비롯해 이런저런 것들이 얼마나 오랫동안 그의 등에서 남모르게 자라왔는지는 신만이 알 것이다. 그의 피부는 익히지 않은 반죽 같았다. 늘어졌다거나 덩어리가 졌다는 이야기가 아니라—건강상으로는 별문제 없었다—아주

---

13 높이가 낮고 챙이 위로 조금 말려 올라간 중절모.

연약하게 느껴졌다는 의미이다. 머리 밑으로는 몸에 털이 전혀 없었다. 발톱은 뿔 같았다. 목욕을 마치고 나면 그는 깨끗한 시트 사이에 누워 몸이 완전히 말랐다는 느낌이 들 때까지 기다렸다 옷을 입었다. 우리 집안 사람들은 모두 병적으로 예민해. 그가 말했다.

그는 여러모로 이색적인 데가 있었다. 아름다운 존재였다고 말하는 게 정확한 묘사일지도 모르겠다. 내가 나와 그를 연결 짓는 방식은 본질적으로 인류학적인 것이었다. 이를테면, 거의 날마다 이어지는 그의 인종주의적 분노, 우월주의, 반유대주의, 계급적 우월감, 그리고 나로서는 중세에 대한 향수라고 부를 수밖에 없는 어떤 정서 따위 때문에 화를 내는 건 원시인과 이 주제들을 놓고 논쟁하는 것만큼이나 우스꽝스러워 보였다. 그러느니 입 닥치고 원시인 예술의 의미에 대해 물어보기나 하는 거다. 한참 지난 지금에 와서 이런 식의 자기합리화와 냉소주의를 분해해보는 건 전혀 어려울 게 없는 일이지만, 그렇다고 해서 그 시절을 후회하거나 그 집에서 떠나고 싶어 했던 척할 수는 없다.

그 시절에는 훨씬 덜 경멸적인 것, 무언가 다른 게 있었다. 내 머릿속에는 자기만의 능력을 지닌 한 사내를 그렇게 깎아내리는 건 온당치 않은 일이라고 경고하는 목소리가 있었다. 나는 그가 말한 그대로만 가지고는 그가 무슨 말을 하려는 건지 확실히 알아들은 적이 한 번도 없었고, 본능으로부터 흘러나오는 말들을 그가 제어할 능력을 아직 가지고 있긴 한 건지 확신하지 못했다. 나는 술병 따위가 들어 있는 캐비닛 옆에 걸린 그의 결혼사진 옆을 늘 지나다니곤 했는데, 그 사진 속의 라이틀은 이마가 높고 각진 턱에 귀가 커다랬다. 그 사진 앞을 지날 때마다 생각하곤 했다, "만약에 라이틀과 겨루고 싶다면, 이 사내와 겨뤄야 한다." 그게 아니라면 속임수일 뿐이었다.

나는 그를 사랑하게 됐다. 아마도 그가 원한 방식은 아니었겠지만, 인색한 방식도 아니었다. *Mon Vieux*. 나는 스무 살이었고, 그렇게 이상한 일은 내게 또다시 일어나지 않을 거라고 믿었다. 나는 애송이였다. 어느 날 밤 부엌에서 늦게까지 술을 마시다가 나는 그에게 희망이란 게 있느냐고 물었다. "희망이라는 게 있나요?" 이렇게. 그는 내게 아주 진지하게 대답했다. 베르사유궁전 복도에는 인간의 배설물 냄새가 희미하게, 아주 희미하게 배어 있다고. "침실 담당 시녀들이 조금이라도 서두르다보면 항상 약간씩은 튀게 마련이었거든." 여러 해가 지나고 난 뒤, 나는 라이틀이 루이 15세 시절 궁정생활의 세부적인 사항에 대해 절반 정도만 기억하고 있었던 거라는 사실을 깨달았다. 이를테면, 당시의 궁에는 화장실이 절대적으로 부족한 데다 위치 또한 좋지 않아서 귀족들이 계단이나 그 아름다운 가구들의 뒤에서 몰래 볼일을 봐야 했던 사실 같은 건 잊어버린 것이었다. 아무튼, 난 그의 말이 무슨 뜻인지 전혀 몰랐고, 아직도 완전히는 알지 못한다.

"내가 자네한테 내 향로를 보여준 적이 있던가?" 그가
물었다.

"선생님의 뭐라고요?"

그는 발을 끌며 식당으로 걸어가 유리그릇들이 들어 있
는 잠가둔 캐비닛을 열었다. 그는 다리가 세 개 달린 자그마
한 그릇을 품에 안고 와서 우리 사이에 놓여 있던 도마 위에
조심스럽게 내려놓았다. 실금이 여기저기 가 있지만 고아한
솜씨로 도색되어 있는 물건이었다. 개의 얼굴을 한 용 한 마
리가 뚜껑 위에 똬리를 틀고 녹색 진주를 보호하고 있었다.
라이틀은 그걸 들고 개 얼굴이 좀 더 어둡게 보이는, 약간 오
렌지색이 도는 특정한 각도로 돌렸다. "잘 보면 유약이 그을
린 게 보일 거야," 그가 말했다. "아마도 폭발이나 화재 때문
이었겠지." 그는 그걸 뒤집어서 들어 보였다. 바닥에 제작자
의 표지가 있었다. 일본어를 읽을 줄 아는 이라면 알아볼 수
있을 것이었다. "이 용기는," 그가 말했다, "히로시마에서 찾
아낸 거라네." 밴더빌트 시절의 학교 친구이자 '도망자들'의
일원이었던 이가 해병대 장교로 참전했다 전쟁이 끝난 뒤 그
에게 선물로 준 것이었다. "내가 죽으면 자네가 이걸 가졌으
면 해." 그가 말했다.

나는 굳이 사양하지 않고 고맙다고만 말했다. 다음 날
아침이나, 심지어는 삼십 분만 지나도 그 사실을 기억하지
못하리라는 걸 알고 있었기 때문이다. 하지만 그는 그 사실
을 기억했다. 그는 그걸 내 앞으로 남겼다.

십 년 뒤 내가 뉴욕의 길거리에서 주워 키우던 고양이 홀리키티가 그놈이 올라가지 못할 거라고 생각한 높은 선반까지 올라가서 그걸 밀어 떨어뜨렸고, 향로는 산산조각 났다. 나는 그 조각들을 이어 붙이느라 그날 밤을 거의 꼬박 새웠다.

라이틀의 치매는 점점 더 빨리 진행되기 시작했다. 그 치매의 양상이 때로는 웃기기도 했다는 사실을 기록해놓는 게 잔인한 처사가 아니길 바란다. 라이틀은 그의 인공 항문에 K-Y 젤리라는 윤활제를 사용했는데, 그걸 고집스럽게 카이젤리[14]라고 불렀다. 마침내는 그 젤리의 용도에 대해 헷갈린 나머지, 어느 날은 그걸 자신의 칫솔에 짜서 들고 내 방문 앞에 나타났다. "쇼핑 리스트에 카이를 적어둬." 그가 말했다. "다 떨어졌어." 저녁시간에는 대개 혼자 앉아서 이미 죽은 문학계의 적들을 불러내어 일인극을 하듯 자신이 양쪽 모두를 연기하면서 사십 년 묵은 논쟁을 되풀이했는데, 고래고래 고함을 지르고 지팡이로 두드리는 경우들도 다반사였다. 가장 자주 등장한 상대는 그의 형제였다가 천적이 된 앨런 테이트였지만, 이런 싸움에서는 그가 아는 이는 누구든 악마로 변했다가 권력에 대한 집착의 희생물로 전락할 수 있었다. 특히 혼란스러웠던 경우는 이 가짜 전투가 그와 나

---

14 K와 Y를 따로 발음하지 않고 한 단어로 붙여서 불렀다는 의미이다.

사이에 벌어질 때였다. 그와 소년 사이에. 우리는 실제로 여러 번 부딪쳤다. 얼굴을 마주 보면서 소리를 질렀다. 나는 그를 고약한 늙은이니 하는 식으로 불렀고, 그는 내가 내 재능을 배신했다고 비난했다. 나중에 나는 아래층에서 그가 그소년에게 "넌 네가 노예가 아닌 것 같냐?"라고 말하는 소리를 들었다.

어느 날 내가 외출에서 돌아왔을 때의 일이다. 라이틀의 누이 폴리가 이층에서 지내고 있던 때였다. 나는 미스 폴리가 방문하는 걸 좋아했고, 모두들 마찬가지였다. 폴리는 우리가 금붕어처럼 배가 터져 죽을 때까지 먹을 수 있는 양의 럼 케이크를 만들었다. 폴리가 오면 직접 담근 피클과 기본적인 재료들로 만든 비스킷이 생겼다. 폴리는 안경알이 너무 두꺼워서 눈이 확대되어 보이고, 관절염 때문에 손가락관절이 사각형이 된 체구가 아주 작은 여인이었다. 그녀는 자기 오빠와 그의 흥미로운 예술가 친구들과 더불어 보낸 그숱한 밤들에 대해 어떤 생각을 했을까. 무슨 생각이라도 했다면 말이다. (한번은 어딘가에 집을 빌려서 모두들 함께 놀러갔을 때의 일인데, 폴리는 늙은 뚱보 포드 매덕스 포드와 그의 정부 사이에 잠자리를 배정받아 누운 채 밤을 꼬박 새웠던 적도 있다.) 폴리는 자신의 가족이 대공황 시절에 구해 오븐에서 천천히 달궈가면서 길들여온 무쇠 팬이 내 손에서 엉망이 되어가는 꼴을 보면서 고개를 젓곤 했다. 그걸 식기세척기에 넣으면 안된다는 사실을 나는 늘 잊어버렸다. 샹들리에 밑에서 소금 통과 샐러드 기름을 갖춰놓고 식사를 하면서, 내가 오만함의 이런저런 덫에 빠지지만 않으면 대작가가 될 거라고 라이틀이 흥분해서 떠드는 동안 폴리는 그저 미소를 지으면서 "아, 오빠, 정말 **그랬으면**"이라고 말할 뿐이었다.

　문제의 그날 오후, 나는 그곳에 거주하는 이들이 아직도 '회합'이라고 부르는 단지의 보안 개폐 장치를 통과하고 있었고, 폴리는 그녀의 자그마한 파란색 차를 타고 내 반대 방향으로 지나가고 있었다. 나는 무언가 잘못됐다는 걸 직감했다. 폴리가 차를 완전히 세우질 않았기 때문이다. 폴리는 창문을 내리고는 내게 무어라 말하면서 그대로 지나갔는데, 적어도 시속 30킬로미터가 넘는 속도였다(내가 기억하기로 단지 내의 속도제한은 20킬로미터였다). 마치 그녀는 퍼레이드 차량 위에서 손을 흔드는 것 같았다. "가게에 가는 길이에요." 그녀가 말했다, "그게 떨어져서(중얼중얼)…"

　"그게 뭔테요?"

　"버터!"

　께름칙한 기분으로 나는 그녀가 떠나가는 뒷모습을 지켜봤다. 집에 돌아와보니 라이틀이 앞쪽 포치에서 지팡이를 휘두르며 안절부절못하고 서성이고 있었다. 우리가 차를 세워놓는 자갈밭으로 내가 들어서자마자 그는 두 팔을 휘둘렀다. "폴리가 취했어!" 그가 고함을 질렀다. "이 병 좀 봐, 세상에, 오늘 아침까지만 해도 가득 차 있었는데!"

　무슨 일이 있었던 건지 차근차근 말하게 하려고 했지

만, 라이틀은 너무 안달이 나 있는 상태였다. 그는 맨발에 검은색 슬리퍼를 신고, 파자마 위에 회색 트위드 코트를 걸치고, 페도라를 쓰고 있었다.

"오, 내가 걔를 화나게 했어." 그가 말했다. "내가 걔를 화나게 했다고."

우리가 정문을 향해 속도를 높이는 동안 라이틀이 전후사정을 이야기해줬다. 내가 짐작했던 것과 큰 차이가 없었다. 폴리가 와 있을 때마다 다툼의 원인이 된 똑같은 얘기가 다시 시작되었고, 이번에는 내가 한 번도 본 적이 없는 수위까지 올라갔다. 폴리가 가깝게 지내는 가족 구성원이 먼 타운에 살고 있는데, 이들과 거리를 두고 있던 라이틀은 폴리도 그래야 한다고 고집하고 있었다. 땅을 둘러싼 오래된 문제 때문이었는데, 유언장과 관련되어 있었다. 욕심 사나운 삼촌 하나가 라이틀 아버지의 농장을 빼앗으려고 했다. 하지만 그 적의 후손들인 현재의 사촌[15]들은 라이틀이 믿고 있는 것과 달리 라이틀이 그들을 보지 않으려 하는 이유를 이해하지 못하는 척하고 있는 게 아니었다. 내가 보기에 그들은 정말로 혼란스러워하는 것 같았다. 그런 게 노골적으로 드러나는 장면들이 있었다. 라이틀은 문간에 서서 최고의 수사법을 구사해 이들을 비난했다. "찬탈자의 씨앗"이라고. 라이

---

[15] 원문의 'cousin'은 우리말로 '사촌'이라고 번역하는 게 일반적이지만, 사촌 외에도 육촌, 팔촌, 십촌 등 같은 항렬의 인척을 모두 포괄한다.

틀은 자기가 포치 계단에도 올라오지 못하게 하는 사촌들이 계속 찾아오는 걸 보면서 그 옛날 남부의 재건 과정에 참여해서 돈을 벌어보려고 했던 북부 출신 사람들에게나 하던 저주를 퍼부었다. 그 사촌들은 라이틀이 중얼거리는 소리를 들으면서 그가 전보다 정신적으로 더 심각한 지경이 됐다고 생각했을 것이다.

이번에 미스 폴리는 그들을 현관까지, 뮤즈가 거처하는 곳 가까이까지 데려왔다. 라이틀은 이걸 가장 끔찍한 배신 행위로 여겼다. 낮잠에서 깨어나 이 장면을 본 라이틀은 그들에게 짐승처럼 달려들었고, 폴리는 달아났다. 라이틀은 자신이 말한 걸 떠올리며 몸을 떨었다.

"미스터 라이틀, 뭐라고 하셨는데요?"

"진실을 말했지." 그가 격정적으로 말했다. "그 순간을 정확히 인식했고, 그게 내가 한 일이야." 그러나 자신의 태도를 옹호하기 위해 앙다문 턱이 떨리는 모습에서 얼마간의 수치심도 보이는 것 같았다.

라이틀은 그의 책들 가운데 가장 재미있고 여러 면에서 최고의 작품이라고 할 수 있는 '가족 회고록' 《산 자를 위한 경야A Wake for the Living》에서 땅을 둘러싼 이 갈등을 언급한다. 이 책을 그의 대표작으로 꼽는 건 어쩌면 나만의 색다른 견해일 수도 있겠다. 나보다 훨씬 더 많이 읽은 이들 가운데 그의 소설들이 묻혀버린 고전이라고 생각하는 사람들이 있다. 하지만 나는 내 평가가 정확하다고 생각하는데, 그건 그가 평소에 늘 가지고 있는 소설가로서의 자의식이 이 회고록에는 그리 강박적으로 드러나지 않고, 파우스트적인 에고가 그 위에 강력하게 군림하고 있기 때문이다. 그리고 여기에서 오는 자유로움이 그의 스타일에 활기와 자연스러움을 불어넣었다. 이런 건 그의 편지에서나 볼 수 있는 것들이었다. 그의 할머니가 1863년의 어느 날 아침 북군의 총알에 목을 맞는 장면을 묘사한 대목이 있다. "그 병사가 누구였는지, 왜 그런 짓을 했는지 아무도 몰랐다." 라이틀은 이렇게 썼다, "그 병사는 말에 올라 타운을 빠져나갔다." 이 여인은 자신의 긴 생애가 끝나는 날까지 목에 벨벳 리본을 두르고 금핀으로 고정시켰다. 라이틀은 남북전쟁에 이토록 가까이, 어린 아이였을 때 잠에 빠져들면서 그 핀을 만지작거릴 정도로 가까이 있었다. 그리고 그 시대에서 한 세대만 더 거슬러 올라가면 18세기였다. 그렇게 한 시대가 다른 시대로 이어져 있었다. 한 사람이 아흔이 넘도록 살다보면 이런 식으로 시간이 겹치는 일이 일어나기 마련이다. 라이틀이 태어났을 때, 라이트 형제는 아직 제대로 된 비행기 디자인을 만들어내지 못했다. 그가 죽었을 때는 보이저 2호가 태양계를 벗어나고 있었다. 살아 있는 동안 이런 구체적인 일들이 공존하는 걸 목격할 때 우리는 이걸 어떻게 해석해야 하는가? 이것은 그에게 무거운 문제였다.

그의 할머니 사건은 대가의 솜씨로 다뤄지고 있다.

그녀는 유모에게로 달려갔다. 총알은 경정맥을 살짝 비껴갔다. 피가 그녀의 손에 여전히 들려 있는 사과를 검게 물들였고, 그녀의 신발 안에도 고였다. 거리를 휩쓸던 적들은 이제 집 안의 사적 영역까지 침범해 들어왔다. 호기심 많은 자들이 집 안에 들어와 사람들을 지켜봤다. 그들은 공기를 빼앗아갔다… 병사들이 열을 지어 그녀의 침실 앞을 지나갈 때, 지루함과 호기심에 밖을 내다본 아이의 달뜬 시선에 들어온 병사들의 총검은 천장에 닿을 정도로 길어 보였다.

미스 폴리는 다시 우리를 지나쳐갔다. 버터를 사러 가려던 마음을 바꿔 먹은 모양이었다. 우리는 차를 돌려 집까지 그녀를 따라왔다. 집 안에 들어온 두 사람은 서로를 껴안았다. 폴리는 그의 재킷에 얼굴을 묻고 웃으면서 울었다. "오, 내 동생." 그가 말했다. "난 구제불능의 고약한 늙은이야, 이런 망할."

나는 우리 사이에 있었던 어떤 다툼들은 의미 있는 것이었고, 그런 것들을 잘 견뎌내왔다고 생각하고 싶었다. 그러나 사실 라이틀은 수없이 많은 사소한 것들로 나를 화나게 만들기 시작했다. 그는 너무 많은 걸 요구했다. 먹는 것, 씻는 것, 면도하는 것, 옷 입는 것 등등 모든 면에서 자신이 감당할 수 있고 체면을 지키기 위해 필요한 것 이상을 요구했다. 어느 날 나는 그 백발의 교수와 마주쳤는데, 라이틀이 내 요리 솜씨에 대해 불평하더라는 말을 들었다.

하지만 갈등의 주된 이유는 내가 쿠바인의 피가 절반 섞인 노스캐롤라이나 출신 여자애와 사랑에 빠졌기 때문이다. 얼굴에 주근깨가 있고 생머리가 허리까지 내려오는 열아홉 살 난 여자애였다. 내가 학교에 다니고 있었다면 그녀는 나보다 한 학년 아래였을 텐데, 책을 좋아했다. 두 번째 데이트에서 그녀는 내게 자기 아버지의 손때가 묻은 크누트 함순의 소설 《배고픔Hunger》을 주었다. 나는 아래층에서 더 많은 시간을 보내기 시작했다. 라이틀은 터무니없이 심술을 부리기 시작했다. 내가 그녀를 소개하려고 데리고 왔을 때, 라이틀은 그녀를 차갑게 대하면서 별 근거도 없이 "라틴 인종"에 대한 모욕적인 이야기를 꺼내는가 하면, 어느 순간에는 그녀에게 예술가의 삶에서 여자가 어떤 역할을 해야 하는지 이해하고 있느냐고 물었다.

유난히 추웠던 어느 한겨울 밤, 나는 그녀와 함께 내 트윈 침대에서 낡은 이불들을 겹겹이 뒤집어쓴 채 몸을 바짝 붙이고 자던 중이었다. 그즈음 우리 세 사람의 관계는 전혀 유쾌하지 못한 상태여서 라이틀은 그녀의 차가 밖에 보이면 평소보다 일찍 술을 마시기 시작했고, 그녀는 더이상 라이틀이 대단한 사람이라고 생각하지 않았고, 어쩌면 해를 끼칠 수도 있는 사람이라고 여기는 듯했다. 나는 입장이 매우 난처했다.

그녀가 나를 흔들어 깨우면서 말했다. "미스터 라이틀이 너한테 무슨 말을 하는 것 같아." 그 집에는 이야기를 할 때 큰 은색 버튼을 누르고 말한 다음 그 버튼을 놓아야 상대방의 말이 들리는 오래된 인터폰 시스템이 있었다. 라이틀은 평생 동안 전자기기들의 사용법을 제대로 익힌 적이 없다. 내가 밤샘 작업을 한 뒤 실수로 컴퓨터를 위층에 놔두고 내려온 적이 있는데, 다음 날 아침식사 자리에서 라이틀은 "적을 이 집으로 불러들여 작업 장소까지 끌고 왔다"면서 고함을 질렀다. 하지만 이 인터폰 시스템에 관한 한 그는 능숙한 기술자가 되었다.

"그 사람이 부르는데." 그녀가 말했다. 나는 가만히 누워서 들었다. 탁탁거리는 소리가 났다.

"빌러비드." 그가 말했다, "잠자리에 드셨는데 방해해서 유감입니다, 주인님. 하지만 제가 지금 여기서 얼어 죽을 지경이어서요."

"아이고." 내가 말했다.

"여기 올라와서… 내 옆에 좀 누워주면 좋겠다."

나는 그녀를 봤다. "어떡하지?"

그녀가 돌아누웠다. "안 갔으면 좋겠어."

"그러다가 죽으면?"

"그럴 거 같아?"

"몰라. 아흔두 살이잖아, 그리고 얼어 죽을 거 같대고."

"**빌러비드**…?" 그녀가 한숨을 쉬었다. "가보든지."

내가 그의 침대로 들어가는 동안 라이틀은 한마디도 하지 않았다. 그는 곧바로 잠들었다. 침대 시트는 두꺼운 흰색

리넨으로 만든 값비싼 거였다. 그의 몸과 내 몸 사이에 눈 덮인 응달이라도 있는 것 같았다. 나는 떨어져서 누웠다.

새벽에 잠에서 깼을 때, 라이틀은 내 귓불을 씹으면서 오른손으로 내 성기를 만지고 있었다.

나는 침대에서 튕겨 일어나 손가락이라도 데인 것처럼 방안을 돌아다니며 욕을 내뱉었다. 라이틀은 부끄러움에 손으로 얼굴을 가린 채 마치 자신이 어딘가를 닦고 난 걸레라도 되는 것처럼 침대에 널브러져 있었다. 그가 추운 날 아침마다 입는 위 윌리 윙키Wee Willie Winkie[16] 잠옷용 셔츠를 입고 모자를 쓰고 있었다는 점을 언급해야겠다. "용서해줘, 용서해줘." 그가 말했다.

'미스터 라이틀, 어떻게.'

"오, 빌러비드…"

그가 이런 욕망을 가진다는 것 자체는 이슈로 삼을 것도 없다—누구도 그 정도로 순진하지는 않다. 그의 성적 취향은 이미 잘 알려져 있었다. 나는 그가 동성애자였는지 양성애자였는지, 모든 성적 대상을 두루 좋아하는 판섹슈얼이었는지, 그것도 아닌 다른 건지 알지 못한다. 성적 정체성이라는 미스터리를 언급하기에는 이런 식의 구분에 따른 용어들이 모두 불완전하다. 하지만 라이틀은 여러 차례에 걸쳐

---

16 스코틀랜드 자장가 속의 인물. 출판물로는 1841년에 처음 소개되었고, 그 뒤로 잠자리에 관련된 것들의 소재로 많이 쓰였다.

자신의 아내에 대해 이야기했는데, 그때 그의 태도와 그 내용들은 에로틱했고, 심지어 감동적이기까지 했다. 나는 동성애자가 여자와 섹스에 대해 그렇게 말하는 걸 들어본 적이 없다. 라이틀은 "멤피스에서 온 다람쥐의 눈을 가진 소녀"인 에드나라는 젊은 여인과 결혼했고, 젊은 나이에 폐암으로 세상을 떠난 그 여인을 여전히 그리워하고 있었던 걸 보면 사랑했던 것이 틀림없었다.

　　하지만 섹스 자체가 주제로 등장할 때면 라이틀은 애그래리언 운동이 보여주던 동성애적인 관점으로 돌아가곤 했다. 라이틀은 앨런 테이트가 자신에게 섹스를 제의한 적이 있다고 내게 말했다. "하지만 내가 거절했지. 그의 냄새가 싫었어. 냄새는 무척 중요한 거야, 빌러비드. 테이트에게서는 운동을 전혀 하지 않는 사내의 퀴퀴한 냄새가 났어." 이건 사실일 수도 아닐 수도 있지만, 그런 경우가 그때 한 번만 있었던 건 아니었다. 후대의 작가들—이 주제를 들여다볼 생각이 없던 이들을 포함해서—도 이 문제를 포착했는데, 이를테면 로버트 펜 워런은 밴더빌트 재학 시절부터 테이트에게 단순히 플라토닉하지만은 않은 관심을 가지고 있었다. 다른 열두 명의 남부인들 가운데 스타크 영Stark Young—거의 언급되지 않는 인물이다—은 자신이 게이라는 사실을 공개했다. 라이틀은 자신이 아주 어렸을 때, '도망자들' 중 잘 알려지지 않은 한 구성원의 형제와 행복하고 간헐적인 관계를 유지했노라고 공공연하게 말했다. 한때 두 사람은 작은 농장에서 함께 사는 꿈을 꾸기도 했다. 그 사내는 어디론가 사라졌는데, 멕시코에서 살해당했다는 사실이 나중에 밝혀졌다. 워런은 클로젯Closet[17]의 이미지를 다룬 한 시에서 그를 언급한다.

중요한 건, 미국 문학에 그후로 수십 년 동안 영향을 미쳤던 이 문학운동에서, 남성으로만 이뤄진 구성원들 중 일부가 다른 누군가를 사랑했다는 사실을 이해하지 않고는 그 운동을 온전히 이해하기 어렵다는 사실이다. 물론 대개는 동성끼리 사회적 관계를 맺는 데 그쳤지만, 그중 상당수는 서로에게 성적 관심을 가지고 있었고, 일부는 실제로 성애 관계를 맺었다. 이들 사이의 우정이 그토록 긴밀했고, 서로의 의견이 갈리고 그들이 남부에 품었던 유토피아적 희망이 사그라든 뒤에도 거의 평생토록 그 관계를 유지할 수 있었던 힘의 연원 일부가 여기에 있다. 그들은 그렇게 같이 지내면서 자신들 가운데서 몇 명의 좋은 작가를 배출했고, 심지어 워런 같은 위대한 작가도 만들어냈다. 마치 워런의 날갯짓에 올라타 함께 움직인 것처럼, 워런이 도달한 높이에 오른 그들의 모습도 볼 수 있다.

내가 라이틀의 생전에 이런 말을 했다면, 그는 나를 지팡이로 두들겨 패고 쫓아내버렸을 것이다. 라이틀에게는 이런 일들을 서로 암묵적으로 승인하는 게 당연한 것이었고,

---

17　일상적으로 쓰이는 '옷장'이라는 뜻 외에, 무언가를 감추는 장소로 자주 쓰이는 말이다. 특히 동성애자들이 성적 정체성을 감추는 것을 지칭할 때 많이 사용된다.

같은 길을 함께 가는 이들이 당연히 공유하는 것이었고, 형제 같은 관계를 유지하는 이들과 어쩌다 같은 침대에 들더라도 큰 의미는 부여하지 않는 게 옳은 일이었다. 어쩌면 이건 그들의 헬레니즘이었을 것이다. 윌리엄 알렉산더 퍼시William Alexander Percy[18]가 주관하는 뮤즈의 궁전에 거하는 선택된 아이들이든 뭐가 됐든, 난 받아들였다. 내가 장작 패는 모습을 그가 자리 잡고 앉아 지켜볼 때도, 내 냄새를 좀 더 잘 맡고 싶으니 아침에는 샤워하지 말아달라고 했을 때도 불쾌한 기색을 보이지 않았다. "난 거의 맹인이야." 그가 말했다. "불이라도 나면 널 어떻게 찾겠니?" 그렇기는 해도 나는 우리 사이에 서로 이해하고 있는 선은 있다고 당연히 믿고 있었다. 라이틀이 그런 식으로 내 사타구니를 쥘 거라고는 짐작하지 못했다.

　나는 이틀 밤을 그 집에서 떠나 있었지만, 다시 돌아갔다. 뒤쪽 포치 계단을 올라가서 창문으로 들여다보니 그가 소파에 누워서 자고 있는 모습(혹은 죽어 있는 모습. 매번 그 생각을 했다)이 보였다. 그의 두 손이 배 위에 곱게 포개져 있었다. 그중 한 손이 허공으로 들리더니 배우의 몸짓처럼 떨리기 시작했다. 라이틀은 자기 자신에게 말하고 있었다. 문을 살짝 열고 들어가보니, 실제로는 내게 말하고 있는 것이었다.

18　미시시피주 그린빌에서 목화 농장주의 아들로 태어나 하버드 법대를 나와 변호사가 된 인물이다. 유럽과 미국의 지식인, 작가들과 두루 교류한 대부호로 밴더빌트의 '도망자들'과 애그래리언 그룹의 대부로 불렸다.

"빌러비드, 자, 우린 이걸 잊어버려야 해." 그가 말했다. "그냥 살짝 만져보고 싶었을 뿐이야, 그게 사람 몸에서 제일 재미있는 부분이란 말이지."

그러더니 그는 잠시 말을 멈췄다가 그 문장이 말이 되는 건지 확인이라도 하는 것처럼 이렇게 덧붙였다. "맞아."

"자네한테 이제 여자친구가 있다는 것도 내가 알고." 그가 이어서 말했다. "여자는 남자한테 꼭 필요한 것들을, 가정과 아이들을 제공해주지. 그리고 그 여자애는 사랑스러운 애고. 내가 자네 입장이었어도 제대로 된 선택을 하지 못했을 거야."

나는 내 침대로 내려갔다.

그로부터 얼마 지나지 않아, 나는 그 집을 떠났다. 라이틀도 그게 최선이라는 데 동의했다. 나는 다시 학교에 등록했다. 학교에서는 라이틀과 함께 살 다른 아이를 찾았다. 그 무렵에는 간호에 가까운 상황이 되었다. 나는 매주 한 번씩 그를 보러 갔고, 그 역시 내 방문을 환영했다고 생각하고 싶지만, 많은 게 변했다. 라이틀은 주변에 현재 자신의 상태를 알리기 위해 늘 유지해오던 일상의 틀을 조금씩 바꿨다.

아흔두 살에 이른 사람을 두고 굳이 그가 죽어가기 시작했다고 말할 필요는 없을지도 모르겠다. 하지만 라이틀은 그해의 대부분에 달하는 기간 동안 멀쩡하게, 치열하게 살아 있었다. 언젠가 전혀 불필요한 작은 수술을 했는데, 그 바람에 오히려 기력을 잃었다. 우습게도, 삶은 죽음을 도와줄 수 있다. 어느 날 밤, 라이틀은 바로 내 앞에서 넘어졌다. 그는 가운데 방의 미끄러운 카펫 위에 서 있었고, 나는 그가 들고 있던 잔을 받아들기 위해 그에게 다가가던 중이었다. 바로 다음 순간, 그는 팔꿈치가 부러진 채 바닥에 널브러져 있었고, 그의 팔은 밤새 검은색으로 끔찍하게 멍들었다. 순식간에 그의 두 눈은 반짝거리던 빛을 잃었다. 라이틀에 대한 성의가 전혀 바래지 않은 백발의 교수를 비롯해 여러 사람들이 위층에 있는 그의 방에서 돌아가며 옆을 지켰다. 나는 이틀 밤을 보냈다. 그가 또 어떤 짓을 할지 모른다는 불안감은 없었다. 그는 차분한 상태로—분명히 알 수 있었다—준비를 하고 있었다. 그의 사위 말로는 그가 죽기 전날 내 이름을 불렀다고 했다.

관이 완성되자 장의사 사람들이 와서 영구차에 관을 실었다. 그날 밤 늦게 누군가가 전화를 걸어와 라이틀의 시신 방부 작업이 끝났다고 알려줬다. 시신은 교회에 안치되어 있으니 로엠이 준비되는 대로 와서 관을 덮으면 된다고 했다. 그와 함께 일한 우리도 다 같이 갔다. 장의사는 우리를 차가운 회랑 옆 조명이 밝은 복도로 인도했다. 라이틀의 오랜 친구이자 학교에서 행정 업무를 보던 브러시라는 이가 우리와 함께 움직였다. 그는 작지만 다부진 근육질의 몸에 아이처럼 머리가 검고, 미리 모양을 만들어놓은 나비넥타이를 맸다. 그는 자신이 취할 수 있는 가장 태연자약한 모습으로 볼

링공 가방을 들고 왔는데, 그 안에는 아주 괜찮은 위스키가 한 병 들어 있었다.

브러시는 숨을 깊이 들이쉬고는 관에 손을 넣어 라이틀의 가슴과 왼쪽 팔 사이에 병을 끼워 넣었다. 그러고는 돌아서서 말했다. "이렇게 해야 관을 교회 밖으로 내갈 때 병이 굴러다니는 소리가 안 나거든."

로엠은 엄청난 크기의 전기드릴을 손에 들고 있었다. 전기드릴은 그가 관을 만드는 작업 내내 고수했던 장인의 방식에서 벗어나는 도구였지만, 못까지 삼나무로 만들 시간은 없었다. 우리는 라이틀의 시신을 에워쌌다. 샌포드가 제일 먼저 그에게 작별의 입맞춤을 했다. 모두가 인사를 마친 뒤 우리는 뚜껑을 관 위로 올렸고, 로엠이 나사를 박았다. 누군가가 노인네의 명복을 빌었다. 〈스와니 리뷰〉의 다음 호에는 라이틀의 죽음을 두고 "마침내 남부연합이 끝을 맞았다"고 표현한 추도사가 실렸다.

그후 라이틀은 딱 한 번 내게 나타났다. 이 년 반 뒤, 파리에서였다. 파리는 내가 잘 아는 도시도 아니었고, 겨우 두어 번 가본 게 다였다. 라이틀도 그 사실을 잘 알고 있었다. 나는 나중에 나와 결혼하는 여자친구를 왼팔로 두르고 메트로의 계단을 올라 햇빛 속으로 들어서던 참이었다. 그때 내 모든 감각이, 나의 오른쪽으로 50센티미터쯤 되는 지점에 그가 있다는 사실을 감지했다. 그를 직접 쳐다볼 수는 없었다. 나는 내 시야의 한쪽 언저리에 그를 남겨두었다. 그러지 않으면 그는 사라져버리고 말 것이었다. 그건 우리가 암묵적으로 이뤄낸 합의였다. 그렇게 내 눈에 들어온 라이틀은 그리 젊지는 않았지만 그래도 내가 그를 만난 때보다 이십여 년은 젊어 보였는데, 그는 자신의 생애에서 그 나이 무렵에만 쓰고 다니던 엔지니어 안경을 쓰고 매우 심각한 표정으로 위를 쳐다보면서 빛을 향해 계단을 걸어 올라가고 있었다. 그리고 내 시야에서 사라졌다.

4

대피소에서(허리케인 카트리나가 지나간 뒤)

멕시코만을 따라 동쪽으로 이동하는 동안,[1] 슬라이
델[2] 근처에서부터 무언가 말할 수 없이 끔찍한 것이 그곳을
지나갔다는 증좌들이 나타나기 시작한다. 줄지어 서 있는
다 자란 소나무들이 마치 충격파에 당하기라도 한 것처럼
일제히 무릎에서부터 꺾여 있다. 그리고 고속도로변의 광고
판들을 받치고 선 거대한 검은색 철제 기둥들 가운데 상당
수가 반으로 꺾여 있고, 그 윗부분들은 찢긴 경첩에 대롱대
롱 매달려 있다. 가장 이상한 건 도로변에 널려 있는 동물들
의 사체다. 그건 미시시피주에서는 흔한 광경이다. 하지만 지

---

1   멕시코만의 서쪽 끝은 멕시코와 텍사스주의 접경 지역이고, 동쪽으로 오면
서 루이지애나, 미시시피, 앨라배마, 플로리다 주로 이어진다.
2   루이지애나주 해안가의 소도시.

금은, 너구리와 사슴들, 그리고 이따금씩 보이는 아르마딜로들 사이로 개들이 보인다. 아주 건강해 보이고 목줄을 두르고 있는—다시 말해, 최소한 며칠 전까지는 유기된 게 아닌—개들 여러 마리가 쓰러져 있다. 그리고 그 지역의 서식종으로 베네치아 가면을 뒤집어쓴 것처럼 부리가 회색인 작은 검은색 콘도르들이 관목 숲에서 껑충거리며 뛰어나와 그 사체들을 헤집고 있다.

그것이 허리케인이 할퀴고 간 지역 외곽의 모습이었다. 걸프포트[3] 연안에 도착할 무렵, 대기 중에서 일 분도 견디기 어려운 악취가 풍겼다. 그런 냄새를 전에도 맡아본 적이 있긴 하지만, 선진국에서는 아니었다. 그건 부피가 큰 생명체가 죽은 뒤 타오르는 태양 아래서 며칠이고 노출될 때 나는 냄새였다. 수십 개의 작은 트레일러들과 보트들—크기가 거의 배만 했다—이 들려 수백 미터를 아무렇게나 끌려오며 휘둘리다 박살 나 있었다. 이 모든 것들은 화가 난 어린아이가 장난감 상자를 뒤집어엎어 쏟아버린 미니어처들처럼 보일 정도로, 물리적인 법칙을 거스른 모습이었다. 아주 멀쩡한 집들이 서 있었을 법한 곳들에는 아주 깨끗하게 발가벗겨진 목재 골조들만 남아 있었다. 바람과 물이 지나가면서 벽돌과 판재와 외장재들을 죄다 쓸어간 것이었다. 심지어 화장실 변기도 남아 있는 게 없었다.

---

3 미시시피주의 해안 도시.

카트리나는 지금까지 미국에서 기록된 것 가운데 가장 거대한 규모의 폭풍해일을 만들어냈다. 공식 기록은 여전히 취합 중이지만, 파도 높이가 9미터를 넘어섰다. 미시시피에서 많은 사람들이 사망한 건 이 거대한 해일이 엄청나게 빠른 속도로 밀어닥쳤기 때문이다. 사람들은 창밖에서 불어오는 바람소리를 듣고 어디론가 몸을 피해야 하는 건가 생각하는 순간, 어느새 물살에 휩쓸려가다가 나무의 우듬지를 붙들려고 버둥거리는 상황에 처했다. 어느 나이 든 여인은 자신이 부엌 카운터 위로 올라가 앉아 있을 때 커다란 바다거북이 부엌을 헤엄쳐서 통과해갔다고 내게 말했다.

걸프포트의 해리슨센트럴 초등학교에 마련된 적십자 대피소에서는 "현관문으로 헤엄쳐서 나왔다"는 사람들의 이야기를 수없이 들을 수 있다. 그런 사람들 가운데 하나가 테리 드쉴즈였다. 잘 다듬어진 근육질 몸매에 정돈된 콧수염을 기르고 있고, 왼쪽 팔에 심한 화상 흉터가 있는 흑인 사내였다. 허리케인이 덮친 것은 그의 서른다섯 번째 생일날이었다. 그는 자기 집 소파에 앉아서 도망가지 않겠다고 마음을 다지고 있었다. 그러다가 낮잠이 들었는데, 잠에서 깨어났을 때는 2미터가 넘는 물이 집 안에서 넘실대고 있었다. "우르릉대는 소리를 들었어요." 그가 말했다. "순간 이런 생각이 들더라고요. 올 게 왔구나!" 그는 파도가 벽을 쓸어버리기 직전에 문으로 빠져나왔다.

"바람이 휘몰아치고 있었어요." 그가 말했다. "난 나무

에 부딪혔죠. 주변에서는 뱀들이 헤엄치고 있더군요—난 뱀
은 질색인데."

드쉴즈는 예전에 살던 동네를 떠다니며 무언가 잡고 올
라갈 만한 걸 찾던 중 중국집 뒤켠에 있는 주차장까지 쓸려
갔다. 거기에서 그는 이층 구조로 고정된 오븐 두 개를 발견
했다. 윗부분은 아직 수면 위로 올라와 있었다. 그는 그 위로
올라가 웅크리고 앉았다. 허리케인은 그후로도 몇 시간 동안
그의 주위에서 휘몰아쳤다. 무언가를 생각하기에는 충분히
긴 시간이었던 것 같아, 나는 그에게 그때 무슨 생각을 했는
지 물었다. "아주 단순한 거요." 그가 말했다. "내가 곧 죽겠
구나."

물이 빠지자 그는 오븐에서 내려와 음식을 찾아 나섰
다. "아직 대피소가 없을 때였거든요." 그가 말했다. "어쨌든
내 눈에는 안 보였어요." 그는 팬티 바람에 양말 한 짝만 신
은 채 찌는 더위 속에서 이틀을 헤매고 다녔다. 그는 숲에
들어가 맨바닥에서 잤다. 나와 대화를 나눌 때도 그의 손바
닥은 그때 모기한테 물렸던 것 때문에 벙어리장갑이라도 낀
것처럼 부풀어올라 있었다. 마침내 주 경찰state trooper[4]이 지나
가다 그를 발견했고, 크래커 한 봉지와 뜨거운 코카콜라 캔

---

4   미국은 경찰제도가 조금 복잡하게 구성되어 있어 시마다 시장이 관할하는
경찰police이 있고 주지사가 관할하는 주 경찰state police이 있는데, 이들을 트루
퍼라고 부른다. 이들은 시를 포함하는 큰 행정단위인 카운티별로 구성되거나 주
에 직속되어 있는데, 시 경계를 넘나드는 고속도로 순찰 같은 업무는 대개 이들
의 몫이다.

하나를 준 뒤 대피소로 가는 방향을 알려주었다. "저 십자가를 봤을 때," 그가 말했다. "이제는 살았구나 싶었어요."

하지만 그다음 날 밤 그는 대피소를 빠져나와 그의 집이 있던 자리에서 멀지 않은 바닷가로 갔다. "어쩔 수가 없었어요." 그가 말했다. "거기는 내 바닷가였거든요. 확인해야 했어요. 다 사라졌더군요. 저택들, 카지노들, 산책로도요. 거기에 새벽 네 시까지 앉아 울었어요."

그보다 나이가 더 든 이도 있었다. 검게 그을리고 강단 있어 보이는 오십대 후반쯤 되어 보이는 사내였다. 웃을 때면 입 양쪽 끝에 하나씩만 남아 있는 이가 완전한 대칭을 이루며 드러났다. 사내의 이름은 어닐 포세였지만, 대피소에서는 모두 그를 부츠라고 불렀다. 집에서 빠져나올 때 목이 긴 낡은 흰색 고무장화를 신고 있었는데, 그걸 절대 벗으려 하지 않았기 때문이다. 그는 자기 이모를 걱정하고 있었다. "우리 가족은 몇 안 돼요." 그가 말했다. "이모가 빠져나왔는지 모르겠어요." 적십자 요원이 처음으로 TV를 켜고 CNN에 채널을 맞췄을 때, 부츠는 그의 이모가 살던 동네를 볼 수 있었다. 그 동네는 물에 잠겨 있었다. "너무 마음에 걸려요." 그가 말했다.

사라졌다. 모든 사람들이 그 말을 입에 올리고 있었다. 그쪽 집은 어땠어요? 그쪽 집도 덮쳤어요? "오, 사라졌어요. 다 사라졌어요." 벽들은 "터져버렸다". 미래는 강제로 뜯겨나갔고 거대한 공백으로 대체되었다. 사람들에게 앞으로 어떻게 할지, 어디로 갈지, 대피소에서는 얼마나 더 머물 수 있는지 물었다. 사람들은 그 질문들이 아니라 다른 것을 심각하게 생각하는 듯한 표정으로 쳐다볼 뿐이었다.

소등 시간이 지난 후였다. 발전기는 사람들이 휴대용 침구를 늘어놓고 자는 중앙 복도에 한 줄로 설치된 비상등에만 전력을 공급하고 있었다. 나는 색종이에 그린 그림들을 벽에 붙여놓은 작은 교실에 자리를 배정받았다. 많은 사람들이 잠자리에 들지 않고 여기저기 모여서 낮은 목소리로 대화를 나누고 있었다. 갓난아기들의 울음소리가 들려왔다. 턱수염을 길게 기르고 웃도리를 입지 않은 나이 많은 사내가 털이 숭숭 돋은 가슴을 늘어뜨린 채 마른기침을 하고 있었다. 속을 긁어내는 것 같은 끔찍한 기침이었다. "알약이 목구멍 옆에 달라붙었어!" 그가 컥컥거리며 말했다. 또 다른 사내는 대피소 관리자를 붙들고 자기가 정신질환이 심한데 벌써 닷새째 약을 먹지 못하고 있다는 사실을 끊임없이 상기시켰다. "약을 못 먹으면 얼마나 힘든지 아냐고요!" 그때까지 그는 최소한 네 사람한테 그 이야기를 하고 있었다. 어떤 여성은 관리자에게 적십자에서 "TV를 검열해야 할 필요가 있다"고 이야기했다. 어린아이들이 식당에 모여서 섹스 영화를 보는 걸 봤다는 것이었다. "정말 더러운 영화였어요." 그녀가 말했다, "사람들이 서로의 젖꼭지를 빨고 난리였다고요."

나는 일어나서 밖에 나갔다가 몇몇 사람들이 파티오에

모여 앉아 랜턴 불빛에 의지해서 대화를 나누고 있는 걸 봤다. 모두들 기분이 아주 좋은 상태였다. 대피소에 들어온 사람들 가운데 대다수는 이미 바닥이나 다름없는 상태에 놓여 있던 이들이었다. 일부 사람들이 연방재난관리청Federal Emergency Management Agency(FEMA)에서 그들에게 제공할 새 집이 그들이 여러 해 동안 살아온 집보다 더 좋을 수도 있다고 기대하는 게 전혀 무리가 아니었다.

그 파티오에 쾌활한 인상에 턱수염을 기른 빌 멜턴이라는 백인 사내가 있었다. 목에 문신을 한 그는 새우잡이 일을 했는데, 사십대의 흑인 커플 R. J.와 재클린 샌더스 옆 나무 의자에 느긋하게 기대앉아 있었다. 나는 그들에게 이 허리케인 전부터 아는 사이였는지 물었다. 내 질문을 잘못 알아들었던 건지(아니면 제대로 정정해서 받아들인 건지), 멜턴이 이렇게 말했다. "여긴 피부색 따위는 없어요. R. J.하고 미스 재키는 이제 내 형제자매예요." 나는 이 외에도 거의 유토피아적인 느낌을 주는 다른 표현들도 들었다. 나이 많은 사내와 여인이 복도에서 대화를 나누고 있었다. "세상엔 부자들이 많죠." 그가 말했다, "당신이 돈이 얼마나 있든 난 신경 안 써요. 지금은 다들 똑같아요. 이게 바로 내가 언제나 하나님을 바라보는 이유예요. 내가 얼마나 높이 올라가나 그런 건 신경 안 써요."

빌과 R. J., 그리고 미스 재키는 해리슨센트럴 초등학교에서 쉴 새 없이 열심히 움직이면서 자신들이 처한 상황에 대처했던 소규모 그룹의 일원이었다. 적십자에서는 대피소에 수용된 모든 사람에게 충분히 돌아가고 남을 정도로 포장 음식을 제공했지만, 이들은 학교 식당을 관리하는 여성을 설득해서 음식이 상하기 전에 언제든 먹을 수 있도록 부엌문을 개방하게 했다. 부츠의 직업은 식당 요리사였다. 그가 가스불을 켜고 지휘했다. 그들은 모든 이에게 식사를 제공했고, 이들의 넘치는 에너지 덕에 다른 사람들의 사기도 올랐다. (다음 날 아침, 나는 멜턴이 S.O.S.라고 명명한 음식—그레이비로 범벅한 고기를 롤빵 위에 얹은 것인데 꼭 지붕널 위에 얹힌 똥덩어리처럼 보였다—을 맛봤는데, 먹을 만했다.) "우리는 모오오든 이를 다 먹여요." R. J.가 말했다. "여기 있는 우리 작은 가족만 먹이는 게 아니고요."

"우린 심지어 직원들도 먹여요!" 멜턴이 덧붙였다.

미스 재키가 벌떡 일어나더니 내게 자신들이 만든 샤워기를 봐야 한다고 했다. 정상적인 상황일 경우 적십자는 샤워실이 없는 시설을 대피소로 사용하지 않는다. 하지만 적십자에서 사전에 선정해둔 건물들이 모두 태풍으로 파괴되었기 때문에 그들은 샤워 시설이 없는 해리슨센트럴 초등학교를 대피소로 사용할 수밖에 없었다.

미스 재키와 R. J.는 비닐로 만든 커튼을 젖히고 나를 샤워 구역 안으로 데리고 갔다. 그들이 만든 것은 정말 기발했다. 그들은 식당 담당자에게 받아놓은 열쇠를 이용해 건물 외벽에 매달려 있는 수도꼭지를 가려둔 금속판을 열었다. 누군가는 실내에 있는 가스스토브를 조작해서 물탱크를 가열시킬 수 있게 만들었다. 그들은 학교 주변의 버려진 집들에서 파이프를 구해와 물탱크에서 물을 빼낼 관을 이었다. 그리고 앤호이저-부시[5]에서 이런 자연재해에 대비해 생산하는 정체 불명의 물을 담은 하얀 깡통을 가져와 바닥에 구멍을 여러 개 뚫어 샤워 꼭지를 만들고 파이프에 테이프로 고정시켜놓았다.

"켜주세요, 미스 재키!" 빌 멜턴이 말했다. 재키가 열쇠 보관 담당이었다. 재키는 금속판을 열고 빨간색 수도꼭지를 틀었다. 따뜻한 물이 깡통에서 분수처럼 솟구쳤다. R. J.가 들고 있던 전등에 비친 물줄기가 정원의 거미줄처럼 보였다.

"우리가 이걸 만들어냈어요," 빌 멜턴이 말했다.

"아름답지 않아요?" 미스 재키가 말했다.

나는 적절한 대답을 찾으려고 머뭇거렸다.

"아름다워요." R. J.가 말했다.

대피소를 떠나고 나서 며칠 후 렌터카를 타고 잭슨시로 돌아가는 길에, 나는 영화 〈매드맥스〉에서 나올 법한 일을 경험했다. 그후로도 여러 번 곱씹어 생각하게 된 경험이었다. 기름이 거의 떨어져가고 있었는데, 주유소마다 상황이 아주 안 좋았다. 그나마 휘발유가 조금이라도 남아 있는 주유소에

---

5   버드와이저 맥주를 생산하는 회사.

는 사람들이 몇 킬로미터씩 장사진을 치고 있었다. 내 차의 기름 탱크 눈금이 사분의 일에서 한참 아래로 내려가 있었기 때문에 나도 줄을 섰다. 주유소까지 이어지는 줄은 곧고 길었다. 얼마나 멀리 가야 하는지 한눈에 들어왔는데, 남아 있는 연료로 주유소까지 갈 수는 있을지 궁금할 정도였다. 미국 내에서 이런 상황을 목격하다니 영 낯설고 불안했다. 우리가 어렸을 때 충격을 안겨줬던 모든 핵전쟁 영화들에는 휘발유가 점점 부족해져 이렇게 줄을 서서 기다리는 장면이 항상 있지 않았던가? 바로 그 장면을 눈앞에서 보고 있었다. 하지만 아직은 사람들이 평정을 잃지 않고, 평소의 교통 체증을 대하듯 대처하고 있었다. 땡볕이 내리쬐는 아스팔트 위는 무더웠다. 우리는 범퍼와 범퍼를 맞대다시피 하고, 무조건 앞으로 나아가겠다고 결심을 굳힌 절지곤충의 한 마디 같은 모습으로 천천히 미끄러지듯 나아갔다.

휘발유를 향해 가는 우리의 길은 어느 지점에선가 조금 작은 도로와 만났다. 이 길을 통해 줄에 끼어드는 이들이 몇 있었는데—이건 당연히 새치기였다—간혹 누가 그럴 때마다 긴장이 고조되면서 누군가는 창문을 열고 소리질렀고, 그렇게 끼어든 이는 "그럼 어떻게 하라고?" 하는 제스처를 보였다. 하지만 심한 일은 벌어지지 않았다. 싸움도 없었다. 라디오에서는 〈스위트 이모션Sweet Emotion〉이 흘러나왔다.

이 두 길이 교차하는 지점에는 신호등이 있었는데, 그 밑을 지나는 동안 신호등이 녹색에서 빨간색으로 바뀌었고, 그때 내가 좀 이상한 짓을 했다. 바로 내 뒤를 따라오던 차—한 시간 동안—에 나이 든 여성이 타고 있었는데, 신호가 바뀌는 동안 그 차 역시 내 뒤를 따라 교차로를 통과하려 했다. 그녀는 신호가 바뀌기 전에 자신의 차가 그 교차로를 마지막으로 건널 수 있을 거라고 생각했던 모양이다. 그러나 계산 착오였던 것이, 교차로 건너편에 그 정도 공간이 없었던 것이다. 나는 바로 내 앞 트럭에 닿지 않게 최대한 가까이 붙었지만, 그녀 차의 절반은 여전히 교차로에 걸쳐 있었다. 우리가 서 있던 길의 반대편 차선에서 오던 차가 그 교차로에서 빠르게 좌회전을 시도한다면 그 여성의 차를 들이받게 될 것이었다. 백미러로 보니 그녀가 겁에 질려 있는 것 같았다. 그래서 나로서는 유일하게 취할 수 있었던 방법을 취했다. 차들이 조금씩 움직일 때마다 내 차의 방향을 조금씩 틀어서 내 차의 오른쪽 범퍼가 풀밭으로 올라설 정도로 꺾어 그 여성이 2미터가량의 공간을 더 확보해 최소한 사고는 면할 수 있게 한 것이다. 내 입장에서는 영웅적인 행동은 아니었지만, 결코 누굴 속이려는 약아빠진 행동도 아니었다. 그런데 술에 취한 데다 머리끝까지 화가 나 있던 어떤 거친 미시시피인에게는 딱 그렇게 보였던 모양이다. 그는 내 창 옆에 다가와 아주 격앙된 목소리로 나를 비난했다. "도대체 무슨 짓을 한 거야, 이 개자식아." 그는 오로지 나한테 욕을 퍼붓기 위해 일부러 자기 차에서 내려 꽤 되는 거리를 걸어온 것이었다.

"무슨 소립니까?" 내가 말했다. "난 여기에 몇 시간 동안 앉아 있던 거 말고는 한 게 없는데."

그는 내 차 옆을 왔다 갔다 하면서 내게 손가락질을 해 댔다. 차들이 전혀 움직이지 않는 상황이라 그는 자기 차를 전혀 걱정할 필요 없이 그러고 있었다.

"이 줄에 있는 사람들은 다 **몇 킬로미터씩이나** 기다리고 있었어." 그가 말했다. "당신 같은 인간 끼어들라고 서 있었던 게 아니라고." 그는 내가 그 나이 든 여성을 위해 공간을 내주려고 차를 틀던 모습을 보고, 내가 교차로에서 그녀 앞으로 끼어드는 마지막 순간에 자신이 그 모습을 목격한 것이라고 판단했던 것이다(아주 비이성적인 판단은 아니었다).

그가 지난 며칠 동안 어떤 일을 겪었는지 누가 알겠는가. 그의 얼굴은 수염으로 덥수룩했다. 그가 입고 있는 플란넬 셔츠는 몹시 더러웠다. 한자리에 가만히 있지 못하고 왔다 갔다 하는 것이 마치 사막에서 신을 향해 분노를 터뜨리고 있는 것처럼 보였다 .

그런 순간이 올 때마다 내 머릿속은 파충류처럼 차가워진다. 그리고 같이 화내지 말고 전후사정을 차분하게 **설명하라고** 주문한다. 나는 말했다. "이봐요, 내 말 좀 들어봐요! 나도 몇 킬로미터나 이 줄에 서 있었어요. 내 말 좀—"

대개는 그가 내게 소리를 질렀는데, 그때마다 나는 내 이야기—신호등, 나이 든 여성—를 반복했고, 그때마다 내 말이 그를 에워싼 분노를 조금씩 뚫고 들어가는 것 같았고,

그는 서서히 평정을 되찾았다. 마침내 그는 자기 차로 되돌아갔다. 최소한 그런 줄 알았다. 그런데 사실 그는 그 나이든 여성에게 가서 내 말이 맞는지 물어보려는 것이었다. 나는 내 백미러를 통해 두 사람을 지켜봤다. 그녀는 내 차를 보고 고개를 저으면서 아주 분명하게 아니라는 말을 반복하고 있었다. **아니요. 아니 저 아주머니가…**

나의 고문자가 다시 돌아왔다. 다른 사람들도 각자의 차 안에서 이 상황을 주시하고 있었다. 정말 창피했다. "저 여자분은 당신 차를 본 적이 없다는데." 그가 말했다.

"뭐라고요?" 나는 내 자리에서 몸을 돌려 어떻게 그럴 수가 있느냐는 과장된 몸짓을 하며 그녀를 쳐다봤다. 그녀는 그저 겁에 질려 있었다.

사내는 계속해서 나를 윽박질렀다. "테네시로 돌아가!" 그가 고함을 질렀다. "거기엔 휘발유 많잖아." 나는 더이상 테네시에 살고 있지 않았다. 내가 거기에 산 적이 있다는 걸 그는 어떻게 알았을까? 알고 보니 렌터카에 붙어 있는 번호판 때문이었는데, 나는 그때까지 그 사실조차 인식하지 못하고 있었다.

결국 나는 창문을 열고 음악을 있는 대로 크게 틀었고, 그는 슬그머니 사라졌다. 우리 둘 다 선택의 여지가 없었다. 그렇게 휘발유를 소모하고 나서야 나는 조금 더 많은 휘발유를 얻었다. 하지만 앞으로 올 또 다른 기다림들에서는 아마 시작부터 이런 식일 것이라는 생각이 들었다. 이 세상의 진짜 마지막의 시작. 각자 자기 차에 남아 있던 다른 사람들도, 그저 쳐다보기만 하는 대신 차에서 뛰쳐나와 그자와 합세하게 될 것이다. 그리고 그건 누구의 잘못도 아닐 것이다.

5

정말 리얼한 것의 차원으로

채플힐에 있는 아발론 나이트클럽에서 자정이 되기 한 시간 전쯤이었다. 미즈는 신경이 곤두서 있었다. 나는 당시에는 그걸 눈치채지 못했다—내 말은, 그가 그런지 아닌지 알 수 없었다는 거다. 내가 보기에 그는 평소와 다름없었다. 항상 반짝반짝하는 눈과 좌우 균형이 잘 잡힌 얼굴, 유전자조작이 된 옥수수를 많이 먹어서인지 잘 부풀어오른, 털 없이 맨질맨질한 꼭 프로레슬러 같은 상체(실제로 나중에 프로레슬러가 됐다)와 축구장 관중석에 끼어 앉아 있어도 보는 순간 중서부 미국인이라고 딱 짚어낼 수 있을 미소 등, 그가 데뷔 시즌부터 줄곧 보여주던, 내가 반했던 처음의 그 미치광이 같은 모습 그대로였다. 그는 구김 하나 없는 멋진 셔츠를 입고, 옛날부터 고수해온 너풀너풀한 앞머리 대신 옆머리를 짧게 치고 남은 꼭대기에 스타일링 제품을 발라 세운 모호크족 머리를 하고 있었다.

주차장에서 누군가가 **정육시장—개자식들**이라고 스프레이 페인트로 휘갈겨놓은 쓰레기통을 지나자마자, 파티를 즐길 준비가 된 행인들을 위해 미즈가 안에 있다고 써놓은 칠판이 눈에 들어왔다. 미즈는 다른 맛이 가미된 브랜디처럼 보이는 공짜 잔술들을 연거푸 들이켜면서 여대생들하고 이야기를 나누고 있었다. 점점 더 많은 여대생들이 점점 가까이, 더 가까이 다가왔다. 미즈가 그들과 웃고 이야기를 나누고 있는 걸 보면, 그는 애당초 신경이 곤두선다는 게 어떤 건지 모르고 그런 게 가능하지도 않은 사람처럼 보였다. 나는 미즈와 클럽 주인 제러미(미즈와 형제 같은 사이다)가 열심히 마시고 있는 자리에 당연한 듯이 합석했고, 미즈는 건배를 하면서 그중에 한 번은 자신의 모토—"착해라. 고약해라. 미즈다워라"—를 외쳤고, 이미 혼자서 여러 잔을 마신 마르고 수염이 난 친구 하나가 우리와 건배를 하면서 그 말을 받아 "아니면 플랜지다워라…"라고 외쳤다. 그 사람의 이름이 아마 플랜지였을 것이다. 나는 그리 많이 마시지 않았고, 내가 보기에 미즈는 상당히 흥분한 것 같았다. 그러나 나중에 미즈가 쓴 온라인 일기에는, 자기가 무척 예민해져 있었는데 그건 오로지 내가 거기에 있었기 때문이라고 적혀 있었다. 내가 MTV의 〈리얼 월드The Real World〉 때부터 자신의 진짜 "골수" 팬이었고 그 이후의 다른 리얼리티쇼 시리즈(미즈는 거기에서 가장 유명하고, 사람들이 가장 좋아하는 멤버였다)에서도 팬이었다고 고백하긴 했지만 여전히 의심스러웠고, 내가 가지고 있을 선입견과 내가 들고 있던 노트패드가 부담이 됐다는 것이었다. 이런 식으로 클럽에 나타나는 게 대개의 경우에는 쿨하고 재미도 있지만, "어떤 때는 손님들이, 이를테면, 여덟 명만 나타나는 경우도 있어요"라고 그는 말했다. 그리고 그렇게 되면 분위기가 아주 암울해진다. 만약에 오늘 밤이 딱 그렇고, 잡지에 그 장면에 대해 쓴 글이 실린다면? 아주 난처해질 것이었다. 아니면, 미즈의 표현을 빌리자면—실제로 미즈는 온라인 일기에 다른 날에 있었던 일을 묘사하면서 이 표현을 쓴 적이 있는데—난감해지는 것이다.

그런 걱정은 할 필요가 없었다. 순식간에 클럽에 사람이 들어차서 나는 대절 버스라도 온 건가 싶었다. 마치 아시아식 튀김국수 요리를 할 때, 뜨겁게 가열한 기름에 국수를 넣자마자 지글거리기 시작하는 것과 같았다. 조용할 때 자리를 떠나 화장실에 갔는데, 돌아와보니 잔을 든 팔을 들어올릴 틈도 없었다. 모두들 방방 뛰는 분위기였다. 사내들이 가슴과 엉덩이를 보여달라고 하면 기꺼이 그럴 준비가 돼 있는 여자아이들이 한가득이었다. 한 여자애—아름다운 인도 아이였는데 열아홉 살도 안 돼 보였다. 경찰을 불러서 집에 데려다주라고 하고 싶었다—는 자기의 오른쪽 가슴에 사인을 해달라고 했다. 누군가가 미즈에게 매직마커를 갖다줬다. 그는, 이 점은 분명히 얘기해야 할 것 같은데, 존경할 만한 집중력을 발휘해 최선을 다해 글씨를 썼다. 또 다른 여자애—후터스Hooters¹에서 일하면서 돈을 모아 가능한 한 멀리 있는 대학에 갈 생각이라고 했다—는 혼자서 먼 길을 차를 몰고 왔다.

"오로지 미즈를 보러 여기까지 왔어요." 그 여자애가 말했다. 미즈와 말하려는 사람들이 남녀 할 것 없이 이미 줄을 길게 서 있었고, 그녀는 내가 미즈와 가까운 모습을 봤기 때문에 대신 나하고 한동안 이야기를 나눴다.

"그 쇼 팬이에요?" 내가 물었다.

"그럼요." 그녀가 말했다, "MJ하고 캐머런(〈리얼 월드〉 쇼의 또 다른 인기 인물 두 사람)도 아까 여기서 봤어요. 〈리얼 월드〉 사람들이 여기에 많이 왔어요."

"난 그 쇼를 고등학교 때부터 봤어요." 내가 말했다.

"오, 나도요!" 그녀가 말했다.

다음 순간 나는 그 말이 나한테는 그 쇼가 시작될 때부터라는 이야기지만 그녀에게는 지난 시즌부터라는 생각이 들었다. 그녀가 얼마나 허세가 심한지 보여주는 예인 것 같아 씁쓸했다. 그녀는 미즈와 같이 출연했던 사람들을 기억하기나 할까? 아마 그녀는 〈리얼 월드〉와 〈로드 룰스 챌린지 Road Rules Challenge〉에서만 미즈를 봤을 텐데, 이 쇼에서도 미즈

---

1   여성의 가슴과 부엉이의 중의를 지닌 이름. 노출이 심한 여종업원들을 전면에 내세워서 영업하는 대형 프랜차이즈 식당 이름이기도 하다.

는 멋졌지만, 미즈가 어떻게 그토록 재미있는 상황을 잘 만들어내는지를 잘 보여주는 쇼는 아니었다.

반면에 이 여자애는 그 멤버들이 클럽에서 하는 활동에 관한 한 베테랑이었고, 나는 오늘 밤이 처음이었다. 만약 그 순간 미즈가 있는 데까지 곧바로 몸을 내던지는 걸 마다하지 않는 여자애들만을 위한 터널이 뚫려서 그녀가 쏜살같이 내 곁을 떠나가지 않았다면, 좀 물어볼 생각이었다. "이게 다 뭐예요?" 왜냐면 그녀는 내가 소문으로만 듣고 있다가 처음 엿보러 온 세계, 즉 〈리얼 월드〉와 그것보다 덜 재미있는 기형적인 쌍둥이 〈로드 룰스 챌린지〉(이 쇼는 기본적으로 〈리얼 월드〉를 RV에 집어넣은 것이다)가 그들 주변에 만들어낸 일종의 작은 버블 경제체제인 이 세계에 실제로 속한 존재였기 때문이다.

나는 여러분이 이 쇼와 그걸 둘러싸고 있는 모든 것들에 대해 얼마나 알고 있고 어디까지 인정할 준비가 돼 있는지 모른다. 그러니 일단 이게 작동하는 방식에 대해 설명하는 시늉이라도 해보겠다. 〈리얼 월드〉의 한 시즌이 끝나면, 그 시즌 동안 인기를 끌었던 멤버들(이 인기는 신체적인 매력, 모든 미국인들이 좋아할 만한 특성, 그리고/또는 흔히 볼 수 없는 이상한 짓들을 통해 얻어진다)은 그 시리즈의 빛나는 표면 바로 밑에 존재하는 그림자의 세계 속으로 초대된다. 이 세계에만 있는 수많은 구역들과 그에 걸맞은 할 일이 있다. 클럽(채플힐에 있는 이곳 같은)에 **나타나고**, 봄방학(이건 바와 클럽이 여러 개 있는 바닷가 리조트에서 며칠 동안 질펀하게 노는 것으로, 기본적으로 클럽을 확대해놓은 것이다)을 즐기고 "강연"(대학이나 청년 단체, 금연 단체 등 어디가 됐든—특히 쇼를 통해 어떤 특성, 이를테면 동성애자라거나 알코올의존증, 식욕이상항진증, 유방 확대 수술 뒤의 불만족, 분노 조절 장애, 빈곤, 큰 배만 보면 기절하는 증세, 본인도 의식하지 못하는 인종차별주의 등을 드러냈을 경우, 그에 관련된 주제를 다루는 그룹에 초대받는 데 유리하다)을 다닌다. 그리고 '제품 소개'도 있다. 마지막으로, 이게 가장 중요한 건데, 〈리얼 월드/로드 룰스 챌린지〉 쇼에서 가장 눈에 잘 띄고 질투를 받을 정도로 보호받는 위치를 차지하는 일이 그것이다. 이 쇼에서는 전에 나왔던 출연진들이 팀을 구성해서 서로 경쟁하는데—아, 관두자! 어떤 건지 여러분도 잘 아는 얘기다. 이 쇼는 〈네트워크 스타들의 전투Battle of the Network Stars〉보다 열 배는 더 훌륭한데, 리얼리티가 허구를 능가한 지 이미 오래된 21세기이다보니 〈리얼 월드/로드 룰스 챌린지〉에서 두드러진 활약을 보이는 몇몇은 〈네트워크 스타들의 전투〉의 리바이벌 판에 캐스팅되기도 했다. 그중에 미즈도 끼어 있었다. 중요한 것은 갑자기 복근이 찢어지거나 팔다리가 부러지는 축복이 없이는 누구도 〈리얼 월드〉를 떠나지 않는다는 것이다.

이런 대부분의 쇼에 들어가는 배역들을 구성하고 그에 필요한 인원을 공급하는 에이전트인 브라이언 J. 모나코라는 사내—이 일을 십일 년 동안 해왔는데, 미즈를 포함해서 내가 만나본 〈리얼 월드〉의 출연진들이 하나같이 "우리가 신뢰하는 사람"이라고 말했다—가 말해준 바에 따르면, 〈리얼 월드/로드 룰스 챌린지〉에서 별로 인기를 얻지 못했던 출연자들은 심지어 그들을 환영하지 않는 클럽 주인들에게 직접 찾아가서 입장 수익의 일부만 받아도 좋으니 클럽에 불러달라고 부탁하기도 한다고 했다. 〈리얼 월드/로드 룰스 챌린지〉에서는 그 세계만의 그림자 문화라고 할 만한 것을 만들어내고 있다. 그 안에서 출연자들은 실크스크린으로 찍은 티셔츠를 통해 서로에게 메시지를 전하고, 시즌을 넘겨 이어져오는 원한의 감정을 다스리고, (오래된 출연자들과 새 출연자들 사이의) 괴이한 라이벌 관계를 스스로 만들어내는데, 이것들은 나중에 이 쇼의 공식적인 스토리라인이 된다. 나는 "실제 세계"에서 일어났던 어떤 일 때문에 두 여성 출연자가 베일을 잡아 뜯으면서 싸우는 것까지 본 적이 있다. 한 출연자가 다른 출연자를 비난하고 있었는데, 그 이유는 '비난하는 여성'이 어느 대학에서 강연 요청을 받았는데 '비난받은 여성'이 그 대학 담당자에게 '비난하는 여성'이 "요구 사항이 많고" 욕을 너무 많이 한다고 모함해 강연 기회를 훔쳐갔다는 것이었다. 그 모습을 보던 프로그램 밖 전직 출연자들의 머릿속에 온갖 그림들이 피어올랐다. 기본적으로 맨슨 패밀리Manson family[2]와 크게 다르지 않지만 치아 상태가 완벽하고 여전히

---

2   1960년대 히피 문화가 성할 때 등장한 사교 집단으로, 지도자인 찰스 맨슨을 재림예수로 추종했다. 1969년 LA에서 로만 폴란스키의 집에 침입해 그의 아내와 일행 네 명을 살해한 걸 비롯해 여러 건의 살인을 저질렀다.

같이 몰려다니면서 여전히 서로 싸우고, 여전히 술에 취해 사고를 치면서(이들 중 몇 명은 로스앤젤레스의 한 동네에서 산다고 들었다), 여전히 〈리얼 월드〉에 출연했던 누군가로 살아가고 있는 이들. 게다가 〈리얼 월드〉는 출연자들이 자신의 진짜 신분으로 나오는 쇼였다. 그러니, 참, 그 순수성이란…

미즈의 얼굴에 대고 온갖 질문을 퍼붓고 있는 젊은이들은 그 모든 일들을 신기해하고 있는 것 같았다. 그들이 "여기서 뭐 하는 거예요?" 하고 물으면 미즈는 프로답게 언제나 "아발론이 초청해서 왔어요"라고 대답하곤 했다.

그들이 충격받아 "여기 이렇게 오는 걸로 돈을 받아요?" 하고 물으면 미즈는 "어, 꽤 괜찮거든요"라고 대답했다. 그러면 그들은 "파티만 하는데도요?"라고 되물었다. 이 젊은이들 가운데 몇몇은 내가 미즈의 매니저라도 되는 줄 아는지 내게 집요하게 물었다. "미즈는 이러면서 여기저기 많이 다니나요?" 폴로셔츠를 입은 2학년생 두 명이 궁금해했다.

"오, 그럼." 내가 대답했다. "인기 폭발이야."

그러자 그들이 내게 물었다, "아저씨는 왜 여기 있어요?"

"미즈에 대해 뭘 쓰려고." 내가 말했다.

그러자 그들이 다시 물었다. "뭘 쓰는데요?"

우리는 고개를 돌려 미즈를 바라봤다. 마치 그의 얼굴에서 답을 찾을 수 있을 것처럼. 그는 금빛으로 빛나고 있었다. 그 순간, 우리는 이 상황의 우스꽝스러움과 알 수 없음 안에서 하나가 된 것 같았다. 그곳에는 우리 두뇌의 가장 깊은 곳에서 뛰고 있는 토끼 심장 소리같이 울리는 음악이 있었다. 무대 위에서는 갱스터 스타일의 사내가 손을 좌우로 흔들면서, 이를테면 군중을 지휘하고 있었다. "아저씨, 잠복 근무 중인 경찰이에요?" 두 젊은이 가운데 하나가 물었다. 내가 아니라고 하자, 그가 다시 물었다. "그런데 머리가 왜 이렇게 짧아요?" 미즈가 그 두 망할 놈한테 맥주를 사지 않겠다고 거절하는 모습을 보자 고소하다는 생각이 들었다.

미즈는 잠시 팬들로부터 벗어나 바에 등을 기대고 쉬고 있었다. 그가 얼마나 멀쩡해 보이는지 감탄하지 않을 수 없었다. 그는 비행기에서 내린 순간부터 계속 마셔대고 있었다. 클럽 주인은 미즈를 픽업하자마자 바로 바비큐 장소로 데려 갔는데, 거기서 다들 데킬라를 몇 잔씩 마셨다. 그러고 나서는 타운으로 들어와 두어 군데 바에 들렀는데, 그중 첫 번째 바에서 나는 미즈가 마티니를 마시고 있는 걸 봤다(미즈는 그 걸 "본게임 전의 워밍업"이라고 불렀다). 미즈는 오늘 밤 거기에서 "점잖게 처신하겠다고" 잠시 마음을 다지기도 했지만, 이러다가 자기가 클럽까지 갈 수나 있을지 모르겠다고 했다. 사실은 그날뿐만이 아니었다. 미즈는 그 전날 밤 오스틴에서 현재 MTV에서 방영되고 있는 〈리얼 월드〉 시즌에 출연 중인 MJ와 랜던과 함께 클럽에 갔는데, 파티 규모가 생각 외로 커졌다. 280여 명이 모여들었던 것이다. 온 동네가 쿵쾅거렸다.

〈리얼 월드〉의 출연자들은 하나같이 늘 반복되는 특정한 몇 가지 특성―헤픈 타입, 다정한 타입, 인종적으로 복잡한 타입, 게이, 헤프면서 다정한 남부 타입 등등—을 조합한 캐릭터를 가지고 있다. 눈치가 좀 있는 이라면 MJ와 랜던이 미즈의 새로운 두 버전이라는 사실을 금세 알아차릴 것이다. 둘 다 조그만 타운 출신의 배경이 아주 좋지 않은 백인이고, 문화 다양성의 측면에서 말하자면 콜라와 간장도 구분하지 못하지만, 곧 배우게 될 것이고 배우는 과정에서 성장할 것이었다. 그렇다, 미즈가 새롭게 제시한 이미지가 바로 이것이다. MJ와 랜던은 천사 같은 곱슬머리 금발과 공포라는 걸 느껴본 적이 없는 듯 깜빡이지 않는 눈 등, 보는 이가 어리둥절할 정도로 닮아서 유형학이란 걸 완전히 새로운 차원으로 끌어올리는 인물들이다. 이 둘은 랜던이 인사불성으로 취해서 반쯤 벌거벗은 채 큰 식칼을 등 뒤에 감추고 그의 동료 출연자에게 접근하기 전부터 이미 사람들에게 두려움을 안겼다. 그들은 아주 자연스럽게 엄청난 인기를 누리기 시작했고, 당연히 오라는 클럽들도 어마어마하게 많았을 것이다. 미즈는 그런 생활을 이미 여러 해 동안 해왔다.

내가 물었다. "마이크—이게 그의 진짜 이름이다—이렇게 사는 거 힘들지 않아요?" 그가 대답했다. "네, 힘들어요. 근데 내가 알아서 조절해요. 일단, 술은 섞어서 마시지 않아요. 보드카를 마시면 그것만 마셔요. 잔술로 마시면 그게 좀 어렵긴 하지만요. 누가 잔술을 건네는데, '다른 걸로 줄래요?' 그러기는 좀 쉽지 않으니까요. 하지만 대개는…"

"하지만 영혼은요?" 내가 말했다. "영혼에 문제를 일으키진 않나요?" 그는 자기 술을 내려다봤다.

농담이다. 그런 걸 묻지는 않았다.

어떤 여자애들이 와서 요즘 MTV에서 방영되고 있는 〈리얼 월드/로드 룰스 챌린지〉를 두고 미즈를 괴롭히기 시작했다. 아무개라는 그 여자애는 정말 그렇게 싸가지 없는 년인가? 아무개는 정말 보이는 것처럼 그렇게 착한가? 미즈네 팀이 이번 시즌에 우승할 것 같은가?

미즈는 입을 꾹 다물고 천천히 머리를 저었다. 그는 전에도 그런 상황에 놓인 적이 있다. 사실은 늘 그런 상황에 있다. 아직 방영되지 않은 에피소드에 관한 비밀을 누설할 수는 없다. 사업상의 금기고, 그랬다가는 바로 대가를 치르게 된다. 여자애들 가운데 하나가 말했다. "내가 안 좋아하는 애가 하나 있어요. 누구지, 걔—베로니카 말고, 하지만 어딘가 베로니카 같은 데가 있는 애예요. 좀 작고. 가슴이 좀 큰 편인 갈색머리."

미즈는 당혹스러워하는 것 같았다. 베로니카를 닮은 출연자가 누구지? 표독하고 조그만 베로니카, 욕조 안 쓰리섬의 여왕, 조그맣고 빵빵하고 아마도-레즈비언일 인물, 약간 제정신이 아닌 모르몬교도 줄리가 지나치게 과열되었던 로프레이스 게임에서 안전장치를 망쳐놓는 바람에 떨어져 죽을 뻔했던 그 베로니카를 닮은 사람이?

"티나 말하는 건가?" 내가 물었다.

"맞아요, 티나!" 그 여자애가 말했다.

미즈가 나를 쳐다봤다. "으아, 형… 대단하다."

"아니 뭐…"

사람들이 리얼리티 TV가 사실 리얼하지 않다는 사실을 지적하길 좋아하던 시절이 있었다. "다들 카메라 앞에서 연기하는 거야." "다 미리 짠 거야." "프로듀서들이 시키는 대로 하는 거야!" "그 새끼들 진짜 재수없어!" 기타 등등. 그러고 나서는 일종의 재해석이 시도되었는데, 어쩌면 거기에 리얼한 무언가가 있다는 식의 태도였다. "그게 왜 그런 거냐면, 우리도 그렇게 자아도취적인 데가 있잖아요." "그게 우리 문화예요." "우리가 어떤 현상을 바라볼 수 있는 창문을 제공해주죠…" 이런 식으로 말이다. 하지만 내가 만들어낸 이 **모든** 가상 인물들의 주장에는 리얼리티 TV의 가장 흥미로운 한 가지 특성이 빠져 있다. 그것은 리얼리티쇼가 **적정화된 리얼리티를** 성공적으로 구현하고 있다는 것이다.

1992년에 〈리얼 월드〉가 처음 시작되고, 이 쇼가 진행되는 과정에서 만들어낸 일종의 패턴은 그후로 등장한 모든 리얼리티쇼들이 따르는 본보기가 되었는데, 그때만 해도 이 쇼가 보여주는 게임들은 조악하고 뻔한 것이었다. 인물들은 "카메라를 의식"하기도 했고, 혹은 순간적으로 "카메라의 존재를 망각"하기도 했다. 이 두 요소는 물빛이 달라지듯 뒤섞이곤 했다. 이때만 해도 리얼리티쇼라는 형식이 인스타그램의 순위 평가와 초저예산의 제작비만 들여도 만들

수 있다는 이유로 텔레비전이라는 지평에서 난마같이 뒤얽히기 전이었고, 누가 됐든 가족이나 사돈, 옛날 여자친구 중 최소한 한 명은 그런 쇼에 나온 사람이 있는 시대가 오기 전이었다. 또한 리얼리티쇼에 출연하는 것이 첫 아파트를 사거나 첫 종아리 확대 시술을 받는 것 같은 통과의례가 되기 전이었다. 몇 달 전 나는 리처드 브랜슨의 〈억만장자 반항아The Rebel Billionaire〉라는 새 리얼리티쇼로 갈아탔는데, 거기서 나의 어린 시절 친구 중 하나가 열기구 꼭대기에서 속삭이듯 말하는 그 괴짜 거물 리처드 경과 함께 차를 마시는 걸 봤다. 나는 그 친구가 현실에서는 그렇게 말하는 걸 한 번도 들어본 적이 없지만, 친구는 많은 사람들이 똑같은 어조로 말하는 것들, 이를테면, "내일에 대한 걱정 때문에 지금 이 순간 경험하는 것들을 한순간이라도 놓치는 일은 없을 겁니다" 같은 소리를 늘어놓고 있었다. 그 친구가 그 말을 하면서 **아이러니하게** 미소를 지었던가? 그건 도저히 모르겠다.

이제 이런 쇼에 출연하는 사람들의 대부분이 어릴 때부터 이런 쇼를 보면서 즐기던 이들, 이런 쇼들을 통해 의식이라는 것이 형성된 이들(특히 젊은 세대 가운데) 중에서 나오는 지점에 도달했다. 저 아래 어디에선가 스위치가 켜졌다. 이제 리얼리티쇼를 볼 때—예를 들어 〈리얼 월드〉를 챙겨가면서 본다면—우리가 보는 건 대충 짜놓은 시나리오 속으로 거칠게 내던져진 뒤 카메라 앞에 대책 없이 노출된 사람들이 아니라, 리얼리티쇼에 **출연하는** 연기를 하는 모습이 카메라에 포착된 사람들이다. 이것이 요즘 방영되는 모든 리얼리티쇼의 **플롯**이다. 그들이 지어낸 주제가 뭐가 됐든 말이다.

이 모든 거짓을 공모하는 데 자신들이 연루되어 있다는 인식이 높아지면서 더 큰 자아를 향해 스스로를 전환시키는 놀라운 일이 일어났고, 이로 인해 리얼리티쇼는 더욱 리얼해졌다. 왜냐하면, 당연하게도, 리얼리티쇼에 등장하는 사람들의 정체성은 정확히 바로 그런 사람들이기 때문이다. 이렇게 생각해보라. 만약 당신이 내 사무실에 와서 내가 일하는 장면을 촬영한다면(나는 사무실을 따로 갖고 있지는 않지만, 이렇게 설정할 경우 이런 상상이 훨씬 엄밀해질 수 있을 것이다) 당신은 내가 일하는 모습을 지켜보는 게 어떤 것인지 제대로 경험하지 못할 것이다, 왜냐면, 당신은 거기에서 날 지켜보고 있을 것이기 때문이다(하이젠베르크의 불확정성의 원리, 자의적 수용의 원리 등등). 그런데 여기에 이런 요소를 더해보자. 만약에 내 일이라는 게 리얼리티쇼에 출연하는 것이라면, 그 안에서 카메라에 담기고, 그래서 당신이 날 지켜보게 하고, 이 과정에서 스스로가 투사되는 모습을 자의적으로 조절하고, 불확정성이 반복된다면? 그게 만약 나의 리얼리티라면? 당신의 얼굴은 아직 녹지 않고 있는가?[3]

여기가 바로 우리가, 그런 인간들로, 서 있는 지점이다.

---

3   영화 〈터미네이터〉나 〈매트릭스〉에서 두 개의 리얼리티 사이를 오가는 존재의 형체가 변하는 모습을 말한다.

그리고 그게 다가 아니다. 또 다른 놀라운 일이 벌어졌는데 —불과 지난 몇 년 사이에—그건 리얼리티 TV라는 게 나온 이후로 계속해서 보완되어온 시스템이 스스로를 급격하게 강화시킨 것과 관련 있다. 왜냐하면 제작진이 이런 쇼들에 새로 충원할 만한 그룹에 속한 이들은 이미 리얼리티쇼가 어떤 것인지 "잘 알고" 있는 데다, 이런 쇼에 등장하는 순간 온갖 수모를 당하고 회복 불가능할 정도로 이미지가 망가질 거라는 걸 뻔히 알고 있고, 따라서 카메라 앞에 서는 순간 자기가 생각하는 자신의 원래 이미지를 잃지 않기 위해 잔뜩 경직된 채 "성스러운" 인간처럼 연기할 가능성이 있다. 이런 지원자들을 조심스럽게 사전에 걸러내야 하는 프로듀서와 캐스팅 디렉터들로서는 "즉발적인" 개인들, 미즈가 만족스러운 듯 말한 바에 따르자면 "어쩔 수 없이 늘 자기 자신이어야만 하는" 이들을 찾아내기 위해 끝도 없이 더 열심히 일해야 한다.

아무튼, 이런 작업의 영향—캐스팅 디렉터들은 쇼에 출연시킬 인물들을 고르느라 점점 더 미쳐만 가고, 그 결과 일단 쇼가 방영되고 전국에 그 영향력이 퍼지면, 출연 가능한 인구 풀을 바닥까지 닥닥 긁어도 리얼리티쇼 근처에라도 갈 만한 사람조차 찾기 어려워지는 것—은 오랜 세월 동안 서서히, 거의 감지할 수 없을 정도로 배어들었다. 그래서 이제는 —요즘 텔레비전을 본 적이 있는가? 가능한 인력 풀을 모두 긁어모아 몽땅 스튜디오에 옮겨놓았다. 모든 것이 너무나 리얼해졌다. 누구도 더이상 연기를 하지 않는다. 내 말은, 당연히, 다들 연기를 하지만, 연기를 하지 **않는** 척하지 않는다는 것이다.

사람들은 이런 쇼들을 싫어하지만, 이 혐오에서는 자기부정의 냄새가 난다. 이 쇼들에는 모든 게 다 들어 있다. 미국인들에게 오랜 세월 전해내려온 그 모든 괴기스러운 것들이. 휘트먼과 포 사이에서 태어난 시험관 아기. 확신을 가지고 쏘아보는 공격적인 시선들. 철저한 자기정당화를 분수처럼 쏟아내고 저주의 기도를 웅얼거리는 말 많은 입들. 자기 돈을 너무나 사랑하는 이들을 처벌해달라고 신을 부르는, 모르는 것 없이 늘 남을 가르치려 드는 말 많은 입들. 누구도 사용하지 않는, 그러나 이제는 누구나 다 쓰게 된 이상한 문장들을 사용해가면서. "목표"에 대해 끊임없이 떠들어대면서. 동료 출연자들이 자기들의 특별한 컵을 썼다는 이유로 그들에게 소다수를 뿌리고, 엄마에게 전화를 걸어 아기 같은 목소리로 "여기 사람들은 날 이해 못해"라고 어리광을 부리면서. 반쯤 벌거벗은 채 등 뒤에 부엌칼을 감추고 돌아다니면서. 실제 사정이 어떤지 다 말해준다고 하면서(뭔데-뭔데). 그리고 은근히 공격적인 것 따위 없이. 면전에서 직설적으로 말하면서. 하지만 그 울음… 전 세계의 전쟁 과부들이 흘린 눈물을 모두 합친 것보다 더 많은 눈물이 리얼리티 TV에서 뿌려졌다. 우리는 그토록 날것인 건가? 그럴 것이다. 이런 것들이 너무 많아서—이런 쇼들이 너무 많고 거기에 출연하는 사람들이 너무 많아서—어떤 고유의 것을 드러내지 않을 도리가 없다. 이것이 바로 우리다. 야만인들의 감정을 가지고 있는, 울면서 끊임없이 근육을 키우는 사람들.

기사 작성을 위해서는 클럽 장면만으로 충분하지 않았다. 나는 미즈와 멜리사, 코럴에게 같이 저녁식사를 하자고 요청했다. 나는 그 세 사람이 진짜인지 궁금했다. 먹고사는 방편으로 자기 자신으로 보낸 몇 년의 시간이 그들을 자기 자신으로 그대로 내버려두었는지, 아니면 〈스타트렉〉의 한 에피소드에서처럼 실존을 중단하기 시작했는지. 그러나 바로 엉뚱한 생각이 끼어들었다. 막상 마음먹고 덤벼들면 늘 그런 것처럼 말이다. 나는 세 사람에게 그 쇼 전체에서 내가 제일 좋아한 몇몇 순간들에 대한 이야기를 꺼냈다. 랜디와 로빈이 위층 포치에 나가 술을 마시던 순간—샌디에이고 시즌이었다—에 대한 것이었다. 빅랜(랜디)은 로빈에게 인식론적 불확실성을 긍정적으로 받아들이는 것과 관련된 자기만의 철학 체계에 대해 가르치고 있었다. 빅랜은 그걸 "불가지론"이라고 부르는 걸 좋아했다. 로빈이 (내 생각엔 매우 다정하게) 그동안 자신이 모르고 있던 랜의 철학적인 면을 높이 평가하자, 빅랜이 이렇게 받는다. "나는 다른 사람들한테 나눠줄 지식이 많아."

나는 빅랜을 좋아했다. 그는 그 자신이었다. 미즈가 말한 대로, 그는 어쩔 수 없이 그 자신이었다. 그는 다른 사람들에게 늘 자신이 어떤 유의 사람인지를 설명하는 유의 사람이었다. 몇 달 전, 빅랜과 나는 거의 얼굴을 붉힐 상황까지 갔었다. 한 여행사가 카리브해 일대를 도는 '리얼 월드' 크루즈 론칭 계획을 발표했다. 빅랜과 트리셀(〈리얼 월드〉 역사상 가장 대단한 남부 출신의 날라리)이 같이 탈 예정이었다. 나는 티켓을 샀다. 잔뜩 들떠 있었다. 하지만 마지막에 가서 나는 완전히 닭 쫓던 개가 되었다. 그 둘이 크루즈 탑승을 취소한 것이었다. 티켓이 잘 안 팔려서 그런 건지 아니면 다른 이유가 있었던 건지는 모르겠지만, 잠시 나는 혹시 내가 그 티켓을 산 유일한 사람이 아닌가 생각했더랬다. 그러고는 모종의 까다로운 계약상의 이유 때문에 그 크루즈가 계획된 패키지 그대로 진행되어야만 해 나와 빅랜, 그리고 트리셀 세 사람만 바다에 나가 우리 말고는 아무도 없는 유령선을 타고 떠다니면서 의자 쿠션에 들어 있는 스티로폼을 뜯어먹는다는 시나리오를 상상했다. 거기에는 물론 약간의 눈물과 몸싸움을 비롯한 기타 등등의 것들이 있을 것이고, 하지만 결국에 가서는…

미즈와 코럴, 멜리사는 빅랜이 "나는 다른 사람들한테 나눠줄 지식이 많아"라고 말했다는 걸 기억하지 못했다. 나는 그들이 자신들의 출연 분량 외에는 잘 보지 않는다는 느낌을 받았다. "그게 쉽지 않아요." 코럴이 말했다. "우린 더 잘 알잖아요. 걔들이 실제로는 안 그렇다는 걸."

내가 이 친구들과의 인터뷰를 어색하게 만드는 것들을

정리하는 데에는 이십 분 정도밖에 걸리지 않았다. 내가 인터뷰를 즐기고 있었던 것이다. 낯선 사람을 취재할 때에는 대개 얼어붙거나, 나중에 보면 유일하게 중요한 것으로 판명되는 질문을 잊어버리고 하지 않을까봐 걱정하느라 긴장하게 마련이다. 하지만 이들과 마주 앉자마자, 나는 완전히, 완전히 편안해졌다. 그러고 나자 내 눈에 이 빛, 그들의 얼굴 위에서 약간 흔들리고 있는 푸른색이 도는 빛이 들어왔다. 내가 그들을 가장 잘 알게 해준 바로 그 빛이었다. 나는 본능적으로 그들을 베벌리힐스에 있는 이곳, 블루온블루에 데리고 왔다. 이곳의 풀장 주변에는 사방이 툭 트인 오두막집들이 있고 우린 그중 하나를 편안하게 차지하고 있었는데, 물에 비친 반사광이 땀구멍 하나 보이지 않는 그들의 놀라운 피부에 비치고 있었다. 나는 이들과 함께 풀장 가장자리에, 자쿠지에 몇 번이나 앉아 있었을까? 우리는 얼마나 자주 이러고 앉아 술을 마시고 이런저런 대화를 나누면서 놀았을까? 수천 번. 내 신경 시스템은 내가 그들과 함께 그 쇼 안에 들어 있다고 스스로를 납득시켜놓았던 것이다.

"맞아요." 미즈가 말했다. "그게 바로 리얼리티 TV 쇼에 출연하는 일의 좋은 점인 동시에 나쁜 점이기도 해요". 미즈는 보드카 칵테일을 마시고 있었다(투명한 술이 장기적으로는 장과 전립선 등등에 해를 덜 미친다는 건 모두가 알고 있는 사실이다—게다가, 미즈가 지적하듯, 칼로리도 낮다). "우리가 막 밥을 먹으려고 하는데, '이 좆만이들이 바로 여기에 있네! 니들 뭐

하냐?' 딱 이런 식인 거죠. 내 말은, 톰 크루즈한테는 아무도 안 그러잖아요. B급이나 C급 배우들한테도 안 그러고요. 근데 우리는 잘 안다고 생각하는 거예요, 그래서 우리한테 와 가지고는 그냥 하고 싶은 대로 아무 말이나 하고…"

나는 미즈에게 우리 같은 보통 사람들이 가는 아발론 나이트클럽의 파티 같은 데 돈을 받고 참석하는 일을 관두면 나 같은 사람들이 당신을 좀 더 어렵게 대할지도 모른다는 이야기를 하려고 했지만, 여러 해 동안 그렇게 많은 즐거움을 제공해준 사람한테 하기에는 너무 싸가지 없는 소리인 것 같았다. 게다가 멜리사와 코럴도 미즈의 말에 동의했고.

코럴은 '백 투 뉴욕' 시즌 때 미즈와 함께 출연했다. 이 두 사람은 내 세대의 오지와 해리엇[4] 같은 데가 있지만, 내가 아는 바로는(그리고 수백만의 사람들이 매우 매우 유감스럽게 여길 텐데) 이 둘은 전혀 "로맨틱"했던 적이 없다. 두 사람의 우정은 처음부터 불안했다. 2001년으로 거슬러 올라가보면, 그 해 어느 날 아침식사 자리에서의 대화는 할 말이 없을 때 누구나 쉽게 찾는 "백인과 흑인"에 대한 것으로 흘러갔다. 미즈가 고향인 오하이오주 북부에서 미스터 히어로라는 프랜차이즈를 운영하는 자기 아버지는 시내 학교들의 수준이 떨어지는 데다 그곳을 졸업하는 흑인들이 "느리"기 때문에 흑

---

[4]　1952~1966년까지 방영된 시트콤 〈오지와 해리엇의 모험The Adventures of Ozzie and Harriet〉의 주인공. 두 사람은 실제 부부로, 그들의 두 아들도 출연했다.

인들을 고용하는 걸 꺼린다는 이야기를 슬쩍 흘렸다. 코럴—
흑인이자 미인이고, 꾸밈없고 날카로운 총명함을 가진 인물
—은 그 말에 별로 동의하지 않았다. 코럴이 마이크를 인정
사정 없이 바보 취급을 하는 게(마이크는 이미 스스로를 그렇게
느끼고 있었다) 그 시즌의 중심 플롯이 되었다. 하지만 이 두
사람은 〈리얼 월드/로드 룰스 챌린지〉에서 다시 만나 첫 시
즌에서 나란히 승자가 되었고, 아직 두 사람 사이에 혼혈인
세 쌍둥이가 생긴 건 아니지만, 서로에 대해 명백하게 진심
인 호감을 드러낸다. 코럴은 미즈를 "마이키"라고 부른다.

    절반은 아프리카계 미국인이고 절반은 필리핀계인 멜리
사—누구나 그녀를 보면 그 놀라운 윗입술은 정말이지 축복
이라고 천진하게 덧붙일 수밖에 없다—는 코럴과 가장 가까
운 친구로, 둘이 같이 살고 있다고 내게 말했다. 멜리사는 뉴
올리언스 시즌에 참여했다. 연설 기회를 두고 무언가 수상쩍
은 일이 진행되자 줄리에게 냅다 퍼부었던 바로 그 사람이다
(〈리얼 월드〉가 진짜 세계라는 걸 우리가 알 수 있었던 첫 번째 실마
리였다). 두 사람은 언젠가 멜리사가 줄리에게 푸딩 컵을 건
네달라고 했을 때 줄리가 "우리 고향에서는 누가 뭔가 부탁
을 해오면 '내 피부색이 어떤 색인 거 같아?'라고 대답하지"
라고 말한 뒤로 전혀 가깝게 지내지 못했다.

    미즈와 코럴, 멜리사는 텍사스 크리스천 대학교에 강연
차 다녀오는 길이었다. 그 행사에는 그들 세 사람과 데이비
드 번스가 참석했다(번스는 예전에 〈리얼 월드〉에 참여했던 또

다른 멤버다. 그는 예전의 〈리얼 월드〉 참가자들을 스태프로 고용한 '리얼리티 바이츠'라는 바를 머틀비치 지역에 열 예정이고, 나는 어차피 머틀비치에서 한 시간 이내의 거리에 살고 있어 거기에 가서 이런저런 사소한 사실들을 확인해볼 계획이니 모두들 기다려주시길).

어쨌거나, 그들은 그들이 할 만한 이야기를 하면서 약간의 지식을 나누었고, 마지막에는 학생들을 앞으로 나오게 해서 질의응답 시간을 가졌다. 전형적인 방식이다. 또 한 가지 전형적이었던 건, 앞으로 나선 대부분의 학생들이 같은 질문을, 이를테면 "한번 안아봐도 돼요?" 같은 질문을 던진다는 것이다. 그래서 미즈는 질의응답이 시작되기 전에 앞으로 나서서 미리 설명을 하는 역할을 자임했다. "다 끝난 뒤 만나서 인사하는 시간을 가질 겁니다. 그때 서로 포옹도 하고 사진도 찍을 수 있어요. 그러니까 안아봐도 되느냐, 이런 질문은 하지 마세요."

자, 그렇게 해서 질의응답은 잘 진행됐다. 시간이 거의 다 돼가고 있었다. 미즈가 말했다. "마지막 질문 받겠습니다. 좀 재미있는 걸로 해주세요." 어떤 여학생이 일어나더니 질문을 던졌다. "나는 행사가 끝난 다음에 당신이 사진도 안 찍고 포옹도 안 할 거라고 생각해요. 그럼, 내가 당신 얼굴 위에 앉는 것도 안 되나요?"

미즈는 아무 말 없이 그 여학생을 노려보기만 했다. 여전히 그 말이 무슨 뜻인지 고심하고 있다는 게 역력히 보였다. "정말 깜짝 놀랐어요." 그가 말했다. "텍사스 크리스천 대학이잖아요."

미즈와 코럴, 멜리사가—여러분의 기대를 충족시키기 위해—인간적으로 좀 더 개판이라는 게 드러났다면 좋았을 텐데, 하는 생각이 있긴 하다. 내가 독자들에게 그런 걸 약간 빚지고 있다는 느낌이 있다. 나는 TV에 나오는 이들에 대해 사람들이 늘상 하는 이야기들을 몇 가지 했지만—그리고 그걸 굳이 취소하고 싶은 생각은 없다—이 세 사람은 그럭저럭 잘 지내고 있는 것 같았다. 그것도 영리하게. (음, '영리하다'는 말을 미즈에게 딱히 적용하고 싶은 건 아니지만, 이 셋을 같이 엮기엔 상대적으로 괜찮은 말 아닐까? 두말할 것도 없다.) 나는 〈리얼 월드〉 이후의 삶이란 본질적으로 재미의 노예로 사는 일의 한 형식이라고 생각했고, 그들에게 그 생각을 심어주기 위해 한 시간에 걸쳐 최선을 다했다. 나는 〈리얼 월드〉의 브레인인 브라이언 모나코가 내게 해준 이야기를 그들에게 들려주었다. 최근 들어 모나코는 그전에 〈리얼 월드〉에 출연했던 적이 있는 이들이 스물여덟의 나이에 바/클럽/대중연설/각종 챌린지를 돌다 완전히 소모된 상태에서 그를 찾아와 "브라이언, 나 이제 어떡하죠? 이력서에 쓸 내용이 단 한 줄도 없어요!"라고 하소연을 늘어놓는다고 말했다. 하지만 그런 이야기는 내가 저녁식사에 초대한 세 사람에게는 거의 해당 사항이 없었다. 미즈는 프로레슬링 선수로 아주 괜찮은 조건의 계약을 맺었고(미즈는 나중에 실제로 아주 유명한 레슬링 스타가 돼서 내게 쿠바산 시가를 한 상자 보내주었다), 코럴은

MTV에서 다양한 쇼의 호스트를 맡고 있고, 멜리사는 지금은 엄청난 스타가 된 첼시 핸들러를 탄생시킨 옥시젠 채널의 〈고약한 여자애들Girls Behaving Badly〉이라는 프로그램에 출연했다.

아마도 나는, 별 근거는 없지만, 이들이 하는 이런 일들이 잘 풀리지 않을 거라고 예견할 수도 있고(사실은 잘 풀릴 가능성이 큰데도), 이런 "리얼리티쇼에서 얻은 명성"은—"연기에서 얻은 명성" 혹은 보다 확고한 기반을 가진 연예계의 명성들과는 달리—일종의 함정이라고 지적할 수도 있을 것이다. 모나코는 내게 이렇게 말했다. "이 친구들은 영화 스타들하고 같이 시사회에 가고, 레드카펫을 지나갈 때는 엄청난 환호를 받아요. 하지만 누군가가 술값을 대신 내주지 않는 한, 술 한잔할 돈도 없어요." 〈리얼 월드/로드 룰스 챌린지〉에서조차 이들은 "주당 천 달러 정도"를 받았다. 〈리얼 월드〉와 거기에서 파생된 프로그램들이, 항상 그랬던 건 아니지만, MTV에서 십여 년 동안 시청률이 가장 높았던 사실을 염두에 두고 따져보라. 말도 안 되는 일자리인 것이다. 언젠가 한번은 출연자들 가운데 몇몇이 변호사를 고용해서 방송국의 횡포에 공동으로 대응하려 했던 적도 있다. 하지만 미즈는 이렇게 말했다. "그 사람들이 왜 더 주려고 하겠어요? 하겠다는 애들이 널렸는데. 방송국 사람들 입장이란 게, '너희 안 할 거야? 어, 그래. 다른 애 부르면 돼' 이렇거든요." 게다가 우리가 이 젊은이들에 대해 가지고 있는 느낌도 그들에게는 저주나 다름없다. 미즈가 인기 프로그램의 진행을 맡는 걸 누가 보고 싶어 하겠는가? 형이나 동생이 하는 거나 마찬가지 느낌일 텐데. "어, 우리 형 나왔네" 하고는 바로 채널을 돌려버릴 것이다.

우리는 뉴올리언스 편에 나왔던 줄리에 대해 주로 이야기를 나눴다. 멜리사에게 이상한 인종차별적인 이야기를 한 인물이다. 멜리사의 돈과 관련해서 욕을 먹은 것도 그녀였고, 밧줄달리기 챌린지를 할 때 18층 높이에서 베로니카의 안전장치를 풀어 베로니카를 거의 죽일 뻔했던 것도 그녀였다. (출연자들 모두가 줄리를 향해 고함을 질러대고, 심지어 진행자는 메가폰을 들었다. 모두들 "안 돼, 줄리! 안 돼!"라고 외치고, 베로니카는 눈물을 흘리면서 비명을 질러댔다—아무튼 또 하나의 인상적인 순간이었다. 하지만 줄리는 이를 갈면서 있는 힘을 다해 계속해서 줄을 잡아당겼다. 세상에!) 줄리는 원래 가지고 있던 모르몬교 신앙을 되찾았다. 이제 '챌린지'에서 줄리를 보는 건 정말 신나는 일이다. 줄리는 암벽을 오르거나 할 때는 항상 혼잣말로 기도를 한다. 하지만 그러다가 경쟁이 붙으면 주먹을 꽉 쥐고 펄펄 뛰면서 속에 악마라도 들어 있는 여자처럼 소리를 질러댄다. 줄리는 역대 등장인물들 중에서 볼 것도 없이 내 최애 인물들 중 하나다. 줄리에 대한 이야기는 대략 이런 식으로 흘러갔다.

나: 이 프로그램 하는 동안 폭군이 있었어요?

코럴: 특별히 그런 사람은 없는 거 같은데요. 하지만 어쩌면…

멜리사: 어쩌면 줄리?

코럴: 나 걔 불알 봤어! 정말 봤다고!

미즈: 근데 프로듀서들은 어… 사람들이 동일시할 수 있는 인물들이 더 많이 나오는 걸 원하잖아.

코럴: 야, 〈리얼 월드〉를 보는 성전환자들이 당연히 있지.

나: 코럴, 〈리얼 월드〉는 온 나라가 봐요.

코럴: (눈을 가늘게 찡그리며) 맞아요, 근데 웃기는 게—안 보는 척한단 말이죠.

코럴은 앉아서 이야기를 나누는 동안 내내 담배에 불을 붙여 내게 넘겨줬다. 코럴은 또한 자기 발에 새긴 거미 타투도 보여줬다(몇 시즌 전에 문신이 있는 자리를 물어서 알러지 반응을 일으켜 그녀와 미즈의 팀이 챌린지에서 패하게 만든 거미를 기념하기 위한 것이었다). 코럴은 사람들의 넋을 빼놓곤 하던 그녀의 가슴이 진짜냐는 이슈가 제기됐을 때 두 번 모두 자기 가슴을 손으로 꽉 쥐고(폭력적으로 보일 정도였다) 밑에서부터 들어 올린 후 가운데로 한껏 모아 흔들었다. 그 가슴들은 진짜인가? 글쎄—블루리지산맥은 진짜인가?

분위기가 조금 가라앉는다 싶을 때 내가 물었다. "코럴, 아까 실제로는 그렇지 않았다는 걸 알기 때문에 그 프로를 보지 않는다 그랬잖아요, 그게 무슨 뜻이에요?"

미즈가 나섰다. (줄곧 느낀 건데, 미즈에게 질문을 하면 코럴이 대답을 하고, 코럴한테 질문을 하면 미즈가 나섰다.)

　"예를 들어, 우리가 지금 여기서 이야기를 나누고 있잖아요." 그가 말했다. "그러면, 카메라맨이 이를테면 바로 여기 있어요. 조명 담당은 여기 있고요. 감독도 있고. 그러니까, 이게, 내가 지금 대화를 나누고 있는데, 한 다섯 명이 빙 둘러싸고 있는 거예요. 그러니까, 우린, 뭐냐면, 우리가 뭘 하고 있는지 다 의식하고 있다는 거죠… 또 어떤 게 있냐면, 인터뷰를 할 때, 우리한테 질문을 하거든요. 이런 식으로요. '다른 사람이 당신에 대해 이야기하고 있다고 생각하나요?'"

　나: "그들"이 질문을 한다고요?

　미즈: 네.

　코럴: 고백 시간이 있어요… 한 주에 한 시간씩 고백을 하게 돼 있고, 한 주에 한 번씩 인터뷰도 있어요. 인터뷰는 정신과 의사가 해요.

　나: 진짜로요?

　미즈: 네, 진짜예요. 닥터 로라라고.

　코럴: 닥터 로라.

　멜리사: 로라 선생님.

　코럴: 내가 정말 좋아하는데.

　나: 그 프로에 나오는?

　미즈: 네, 우리 프로에 나오는 분이오.

　나: 어디야, 거기에 나오는 그 닥터 로라는 설마…

멜리사: 닥터 로라 슐레신저[5]요? 그럼 정말 웃기겠다…

〈리얼 월드〉에 보이지 않게 "드라마"를 부추기는 역할을 하는 배후 조종자 같은 게 있을지도 모른다는 의심은 가지고 있었지만, 방송국에서 그렇게 할 뿐만 아니라 아예 정신과 의사를 동원했다고? 이 출연자들이 내게 증언했듯이, 이 정신과 의사가 촬영 기간에 출연자들의 생각을 조작하는 일을 했을 뿐만 아니라 출연자 선정 과정에도 관여했다고? 그리고 그 의사가 다른 프로그램에서도 일을 했다고? 이 사실은 〈리얼 월드〉에 대해 상당히 많은 것들, 전부를 설명해주었다. 내가 전에 캐스팅 담당자들이 어떤 방식으로 그 프로그램들을 점점 더 황당한 방향으로 몰고 갔는지에 대해 썼을 때, 나는 내가 쓴 것들이 맞는지 전혀 알 도리가 없었다. 이 의사는 〈리얼 월드〉를 만들어내는 숨어 있는 입법자다. 나중에 확인해보니 닥터 로라는 정신과 의사가 아니라 심리학자였다. 생각해보면 이쪽이 더 나은데, 왜냐면 심리학자는 히포크라테스 선서를 하지 않아도 되고, 이 의사는 명백하게, 명백하게 해를 끼쳤기 때문이다. 그 여자한테는 절대로 연락할 생각 없다.

절대 안 한다. 그 대신, 내가 아발론을 떠나면서 미즈와

5　가족과 결혼 문제를 주로 다루는 상담가로 청취자들의 질문에 답하는 형식의 라디오 토크쇼를 진행한다.

작별인사를 하던 순간의 모습을 그려볼 생각이다. 그때 미즈는 자기가 젖가슴에 사인을 해준 여자와 춤을 추고 있었다. 두 사람은 몸을 마구 부벼대고 있었다. 그날 밤은 순조롭게 흘러가고 있었다. 미즈는 내가 떠나려는 걸 보고 "지금 가는 거예요?" 하는 표정으로 내게 손을 흔들었다. 나는 "네, 가야 해요!"라고 소리를 질렀다. 그러자 그도 "그래요, 형!" 하고 소리를 지르고는 다시 춤으로 돌아갔다. 색조명이 그의 얼굴을 비추고 있었다. 사람들이 쳐다보고 있었다.

그 순간, 나는 미즈에 대해 어떤 것이든 나쁜 걸 떠올리는 게 무척 어렵다는 사실을 깨달았다. 대학 졸업반 시절을 떠올려보라. 그때 어땠는가? 파티 말고는 아무것도 신경 쓰지 않았고, 어디든 가면 사람들이 나를 쿨하다고 생각하고 있다는 걸 느낄 수 있었다. 젊은 미국인으로 산다는 아이디어 자체가 재미있는 것 같았다. 기억하는가? 나도 기억하지 못한다. 하지만 미즈는 기억한다. 미즈는 그곳을 절대로 떠나지 않는 방법을 찾아냈다.

그에게 축복이 있기를.

6
마이클

프린스 스크루스Prince Screws를 언급하지 않고 어떻게 마이클 잭슨에 대해 이야기할 수 있을까?

프린스 스크루스는 앨라배마의 목화 농장 노예였다. 남북전쟁이 끝난 뒤 소작농이 되었는데, 아마도 그의 전 주인의 토지를 경작했을 가능성이 크다. 그의 아들인 프린스 스크루스 주니어는 자그마한 농장을 샀다. 그리고 그의 아들 프린스 스크루스 3세는 남부 흑인들이 북쪽의 산업지대로 대이동할 때 인디애나주로 올라가 풀먼 열차의 침대칸 직원 일자리[1]를 잡았다.

---

[1] 조지 풀먼이 설립한 기차회사의 침대칸에서 승객의 짐을 싣고 내리는 일과 침실 관리를 비롯해 구두닦이 등의 잡일을 시중들던 일. 전원 흑인으로 구성되어 있었고, 남북전쟁 직후 무렵의 노예 출신 흑인들에게는 좋은 직장으로 여겨졌다.

이 가계에 한 번의 단절이 있었다. 북으로 올라간 이 마지막 프린스 스크루스에게는 아들이 없었다. 그에게는 캐티와 해티라는 이름의 두 딸만 있었다. 캐티는 아이를 열 명 낳았는데, 그중 여덟째인 사내아이가 마이클이었다. 마이클은 자신이 사랑한 모친을 기리기 위해 아들들에게 프린스 Prince라는 이름을 붙여주었고, 이는 회복을 알리는 신호이기도 했다. 이렇게 해서 어떤 백인 사내가 개한테 이름을 붙이듯 자신의 흑인 노예에게 붙인 저 터무니없는 이름은 흑인 왕에 의해 자신의 옅은 피부색을 가진 아들들과 후예들에게 다시 하사되었다.

우리는 그 이름을 가식으로 받아들였고 조롱했다.

그게 단순한 조롱 이상이었다고 말하려는 건 아니다. 그러나 마이클을 알 수 없게 만드는 그 모든 것들 가운데, 우리가 그를 안다고 생각하는 것이야말로 어쩌면 가장 사실과 먼 일일 것이다. 일단 그 판단을 중지하자.

이 이야기를 조지프[2]가 끝도 없이 진행했다는 가족 연습 시간에 얽힌 드라마 말고, 형성기이긴 마찬가지인 열한 살부터 열네 살에 걸친 모타운Motown[3] 시절—연주 여행을 하지 않을 때에는 대개 혼자서, 보안요원들의 벽 뒤에서 개인

---

[2] 마이클 잭슨의 아버지.

[3] 1960년에 본격적으로 활동을 시작해서 1990년대까지 미국의 흑인음악을 좌지우지한 레코드 레이블. 마이클 잭슨과 그의 형제들로 구성된 잭슨 5는 1968~1975년까지 이 회사와 함께 일했다.

교사와 비밀 스케치북과 함께 보낸 시절에서 시작해보자. 늘 환상의 세계에서 살고 있던 이 아이는 무지개와 책읽기를 좋아한다. 그리고 희귀동물 수집을 시작한다.

그의 형들은 한때 어린이 스타가 되기를 꿈꾸던 아이들이었다. 마이클은 이런 식의 느낌을 가져본 적이 없다. 그에게 자의식이라는 게 생길 무렵 그는 이미 어린이 스타이다. 이 어린이 스타는 예술가가 되겠다는 꿈을 꾼다.

혼자 있을 때면, 이 어린이 스타는 클래식 음반을 듣는다. 마음을 평안하게 해주기 때문이다. 그는 루터 삼촌이 부르는 옛날 남부 노래들도 좋아한다. 루터 삼촌은 그를 돌이켜보면서, 그 나이의 어린아이치고는 좀 슬퍼 보였다고 생각한다. 캘리포니아에서의 이야기다. 이때는 너무나 가난하고, 아주 멀리에서도 공기 중의 유독 가스 냄새를 맡을 수 있던 매연으로 뒤덮인 게리Gary[4]—이 오염된 공기에 노출되어 있던 십여 년 동안 그의 면역 체계가 회복 불가능할 정도로 손상되었을 수 있다—에서의 시절은 이미 지나간 다음이었다.

마이클은 가까운 친구인 마빈 게이, 다이애나 로스와 함께 시간을 보낼 때면 그동안 생각해온 것들을 두 사람에게 이야기하기도 한다. 마이클은 레코드들을 듣고 그것들을

---

4   미시간호에 접한 인디애나주의 산업도시. '연방철강회사U.S. Steel Co.'의 창업자 이름에서 도시명을 가지고 왔을 정도로 철강산업이 도시의 핵심을 이루고 있어서 공해 문제가 심각했다. 1958년생인 마이클 잭슨은 이곳에서 1968년까지 살았다.

비교한다. 마이클과 형제들이 만든 앨범들에는 앨범 판매고를 높일 수 있는 좋은 곡들이 몇 곡 있지만, 대부분은 구색을 맞추기 위해 끼워 넣은 이류 곡이다. 차이코프스키 같은 사람들은 그런 후줄근한 곡들은 아예 다루지 않는다. 자신도 그러려면 곡을 직접 써야 한다. 마이클은 늘 머릿속에서 멜로디와 짧은 간주, 박자를 만들고 있었지만, 그것과 곡을 쓰는 건 별개의 일이었다. 모타운에서는 여러 도시에 흩어져 있는 작곡 팀들이 완성시킨 곡들을 잭슨 5에게 보내는 식으로 그들을 관리했다. 잭슨 형제들은 스튜디오로 와서 그 노래들을 부르고 약간의 액센트만 더하면 되었다.

마이클은 곡의 "해부학적 구조"에 접근하기를 원했다. 그는 이 표현을 반복해서 사용한다. **해부학적 구조.** 곡의 구조 안에 자리 잡고 있으면서 곡을 나아가게 하는 건 무엇인가?

마이클은 열일곱 살 때 스티비 원더에게 〈송스 인 더 키 오브 라이프Songs in the Key of Life〉가 만들어지는 현장을 보게 해달라고 청한다. 사람들 앞에 나서길 꺼리고 공손한 마이클이 모타운의 스튜디오 담벼락에 나방처럼 꼼짝도 안 하고 달라붙어 서 있다. 스티비가 맹인이라는 사실이 이 맥락 안에서 감동적인 역할을 한다. 스티비는, 아주 오랫동안, 마이클이 그 자리에 있다는 사실을 눈치채지 못한 듯이 행동한다. 셰이커를 연주해보라거나 하는 등의 요청도 하지 않는다. 아예 마이클이라는 이름을 언급조차 하지 않는다. 하지만 마이클은 그의 작업에 귀를 기울인다. 이즈음 마이클의 형제들은 모타운을 떠나 곡 작업에 좀 더 참여할 수 있는 다른 레이블로 가려는 중이었다. 마이클이 처음 쓴 곡은 〈블루스 어웨이Blues Away〉였다. 부당하게 저평가된 채 잊힌 이 곡은 잭슨 형제들이 같이 부른 곡들 중에서 낡은 느낌이 가장 적은 트랙이 될 운명이었다. 이 곡은 잇단음으로 연주되는 인상적인 피아노 리프가 나온 뒤 현악과 숨소리가 섞인 화음이 이어지면서 스티비가 초기 디스코 작업을 한 걸 버트 바커러크가 부르는 것 같은 느낌으로 진행되다가, 마이클의 내성적인 보컬 리듬에 들어 있는 그만의 어떤 특성을 드러낸다. 가사는 약간의 우울한 정서를 최후의 불가침의 피신처로 삼고 있는, 달콤하고 좀 아리송한 내용을 담고 있다. "나는 당신의 내일이 되고 싶어서, 당신께 오늘을 이겨낼 시간을 드려요 / 하지만 당신은 내 우울을 지워버릴 수는 없어요."

1978년은 〈셰이크 유어 바디Shake Your Body(Down to the Ground)〉의 해였다. 마이클과 리틀 랜디가 같이 쓴 이 곡에서 마이클의 작업 방법이 구체화되었다. 마이클은 녹음기에서 시작한다. 그는 자기 귀에 들린 부분들을 노래하고 비트박스를 넣는다. 그것들은 어디에서 오는가? 저 위에서 온다. 마이클은 그걸 잡아챈 다음 무릎을 꿇고 여호와에게 감사드린다. 마이클의 보이스 코치는 마이클이 어느 날 연습을 하다말고 두 팔을 허공으로 올리더니 무어라 중얼거리더라는 이야기를 전한다. 코치인 세스 릭스는 그를 잠시 혼자 내버려두기로 한다. 삼십 분쯤 뒤에 돌아온 그는 마이클이 "제게 재능을 주신 것에 감사드립니다"라고 속삭이는 소리를 듣는다.

마이클은 머릿속으로 들려오는 것들 가운데 어떤 것들은 피아노(잘하는 것은 아니지만 그럭저럭 칠 수 있다)나 베이스로 내보낸다. 멜로디와 몇 부분의 타악기 파트는 그의 노래와 함께 남는다. 그리고 그것들을 중심으로 나머지를 조립한다. 그에게는 같이 작업할 형제자매들이 있다. 마이클은 그들을 지휘한다.

그가 자기 안에서 들려오는 선율에 귀를 기울이고 자기 안에 들어 있는 천진한 악기를 언제든지 연주할 수 있도록 늘 자기 자신으로 존재하는 능력이 그의 예술을 규정할 것이었다. 이제 막 걸음마를 하는 어린아이들이 지어내는 노래에 귀를 기울여보면, 그 아이들이 만들어내는 것들이 놀라울 정도로 귀에 쏙쏙 들어오고 기발한 경우가 많다는 걸 알 수 있다. 그들은 어떤 식으로든 바이오리듬에 맞춰서 노래를 만든다. 나중에는 결국 《스릴러Thriller》가 되는 《오프 더 월Off the Wall》 앨범의 히트곡 〈워너 비 스타팅 섬씽Wanna Be Startin' Somethin'〉은 학교 운동장에서 아이들이 서로 놀려대는 소리와 아주 닮았다. 마이클이 최악일 때는 그가 "큰" 것으로 생각하는 걸 만들 때이다. 그는 "큰" 걸 만들 때마다 항상 군사 이미지와 결부시킨다.

《오프 더 월》의 해이자 그가 첫 번째 코수술을 한 1979년은 잘 알려지지 않은 위기의 해로 기록된다. 연초에 영화

〈코러스 라인Chorus Line〉 제작사에서 그에게 주연급의 게이 역할을 제안했는데, 마이클은 이런 이유를 대며 거절했다. "정말 신날 거 같지만, 내가 그 역할을 하면 사람들은 그 역을 나와 결부시킬 거예요. 그렇잖아도 목소리 때문에 이미 어떤 사람들은 내가 그쪽—호모—이라고 생각하는데, 결코 난 아녜요."

사람들은 당신이 언제 남자가 되었고, 목소리는 왜 변하지 않는지 알고 싶어합니다. 변했다면, 어떤 식으로 변한 건가요? 그가 1970년대에 행한 인터뷰들을 들어보면, 마이클이 이런 변화들을 관통해가는 과정을 들을 수 있다. 우선, 그의 목소리는 1972~1973년 즈음에 살짝 깊어진다. (그가 1972년에 〈더 데이팅 게임The Dating Game〉을 부르는 걸 들어보면 그의 열네 살 때 목소리가 서른 살 때의 목소리보다 더 낮다는 걸 알 수 있을 것이다.) 언제 대재앙으로 이어질지 모르는 이 사건은 그의 가족과 음반사에게 오랫동안 막연한 두려움을 안겨주었을 것이다. 그 특유의 팔세토가 없는 마이클 잭슨은 그들이 다 함께 꾸는 꿈을 뒷받침하는 상품 가치를 더이상 갖지 못한다. 하지만 마이클한테 현실이란 음악을 만들어내는 그의 능력에 어떤 식으로든 민감하게 반응한 결과물이었다. 그는 자신의 고음 영역을 넘어 아예 음역 밖에서 노래하는 방식인 팔세토 외의 다른 방식을 개발하기 위해 연구한다. 그는 자기 성대의 틈을 찾아내고 그곳의 유연성을 길러서 사용하는, 완전히 다른 방식을 만들어낸다. 보컬 선생들은 이게 가능하다고 말하지만, 고도의 연습이 필요한 일이다. 마이클의 경우 이 과정이 의식적인 노력에 의한 것이었는지는 알려진 바 없다. 어쩌면 사춘기를 통과하는 동안에도 매일 밤 잭슨 5의 노래들을 부르면서 자연스럽게 그 과정을 거친 것일 수도 있다. 그가 자신을 상상 속에서 거세하지 않고, 대신 스스로 여성화되는 예기치 않은 효과가 나타난다. 마이클은 여장 남성의 목소리를 집중적으로 발달시킨다. 집에서 랜디와 재닛의 도움을 받아 녹음한 〈돈 스탑 틸 유 겟 이너프Don't Stop 'Til You Get Enough〉의 초기 데모를 들어보면 마이클이 이 목소리를 찾아가는 과정을 실제로 들을 수 있다. 이 목소리는 사실상 하나의 캐릭터이다. "자기야, 이제 시작하는 거야." 마이클은 편안하고, 약간 고음이라 할 수 있는 남자의 음성으로 말한다. 그러고 나서 기본적으로 같은 목소리이지만 조금 더 부드럽고, 조용한 소리로 '돈 스탑 틸 유 겟 이너프'라고 곡명을 읊조린다. 그는 이 부분을 조금 더 높은 톤으로, 거의 고양이가 갸르릉거리는 듯한 음성으로 반복한다. 그리고 마침내—완전한 여자 음색으로—노래한다.

그를 잘 아는 한 지인은 마이클이 언젠가 화가 났을 때 자신도 그때까지 한 번도 들어보지 못한 낮고 걸걸한 소리를 낸 적이 있다고 주장한다. 라이자 미넬리 역시 그의 이런 이질적인 목소리를 들은 적이 있다고 말한다.

그의 "자연스러운" 목소리가 튀어나오는 게 그가, 우리가 흔히 말하는, 자기 자신이 아닌 순간이라는 사실이 흥미롭다.

인터넷에 생애 거의 마지막 무렵의 그를 찍은 사진과 그
가 같은 나이에 만약 수술도 하지 않고 화장이나 가발도 하
지 않았을 때 어떤 모습일지를 구현한 디지털 이미지를 나란
히 놓고 비교하는 자료들이 떠다닌다. 미소를 짓고 있는 중년
의 평범하게 잘생긴 흑인 사내. 물론 우리는, 존재한 적 없는
상태에서 사라진 이 존재와 더 연결되어 있다고 느끼고, 그
의 옆에 놓여 있는 이 이상한, 스스로를 기형으로 만들어놓
은 존재에 대해 연민을 갖는다. 하지만 이 가짜 이미지에 형
이상학적인 거부감을 느끼면서 상반된 느낌을 갖는 사람이
나 혼자만은 아닐 것이다. 이건 혐오스러운 짓이다. 마이클은
그의 진정한 얼굴을 선택했다. 그리고 그렇게 해서 보여지는
것, 그것이 자연스러운 것이다.

그의 육체는 미국의 포스트모던 조형예술에서 가장 위
대하다고 주장할 수 있는, 아니 그렇게 주장할 필요조차 없
는 독보적인 작품이다. 그것은 매우 조심스럽게 보존되어야
한다.

그가 〈에보니Ebony〉, 〈제트Jet〉와 과거 삼십 년에 대해 가
진 인터뷰를 읽는 건 매우 흥미로운 경험이다. 나는, 백인으
로서, 이 인터뷰들을 읽는 동안 매우 혼란스러웠다는 점을
고백한다. 오랫동안 대형 미디어들이 그의 괴이함과 은둔에
대해 끝도 없이 보도를 이어오는 와중에 그는 상당히 자주
그 잡지들과 마주 앉아 아주 내밀하고 자신을 분명히 드러

내는 인터뷰를 허락했고, 자신이 오직 그들만 신뢰하며 그들과만 대화할 거라는 사실을 상기시키는 것 역시 결코 잊지 않았다. 나는 그 기사들을 읽으면서 내가 아는 '인격체로서의 마이클 잭슨'은 그를 어린이 성학대범이라고 간주하며 비아냥대는 백인들에 대항해 스스로를 방어하는 마이클 잭슨이라는 사실을 깨달았다. 그는 흑인들에게는 다른 방식으로, 훨씬 더 편안하게 말했다. 그가 사용하는 언어와 세부적인 사항들 하나하나가 모두 다르다. 이 잡지들에서 구성하는 시나리오가 저널리즘의 관점에서 더 순수한 건 아니다. 〈제트〉와 〈에보니〉를 간행하는 존 H. 존슨 출판 가문은 마이클과 흑인 커뮤니티 사이의 복잡한 관계를 성심성의껏 손보고 관리하면서 그를 지켜왔고, 마이클이 있는 그 자리에서 독자들에게 "우리는 곧 이 수수께끼 같은 아이콘의 거의 투명할 정도로 밝은 피부 너머로 시선을 돌리고, 이 아프리카계 미국인 레전드가 피부색을 넘어서는 존재라는 걸 실감하게 된다"고 확언한다. 때때로, 특히 "호모" 이슈가 불거지고, 그 이슈가 주는 압박이 거의 코미디에 가까운 지경이 되었을 때, 이를테면 1982년 〈에보니〉에서는 그의 강박적인 남성 팬들에 대해 이렇게 말한다.

마이클: 그 사람들은 가능한 모든 방법을 동원해서 우릴 따라다니는데, 남자들도 여자들만큼이나 고약해요. 남자들은 무대 위로 뛰어올라와서는 대개 저 아니면 랜디한테 달려들어요.

에보니: 하지만 그 사람들은 당신을 우러러보는 것 외에 다른 마음은 없는 거잖아요, 안 그래요?

그렇기는 하지만, 마이클이 편안한 분위기에서 아무런 가식 없이 예술에 대해서 이야기하는 걸—이건 그가 가장 좋아하는 일이다—들어보면 이때의 마이클은, 이를테면 그가 어린아이들과 함께 침대를 사용했다는 사실을 인정했던 마틴 베셔Martin Bashir의 유명한 다큐멘터리 〈마이클 잭슨과 함께 살기Living with Michael Jackson〉 같은 이야기에서는 전혀 보이지 않았던 새로운 마이클이다. 〈제트〉와 〈에보니〉를 읽고 나면 여러 인종의 아주 멀쩡해 보이는 사람들이 왜 그렇게 오랜 기간 동안 마이클 잭슨과 좋은 친구로 남아 있었는지를 비로소 이해할 수 있게 된다. 그는 매력적이고, 살아 있는 정신을 가지고 있다. 그가 자신이 작곡한 초기 "작업 버전" 데모곡들을 들으면서 "이거 좀 들어봐요, 집에서 한 거예요. 재닛, 랜디, 나… 저 부분은 베이스가 네 가지예요…"라고 이야기하는 걸 듣는 건 얼마나 즐거운 일인가. 아니면, 예쁘게 생긴 어떤 흑인 여자애가 비행기에서 그를 보고는 복도에 얼어붙은 채 그 자리에서 오줌을 지렸다거나, 어떤 금발 여자애가 공항에서 다가와 키스했는데 그가 아무 반응을 보이지 않자 "왜 그래, 이 호모야?"라고 했다는 식의, 미리 준비해놓지 않은 일화들을 듣는 것. 그는 "내가 남자로 만들어진 데는 이유가 있어요. 난 여자가 아니에요"라고 사람들에게 상기시키는 데 점점 더 피로를 느낀다. 그는 그 이유에 대해서는 말을 아낀다.

마이클 잭슨은 〈더 위즈The Whiz〉 촬영장에서 퀸시 존스와 마주쳤을 때, 몇 해 전에 새미 데이비스 주니어가 어딘가의 백스테이지에서 존스를 잡아끌면서 속삭였다는 말을 떠올렸다. "이 친구 물건이야. 엄청나." 마이클은 "그 말을 새겨두고" 있었다. 마이클은 자기 아버지가 가지고 있던 재즈 음반 재킷에 적혀 있던 존스의 이름을 알고 있었고, 그가 진지한 사람이라는 것 또한 알고 있었다. 마이클은 영화 제작이 마무리된 뒤 그에게 전화를 건다. 존스가 그에게 살짝 겁을 준 게 그를 끌어당기는 역할을 한 건 사실이다. 마이클은 그가 이미 늘 이겨온 오래된 가족 내의 경쟁보다 더 큰 경쟁을 갈망한다. 그건 아이들이 하는 체커스 게임이었고, 이제 그는 제대로 된 체스를 하고 싶어 한다. 명성을 잃어가는 어린이 스타는 더이상의 동기 모색을 포기한 채, 원한다면, 자기 자신 속으로 숨어들기 쉽고, 대개는 그렇게 한다. 그게 좀 더 인간적인 길이다. 마이클은 그 순간, 그렇게 하는 대신, 더 큰 압박감을 찾아 나선다. 그는 그가 "더 높은 노력"이라고 부른 그 일을 할 수 있도록 자기를 밀어붙일 사람들을 고용한다.

퀸시 존스는 마이클을 스멜리Smelly라는 별명으로 불렀다. 이 별명은 마이클이 왼쪽 손가락으로 끊임없이 코를 만지는 버릇에서 온 것인데, 이것은 틱으로 당시의 뉴스 화면들에서도 두드러지게 나타난다. 그는 자신의 넓적한 코를 부끄러워한다. 여러 번의 수술을 거친 뒤—수술 뒤, 잭슨 진영에서는 이전에 얼굴을 의식하던 걸 언급하는 게 무례하게 여겨지는 분위기인 것 같았다—이야기가 바뀐다. 스튜디오에서 어떤 트랙이 마음에 들면 마이클이 "스멜리 젤리The smelly jelly"라고 말한다는 거였다. 어쩌면 두 이야기 모두 사실일 것이다. '스멜리 젤리'라는 말에는 잭슨 특유의 어린아이 같은 말투의 느낌이 들어 있다. 말년에 이르러 기운이 빠지는 느낌이 들 때면 마이클은 주변 사람들에게 "아파… 담요를 둘러줘"라고 말하곤 했는데, 여기에는 여러 가지 뜻이 있지만, 약을 넣을 시간이 됐다는 뜻도 있었다.

마이클은 자기가 직접 쓰는 곡이 다음 레벨까지 올라가지 않는 한 솔로로 나서지 말아야 한다는 걸 안다. 그가 원하는 건 단순히 받아들여지는 게 아니다. 그는 외경을 원한다. 존스에게는 히트웨이브Heatwave[5]로 명성을 얻은, 그가 신뢰하는 영국 출신의 작곡가 로드 템퍼턴이 있었고, 템퍼턴은 〈록 위드 유Rock with You〉라는 곡을 준비해 왔다. 매우 좋은 곡이었다. 마이클은 듣자마자 그 곡이 히트할 거라는 걸 알았다. 하지만 그때의 그는 또 다른 히트곡이 나오지 않을

---

5   1975년에 결성된 펑크/디스코 밴드. 미국, 영국, 스위스, 체코슬로바키아, 자메이카 출신 뮤지션들이 참여한 다국적 밴드로 로드 템퍼턴은 여기에 키보드 연주자로 참여했다. 〈부기 나이츠Boogie Nights〉, 〈더 그루브 라인The Groove Line〉, 〈올웨이즈 앤드 포에버Always and Forever〉 등의 히트곡을 냈다.

까봐 염려하는 게 아니었다. 그에게 히트란 완벽함에 따라오는 일종의 부산물이었다. 그는 집에 가서 〈돈 스탑 틸 유 겟 이너프〉를 쓴다. 재닛이 유리병을 쳐서 소리를 낸다. 마이클이 늘 의지하는 형제 랜디가 기타를 연주한다. 마이클은 이 두 사람을 퀸시 존스와 함께하기로 한 모험 속으로, 그가 곡을 쓰는 가장 내밀한 영역까지 데려간다. 우리는 그의 가족이 죄의식 때문에 그가 무언가를 해줘야 하는 대상일 뿐, 그의 음악과는 별 관계 없다고 생각한다. 하지만 마이클은 이 둘과 같이 있을 때 더 자신감을 느끼고, 자기가 새로 꾸리는 둥지에 그들이 같이 있어야 한다고 여긴다. 이 둘은 그보다 어리다. 그의 막내 여동생.

삼십 년 전체를 조망할 때, 〈돈 스탑 틸 유 겟 이너프〉는 〈록 위드 유〉보다 훨씬 뛰어난 트랙이다. 〈록 위드 유〉를 높이 평가하는 이들도 있겠지만, 멜로디의 측면에서 볼 때 마이클의 곡이 훨씬 더 독창적이다. 우리 귀에 들리는 건 매끄러움이 아니라 세련된 본능이다.

마이클은 《오프 더 월》 앨범에 실망한다. 그 앨범은 그래미상을 수상하고, 여러 개의 넘버원 싱글을 배출하고, 그렇잖아도 엄청난 수준에 올라 있는 그의 명성을 획기적으로 드높이고, 디스코가 죽어가던 바로 그 순간 디스코를 되살려낸다. 잭슨 형제들에게 따뜻한 손을 내밀어 그들을 도와준 적이 있던 다이애나 로스는, 이번에는 그를 위해서가 아니라 자기가 덕을 보기 위해 마이클을 다시 한 번 자기 콘서트에 세우고 싶어 한다. 그녀 역시 절박한 입장은 결코 아니지만, 무언가가 바뀌었다. 퀸시 존스도 그렇고, 그와 함께 일하는 레코딩계의 구루인 브루스 스웨디언 역시 성공을 염두에 두고 《오프 더 월》의 후속작을 만든다는 식의 단순한 생각은 터무니없다고 여긴다. 만드는 사람은 최선을 다할 뿐이고, 그런 성공은, 만약 성공한다면, 그냥 일어나는 일일 뿐이다. 존스는 그걸 안다. 하지만 마이클은 아니다. 그가 《오프 더 월》에서 본 거라곤 그해에 그것보다 더한 대형 앨범들이 있었다는 사실뿐이다. 그는 무언가를 성취하기를 원하고, 그의 말을 옮기자면, "무시당하는 걸 거부"한다.

집에서 그는 랜디, 재닛과 함께 〈빌리 진Billie Jean〉의 데모를 만든다. 음악사에서 영원히 사라지지 않을 부분이 오고, 재닛과 마이클은 "우 우 / 우 우" 노래한다.

바로 그 순간 그 노래는, 마이클의 머릿속에서 휴대용 테이프 레코더를 거쳐, 그의 집에 있는 스튜디오로 넘어온다. 브루스 스웨디언이 온다. 《오프 더 월》의 후속작을 만들고 있는 마이클 잭슨의 위치에 선다는 것은 세계에서 가장 뛰어난 오디오 엔지니어가 집에까지 찾아와 데모 녹음을 하기도 한다는 걸 의미한다. 하지만 이 모든 요소를 다 갖추고도, 이 팀은 일체의 장식을 배제하고, 소음 제거조차 하지 않고 아주 기본적인 형태로 작업한다. 마이클은 이렇게 말한다. "아주 기본적인 것만 남겨둔 채 다 버리고 자기 자신 속으로 들어가 새로운 걸 만들어낼 때, 대개 그때 최고의 것이

나와요."

이렇게 해서 집에서 만든, "작업 버전"과 앨범 버전의 중간에 위치한 데모에서, 우리는 마이클이 가사를 써서 얹기 전 상태의 초기, 가사의 위치를 잡아주는 신비한 보컬을 듣게 된다. 그가 "베이스드럼을 좀 더 주세요… 어… 저음부하고 베이스드럼이 좀 더 있어야 돼요"라고 말하는 소리가 들린다.

그러고 나서 음악. 그리고 대충 이런 가사가 들린다.

[웅얼웅얼거리는 소리]

오, 통화 중에

머무르라고 말하려고…

오, 시대를 잘못 타고 태어났어.

그러는 내내 다른 눈들을 봐.

한 번에 한 사람씩

우리는 바람이 풀려나오는 곳으로 갈 거야

그 여자는 자기 목소리가 내 것이라고 말했지

그리고 나는 지금 여기서 보고 있어

그 여자가 내 이름을 불렀고, 그러자 네가 말했지, 안녕

오, 그리고 나서 난 죽었어

그러고는 말했지, 차를 타야 돼

당신은 내 마음을 알았던 거 같아, 이제 살아

그날 그게 만들어졌지

마이클

오, 자비여, 그게 당신이 하는 일을 보살펴주지

당신이 하는 일에 마음을 써

하나님, 그들이 오고 있어요

빌리 진은 내 애인이 아니야

그녀는 내가 자기 애인이라고 말하는 여자일 뿐이야

있잖아, 그애는 내 아들이 아니야

덩치 크고 사람 좋은 스칸디나비아 사람처럼 생긴 스웨디언은 미네소타 출신으로 클래식 음악 쪽에서 유명해졌다. 하지만 클래식 녹음은 소리의 정확한 재현에 몰두하는 일이었고, 그가 원하는 건 곡을 만들어내는 과정에서 역할을 하는 것이었다. 그래서 자신의 일이 불만스러웠던 분석가 스웨디언은 음악의 형식상 높은 곳에서 낮은 곳으로 내려왔고, 다시 올라가는 과정에서 마이클을 만났다. 재즈 뮤지션의 쿨함으로 늘 그 중간에 머무르는 퀸시는 스웨디언을 "스벤스크"라고 부른다. 이 백인 사내는 양손을 모두 들어올려 회색 바다코끼리 수염 같은 자신의 수염을 만지작거리는 사랑스러운 버릇을 가지고 있다. 그에게는 동반감각이라는 증세가 있다. 소리를 들을 때면 동시에 색깔이 보인다는 뜻이다. 제대로 된 색채들이 보여야 그는 사운드믹싱이 제대로 됐다는 걸 안다. 마이클은 그를 위해 노래 부르는 걸 좋아한다.

1993년 시애틀의 한 세미나 룸에서 열린 오디오 레코딩 전문가들의 컨퍼런스에서 스웨디언은 그의 작업에 대해 강연한다. 그는 어떤 종류의 효과도 넣지 않고 단번에 완벽하게 녹음된 마이클의 〈더 웨이 유 메이크 미 필The Way You Make Me Feel〉을 틀어, 청중으로 앉아 있는 엔지니어들에게 좋은 마이크에 훌륭한 목소리, 잘 설정된 마이크 각도, 제대로 된 조정실 등등 모든 조건을 갖춘 상황에서 방해 요소를 최대한 배제하고 녹음한 있는 그대로의 소리를 들려준다.

객석에 앉아 있던 누군가가 손을 들더니, 스웨디언이 그 전에 마이클이 매우 "물리적"이었다고 말한 걸 언급하며 마이클의 목소리를 녹음하는 게 어렵지는 않았는지 묻는다. 스웨디언은 처음에는 그 질문의 뜻을 제대로 알아듣지 못한다. 그는 "네, 약간의 문제가 있긴 하죠"라고 대답한다. "그런데 마이크가 망가진다든가 하는 식의 사고까지는 간 적이 없고요. 그런데 한번은…"

질문자가 끼어든다. "뭘 망가뜨리는 거 말고, 거리 유지 같은 걸 말하는 겁니다."

"오!" 그제야 무슨 말이었는지 갑자기 깨달은 스웨디언이 대답한다. 그의 목소리가 갑자기 속삭임으로 변한다. "마이클은 정말 믿을 수 없을 정도예요."

그는 그지없이 아름답게 그 상황을 묘사한다. "마이클은 어둠 속에서 녹음해요." 그가 말한다. "그리고 춤을 춥니다. 이렇게 상상해보세요. 당신은 유리창을 통해 들여다보고 있어요. 그 안은 캄캄해요. 아주 작은 핀 조명만 마이클 위

마이클

로 떨어지고 있죠." 스웨디언은 손을 쳐들어 머리 바로 위에서 아주 좁은 조명이 내리비추는 모습을 재현한다. "그리고 여기에 마이크가 있어요. 마이클이 자기 분량을 노래해요. 그러고는 사라지는 거예요."

핀 조명 바깥의 어둠 속에서 그는 춤을 추고, 몸을 움직인다. 퀸시와 스웨디언이 아는 건 그게 전부다.

"그러다가"—스웨디언이 허공을 때린다—"정확한 순간에 다시 마이크 앞에 나타나는 겁니다."

스웨디언은 〈빌리 진〉의 베이스드럼을 녹음하기 위해 드럼에 뒤집어씌우고 지퍼를 채우는 장치를 만들어냈다. 사운드를 뭉툭하게 만들기 위해서였다. 그 장치 덕분에 노래에는 억눌린 심장박동 소리 같은 긴장감이 생기고, 그 소리가 들리는 순간 댄스 플로어에 아연 활기가 도는 걸 우리는 봐왔다. 첫 번째와 세 번째 박자에 덧씌워진 베이스기타 소리는 갑작스러운 고양이의 등장으로 이어진다. 베이스드럼, 베이스기타, 더블 신디사이저 베이스, 이 "네 가지 베이스"가, 마이클과 재닛이 내는 우 우 우 우 소리가 변조되어 나오기 시작하는 시점에 다 같이 합세한다. 이 템포는 잠들어 있는 사람의 맥박과 같다.

어느 날 마이클이 비디오 믹싱을 하러 전 소속사인 모타운 건물에 가 있을 때, 베리 고디가 그를 찾아와 NBC에서 방영 예정인 모타운 25주년 스페셜에 참여해달라고 부탁한다. 마이클은 거절한다. 그에게 밀실 공포증이 덮치는 순간이다. 그의 형제들, 모타운, 잭슨 5, 과거. 이 모든 것들은 그를 가두고 있었지만 그가 몸부림치며 조금씩 씹어 먹어 마침내 뚫고 나온 고치다. 그는 〈빌리 진〉이 터졌다는 걸 안다. 그는 이제 전혀 다른 존재가 되어가고 있다. 하지만 그의 내면에 있는 야심이라는 동물은, 이것이 기회라는 걸 감지한다. 마이클은 고디에게 자신이 모타운 이후에 히트시킨 곡을 솔로로 하게 해주면 형제들과 함께 공연하겠다고, 이미 전설이 된 제안을 내놓는다. 고디는 받아들인다.

그 무대가 베리 고디의 것이고, 그의 형제들이 이제 막 공연을 마치고 무대를 떠난 상황이라는 걸 감안했을 때, 그 후에 마이클이 해낸 것은 정말로 충격적이었다. 이제는 유튜브의 성지가 되어 있는 이 공연 영상들에는 마이클이 공연 전에 한 말이 대개 편집되어 있다. 그렇기 때문에 DVD를 찾아볼 가치가 있다(이 공연 영상에 살해당하기 전에 마지막으로 대중들 앞에 선 마빈 게이의 모습도 나온다).

마이클은 땀을 흘리고 있고, 오만해 보일 수도 있는 자세로 걸어다닌다. "감사합니다… 오… 모두들 아름다워요… 감사합니다." 그는 거의 섹시하게 들릴 정도로 말을 흘린다. 마이클이 있는 힘을 다해 잭슨 5의 노래들을 소화했다는 걸 누가 봐도 알 수 있다. 이제 그는 무대가 마치 자기 우리인 듯 완전히 장악하고 있다. 수백만, 수억의 눈 앞에서.

"누가 뭐래도, 정말 아름다운 나날이었습니다." 그는 계속 무대 위를 걷는다. "저 노래들을 사랑합니다. 저메인 형을 포함해서, 모든 형제들과 함께한, 마법 같은 순간들이었습니다."(잭슨 가족이 결정적인 순간마다 서로에 대해 비아냥거리는 수준은 실로 괄목할 만한 데가 있다. 마이클의 장례식에서 저메인은 "나는 마이클의 목소리였고, 그의 버팀대였고, 늘 그를 지켜줬습니다"라고 말했다. 그러고 나서는, 마치 자신의 소속사에 감사를 표해야 한다는 걸 떠올리기라도 한 것처럼, "다른 가족들도 마찬가지였죠"라고 덧붙였다.)

"모두 좋은 노래들이었습니다." 마이클은 말한다. "저노래들을 무척 좋아합니다. 하지만 제가 특히 좋아하는 건"—그의 목소리가 마이크에서 잠시 사라졌다가, 갑자기 사운드 미터가 한계치에 도달할 정도로 활기를 띠면서 튀어나온다. "새 노래들이죠."

통제가 안 될 정도의 새된 소리가 나왔다. 그는 마치 제임스 브라운이 하던 것처럼, 마치 남의 목을 잡고 조르는 것처럼 마이크스탠드를 꽉 쥔다. 객석에 앉아 있는 사람들이 소리를 지른다. "빌리 진!" "빌리 진!"

나는 그후에 그가 보여준 그만의 모습을 몇 마디 말로 흐릴 생각은 없다. 다만, 놓치기 쉬운(왜냐하면 너무나 당연해서) 면 한 가지를 지적하고 싶다. 그는 그 공연을 온전히 혼자서 해낸다. 무대는 완전히 텅 비어 있다. 뒤에선 어둠 속에 앉아 박수를 치고 있는 오케스트라 구성원들의 실루엣이 보인다. 번쩍거리는 장갑 한 짝—한 지인이 말한 대로, 그 장갑은 왼손을 탈색시키면서 진행되고 있던 백반증을 감추기 위한 것이다―외에 마이클은 단 하나의 소도구만을 들고 있다. 검은 모자다. 그는 그 모자를 노래 시작과 거의 동시에 집어던진다. 무대, 댄서, 스포트라이트. 마이크는 켜져 있지도 않다. 그는 성가시게 하는 어린아이의 손에서 마이크를 낚아채기라도 하는 것처럼 스탠드에서 잡아 뽑는다.

마임에 쓰는 도구 정도만 가지고 그는 한 사람이 무대 위에서 보여준 것 가운데 가장 흡입력이 강한 장면을 보여주기 시작한다. 나는 리처드 프라이어Richard Pryor[6]가 어떤 식으로든 누군가에게 공치사를 하는 걸 들은 적이 없다. 그런 그가 그 공연이 끝난 뒤 마이클에게 다가가서는 "내가 본 것 가운데 가장 위대한 퍼포먼스"였다고 말했다. 프레드 아스테어는 그를 "살아 있는 이들 가운데 가장 위대한 타고난 댄서"라고 부른다.

마이클은 〈에보니〉에 이렇게 말한다. "그 퍼포먼스를 아주 선명하게 기억하고 있어요. 나 자신한테 너무 화가 났던 게 기억나요. 내가 하고 싶었던 대로 되질 않았거든요. 나는 그 이상의 것을 하고 싶었어요." 마이클은 문워크가 끝나는 지점에서 몸을 웅크리고 발끝으로 서 있는 동작을 좀 더 길게 하려고 했다. 하지만 화면에서 볼 수 있듯 그의 발끝이 금세 떨어지는데, 그 순간 완벽한 타이밍으로 그걸 회전 동

---

6   스탠드업 코미디언이자 배우. 마이클 잭슨이 출연한 모타운 25주년 행사의 사회자였다.

작의 일부로 만든다. 그와 마찬가지로, 그는 곡이 거의 끝나
갈 때, 코끝에 매달린 땀을 훔치는 것 역시 박자에 맞춰 해
낸다.

그의 표정 뒤에 숨어 있는 긴장감은 거의 견뎌내기 어려
울 정도로 보인다.

퀸시는 그에게 늘 이렇게 말한다. "스멜리… 하나님이
들어오실 수 있게 자리를 비켜드려."

신이 그를 통해 움직인다. 신이 들어서고, 나간다.

어떤 사람이 연쇄 아동 성추행범일 수도 있다는 사실을
알면서 그에 대해 쓰는 건, 그가 정말 그렇다면 안 쓰겠지만,
어딘가 불편한 일이다. 마이클이 실제로 그런 짓을 했든 하
지 않았든, 그가 그랬을지도 모른다는 의심은 오랫동안 그에
게 그림자를 덧씌웠고, 결국에는 그의 영혼을 죽였다. 들리
는 말로는, 마지막 무렵 마이클은 마취제를 사용해서—결국
그를 죽음에 이르게 한 그 약[7]—몇 시간도 아니고 며칠씩 잠
들어 있곤 했다. 죽음을 당하는 것과 마찬가지였다. 검시대
위에 놓인 그의 시신을 목격한 이의 보고서에 따르면, 인공
보형물인 그의 코가 사라진 상태였다고 한다. 그의 얼굴에는
두 개의 구멍만 나 있었다. 미라. 두 건의 해부가 별도로 행
해졌고, 그의 시신은 조각조각 잘렸다. 지금 이 글을 쓰고 있

---

7 그의 주치의 콘래드 커레이가 처방한 약은 바로 프로포폴이다.

는 동안에도, 잭슨 진영의 외부인은 어느 누구도 그의 시신이 어디에 있는지 분명하게 알지 못한다.

나는 지난 한 달 동안 그에 대한 책들을 쌓아놓고 읽었는데, 내가 읽어야 할 거라고 예상한 것보다 훨씬 더 많긴 했지만, 그렇다고 해서 내가 읽고 싶었던 것만큼 다 읽은 건 아니었다. 그는, 너무나도 당연히, 언젠가는 진지하고 객관적인 전기가 쓰여야 할 사람이고, 그렇게 될 것이다. 미국 음악의 모든 커다란 흐름이 그에게서 융합되었다. 우리는 그가 구현하고 있는 인종적 중간성이 그를 우리의 전통에서 더욱―덜이 아니라―핵심적인 인물로 만들었다는 사실을 여전히 받아들이지 못하고 있다. 그는 이 사실을 정확히 파악했고, 이용했다. 그가 엘비스의 딸과 결혼한 것은 예술작품의 한 부분이었다.

이 모든 책들 가운데 신경 쓰이고 계속 내 기억에 남는 건 유명 저널리스트인 이언 핼퍼린이 쓴 《폭로: 마이클 잭슨의 마지막 몇 해Unmaked: The Final Years of Michael Jackson》였다. 커트 코베인의 자살이 위장된 살인이었다는 의심을 제기한 책과 영화로 가장 잘 알려진 핼퍼린은 어떤 정보를 얻기에 가장 이상적인 원천은 아니지만, 그렇다고 무가치하지도 않다. 실제로 그는 마이클이 사망하기 육 개월 전에 그의 죽음을 정확히 예측했고, 여러 곳에서 '잭슨 월드'를 파고든 것으로 보인다.

서두에서 핼퍼린은 마이클이 어린 사내아이들을 성적

으로 학대했으며, 그 사실을 돈으로 무마했다는 사실을 증명하는 걸 중심으로 이야기를 풀어나가겠다고 선언한다. 나는 그가 처음에는 실제로 이런 동기를 가지고 있었다고 믿는다. 이 사실을 증명하기만 하면 가장 자극적인 홍보가 될 것이고, 책도 가장 잘 팔리고, 기타 등등의 일이 벌어질 것이기 때문이다. 하지만 이런저런 단서들을 끝까지 추적한 결과, 핼퍼린은 그동안 소위 증거의 실마리라고 불렸던 모든 것들이 모래로 만든 밧줄에 불과하다는 걸 알게 된다. 어떤 이는, 가족이라고 해도, 돈을 원하고, 어떤 이는 다른 사람을 모함한 전력이 있고, 아니면 명백한 정신이상이기도 하다. 이 이야기들의 대부분은 다른 누군가가 비밀리에 돈을 받고 입을 다물었다는 식의 이야기로 귀결된다. 반대편에는, 자발적으로 나서서 마이클과의 사이에서 예기치 못했던 나쁜 일은 일어난 적이 없다고 말한 매콜리 컬킨(마이클은 그를 데리고 놀았다고 비난받은 적이 있다) 같은 아이들이 있다. 그가 재판을 받고 나서 풀려났을 때, 그것은 공정한 평결이었다.

그게 핼퍼린 책의 처음 절반 내용이다. 나머지 절반에는 마이클이 아주 원기 왕성한 게이로, 성인이 된 뒤로 비밀리에 남자 애인들을 유지해왔다는 내용이 들어 있다. 핼퍼린은 그들 중 두 사람을 만났고, 그중 하나가 마이클과 함께 있는 사진들을 봤다고 말한다. 그들은 젊긴 하지만 법적으로 아무런 하자가 없는 나이다. 그중 하나는 마이클이 끝도 없이 계속하는 타입이라고 말했다.

아이들에 대한 마이클의 관심에 대해 말하자면, 거기에
어떤 식으로든 에로틱한 면이 결여되어 있으리라 상상하기
는 어렵지만, 성적인 것이 전혀 아닐 가능성 또한 여전히 있
다. 마이클은 청소년기—그가 캘리포니아에 처음 와서 줄무
늬 스웨터를 입고 다니던 꿈 많은 시절—에 고착되어 있었
고, 자기한테 또래처럼 느껴지는 사람들과 같이 지내고 싶어
했다. 베개 싸움을 하고, 서로를 바보라고 놀리기도 하면서.
듣는 사람에 따라 소름 돋는 이야기일 수도 있지만, 희생당
하는 사람이 있는 일은 아니다. 이것만 가지고 따지자면—의
료 용어로 거칠게 말하자면—그는 '부분적이고 수동적인 고
착형 소아성애도착증 환자partial passive fixated pedophile'이다. 아직
은 이걸 범죄라고 볼 수 없다. 마음을 읽는 기계를 갖다대지
않는 한.

　　나는 여러분에게 헬퍼린의 의견에 동의하라고 요구하는
게 아니다. 내가 어쩔 수 없이 그렇게 느낀 것처럼, 그가 그
려내는 심리적 풍경이 마이클이 어린 사내아이들을 자기 침
대로 끌어들이기 위한 함정으로 네버랜드 랜치를 사용한다
는 이야기보다 덜하지도 않고, 어쩌면 조금 더 그럴듯하다
는 정도는 인정하자는 것이다. 당신도 나와 비슷한 사람이라
면, 지금까지 무의식적으로 후자가 맞다고 생각하면서 살아
왔을 것이다. 하지만, 그게 전혀 사실이 아니고, 마이클은 좀
이상하긴 하지만 비윤리적이지는 않은 사랑으로 그 아이들
을 사랑한 것일 수 있다는 가능성도 충분히 있다.

마이클

만약 어떤 불편한 생각에 관한 실험을 하고 싶다면, 이 이야기를 일단 받아들이고—나는 이게 팩트라고 말하지는 않겠지만 타당성 있는 구조이긴 하다—소화시키고, 마틴 배셔의 2003년 다큐멘터리로 돌아가보자. 여기에서 배셔가 마이클에게 친절하게 접근해서 그가 자신이 아이들을 수집하는 악당이라고 스스로 선언하게 만들었다고 그를 새삼 악마화시키는 건 별 의미가 없다. 특히 그가 마이클과 아이들의 관계에 대해 설명해온 방식이 우리가 마이클에 대해 가지고 있는 생각을 잘 대변한다고 우리가 생각해왔다는 걸 감안한다면 말이다.

하지만 우리가 그런 선입견을 내려놓고, 마이클이 암에서 회복되어가고 있는 열두 살짜리 소년의 손을 잡고 "사랑을 나누어주는 게 도대체 뭐가 문제죠?"라고 반문하는 모습을 지켜보거나, 아니면 그보다 몇 년 전 그가 간신히 분노를 억누르면서 경찰들이 자기 성기를 들여다보던 수치스러운 사건에 대해 묘사한 그 괴기스러운 성명서를 생각해보자. 이래도 그의 삶 전체가 달라 보이지 않는다면 어쩔 수 없다. 마이클이 일종의 순교자로 보이는 지점은 분명히 존재한다.

우리는 그를 동정하지 말아야 한다. 명성이 자신을 어떻게 왜곡시킬지 미리 알았으면서도 자신의 운명을 기꺼이 받아들였다는 것, 바로 그 사실 때문에 그는 우리의 존경을 받아 마땅한 대상이 된다.

이 나라에는 어떤 경우에서도 병증을 찾아내는 병증이

있다. 이건 부르주아들의 질병이고, 개수작이라고 불러 마땅하다. 우리는 마이클이 자기혐오로 인해 자신의 얼굴을 바꾼 걸 슬퍼한다. 하지만 그는 그렇게 해서 바뀐 자신을 좋아했을 수도 있다.

〈에보니〉가 1990년대에 아프리카에서 마이클을 취재한 적이 있다. 그는 이제 막 아이보리코스트에 있는 마을 사람들에 의해 사니sani[8]의 왕으로 대관식을 치른 뒤였다. 마이클은 그 마을에서 로버트 E. 존슨에게 이렇게 말한다. "내가 인터뷰 안 하는 거 알죠. 당신은 내가 믿고 인터뷰하는 유일한 사람이에요. 나는 저 깊은 곳에서는, 우리가 살고 있는 이 세계가 사실은 아주 엄청나게 큰, 엄청난 규모의 심포니 오케스트라라고 느껴요. 이 원초적인 형태의 세계 속에서, 모든 피조물은 소리예요. 그런데 그냥 아무렇게나 나는 소리가 아니라, 음악이라고 나는 믿어요."

그게 그의 마지막 생각이었기를.

---

8 1959년 아이보리코스트(코트디부아르)에 합병된 인구 사만 명 정도의 전통 왕국.

마이클   199

7
액슬 로즈의 마지막 컴백

1.

그는 아무것도 없는 데서 나타났다.

이 문장은 은근히 장식적인 데가 있다—요즘 시대에는, 자랑처럼 들리기까지 한다. 이 문장에는 "나는 이류 학교를 다녔고 연줄도 없었지만 이 많은 돈을 내 힘으로 다 벌었다"라는 말이 함유하는 사회경제적 코드가 포함되어 있다.

그런 뜻으로 한 말은 아니다. 내 말은, 그가 정말 아무것도 없는 데서 나타났다는 뜻이다. 관련된 지도와 포인터만 있으면, 나는 아주 예리한 정신을 가진 사람들도 설득시킬 자신이 있다. 남북전쟁이 끝난 뒤 이 나라의 각 지역이 피에 젖은 커다란 직소퍼즐을 끼워 맞추듯이 현재의 형태로 정리되는 과정에서 누군가가 퍼즐 조각을 하나 떨어뜨려 커다란 빈 공간이 하나 생겼고, 사람들은 그 빈 공간을 "중부 인디애나"라고 불렀다는 사실을. 거기가 아무것도 없는 데라는 이야기가 아니다. 거기에는 거기라고 할 만한 뭐가 없다는 말을 하려는 것이다. 생각해보자. 체계적으로 접근해보자는 거다. 미국에서 가장 특색 없는 데가 어딘가? 중서부다. 그렇지 않은가? 하지만 일단 중서부에 가보면, 그 특색 없는 곳들 각각이 나름대로는 어떤 특색을 가지고 있다는 걸 알 수 있다. 아이오와에는 외로운 평원이 있다. 미시간에는 고든 라이트풋Gordon Lightfoot[1]의 노래가 있다. 오하이오에는 그곳 특유의 심심함과 평이함, 그리고 그나마 매달려볼 수 있는 약간의 코믹함이 있다. 모든 곳이 약간의 특색을 가지고 있다. 하지만 이제 눈을 감고, 내가 "인디애나"라고 할 때 무엇이 펼쳐지는지 보자. …푸른 화면. 아닌가? 우린 지금 인디애나 전체를 말하는 것이다. 내가 자라난 남부 인디애나와 거대한 호수(미시간호)에 맞닿아 있는 북부 인디애나를 포함해서. 우리는 아직 중부 인디애나로 좁혀 들어가지도 않았다. 중부 인디애나? "거기가 어딘데?"라는 질문이 저절로 나오는 곳이다. 아무것도 없는, 아무것도 아닌 곳. "그리로 가보라."

라파예트에서 아침 시간에 록음악 디제이를 하고 있는 제프 스트레인지에게 그 지역에 대해 어떻게 생각하는지 물

---

1 포크팝 싱어송라이터. 1967년에 발생한 디트로이트 폭동을 다룬 〈블랙데이 인 줄라이Black Day in July〉로 미국에서 전국적으로 이름이 알려지기 시작했다. 하지만 정작 그의 출신지는 미시간이 아니라 캐나다이다.

어본 적이 있다—이를테면, 그곳을 남부라고 생각하는지? 어쨌거나 거긴 클랜[2]이 성한 데니까(특별한 인상을 주려는 절박한 몸부림처럼 보이기는 하지만). 아니면, 중서부라고 생각하나? 그가 뭐라고 했는지 아는가? 그는 이렇게 말했다. "이 동네 사람들은 그냥 '지역'이라고 불러요."

윌리엄 브루스 로즈 주니어, 윌리엄 브루스 베일리, 빌 베일리, 윌리엄 로즈, 액슬 로즈, W. 액슬 로즈.

그가 이곳 출신이다. 이 사실을 기억해두자.

2.

5월 15일, 그는 청바지에 검은 가죽재킷 그리고 테 없는 커다란 검정 선글라스를 끼고 등장했다. 그 안경 때문에 그는 말벌 사나이Wasp-Man[3]처럼 보였다. 관객들은 오래 기다렸다. 여러 해 동안, 그리고 그날은 여러 시간 동안. 뉴욕의 해머스틴 볼룸에서 열린 네 번의 복귀 콘서트 중 세 번째 공연이었다. 시간은 이미 열한 시가 넘어 있었다. 콘서트장 입장은 일곱 시였다. 오프닝 쇼는 여덟 시 반에 끝났다. 객석에서는 이미 여러 건의 싸움이 벌어졌고, 어떤 식으로든 행사가 이어지지 않으면 군중들이 더이상 버텨내지 못할 것 같은 분위기였다. 내 옆에는 뉴저지에서 온 아주 친절한 여자가

---

2   백인 우월주의 집단인 KKK를 말한다.
3   마블 코믹스의 캐릭터.

있었는데, 미용사인 그녀는 자기 남편이 본 조비 콘서트에서 "불꽃쇼"를 담당했다고 말했다. 그녀는 이 콘서트에서 "불꽃쇼"를 맡고 있는 남편 친구에게 연신 문자를 보내 "언제 시작하는 거야?"라고 물었다. 그때마다 그는 "우린 아직 안에 들어가지도 않았어"라고 문자를 보내왔다. 나는 어느 순간 그녀에게 "콘서트 시작하기 전에 관중들이 이렇게 흥분한 걸 본 적이 있어요?"라고 물어봤다. 그녀는 "그럼요, 본 조비 공연 때는 매일 밤 이래요"라고 대답했다.

그러다가 그가 등장했다. 그 친절한 여성에게는 미안한 말이지만, 본 조비가 등장할 때는 사람들이 이렇게까지 미치지 않는다. 사람들은, 미쳐, 갔다. 그는 키가 큰 사람이 아니다—굽이 높은 (빨간 가죽) 부츠를 신고도 177센티미터가 채 안 되는 것 같다. 그는 성큼성큼, 만화 속의 인물처럼 호전적으로 우리를 향해 걸어왔다.

요즘 액슬에 대해 이야기하는 사람은 누구나 그의 이상한 새로운 차림새에 대해 이야기하지만, 그가 풍기는 그 독특한 인상은 무시하기 참 어렵다. 내게는 그가 늘 액슬 로즈 마스크를 쓰고 있는 것처럼 보인다. 그는 내가 십이 년 전 새벽 두 시에 테네시주 몬트이글의 트럭 휴게소에서 본, 혼자 앉아 밥을 먹던 사내를 닮았다. 날이 갈수록 그는 알비노이자 레게의 전설인 옐로맨을 점점 더 닮아간다. 그의 길다란 머리카락은 대마 섬유로 복잡하게 꼬아놓은 딸기색 밧줄 더미를 연상시키는데, 각 가닥의 날카롭게 꼬여 있는 끄트머리가 각각 1센티미터 정도씩 그의 두피에 박혀 있는 거 같다. 그의 가슴 털은 새로 주조해낸 동전 색깔이다. 말벌 선글라스에 레게 머리와 염소수염까지 갖춘 그는 영화 〈프레데터〉에 나오는 괴물 혹은 그 괴물의 고향 행성에 있는 괴물 부인을 연상시킨다. 그가 처음 데뷔했을 때에는, 사진상으로는 아름답고 날씬한 붉은 머리의 스물한 살짜리 여자애처럼 보이곤 했다. 이제 그는 중년을 지나면서 몸피가 굵어졌다—몇해 전 살집이 잔뜩 붙었을 때의 그런 모습이 아니라, 근육질 몸이다. 그가 자신의 성기 부분을 움켜쥐는데, 그 크기가 거대하다. 나는 지금 눈에 보인 대로 보고하고 있을 뿐이다. 이제 그는 양다리를 벌린 채 버티고 선다. "지금 너희가 어디에 있는지 알아?" 그가 묻고, 무대 아래에 있는 우리들은 알고 있다, 모두들 잘 알고 있다. 하지만 우리의 대답에 아랑곳없이 어쨌거나 그가 말한다. "너희들은 정글에 있는 거야, 얘들아." 그는 그렇게 말하고 나서, 우리가 이제 죽을 거라고 또 말한다.[4]

그는 우리가 그를 쳐다보며 비명을 지르고 난리를 치는 모습뿐만 아니라, 눈에 들어오는 관객들의 연령대를 보고 무척이나 기뻤을 것이다. 그 자리에는 아마도 《애피타이트 Appetite》[5]가 발매될 무렵에 태어난 힙스터들부터 시작해서 거

---

4 액슬 로즈가 〈웰컴 투 더 정글Welcome to the Jungle〉을 시작하기 전에 늘 외치는 말.

5 Appetite for Destruction. 1987년에 발매된 건즈 앤 로지스의 첫 앨범.

대한 록헤어Rock hair[6] 대신 이제는 반백이 된 쥐꼬랑지 머리를 한 늙은이들, 그리고 그 둘 사이의 이런저런 세대들까지 다 모여 있었다. 그런데 나는 왜 이게 주목할 만한 거리가 된다고 생각하는 걸까? 〈틴Teen〉이라는 잡지의 독자들은 불과 얼마 전에 그를 "가장 쿨하게 나이 든 사람 100명"("할아버지"들은 제외하고) 가운데 2등으로 꼽았다. 액슬 로즈는 지난 십삼 년 동안 정규 앨범을 내놓은 적이 없고, 그 기간 동안 하워드 휴즈 같은 캐릭터로 변신해서는 '중국의 민주주의Chinese Democracy'라는 제목의 새 앨범이 나올 거라는 약속을 산발적으로 내놓으면서 주문만 받았다. 그는 약간 야생의 상태 같고, 약간 제정신이 아닌 거 같고, 주 정부의 교정 시설에서 처음으로 감독관을 동행하지 않고 외출 나온 사람 같지 않다고는 말하기 어려운 모습으로 스포츠 행사나 패션쇼 같은 곳에 이따금 예기치 않게 나타나 사람들을 놀래곤 하면서 서서히 사라져가던 참이었다. 그런 그가 이제 돌아왔다. 기타 연주자들이 달려들고, 드러머는 자, 노래가 시작되는 지점까지 음악을 쌓아올리자! 하는 듯 드럼을 두들기기 시작하면서, 내 느낌으로는 이들의 취향이 조금 후지다는 사실을 드러낼 위험성이 보이기 시작하지만, 솔직히 말해, 이 도입부의 불길한 완벽함은 지금 들어도 전혀 낡지 않았다.

지금 해야 할 거라고는 단 한 가지밖에 없다. 아마 누구

---

6 길고 잔뜩 부풀어오르게 펌을 한 헤어스타일.

나 그렇게 하고 있을 텐데, 그건 이 공연을 2002년에 있었던 MTV 공연과 비교하는 일이다. 그 공연을 봤다면 오늘 여기에서도 그 괴기스러움과 지루함이 반복되고 있다는 사실을 발견할지도 모르는데, 그렇다면 더욱 이렇게 말하고 싶다. 절대로 잊지 말라고. 기타리스트 버킷헤드Buckethead[7]를. 그리고 다른 기타리스트도. 텐트처럼 부풀어오른 액슬의 미식축구 유니폼이나, 그가 "자, 내 뱀춤 보고 싶어? 보여줄게. 앗, 근데 뇌출혈이 살짝 오는 거 같네. 관두자"라는 식으로 흘러가던, 무대에서 선보이기 시작한 지 몇 초 되지도 않아 가슴 아프게 포기해야 했던 그의 옆걸음질 뱀춤에 대해서도. "샤-나-나-나-나-나-나-나-나-나-나 니즈, 니[흡!]즈"라고 할 때 두 번째 "니즈knees"에서 산소를 들이마시기 위해 헐떡거리는 소리가 들린 것도. 달리면서 노래하기[8]가 몇 분이고 힘겹게 이어지는 동안 다리는 점점 더 비틀거리고 노래는 꽥꽥 소리 지르기가 되어간 것도. 청력에 문제가 있는 노인병 환자처럼 끊임없이 이어폰 모니터를 만지작거린 것도.

　　내 말은, 오늘 밤은 다르다는 거다. 일단, 이 친구들은 슬래시가 하던 역할을 제대로 감당할 수 있거나, 그렇게 해보기로 선택한다. 그들은 MTV에서 했던 것처럼 대충 연주

7　2000~2004년에 걸쳐 슬래시Slash가 빠진 건즈 앤 로지스Guns N' Roses의 리드기타를 맡았던 기타리스트. 머리에 KFC의 버킷을 뒤집어쓰고 나오면서 스스로 버킷헤드라는 무대이름을 붙었다.

8　액슬 로즈는 짧은 반바지만 입고 달리면서 노래하는 무대 매너로 유명하다.

하지 않는다. 범블풋Bumblefoot이라는 친구가 버킷헤드의 자리를 차지했는데, 범블풋은 무대를 찢을 줄 안다. 나인 인치 네일스Nine Inch Nails의 전 멤버였던 로빈 핑크Robin Finck도 마찬가지다. 음표 하나하나 놓치는 법이 없다. 이 얘기는 대중음악 전체에 해당하는 소위 명연주의 문제―구체적으로 한 가지 짚어보자면, 어떤 것이든지 훌륭하게 연주해낼 수 있는 연주자들한테 즉흥적으로 무언가를 연주해보라고 할 경우에는 어떤 이유에선가 열에 아홉은 끔찍하게 연주한다―로 끌려 들어갈 수도 있지만, 어쨌거나 한 번에 한 악기씩 밴드 구성원 전체를 바꿔나가는 상황에서 그들에게 "이런 식으로 해봐"라고 말하려면, 어마어마한 실력의 연주자를 찾을 필요가 있는 것이다.

쇼의 전체 플롯은 아주 단순하다. 여기에서 진실을 말하기 위해 동원되어야 할 단어는 '끔찍함'이다. 그것은 건즈 앤 로지스에서 활동하지 않았던 이들이 액슬과 함께 펄펄 뛰면서 건즈 앤 로지스의 노래들을 연주하는 걸 지켜보는 것―이것 역시 정이 안 가는 것과 보고 있는 게 괴로울 정도로 기묘한 부조화 사이에 위치해 있다―과 세월을 견뎌내는 곡들 자체의 수준 사이의 부조화에서 벌어지는 싸움이다. 이 싸움의 결과에 따라 오늘 밤은 제대로 두들긴 게 되든가, 아니면 "좀 슬픈데, 하지만 그래도 액슬"이 되든가 할 것이었다. 어찌 됐든, 내 생각에는 액슬이 승자였다. 일단, 그의 목소리가 돌아왔다. 그는 음정을 모두 정확하게 살리고 있었다. 그리고 그의 춤—춤이라는 말 말고는 달리 무어라 표현해야 할지 모르겠다—은 더 무르익었다. 데뷔 무렵부터 그는 그의 세대에서 무시할 수 없는, 그리고 흉내를 내면서 장난칠 만한 가치가 있는 유일한 백인 록 댄서였다. 〈페이션스 Patience〉 비디오에서 그가 바람이 없는 방안에서 깃털이 떨어지는 것처럼 두 손을 천천히 내리면서—슬래시가 종결부로 넘어가는 지점에서 음이 내려가는 동안 그 음 하나하나를 강조할 때, 거의 허공에 멈춘 상태에서 흔들린다—뱀처럼 천천히 좌우로 몸을 흔들면서 춤추던 모습은 내가 보기에는 비디오 시대의 가장 위대한 백인남성 록 댄스의 순간을 표현하는 것이었다. 닭살 돋는 얘기지만, 액슬의 몸짓은 사랑스럽다. 할 수만 있다면 나도 그런 걸음걸이로 상점에 들어가고 싶다. 매일 아침 일어나 웨스트오버의 윌리엄 버드William Byrd of Westover처럼 춤을 추고,⁹ 그게 내 춤이 될 것이다. 오늘 밤 액슬이 예전처럼 춤을 잘 췄다고 말하기는 어려울 것이고, 특히 어떤 순간에는 슈퍼볼 파티가 끝난 뒤 술에 취한 건달 삼촌이 액슬 로즈 흉내를 내는 것 같은 모습이 있었지만, 그럼에도 불구하고 그의 양 발뒤꿈치는 마술의 지팡이로 두드

---

9   1674~1744. 버지니아 태생으로, 미국에 식민지를 운영하는 영국 지배계급의 면모와 당시 새롭게 형성되기 시작한 미국인이라는 정체성을 동시에 지니고 있던 인물이다. 매일 일기를 남겨, 현재 1709~1712, 1717~1721, 1739~1741의 세 시기에 걸친 일기가 출간되어 있다. 이 일기들에, 이따금씩 아침에 "내 춤을 추었다I danced my dance"라는 서술이 나타난다. 아마도 일종의 미용체조와 비슷한 춤을 추었던 듯하다.

려서 각 발의 저항과 무게를 덜어주기라도 한 듯 중심으로부터 너무나 매끄럽게 벌어졌고, 액슬은 우아하게 그 춤을 마무리했다. 액슬은 "이런 망할, 발등에 볼링 공을 떨어뜨렸네 마이크스탠드를 잡고 돌자" 춤을 선보이고, 간주용 춤으로 "석장을 휘두르는 제례의식의 전사처럼 마이크스탠드를 잡고 옆걸음으로 뛰어다니기"를 시전한다. 그리고 가사 한 줄이 끝날 때마다 은신처 동굴 안에서 썩은 고기를 뜯어먹고 있던 자신을 우리가 놀래기라도 했다는 듯, 놀라긴 했지만 두려움은 느끼지 않는 눈으로 관객석을 쳐다본다.

3.

2006년 6월 27일에 있었던 내 아내 마리아나와의 대화.

나: 오, 이런.

아내: 왜?

나: 액슬이 방금 스웨덴에서 경비원의 다리를 물었대. 유치장에 갇혔다네.

아내: 당신이 액슬 인터뷰하는 데 영향이 있으려나?

나: 아니. 애당초 그 사람들은 인터뷰를 하게 해줄 생각 같은 건 없었던 것 같아⋯ 근데, 누군가의 다리를 물어뜯다니―그가 상당히 난처한 상황에 처해 있을 것 같긴 하네.

아내: 그런 일이 벌어질 때 액슬을 도와줄 사람은 있나?

4.

나는 깜짝 놀랄 정도로 예쁘고, 양지바르고, 새롭게 단장한 라파예트의 다운타운을 며칠 동안 돌아다니면서 찾을 수 있는 건 뭐든지 주워 모으고 있었다. 나는 액슬이 성장한 집을 봤다. 공공도서관에 가서 그의 학년 앨범yearbook[10]에 실린 오래된 사진들을 들춰보았다. 모든 이들이 액슬에 관련된 이야깃거리를 가지고 있었다. 액슬이 저 집에서 TV를 훔쳤죠. 여기가 바로 액슬이 차 뒤꽁무니에 매달려서 스케이트보드를 타려다가 넘어져서 아스팔트에 팔을 갈아먹은 자리예요. 액슬이 거의 벌거벗다시피 한 여자와 함께 이 모텔에서 나오는데, 나이 든 아저씨들 몇 명이 그 여자를 보고 있다가 그중 하나가 아무 생각 없이 담배꽁초를 던졌어요. 근데 액슬이 괜히 열받아서 광분하다 죽도록 두들겨 맞았죠. 이런 것들은 기록으로 확인하기 어려운 이야기들이다. 하지만 액슬이 인디애나에 살던 시절, 시 경찰들과 카운티 트루퍼county trooper[11]들이 그를 볼 때마다 붙잡고 거칠게 다룬 게 적절했다고 느낀다고, 그리고 법적으로는 실제로 적절했다고 하는 주장이 신뢰를 얻을 정도로 그와 관련된 체포영장 청구 기록이 충분히 남아 있다. 그렇게 결이 곱고 길게 흘러내리는 빨간 머리를 가지고 있으니, 그가 집을 나설 때마다 누군가가 그

---

10   우리는 졸업 앨범 정도만 만들지만, 미국에서는 매 학년마다 사진을 찍고 책자를 만든다.

11   이 책 〈대피소에서(허리케인 카트리나가 지나간 뒤)〉 편의 주석 4번 참조.

를 목격하지 못한다면 그게 오히려 이상한 일이었을 것이다. 액슬로 사는 게 언제나 즐거운 일은 아니다.

나는 라파예트시의 경찰들을 찾아갔다. 그들은 그 도시와 더불어 부드러워져 있었다. 사실을 말하자면, 친절했다. 그들은 1980년과 1982년도에 찍은 범인 식별용 얼굴 사진들의 네거티브 원본을 찾아 인화해서 보여줬는데(1980년 액슬은 겨우 열여덟 살이었다), 전에는 공개된 적이 없는 이 사진들은 가장 슬프고 끔찍한, 알려지지 않은 미국 예술의 정수라고 할 만했다. 기록 부서에서 일하는 여직원들이 이 사진들에 관련된 자료들도 뒤져서 가져왔는데, 전기를 비롯해 어디에서도 언급된 걸 본 적 없는 기록들이었다. 이 자료들은 "1-4"라고 서명한 경찰관에 의해 작성된 것이었다. 나는 이 자료들을 내가 묵고 있던 홀리데이 인으로 가져와서 그날 오후 내내 읽었다. 이걸 시들러 사건이라고 부르기로 하자. 이 사건은 이렇게 시작한다.

성명: 베일리, 윌리엄 브루스…

별명: 빌 베일리…

현 직장: 자영업—밴드

기소 내용: 폭행 구인영장…

나이: 18, 키: 175, 체중: 67.5, 머리: 붉은색, 눈: 녹색, 몸집: 마른 편, 피부색: 흰색…

그 서류가 "주장하는 바"에 따르면, 그날의 사건은 이렇게 진행되었다(흥미로운 부분만 골라 소개하겠다). 스캇 시들러라는 이름의 어린아이가 데이나 그레고리라는 이름을 가진 좀 더 큰 아이의 집 앞에서 자전거를 타고 있었다. 스캇이 인도에 바퀴자국을 냈다. 데이나 그레고리가 뛰쳐나와 스캇의 겨드랑이를 잡아 들어올리고 발로 스캇의 자전거를 걷어차면서, 스캇에게 그 자리에 무릎 꿇고 앉아 인도에 남은 바퀴자국을 닦으라고 명령했다. 그 어린아이는 자기 아버지 톰 시들러에게 가서 일러바쳤다. 톰 시들러가 데이나 그레고리에게 가서 방금 스카티가 말한 게 사실이냐고 물었다. 데이나 그레고리는 "그래 맞다, 그리고 내가 널 좆나게 패버릴 거야"라고 말했다. 그때 스캇의 엄마 말린이 현장으로 뛰어와 고함을 지르기 시작했다. 그리고 그즈음, 붉은 머리와 녹색 눈에 마른 편이고 피부가 흰 빌 베일리가 현장에 나타났다. 이 지점에서부터는 일단 그 보고서를 그대로 인용할 필요가 있다. 그 보고서의 간결함, 혹은 권위에 자극적인 요소를 더하면 안 될 것이기 때문이다.

말린 시들러는 베일리 또한 시들러 씨와 언쟁을 벌이면서, 자신의 어린 자녀들 앞에서 성적인 욕설을 사용했다는 점을 진술했다. 말린 시들러는 자신이 베일리에게 다가가 손가락질을 하며 자신의 아이들 앞에서 성적인 욕설을 사용하지 말라고 했다고 진술했다. 말린 시들러는, 그때 팔에 깁스를 하고 있던 베일리가 자신의 팔과 목을 때렸다고 진술했다. 나는 말린 시들러를 살펴봤고, 그녀의 팔과 목에 폭행으로 인해 생겼다고 볼 수 있는 붉은 자국이 있는 걸 확인했다.

어느 팔로 때렸는가 하는 점은 좀 더 살펴볼 필요가 있다. 말린 시들러는 "깁스로"라고 말했고, 스캇 또한 "깁스로"라고 말했지만, 데이나 그레고리의 남동생 크리스(15세)는 "깁스를 하지 않은 팔"이라고(베일리는 "시들러가 그를 때리자" 그에 대한 대응으로 시들러를 때린 거라고 부연하면서) 말했다. 빌 베일리 본인은 "깁스를 하지 않은 팔인 왼손으로 말린 시들러의 얼굴을 때렸"다고 말했다. 그리고, 다시 한 번, 이건 "말린 시들러가 그의 얼굴을 때린" 다음에 있었던 일이라고(하지만 바로 전에, 그는 말린 시들러에게 "그녀의 좆만 한 망나니들을 집에 잘 데리고 있으라"고 말했다는 점을 인정했다) 진술했다. 이 이야기는 이상하고 돌발적으로 마무리된다. "베일리는, 그러자 시들러가 자신에게 덤벼들어 자기가 앞으로 넘어졌고, 일어나서는 집으로 돌아갔다고 진술했다…"

이걸 읽는 동안 이런 생각이 머릿속을 떠나지 않았다. 이 사람들은 왜 바큇자국 때문에 이렇게 화를 냈을까? 인도에 자전거 바큇자국을 내는 게 나쁜 일인가? 이걸 보며 나는 어린 시절의 절반은 나도 모르는 새에 내 이웃들을 화나게 하는 데 보냈을 거라는 생각을 했다.

라파예트에서 아침 시간에 록음악 디제이로 활동 중인 제프 스트레인지는 액슬과 중고급 의류 토미 힐피거의 자그마하고 점잖아 보이는 디자이너 사이에서 벌어진, 아주 짧았고 여기저기에 많이 보도되었던 주먹싸움에 대해 이렇게 코멘트했다. (사실, "주먹싸움"이란 말은 좀 강한 표현이다. 실제로는 힐피거가 액슬의 팔을 여러 번 때렸을 뿐이고, 사진으로 보자면 액슬이 분노 반 놀람 반인 독특한 표정으로 "내가 이걸⋯ 때려야 하나?" 하고 노려보고 있다.)

"와, 내가 그 사진 봤거든요. 이거 완전히 라파예트네, 하는 생각이 들더라고요."

5.

데이나 그레고리를 찾아냈다. 나는 그의 양어머니에게 전화를 걸었다. 그레고리는 액슬의 가장 오랜 친구이고 건즈가 유명해진 뒤 LA에 가서 액슬을 위해 일한 적도 있다. 서전트 프레스턴스라는 펍 비슷한 곳의 뒷마당에 있는 테이블에 그와 마주 앉았을 때, 그는 선글라스를 끼고 있었다. 그가 선글라스를 부스스한 백발 위로 밀어올리자 산전수전을 다 겪은, 보는 사람이 불편할 정도로 창백한 회청색 눈이 나타났다. 그는 많은 걸 겪은 사람이었다. 그가 입을 열기도 전에 이미 알 수 있었다. 그는 살면서 어마어마한 미친 짓을 해왔고, 남은 생은 그 미친 짓들을 기억하고 돌이켜보면서, 그리고 하루하루를 근근이 살아내면서 보낼 것이었다. 어린 시절 매일 아침 찾아와서 자신의 어머니에게 아침을 얻어먹었고, 함께 컵스카우트를 했던(퍼레이드 때 둘은 동전을 던져서 빌이 헝겊인형 앤 역, 데이나는 헝겊인형 앤디를 맡았다) 친구 빌이 —한때나마—세계에서 가장 유명한 록스타가 되어 있었다. 그리고 여러 나라에서 폭동을 일으키고 슈퍼모델을 차버리고 믹 재거와 듀엣을 할 뿐 아니라 〈롤링스톤〉지와의 인터뷰에서 자기가 두 살 때 양아버지한테 항문성교를 당한 것을 기억해냈다고 말하는 등 기행을 저지르는 사내로, 막상 그레고리는 베이스 연주자로 참여한 적이 있지만 자신은 합류해본 적도 없는 밴드의 이름(액슬)을 자신의 원래 성과 합쳐 미국인이라면 누구나 아는 이름으로 만든 사내로 변신해 있었다… 이 사건은 그레고리의 삶에서, 과학 이전 시대에 나타난 초신성과 같은 것이었다. 이런 일 앞에서 그가 무얼 할 수 있었을까?

내가 물었다. "그를 어떻게 부르나요, 빌? 액슬?"

그는 미소를 지었다. "액스Ax라고 부릅니다."

"자주 대화하나요?"

"1992년 이후로는 이야기해본 적 없어요. 이를테면 결별한 셈이에요."

"무슨 일로요?"

그는 시선을 돌렸다. "터무니없는 걸로요." 그러더니 담배를 몇 모금 빨았다 내뱉었다. "아마 여자 문제였을 거예요."

그는 긴장한 것처럼 보였지만, 그건 책임감 있는 사람 앞에 마주 앉아 공책을 펼쳐놓고 "전 두 시 반 비행기를 타야 합니다. 선생님 인생에서 가장 심각했던 문제에 대해 이야기해주시겠어요? 스낵을 좀 더 주문하시죠. 제가 계산할게요"라고 할 때 그 상대방이 보여주는 긴장감 같은 것이었다.

그는 빠르게 맥주를 비웠다. 그는 내가 언제나 좋아하는 표현—**"그럼요"**를 반복해서 사용하면서도 그 사실을 전혀 의식하지 못했다. 그는 이 말을 "그게 맞아요"라거나 "딱 그거예요"라는 용도로 사용하는 게 아니라, "파티 좋아해요?"라는 질문에 단순히 "네"라고 하듯 **"그럼요"**라고 대답했다.

"L. A. 시절에 대해 얘기해주시겠어요?" 내가 말했다. "거기에서 액슬을 위해 일했다고 하셨죠. 어떤 종류의 일이었나요?"

"그 친구가 부순 걸 고쳤어요." 그레고리가 말했다.

"액슬이 뭘 많이 부쉈나요?" 내가 물었다.

"그 친구가 살던 콘도 실내에는 거대한 거울들이 빙 둘려 있었어요. 그 친구는 MTV에서 받은 우주인 모양의 트로피로 이따금 그 거울들을 다 깨뜨리곤 했어요. 그런데 그 친구는 오후 네 시까지 잔단 말예요. 그걸 갈아 끼우러 사람이 오면 누군가는 문을 열어줘야 하는 거죠. 그런 걸 했어요."

그는 또 다른 L. A. 시절 이야기도 들려줬다. 한번은 액슬이 슬래시가 사랑하던 알비노 보아뱀을 집어들었는데, 그놈이 액슬의 몸에 똥을 내갈겼다. 마침 액슬은 비싼 옷을 입고 있었다. 액슬은 있는 대로 화가 나서 그 뱀을 어떻게 하려고 했다. 그는 뱀에게 온갖 욕을 퍼부었다. 그런데 슬래시가 자기 기타를 집어들고—여기에서 데이나는 장작을 쪼개기 위해 도끼를 들어올리는 포즈를 취했다—이렇게 말했다. "내, 뱀, 건드리지 마." 액슬은 물러났다.

그 자리에 꽤 오래 앉아 있었던 것 같다. 데이나는 자식이 넷, 손주가 넷 있었다. 그러기에는 꽤 젊어 보인다고 하자(액슬한테 손주가 넷 있는 걸 상상할 수 있겠는가?), 그가 말했다. "일찍 시작했어요. 말했던 것처럼, 다양한 시도를 한 거죠." 그의 전처인 모니카 그레고리도 액슬을 알았다. 그는 그녀 때문에 첫 번째 공황장애를 겪었다. 그레고리는 그녀에게 일년에 한 번 "꼭 해야 할 때만" 전화를 한다고 했다. 그리고 자기 자식 세대에서는 이 엉망진창의 정도가 좀 낮아졌으면 하는 게 바람이라고 했다. 그는 액슬과 모니카를 포함하는 친구들과 어울리다 날이 어두워지면 라파예트의 콜럼비안 공원에 가서—"밤이 되면 우리가 거기를 접수했어요"—야외 무대에 붙박여 있는 피아노의 잠긴 뚜껑을 열고 새벽이 될 때까지 연주하면서 놀던 일에 대해 이야기했다. 나는 콜럼비안 공원 주변을 돌아봤다. 공원은 이 소년들이 자라난 곳에서 거의 길 하나만 건너면 되는 곳에 있었다. 그들이 놀던 야외무대에서 불과 몇 미터 떨어지지 않은 곳에 "우리의 조국을 위해 기꺼이 희생한" 라파예트의 아들들을 기리는 공간이 조성되어 있었는데, 거기에 윌리엄 로즈라는 이름이 포함되어 있었다. 아마도 액슬의 고조부 정도 되는 이일 텐데, 내 생각엔 그가 현재 우리 나라가 지향하는 바를 수호하기 위해 싸우다 죽은 것 같지는 않다.[12] 그리고 그레고리의 이런 이야기를 듣다보니, 액슬이 로즈라는 이름을 백 번은 읽었을 텐데 그게 자기 성이라는 사실도 모르고, 아무것도 생각하지 못했을 거라는 사실이 무척 기이하게 느껴졌다. 그는 나중에 엄마의 서류들을 들여다보다 그게 자신의 원래 성이라는 사실을 알고 자기 성으로 삼았고, 〈나는 당신의 남북전쟁이 필요 없다 don't need your Civil War〉라는 노래를 부르고, "도대체 전쟁이라는 것에 신사적인[13] 요소가 뭐가 있단 말인가?"라는, 여전히 대답되지 않고 있는 질문을 던진다. 그 시절에 액슬은, 그레고리 말에 따르자면, 온갖 장르를 연주했다. 그레고리는 신 리지Thin Lizzy를 언급했다. "하지만 액슬이 정말로 노래를 부르는 걸 들은 건 그 친구가 욕실에 들어가 있을 때였어요. 거기에 한 시간이나 틀어박혀 있곤 했는데, 뭘 했는지는 모르겠어요. 제가 아는 거라곤, 그 친구가 여자처럼 그 안에서 펄쩍거리고 놀았다는 게 전부예요".

"그래서, 액슬의 음악에 라파예트에 관한 게 있다면, 그게 뭐라고 생각하세요?"

---

12 남북전쟁 당시 남군이었다는 의미이다.
13 "civil"을 "신사적인"으로 옮겼다. 저자(혹은 액슬 로즈)는 앞 문장의 Civil War(직역하자면 '시민전쟁'이 맞겠으나, 우리가 써온 표현인 '남북전쟁'으로 옮겼다)에 들어 있는 "civil"의 두 가지 의미를 가지고 말장난을 하고 있다.

"분노죠, 뭐. 여기서 그걸 얻었다고 말할 수 있죠."

"액슬이 많이 맞고 다녔죠, 그렇죠?"(이 타운에 온 후로 복수의 사람들이 내게 그렇게 말했다.)

"내가 그 친구를 많이 팼죠." 그레고리가 말했다. "근데, 한 해는 내가 이기고, 그다음 해에는 그 친구가 이기는 식이었어요. 한번은 그 친구네 뒷마당에서 싸웠는데, 내가 이기고 있었어요. 우리 아빠가 그 모습을 보고 말리려고 하니까 그 친구 엄마가 '놔두세요, 싸우다 말게'라고 했어요. 근데 우리는 늘 끝을 보곤 했어요. 나이가 들면, 그게 아무는 데 시간이 더 오래 걸리죠."

나는 너무 티 나지는 않게 시들러 사건으로 대화의 방향을 돌리려고 계속 애썼는데, 그게 영 어색하게 느껴졌다. 데이나는 정말 그 싸움에 대해 하나도 기억 못하는 건가? 그는 계속 건성으로 대답했다. "길거리에 스프레이 페인트칠을 해놓은 게 누군지 경찰이 찾아다니던 건 기억나요." 그가 웃으면서 말했다.

"액슬이 L. A.로 떠나던 날 밤에 이렇게 낙서를 남겼어요, '내 궁둥이나 빨아라, 라파예트. 나는 여길 떠난다.' 사진을 찍어놨어야 하는 건데."

마침내 나는 인내심을 잃고 이렇게 말했다. "그레고리 씨, 이걸 기억 못하실 리가 없어요. 자, 선생님 본인. 그리고 자전거를 타는 어린아이. 액슬이 그애 엄마와 싸움이 붙었고요. 액슬은 팔에 깁스를 하고 있었어요."

"액슬이 깁스를 왜 하게 됐는지는 얘기해줄 수 있어요." 그가 말했다. "M-80[14]을 너무 오래 들고 있어서 그렇게 된 거예요. 그것 때문에 다칠 거라고는 생각도 못했는데, 우리가 잘못 생각한 거죠. 왜냐면 그것 때문에 손이 거의 날아갈 뻔했거든요."

"그런데 애당초, 왜 바큇자국 때문에 그렇게 화가 났던 건가요?" 내가 물었다.

"우리 아버지는 건설업을 했어요. 아직도 하고 있고요. 지금 내가 하고 있는 일이기도 하죠. '그레고리와 아들들'이라는 회사예요. 나하고 형이 그 아들들이죠. 주로 가정용 콘크리트를 다뤄요. 형은 지금은 죽고 없어요. 서른아홉 때 갔죠. 심장에 문제가 있었어요. 아버지는 아직도 회사 이름에서 '아들들'을 떼내지 못하고 있어요. 아무튼, 그건 그렇고, 우리가 그 인도에 콘크리트를 부었단 말예요. 그리고 그게 팬 걸 보면 아버지가 엄청 화를 낼 거란 말이죠—'이런 빌어먹을, 저거 없애는 게 얼마나 어려운 줄 알아?' 그러고는 우리가 그런 줄 알고 우릴 두들겨 팰 거란 말예요. 그래서 [스캇 시들러 그 꼬맹이가 한 짓을] 내가 보고는, '이렇게 넘어갈 일은 아니지' 한 거죠."

---

14 고성능 폭음탄. 원래는 미군에서 대포 발사를 모방하려는 목적으로 만들었는데, 불꽃놀이용으로 팔리다가 아이들의 부상이 잇따르자 공식적으로 폭발물로 분류하고 1966년에 판매 금지했다. 하지만 여전히 불법적으로 제조, 유통되고 있다.

그게 전부였다. 어떤 주제를 가지고 이야기하든, 충분한 이야기를 듣기 전에 그레고리의 시선은 먼 곳으로 향했고, 그는 금세 상념에 빠져들었다. 나는 슬슬 이 자리—그가 여기에 있는 것, 나를 만나기로 결정한 것—가 어떤 다른 주제, 우리가 아직 다루지 않은 다른 주제를 이야기하기 위해 마련된 것이라는 느낌이 들기 시작했다.

　　"그런데," 그가 말했다. "여태 한 번도 기자하고 얘기해본 적이 없어요. 인터뷰 요청이 올 때마다 다 거절했어요."

　　"이번에는 왜 승낙하신 거죠?" 내가 물었다.

　　"원래 응답 전화를 하지 않으려고 했는데, 아버지가 하라고 했어요. 우리 아버지한테 고마워하세요. 우리 아들은 '아빠, 그 사람이 얼마나 나쁜 놈인지 얘기해주세요'라고 했어요. 그래서 내가 그랬죠. '아, 그런 건 그 사람도 다 알고 있어.'"

　　"이제 시간이 충분히 지났고, 그래서 모든 걸 다 말할 수 있겠다고 느끼신 건가요?"

　　"씨발, 몰라요. 어쩌면 그 친구가 기사를 보고 나한테 전화할지도 모르겠다는 생각은 들어요. 못 본 지 오래됐어요. 그냥 얘기나 하면서 그 친구가 뭐 하면서 지냈는지나 알았으면 좋겠어요."

　　"아직도 액슬을 친구라고 생각하세요?" 내가 물었다.

　　"글쎄요. 그냥 보고 싶어요. 그 친구를 좋아해요."

　　우린 잠시 침묵했고, 그러다가 그레고리가 한쪽으로 몸을 기울이더니 지갑을 꺼냈다. 그리고 지갑에서 접혀 있는 흰색 종이를 꺼냈다. 그는 그 종이가 접혀 있는 그대로 내 손바닥에 올려놓았다. "그걸 인터뷰에 넣으세요." 그가 말했다. "그 친구는 무슨 뜻인지 알 거예요." 인터뷰가 끝난 뒤 나는 바로 차로 갔고, 돌아오는 비행기에 타고 나서야 그 종이를 떠올렸다. 그 종이에는 《유즈 유어 일루전Use Your Illusion II》 앨범에 수록된 〈이스트레인지드Estranged〉의 두 구절이 적혀 있었다.

하지만 우리가 알아온 모든 건 여기에 있어.
나는 그게 죽어버리는 건 결코 원하지 않았어.

6.

액슬은 이렇게 말했다. "나는 대여섯 가지 목소리로 노래하는데, 그건 모두 내 목소립니다. 억지로 만들어낸 것들이 아녜요." 나도 동의한다. 그중 하나는 예상 외로 능란한 바리톤이다. 하지만 그의 목소리들 중 가장 중요한 것은 여자 악마다. 여자 악마의 소리는 다른 어떤 음성보다도 액슬의 가장 깊은 곳에서 올라온다. 많은 경우 그녀는 노래가 끝부분에 이르기 전까지는 모습을 드러내지 않는다. 사실, 그 여자 악마라는 음陰과 그녀의 달콤하고 유려한 양陽 사이에 극적인 갈등이 벌어질 때—액슬이 "그녀의 머리카락은 따뜻하고 안전한 곳을 떠올리게 해"라거나 "네가 날 사랑한다면, 그렇다면 내 사랑, 참지 말아" 같은 구절을 노래할 때—가 바로 건즈 앤 로지스의 가장 뛰어난 곡들이 나오는 순간이다. 〈스위트 차일드 오 마인Sweet Child o' Mine〉을 생각해보라. 그 기막힌 기타 리프와 묘하게 구식으로 들리는 코러스가 사랑스럽지 않은 건 아니지만, 칼은 아직도 칼집에 들어 있다. 들으면서 우리는 생각한다. 이게 다일 리는 없어. "때때로 그녀의 얼굴을 볼 때 / 그 얼굴은 나를 그 특별한 곳으로 데리고 가지"라고? 그게 무슨 뜻이지?

그러다가, 5분 4초 지점쯤에서, 그녀가 도착한다. 이때쯤 곡은 이미 단조로 바뀌어 있고, 구름이 모여들기 시작한다. 나는 그 놀랍고 지능적인 솔로를 들을 때마다 그 부분이 시작하는 지점에서 액슬의 몸이 어떤 변화를 겪으면서 동시에 혼자 어디론가 떠난다는 상상을 한다. 내가 정말 좋아하는 건, 그가 다시 들어올 때, 자기 소리를 뚫고 그 위로 들어온다는 것이다("나는 대여섯 가지 목소리로 노래하는데, 그건 모두 내 목소립니다"). 그 무시무시한 음색이 뚫고 들어올 때, 액슬은 아직 아이, 아이, 아이, 아이, 아이, 아이, 아이, 아이라고 노래하는 부분을 다 끝내지 않은 상태다. 그리고, 이 여자 악마는 무슨 말을 하는가? 바로 그게 문제인데, 그녀는 무어라 말하고 있는가? 이 문제를 생각해본 적이 있는가? 나는 없다. 〈스위트 차일드〉, 〈패러다이스 시티Paradise City〉, 〈노벰버 레인November Rain〉, 〈페이션스〉 모두 하나같이 코다coda[15]로 마무리

---

[15] 여태까지 진행되고 있던 곡의 기본 구조를 벗어나면서 그 위에 덧붙여지는

되는데—액슬은 어둡고, 형식적으로 완결되지 않은 코다의 시인이었다—이 코다들은 도대체 무얼 지향하는가? "누구나 누군가를 필요로 한다." "당신은 당신이 누군가를 필요로 한다고 생각하지 않나?" "난 네가 필요해. 오, 난 네가 필요해." "우린 어디로 가지? 우린 이제 어디로 가지?" "난 가고 싶어." "오, 제발 나를 집에 데리고 가지 않을래?"

7.

내가 열일곱 살쯤 되었을 때, 나의 가장 오랜 친구 트렌트와 함께 차를 몰고 인디애나로 돌아갔던 적이 있다. 우리는 그곳에 있는 강가의 작은 타운에서 자라나 비슷한 시기에 다른 지역에 있는 학교로 떠났기 때문에, 당신들이 그렇듯이, 어린 시절의 잊히지 않는 기억들과 친구들을 낭만화시키고 있었다. 고등학교 졸업반이 되기 직전의 여름, 우리는 사람들을 만나 다들 어떻게 지냈는지 보기 위해 고향 동네로 감상적인 여행을 떠난 것이다. 이때가 1991년으로, 《유즈 유어 일루전》 앨범이 나온 해였다. 라디오만 켜면 〈돈 크라이Don't Cry〉가 흘러나왔고, 그 곡은 흉내 내는 재미가 있었다. 하지만 그날은 내 인생에서 가장 음울한 오후 가운데 하나가 되었다.

우리 옛 친구들은, 한 사람의 예외도 없이, 계급에 따라

결구부. '꼬리cauda'라는 뜻의 라틴어에서 유래했다.

삶이 갈렸다. 고등학교를 마치고 대학에 가는 걸 당연히 여기는 실버힐에서 자란 아이들은 고등학교 과정을 실질적으로 마무리하면서 대학에 입학원서를 내는 과정에 있었다.[16] 그 바깥 지역의 아이들은 그렇지 않았다. 그들은 아무것도 하지 않았다. 우리 옛 그룹 중에 브래드 호프와 릭 시시라는 두 친구가 있다. 이 둘의 아버지는 노동자계급—한 사람은 버스를, 다른 이는 콘크리트 트럭을 몰았다—이었는데, 트럭을 몰던 사람은 문맹이었다. 하지만 우리가 만난 공립 초등학교에서는 모두가 모든 면에서 섞여 지냈다. 그리고 그 나이대, 아홉 살에서 열한 살에 이르는 그 또래만의 독특한 무언가가 있다. 각자 개성이 드러나지만, 운이 좋은 경우에는 자기가 다른 아이들과 다르다는 생각, 삶에는 사다리가 있다는 생각이 아직 내면화되지 않은 시절인 것이다.

우리는 리키네 집에 먼저 들렀다. 리키는 모든 면에서 일종의 백인 하층민white-trash[17] 천재였다. 만화책 뒤표지에 나오는, 진공청소기로 호버크래프트hovercraft[18] 만드는 법 같은 광고 있잖은가? 리키는 그 호버크래프트를 만든 아이였다. 그리고 그 성능을 끌어올리기까지 했다. 리키는 우리 그룹

---

16 미국에서는 대학 입학원서를 주니어(사 년의 고등학교 과정 중 3학년) 때 제출한다.

17 문화적으로 낙후되고 교육 수준이 낮은 백인 프롤레타리아, 룸펜프롤레타리아 계급을 부르는 멸칭.

18 아래로 분출하는 압축공기를 이용해 수면이나 지면의 일정 거리 위에서 날아가는 탈것.

의 나머지 아이들보다 키가 크고 통통했으며 목소리의 톤도 더 높았고, 머리카락에 어떤 종류의 기름을 바르고 다녔다. 트렌트는 나중에 시카고 대학에 들어가 뮌헨 조약[19]에 대한 200페이지짜리 논문을 쓰는데, 그런 그조차도 이렇게 말하곤 했다. 가장 똑똑했던 건 리키였다고. 한번은 리키와 내가 그의 아버지가 일종의 부업으로 운영하고 있던 자그마한 폐차장에서 자동차들에 공기총 사격을 하고 있었다. 우리는 유리창을 쏘아 거미줄 모양을 만들고 있었다. 근무 교대 사이에 누리는 긴 낮잠에서 깨어난 리키 아버지가 갑자기 침실 창문 안쪽에서 소리를 질렀다. "리키, 그 오렌지색 트럭에는 쏘지 않는 게 좋을 거야! 그 차 유리창 팔렸어."

나는 절대 잊지 못할 것이다. 리키는 나를 쳐다보지도 않았다. 그 즉시 도망쳤다. 공기총을 발밑에 떨어뜨리고는 숲으로 달려 들어갔다. 나는 그 뒤를 따랐다. 우리는 그날 나머지 시간 내내 그 안에서 지냈다. 우리는 들판 한가운데 있는 오래된 무덤을 발견했다. 우리 타운에서 가장 높게 솟아오른 슬레이트힐Slate Hill[20] 꼭대기까지 기어 올라갔고, 거기에서 리키는 내게 점판암이 어떻게 형성되는지, 그게 어떻게 이판암이 되고 어떨 때는 되지 않는지 모두 설명해줬다. 나

---

19 1938년 9월 말 독일, 이탈리아, 영국, 프랑스가 모여 체코 국경 지역의 방어를 포기하기로 결정한 협약. 그 결과 불과 며칠 뒤에 나치 독일이 이 지역을 점령했다.

20 '점판암 언덕'이라는 뜻이지만, 여기에서는 고유명사로 쓰였다.

는 숲속에서 보낸 그 몇 시간 동안의 두렵고 황홀한 자유에 대해 절대 잊지 못할 것이다.

트렌트와 내가 리키를 다시 만났을 때, 그는 어두운 방 안에 혼자 앉아, 껍질을 벗긴 바나나로 자위행위를 하고 있는 여자가 나오는 포르노를 보고 있었다. 그가 내게 "너 머리통에 뭘 뒤집어쓰고 있는 거냐?"라고 말했다. 내가 늘 반다나[21]를 쓰고 다니던 무렵이었다. 그때 쓰고 있던 건 노란색이었다. 그는 이렇게 말했다. "네가 차에서 내리는 걸 보면서, 저건 또 무슨 좆 같은 물건이야? 이렇게 생각했어. 호모 새끼 줄 알고 쏴버리려고 했다고." 우리는 그에게 어떻게 지내는지 물었다. 리키는 방수가 되는 M-80에 불을 붙여 남자 화장실 변기에 내려보내 화장실을 폭파하려고 했다가 바로 얼마 전에 퇴학당했다고 했다. 게다가 역시 얼마 전에 지프를 타다가 크게 사고를 당해 어깨가 망가졌다고 했다. 이제야 딱지가 다 앉았나? 이 대화는 바나나를 들고 있는 여자가 열심히 자위를 하는 동안에 이뤄졌다. 리키 아버지는 옆방에 잠들어 있었다. 그는 이제 은퇴한 뒤였다. 우리는 리키에게 지금 브래드를 만나러 가는 길이라고 말했다. 리키는 "브래드 본 지 한참 됐어. 걔가 깜둥이 따먹었다는 얘기 들었냐?" 그게 리키가 한 말이었다. "깜둥이를 따먹었다."

우린 브래드를 보러 가는 동안 내내 입을 다물고 있었

---

21 목이나 머리에 두르는 화려한 색깔의 스카프.

다. 브래드는 진짜 콧수염을 기르고 있었다. 어릴 때부터 웃자란 아이였다. 우리가 그를 잘 알게 된 즈음, 그는 언제나 자기 몸을 노출하고 다녔다. 언젠가 한번은 브래드가 팬티를 발목까지 내린 채 "이게 열한 살짜리 자지처럼 보이냐?"면서 캠프장 둘레를 뛰어다니는 걸 본 적도 있다. 그렇지 않았다. 브래드는 자기 엄마에게 우릴 위해 〈버밍햄 선데이Birmingham Sunday〉[22]를 불러달라고 조르곤 했고, 그애 엄마는 부엌에서 무반주로 그 노래를 불러주었다. 이제 그는 입만 열면 깜둥이가 이렇고 깜둥이가 저렇고 하고 있었다. 그 당시에 트렌트는 루이스빌에서 흑인 여자애와 데이트를 하고 있었다. 우리 둘 다 어떻게 반응해야 할지 알 수가 없었다. 브래드는 우리가 움찔하는 걸 눈치챘던 것 같다. 그는 어느 순간 나를 보더니, "아, 너네 오하이오에 괜찮은 깜둥이들 좀 있겠네"라고 말했다. 오하이오는 내가 살고 있는 곳이었다. "우린 여기 있는 것들하고 인종 전쟁을 준비하고 있는 중이야." 브래드는 고등학교를 중퇴했다. 우리가 그의 집에 모여서 귀신을 불러내는 걸 비롯해 이 짓 저 짓을 하면서 같이 밤을 보내던 게 불과 사 년 전이었는데, 이제 우리는 서로에게 도달할 길을 완전히 잃어버렸다. 우리 사이에 거대한 바다가 나타났다. 그

---

22 1963년 앨라바마주 버밍햄의 침례교회에서 마틴 루서 킹을 비롯한 인권운동가들이 흑인들의 투표권 획득을 위한 캠페인을 시작했다. 같은 해 9월 15일 일요일, 그 교회에서 KKK단이 설치한 폭탄이 터져 지하에서 성경 공부를 하고 있던 네 명의 흑인 소녀가 살해당했다. 이 노래는 이 소녀들의 이름을 일일이 호명하면서 애도하는 내용을 담고 있다.

바다는 우리가 7학년이 되던 첫날, 우리 중 일부는 "빠른 진도" 프로그램으로 들어가고 나머지는 "표준" 프로그램으로 들어갈 때 처음 모습을 드러냈다. 이건 물론 완전히 우연이겠지만, 이 구분은 우리 부모들의 수입 규모와 완벽하게 비례해서 이뤄졌다. 7학년에 올라간 첫날, 리키와 복도에서 마주쳤던 게 기억난다. 우리는 이런 구분을 이해하기에는 아직 너무 어렸기 때문에, 둘 다 "우린 왜 같이 듣는 수업이 하나도 없지?" 하면서 무척이나 혼란스러워했다. 돌이켜 생각해보면, 그날 이후로 그 친구들을 한 번도 다시 만나지 못했다.

액슬은 거길 떠났다.

9.

빌바오의 네르비온강 남쪽 둑을 따라 수백 개의 푸른색 깃발이 드리워져 있었고, 각 깃발의 꼭대기에는 '건즈 앤 로지스'라고 적혀 있었다. 깃발의 푸른색은 무어블루였고, 깃발들은 그것보다 아주 조금 옅은 푸른색인 구름 한 점 없는 하늘을 배경으로 휘날리고 있었다. 그날 밤 늦은 시간, 그 도시 너머에 있는 언덕들에서 건즈 앤 로지스가 사흘간의 페스티벌을 여는 연주를 시작할 것이고, 네르비온강 계곡이 그 소리를 매우 선명하게 반사할 것이므로, 그 타운의 구시가지에 사는 사람들은 영어를 이해한다면 별 도리 없이 단어 하나하나를 듣게 되겠지만, 지금 이 순간의 빌바오는 그곳 특유의 살짝 긴장감이 서려 있는 평온함과 매력을 유지하고 있었다. 구겐하임 바로 옆에는 사오 초마다 물을 쏘아올리는 분수가 있고, 피부가 올리브색으로 그을린 어린아이들이 그 안에서 펄쩍펄쩍 뛰어다녔다. 사내애 여자애를 가릴 것 없이 팬티만 입은 채 제멋대로 뛰어다니고 있었는데, 사랑스러운 광경이었다. 미국 주요 도시의 중심부에서 열두 살짜리 여자애들이 팬티만 입고 물속을 껑충껑충 뛰어다니면서 긴 머리카락을 휘두를 때마다 물방울들이 아치를 그리면서 날리는 모습을 상상이나 할 수 있는가? 그럴 경우, 부모들의 피해망상 수준과 그 자리에 모여들어 어슬렁거릴 변태들의 숫자 중 어느 것이 더 높을지 가늠하기 어려울 것이다. 여기서는 이 모든 것이 다 멀쩡해 보인다. 액슬과 밴드 멤버들은 아직 도착하지 않았다. 그들은 아직 비행 중이다.

그들이 연주할 장소는 코베타멘디라는 곳이다. 그곳은 고지대라 이 도시와 강, 첨탑들, 미술관의 번쩍이는 티타늄 외장이 보인다. 어두워지자 조명이 보였다. 무대가 설치되지 않았을 때 코베타멘디는 도로 하나와 그 도로 너머에 자그마한 농가들이 몇 채 서 있는 넓고 텅 빈 벌판에 불과하다.

내가 그 언덕 꼭대기에 도착했을 때에는 어떤 랩록 밴드가 연주하는 중이었다. 랩록은 아주 후진 록음악에 머리를 짧게 자르고 팔뚝에 문신을 한 과체중의 백인 사내가 짖어대는 아주 후진 랩을 얹으면 그 결과가 의외로 그럴듯하게 나온다는 점에서 그 존재를 합리화할 수 있다. 몇 채의 작은 농가에서 여자들 몇이 나와 목책에 기대섰다. 그들은 목책에 기댄 채 무어라 중얼거리면서 지팡이를 대롱거렸다. 그 여인들 가운데 한 사람은 내가 본 노인들 중에서도 가장 늙어 보였다. 뻣뻣한 백발을 얹고 있는, 호두 껍데기 안쪽 같은 그 얼굴은 정말 나이 많은 여자들만이 가질 수 있는 얼굴이었다. 그 노파와 그녀의 친구들은 정말로 그 랩록을 듣고 있었는데, 내 마음속 한구석에서는 그들에게 달려가, 그들이 죽은 뒤에도 이 음악이 얼마나 끔찍한 것인지 아는 사람들이 이 세상에는 여전히 남아 있을 것이고 그들은 신중하게 선정된 미래 세대의 구성원들에게 자신들의 지식을 전수해줄 것이니 걱정말라고 안심시키고 싶은 생각이 꿈틀댔지만, 할머니들은 별로 걱정하고 있는 것 같지 않았다. 심지어 그들은 웃고 있었다. 내 생각에 그들은 분명 1890년대쯤 그 들판에 나타났던 유랑 서커스단을 떠올리고 있었던 것 같다. 하긴 다를 게 뭐가 있겠는가?

베이스 연주자의 포르투갈 출신 모델 여자친구에게 작은 편의를 제공한 덕분에 나는 그날 밤 백스테이지에 끼어 들어갈 수 있었다(나는 주최 측이 실수로 하나 더 만들어준 미디어 패스를 그녀의 고향 친구에게 주었다). 무대로 올라가는 무대 뒤쪽 경사로를 지키고 있던 보안 요원은 그 포르투갈 출신의 모델이 사뿐사뿐 걸어서 그의 앞을 지나갈 때에는 눈길도 주지 않다 내게는 마치 "어이, 이건 좀 심하지"라고 하듯 손바닥을 내 가슴에 갖다댔다. 그 모델이 잠시 돌아보면서 "Está conmigo(내 일행이에요)"라고 말했다. 마치 식당 안내원에게 "흡연석이요"라고 할 때처럼 약간 어색하고 어정쩡한 말투였다. 그녀에게 고맙다는 인사를 하기도 전에, 액슬이 상상도 못하게 가까운 곳에서 춤추고 있는 모습이 내 눈에 들어왔다. 내가 무릎을 굽히고 손을 앞으로 쭉 뻗은 뒤 펄쩍 뛰어들었다면, 이만 오천 명의 관객 앞에서 그를 공격한 사람으로 다음 날 〈엘파이스El País〉의 연예 섹션 1면에 나올 것이었다.

나는 전에도 열광해서 펄펄 뛰며 소리를 지르는 젊은 이들의 바다에 들어가본 적이 있지만, 그들의 바로 위 무대에서, 언젠가 어떤 이가 이를 닦는 동안 머릿속에서 만들어 낸 몇 개의 단어를 수천수만의 사람들이 입을 모아 발음하는 걸 보는 건(말할 것도 없이, 그 단어들을 내가 써낸 것이라고 상상해보려 했다) 실로 아찔한 일이었다. "건즈 앤 로지스, 건즈 앤 로지스." 액슬은 그 함성 소리에 맞추어 마이크스탠드 받침대로 무대를 쿵쿵 두들겨댔다. 콧수염을 기른 젊은이 하나가 십 분 정도에 한 번씩 우리—나와 모델, 그리고 그녀의 친구—를 쳐다보면서, 손으로 귀를 가리고 '불'이라고 입모양을 해 보였다. 그러면 우리도 귀를 손으로 막아야 했다. 우리가 서 있는 곳으로부터 불과 3미터 정도 떨어진 곳에서 불꽃이 터졌기 때문이다. 그가 신호를 보내는 걸 이따금 잊기도 했는데—그는 무척 바빴다—그러면 모두들 머리를 감싸쥐고 "아아!" 비명을 질러야 했다.

내 옆에는 빵모자를 쓰고 두 손으로 기타를 들고 있는,

동작이 굼뜨고 나이가 좀 들어 보이는 사내가 하나 있었다. 아마도 기타 테크니션이지 싶었다. 그런데 그가 무대 위로 달려나가는 걸 보면서 그제야 알아챘다. "이지 스트래들린 (건즈 앤 로지스를 만든 기타리스트) 아냐!"

오늘 밤 밴드가 두 달 전 뉴욕에서보다 사운드가 훨씬 좋은 건 이 양반 때문이다. 그는 데뷔하고 나서 바로 다음 날 밤부터 서너 곡을 같이 연주하기 시작했고, 그후 정기적으로 모습을 드러냈다. 그의 존재—혹은 좀 더 정확히 말하자면, 그 밴드의 또 다른 창립 멤버의 존재—는 그다음 날 〈엘디아리오 바스코El Diario Vasco〉지에서 묘사했듯이, 밴드의 나머지 구성원들이 자신들을 "가수의 자의식에 복무하기 위해 동원된 시끄러운 용병들 떼거리"가 아니라, 건즈 앤 로지스로 느끼게 해주었다.

스페인 언론은 우호적이지 않았다. 그들은 액슬을 "그로테스크한 구경거리"라고 했고, "남자 디바el divo"라고 불렀으며, 청중들이 이 새로운 밴드 멤버들에게 정서적으로 좀 더 밀착될 수 있도록 액슬이 각 멤버들에게 연주하게 한 나이절 터프넬Nigel Tufnel[23]적인 "우스꽝스러운 솔로solos absurdos"(이게 잘못된 방향인 건 맞다. 지미 헨드릭스가 사망한 뒤로 록 솔로라는 것도 죽었기 때문이다)에 대해 끝없이 이야기했다. 어떤 기

---

23 스파이널 탭Spinal Tap이라는 가상의 록 밴드를 그린 1984년 작 가짜 다큐멘터리 〈이것이 스파이널 탭이다This is Spinal Tap〉의 리드 기타리스트. 내용 없는 과시적인 연주를 즐긴다.

사는 "텍사스 백만장자처럼 보이게 만드는 염소수염"과 더불어 "액슬의 사진들은 두려움을 불러일으킨다"고 평한다. 그 가운데 단연 압권은, 액슬이 "교미 중인 수탉의 목소리"를 가지고 있다고 쓴 것이다. 그들은 액슬이 다른 밴드 멤버들과 소통하지 않아도 되도록 카펫으로 가려달라고 했다고 쓴다. 그가 멤버들과 다른 비행기로 도착했다는 것도. 그들은 보안 요원들이 그와 눈을 마주치지 않게 주의하라는 명령을 받았다고 쓴다. 다른 밴드 멤버들 역시 서로를 싫어해서 호텔에 다른 층을 잡아달라고 했다고도 한다. 그들 말로는, 액슬은 "요다라는 가명을 쓰는" 샤론 메이나드라는 이름의 아주 자그마한 아시아인 구루와 함께 여행하는데, 그녀의 조언 없이는 아무것도 하지 않고, 그녀가 관상을 봐서 그가 고용할 사람을 고른다고 말한다. 그러나 대부분의 스페인 사람들은, 이 투어에 따라붙은 모든 유럽의 미디어 관련자들이 그렇듯이, 그가 공연 도중에 사라져서 들어가는 곳, 즉 그를 "más fresco que una lechuga"—상추보다 더 신선해져서 나오게 만든다는 산소방에 집착하고 있다.

나는 그 산소방이라는 것에 대해 확인도 부인도 할 수 없지만, 그것의 존재가 언론에서 끊임없이 언급되는 것이 그것이 실재한다는 증거인지, 아니면 사람들이 같은 소문을 재활용한다는 증좌인지 구분하기 어렵다. 건즈 앤 로지스 공연의 오프닝 무대를 맡은 섹스 액션이라는 헝가리 밴드의 매니저가 그걸 직접 봤다고 주장했지만, 헝가리 사람들은 재미로 그런 이야기를 지어낸다.

내가 모델 옆에 붙어 서 있었던 이점에 근거해서 얘기할 수 있는 건, 무대 좌측 바로 뒤쪽에 검은 커튼으로 완전히 덮인 정육면체의 밀폐 공간이 하나 있다는 것이다. 커튼 사이로는, 나도 들여다보려고 해봤는데, 아주 약간의 빛이 새어 나올 뿐 아무것도 보이지 않는다. 액슬은 공연이 진행되는 동안 그 속으로 열다섯 번 정도 뛰어 들어간다. 어떤 때는 새로운 의상으로 갈아입고 나오고—있을 수 있는 일이다—어떤 때는 그렇지 않다. 다른 멤버들이 솔로를 연주하고 있는 동안 들어갈 때도 있지만—있을 수 있는 일이다—그가 무대에 없으면 진행이 잘 안 되는 순간에 들어가기도 한다. 그 안에 샤론 메이나드가 있는 건지는 모르겠다. 그가 그 안에서 뭘 하는지는 나도 모른다. 그가 재생된 가스를 들이마시는 거라 해도, 그게 마이클 잭슨 식으로 "이건 나한테 좋은 거예요"라는 종류의 것일지, 아니면 그가 실제로 폐에 문제가 있어서 그런 건지 알 수 없다. 그 안에서 어떤 일이 진행되는지는 전혀 아는 게 없지만, 다만 그런 게 존재하고 있고, 그게 액슬한테 무척 중요한 것이라는 사실은 알고 있다.

전체적으로 평가하자면, 나는 이 구세계에서 펜으로 먹고사는 내 동료 악당들이 이 콘서트에 대해 가진 견해에 동의하기 어렵다. 액슬은 소리가 점점 더 풍성해지고 있다. 이따금씩 사운드 엔지니어는 사운드믹싱의 표준점이 제대로 잡혀 있는지를 확인하기 위해 보컬의 마이크를 왕창 올려보는데, 그때마다 액슬의 소리가 다른 모든 걸 압도하면서 들리고, 그때 그의 음정은 정확하다. 몸에 군살이 붙지도 않았다. 실제로는 상당히 유연해 보인다. 어느 순간 액슬은 착달라붙는 티셔츠를 입고 무대의 한쪽 끝에서 반대편 끝까지 질주했는데, 그건 그가 예전에 보여줬던 크로스컨트리 선수의 달리기였다. 데이나 그레고리는 액슬이 어디서든 뛰어다녔다고 내게 말했다. 그냥 뛰고 또 뛰었다고. 언젠가 건즈 앤 로지스가 서부에서 육상 트랙이 깔려 있는 어느 스타디엄에서 콘서트를 한 적이 있는데, 액슬은 노래를 하는 동안 그 트랙을 질주했다고 이야기해주었다. 어느 보안 요원이 그가 미치광이 팬인 줄 알고 붙잡으려 하자 액슬은 그 사람의 얼굴을 발로 걷어찼다. "내가 서 있는 곳에서 불과 3미터 앞에서 그 일이 벌어졌어요." 그레고리가 말했다. 그리고 지금, 그런 짓을 하던 망나니가 3미터 앞에 서 있었다. 어둠의 힘에 의해 옆구리를 잠식당하고 있는 달이 마치 도와달라고 소리 지르고 있는 것처럼 보였다. 그가 〈노벰버 레인〉을 연주할 수 있도록 사람들이 피아노를 내왔는데, 그들이 피아노를 놓은 위치 때문에 액슬은 나를 정면으로 바라보게 되었다. 마치 우리 둘이 테이블을 가운데 두고 마주 앉은 것 같았다. 이게 내가 그에게 가장 가까이 다가간 거리다. 우리 사이에 거리가 거의 없는 상태에서 내 눈에 들어온 건, 그가 전주를 연주하는 동안 그의 얼굴에 깃들어 있던 평화였다. 완전한 평화. 보톡스의 영향이 전혀 없었다고 말하는 건 아니다. 하지만 그의 얼굴 근육에 깃든 그 따뜻한 느슨함은 보톡스로 얻어낼 수 있는 차원 너머의 것이었다. 그 순간 그의 얼굴은 그를 미치게 만드는 그 모든 것들이 미칠 수 없는 곳에 있었다.

마지막 앵콜 곡을 마치자 그와 나머지 밴드 멤버들은 경사로를 뛰어내려가, 문을 열고 대기하고 있던 밴에 올라탔다. 검은 옷을 차려입은 덩치 큰 사내들이 훈련 조교들처럼 그들 옆을 따라 뛰었다. 밴은 모델도 태운 채 속도를 올려 빠져나갔다. 커다랗고 묵직한 검은 차들이 밴과 함께 빠져나갔다. 그러자 정적만 남았다. 바스크족의 고장. 다음 날 아침에도 깃발들은 여전히 강가에 나부끼고 있었고 언론은 혹독한 리뷰를 준비하고 있었지만, 액슬은 이미 떠난 뒤였다.

그들은 록 밴드를 하는 게 무언가 창피한 거라는 생각을 가지고 있지 않았던 마지막 위대한 밴드였다. 어느 시대든 록이라는 건 전혀 재미있는 게 아니라는 생각을 가지고 있는 수천 개의 밴드들이 있는데, 그들 중 좋은 밴드는 단 하나도 없다. 대중음악에 대해 아무리 세련되고 복잡한 생각(그것의 사회적 범주로서의 역설적인 본성은 잠시 제쳐두자)을 가지고 있는 사람이라 하더라도, 건즈 앤 로지스를 완전히 부정할 수는 없다. 건즈 앤 로지스는 내가 형과 이야기할 때 내 의견이 옳았다는 것을 보여준 첫 번째 밴드였다. 내 세대의 많은 이들이 같은 경험을 했다. 내 어린 시절 내내 형은 내 음악적 취향을 강제해왔는데—"데프 레퍼드는 쓰레기야. 펄잼을 들어"—비로소 내가 양보하지 않을 밴드가 하나 생긴 것이었다. 어느 날 형이 "야, 건즈 앤 로지스에 대해서는 네 말이 맞았어. 음반 좋네"라고 말했을 때, 내가 형제애와 승리의 작은 빛을 느꼈던 게 여전히 기억난다. 그 음반은, 물론, 《애피타이트》였다. 그후로 많은 게 이상해졌다.

너바나가 등장하면서 건즈 앤 로지스가 한물갔다는 이야기들을 읽어봤을 것이다. 하지만 건즈 앤 로지스는 한물간 적이 결코 없다. 단지 해체 비슷한 길을 갔을 뿐이다.

실제로는 건즈 앤 로지스가 너바나를 가능하게 한 쪽에 가깝다. 너바나—인디 음악만 옹호하는 이들조차도, 아무리 마음에 들지 않아도 완전히 거부할 수는 없는 메가밴드—가 만들어냈고 완성시켰다고 하는 틈새 시장에 대해 생각해보면, 건즈 앤 로지스가 거기에 먼저 도달했다. 혹은 거의 도달했다. 그들은 옷을 괴상하게 입었다. 그들은 자신들의 좋은 곡과 쓰레기 같은 곡 사이의 차이를 잘 모르는 것처럼 보였다. 하지만 우리는 액슬처럼 생긴 리드보컬이 노골적으로 엉덩이를 흔들어대고, 리드 기타리스트가 다리를 쩍 벌린 채 서서 지판脂板 위를 현란하게 누비고 다니는 식으로 연주하는 게 음악적인 면, 문화적인 면 혹은 다른 어떤 면에서도 관심을 끌지 못하는 시대에 그 밴드가 나타났다는 사실 또한 기억할 필요가 있다. 건즈 앤 로지스가 딱 그랬다. 게다가 그들은 때때로 그로테스크하고 우둔하고 멍청했다. 사실은 대개의 경우 그랬다. 거의 대부분의 경우 그랬다. 하지만 그들을 볼 때는 언제나 무언가를 볼 수 있었다.

이 밴드는 그냥 다시 뭉쳐야 하지 않을까? 그들의 존재감이 얼마나 큰지 본인들은 모르나? 데이나 그레고리는 슬래시나 이지가 액슬과 늘 같이 연주할 일은 결코 없을 거라고 말했다. "그 둘은 액슬을 너무 잘 알거든요."

나는 액슬에 대해 아는 게 없다. 그의 측근들이 내가 그와 인터뷰를 할 수 있게 해준다면, 그래서 그가 나를 물어뜯고, 때리고, 내 버르장머리 없는 애새끼들을 집에 놔두라고 말한다면, 그때의 느낌들을 전달할 수 있을 것이다. 그러니 나는 〈페이션스〉나 다시 들을 수밖에. 당신이 사는 동네에서는 어떤지 모르겠지만, 내가 살고 있는 남부에서는 여전히 이 노래가 늘 흘러나온다. 그리고 나는 이 노래를 휘파람으로 따라 부르면서 마지막 부분에 다가갈 때 나오는 그 목소리, 그가 우-우-우, 난 네가 필요해, 라고 노래하는 목소리를 기다린다. 우-우-우, 난 네가 필요해. 그리고 첫 번째 우-우-우에서 그는 아주 섬세한 음을 찾아낸다. 이 부분은 마치 포도껍질을 벗기듯이, 누군가가 자기 자신의 머리껍질을 벗겨내는 듯한 마술적인 이미지를 보여준다. 이 부분은 따라 부르려는 시도를 하지 않도록 조심해야 한다. 까딱하면 스스로 목을 조르는 것 같은 소리가 나오면서 약간 토할 위험조차 있기 때문이다. 그리고 두 번째 우-우-우에서는 껍질이 벗겨진 채 빛나는 녹색 두개골이 감방 안에서 입을 벌린 채 매달려

진동하는 모습이 떠오른다.

아니면 당신 상상 속에 들어 있는 다른 무엇이.

8
아메리칸 그로테스크

미국의 첫 번째 혁명 투쟁은 1609년에 사회주의를 두고 벌어졌다. 이 사실은 거의 언급되지 않는다. 이것이 노예 제도와 인디언 학살이 있기 전에 있었던, 우리의 근원적인 분열이다.

그해, '시벤처Sea Venture'라는 이름의 배가 버뮤다 연안에서 좌초되었다. 셰익스피어의 《템페스트Tempest》는 부분적으로 이 이야기에 기초하고 있다. 이 배는 버지니아에 세워진 지 얼마 되지 않은 상태에서 분투하고 있던 제임스타운[1]에 원조를 제공하러 가는 중이었다. 그러니 이건 그 배가 버지

---

1 버지니아Colony of Virginia는 현재의 미국 영토에 런던 컴퍼니London Company 가 1606년에 세운 영국의 첫 번째 식민지다.

니아에 도착하기도 전—그 정도로 오래전의 일이다.

그 배의 승객들 가운데 분리주의 경향이 있는 브라우니스트Brownists와 가족주의자들Familists²이 여럿 있었는데, 사회와 기독교에 대한 이들의 생각은 영국 내전 이전에 형성된 급진적인 종파주의운동에 영향받은 것이었다. 이들은 레벨러, 디거, 그리고 퀘이커(고전이 된 크리스토퍼 힐의 1972년 작 《뒤집어진 세계The World Turned Upside Down》³에 등장하는 사람들)의 선조 격이다. 이 운동들의 대부분은 공산주의적 요소를 최소한 약간씩은 포함하고 있다.

그 배의 선객들은 해안에 닿자마자 다른 배를 짓는 일에 착수했다.

그들 중 일부가 그랬다는 얘기다. 다른 사람들은 뭣하러 이런 걸 해? 하는 식이었다. 제임스타운에 가면 굶어 죽거나 야만인들한테 잡아먹힐 때까지 식민지의 일벌로 살다 죽게 될 텐데, 우리가 필요로 하는 게 이 섬에 다 있는데, 뭣하러 거기에 가려고 죽도록 애를 쓰느냐고? 신선한 과일, 해

---

2   영국 국교가 성립되기 전부터 존재하던 개혁주의자들이 국교 성립 이후 지하로 들어간다. 이들은 종교적 박해를 통해 세력이 약화되기도 하지만 꾸준히 영국 국교로부터 떨어져나오려는 운동을 전개한다. 브라우니스트는 국교회 사제였다가 분리주의운동 지도자가 된 로버트 브라운(정작 그는 네덜란드로 근거지를 옮겨 분리주의운동을 전개하다가 국교회로 복귀한다)의 이름을 딴 것이고, 가족주의자는 헨리 니콜리스가 주도한 신비주의 종파로 기존 교회의 엘리트층을 중심으로 비밀리에 확산되었다. 메이플라워호에 탄 청교도 그룹의 다수가 브라우니스트였다고 한다.
3   '영국 혁명 시기의 급진적인 생각들'이라는 부제가 붙어 있다.

산물, 살 공간도 충분한데. 우리끼리 여기서 신을 경배하면서, 이 땅이 주는 걸 함께 나누면서, 누구도 다른 사람의 주인이 되지 못하도록 하면서 같이 살자.

버뮤다에는 원주민도 없었다. *Tera pura*, 즉 한 번도 경작된 적이 없는 처녀지였다.

어떤 일이 벌어졌는가? 제임스타운으로 가려고 한 이들이 그 섬에 남으려 한 이들을 가두고, 제거하고, 처형하려 들었다. 남으려 한 이들은 숲속으로 도망쳤다.

총독은 그들의 지도자들 중 하나인 헨리 페인을 잡아 본보기로 처형했다. 총독은 그를 목매달아 죽이려 했지만, 페인은 신사 계급에 걸맞게 총살을 집행해달라고 청원했다. 기록으로 남아 있는 그의 마지막 말은 "총독은 내 똥구멍이나 빨아라"였다. 그는 정확히 그렇게 말했다.

결국에는 거의 모든 사람들이 제임스타운으로 갔고, 거기에서 흐지부지 죽었다.

오늘은 2009년 9월 12일이다. 우리는 행진 중이다.

있는 그대로를 말하자면, 지금 우리는 프리덤 플라자 Freedom Plaza[4]에서 출발해 의회 건물 계단으로 향하고 있는 군중의 대열에 끼어 흘러가는 중이다.

---

4   원래는 '웨스턴 플라자'였는데, 마틴 루서 킹 목사를 기념하면서 이름이 바뀌었다. 광장에는 킹 목사가 쓰던 성경책과 가운을 비롯한 물품들이 묻혀 있다. 정치 집회가 많이 열린다.

큰 대열에 끼지 않고 따로 떨어져서 가는 대열은 거의 눈에 띄지 않는다. 그래서 따로 떨어져 있는 대열은 사람들의 바다에 떠 있는 한 척의 배처럼 보인다. 바다는 우리들이다. (분위기만 다르다면, 무언가 잘못돼서 군중 속으로 달려 들어가는 건초 수레처럼 보일 수도 있을 것이다.)

한 여자가 이 수레-배에서 우리에게 큰 소리로 외치고 있다. 대략 예순 살쯤 돼 보이는데, 우리 위치에서는 잘 보이지 않는다. 그녀는 마이크를 사용하고 있지만, 그 마이크가 연결되어 있는 스피커가 이 군중이 만들어내는 소음과 경쟁할 수 있는 수준이 아니어서, 그녀의 목소리가 잘 들리지 않는다. 다른 날 같으면 신경에 거슬렸겠지만, 오늘은 그래서 더 흥미진진하다. 우리는 지금 있는 숫자만으로도 엄청난 규모인데, 더 많은 사람들이 오고 있다. 수많은 팻말들에 적혀 있듯이, 더이상 침묵하는 다수가 아니다.

여자가 누군가를 소개한다. 우리가 인터넷에서 보던 사람이란다. 지난 한 주 남짓한 기간 동안, 그는 유튜브의 유명인사가 되었다. 그는 자기 집에서 웹캠으로 자기의 주장을 녹화했는데, 조국에 어떤 일들이 일어나고 있다고 느끼는지, 선량한 사람들이 떨쳐 일어나지 않을 경우 나라에 닥쳐올 문제들에 대해 진심을 다해 이야기하고 있었다. 그는 갈색 머리의 삼십대 청년이었다. 영상에서 그는 사람들 마음에 반향을 불러일으키는 어떤 문구를 사용했다. 그 영상을 본 사람은 그 문구를 기억할 것이다. 영상을 보지 못한 사람들은 오늘 마이크 소리가 잘 들리지 않기 때문에 그 문구를 얼른 알아듣지 못하겠지만, 그의 어조는 느낄 수 있다. 그건 "나는 나의 미국을 돌려받길 원한다" 혹은 "나의 미국에 무슨 일이 벌어진 건가?" 같은 종류의 것들이다.

내 뒤에 있는 사내는 자기가 직접 만든 기발한 사인을 들고 있다. 그는 하원의장 낸시 펠로시의 얼굴이 그려진 거대한 보드지 포스터에서 입을 오려내어 크게 벌린 입 모양의 구멍을 만들고, 그 뒤에 지역 축제에서 흔히 볼 수 있는 공 던지기 게임에서 하듯 주머니를 매달았다. 사내는 사람들에게 립톤 티백을 나눠주면서 "낸시 펠로시에게 티백을"이라고 권한다. 사람들은 그가 시키는 대로 티백을 던져 넣으면서 낄낄대는데, 심지어 여자들도 그렇게 한다. 펠로시는 거대한 눈을 부릅뜬 채 티백들을 게걸스럽게 받아 삼킨다.

따지고 보면 공평한 일이다. 처음에는 리버럴들이 우리가 "티-배깅tea-bagging"이 뭘 의미하는지 모른다고—이건 불알을 여자 혹은, 성향이 그쪽이라면, 다른 사내의 벌린 입에 넣는 걸 뜻한다—놀렸기 때문이다. 우리들 가운데 일부, 나이든 축에 속하는 이들은 그게 무슨 뜻인지 모르거나 순진한 나머지 잠시 동안이나마 우리 자신을 "티-배거tea-bagger"라고 불렀을 것이다.[5] 이제 우리가 그 농담을 그들에게 되돌려주

---

5   지금 묘사되고 있는 장면은 보수 우익들의 집회인데, 이들의 중심 세력이 '티파티tea party'였다.

고 있었다. 유머 감각이 있다면 상처받을 일이 아니다.

쓰레기통 위에 올라서서 많은 이들의 시선을 끌고 있는 이는 생김새가 독특하다. 남자인지 여자인지 구분이 안 되는—그걸 판단할 수 있을 정도로 몸이 다 보이진 않는다—그 자그마한 사람은 손으로 쓴 '네 나예요'라는 사인을 들고 있다. 그 사람은 오바마 마스크를 쓰고 있다. 사람들이 "오바마!"라고 소리를 지르면 그 사람은 소리가 들려온 쪽을 쳐다보면서 잠깐 춤을 춘다. 오바마 마스크 위에는 가짜 금관이 씌워져 있다. 오바마는 자기가 왕인 줄 안다! (이게 '네 나예요'라는 사인이 뜻하는 걸까? 네, 내가 왕이에요라고?) 그 왕은 포주들이 입을 것 같은 인조 표범 가죽으로 테두리를 댄 밝은 보라색 코트를 입고 있다. 아프리카의 왕인가? 남부의 골동품 상점에서 흘낏 보고는 시선을 돌릴 법한 그런 물건이다. 우리는 사진을 한 장 찍고 나서 시선을 돌린다.

조금 전만 해도 옆으로 움직일 수 있었는데, 이제는 불가능하다. 행렬은 천천히 움직이고 있다. 의사당을 향하여!

이 행진 날짜는 여러 가지를 고려해서 정해졌다. 실제로, 그렇게 선택된 날짜는 행진의 이름이 되었다. 이건 9·12 행진이다. "9·12"는 지금 이 이벤트를 방송 스튜디오에서 지켜보고 있는 폭스뉴스의 글렌 벡이 시작한 운동을 가리킨다. 글렌은 우리에게 9·11 바로 다음 날, 붉은색과 푸른색의 구분도 없고, 좌와 우의 구분도 없고, 단지 통일된, 준비된 미국인들만이 있었던 그날로, 하나의 국가가 되어 돌아가

자고 촉구한다. 그날 뉴욕시의 거리에서 시민들이, 부시에게 투표하지 않았고 2004년에도 하지 않을 사람들이 그에게 박수를 보냈다. 그는 대통령이었다.

그날에 대해 향수를 느끼는 게 이상한가? 그날은 일종의 전쟁을 시작하는 첫날이었다. 사람들의 시신 일부가 두 빌딩의 잔해 속에 여전히 남아 연기를 내뿜고 있었다. 셀 수 없이 많은 사람들에게 깊은 정신적 외상을 안겨준 시간, 오직 그 사태와 가장 멀고 추상적인 관계를 맺고 있는 사람들만이 재구성까지는 아니더라도 다시 돌아보고 싶어할, 그리고 거의 우주적인 수준의 나르시시즘만이 그걸 그 상태로 봉인해두자고 제안할 수 있을 그런 날이었다. 하지만 그 행진에 이름을 붙인 건 우리가 아니었다. 벡은 자신이 이름을 붙여놓고도 그 이름의 소유권을 부인했고, 오늘 이 자리에 있지도 않다. 그는 TV에 나와 자신의 역할을 설명하면서 이렇게 말한다. "일을 만들면, 그들이 올 것이다."

벡은 엔터테이너다. 우린 그를 좋아하지만, 그는 과하다.

우린 여기에 얼마나 많이 모여 있나? 정치 집회에 모인 군중 수에 대한 추산이 늘 그렇듯이, 이 숫자는 앞으로 몇 주 만에 터무니없이 높은 데까지 올라갔다가(오늘의 행진 중에 사람들 사이에서 오간 숫자는 150만~200만이다), 나중에는 시 공무원들이 약간 깔아뭉개면서 추산한 육만 명 선까지 내려갈 것이다. 아마 가장 공정하게 산출된 숫자는 칠만 오천 명 내외가 될 것이다. 행진에서 중요한 건 큰 덩어리로 느끼는 것이고, 스스로를 큰 집단으로 느끼는 데 아주 많은 숫자가 필요한 건 아니다.

수시로 누군가가 "이제 우리 소리가 들리냐?" 하고 외친다. (이것은 "나는 나의 미국을 돌려받길 원한다"는 것과 마찬가지로, 오늘의 구호다.) 이 외침들에 대한 응답이라고 해봐야, 그 소리가 들릴 만한 범위 안에 있는 이들이 미소를 지으면서 조금 웃는 정도다. 콘서트에 갔을 때 누군가가 웃기는 구호를 소리 높이 외치면 그걸 들은 사람들이 슬며시 미소를 지으면서 누가 소리를 지른 건지 주변을 돌아보는데, 누군가가 "이제 우리 소리가 들리냐?" 하고 소리를 질렀을 때 우리 반응이 딱 그랬다.

이 간질간질한 반응을 대하다보면 우리의 행진이 어떤 면에서는—심지어 거의 모든 면에서라고 말할 수 있을 것이다—대중적인 아이러니라는 점을 떠올리게 된다. 보수주의자들은 행진을 하지 않는다. 좌파들이 행진할 때 우리는 사인을 들고 고개를 흔든다. 하지만 오늘은 우리가 행진을 하고 있다. 우리가 "행진을 하고 있다"(우리도 행진할 줄 안다).

이것이 바로 우리가 오늘 행진에 도시를 완전히 마비시켰던 오바마의 취임식 때보다도 많은 이백만 명이 왔다고(그러나 우리는 교통 체증을 일으키지 않았다) 믿는 이유다. 우리 중 누구도 전에 행진을 해본 적이 없는 것이다.

우리 나라 역사상 최초로 흑인 사내가 백악관에서 살고 있고, 오늘은 그의 행정부에 반대하는 최초의 대규모 군중 시위이고, 여기 모인 우리의 99.9999퍼센트는 인종적인 공격 전문가들의 팬이자 추종자인 백인들이다—다시 한 번 상기시키자면, 여기는 미국이다. 편의점을 드나들 때조차 날카롭고, 어색하고, 때로는 영감마저 불러일으키는 인종적 긴장감을 느끼거나 그 때문에 발생하는 사건을 직접 목격하는 나라다. 하지만 이 모든 것에도 불구하고, 오늘은 "인종 문제와는 아무 상관도 없다". 이 현상은 미래의 미국인들에게는 "9·12의 인종 기적"이라고 알려질 것이다.

그 증거로, 우리가 의사당에 다가설 때 예기치 않았던 광경이 우리를 기다리고 있다. 의심의 여지 없이 미국에서 가장 사람의 마음을 흔드는 인위적인 풍경이다. 여기에서 기둥들 뒤의 회색 그림자를 응시하는 순간, 우리는 실제 이 나라가 아니라 이 나라라는 관념, 18세기 철학자들이 꿈꾼 바로 그 천국 같은 도시라는 심리적인 풍경이 돌에 투사되고 있는 걸 목격하고 있다는 사실을 깨닫는다(우리는 프리덤 플라자의 아스팔트 바닥에 새겨져 있는 문구처럼 "어린아이의 꿈속"에 "문자 그대로 그리고 육체적으로 사로잡혀" 있다). 짙은 색 안경을 쓴 한 흑인이 비디오 화면에 떠 있다. 그는 오늘 이곳에 우리와 함께 와 있지만, 군중 때문에 직접 볼 수는 없다. 화면에서 그는 또 다른 흑인 사내, 백악관에 있는 그 사내를 겨냥해 말한다.

그의 이름은 C. L. 브라이언트, 루이지애나에서 온 보수주의자 부흥사다. 지금은 그의 순간이다.

"정치가들은 벽을 세웠습니다." 그가 말한다. "오해의 벽"(우리는 소리를 질러서 화답한다), "인종주의의 벽"(소리는 더 커진다), "계급차별의 벽"(더 커진다).

"로널드 레이건이 베를린장벽에서 미하일 고르바초프에게 했던 말을 그대로 인용하겠습니다." 브라이언트가 말한다. 그의 부흥사다운 목소리가 더 긴장되면서 스피커에서 나오는 소리가 떨린다. "오바마 씨, 이 벽들을 허무십시오!"

이 말이 무엇을 뜻하는지 누가 알겠는가. 하지만 그는 우리 편이다.

여기에서는 공공연하게 인종주의가 작동한다. 그런 게 전혀 없었다는 이야기를 나중에 듣게 되겠지만, 낯선 방식으로 암호화되어 있었을 뿐이다. 어쩌면 우리 중 상당수가 고령이라는 사실—다른 말로 하자면, '티배깅'이라는 말을 둘러싼 민망한 소동을 불러일으켰던 것과 같은 요인—덕에 우리는 인종차별주의자가 되고 싶을 때는 1970년대에 흑인들이 자기들끼리 사용하던, 그리고 각종 미디어에서 범죄자들의 것으로 낙인찍은 말투를 언제든지 차용한다. '네 나예요' 사인을 든 포주 같은 왕이 그 한 예일 텐데, 하지만 그런 사람들은 얼마든지 있다. 오바마가 헌법을 파묻을 무덤을 파고 있는 그림 밑에 '나는 버락을 파지 않는다'[6]라고 쓴 사

---

6   'I don't dig Barack'. 1970년대에는 탐구한다, 추종한다, 좋아한다는 뜻으로 'dig'라는 단어를 많이 사용했다.

인. 이건 설득력이 좀 부족한 예로 보일지도 모르겠지만, 그 옆의 다른 사내는 원숭이 얼굴 사진 옆에 '어이, 형씨, 내 지갑에서 손 떼'라고 쓴 사인을 들고 있다. 이제 뭐가 좀 보이기 시작한다.

아버지와 어린 아들이 나무 옆에 서 있다. 아버지가 들고 있는 사인에는 '우리는 대통령이 몰래 담배를 피운다는 걸 알고 있다. 진지하게 묻는 건데, 그 사람 아직도 크랙[7]을 피우나?'라고 쓰여 있다.

다시 음악이 들린다. 보수주의자 포크 가수가 브라이언트 목사의 자리를 이어받아 '우리는 돌아가야 한다We Gotta Get Back'(그러니까, 우리의 9·12 정신으로)는 제목의 노래를 부른다.

어딜 가나 로니 레이건의 이름이 보인다. 한 사인에는 '2012를 위해 그를 파내라'고 쓰여 있다. 나는 그 사인을 들고 있는 젊은이—그의 이름은 프랭클린 맥과이어로, 사우스 캐롤라이나에서 올라와 D. C.의 보수주의 리더십 기관에서 인턴 과정을 거치면서 가을 학기를 보내고 있는 공손하고 명민한 인상의 청년이었다—에게 가서 그가 여기서 대변하려는 이슈가 무엇인지 묻는다. 그는 "개인의 책임"이라고 말한다. 그는 젊지만, 벌써 이 나라가 쇠락해가는 과정을 목격할 수 있었다고 느낀다.

국내 여기저기의 경기장이나 공원에서 좀 더 작은 규모

---

7   피우는 코카인으로, 중독성이 가장 강한 마약 중 하나다.

의 티파티들이 벌어지는 동안, 우리는 배관공 조Joe the Plumber[8] 같은 연사들이 도착하기를 기다리며 아이튠에서 레이건의 옛날 연설들을 찾아 스피커 시스템에 연결해서 듣는다. 우리는 역사에서 우리 자신을 지우기를 원한다.

반대 시위자는, 그가 하고 있는 게 그거라면, 딱 한 명 보인다. 그는 정장을 차려입고 있고, 들고 있는 사인에는 '부자들에게 세금을'이라고 적혀 있다. 그는 군중이 움직이는 흐름 한가운데에 서 있어서 사람들이 보지 않을 도리가 없다. 그가 든 사인은 사람들에게 궁금증을 불러일으킨다. 청바지에 운동화를 신고 운동모자를 쓴 티파티 애국자Tea Party patriot[9] 하나가 그에게 다가가 "부자들이 뭐가 문제죠? 부자들은 좋은 사람들 아닌가요?" 하고 묻는다.

정장을 입은 사내는 마치 임금을 받고 그 자리에 나와 있는 사람처럼, "일부는 그렇죠"라고 대답하고는 대충 지나가버린다. 그가 들고 있는 사인 뒷면에는 기독교적인 내용이 적혀 있다.

그 애국자는 본격적으로 시비 걸 준비를 하고 사내를

8　버락 오바마가 2008년 대통령 선거 때 오하이오주 털리도에서 시민들과의 만남을 가지고 있던 중 예비역 공군이자 배관공 경력을 거쳐 작은 사업체를 인수할 계획이던 새뮤얼 조지프 워절바커가 소기업 소유주에 대한 세금 정책을 질문한다. 이후로 워절바커는 중산층의 상징처럼 여겨지면서 후보자들이 '배관공 조'라는 이름으로 그를 수시로 인용한다. 공화당원이고, 나중에 오하이오주 하원에 출마했다 낙선했다

9　티파티 운동에 참여하는 이들이 스스로를 부르는 명칭.

노려보지만, 곧 말할 가치도 없다는 듯이 손을 내저으며 멀어진다.

그날 저녁, 만다린 오리엔탈 호텔의 접대용 스위트룸 객실에서, 키 큰 금발의 "인맥이 탄탄한 산업-유통 그룹의 정부 관련 업무 책임자"(D. C.의 정치와 민간 보험회사들이 뒤섞여서 돌아가는 이 드미-몽드Demi-monde[10]에서 활동하는 정상급 정책 "공작소"들 중 하나에서 일하는 로비스트)가 내게 그 방의 미니바를 보여주고 있었다.

그는 나와 함께 성장하고, 여전히 가깝게 지내는 사촌이다. 1940년대에 우리 둘의 할아버지와 그의 어린 시절 친구 두 사람은 켄터키에서 1850년대부터 영업활동을 해온 보험회사를 물려받았다. 그들은 그 회사를 오늘날 미국에서 가장 오래되고 가장 성공적으로 운영되어온 작은 보험사 가운데 하나로 키우는 데 자신들의 생애를 바쳤다. 지금은 내 쌍둥이 삼촌 두 분이 회사를 운영하고 있다. 그들의 아들들은 세간에서 말하는 후계자 수업을 받고 있다. 전형적인 미국식 이야기다. 한 편의 미국 이야기다. 우리 할아버지는 뷰익을 몰았고, 삼촌들은 전용 제트기를 탄다. 할아버지는 정

---

10 아들 뒤마가 1855년에 발표한 희곡명. '절반의 세계'라는 의미로 '주변부'를 뜻하기도 하지만 원래는 중심을 전복할 힘을 가지고 있는 세계라는 함의가 있다. 이 희곡의 원작 격인 1848년 작 소설 《춘희La Dame aus Camelias》에서 아들 뒤마는 놀기 좋아하면서 기성 질서를 위협하는 위험한 엘리트들이 형성하는 세계를 이렇게 불렀다.

치가들에게 자신의 표를 줄 것을 약속했고, 삼촌들은 그들이 당선되도록 도와준다. 나는 그 언저리에서 오갈 데 없는 중산층으로, 컨추리클럽에서 사촌의 이름을 대고 콜라를 무한정 마시는 등 누군가의 너그러움 덕에 회사가 제공하는 혜택을 즐기면서, 이 부의 영구 세습 장치라는 것이 내가 위기에 몰렸을 때 나를 구해주고, 그러나 다시 적당한 거리를 유지하며 독립해서 살 수 있도록 도와주리라는 걸 아는 가운데 성장해왔다.

우리 가족은 나나 내 형제들이 이런 걸 전혀 못 느끼도록 했다. 그들은 친절하고 유머러스하고 양심적인 사람들이고, 아이들이 먹는 걸 귀하게 여기도록 가르치고, 용돈을 주고, 호텔보다는 자기들 집에 머무르게 하는 사람들이다. 이런 것들은 그들이 잘된 이유들 중 일부일 텐데, 하지만 그들은 우리가 어떤 것도 느끼게 할 필요가 없었다. 그게 남부의 품격이고, 우리는 그걸 이해할 충분한 지능을 갖추고 있었다. 나는 해가 지는 발코니에서 활짝 웃고 있는 매력적인 내 사촌을 바라보았다. 유치를 뽑을 때 내 도움을 받은 적이 있는 이 사촌은 지방에 최적화되어 있는 유전자를 가지고 있는 우리 가족이 진화의 논리적인 다음 단계로 D. C.라는 환경에서의 가능성을 타진하기 위해 파견한 일종의 탐사대인 셈이었다. 그러니까, 정치 말이다. 그는 그걸 즐기고 있었다.

우리는 9·12 행진의 일부 구간을 함께 지켜봤고, 행진에 대해 이야기를 나누었다. 나는 그와 그의 동료들이 사실상 그 행진을 만들어냈다고 비난하고 있었다. 그 사람들이 하고 다니는 헛소리는 로비스트들과 "전직 CEO들", 그리고 냉소적인 관심을 가진 기타 인물들의 이메일 계정에서 비롯된 거 아니었어? 그렇지 않으면 이 시민들이 "사회가 보장하는 의료제도"에 대한 두려움을 그토록 절박하게 외치고 다닐 이유가 어디에 있어? 그들 가운데 상당수가 휠체어를 타고 있거나 고령자인 건 말할 것도 없고 다들 만성적인 건강 문제와 비만의 징후를 명백하게 보이면서 "행진"을 하고 있었는데, 이런 증상들을 돌보는 데 들어가는 비용의 대부분은 메디케어Medicare[11]나 예비역 의료 혜택에서 지급될 거야. 이 티파티 참가자들은 사회가 보장하는 의료제도에 자신들의 생명을 빚지고 있는 사람들이야. 이런 의료제도를 두려워할 이유를 가지고 있는 사람은 너와 네 아버지밖에 없어. 나는 그렇게 말했다.

내 사촌은 일체의 관련성을 부인했다. 그는 자신과 자신의 동료들은 이 행진에 참여한 이들을 기껏해야 "환영할 만한 방해"로 본다고 말했는데, 내게는 상황을 어떻게 정리할 것인가를 두고 권력자들 사이에 남아 있는 의견 불일치에 대해 이들이 유용한 포퓰리즘적 광택을 제공해주고 있다

---

[11] 65세 이상의 노인과 그보다 젊지만 장애가 있는 사람, 투석이나 장기이식 등을 받아야 하는 사람들을 대상으로 연방정부에서 제공해주는 의료보험으로 의료 처치, 돌봄, 약품 등을 제공한다. 그러므로 메디케어는 본질적으로 사회화된 의료 체계다.

는 뜻으로 들렸다.

"그건 페일린 부족[12]의 행사였어." 내 사촌이 말했다.

"그렇지." 내가 말했다. "'늙은이들 인터넷을 발견하다'
인 거지."

사촌은 그날 아침 그들 중 여럿이 자기 사무실에 왔었
다고 말했다. "그러니까," 내가 말했다. "네 입장은, 만약 그
사람들이 TV에 나가 공공의료라는 옵션에 대해 반대한다고
소리를 높이고 싶어 한다면…"

"아주 좋지!"

나는 저 아래 거리에 서 있을 때의 느낌이 여전히 온몸
의 신경에 남아 있는 것 같았다. 내 사촌이 이야기하는 방식
은 행진 참가자들이 자신을 바라보는 방식과 비슷한 데가 거
의 없다. 그들은 권력을 회수하고, 운명을 자기 것으로 만들
고 있었다. 그러나 그 아프리카 스타일의 포주조차도 일종의
저당 잡힌 신세에 불과했다. 밥 딜런이라면 그의 이야기를 십
일 분짜리 인상주의적 서사 포크송에 집어넣었을 것이다.

우리는 내 사촌이 보고 싶어 하는 스포츠 중계로 중간
중간 채널을 바꿔가면서 행진을 지켜봤다. 호텔 스위트룸과
길거리 사이의 거리가 깊어지기 시작했다. 우리는 내 친척들

---

12   한때 공화당의 떠오르는 별이었던 세라 페일린은 존 매케인이 공화당의 대
동령 후보로 나온 2008년 대선에서 부통령 후보였다. 선거에서 오바마-바이든
팀에게 패배한 뒤, 앞에서도 언급된 극우 성향의 방송인 글렌 벡이 시작한 폭스
뉴스의 쇼에 첫 번째 게스트로 나섰다. 이후로 줄곧 오바마의 보험 개혁에 대해
거친 비판을 퍼붓는 역할을 했다.

을 부자로 만들기 위해 행진하고 있었던 건가? 반대편의 시위자에게 가서 말을 걸던 그 사내처럼 부자들을 위해 궐기하고 있던 거였나? 미국 정치의 아주 괴이한 전환 아닌가. 애트나[13]를 위한 9·12 행진이라니! 고속도로에서 내가 지나쳐 온, D. C.로 향하던 밴들은 폭스뉴스를 지지하는 구호를 직접 적어 만든 사인들로 장식되어 있었다.

내 사촌은 석 달 전 공화당 지도부 가운데 한 명인 한 상원의원과 아침식사를 했던 일을 대수롭지 않게 이야기해줬다. 식사 자리가 끝날 무렵 그 상원의원은 "그 공공 의료보험 선택권을 손도 못 대게 망가뜨려버리겠다"고 맹세했다고 했다.

나는 거기 모인 군중들의 그 뻔한 꼴불견을 보았고, 비위가 상하고 있었다. 그들은 순혈 게르만족을 암시했다. 이런 부류의 사람들은 행진하지 않는다고 생각하는 건 잘못이었다. 그들은 횃불을 들고 할 뿐이다.[14]

내 사촌은 문자 메시지를 몇 개 받고는 뛰어나가야 했다. "기사 잘 마무리하기 바래." 그가 말했다. 우린 굳게 껴안았다.

어떤 사인에는 '우리는 이번에는 평화적으로, 무장하지 않고 왔다'라고 쓰여 있었다. '이번에는.' 하지만 그 사인을

---

13 미국의 대형 민영 의료보험사 중 하나.
14 KKK단의 행진을 말한다.

들고 있는 사내는 토크쇼의 공개방송에 참여하기 위해 스튜디오 밖에서 기다리고 있는 사람들과 다를 바 없는 미소를 짓고 있었다.

나는 버지니아에서 열리는 타운홀 미팅에 제시간에 도착했다. 하지만 문은 잠겨 있었다. 이미 너무 많은 사람들이 몰렸기 때문이다. 소방 당국에서 출입 제한 결정을 내렸다. 우리는 문밖에 서 있다가, 새로운 사람들이 와서 문을 열어보려고 할 때마다 일종의 의식처럼 다 함께 똑같은 제스처를 취했다. 우리는 친절하게 속삭였다. "잠겼어요." 정말로요? (어쨌거나 열려고 해본다.) 뭐야 이거? "그러게요! 뭐야 이거!"

나는 마흔 살 정도 돼 보이는 호리호리한 몸매의 붉은 머리 여인에게 왜 거기에 왔는지 물었다. "무서워서요." 그녀가 말했다. "난 이 대통령이 정말 무서워요. 아이를 몇 명까지 가질 수 있다는 등 가족 규모의 한계에 대해서도 이야기를 하잖아요. 우리의 미국에서 말이에요."

한 사내가 와서 문을 당겨본다. "그럴 줄 알았어." 그가 말했다. "리버럴이니까"(민주당 하원의원이 이 타운홀 미팅을 주관하고 있다는 뜻이다).

내 주변 사람들이 콧방귀를 뀌고 헛기침을 한다. 그런데 거기에는 노조에서 온 사내들도 몇 명 있다. "오, 우리 중에도 똑똑한 사람 많아요." 그들 중 흰 턱수염을 기른 이가 말한다.

"오, 그래요?" 문을 당기던 사내가 말한다.

"네." 그 노조 활동가가 말한다. "우리 중에는 **석사**도 있고 **박사**도 있어요."

정치적인 싸움이 진행되면서 이런 데 상당히 익숙해져 있긴 하지만, 그래도 이런 일이 생기면 규모가 작은 우리 그룹 사람들의 신경은 날카로워진다. (이삼 일 뒤, 보험과 관련된 집회에서 누군가가 다른 사람의 손가락을 물어 끊었다. 우린 준비되어 있었다.)

세 사람이 나왔고, 소방관이 세 사람을 들여보냈다. 그게 규칙이었다. 한 시간이 넘게 기다린 후에야 나 역시 이런 과정을 거쳐 사람들 틈 사이를 비집고 홀 안으로 들어갈 수 있었다. 그곳에서는 하원의원 톰 페리엘로가 계속 질문자 줄에 늘어서는 불만에 찬 공화당 쪽 유권자들의 질문 공세에 시달리고 있었다. 내가 무언가 놓쳤을지도 모른다는 걱정은 할 필요 없었다. 이 미팅은 앞으로도 몇 시간을 끌 것 같았다. 그 자리에 온 사람들은 모두들 발언할 작정인 것 같았다.

복도에서 사람들에게 밀려 마이크가 놓여 있는 방 쪽으로 휩쓸려가고 있는데, 문 쪽에서 다른 소리들과 확연히 구별되는 단어들이 들려오기 시작했다. 가장 선명하고 크게 들려왔고 가장 두드러지게 큰 반응을 불러일으킨 건 **사회주의**라는 단어였다.

내가 서 있는 곳에서는 발언하는 남자의 모습이 보이지 않았는데, 그가 차분하고 진지한 말투로, 몇 마디 안 되는 말을 페리엘로에게 건넸다. "각 개인은 각자의 능력에 의거해서, 각자의 필요에 의거해서." 그는 잠시 말을 멈췄다. "칼 마르크스는 그것이 공산주의의 신조라고 말했습니다. 이제, 그 말과… 우리가 가고 있는 방향 사이에 어떤 차이가 있는지 설명해주기 바랍니다."

타운홀이 우레와 같은 소리로 가득 찬 건 그때가 유일했다.

"그런데 그건 성경에 나오는 내용인데." 나는 중얼거렸다. "신약에." (사도행전 2장과 4장에 나온다. 믿는자들은 "모든 것을 함께 가졌다… 땅과 집을 가지고 있는 이들은 모두 그것을 팔아, 그 판 돈을 가지고 와서 사도들의 발밑에 놓았다". "그 돈은 각자의 필요에 따라 모든 사람에게 분배되었다.")[15]

내 옆에 있던 여성이 마치 내가 손가락 냄새를 맡는 걸 보기라도 한 것 같은 표정으로 나를 쳐다봤다.

"맞다니까요!" 내가 말했다.

그다음에 마이크 앞으로 나온 사람은 갈색과 카키색으로 수수하게 차려입고 턱수염을 기른 부드러운 목소리의 사내였다. 그는 천천히 걸었다. 그가 이 순간을 기다려왔다는 게 한눈에 보였다. "질문은 딱 하나입니다." 그는 페리엘로에게 말했다. "모든 개인에게 건강보험을 제공해야 한다는 게 헌법 어디에 쓰여 있습니까?"

---

15 사도행전 2장 44-45절과 4장 32-35절.

페리엘로는 일반적인 리버럴들의 관점에서 이 문제에 대해 방어적으로 대답을 한 터였다(내 생각에는 헌법은 끝없이 이어지는 미국의 과제를 완벽하게 해나가기 위한 시스템일 뿐 우리를 역사에 옭아매는 밧줄이 아니라고 답변했을 것이다). 하원의원은 이미 답변한 질문이라는 사실을 지적했다. "그 주제는 이미 이야기했습니다." 그가 말했다.

"감사합니다." 사내가 말했다. "제 질문에 대답해주셨습니다." 꽤 큰 박수와 환호성이 터져나왔다.

나는 사내의 질문이 마음에 들었다. 그의 태도는 그 순간에 걸맞은 것보다 몇 배나 더 공격적이었지만, 그는 올 한해 동안 진전되어온 의료개혁 논쟁의 어떤 아름다운 점을 체현하고 있었다. 국가적인 중요성을 가진 대부분의 질문들, 심지어 전쟁에 대한 질문들과도 달리, 미국이라는 전체성에 대해 이야기하지 않고는 이 문제 안으로 들어갈 수 없다. 벤저민 디즈레일리는 "첫 번째는 아니더라도 의원이 어떤 식으로든 가장 먼저 생각해야 할 사항들 중 하나"로 진정으로 보편적인 "공공 의료 혜택"의 실현을 꼽았다. 그가 이 말을 한 뒤 한 세기 이상 지난 뒤에야 이 문제는 처음으로 미국의 진보주의자들(가톨릭에서 시작해서 노동운동을 관통해 시민권운동과 소비자 권익운동으로 이어진)의 명확한 목표가 되었고, 지금 우리에게는 이걸 실현시킬 만한 재원이 있다. 다수의 사람들이—아주 많이는 아니지만 늘 같은 비율의 인구가—그걸 원한다고 주장하고 있고, 우리는 하거나 하지 않거나 둘 중 하나를 택해야 한다. 이런 순간, 우리는 우리가 아직 계몽주의 정치사상을 실험하고 있는 18세기적 세계에 존재하고 있다는 걸 깨닫고—어떤 면에서 우리가 그 실험의 대상이다—그 실험의 성격을 들여다본다. 건국의 아버지들이라면 어떻게 할까? 이것은 학문적인 것이 아니라 어떤 면에서는 가장 실질적인 질문이 된다. 미국은 이걸 할 수 있는, 모든 사람을 돌볼 수 있는 곳인가? 아니면, 이건 우리의 길이 아닌 것일까? 공교롭게도, 우리의 위대한 건국의 아버지 벤저민 프랭클린은 언젠가 실제로 의료 개혁과 공공·민간 기금을 둘러싼 논쟁에 휘말렸던 적이 있다. 전기에 관한 그의 첫 논문이 발표된 1751년 즈음이었다. 친구이자 외과의사인 토머스 본드가 그를 찾아와, 자신이 영국과 파리의 오텔디외 병원에서 목격한 진일보한 진료 방식을 모델로 삼아 "병들고 가난한 이들"을 위한 병원을 필라델피아에 지을 수 있게 펜실베이니아 의회에 로비를 하자고 한 것이다.

프랭클린이 그를 옭아매려는 이들로부터 끝없이 괴롭힘을 당하고는 있었지만, 자신이 생각하기에 새롭고 의미 있는 일이라면 여전히 나서서 후원을 아끼지 않으리라는 걸 본드는 알고 있었다. 본드는 그런 유형의 병원이 지역 전체에 얼마나 유용한지 집중적으로 설명했다. 가난한 환자를 치료해주면, 일단 가난한 자가 줄어든다. 병이 오래가면 가난에서 벗어나기도 어렵기 때문이다. 또한 전염병은 가난하거나 고통이 많은 곳에서 주로 시작된다. 이들을 치료하면 전염병을 빨리 퇴치할 수 있다. 도심의 병원들에서 강도 높은 훈련을 받은 의사들은 다른 의사들을 훈련시키고, 이들은 지방이나 다른 훌륭한 의료기관들에 자신들의 기술을 전파할 수 있다. 모두 프랭클린을 자극하기에 충분한 이유들이었다.

프랭클린은 자신이 창간한 정기간행물 〈펜실베이니아 가제트The Pennsylvania Gazette〉와 의회에서의 연설을 통해, 몇 주에 걸쳐 이 사안을 키워나갔다. 프랭클린은 우선 "가난한 자"란 존재하지 않는다는 이야기로 시작했다. 가난이란 사람들이, 심지어 신사와 숙녀들[16]도 통과하는 길목이다. "우리는 이 세계에서 서로를 지탱해주고 있습니다." 그는 이렇게 말하면서 폭발적인 사회적 활력으로 충만한 창밖의 18세기 대서양권 세계를 가리켰다. "개인들과 가족들이 처한 환경과 그들이 소유한 재산에 계속해서 변동이 일어나고 있습니다. 우리는 지난 몇 해 동안 부유한 사람의 자녀들이 가난과 곤경을 겪고, 그들의 하인이었던 이들이 막대한 재산가로 올라서는 걸 봐왔습니다." 지금의 우리에게 무척이나 익숙한 이 세계에 대해 그는 이렇게 설명했다.

프랭클린은 "무료로" 가장 훌륭한 의료 서비스("영양, 돌봄, 조언, 그리고 의약")를 제공할 의료기관을 제안하면서, 이 서비스의 대상에는 모든 이들, "지역 주민이든 외부인이든",

---

16 영국에서는 신사gentlemen와 숙녀gentlewomen가 '귀족은 아니지만 무기를 소지할 수 있는 신분'을 의미했다. 귀족사회가 없는 18세기 미국에서는 이들이 느슨하게 지배계급을 형성했다.

심지어 식민지에 그 수가 점점 늘어나고 있는 데다 "불협화음을 일으키는 태도" 때문에 많은 사람들(여기에는 프랭클린도 포함된다. 그는 이제 곧 모든 이들이 독일어를 배워야 하게 될지도 모르겠다고 썼다)을 우려하게 만드는 "가난하고 병든 외국인들"도 포함된다고 말했다.

프랭클린은 이 병원이 필요한 이유들의 목록을 가지고 있었지만—그는 목록 만드는 걸 무척 좋아했다—그걸 가장 원초적인 생각, 도울 수 있는 수단이 있는데도 그걸 사용할 수 없어 사람들이 고통받도록 내버려두는 건 참을 수 없는 일이라는 한 문장으로 압축했다. 프랭클린은 이 일이 "진정한 기독교 정신에 가장 핵심적인 요소"라면서 "우리의 힘이 미치는 한 모두에게, 그런 도움을 받을 자격이 있는 사람이든 없는 사람이든 관계없이, 확대되어야 한다"고 썼다.

프랭클린은 의회에 가서 주장했다. 의회가 이 병원을 지어야 한다고.

의회는 이를 거부하며, 이건 개인들의 기부를 받아 해야 하는 일이라고 말했다. 도시에 병원을 짓기 위해 시골에 사는 사람들에게 세금을 부과할 수는 없다는 이유에서였다.

프랭클린은 그렇게 해서는 이 일을 해낼 수 없을 것이라고 말했다. 좋은 의료 시스템을 구축하려면 많은 비용이 드는데, 개인의 기부만으로는 충분한 금액을 모으는 게 불가능했기 때문이다. 그는 "이 지역의 외진 곳들"에서는 "가난하고 아픈 사람 개인이나 그들이 살고 있는 타운 중 어느 쪽도 감당할 수 없는 비용을 지불하지 않고는 도움을 얻을 수 없다"는 사실을 알고 있었다.

그 외에도 프랭클린은 "어떤 개인들이 가난한 이들을 구휼하기 위해 따로따로 행하는 선량한 일들은 그들이 함께 모여서 할 수 있는 것에 비하면 소규모다"라고 썼다.

의회에서는 인민이 그 사업을 절대 지지하지 않을 거라고 주장했다. 프랭클린은 다수의 사람들이 이미 그런 일을 하고 있다는 걸 알고 있었다. 그는 인민에 대해 알고 있었다.

그는 의회에 자신의 계획을 설명했다. 만약 자신, 그리고 자신과 뜻을 같이하는 이들이 일정 금액의 자금을 모은다면(당시로서는 상당한 금액이었다), 의회에서 같은 금액을 지원해서 그 계획을 진행시키자는 것이었다.

의회에서는 물론!이라고 답했다. 그들은 프랭클린이 그 금액을 절대로 모을 수 없으리라는 걸 알고 있었다. 따라서 이렇게 대답할 경우 그들은 아무런 비용을 들이지 않고도 너그러워 보일 수 있었다.

프랭클린은 자기가 언급한 것보다 더 많은 기금을 빠른 시일에 모았다. 그는 기부를 독려하기 위해 부응 기금이라는 방식의 약간은 경쟁적인 속성을 활용했다. 저 사람들은 우리가 할 수 없을 거라고 말합니다! 사람들은 준비되어 있었다. 프랭클린이 곧 선출되어 참여하게 될 의회와, 토지에 기반한 이해를 가지고 있는 힘있는 자들인 그 구성원들의 계획은 어그러졌다. 나중에 프랭클린은 그런 속임수를 쓴 것에 대해 말하면서, 그런 잔꾀를 쓰고도 그렇게 죄책감을 안 느껴보기는 처음이라고 밝혔다.

그게 지금 우리가 펜실베이니아 병원을 가지게 된 경위다. 거기에서 미국의 수술이 나왔다. 거기에서 미국의 정신의학이 나왔다.

그 이듬해인 1752년, 프랭클린은 또 다른 멋진 아이디어를 가진 다른 친구의 방문을 받았다. 그는 근대적인 개인보험에 대한 아이디어를 가지고 있었다.

그 타운홀 미팅에는 '사회화된 메디케어 거부'라는 사인을 든 한 여자가 있었다.

아까 언급했던 사촌을 다른 사촌의 결혼식에서 다시 만났다. 결혼식의 주인공 사촌은 우리 둘 모두에게 사촌이었다. 정장을 입은 사백여 명의 하객이 왔고, 유서 깊은 클럽에서 리셉션이 있었고, 1967년에서 순간 이동으로 넘어온 듯한 소울 밴드가 등장했다. 아주 멋진 행사였다. 내게는 방광에 문제가 있는 턱시도 고양이가 있는데, 녀석이 내 나비 넥타이에 오줌을 싸는 통에 나는 턱시도에 검정 넥타이를 매고 있었다. 삼촌 중 한 분이 와서 그걸 쥐더니 다른 삼촌과 눈을 맞췄다. "여기 봐봐." 삼촌은 아주 깊은 인상을 받았다는 듯 연기를 하면서 "이것도 검은색이긴 해!"라고 소리를 질렀다.

나는 타운홀과 행진과 티파티 시위를 떠났다. 은밀하게

위장된 인종차별주의와 총기와 무장에 대한 농담들 따위에도 불구하고 거기에는 두려워할 요소가 없었다. 최소한 다른 때보다 더 두려워할 이유는 없었고, 두 번째 내전이 임박했다고 볼 이유도 없었다. 이 사람들은 매년 겨울 소비에트 지지 사인을 가지고 모여드는 늙은 러시아인들을 연상시켰다. 그들의 모습은 그 러시아인들이 간직한 냉전시대에 대한 향수가 냉전의 승자 자본주의의 거울에 왜곡되어 비친 것이라고 할 수 있었다. 그들이 주로 드러내 보이는 것은 지루함과 불안이었다. 그들이 주장하는 내용의 절반 정도는 동의할 수도 있는 것들이었다. 정부에 반대하는 이들의 대부분은 나름 일리 있는 의견을 가지고 있을 것이다. 이렇게 많은 미국인들이 이런 순수한 행사에 모여서 정책 결정에 대해 스스로를 가르치고, 그 결정들과 국가에 대한 사람들의 궁극적인 희망 사이에서 일관성을 만들어내는 데 관심을 두다보면 무언가 좋은 결과가 나올 수 있으리라는 희망마저 가지게 된다.

우리는 오바마가 집권한 뒤에 기하급수적으로 증가한 암살 위협에 대응하기 위해 경호팀이 고생하고 있다는 〈보스턴 글로브〉의 기사 같은 불길한 것들을 보았다. 그리고 숀 해니티처럼 지켜야 할 커리어가 있고 너무 막 나가지 않도록 스스로 관리해야 할 것 같은 사람들조차 라디오에 나와서는 오바마 행정부가 곧 사람들의 거실에까지 쳐들어갈 전체주의적 깡패 집단이라고 공개적으로 말하는 등 상당히 터무니없는 이야기들을 하기 시작했다(하지만 그 행정부는 유럽

식의 초경량급 공공 의료제도 방안을 통과시키려는 시도조차 할 수 없다는 것을 명심하라). 때로는 무엇이 옳은지 알지만 싸움 구경을 더 좋아하는 존재, 즉 옛날 미국의 칼리반[17]이 다시 등장하는 게 아닌가 하는 의구심을 갖는 게 일리 있어 보일 정도였다.

9월 23일, AP 통신발로 짧은 기사가 하나 나왔다. 9·12 행진 당일, 우리가 의사당 계단에 당도해 있을 무렵, 켄터키주 런던 출신의 센서스 조사원의 시신이 켄터키 남동부 지역에서 관광객에 의해 발견되었다는 것이었다. 수많은 라디오 진행자들, 9·12 행진의 예언자들이 청취자들에게 센서스 조사에 저항하라고 독려하고 있었다. 센서스는 정부의 촉수로, 사람들의 생활과 재산을 꿰뚫어보려 한다는 것이었다. 이 살인이 극우파의 활에서 날아간 첫 번째 화살이었을까? 내가 일하는 잡지에서 나를 그리로 파견했다.

"런던에 갈 거야?" 내 사촌이 물었고, 우리는 본능적으로 입을 모았다. "켄터키를 왜 떠나겠어. 거기에선 파리, 아테네, 런던을 다 가볼 수 있는데…"[18](이렇게 끝나는 오래된 농담이 있었다.)

나는 런던에 가본 적이 없다. 켄터키에 있는 런던 말이다. 그 지역에 우리 집안의 뿌리 한 가닥이 걸쳐 있다는 건

---

17 《템페스트》에 나오는 반인반수의 존재. 다른 인물들의 어두운 면을 반영하는 존재이다.
18 켄터키주에는 이런 이름을 가진 소도시들이 있다.

알고 있었다. 그리로 차를 몰고 가는 동안 마주친 광고판들에 우리 어머니의 처녀 때 성이 자꾸 나타났다. 그 지역의 정령은 고대의 동그라미가 완성되는 걸 감지하고 원주민 하나가 들어오는 걸 환영할 것이었다. 그러나 슬프게도, 그곳 경찰서의 서장은 나를 보는 게 달갑지 않을 뿐만 아니라, 내가 보기엔, 거의 비위가 상한 것 같았다.

"여기엔 무슨 일로 온 겁니까?" 그녀는 팔짱을 끼고 벽에 기댄 채 내게 물었다.

난 그녀가 농담을 하는 줄 알았다. 지난 한 달 동안 런던에는 수십 년 동안을 합친 것보다 더 많은 기자들이 모두 같은 이유로 왔다. "그렇죠!" 나 역시 장난을 치듯 말했다. "내가 여기에 왜 왔는지 아시겠죠!"

"아뇨, 모릅니다." 그녀가 좀 더 차갑게 말했다. "여긴 정말 무슨 일로 오신 거죠?"

그녀는 어딘가 주 경찰 제복을 입고 있는 낸시 그레이스처럼 보였다. 다만 그 유명한 범죄 쇼 진행자 낸시 그레이스보다 좀 젊었고, 머리에는 그레이스의 마그네토 헬멧[19] 파워가 없어 보였지만—내 생각에는 그녀가 매번 녹화 전에 어두컴컴한 방에 미동도 않고 앉아 출연 준비를 하는 동안 프로듀서들이 가발을 그녀 머리에 씌워주는 게 아닌가 싶다—

---

19 낸시 그레이스의 헤어스타일이 마블의 X-맨 시리즈에 나오는 마그네토가 착용하는 헬멧과 비슷하게 생겼다는 농담.

경찰서장의 전체적인 모습은 그녀와 같았고, 남의 말을 무시하고 코웃음을 치는 것도 같았다.

"이거 참 재미있네요." 내가 말했다(우리의 친애하는 켄터키의 수호자 자매 당신한테도 좋은 하루가 되기를! 하는 내 뜻이 전달되기를 기대하면서). "여기에 이야기가 있다는 생각이 안 드시나요?"

센서스 조사원인 빌 스파크먼은 이곳과 맞닿은, 숲이 대부분인 카운티에서 벌거벗은 채 나무에 묶인 모습으로 발견되었다. 누군가가 그의 가슴에 매직펜으로 '연방FED'[20]이라고 써놓았고, 사슴을 잡은 뒤 인식표를 붙여놓는 걸 모방한 것일 수 있을 텐데, 그의 조사원 신분증 카드를 목에 얹어놓았다. 이 사건은 미네소타주의 우파 하원의원이 TV에 나와, 센서스가 2차 세계대전 당시 일본계 미국인들을 수용소에 몰아넣기 위해 사용되었던 수단이라는 점을 기억해야 한다는 이야기를 하고 나서 오래지 않아 일어났다. 나는 스파크먼이 발견된 게 D. C.에서 시위가 있던 바로 그날이라는 사실은 모르고 있었다가 방금 알았다. 반정부 린치lynch[21]처럼 보였다.

FBI가 개입했지만, 수사를 주도한 건 런던 외부에서 온

---

20 FED는 연방 소속의 조직들과 그곳에 소속된 인력을 두루 일컫는다. 주의 독립성을 유난히 강조하는 남부에서는 적대적인 뉘앙스가 강하다.
21 재판을 거치지 않고 다수가 한 사람을 살해하는, 특히 목을 매다는 행위를 말한다.

주 경찰이었고, 육 주가 지난 뒤에도 그들이 내놓은 결과라고는 그 사건이 살인이라는 것 정도였다. 지금 서장은 이 사건이 린치라는 서사를 "찌부러뜨리는"데 주력하는 중이라고 말하고—내게 말한 몇 안 되는 내용 가운데 하나였다—있었다. 센서스 조사원의 시신은 화장되었다. 그녀는 아직 부검 결과를 기다리는 중이라고 주장했다.

당신은 어떤지 모르겠지만, 나한테 장착된 이야기 감지기가 파란색으로 반짝였다!

서장은 내게 명함을 건넸다. 사실 인터뷰가 끝나갈 무렵에는 상당히 친절해졌다. 나는 이 지역 출신—그녀처럼—이면서 이 지역을 사랑하는 사람들이 어떻게 하다 외부인들을 갑자기 문을 박차고 들어오는 존재로 여길 정도로 소극적으로 변하는지 이해할 수 있었다. 이들에게 외부인이란, 더비데이나 되어야 켄터키주가 존재하는 걸 알거나 이런 놀라울 정도로 끔찍한 일이 일어나면 지역 사람들 모두를 (바로 인근의 맨체스터에서 그랬듯이) "정부 직원을 죽인 미치광이 촌놈들"로 여기는 존재인 것이다. 서장은 이 나라 사람들이 자신과 자신의 동료들을 어떻게 생각하고 있는지 알고 있었다. 또한 그녀는 자신이 일을 잘 처리하고 있다는 사실 또한 알고 있었다. 이 두 가지의 결합이 사람을 짜증나게 만들었다.

이 인터뷰 내내 아무 말 없이 옆에 서 있던 남자 부하 경찰이 한 가지 기억에 남을 만한 이야기를 했다—이 사건이 종료된다면, 어떻게 종료되든, 사람들이 아주 오랫동안

이 사건에 대해 이야기할 거라는 것이었다.

그들은 내게 행운을 빌어주었다.

빌 스파크먼이 사망한 장소인 힐사이드 공동묘지는 좁은 길이 이어지다 갑자기 눈앞이 툭 트이면서 숨이 막힐 정도로 아름다운 풍경이 펼쳐지는 켄터키 남동부 지역—지형적으로 풍경이 지닌 바깥의 시선으로부터 비밀스럽게 숨겨져 있다—특유의 방식으로 아름다운 곳이었다. 만약 스파크먼이 거기에서 스스로 목을 조르거나 매달았다면, 매우 극적인 배경을 고른 셈이었다. 오하이오에서 가족 묘지를 참배하러 왔다 그의 시신을 발견한 여행객들은 그의 시신이 전시되듯 남겨져 있던 방식으로 보아 자살이 아니라 잔혹하게 살해된 것이라는 느낌을 강하게 받았다고 기자들에게 이야기했다.

이 공동묘지는 대니얼 분 국유림Daniel Boone National Forest[22]의 가장 깊숙한 곳에 자연적으로 형성된 노천극장 가장자리에 침식된 바위 계단처럼 놓여 있다. 렌터카에 내비게이션이 없었다면 아마 그곳의 15킬로미터 반경 안으로 접근하지도 못했을 것이다(나중에 알고 보니 내가 어렸을 때 가봤던 우리 조

---

22 대니얼 분(1734~1820)은 초창기 미국의 13개 주 경계선을 넘어 지금의 켄터키 지역으로 들어가는 도로를 개척했다. 18세기 말까지 이 도로를 따라 약 이십만 명이 켄터키 지역으로 이주했다. 그의 이름을 딴 국립 삼림이 켄터키주의 약 85만 헥타르의 보호구역 안에 자리 잡고 있다.

상 소유의 오두막집에서 그리 멀지 않은 곳이었다—그때 우리는 누군가의 트럭을 타고 건천 줄기를 따라 올라갔는데, 형은 오두막집 부엌 벽장 안에서 뱀기름이 든 오래된 병들이 쌓여 있는 걸 발견했다).

이곳에 어떻게 사람을 묻을 수 있었는지 상상하기 어려울 정도로 언덕은 가팔랐다. 약간의 평지를 조성해서 작은 의자와 벤치를 놓아두었지만, 묘지 앞에 제대로 서 있기도 불가능했기 때문이다. 묘지들은 위쪽으로 계속 이어졌다. 그 꼭대기의 능선까지 올라가는 데 십오 분이 걸렸다. 거길 오르다보면 전자 기타를 치고 있는 사내의 사진을 코팅해서 넣은 최근의 비석부터 시작해서 스펠링도 틀린 거친 글자들이 새겨진 콘크리트판을 거쳐, 뭉개져서 알아볼 수 없는 글자들이 새겨진 평평한 강돌들이 놓여 있는, 호스틴스 가문의 수도 없이 많은 세대를 거슬러 올라가게 된다. 무덤들이 있는 곳을 지나 계속 올라가면 다른 종들보다 훌쩍 자라는 다양한 이끼 종들이 카펫처럼 펼쳐진 곳이 나타나는데, 11월인데도 아래에서 올려다봤을 때 그 언덕이 이상하게 푸르러 보인 게 바로 그 때문이었다.

시체가 발견된 나무는 웅장하고 거대했다. 마치 나뭇가지가 얇은 구리 동전으로 뒤덮인 것처럼, 거센 바람 속에서 나뭇잎들이 끊임없이 부딪혔다. 그 나무는 첫 번째 호스킨스가 오기 전부터 그 자리에 있었다.

발견 당시 빌 스파크먼은 매달린 게 아니라 큰 가지에 묶여 있었다. 이 사실은 서장에게 매우 중요했는데(내 생각엔

과도할 정도로), 그건 시신의 일부가 땅에 닿아 있었기 때문이다. 다시 말해, 일반적인 린치 장면에서 볼 수 있는 것과 달리 허공에 매달려 있지 않았던 것이다. 그의 두 손은 덕트 테이프로 묶여 있었고, 입에는 빨간색 천이 물려 있었다. 그의 몸에는 양말만 신겨져 있었다. 그의 가슴에 적힌 불길한 단어 외에 그의 신분증에도 주의를 끄는 데가 있었다. 그것들 외에 방어흔은 없었다. 그는 그 위치에서, 질식사했다.

살인, 자살, 사고—놀랍게도, 서장은 이 세 가지 가능성 중 어느 하나도 배제하지 않고 있다고 확인해주었다. 이해하기 어려운 말이었다. 자기 린치라도 생각하는 건가?

내가 도착하기 며칠 전, 다른 타운에서 온 수사기관 내부 소식통 하나는 어떤 신문기자와 만나 이렇게 추측했다고 한다. 빌 스파크먼에게 무슨 일이 일어난 건지 알고 싶으면 데이비드 캐러딘의 사망 사건을 들여다보라고. 기억하겠지만, 캐러딘은 방콕 호텔방의 옷장 안에 들어가서 성적인 자극을 위해 목을 매달았다가 잘못된 것으로 판명되었다.

아니면 이 소식통은 캐러딘의 경우를 언급하면서, 그 배우의 가족들 중 몇 사람은 그의 죽음이 성적인 자극을 얻기 위한 자가 질식사처럼 꾸민 살인이었다고 주장해온 걸 가리킨 것인가?

나는 이끼 위에 드러누웠다. 완벽하게 부드러웠다. 마치 허리가 안 좋은 어느 억만장자가 특별히 주문 제작한 매트리스에서 느낄 법한 부드러움이었다. 습기라고는 전혀 없었고,

흙도 없었다.

만약 살인이라면—의도적이든 사고든—동성애와 관련된 것일까? 가장 좋은 질문은 아니었지만, 그게 떠올랐다. 스파크먼의 이력을 살펴보다보면, 그렇게 생각할 만한 편견을 불러일으키는 구석들이 있다. 중년의 독신남에 어린 시절에는 성당에서 복사를 지냈고, 평생 보이스카우트와 연계되어 있었고, 초등학교 임시 교사substitute teacher[23]이고, 여성적인 목소리를 가지고 있다. 마지막 사항은 스파크먼이 작년에 연설한 영상이 인터넷에 떠 있어서 알았다. 그는 한 온라인 대학에서 학위를 받았다. 그 학교에서는 그가 살아온 이야기에 감명받아 그해 연사로 나와달라고 부탁했다. 학위 과정을 밟는 동안 스파크먼은 내내 암과 싸우고 있었고, 이겨내고 있는 것처럼 보였다. 둥글고 창백하고 친근하고 안경을 쓴 얼굴에 밝고 불그스름한 머리를 짧게 친 사내. 아마도 가장 일반적으로 알려져 있는 것일 그의 사진을 보면, 그는 항암 치료 때문에 빠진 머리를 털모자로 가리고 한 어린 남학생의 가슴에 붙어 있는 종이에 쓰인 무언가를 가리키고 있다. 내가 거기에 누워 있는 동안, 이런저런 영역들—푼도, 토크 라디오, 블로고 같은 세계들—에서는 이 이끼로 덮인 언덕에서 무슨 일이 일어났는지, 혹은 일어나지 않았는지를 두고 의견이 분분했다. 스파크먼은 설문지를 들고 필로폰을 제조하는

---

23 교사가 결근할 때 그 자리를 메꾸는 일을 하는 교사.

사이코패스들을 찾아간 걸까, 그들이 사는 트레일러에 몇 명이나 살고 있고 직업이 무엇인지를 물었던 걸까, 그러고는 목이 졸려 죽은 걸까?

좌파로 기운 이들은 무언가가 은폐되고 있다고 느꼈다. 글렌 벡과 미셸 바흐만 같은 이들의 손에 스파크먼의 피가 묻어 있다는 것이었다. 반면에 우파는 그의 죽음이 정치적 살인이기는커녕 살인 사건 자체가 아닐 거라는 이런저런 암시들에 매달렸다. 너희들 리버럴은 우리를 악마화시키는 일에 얼마나 재빠른가! 양쪽 진영은 이제 〈웨스트사이드 스토리〉의 노래들에 나오는 것처럼 아주 당연하게 서로를 향해 적의를 보였다.

뒤늦게 나온 오렌지 나비들이 이끼 침대 위를 날아다녔다. 여기로 오는 길에 나는 우리 가족 성경책에서 바로 튀어나온 도로표지판들을 지나쳤다. 브라이트세이드, 바보어빌. 바보어빌에서 내 증조모 혹은 고조모인 케이트 애덤스는 어떤 예식이 진행되는 동안 민병대에 유니언[24] 깃발을 증정했다. 그곳에 있는 대학에서는 아직도 그 깃발을 전시하고 있다. 내 선조들은 남북전쟁 관련 역사책에서 흔히 보기 어려운 약간 이상한 남부 사람들이었다. 그들은 노예를 소유한 농장주들이었지만 공화당의 정신에 근거해 북쪽을 위해 싸웠다. 켄터키는 이런 식으로 가운데에서 갈라졌다. 그들이

---

24 남북전쟁 당시 북쪽 주들의 연합.

우리에 대해 말할 때 "형제에 대항한 형제"라고 하는 게 그 래서다. 내 선조들은 다른 방법이 보이지 않았기 때문에 자신들이 소유한 노예들을 "그래, 그럼 도망쳐" 하는 식으로 해방시켰다. 마침내 옳은 일을 하고 있다, 위대한 실험을 방해하는 게 아니라 그것을 밀고 나가는 쪽과 함께한다는 생각에 안도하는 숭고한 정신도 아마 있었을 것이다.

자동차가 다가오는 소리가 들려왔고, 나는 그 차가 지나가길 기다렸다. 차는 지나가지 않았다. 신경이 곤두섰다. 그들은 내 차를 봤다. 내가 있는 데가 공원 안으로 얼마나 깊이 들어와 있는 곳인지는 과장하기조차 어렵다. 여기서 2킬로미터도 채 안 가서 길은 끝난다. 대니얼 분 국유림에서 길이 끝나는 곳에 있다면, 그건 미국에 남아 있는 녹림 산지들 중 가장 큰 숲의 상당히 깊은 곳에 들어와 있다는 걸 뜻한다. 이 숲은 우주에서도 보일 정도다. 구불구불하고 요철이 심한 길을 들어오는 동안, 나는 강변 저지대에서 여러 마리의 방울뱀을 목격했다. 얼마 남지 않은 놈들이다. 켄터키식의 시간 여행이었다. 피해망상에 빠지고 싶지 않았기 때문에, 멍청하게 굴고 싶지 않았기 때문에, 나는 기다렸다. 누가됐든, 내가 여기로 왔다는 말을 듣고 온 것이었다.

차를 몰고 빠져나오면서 보니, 그 차는 멀지 않은 곳에 있었다. 그는 보안관보^補였고, 길 한가운데에 차를 세워놓고 있었다. 이 공동묘지를 밤낮으로 지키고 있었던 게 아니라면, 그가 클레이 카운티 안에서도 바로 이곳에서 나를 찾아낼 확률이란 스티븐 호킹의 우주 속에서 한 점을 찾아내는 일 같은 것이었다. 차를 세우고 내려야 하나? 나는 그 차 뒤에 어정쩡하게 차를 세웠지만 엔진은 끄지 않았다. 그리고 그 차를 그대로 지나가기로 마음먹었다. 지나가면서, 우리는 서로 손을 흔들었다. 회색 콧수염을 기르고 안경을 쓴 사내가 미소를 짓고 있었다. "또 오세요." 그는 그렇게 말하면서 내가 그냥 지나가게 했다.

그리고 몇 킬로미터를 운전해가는 동안 나는 신경이 곤두서 있었다. "또 오세요"라니. 섬찟하지 않은가? "어디 한번 돌아와봐!" 하고 비꼬는 건가? 아무렇지도 않은 척하면서 협박하는 건가?

그렇지 않다. 그냥 아이러니한 것뿐이다. 그 지역에서 일어난 지 얼마 안 된 범죄 현장을 찾아 일부러 몇 킬로미터를 들어가는 낯선 사람에게 주의를 기울이는 건 전적으로 보안관보가 해야 하는 일이다. 누군가가 그에게 연락해서 나에 대해 이야기했을 것이다. 내가 잠깐 길을 잃어 폐차장을 지나갈 때 개들이 짖지 않았던가? 그 사내가 전화한 것이다. 아마 보안관보는 빌 스파크먼이 죽은 나무를 보려고 내비게이션에 의지해서 찾아드는 한심한 구경꾼들에게 놀랐을 뿐인지도 모른다. 보안관보가 "또 오세요"라고 했을 때 그가 의미한 건, 네가 돌아오지 않을 걸 안다, 그런 뜻이었다. 그가 '나는 네가 절대 돌아오지 않을 걸 안다'는 뜻으로 그렇게 말했을 때, 그는 동시에 '다행이다, 너는 이 지역 사람과는 모든 면에서 반대인 기회주의적인 광대 같은 놈이라 사무실로 돌아가 내가 멍청하고 겁을 잔뜩 집어먹고 있는 것처럼 보이게 쓰겠지. 사실은 네가 돈을 좇아 벼룩처럼 뛰어다니며 인생을 보내는 동안 우리야말로 분 이래로 이 숲에 남아 이곳을 지키며 살아왔는데 말이다'라고 암시하던 것이다.

그가 "또 오세요"라고 했을 때 정확히 이런 걸 의미하지는 않았겠지만, 은연중에 그런 느낌을 풍겼다. 켄터키 사람들 사이에서는 투덜거리듯이 내뱉는 상용구의 목소리 크기와 템포에 많은 것들이 담겨 오간다. 보안관보와 나는 차를 타고 잠깐 스쳐 지나가면서 주고받은 시선 속에서 완벽하고 속이 빤히 들여다보이는 사교적인 거짓말을 주고받았다.

그렇다고 내가 런던으로 돌아갈 때 올 때와는 다른 길, 약간은 유별난 길을 택하지 않았다는 이야기는 아니다. 나는 내가 실종되었을 때를 대비해서 내가 움직인 시간표를 정확히 남겨놓기 위해 마켓이 나올 때마다 들렀고, 내가 온 길을 머릿속으로 끊임없이 복기했다. 나는 한 주유소에서 종교에 대한 대화를 들었다. 너무 지어낸 것처럼 들려서 그 대화를 재구성하기가 망설여질 정도다. 점원인 여성과 방금 염가 담배[25]를 한 갑 산, 턱수염을 길렀고 거의 만화에서 튀어나온 촌사람처럼 보이는 사내가 대화를 나누고 있었다. 사내는 켄터키 가운데에서도 그 지역에는 온갖 종류의 종교들

---

25 유명 담배회사에서 만들었지만 다른 브랜드명을 붙여 싸게 파는 담배.

이 있다고 말했다.

"뱀 본 적 있어요?" 여자가 말했다. 여자는 뱀을 만지는 이들[26]을 뜻하는 것이었다.

"아뇨." 사내가 말했다. "당신은요?"

"공개적으로는 못 보죠." 여자가 말했다. "하지만 뒷방에서 몰래 하는 걸 본 사람들은 알아요."

내가 주유비를 지불하는 동안, 두 사람은 누구나 자신의 신앙을 가질 수 있다는 사실에 대해 신앙인다운 이야기들을 주고받았다. 여자는 이렇게 말했다. "그건 열 명이 차 사고를 목격했는데, 열 명이 경찰한테 각각 다른 이야기를 하는 거나 마찬가지인 거예요"(나한테는 맹인이 코끼리를 만지는 이야기를 그 동네의 어법으로 아주 생생하게 표현한 것처럼 들렸다).

"그 열 명 중에 도움을 주려고 나선 게 누군지 말해봐요." 사내가 말했다. "난 그 사람의 종교를 따를 거요."

여자와 나는 둘 다 가만히 있었다. 우리는 지금 우리 앞에 있는 스너피 스미스Snuffy Smith[27]가 담뱃진으로 갈색이 된 수염 사이로 고차원적인 지혜를 툭 내던졌다는 사실을 각자의 방식으로 이해했다고 생각한다.

---

26 마가복음 16:17-18("믿는 자들에게는 이런 표적이 따르리니… 뱀을 집어올리며 무슨 독을 마실지라도 해를 받지 아니하며…")을 문자 그대로 믿어 예배 중에 독사를 만지고 독을 마시는 의식을 집행하는 이들을 말한다. 미국 남동부의 산간 지역에서 주로 활동하는 복음주의 교파들 중에서 찾아볼 수 있다.

27 1930년대 신문 만화에 등장한 인물. 산속에 살면서 밀주를 빚어 팔고, 마음에 안 들면 마구 총질을 해대는 막무가내형의 인물이다.

호텔에 돌아와서 나는 스파크먼의 아들 조시에게 전화를 걸었다. 조시와는 그 전에 그의 집 진입로에서 만났었다. 무게가 나가는 잡다한 물건들을 잔뜩 쌓아놓은 소파가 현관문 앞에 마치 바리케이드처럼 놓여 있었고, 커다란 개가 나는 네가 여길 떠날 때까지 계속 짖을 거라는 기세로 컹컹대고 있었다. 조시의 차가 들어올 때, 나는 거기에 남겨놓을 메모를 적고 있던 참이었다. 짙은 색 머리에 턱수염을 기르고 눈에는 걱정이 가득한 이 청년은 점잖고 공손한 태도를 보이다가 의외로 말이 많아졌는데, 집에 갖다놓을 게 있어서 들른 길이라고 했다. 우린 나중에 더 이야기하기로 했다.

조시는 자신의 아버지가 자살한 게 아니라고 단호하게 말했다. 그는 다른 사람들에게 했던 이야기를 내게도 반복했다. 암에 대항해서 그렇게 싸운 사람은 자살하지 않는다고. 빌 스파크먼은 자기가 얼마나 간절하게 살고 싶어 하는지 매일 보여줬다. 조시는 형사들이 자기 아버지에게 희생자로서의 명예조차 허락하지 않으려 하는 데에 분노하고 있었다. 형사들이 그렇게 머뭇거린 결과, 어떤 비열한 분위기가 이 사건 전체를 감싸기 시작했다. 실제로, 전에는 협조적이던 인터뷰 대상자 두 사람이 내가 런던에 머무는 마지막 날 하기로 한 인터뷰 약속을 어겼다. 이 사건에 대한 이야기에 어떤 식으로든 기여하겠다는 생각을 가지고 있던 사람들의 마음이 흔들리기 시작했다.

하지만 아버지의 사인에 대한 결정이 늦어지는 것에 대

한 조시의 염려에는 현실적인 면 또한 있었다. 조시는 아버지가 살던 자그마한 랜치형 주택을 자신이 물려받아 계속 소유할 수 있기를 원했다. 빌 스파크먼은 그 집을 유지하고 조시에게 물려주기 위해 십육 년을 일해왔다. 아버지가 가입한 생명보험에서 보험금을 받지 못한다면, 조시는 그 집을 잃게 될 것이었다.

조시에 따르면, 사람들이 그의 아버지의 죽음을 자살처럼 보이게 하려고 애쓰기 전부터, 보험회사는 그의 아버지가 보험금 납입을 한 번 걸렀다고 주장하면서 골치 아프게 했다. 스파크먼이 죽기 전에 보험이 취소됐을 가능성이 있었다. 조시는 내가 아는 변호사가 있는지 궁금해했다.

조시와 그의 아버지는 그 전해에 갈등을 겪고 있었지만—빌이 암 투병을 하는 동안 조시는 장물 소지 혐의로 체포되었고, 어쩌다보니 테네시주에 있는 처치스치킨[28]에서 일을 하게 되었다—결국 화해하고 빌이 죽기 얼마 전에 다시 만났다.

모든 상황이 끔찍하게 슬펐고, 어찌 보면 그보다 더 고약했다. 진짜 질문은 아마도 그것인 듯하다. 그보다 더 고약했을까? 이 지역에서 몇몇 사람들 말고 이 사건에 관심을 가지고 있는 이들이 또 있을까? 경찰서장의 질문은 바로 이것을 향해 있었다. "여기엔 왜 왔습니까?" 조시마저 다음 날 낮

28　1952년에 조지 W. 처치George W. Church가 텍사스에서 시작한 치킨 프랜차이즈.

과 밤에 나를 바람맞혔고, 나는 짐을 싸서 집으로 돌아왔다.

몇 주 뒤에 나온 경찰의 공식 발표—나는 서장의 발표를 비디오 생중계로 보았다—는 암울한 후렴구 같았다. 스파크먼의 죽음은 전적으로 보험과 관련되어 있었다. 그는 혜택이 그다지 좋지 않은 보험만 가지고 있는 상태에서 림프종과 싸우느라 재정적으로 파탄이 난 상태였다. 빚이 잔뜩 쌓인 상태에서 임금수준이 낮은 일자리 여러 개를 뛰며 모기지를 마련하던 스파크먼은 보수가 조금 더 나은 일자리를 얻기 위해 학위를 준비했고, 대개의 사람들이 그렇듯이, 필요에 의해 센서스 조사원 일자리를 택했다.

경찰 조사 결과 스파크먼은 보험금을 타내는 데 필요한 비극적인 사기를 꾸미기 위해 자살했다. 죽기 얼마 전 그는 자기 앞으로 보험을 두 개 들었다. 그 보험들은 사인이 자살일 경우 무효가 되지만, 살인일 경우에는 그렇지 않았다. 스파크먼은 암이 재발했다는 사실을 알았다. 조시에게 무언가를 남겨주기 위해서는 이게 유일한 방법이었다. 조시는 전혀 모르는 일이었다. 경찰이 이 사건을 해결한 데에는 스파크먼의 가슴에 있던 '연방'이라는 글씨가 쓰인 방법에 대한 연구가 도움이 됐다. 그 글씨들이 구성되어 있는 형태, 다시 말해 사람이 자기 가슴에 글씨를 쓰려 할 때 나오는 손목의 모양, 펜을 쥐고 있는 손목이 휘어 있는 모습을 반영한 형태 속에 실마리가 있었다.

19세기 이래로 매년 여름 내 어머니의 가족이 찾는 미시간주 북부의 작은 호숫가 마을에서 있었던 파티에서 내 사촌을 다시 만났다. 그곳은 일종의 빅토리아 양식 주택의 유토피아이자, 브리가둔처럼 한 시대에서 얼어붙은, 와스프 WASP[29]의 자그마한 천국이다. 삼촌들은 나의 또 다른 사촌, 아프가니스탄에서 정보 장교로 근무하다, 그의 말에 따르자면 "그들에게 쏟아붓고", 막 돌아온 로비스트의 동생을 위한 파티를 열었다. 농담이 아니라 실제로 그는 침공 이래 가장 끔찍했던 몇 달을 그곳에서 보내고 돌아왔다. 그의 엄마인 나의 금발의 숙모가 온몸으로 안심하고 홀가분해하는 게 느껴졌다.

로비스트 사촌은 D. C.의 분위기가 거칠어지고 있다고 말했다. 백악관에서 제시한 공공의료 방안이 동력을 얻고 있었다. 로비스트 사촌의 상사가 그날 아침 그에게 마지막으로 한 말은 "우리 망한 거 같은데"였다.

집 앞쪽 포치에서는 우리가 어린 시절 달리기 시합을 하던 짙은 녹색 초원이 보였고, 뒤쪽에서는 요트 스포츠를 즐기는 사내들의 흰색 닻을 단 배들이 오후의 바다에 미동도 없이 떠 있는, 그림엽서에나 나오는 사랑스러운 작은 포구가 보였다. 나방들이 옅은 푸른색 벽에 붙어 있었다. 우리는, 민간 보험 덕에, 어린아이들에게는 일종의 천국 같은 이곳에

---

29 White Anglo Saxon People. 앵글로색슨족의 백인.

서 자라났다. 지금은 내 딸이 개를 쫓아 내 옆을 뛰어 지나가고 있었다. 이것이 사라지는 걸 누가, 어떻게 원할 수 있을까? 그보다는, 모든 사람이 이런 걸 누려야 할 것 같다.

나는 사촌에게 며칠 더 머무르는지 아니면 D. C.로 돌아가야 하는지 물었다.

"돌아가야 해." 그가 말했다. "지금 모든 게 다음 달에 의회에서 있을 대결에 집중되고 있어. 지금이 우리가 일해야 할 시점이지." 수많은 조찬 모임. 수많은 사무실 방문. 어떤 상원의원은 "성전"을 예상하고 있었다.

"개인들과 가족들이 처한 환경과 그들이 소유한 재산에 계속해서 변동이 일어나고 있습니다." 프랭클린은 말했다.

나는 내 사촌의 시도가 실패하길 바라면서, 그에게 행운을 빌어줬다.

9
라-휘-네-스-키: 괴짜 자연주의자의 경력

가이 대븐포트를 위하여

미국의 모든 역사는 꿈의 편린들에 불과할 뿐이다.

_콘스턴틴 새뮤얼 라피네스크

켄터키주는 악어 머리처럼 생겼다. 그리고 버지니아주
와도 모양이 비슷한데, 마치 버지니아주 영토를 조금 키워
복제한 다음 서쪽을 잡아 늘인 것처럼 생겼다. 어떤 면에서
는 실제로 그렇다. 이 두 주의 남쪽 경계는 둘 다 수평 방향
으로 좁고 길게 뻗어 있다. 두 주의 북쪽 지경地境을 형성한
강들은 애팔래치아산맥 정상부에서 양옆으로 떨어져내리
는데, 그중 한쪽은 개척 농장주frontier planter[1]인 윌리엄 버드가

1728년에 조사했다. 두 주는 양쪽에서 대칭되는 모습을 하고 있다.

1818년, 이런 모양을 만들어낸 오래전의 과정에 대해 대략이라도 논리정연하게 설명할 수 있는 소수의 사람들 가운데 한 사람이 지붕이 있는 길다란 평저선을 타고 켄터키주 루이스빌로 접근했다. 그는, 그 지역 풍습을 따라, 그 배를 방주라고 불렀다. 여름이었다. 그는 악어 머리처럼 생긴 켄터키주에서 악어 눈에 해당하는 지역을 따라 오하이오를 여행했다. 그는 꼬박 십 년 동안 자기 모친의 성인 슈말츠를 사용했다―그는 그 기간 동안 영국이 통치하는 시칠리아에서 지냈으므로 과도하게 프랑스식으로 들리는 성을 쓸 필요는 없었다. 하지만 피츠버그에 있는 몇몇 서적상들로부터 '오하이오의 지류들에 대한 새롭고 보다 정확한 지도'라는 제목의 책을 출간하는(그는 이 지도를 실제로 그렸지만, 그들은 책으로 출판하지 않았다) 대가로 선금 백 달러를 받아 식물 탐구 여행차 켄터키에 도착한 뒤에는 콘스턴틴 라피네스크라는 이름을 다시 사용했다.

존 제이콥 아스토John Jacob Astor[2]는 "라피네스크는 누구이

---

1   여기서 'planter'는 초기 미국에서 교육 수준이 높고 정치적으로 활발한 활동을 보이는 부유한 농장주들을 일컫는 용어였다.

2   1763~1848. 독일 출신의 미국 이민자로, 모피와 아편 무역으로 재산을 모은 뒤 뉴욕 일대의 부동산에 투자해서 거부가 되었다. 뉴욕시 공립도서관의 모태인 아스토도서관을 만든 예술의 후원자였다.

며, 어떤 성격의 인물인가?"라고 물은 적이 있다. 라피네스
크 본인조차 그 질문에 대한 대답의 복잡성 때문에 혼란스
러워했다. 그는 이렇게 썼다. "미국에서는 다양한 재능이라
는 것이 그리 드문 게 아니다. 하지만 내가 보여준 재능은…
상식을 넘어서는 것처럼 보이는 면이 있다. 하지만 내가 지
식에 관한 한 식물학자, 박물학자, 지질학자, 지리학자, 역사
학자, 시인, 철학자, 문헌학자, 경제학자, 자선사업가…로 살
아왔다는 건 거짓이 아니다."

　　방주는 오직 하류 방향으로만 운행했다. 목적지에 도착
하면 소유주는 배를 해체해서 목재로 팔았다. 방주는 떠다
니는 섬에 가까웠고, (라피네스크의 여행 때 그랬던 것처럼) 여러
척의 방주를 밧줄로 묶어서 함께 다니는 경우도 종종 있었
다. 1810년의 기록을 보면 그 배는 '평행사변형' 모양이었다
고 한다. 어떤 건 길이가 21미터나 되었다. 배에서는 선실이
나 툭 트인 갑판에서 생활했고, 텐트를 치기도 했고, 취사는
고정된 스토브 없이 그때그때 불을 피워서 했다. 동물도 태
웠다. 원할 때마다 육지로 나갔다가 돌아올 수 있었는데, 그
때는 뱃전에 매어두었던 자신의 작은 배를 이용했다. 방주는
유속이 느릴 때에는 느리게, 빠를 땐 빠르게 움직였고, 아주
빠를 때는 침몰했다. 대부분의 경우에는 노를 젓는 사람이
셋밖에 없었다. 미국 특유의 이런 여행 방식은 한 세기가 넘
는 동안 내륙을 다니는 데에는 충분했는데, 지금은 완전히
사라져 그 조악했던 모습을 재구성해내는 게 쉽지 않다. 이

배가 다니는 데 필요한 적정 수심[3] 같은 것도 없었다. 라피네스크는 강을 떠내려가는 동안 식물 연구를 할 수 있었기 때문에 방주를 좋아했다. 그는 대륙의 혈관을 따라 진동하는 식물의 맥박을 느꼈다. 녹색의 세계가 그에게 속삭였다. 라피네스크는 그것들이 한 정확한 말을—그가 생애의 마지막 무렵에 쓴 짧고, 두서없고, 상처 가득한 회고록에서—그대로 우리에게 전한다. "너희는 정복자다."

신세계는 절대로 새로운 것이 아니다. 그 사실을 눈치챈 적이 없는가? 원주민 이야기를 하는 게 아니다. 그거야 워낙 확연하게 드러나 있는 사실이고. 심지어 유럽인들의 기준으로 봐도, 누군가가 항상 거기에 이미 있었다. 드소토[Hernando de Soto][4]가 플로리다에서 처음 만난 사람은 스페인어를 했다. 사실 그는 스페인 사람이었던 것이다! 그리고 플리머스 항해에도 런던에 다녀오는 원주민 그룹이 타고 있지 않았던가? 그런 식으로, 그 유명한 라피네스크가 최초로 산맥을 넘었을 때, 그전에 이미 프롤로그 역할을 한 미국인들이 있었다. 1802~1805년에 그는 식물에 대해 이야기하고 싶어 하는 독립전쟁 참전 군인들이 모는 마차 안에서 이리저리 흔들리면서도 뉴잉글랜드 전역의 들판과 고원지대를 돌아다녔다. 대부분의 지역이 그를 소년 천재로 맞아들였다. 그가 도착했

---

3   배가 운항해도 되는 안전한 수심.
4   c.1500~1542. 스페인의 탐험가이자 정복자. 피사로가 잉카제국을 점령할 때 중요한 역할을 했고, 현재 미국 영토의 남동부를 탐험했다.

을 때 그는 열아홉 살이었고 이미 청소년 시절에 과감한 조숙함이 드러난 책을 출판해 국제적인 인정을 받고 있었다. 이미 명성이 잘 알려져 있던 동식물학자 가운데 한두 명은 발견에 대한 그의 "광기"에 질려 있었다. 그는 미국 땅에서 자신이 처음 본 흔한 잡초에 다시 이름을 붙이고 분류하려 했다고 전해진다. (사실이다.)

독립선언서에 서명한 인물이자 미국 최초의 위대한 의사인 벤저민 러시Benjamin Rush가 라피네스크에게 조수 자리를 제안했다. 당시에는 의약과 식물학이 매우 가까운 영역이었기 때문이다. 라피네스크는 거절했다. 그의 눈에는 자신의 운명이 명확히 보였고, 그건 도시에 있지 않았다. 우리는 그가 여기 있었던 시절을 기억해야 한다. 1803~1805년이면 루이스와 클라크가 활동하던 시절이었다. 제퍼슨의 탐험단[5]이 서부에 도달한 때이다. 나중에 탐험은 남쪽으로, 루이지애나와 아칸소 혹은 "우리 나라 산맥들 중 가장 덜 알려진 곳인 애팔래치아산맥"으로 이어질 것이었고, 라피네스크는 "내가 숨을 헐떡이며 탐험할 것"이라고 썼다. 그는 제퍼슨에게 소개되었고, 두 사람은 서신을 주고받기 시작했다. 라피네스크가 "우주 안에서 굴러다니는 조직화된 동물"이라고 믿었던 지구는 스스로를 과학에 바친, 분류학적으로 백지상태

---

5   당시 대통령 토머스 제퍼슨의 명령으로 조직된 서부 탐험단. 군 장교들인 루이스와 클라크가 이끌었다. 실제 탐험 기간은 1804년 5월~1806년 9월까지였다.

인 광활한 대륙으로서 그 순간 라피네스크를 자신 앞에 세우고 적절한 자리를 주었다. "대통령 각하"를 입에 달고 다니는 게 그에게 특별히 기쁜 일은 아니었지만, 그는 공인된 탐험대의 탁월하고 더할 나위 없이 적임인 자연학자로서 기꺼이 그럴 생각이었다. 라피네스크가 '네 번째 세계'라고 부른 신세계는 발견된 건 이미 오래전이었지만, 이제 막 알려지려는 순간이었다.

제퍼슨은 그 편지를 받지 못했거나, 아니면 무시했다. 그는 루이스와 클라크를 반쯤은 군사작전에 투입한 것으로 생각했고, "켄터키 출신의 아홉 젊은이들"이 이 박학다식한 괴짜 프랑스인의 무게를 견디지 못할 걸 알고 있었다. 대신 그는 루이스를 필라델피아로 보냈고, 거기에서 그 지역 학자로부터 배우도록 학비를 지불했다. 같은 도시에서 가르치고 있었고, 그 탐험에 참여해달라는 요청이 곧 올 거라고 자기 입으로 떠들어대던 라피네스크로서는 그 소식에 부글부글 끓어올랐을 게 틀림없다. 그는 자신의 앞길에 다른 사람이 들어서고, 그가 자신의 순간을 대신 사는 걸 지켜보게 되었다. 만약 라피네스크를 태평양으로 보냈더라면 우린 얼마나 많은 걸 알게 되었을까! 그는 원주민의 언어에도 뜨거운 열정을 가지고 있었다. 동시대에는 그런 사람을 찾기 어려울 정도였다. 상황이 그러해서, 비록 단기필마의 처지였지만, 그는 어찌어찌 전쟁성을 설득해서 그들이 관리하는 모든 원주민 요원들에게 어휘 설문지를 보내게 했다. 배후에 라피네스크가 있다는 것을 모르는 상태에서 언어학자들이 매우 감탄하며 그 작업에 대해 언급한 것을 우리는 찾아볼 수 있다.

그에 못지않게 중요한 것은, 그 작업이 그를 과학자로 형성시키고 훈련시켰으리라는 것이다. 이번에는 그도 자신의 자존심 못지않게 의무 또한 알게 되었을 것이다. 유럽과 동부 해안 지방의 대도시들에 살면서 공부하던 사람들은 모두 식물과 동물, 그리고 원주민 부족에 대해 그가 무언가를 발견해내기를 기다리고 있었을 것이다. 그리고 산맥들에 대해서도 그랬을 것이다. 당시 그는 자신이 적용하기 시작한 급진적인 자연분류 체계를 익숙하게 만들고 정교하게 다듬기 위해 보다 정밀한 조사를 고려해야 했을 것이다. 그는 한때 자신의 위대한 스승이자 안내자였던 린네의 "무지막지"하고 독단적인 성 구분 체계로부터 이미 살짝 비껴나가기 시작했기 때문이다. 보이는 것에 근거해 체계적으로 접근하는 방법 외에는 다른 선택지가 없었다. 이 방식에서는 오로지 표본의 수가 중요했다.

라피네스크는 제퍼슨의 무응답에 상처받았고, 그들이 아직 자신을 감당할 준비가 안 됐다고 투덜대며 1805년 시칠리아로 떠났다. 이게 라피네스크가 반응하는 방식이었다. 너무 쉽게 화내고, 안달하고—현장에서는 명백히 타의 추종을 불허하지만, 한자리에 가만있지를 못했다. 그때 그의 경력은 막 시작된 참이었다. 그가 떠나기 전의 몇 주 동안 지역신문들은 공개적으로 그의 결정을 아쉬워했다. 그는 생물학에 대한 미련을 완전히 접지 못했고 성마른 심사도 어쩌지 못하다가, 어쨌거나 떠나버렸다.

그가 탄 배가 닻을 올리고 떠난 지 사흘 뒤, 필라델피아에 있는 그의 친구 하나가 제퍼슨으로부터 온 편지를 대신 받았다. 새로운 탐험대가 조직되었다. 이번 탐험대는 레드 리버Red River[6]를 탐색할 예정이었다. 라피네스크가 아직 관심이 있다면 그의 자리가 만들어질 것이었다. 제퍼슨 입장에서 보자면 노골적으로 라피네스크를 염두에 두고 준비한 전례 없는 일이었다. 전에 두 사람이 만났을 때, 제퍼슨은 라피네스크를 상당히 높이 평가했던 것이다. 이제 라피네스크의 친구들은 민망하게도 제퍼슨에게 라피네스크의 경솔함을 설명하는 답장을 써야 했다. 그 탐험대는 일 년 뒤 자연학자의 자리에 한 학생을 대신 넣어서 떠났다.

미국이 라피네스크의 이 배신, 이 약한 믿음을 용서한 적이 있는지 모르겠다. "미국"이라고 했을 때, 나는 이 땅을 말하는 것이다. 이 땅이 그를 불렀다. 그는 오지 않았다. 그는 어디로 간 거였을까?

시칠리아에서 그는 금발의 조세핀 바카로와 결혼했다. 두 사람은 아들과 딸을 하나씩 낳았다. 그는 거기서 많은 이들이 추앙한 브랜디를 만들었는데, 단 한 방울도 맛보지 않

---

6 오클라호마주와 텍사스주 사이를 지나 남동쪽으로 내려가 멕시코만으로 들어가는 남부의 주요 강 중 하나. 이 글의 배경이 된 시기에는 텍사스가 아직 멕시코 영토였기 때문에 텍사스와 미국의 국경선 역할을 했다.

고 훌륭한 술을 만들어냈다. 그는 독주를 너무나 혐오했고 화학반응에 대해 워낙 본능적인 이해가 깊었기 때문이다. 그가 시칠리아에서 보낸 세월에 대한 가장 날카로운 관찰은, 당시 몇 년 동안 이탈리아 물고기를 연구했고 라피네스크를 방문했던 19세기 초반의 영국인 자연학자 윌리엄 스웨인슨William Swainson의 일기에 숨겨져 있다. 스웨인슨에 따르면, 라피네스크는 그의 집 근처에 있는 수산물시장으로 걸어가곤 했는데, 어부들은 무언가 색다른 게 잡히면 그를 위해 한쪽으로 치워놓았다. 스웨인슨이 거기에 가 있는 동안에만도 라피네스크는 이런 식으로 새로운 종들을 많이 발견했다. 하지만 스웨인슨이 그것들을 그림으로 그리고 이름을 붙인 뒤 말려서 보관하자고 그렇게 애원했는데도, 라피네스크는 먹어치우겠다는 고집을 꺾지 않았다. 그는 풍족하게 살았다. 일종의 약재 관련 사업에 관여해서 큰돈을 벌었다. 그는 가마꾼을 고용해서 언덕길을 오르내렸고, 시칠리아에서는 거지들만 걸어다닌다면서 웃었다. 그가 식물을 채집하는 동안 가마꾼들은 풀밭에 누워 잤다. 그렇게 십 년이 흘러갔다.

마침내 라피네스크가 북미로 돌아왔을 때—그는 물론 돌아왔다. 운명은 왜곡될 뿐, 사라지지는 않는다—그가 탄배는 항구로 들어올 수 없었다. 몬탁곶을 향하던 배가 서풍을 만나면서 방향을 잃은 것이다. 배는 뉴포트 쪽으로 방향을 바꾸려 했으나, 바람이 바뀌면서 다시 북동쪽을 향하게 되었고, 배는 결국 뉴욕으로 방향을 틀었다.

롱아일랜드와 피셔스아일랜드 사이의 해저에는 거대한 화강암 덩어리들이 일렬로 가로놓여 있다. 이 바위들은 이만 년 전 허드슨만에 자리 잡은 빙하에 의해 잠식되었다가 그로부터 만 년 뒤에 빙퇴석으로 돌출되었는데, 뱃사람들은 이곳을 지금도 레이스Race[7]라고 부른다. 달이 막 바뀌었다. 용골을 갉아먹은 가장 큰 바위의 꼭대기에서 수면까지는 불과 1.5미터 정도밖에 되지 않았을 것이다. 조금 있으면 11월이 시작되는 밤의 열 시경이었다. 배에 실은 보트가 밧줄에 엉켜 물속으로 빨려 들어갈 것 같은 순간도 있었으나, 배 자체는 "화물창 안의 공기에 의해 부력을 얻어" 조금 가라앉다 멈추었다. 선객들은 추위 속에서 두 시간 동안 구명보트를 저어 등대로 갔다.

일종의 긴장병이 생긴 라피네스크는 며칠 동안을 서성거리고 다녔다. 이 사건에 대한 그의 기억은 혼란을 보이고 있다―그는 "코네티컷의 뉴런던까지" 걸어갔다고 말하는데, 우리는 그곳이 바로 그가 상륙한 지점이라는 것을 알고 있다. 어느 순간, 몇몇 사람들이 화물을 건져보려고 노를 저어 배로 다가갔다. 선객들은 희망을 품은 채 해안가에 모여 그 광경을 지켜보았다. 하지만 배를 좀 더 조종 가능한 상태로 만들기 위해 그들이 돛대를 잘라내자, 배는 균형을 잃었

---

7 특정한 지역에 형성되는 갑작스러운 급류.

다. 배에서 "폭발이 일어나 화물창 안에 압축되어 있던 공기가 터져나온 뒤" 배는 오른쪽으로 기울더니 침몰하고 말았다. 라피네스크는 그 자리에 서서 이 일들을 고스란히 지켜봤다. 배가 폭발하고, 앞날의 전망이 거의 문자 그대로 위기에 놓인 걸 보았고, 그러고는 운명이 마치 위대한 바다의 신처럼 엄지손가락을 아래로 내려 그의 작업, 그의 돈, 그리고 그의 의복까지 모두 앗아가는 것을 지켜보았다. 잃어버린 것들을 모두 계산해보니 현기증이 날 정도였다.

> 내 약재, 캐비닛, 수집품들… 등이 들어 있는 상자 50개 외에 약품과 기타 상품들. 내 장서들. 나는 지도 2000종과 그림들, 동판 300개 등을 포함하는 내 원고 일체를 들고 왔다. 내가 수집한 갑각류는 크고 작은 60만여 개의 표본을 포함할 정도로 어마어마한 규모였다. 초본의 규모 또한 엄청난데…

조세핀은 난파 사실을 듣고 최악의 상황을 가정했다. 사실 그녀가 그렇게 빨리 최악의 경우를 전적으로 상정한 것은 놀라운 일이다. 라피네트가 살아남았다는 소식이 시칠리아에 도착하는 데에는 이 주일밖에 걸리지 않았지만, 그녀는 이미 어떤 배우와 재혼한 뒤였다. 실제 기록으로 남아 있는 바로는 "코미디언"이다. 그 배우는 라피네스크의 외동딸 에밀리아를 가수로 만들었다. 라피네스크는 딸을 데려오기 위해 보험금으로 받은 돈으로 인디언 치프호와 인텔리전스

호 등 두 척의 배를 보냈지만, 딸은 거부했다. 그녀의 갓난아기 남동생 찰스 린나에우스는 일 년 전에 사망했다. 라피네스크는 혼자가 됐다.

배가 난파된 후 끔찍했던 며칠 동안 그가 아펜니노산맥[8]에 살고 있는 동료 앞으로 써 보낸 편지 한 통이 남아 있다. 그 편지에서 라피네스크는 난파선에서 빠져나와 해안으로 헤엄쳐오는 동안 그가 식별해낸 새로운 물고기와 해초의 종류들에 대해 이야기하고 있다. 이것은 그의 이상하고도 불필요한 거짓말들 가운데 첫 번째 것이다. 헤엄쳐서 빠져나왔다는 말이 바로 그것이다. 그는 실제로 새로운 종류의 물고기를 식별해내긴 했지만, 그것은 구명보트가 닿은 부두에서 있었던 일이다.

이 모든 일들이 그의 마음에 미친 영향을 헤아릴 수 있는 가장 쉬운 방법은 바뀌어간 그의 겉모습에 대한 관찰일 것이다. 그의 책 《자연의 분석Analyse de la Nature》(1815, 난파가 있었던 해)에 권두 삽화로 실린 그의 초상화를 보면, 작은 코와 굳게 다문 얇은 입, 종려나무 잎사귀처럼 빗어넘긴 기름진 앞머리 등 그는 매혹적일 정도로 신체적으로 날렵해 보인다. 그는 "섬세하고 세련된 손"과 "작은 발"로 기억되는 프랑스의 레프러콘[9]이다. 여자들은 그의 속눈썹을 눈여겨봤다.

---

8   이탈리아반도의 등뼈와 같은 산맥.

9   아일랜드 민담에 나오는 수염을 기른 남자 요정. 주로 혼자 움직이며, 무지개의 한쪽 끄트머리에 금항아리를 숨겨놓은 존재로 알려져 있다.

그로부터 삼 년 뒤, 그가 방주에서 나올 때의 모습을 보자. 그는 지금 켄터키주의 헨더슨빌에서 새 그림을 그리는 화가 존 제임스 오듀본John James Audubon을 찾고 있다. 그는 루이스빌에서 이 위대한 인물을 수소문했으나, 사람들은 오듀본이 숲속 깊이 들어가 잡화점을 열었다고 알려주었다. 라피네스크는 오듀본이 새로 그린 서부 쪽의 새들을 보고 싶어 했다. 그 그림들은 아직 출판되지 않았지만, 식자들 사이에서는 이미 이야기가 돌고 있었다. 그는 오듀본이 그림에 지역 식물들을 그려 넣는 걸 좋아한다는 걸 알고 있었고, 그가 그린 그림 속에서, 이를테면 오듀본이 무언지 모르고 그려 넣은 새로운 식물종을 찾아낼 수 있을 거라고 확신했다.

오듀본은 걸어가다가 노꾼들이 선착장에서 무언가를 주시하고 있는 모습을 보았다. 시야에 든 걸 거의 놓치는 법이 없는 오듀본의 눈에 라파네스크의 모습이 들어왔다. 그는, 다시 한 번, 이런 옷을, 대충 걸치고 있었다.

길고 허름한 노란색 난징면 외투는 오랫동안 입으면서 하도 여기저기 문질러대서 상태가 더 나빠졌고, 식물 즙으로 온통 얼룩져 있었고… 자루처럼 그의 몸에 헐렁하게 걸쳐져 있었다. 같은 소재의 조끼는 커다란 주머니가 달려 있고 턱밑까지 단추를 채우는 거였는데, 착 달라붙는 판탈롱[10] 위로 늘어져

---

10 1970년대에 유행하던 밑단이 넓은 바지가 아니라, 종아리 아래까지 오는

있었다… 그의 턱수염은 내가 기나긴 여행을 하던 시절만큼이나 길게 자라 있었고…, 그의 검은 직모는 어깨 위로 아무렇게나 내려와 있었다. 그의 이마는… 넓고 툭 튀어나와 있었다.

두 사람의 만남은 어색함이 서서히 쌓이면서 끔찍한 것이 될 가능성이 있었으나, 두 사람은 완벽한 유머로 미소를 이끌어냈다. 라피네스크는 말린 식물 꾸러미를 등에 잔뜩 짊어진 채 행상처럼 몸을 구부정하게 숙이고 있었다. 그는 오듀본에게 "빠른 걸음으로" 다가와 어디에 가면 오듀본을 찾을 수 있느냐고 물었고, 오듀본은 "내가 그 사람이요"라고 답했다. 라피네스크는 잠깐 춤을 추고는 두 손을 부볐다. 그는 오듀본에게 동부의 중량급 인사—아마 존 토리일 것이다—가 써준 소개장을 내밀었다. 오듀본은 소개장을 읽고 나서 물었다. "그렇군요. 그 물고기를 볼 수 있을까요?"

"무슨 물고기 말인가요?"

"이 편지에 특이한 물고기를 한 마리 보낸다고 돼 있어서요."

"제가 그 물고기인 거 같네요!"

오듀본은 말을 더듬었다. 라피네스크는 웃기만 했다. 그 후로 두 사람은 한 번도 다투지 않았다. 실제로, 기록에 따르면, 오듀본은 라피네스크를 정말로 좋아한 유일한 사람이었

몸에 꼭 붙는 바지를 말한다.

다. 두 사람 모두 식물학이 신사계급의 전유물이었던 시대에 돈을 받고 일했다. 두 사람 모두 혁명이라는 폭력사태에 떠밀려 행복한 어린 시절을 보내던 프랑스어권 고향을 떠나야 했다(라피네스크는 마르세유에서, 오듀본은 아이티에서 떠났다).

오듀본이 하인들을 보내 짐을 가져오게 하겠다고 했지만, 이 여행객은 오로지 자신의 "잡초 상자"만, 혹은 나중에 오듀본이 어딘가에서 지칭한 바로는 "그의 풀들"만 가져왔다. 라피네스크의 다른 소지품들은 커다란 정체불명의 자루들에 들어 있었는데, 주요 내용물은 기름을 먹인 가죽으로 장정한 공책 한 권과 식물을 압착하기 위한 무명천, 그리고 넓은 우산이었다. 그는 거기에 있는 말들 가운데 한 마리에 타라는 권유를 거절하면서, 모든 식물학자는 땅에 가까이 머무르려면 걸어야 한다고 말했다.

난파로 인해 그는 자신이 수집한 자료들과 가족, 그리고 존경을 얻을 기회를 잃었지만, 대신 자유를 얻었다. 필수적이지 않은 것들—요령, 청결함, 존경받을 만한 겉모습—은 벗겨져나갔다. 그는 난파 이후에야 진정한 라피네스크가 되었다. 그렇다고 집중력이 엄청나게 좋아진 건 아니었다. 슬프게도 그의 "치명적인 산만함"은 오히려 악화되었다. 실제로 그가 켄터키에서 보낸 팔 년이란 시간 전체를 그의 정신적 퇴행이 시작된 기간과 일치시켜보려는 이들이 있다. 그리고 그건 사실이었다. **동시에 그의 천재성도 성장했다.** 그의 천재성은 그의 실수들과 망신거리들이 늘어가면서 같이 성장했다.

그게 바로 라피네스크를 생각할 때 당황스러운 점이고, 그건 앞으로도 그럴 것이다. 그는 화해하지 않을 것이다.

생각해보라. 켄터키 오지의 숲은 그가 자신의 걸작인 《어류의 자연사Ichthyologia ohiensis》를 쓸 때 거의 대부분의 자료를 채집한 곳이고, 이 책의 재발견이 라피네스크의 위상을 재정립하는 데 불을 당겼다. 그러나 그의 학자로서의 부끄러움이 싹튼 것도 바로 이 여행에서였다. 아메리카 원주민들이 수백 세대에 걸쳐 그 땅에 세웠지만 빗물로 인해 부드럽게 뭉개진 둔덕, 즉 흙으로 된 기념물을 라피네스크는 그때 처음 보았기 때문이다. "그것들은 내게 커다란 충격을 주었고, 나를 연구로 이끌었다." 라피네스크는 말한다. 그는 "흙으로 된 잔해"가 쟁기날에 얼마나 맥없이 무너지는지를 기록하면서, 이 구조물은 "오래지 않아 사라질 것"이라고 말한다. 라피네스크가 봤던 것 같은 둔덕을 우리도 켄터키의 개인 소유 농장들에서 볼 수 있다. 흙으로 된 이 기하학적인 조형물들은 풀에 덮여 있기도 하고, 반은 들판에 나머지 절반은 숲에 놓여 있다. 그는 "지금이 이 기념물들이 모두 정확하게 조사되어야 할 적절한 시점"이라고 선언하고는, 스스로 그 일을 떠맡았다. 하지만 그가 쓴 책 《미국의 민족들The American Nations》은 '신세계' 사회들의 연원에 대해 그가 망상에 가까운 이론들을 마음대로 갖다붙여 만들어낸, 지루한 사이비 학문이다. 이 책에서 그는 그 신세계 사회들이 지중해의 초기 식민지 개척자들인 "아틀란테스"의 항해에서 비롯된 것이라고 주장한다. 라피네스크는 수천 년에 걸쳐 내려온 족장의 계보, 이름, 날짜 등 모든 것을 바꿔놓을 수 있는 정보를 가지고 있었는데, 이것들이 실제 정보가 아니라면, 그건 그가 자리에 앉아서 이 모든 걸 발명해내는 지루한 작업을 견뎌내야 했다는 뜻일 것이다.

이 소극에 만족하지 못하고 그는 레나페 인디언 부족의 이주 설화 전체를 조작하는 수준으로까지 전락했다. 그는 켄터키에서 "흥미롭게 조각된" 나무막대기들 한 세트를 받은 일에 대해 썼다. 거기에 새겨져 있는 내용 때문에 몇 년을 궁리하다가 마침내 완전히 해독해냈다는 것이었다! 비극적이게도, 그 막대기들은 사라졌다. 하지만 최소한 해독된 내용은 살아남았다. 이것이 바로 제약업계의 거물 엘리 릴리가 성인이 된 뒤 평생을 강박적으로 매달렸고, 학계 일부에서는 여전히 진짜로 받아들이고 있는 그 유명한 〈왈람 올룸Walam Olum〉이다. 그러나 1994년에 레나페족 연구자인 데이비드 M. 오이스트라이커David M. Oestreicher가 이것이 거짓이라는 사실을 입증했다.

콜럼버스가 발견하기 이전에 아메리카 대륙에서 제대로 된 표기 시스템을 가지고 있었던 건 마야가 유일했다. 오늘날 라피네스크는 궁극적으로 마야 상형문자를 해독할 수 있게 만든 "주요 원동력"으로 간주되는데, 한 고대 언어의 비밀을 성공적으로 해독한 동시에 적어도 절반은 다른 언어의 존재를 위조하려고 시도했던 유일한 사상가로 남게 되었다. 〈왈람 올룸〉이 학문적인 기대를 충족시켜야 한다는 짐을 벗자 사랑스럽고 혼란스럽게 모던한 시편들이 눈에 들어왔는데, 이건 평가받을 만하다. 〈왈람 올룸〉은 1820년대 혹은 1830년대 초반에 쓰여진 위대한 20세기 중반 미국 시로, 얼마간은 진지하게 그것이 태초에 쓰였다고 주장하는 책으로 출판되기도 했다. 〈왈람 올룸〉은 다른 언어로 쓰인 것을 번역한 것이 아니라, 영어를 네 번째 혹은 다섯 번째 언어로 사용했던 어떤 이가 부분적으로 미친 상태에서 내뱉은 점술이다.

얼어붙는다가 거기에 있었다, 눈이 온다가 거기에 있었다, 춥다가 거기 있었다.
조금 덜한 추위와 많은 사냥감을 얻기 위해, 그들은 간다.
북쪽 들판으로, 소떼를 사냥하기 위해 그들은 간다.
강해지고 부유해지기 위해 오는 이들은 땅을 가는 이들과 사냥하는 이들로 나눠진다. 위키-칙, 엘로위-칙.
가장 강하고, 가장 선하고, 가장 성스러운, 사냥꾼들이 그들이다.
그리고 사냥꾼들은 스스로 흩어져, 북쪽으로 가는 이, 동쪽으로 가는 이, 남쪽으로 가는 이, 서쪽으로 가는 이가 된다.

라피네스크의 미덕은 종종 이런 식으로 제자리를 잡지 못하기도 한다. 두 권으로 된 그의 《의약용 식물Medical Flora》은 의학적인 관점에서 보자면 실제로 위험할 가능성이 매우 높지만(동시대의 제정신인 이들은 이렇게 평가했다. "정말로 형편없다. 약재상의 절굿공이도 시간만 들이면 이 정도 책은 쓸 수 있을 것이다"), 정교하고 탄탄한 민속인류학으로 채워져 있기도 하다. 라피네스크는 대략 1만 3,000킬로미터에 이르는 "식물여행"을 하는 동안 인디언, 노예, 그리고 가난한 백인들로부터 식물의 잎과 뿌리를 이용하는 방법을 비롯한 민간요법들 ―암을 치료하기 위해 뱀에 물리는 걸 포함하여― 을 수집했다. 우리는 그의 인종이론이 미래에서 온 것으로 보일 정도로 전향적이라는 사실을 언급할 필요가 있다. 인종의 존재는 생물학적으로 의미 있다는 통념을 라피네스크가 최초로 활자를 통해 공개적으로 부정했다는 사실은 지금까지 한 번도 제대로 주목받은 적이 없다. "유색인종들과 니그로에 관련된 시스템과 논쟁은 얼마나 답보하고 있는가!" 그는 이렇게 말한다. "무엇이 니그로인지조차 의심스럽다! 이런저런 색깔과 보글보글하거나 길거나 매끄러운 머리카락, 흉측한 것과 훤칠한 생김새, 기타 등등 온갖 다양한 모습을 다 니그로라고 간주해오지 않았나." 그는 "상스러운 입에서 나왔다는 이유로 지식을 경멸"해서는 안 된다고 못 박았다. 그 결과 그는 수많은 소중한 것들을 보존할 수 있었다.

요점은, 그가 자신의 작업에 대해 말하는 걸 절대로 믿지 말라는 것이다. 그는 자신의 작업을 이해하지 못했다. 그럴 수 있는 시간을 가진 적이 없다. 그의 "위대한 시"〈세계: 혹은, 불안정성The World: Or, Instability〉은 시로서는 아쉽게도 서

투르지만, 길게 이어지는 자기설명적인 미주는 〈황무지〉에 백여 년이나 앞서는 것이고, 그의 가장 뛰어난 문장들에 포함된다. 그는 바로 이 시에서 닻과 증기 엔진을 장착한, "배나 물레, 물고기 혹은 새"처럼 생긴 열기구를 상상한다. 그가 울타리에 종언을 고하고 열린 공동의 장으로 돌아가자고 주장한 것도 여기에서다. "나는 인디언들과 마찬가지로 울타리가 보기 싫다!"라고 그는 말한다. 그의 책들 가운데 가장 구하기 어려운 《켄터키 연대기Annals of Kentucky》는 대부분 아틀란테스에 대한 터무니없는 소리들로 채워져 있지만, 시간을 뛰어넘어 켄터키주의 지질학적 형성 과정을 현재형으로 설명하는 다섯 페이지는 다이아몬드 같은 산문이다. "염도가 높은 바닷물이 켄터키 전체를 뒤덮고 있다… 수중화산의 작용에 의해 석탄, 진흙, 그리고 아몬드 모양의 암석층이 형성되고 뒤섞인다… 컴벌랜드나 와지오토산맥[11]이 바다에서 솟아오른다." 라피네스크라는 이름에 포함되어 있는 다양한 영혼들 가운데 우리가 만나야 할 필요가 있는 것은 작가로서의 라피네스크이다. 콘래드나 이자크 디네센이 그랬던 것처럼, 그의 외국인으로서의 어색한 말투는 영어를 모국어로 말하는 이들에게는 감춰져 있는 어떤 효과를 찾아내는 기능을 했다. 그는 현장에 나가 일하고자 하는 이들에

---

11 컴벌랜드산맥은 애팔래치아산맥의 일부를 이루는 산맥으로 켄터키주 남동부에서 테네시주, 앨라바마주에 걸쳐 형성되어 있고, 와지오토산맥은 켄터키주 남동부에 있다.

게 이렇게 경고한다. "당신은 건강하지 않은 지역을 병이 많은 계절에 여행하게 될 수도 있고, 매우 조심하지 않는 한 여행 중에 아프고, 무력한 처지에 처할 수도 있다."

이 문장을 읽으면서, 나는 그의 "인정사정없는" 시칠리아인 아내 조세핀을 떠올린다. 라피네스크는 그 결혼이 끝났을 때 서른두 살이었고 그후로도 이십오 년을 더 살았지만, 그가 한 시간 이상 침대를 같이 쓴 여자는 그녀가 마지막이었다. 그는 좀 특이한 체형을 가지고 있었다. 엉덩이가 넓었고, 키는 작지만 딱 벌어진 근육질이었다. 그가 옷을 벗으면 이마가 엄청 넓은 것 외에는 영화 〈피아노〉에 나온 하비 카이텔처럼 보일 것이다. 그의 이마가 워낙 넓어 켄터키 사람들은 그가 "대머리 쪽"인지, 아니면 "머리카락이 제대로 갖춰졌는지" 쉽게 의견의 일치를 보기 어려울 정도였다. 그가 이탈리아로 떠나기 전의 첫 번째 미국 여행 때, 필라델피아의 기자는 그가 "그로테스크"하다고 했다. 오듀본의 아내와 딸은 적어도 그에게 다정했다. 그는 그 집안에서 괴팍한 아저씨의 위치를 차지했다. 그는 철자를 조금씩 틀리고 단어들을 프랑스어처럼 약간 말려 올라가는 식으로 발음해서 두 여성을 즐겁게 했다.

그 선착장에서 오듀본은 이런 느낌을 받았다. "그는 내가 가지고 있는 걸 보고 싶다고 요청하고 나서 상당히 안달하고 있는 듯했다." 그랬기 때문에 오듀본은 "화첩을 열어 그의 눈앞에 펼쳐놓았다".

라피네스크는 비평적인 의견을 내놓았고, 오듀본은 "그건 내게 엄청난 도움이 되었다"고 쓴다. "자연은 물론 책에 대해 잘 알고 있는 그는 내게 그런 조언을 주기에 적절한 위치에 있는 사람이다."

미국인이라면 누구나 오듀본의 《조류학적 전기Ornitholog-ical Biography》에서 두 사람이 1818년 헨더슨빌에서 삼 주일 동안 함께 보낸 목가적인 이야기가 담긴 장章을 읽어야 한다. 그건 미친 정도가 조금 덜한 고갱과 반 고흐 이야기다. 오듀본은 "우리는 함께 정원을 산책했다"고 쓴다. 두 사람은 이야기에 이야기를 거듭하거나 침묵을 지켰다. 두 사람은 숲속을 거닐거나 강으로 갑각류의 껍데기를 주으러 다녔다. 오듀본은 술을 안 마시면 부정맥이 올 수 있다고 겁을 주어 라피네스크가 브랜디를 마시게 하기도 했고, 그를 이끌고 케인브레이크Canebrake[12]가 몇 킬로미터씩 빽빽하게 숲을 이룬 곳으로 도요새 사냥을 가기도 했다. 숲속에 있을 때 날이 어두워지면서 태풍이 왔고, 어린 곰 한 마리가 그들을 건드리기도 했다. 그리고 "잎사귀의 마른 부분들과 줄기 껍질이 우리 옷에 달라붙었다". 마치 비늘처럼 말이다. 이제 두 사람 다 물고기가 되었다! 대니얼 분과 함께 사냥을 다녔던 오듀본은 이런 모험을 웃어넘겼다. 라피네스크도 새를 한 마리 쐈다. 그는

---

12 미국 남부에서 자라는 갈대 종류. 대나무처럼 숲을 이루면서 단단하고 크게 자라서 키가 7~8미터에 이르기도 한다.

그 "잔혹성"을 결코 극복하지 못했다. 오듀본은 자신이 들고 다니던 휴대용 술병을 내밀었다. 라피네스크는 인상을 찌푸리며 마시더니 "주머니에 넣어두었던 버섯류, 건조한 곳과 습한 곳에 자라나는 이끼류를 다 비워"버렸고, "좀 더 우아한 자세로 30~40미터를 더 걸어갔다".

안전하게 집에 돌아온 두 사람은 차갑게 먹는 고기cold meat[13]를 앞에 두고 마주 앉았다. "나는 텔레마쿠스[14]가 멘토르[15]의 이야기를 들을 때처럼 기꺼운 마음으로 그의 말을 들었다"고 오듀본은 말한다. 날이 더웠고, 두 사람이 열어놓은 창문으로 벌레들이 촛불을 향해 날아든다. 우리에게는 정물화가 한 점 남아 있다. 1818년의 어느 날 밤, 그 지역 주민들은 어떤 이유에선가 "컴컴하고 핏물이 흐르는 땅"이라는 뜻으로 부르고 싶어 했지만 사실은 아마 "초원"을 뜻하던 켄터키에서 라피네스크와 오듀본이 열려 있는 창문 앞 테이블에 마주 앉아 있는 모습을 담은 그림이다. 두 사람은 영어와 프랑스어를 뒤섞어가면서 벌레들에 대해, 켄터키 중부 지역 사람들이라면 다 아는 여름밤의 날씨에 대해, 습도 높은 밤시간을 상쾌하게 만들어주는 뇌우에 대해 가벼운 이야기를 주

---

13 햄, 살라미, 로스트미트, 미트로프처럼 일단 조리한 뒤에 식혀 먹는 고기류.
14 오디세우스와 페넬로페 사이에서 난 아들로, 호메로스의 《오디세이아》의 첫 네 권은 텔레마쿠스가 아버지 오디세우스의 소식을 얻기 위해 떠도는 이야기이다.
15 오디세우스의 친구로, 오디세우스가 트로이전쟁을 치르러 떠나고 없는 동안 텔레마쿠스의 교육을 부탁받는다. 아테네 여신이 그의 모습을 빌려 나타나 텔레마쿠스에게 아버지를 찾으러 떠나도록 조언한다.

고받는다. 별 하나 없는 바다처럼 이 두 사람을 둘러싼 숲을 내려다보면, 이 둘은 어쩌면 이 지구상에서 가장 외로운 사람들처럼 보일지도 모른다. 하지만 사실 이 둘은 아주 드물게 찾아온 편안한 시간을 보내고 있다. 두 사람은 자신들의 불꽃으로 둘러싸인 작은 세계, 파리에 가 있었다. 오듀본이 커다란 딱정벌레를 집어들고, 그놈이 등 위에 촛대를 이고 있을 수 있을 거라고 장담했다. 라피네스크가 말했다. "그 실험을 보고 싶네요, 오듀본 씨."

그 실험은 행해졌고, 벌레가 짐을 이고 움직이자 마치 마술처럼 촛대 위치가 바뀌었다. 딱정벌레는 테이블 모서리까지 간 후 바닥으로 떨어졌고, 날개를 편 다음 그 자리를 탈출했다.

새벽이 오기 전, 오듀본은 떠들썩한 소리에 잠에서 깨어났다. 라피네스크가 자고 있는 방에 헐레벌떡 들어간 그는 자그마한 사내가 어둠 속에서 벌거벗은 채 펄펄 뛰고 있는 것을 발견했다. 그의 손에는 방금 작은 박쥐들을 두들겨 잡는 데 쓰느라 박살 난 오듀본의 스트라디바리우스가 들려 있었다. 그가 여전히 밝혀놓은 촛불로 모여든 벌레들을 잡아먹으러 몰려든 박쥐들이었다. 라피네스크는 "그놈들이 '새로운 종'에 속한다고 확신했다".

며칠 뒤 어느 저녁에 라피네스크는 아무 말도 없이 사라졌다. 그는 방주로 돌아갔다. 오듀본은 "우린 그의 기이함

에 완전히 적응하고 있었다"고 말한다. "그리고 우리는 그가
좀 더 오래 머물기를 바라고 있었다."

> 모든 사람에게서 우리는 형제를 보아야 한다,
> 이 슬픈 영역의 동료 승객,
> 그러므로 그를 다정하게 안아줘야 한다.
> (라피네스크의 시 가운데 한 편에서.)

오듀본처럼 친절하고 마음이 너그러운 사람조차 라피네
스크를 놀려먹고 싶은 작은 재미를 거부할 수는 없었다. 라
피네스크는 누가 자기를 공개적으로 놀리는 일 따위에는 평
생 무관심했고 비밀스러운 음모에만 관심을 쏟았기 때문에
오듀본은 라피네스크의 면전에서 그를 놀리기도 했다. 오듀
본은 장남 삼아 자기가 상상한 물고기를 라피네스크에게 묘
사했는데, 라피네스크는 순진하게도 그걸 어류학 보고서에
기록해 넣었고, 이 기록들은 오하이오강을 조사하는 이들을
영원히 당혹스럽게 만들었다. 하지만 그를 가장 고약하게 괴
롭힌 건 식물학계의 동료들이었다. 그가 〈웨스턴 리뷰Western
Review〉지에 켄터키에서 볼 수 있는 다른 종류의 번개들(켄터
키에는 자주 발생하는 "구형球刑 번개"를 비롯해 재미있는 번개들이
많은데, 우리 할아버지도 어렸을 때 구형 번개를 본 적이 있다)에 대
해 발표했을 때, 학자들 사이에서는 '그거 들었소? 라피네스
크가 새로운 번개의 종들을 발견했다는군요!'라는 농담이

돌았다. 라피네스크에게는 "모든 게 다 새로운 거예요! 새로운 거!"라고 존 토리는 말했다. "그는 유럽과 미국에 공통되는 식물은 없다는 의견을 가지고 있었어요."

그러나 그는 다윈이 본 것들의 상당 부분을 보았고, 다윈의 영광이 될 지식들을 자신의 안테나로 감지하고 있었다. 억지 주장을 하는 게 아니다. 다윈 스스로도 《종의 기원》에서 라피네스크를 자신의 선구자로 인정하고 있다. 비록 못마땅한 투이긴 하지만, 다윈은 라피네스크의 《북미의 새로운 식물군과 식물학New Flora and Botany of North-America》에서 한 문장을 인용한다. 동료에게 보낸 한 편지에서 다윈은 이렇게 쓴다. "[라피네스크가] 형편없는 자연학자이긴 했지만, 종과 변종에 대해 훌륭한 문장을 하나 남긴 게 있어서 그걸 나의 '역사적인 스케치'[16]에 인용해야만 하고, 내키지는 않지만 아무튼 그 문장의 작성 연대를 알아야겠소." 그 훌륭한 문장은 이것이었다. "모든 종은 한때 변종이었을지도 모르며, 많은 변종은 지속되는 특정한 특성을 취함으로써 서서히 종이 되어간다."

하지만 다윈은 사실 라피네스크가 어디까지 나아갔는지 거의 알지 못했다. 라피네스크는 1832년에 토리에게 보낸 편지에서 이렇게 썼다.

---

16 《종의 기원》의 제1장을 말한다.

진실은, 종과 아마도 속 또한, 시간이 경과하면서 형태, 형성 방식, 그리고 기관의 점진적인 편차를 통해 조직화된 생명체를 형성한다는 겁니다. 식물과 동물 모두, 규칙적인 패턴 없이 오랜 시간에 걸쳐 서서히 편차와 돌연변이가 발생하는 경향이 있습니다. 이것은 모든 것이 영속적으로 변형될 가능성이 있다는 거대한 보편법칙의 한 부분입니다. 그러므로 새로운 종과 변종에 대해 반박하고 동의하지 않는 건 다 쓸데없는 짓입니다. 모든 변종은 편차에 따른 것이고, 생식에 따라 영속하기 시작하는 순간 종이 됩니다.

이 분야에 관한 라피네스크의 사고 범위가 다윈과 다른 누구에게도 그렇게 오랫동안 알려지지 않은 한 가지 이유는, 라피네스크가 가장 과감한 표현들을 거의 읽는 게 불가능한 자신의 시들 속에 묻어두었기 때문이다. 진화를 다루는 그의 문장들은 사실 그가 쓴 것들 가운데 가장 덜 끔찍한 문장에 속하는데, 이는 그가 잠시나마 시의 형식으로 쓰는 걸 중단하고 생각하기 시작한 덕분이다. "가지가 많이 붙어 있는 한 그루 나무처럼, 대개의 속은 다양한 종류 혹은 종을 만들어낸다. 처음엔 변종들, 꽃봉오리가 벌어지듯이, 그러다가 종이 되지, 세대가 지나, 그것들이 적절한 형성 방식을 얻게 될 때."

적절한 형성 방식—우리는 여기서 그의 지침이 진동하기 시작하는 걸 볼 수 있다. 또한 다윈이 참고한 그 문장 속에서의 "지속되는 특성"에서도 찾아볼 수 있다. 그는 근접해 있었다. 종종 그가 이 질문에 접근할 때 우리는 그가—갑작스럽게 튀어나오는 의미 없고 듣기만 좋은 형용사들과 더불어—"오랜 세월 축적 지혜 속에서 튀어나온 자생적인 식물 생명의 자연적인 진화"나 혹은 "고정된 형태들, 그리고 개체들의 중요한 특질과 영속적인 지위, 다양성, 혹은 지역적으로 뚜렷한 차이에서 비롯된 단절로 인해 특정한 순위를 취할 때까지 생식을 위해 변형되는 것들"에 대해 이야기하면서 그 대답을 둘러싼 불완전한 윤곽선을 더듬어 무언가를 그려내고 있는 모습을 지켜볼 수 있다. 지역적으로 뚜렷한 차이라! 그는 거의 도달해 있었다—하지만 그 불완전한 윤곽선의 안쪽은 영원히 안갯속 풍경으로 남아 있다.

라피네스크가 그렇게 멀리까지 내다보고 지적으로 한 차원 높은 수준에서 작업했다는 것, 하지만 그럼에도 당시 기준으로는 그 정도면 충분하다는 추정에 의해 옴짝달싹할 수 없었다는 걸 우리가 알기 때문에 이게 이렇게 끔찍하고, 또 라피네스크가 영웅적으로 여겨지는 것이다. 우리는 여기에서 겸손의 교훈을 이끌어내는 것이 좋겠다. 혼란스러운 것은 인간의 조건이다. 다른 어떤 동물도 자연에 대해 잘못된 생각을 가진 적이 없다. 지구가 육천 년 역사를 가지고 있다고 주장하는 우리 일부의 견해에 대해 누가 신경이나 쓰겠는가. 이런 생각은 눈에 잘 띄는 곳에 숨어 있다. 오백 년 후에는, 우리가 믿었고 완벽한 확신을 가지고 상당한 노력을 기울였지만 그들에게는 **우스꽝스러워** 보이는 게 분명 두세 가지는 될 것이다. 서로 다른 인식 사이의 이런 공백이 현존한다는 사실을 무방비 상태에서 예리하게 포착한 라피네스크는 그럼에도 불구하고 그 안으로 굴러 들어갔다.

외로운 운명은 있게 마련이지만, 라피네스크의 운명은 차원이 달랐다. 그것은 시간의 흐름 속에서 길을 잃은 천재의 운명이었고, 가짜 새벽을 알리는 전령이었다. 그의 아름다운 두뇌는 19세기에도 맞지 않았다. 그는 18세기 사람이었다. 사실상 그가 새로운 복음을 가져왔다는 것, 자기 시대를 너무 많이 앞선 사상가로 기억된다는 것 등이 그의 매력 가운데 가장 핵심적인 부분이다. 그러나 무언가 퀴퀴한 것, 프록코트나 자보[17] 같은 구닥다리들도 그와 더불어 존재한다. 그의 어린 시절에 관한 자료는 거의 없는데, 몇 안 되는 자료 중 그가 도서관에 혼자 앉아 〈자연의 장관Spectacle de la Nature〉을 읽고 있는 모습이 있다. 이 잡지는 1750년대 혹은 1760년대에 파리에서 익명이나 가명으로, 혹은 비밀리에 간행되던 계몽주의 팸플릿 가운데 하나다. 이 잡지에 대해 아는 건 도움이 된다. 이 잡지는 디드로의 《백과전서Encyclopédie》처럼 총체적인 지식, 모든 것을 포괄하는 **시스템**이다. 여기에서 라피네스크의 정신이 형성되는데, 어린 시절의 독학만이 가능하게 하는 강렬한 밀도로 형성되었다. 그는 단 하루도 대학을

---

17 셔츠 앞섶에 붙이는 레이스나 주름장식.

다녀본 적이 없다. 그는 애매하게 "나는 스위스에 있는 대학에 갈 예정이었다… 하지만 그 계획은 이뤄지지 않았다"고만 말한다. 대신 그는 넌 이 지상에서 가장 똘똘한 아이니 가서 책을 읽으라고 말해준 귀족 할머니들 사이에서 자랐다. 그는 열네 살 때 라틴어와 희랍어를 독학으로 익혔는데, 그건 가정교사의 훈육 때문이 아니라 각주를 더 따라가려면 그 언어들이 필요하다는 사실을 깨달았기 때문이었다. 라피네스크는 책을 옆에 두는 경우가 드물었지만, 이 언어들에 완벽했다(오래된 조류학 잡지에 이런 일화가 나와 있다. 현장 연구원 하나가 라피네스크가 붙인 속명 *Helmitherus*[휘파람새]를 손보려 들었다. 잘못된 그리스어라는 전제에서 그런 것인데, 대가들 중 하나가 라피네스크가 사용한 주격 원형이 잘 알려진 건 아니지만 아리스토텔레스가 선호한 것이었다는 사실을 지적하며 그 시도를 뒤집는 편지를 보내왔다).

라피네스크가 적절한 교육과 훈련을 받았어야 할 1800년 무렵은 오늘날 우리가 아는 학문 분과가 성립되던 시기였다. 계몽주의가 촉발시킨 수없이 많은 철학적인 계획들이 서구 사회에서 처음으로 학문적 자료의 범람을 이끌어냈는데, 특히 자연사 영역에서 그러했다. 이제는 무언가에 대해 철저히 알려면 훨씬 덜 알아야만 했다. 라피네스크는 그 세계 안에서 잠을 자다 이 변화를 알리는 알람 소리를 듣지 못하고 내처 잤다. 그는 여전히 모든 걸 알고 싶어 했고, 통합하고 싶어 했다. 그는 이제는 그런 작업 대신 깔끔하고 정확한 경험주의자들의 시대가 되었다는 걸 알지 못했다. 그가 예스럽게 공표한 《자연 연대기Annales de la Nature》는 나중에 그의 필생의 저작으로 평가받는다. 그는 마음속 깊은 곳에서는 여전히 할머니의 서재에 있다. 그러고 나서 그는 미국으로 간다. 방법론과 개념상의 격변을 촉발시키고 거짓말이 시작되게 한 무진장한 미분류 유기체들이 기다리고 있는 곳으로. 그가 "[천둥이] 만들어내는 소리의 다양성은 어떤 식의 묘사를 나열하더라도 다 담아낼 수 없다. 천둥이 치는 순간 외의 시간에 어떤 식으로 시도를 하든 말이다"라는 식으로 말할 때에는 동방의 도사 같은 면모가 보이기도 한다. 신대륙이 그를 산산조각 냈고, 우리는 이 멋진 조각들을 가지고 있다. 라피네스크는 더 많은 걸 알았지만, 파편적으로 알았다. 그의 경쟁자들은 그보다 덜 알았지만, 보다 온전하게 알았다.

그는 '연체동물학malacology'이라는 말을 창안해낸다. 그는 콜럼버스가 만난 카리브인들을 가리키는 단어 '타이노Taino'를 만들어냈고, 이 말은 여전히 쓰이고 있다. 그는 "미국 다족류학의 아버지"라는 칭호를 얻는다. 그는 먼지의 대부분이 대기로부터 온다는 사실을 이해한 최초의 사람이다.

1831년 그는 뉴욕의 한 철학 클럽에 "평화로운 부족들의 의회"를 창설하자는 제안서를 보낸다. 그러고 나서 체로키 부족에게 공개서한을 쓴다. 그들이 서부로 강제이주당하게 될 거라는 경고를 담은 내용이었는데, 그로부터 십 년 뒤에 실제로 그 일이 벌어진다.

1821년 라피네스크는 켄터키주 렉싱턴에서 글을 발표하면서 다음 구절을 마치 벤저민 프랭클린의 경구인 것처럼 만들어(그렇지 않다—내가 다 뒤져봤다) 내보낸다. "농업 국가들이여! 당신들 나라에 노예를 두지 말라. 땅은 신이 공짜로 준 선물이고, 자유로운 손에 의해 경작되어야 한다."

아틀란테스에 대해 말도 안 되는 소리를 늘어놓으면서 지하철의 미치광이 예언자처럼 행세한 면이 있긴 하지만, 그는 켄터키의 둔덕들을 **전혀 훼손하지 않고** 진지하게 연구한 유일한 초기 연구자였다. 그는 그곳을 파헤치지 않았다. 그는 그 안에 분묘 부장품들이 있다는 걸 알고 있었지만, 그 표면을 가능한 한 정확하게 묘사하고 모든 것을 있는 그대로 보호하는 것이 가장 중요하다고 느꼈다. 그는 "우리의 피라미드와 기념물들이 이집트에서처럼 방문객을 맞이할 날들"이 올 거라고 내다보았다. 이 생각이 보다 진지하게 받아들여졌더라면, 19세기 미국에서 나온 그 어떤 고고학적인 사상들보다 더 중요한 것이 되었을 것이다. 모든 것들의 투명성이라는 면에서 말이다. 대부분의 둔덕에서는 지표 투과 레이더나 탄소 연대 측정기를 사용할 수 없다. 인디언들이 유태인이라는 사실을 증명하려 한 사람들에 의해 모두 파괴되고 오염되었기 때문이다. 라피네스크는 오직 보기만을 원했다.

라피네스크가 오듀본의 거처를 떠나 켄터키주 렉싱턴의 트랜실바니아 대학에서 자연과학을 가르치는 오 년짜리 초빙교수직을 맡았을 때, 대학에서는 그가 사체를 해부하려

하지 않는다는 이유로 약물학을 가르치는 걸 허용하지 않으려 했다.

트랜실바니아 대학에서 그는 나의 6대조인 루크와 앤 어셔 부부(내가 이 사실을 알았을 때 나는 몇 년 동안 그에게 빠져 있는 상태였다)와 함께 살았다. 어셔 부부는 트랜실바니아 대학의 스튜어드였다. 그 말은, 그들이 외지에서 온 학생들이 기거할 수 있도록 교내에 하숙집을 지었다는 뜻이다. 라피네스크는 교수로 임명된 첫해에 그들의 하숙집에서 방 하나를 얻어 살았다. 그의 학생들 가운데 하나가 감탄스러울 정도로 생생한 기록을 남겼다.

그는 독특한 무늬가 있는 넓은 네덜란드식 판탈롱을 입었는데 멜빵은 절대로 메지 않았다. 강의가 시작되고 본격적으로 주제에 들어가면 그는 흥분하기 시작해서 겉옷을 벗어 던졌고, 조끼가 달려 올라가면서 흰색 셔츠와 맨살이 삐져나왔다. 그는 자신의 겉모습과 그 모습이 제공하는 재미 모두에 아랑곳하지 않았고, 자신이 다루는 주제 외에는 모든 것을 망각했다.

그는 렉싱턴에 있는 동안 엄청나게 뚱뚱해졌다. 이것에 대해서는 내 6대조 할머니 앤을 비난할 수도 있겠다. 그녀 역시 체구가 거대했고, 루크도 마찬가지였다("폴스타프[18] 같은

18 셰익스피어의 희곡 〈윈저의 즐거운 아낙네들〉, 〈헨리 4세〉 등에 나오는 등

체구"라고 기록되어 있다). 그녀는 사람들이 자두 푸딩을 먹도록 완력을 쓴 것으로 알려져 있다. 그해 이후로, 라피네스크의 인생에서는 그를 묘사할 때마다 **뚱뚱하다**는 말이 따라다니는 걸 볼 수 있다.

내 가족과의 이런 인연 때문인지, 나는 라피네스크가 1821~1822년까지 지낸 "대학에 있는 방"에 오래전부터 친밀감을 느꼈다. 그의 책을 읽다보면 그 방의 존재감이 두드러진다. 그의 글을 보면 그곳은 그가 아늑하게 느끼고, 그가 주변을 둘러보았을 때 사람 사는 집이라고 느낀 유일한 곳이었다. 그는 자연학자로서 늘 목록과 메모를 작성했기 때문에 우리는 그 공간에 대해 많은 걸 알 수 있다. 한 졸업생은 그 공간을 "각종 나비와 벌레들을 비롯해 온갖 종류의 기이한 것들로 가득 차 있었던 흥미진진한 곳"으로 기억했다. 뉴욕 주지사 드위트 클린튼, 그리고 라피네스크가 다시 연락을 주고받기 시작한 제퍼슨으로부터 온 편지가 탁자 가장자리 잘 보이는 곳에 아슬아슬하게 놓여 있다. 수정되기를 기다리면서 쌓여 있는 에세이들 중에서 가장 덜 끔찍한 건 아마도 젊은 시절의 제퍼슨 데이비스Jefferson Davis[19]의 글일 것이다. 그

장인물로, 하나같이 뚱보 기사로 묘사되어 있다.

19　1808~1889. 남부 연합의 첫 번째이자 유일한 대통령. 1824년까지 트랜슬바니아 대학에 다니다가 웨스트포인트로 옮겨갔다. 남북전쟁이 남군의 패배로 끝나면서 체포된 그는 버지니아주 포트먼로에서 1865년 5월~1867년 5월까지 구금되었다.

는 링컨에 의해 구금되어 있던 1866년, 순수하던 시절의 관심사를 다시 한 번 돌아보고 싶다면서 포트먼로의 의사에게 "패류학, 지리학 혹은 식물학" 책 몇 권을 구해달라고 부탁한다. 라피네스크가 머물던 방의 남서쪽으로 난 창문 바깥쪽, 오른쪽 창틀에 아늑하게 에워싸여 있어서 직사광선이 들지 않는 구석에 걸려 있는 파리의 프레데릭 후리엘이 만든 철제 온도계는 아무 소리도 내지 않고 일년 내내 정보를 전달해주었다. 소리도 있다. "11일에는 처음으로 개구리 소리가 들렸다… 25일에는 찌르레기가 이미 시끄럽게 떠들고 있다." 식생에 관해서는 이런 것들을 관찰할 수 있다. "풀이 자라기 시작했고, 꽤 푸르르다… 롬바르디 포플라의 꽃차례가 모습을 보이기 시작했다." 그러다가 이런 표현이 나온다. "29일 아침에 흰서리가 제법 내렸다". 인디언들이 사는 지역을 잉크로 그린 지도가 펼쳐져 있다. 말려 올라가려고 하는 양쪽 귀퉁이는 화석 문진으로 잡아누르고, 다른 한쪽은 돋보기, 그리고 네 번째 귀퉁이는 아주 매끄럽고 균질한 잿빛 석회암 덩어리의 평평한 면으로 눌러두었다.

라피네스크는 굵은 연필을 한 자루 들고 자신이 창간한 〈웨스턴 미네르바Western Minerva〉의 첫 번째이자 유일한 호의 교정지를 들여다보고 있다. 이 잡지는 인쇄소를 떠나기 전에 유통이 금지되는데, 라피네스크는 제퍼슨에게 그 세력을 "계몽에 반대하는 새로운 무지의 도당une cabale nouvelle del ignorance contre les lumières"이라고 묘사한다. 아직 남아 있는 이 잡지는 그가 모욕당한다고 느낄 때마다 보여주던 놀라울 정도의 사회적인 역겨움을 담아놓은 타임캡슐이라고 할 수 있다. 렉싱턴은 지구상의 다른 어느 곳보다도 그에게 존경심을 보여주었고 그가 사는 동안 처음으로 일자리다운 자리를 주었던 곳이지만, 다른 곳에서도 그랬듯 여기서도 모두가 펜과 노트를 들고 자신을 따라다녀야 마땅하다고 생각한 라피네스크는 아침에 눈을 뜰 때부터 모욕감을 느끼면서 하루를 시작했다. 그럼에도 불구하고 그는 그곳에서 애호단체들과 식물원을 만들어냈고 공개 과학 강의를 했다. (사람들은 그가 "개미의 역사"를 설명하면서 개미들 사회가 "변호사, 의사, 장군, 사병을 골고루 보유하고 있고… 큰 전투들도 치르는" 곳으로 묘사하는 걸 들으러 모여들었다.) 하지만 그는 그곳에 모여든 시민들을 "시종과 하인들"이라고 비웃었다. 그는 그들이 모인 파티에 가서 그들의 세련되지 못한 춤을 비웃었으며, 모두들 작은 그룹을 지어 따로 서 있기 때문에 "아무리 재치 있는 이야기를 해도 몇몇 이웃들에게만 들릴 확률조차 십분의 일에 불과해… 아무리 훌륭한 점을 가지고 있어도 누구도 돋보일 수 없다"고 투덜거렸다(18세기식 불평이다).

그는 〈미네르바〉가 초기 서부시대에 계몽의 불꽃을 일으킬 것이라고 믿는다. 그는 이른 새벽에도 그 교정지를 들여다보고 있다. 학생들의 소란스러운 발자국 소리가 그의 방문 앞을 지나 사라지고, 이제 그를 방해할 만한 유일한 인물은 그에게 커피와 콘케이크를 먹겠느냐고 묻는 내 6대조 할머니뿐이다.

라피네스크는 너무 많은 촛불을 태웠다. 실제로 학교에서 하숙집 주인에게 돈을 너무 많이 지불해야 한다며 불평한 적이 있다(학교에서 라피네스크에게 그 하숙집 말고 다른 곳에 작은 오두막이라도 따로 내주었다면 더 나았을 것이다).

피곤에 전 그는 "잘생긴, 검은 눈"을 부빈다. 그는 그 호의 마지막 부분에 도달해 있다. 거기에는 그가 "내게 오두막에서 살고 싶으냐고 물어본 마리아에게"라는 제목으로 쓴 시가 실려 있다. 그건 그가 잔뜩 멋을 부린 필명이 아니라 "콘스턴틴"이라고 서명한 몇 안 되는 시들 중 하나다. 렉싱턴에서 마리아라는 이름을 읽은 이들은 그게 트랜실바니아 대학 총장인 호레이스의 아내 메리 홀리를 가리키는 것으로 알아들었을 것이다. 라피네스크는 자신의 상사인 그녀의 남편을 참을 수 없을 정도로 싫어했지만, 그녀가 주관하는 살롱에는 빼놓지 않고 참석했다. 라피네스크는 그녀에게서 자신의 철학적 천사를 발견했기 때문에, 그녀의 남편은 그에게 라이벌이기도 했다. 그녀는 그 시절에 애팔래치아산맥 너머에 사는 여성으로서는 놀라울 정도로 이룬 게 많고 세련된 이였다. 그녀는 말년에 텍사스의 역사를 썼는데, 그 책은 남북전쟁 전에 사람들이 그리로 이주하도록 설득한 가장 중요한 단 한 권의 책이라는 평을 들었다. 그녀는 라피네스크가 머리를 빗고 다니고, 동굴을 답사하느라 옷에 묻힌 진흙들을 털고 다니도록 늘 마음을 썼다. 라피네스크는 홀리 부부와 자주 저녁식사를 함께했는데, 호레이스와 눈을 마주치는 걸 한사코 피했음은 말할 것도 없다. 그렇고 그런 상황 중 하나였던 걸로 보인다. 메리가 "오, 전 당신을 흠모해요, 라피네스크 씨"라고 했을 때, 그녀는 그의 정신을 사랑한다는 뜻이었지만, 그는 "나를 이 두꺼비로부터 구해내서 당신의 천재적인 후손을 낳게 해주세요"에 가까운 말로 알아들었다. 어찌된 일인지 두 사람은 사람들 입에 그토록 자주 오르내리는 이 '사랑'이라는 단어를 편안하게 쓰는 사이가 되었고, 라피네스크는 그래서 이 시를 그녀에게 바치려고 마음먹은 것이다.

그는 자세를 고쳐 바로 앉는다. 그는 "우리는 사랑의 기쁨을 쓰러뜨렸고fell 그것의 힘을 노래할 것이다"라고 되어 있는 마지막 행에서 오타를 잡아냈다. '쓰러뜨렸고'는 '느끼고feel'가 되었어야 했다. 그는 단어를 수정한다. 단 두 권만 살아남은 〈미네르바〉 가운데 한 권에 그가 사용하던 굵고 진한 연필로 그렇게 적힌 걸 볼 수 있다. 그러나 그는 실수를 저지른다. 그는 더 앞에 있는 시의 제목에서 더 큰 실수를 저지른다. 그 제목은 "내게 오두막에서 사랑을 하고 싶으냐고like to love 물어본 마리아에게"라고 되어 있다. 의심의 여지 없이, 그녀는 오두막에서 **살고** 싶으냐고like to live 물어본 것이었다.

갑자기 시 전체가 다르게 들렸다, 아니, 어찌 보면 원래 의도하던 대로 들렸다. "작은 시냇물들이 돌돌 굴러가는 곳을 수리합시다." 시는 이렇게 이어진다. "마음을 뒤섞은 채, 우리는 부드러운 행복을 함께 나눌 것입니다." 다음 날 아침, 또 다른 교정지 한 부가 바깥으로 흘러나갔다는 소식을 들었을 때 라피네스크는 속이 뒤집어지는 느낌이었을 것이다. 그가 고개를 들었을 때는 "궤변가들, 엄격한 비평가들, 스파이들"이 그를 향해 다가오고 있었다. 시가 실린 난 위에 그가 아주 굵은 글씨로 쓴 메모가 한눈에 들어오는데, 이렇게 쓰여 있다. "교정을 한 번 더 봐야 한다." 이번에는 그의 실수가 아니었다. 그렇긴 해도, 그는 자신의 심중을 공개한 셈이었다. 그때부터 라피네스크는 호레이스 홀리와 트랜실바니아에 대해 고약한 소리밖에는 할 게 없었다.

1825년, 그는 식물을 채집하고 국립과학아카데미 회의에 참석하기 위해 필라델피아로 몇 달간의 여행을 떠났다. 여기서 그를 목격한 사람들은 그를 "꽤 뚱뚱하다"고 기억했다. 나중에 렉싱턴에 돌아왔을 때, 그는 호레이스 홀리―그곳에 있던 다른 정상적인 사람들처럼 그는 라피네스크가 죽었다고 생각했다―가 "과학과 발견에 대한 자신의 증오를 분명히 하기 위해… 내 방들을 억지로 열고 들어와, 방 하나는 내 학생들에게 내어주고 내 물건들과 책들, 그리고 수집품들은 다른 방에 무더기로 쌓아둔" 걸 발견했다.

라피네스크는 "대학과 홀리를 저주하며" 그곳에서 몰래 빠져나왔다. 그는 자신의 회고록에 "그 대학은 1828년에 몽땅 불타버렸다"면서 자신의 저주가 효력을 발휘한 게 틀림없다면서도 그다지 유쾌한 일은 아니라는 듯이 기록하고 있다.

1924년, 라피네스크의 유해라고 여겨지는 뼛조각들이 필라델피아 시내의 무연고 무덤에서 트랜실바니아로 옮겨져, 올드 모리슨 홀 안에 있는 정육면체 모양의 콘크리트 함에 안치되었다.

1969년 1월, 나의 어머니는 트랜실바니아 대학에서 신입생으로서의 두 번째 학기를 시작했다. 그달에 올드 모리슨이 전소되었는데, 정육면체의 콘크리트 함만은 무사했다. 그 안에는 '이미 오래전에 기렸어야 할 이를 기리며'라고 새겨진 동판이 들어 있었다.

1987년, 현대의 학자들 가운데 라피네스크의 작업에 관한 한 가장 선두에 있는 찰스 보위는 라피네스크의 유골함 안에 들어 있는 것이 1847년에 예순두 살의 나이로 폐결핵으로 사망한 극빈자 메리 파사모어의 것이라는 사실을 상식적인 사람이라면 누구나 납득할 만하게 증명해냈다. 필라델피아에서 그의 시신을 발굴한 사람이 충분히 땅을 파내려 가지 않았던 것이다.[20]

필라델피아에서 보낸 몇 년은 정신없고 아무런 결실 없

---

[20] 서양에서는 합장을 할 때 나란히 묻지 않고 겹쳐서 묻는 경우가 흔하다. 무연고자들의 경우는 특히 그렇다.

는, 이따금 간헐적인 활동만 있었던 기나긴 몰락의 과정이
었다. 그는 일리노이주에 유토피아를 설립하려고 했다. 그는
세계를 돌면서 종자를 수집할 비글호 스타일의 여행을 위해
자금을 모으려고 했다. 물론 그는 이 기간 동안 마야 상형문
자에서 사용된 숫자 시스템인 "점-줄 숫자법"을 해독해냈지
만 이 주제를 다룬 그의 글들은 완전히 무시되었기 때문에
그로부터 사십 년 뒤에 어떤 프랑스 신부는 라피네스크의
이름을 전혀 들어보지 못한 상태에서 이걸 재해독하기 위해
인생의 상당 부분을 보냈다(라피네스크는 마야 문자가 당시 멕
시코의 한 지역에서 사용되던 언어와 연계해서 생각해야만 해독될
수 있을 거라고 정확하게 예측했다. 그가 사망하기 전에 쓴 애처로운
편지들 중 하나는 대통령이 임명한 마야 전문가 존 로이드 스티븐스
에게 보내는 것이었는데, 이 편지에서 그는 자신이 스티븐스보다 먼
저 이 연관성에 대해 알아낸 사실을 인정하고 약간의 보상을 해달라
고 애원했다. 스티븐스는 아무런 조치도 취하지 않았다).

그의 편지들은 점점 더 애처로워졌다. 그는 여기저기에
돈을 부탁하는데, 한번은 보석금을 부탁하기도 한다. 그는
토리에게 보낸 마지막 편지에서 진화에 대한 애틋한 마음을
털어놓는다. "만약 내가 좀 더 산다면, 나의 마지막 식물학
작업에는 점진적으로 만들어진 편차가 실제로 한 종을 형성
해가는 과정을 계보로 정리하는 게 포함될 거요. 만약 내가
이 일을 할 수 없다면, 이게 원래 내 생각이었다는 걸 밝히

고, 내가 추진해온 이 계획을 당신이 마무리해주시오."

그는 딸 에밀리아에게도 자신을 보러 와달라고 애원하는 편지를 보냈다. 그녀는 다정하고 요란스럽지만, 기본적으로 "당신은 누구죠?"라는 내용의 답장을 보내왔다.

그는 체로키 말로 자신의 이름을 어떻게 발음하는지 묻는 편지를 체로키 부족 앞으로 보냈다.

그들은 답장을 보내왔다. "라-휘-네-스키"가 그 대답이었다.

그는 메리 홀리를 잊었을까? 라피네스크가 최근의 시에서 언급한 여성이 그녀가 아니었을까?

하지만 그가 이 사랑스러운 여인이 시인의 화관을
꼬아 만들고 있는 걸 보았을 때, 잔인한 운명은 명했다
그녀는 그로부터 찢겨나갈 거라고.
고독 속에서 그는 인생 속을 헤맨다. 하지만 자신의 외로운 길을
달래보려 애쓴다, 정신의 꽃송이들을 솎아내면서…

그렇게 생각하는 게 맞을 것이다. 그녀는, 라피네스크가 미국에서 사는 동안, 그의 표현을 빌리자면 "가장 병약한" 변종과도 애정 어린 상호작용을 한 유일한 여성이다. 우리는 그가 필라델피아 시절에도 그녀와 계속 연락을 주고받았다는 사실을 알고 있다. 그의 식물학 관련 서신 왕래자 목록에

"스노든 출신 메리 홀리"라는 이름으로 그녀가 포함되어 있기 때문이다. 그들이 무엇을 공유했는지 누가 알겠는가. 일종의 신비주의적 교감이었을 수도 있다. 그의 유언장을 보면 그는 자신의 불멸하는 영혼을 "우주 속을 흘러다니는 수백만 가지 세계들의 최고의 통치자"에게 남겼다. 메리 홀리는 뉴올리언스의 침대에서 마지막 숨을 몰아쉰 뒤 "여러 겹의 세계들이 우주 속으로 말려 들어가는 게 보여. 오, 아름다워!"라고 탄식처럼 내뱉았다. (이 말들은 라피네스크의 마지막 말들보다 더 낫다. 그는 "시간은 마침내 모두에게 정의를 가져다준다"라고 말했는데, 이건 불평 아니면 거짓말이었다.)

그는 위암에서 비롯한 고통스러운 죽음을 두려워하지 않았다. 그가 남긴 잘못된 미덕의 목록에 적혀 있는 마지막 사항은 이것이다. 그의 자연과학은 환상적인 형이상학을 만들어낸다는 것. 그는 인류가 스스로를 동물로서, 물질적인 우주의 영원성 위에 물리적으로 투사된 실재로서 자신을 재발견하는 일의 의미를 이해한 최초의 사람들 중 하나였다. "자연은 건너뛰지 않는다." 라피네스크의 인도자들 가운데 하나인 라이프니츠가 한 말이다. 우리가 자연의 일부라면, 우리는 모든 측면에서, 태고의 바다 열수구의 분수공에서 스스로 사슬을 형성한 최초의 비무기질 극미동물과 마찬가지로, 형이상학의 차원에서 자연과 동의어다. 삼십만 년 전으로 거슬러 올라가 우리의 핵심과 우리를 만들어낸 물질세계를 갈라놓는 마술봉 같은 건 존재하지 않는다. 이 말은,

우리가 말하는 것이 우리 자신에 대해 진실하지 않다면, 우리는 자연의 핵심적인 사항에 대해—그것의 무자비함이나 아름다움이나, 그 어느 것도—말할 수 없다는 뜻이다.

이 명제의 중요성은 그걸 뒤집어볼 때 분명하게 드러난다. 우리에게 참인 건 자연에서도 참이다. 우리에게 의식이 있는 게 인간이라는 종의 진화의 결과라면 자연에도 의식이 있다. 자연이 우리 안에서 의식을 가지게 된 것은, 아마도 스스로를 관찰하기 위해서일 것이다. 마치 게가 눈알을 움직이듯이, 자연은 우리를 붙잡고 이리저리 돌려보고 있을지도 모른다. 이유가 무엇이든, 블랙홀이니 성운이니 하는 것들을 가지고 있는 저 밖의 존재는 의식을 가지고 있다. 누구든 거울을 들여다보면서 이 사실을 이성적으로 부인할 수는 없다. 자연은 사랑과 욕망을 경험하고, 혹은 경험한다고 생각한다. 이런 생각은 유대교-기독교의 우주관을 기이한 것으로 만들기에 충분하다. 라피네스크가 생각하기에, 이것은 매우 견실한 과학이었다. 이것이, 이 세계가 무엇인지에 관해—누가 알겠는가. 그 부분은 미스터리다. "그녀는 자신의 삶을 산다. 남자나 새로서가 아니라," 라피네스크는 말했다. "하나의 세계로서."

미스터리는 절망이 아니다. 라피네스크의 비전에서 영감을 얻은 순수한 경탄은 윤리학, 철학, 사랑의 탄탄한 바탕이 되고, 빠르게 나타났다 사라지는 의식이 그 어느 것보다도 위대한 것이라는 결론에 이르게 한다. 왜냐면 그것은 우리가 알 수 없는 놀라운 것들이 존재하고 있다는 사실을 알려주고, 그 사실을 마주할 때 우리는 별 도리 없이 의미의 존재를 가정할 수밖에 없기 때문이다.

라피네스크는 문자 그대로 내가 어린 시절을 보낸 뒷마당에서 식물을 조사하면서, 내가 평생 알아온 터주식물들을 연구하면서, 이 명예로운 철학에 관련된 자신의 변종을 완성시켰다. 그리고 나는 그것을 약간 고쳐서 차용했다. 그것은 하나의 종교로 완벽하게 기능한다. 다른 사람들이 신에 대해 이야기할 때, 나는 그들과 함께할 수 있다고 느낀다. 신은 이 어떤 것에 씌워져 있는 가면들 가운데 하나이거나, 이 어떤 것이 바로 신이기 때문이다.

로버트 펜 워런(그는 19세기를 배경으로 하는 그의 가장 훌륭한 소설의 한 부분에서 트랜슬바니아 대학을 무대로 삼았다)을 인용해 이렇게 말해보자. "그걸 반박할 근거를 떠올릴 수 있겠소?"

10
이름 붙여지지 않은 동굴들

헨리 루이스 멘켄Henry Louis Mencken[1]이 미국의 남부를 두고 "보자르트Bozarts의 사하라"라고 부른 건 유명한 일화다. 누군가가 '보자르beaux arts'라고 하는 걸 남부 사람들이 잘못 들은 걸 두고 하는 농담이다. 그가 과장한 거였지만, 심지어 그 시절에도, 많은 남부 사람들이 그 안에 들어 있는 뜻을 인정했다. 미국 남부는 늘 특별한 재능들을 배출해왔지만, 어느 누구도 그 지역을 문화의 산실이라고 한 적은 없다.

테네시주의 고고학자들—대부분의 작업을 비밀과 침

---

[1]   1880~1956. 미국의 거의 모든 문화 분야에 대해 쓴 풍자적 비평가. 미국에 처음으로 니체를 진지하게 소개하기도 했고, 《미국 영어American English》를 쓴 언어학자이기도 했다. 남부를 비아냥대는 글을 많이 썼지만 남부 출신의 여자와 결혼했고, 유태인을 조롱하는 글 또한 많이 썼지만 나치의 유태인 학대가 시작될 때는 누구보다 먼저 그 사태를 비난하는 글을 발표했다.

묵 속에서 수행했다—이 지난 수십 년간 수천 년을 거슬러 올라가는 선사시대의 정교한 동굴미술 전통을 발굴해온 걸 생각해보면, 이건 더욱 놀랍고 이상하다. 이 그림들은 "석양 구역"—동굴학자들의 은어로 입구 바로 뒤쪽에 길게 뻗어 있는, 지는 해에 노출되는 구역—이 아니라 어두운 구역—이 그림들을 그린 미 대륙의 원주민들이 신체적인 위험을 무릅쓰고 땅속으로 수 미터, 혹은 어떤 경우에는 횃불에 의지해서 몇 킬로미터나 기어 들어간 곳—에서 발견된다. 미국 산림청에서 일하면서 취미로 동굴 탐험을 즐기던 두 친구가 1979년에 이런 장소 가운데 첫 번째 현장을 발견했다. 그들은 오래된 지하 식품저장고를 탐색하다 그 안에서 높은 곳으로 이어지는 통로로 기어 들어갔다. 오래전에 있었던 홍수로 인해 사방의 벽에는 얇은 진흙층이 덮여 있었는데, 동굴 안의 습도와 온도에 변화가 없었기 때문에 그대로 남아 있었다. 표면은 여전히 부드러운 상태였다. 처음에는 누군가가, 어쩌면 어린아이가 손가락으로 마음대로 그린 그림처럼 보였다. 두 사내는 생각나는 대로 떠들었다. 하지만 두 사람 중 나이가 많은 축은 그 지역의 역사를 공부한 사람이었다. 그는 벽면의 이미지들 가운데 일부가 그 지역 벌판에서 출토된 도기 조각이나 조개껍데기 장식에도 나타난다는 사실을 알고 있었다. 새인간, 춤추는 전사의 모습, 뿔이 달려 있는 뱀. 올빼미와 거북이처럼 자연 그대로 묘사된 동물들도 있었다. 그림들 가운데 어떤 것들은 그려진 다음 무언가로 찔리거나 막대기로 두드려지는 등 일종의 제의적인 목적으로 훼손된 것처럼 보였다.

전 세계에 알려지고, 책으로 나오고, 〈내셔널 지오그래픽〉지에 기사로도 실린 진흙 상형문자 동굴Mud Glyph Cave이 발견된 순간이었다. 당시에는 그걸 어떻게 받아들여야 할지 누구도 알지 못했다. 〈크리스천 사이언스 모니터〉에서는 이 동굴과 "가장 유사한 모습을 보이는 건 아마도 빙하기 때의 그림들이 남아 있는 남프랑스의 동굴들일 것이다"라고 보도했다. 여러 명의 과학자들이 현장으로 모여들었다. 그들은 반쯤 타고 남은 횃불 기둥에서 나온 숯조각으로 탄소 연대 측정을 한 결과, 그 상형문자가 오늘날 남동부와 중서부에 퍼져 있는 부족들의 조상인 팔백여 년 전의 미시시피인들이 사용한 것이라고 결론 내렸다. 그 상형문자의 형상들은 전형적인 남동부 제의 집합체Southeastern Ceremonial Complex(SECC) 양식으로 기원후 1,200년경 북미 동부 지역을 휩쓴 방대하지만 아직 제대로 알려진 것이 거의 없는 종교의 출현을 보여준다. 우리는 도굴범들과 고고학자들이 오랜 기간에 걸쳐 발굴해낸 무덤의 부장품들을 보아왔기 때문에 제웅을 담은 그릇과 파이프들, 으스스한 눈이 강조되어 있고 무릎을 꿇고 있는 돌 인형들, 지배층들이 착용하던 조각된 목장식 등 이 시기의 예술형식에 대해 어느 정도 알고 있다. 그러나 이 지하의 그림들은 새로운 것으로, 여태 알려지지 않았던 미시시피인들의 문화적 활동 방식을 보여주었다. 현장을 방문했던 도상학자에 따르면, 사시사철 눅눅한 그 동굴 벽에는 "다른 데서 그 흔적을 찾아보기 어려운 예술적 전통"이 보존되어 있었다. 이 문장이 쓰인 건 이십오 년 전의 일이고, 지금은 미시시피강 동쪽에 이런 암흑 동굴 현장이 일흔 군데가 넘게 알려져 있는데, 매년 새로운 것들이 발견되고 있다. 몇 군데에서는 약간의 표시나 선을 교차시킨 장식(골동품 전문가들의 용어로는 이우수스 인도룸Iusus Indorum이라고 하는데, 인디언의 장난이라는 뜻이다)만 발견되지만, 다른 현장에서는 진흙 상형문자를 넘어서는 상당히 정교한 것들을 볼 수 있다. 그중 몇몇은 시기적으로 오래된 것들이다. 지금까지 발견된 것들 가운데 가장 오래된 것은 기원전 4,000년을 전후로 만들어진 것이다. 이 현장들은 미주리주에서 버지니아주까지, 그리고 위스콘신주에서 플로리다주에 걸쳐 있지만 상당수는 테네시주 중부에 위치한다. 그리고 그 가운데 상당수가 애팔래치아산맥을 내륙으로부터 갈라놓는 장성처럼 테네시주 남서쪽에서 동쪽으로 내려가는 컴벌랜드고원의 위쪽 혹은 그 인근에 몰려 있다.

백인 정착민들이 마차를 타고 가로질러 가고자 했던 바로 그 지점이다. 대니얼 분 국유림과 컴벌랜드갭에 대한 이야기를 읽었다면, 18세기 사람들이 '컴벌랜드산맥'을 가로지르는 자연 통로를 발견하고 흥분한(자존심 강한 모든 인디언 가이드들에게는 이미 알려져 있었다) 이야기를 읽었다면, 그 작가들이 가리킨 것은 바로 그 고원이다. 사실 컴벌랜드산맥은 엄밀히 따지면 산 또는 산맥이라고 하기 어렵지만, 겉으로는 그렇게 보인다. 산은 두 개의 판 구조가 충돌해 충돌 면이 씨름판에서 일어서는 두 명의 스모 선수처럼 하늘로 솟아오른 걸 말한다. 반면에 고원은 다른 모든 부분이 씻겨 내려간 뒤 그 자리에 그대로 남아 주변의 풍경 위로 솟아오른 부분을 말한다. 컴벌랜드고원의 높은 평원 지대는 침식에 강한 기반암인 응괴사암(혹은 자갈사암)층이 수평으로 겹겹이 쌓인 채 노출되어 있다. 따라서 강물에 휩쓸려가거나 녹지 않고, 혹은 최소한 그 과정이 지연되어 그 자리에 남아 있게 된 것이다. 그 고원이 영원불변인 것은 아니다. 작은 비행기를 타고 그 고원 위를 날아가다보면 그것이 분해되고 있는 거대한 덩어리라는 걸 볼 수 있다. 계절에 따라 "얼음 쐐기 frost-wedging"[2] 현상이 발생해 내부에서 균열이 일어나 집채만 한 바위 크기로 쪼개지거나, 공기구멍이 많은 지층을 통해 물이 흐르면서 깎여나가고 있다. 가파른 절벽 표면에서 물이 쏟아져나온다. 고원의 측면은 산처럼 경사를 이루는 게 아니라 직각에 가까운 절벽이어서, 깎이거나 무너져내린다. 이 절벽들이 생물 종에게 물리적인 장애물 역할을 하면서 절벽 위와 아래에는 서로 다른 동식물의 서식처가 형성된다. 독일의 자연학자 알렉산더 폰 훔볼트는 이런 환경적 분리가 진

2 　물(습기)이 얼면 부피가 커지는데, 암반 사이에 흐르는 물이 얼면서 바위를 쪼개는 쐐기 역할을 한다.

정한 고원을 형성하는 조건이라고 했다(훔볼트는 동료들이 **고원**이라는 단어를 마구잡이로 사용하는 걸 자주 질책했다).

컴벌랜드는 특별한 종류의 고원이다. 카르스트karst 고원인데, 이때 카르스트는 동굴을 뜻한다. 정확히는 동굴 지역 혹은 석회암이 많이 노출되어 있는 지역에 비가 많이 올 때 생기는 그런 모습을 가리킨다. '카르스트'라는 용어는 슬로베니아의 크라스카 플라노타Kraška Planota 고원에서 따온 것이다. 지리학자들은 그곳에서 그들이 카르스트파노멘Karst-phänomen이라 이름 붙인, 카르스트 지형과 관련된 독특하고 어떤 경우에는 기이하기까지 한 수문학적水文學的 현상들을 처음으로 연구했다. 싱크홀, 좁고 깊은 계곡, 움푹 팬 곳, 지하호수 등이 그것이다. 유명한 카르스트파노멘 중에는 소위 사라지는 시냇물이라는 것이 있다. 아주 오래전부터 그 자리를 세차게 흘러내려오던 큰 시냇물이 있는데, 갑자기 석회석 바닥이 녹아 구멍이 생기면서 그 물이 지하로 흘러들어가 이리저리 뻗은 동굴 속으로 스며 들어가서는 다시는 바깥으로 흘러나오지 않는 것이다. 이런 일은 한순간에 생길 수도 있다. 그런 현상이 벌어지는 걸 사람들이 목격하기도 했다. 그런 사라진 냇물의 전형적인 사례, 유령의 강이라고 할 수밖에 없는 사례를 컴벌랜드고원에서도 찾아볼 수 있다. 완전히 말라버린 강바닥이 하얀 돌로 포장된 고속도로처럼 숲속을 구불거리며 관통한다.

컴벌랜드고원 아래는, 지렁이굴로 가득 한 땅속처럼, 온통 동굴들로 채워져 있을 가능성이 크다. 웅덩이 같은 동굴들, 돔형 천장을 가진 동굴들, 관광객들이 드나들 수 있을 정도로 크고 넓은 동굴들, 바위 틈에 난 균열처럼 좁고 그리 깊지 않은 동굴들 등등. 그리 오래되지 않은 일인데, 탐험가들이 럼블링 폴스 동굴Rumbling Falls Cave[3]을 발견했다고 발표했다. 60여 미터 높이의 절벽이 자리한 24킬로미터 정도 되는 (지금까지 드러난 것만) 동굴을 따라 들어가다보면 자그마한 공동 주택 단지를 지을 수 있는 규모의, 럼블 룸이라고 명명한 넓은 공간이 나온다. 이 모든 것이 고원의 내부, 고원을 둘러싼 석회석 지대 안에 자리하고 있다.

우리는 흰색 트럭을 타고 컴벌랜드고원 정상부를 달리고 있었다. 방금 주차장에서 만난 고고학자 얀 시믹이 운전대를 잡았다. 테네시 대학 교수인 그는 구체적인 장소를 노출시키지 않기 위해 '이름 붙여지지 않은 동굴들'이라고만 부르는 곳들에서 십오 년 동안 연구를 이어오고 있다. 우리는 이름 붙여지지 않은 열한 번째 동굴을 향해 가고 있었다. 늦겨울의 맑은 날이었는데, 워낙 늦은 겨울이라 눈앞 경치나 느낌으로는 초봄 같았다. 시믹은 희끗희끗하고 부스스한 머리에 운동선수용 선글라스를 낀, 가슴팍이 두꺼운 오십대의 사내였다. 이름을 들었을 때는 유럽인인 줄 알았는데, 캘리포

---

3   우르릉거리며 떨어지는 폭포가 있는 동굴.

니아에서 성장한 사람이었다. 체코에서 태어난 그의 부친은 할리우드의 성격배우 바섹 시믹이다. 그는 소련의 수상, 러시아 출신의 체스 선수, 애매모호한 "외국인" 과학자 같은 인물들을 연기했다. 얀은 부친의 외모를 닮았다. 그리고 친절하지만 뻬딱한 태도가 몸에 배어 있었다. 그는 내 날렵한 검정색 노트북 컴퓨터를 보고 놀리면서 자기 것처럼 지리학자들이 사용하는 방수 컴퓨터를 내게 선물하겠다고 한다.

1984년 테네시 대학으로 올 때 시믹은 이 동굴들의 존재에 대해 모르고 있었다. 그즈음에는 몇 군데만 발견된 상태였다. 그의 경력을 만들어준 가장 잘 알려진 연구들은 모두 프랑스에서 진행됐는데, 그림들로 잘 알려진 동굴들이 아니라 네안데르탈인들이 거주하던 곳들에서 이뤄졌다. 시믹은 거의 십 년 가까이 도르도뉴에 있는 구석기시대 동굴 그로트16에서 일했다. 입구가 넓은 그 동굴은 문화적인 흔적들이 엄청난 깊이로 쌓여 있고, 수문학적 역사가 복잡해서 지층이 온통 뒤틀려 있다. 일반적인 경우처럼 그저 파들어갈 수 있는 곳이 아니었다. 이만 년 전의 유물이 삼천 년 전의 유물이 묻혀 있는 곳 바로 아래에서 튀어나올 수도 있었다. 그리고 매우 깊은 지층에 도달했을 때, 지층이 워낙 얇게 압축되어 있어서 어두운 색 흙이 조금 **묻어나오는** 것—네안데르탈인이 불을 피웠던 흔적—을 찾는 걸로 마무리되기도 한다. "나는 토양화학을 아주 진지하게 다룹니다." 시믹이 말했다. 그는 그로트16에서 진행했던 작업을 통해 네안데르탈인들이 지금까지 알려져 있던 것보다 훨씬 더 우리와 비슷하고, 영리하고, 사회적으로 복잡한 존재였다는 사실을 밝혀냈고, 이를 통해 네안데르탈인들의 존재를 되살려내려 한 지난 십여 년간의 움직임에서 중요한 역할을 했다(실제로, 그들은 우리다. 우리는 이제 독일에서 진행된 DNA 조사를 통해, 우리 대다수의 가계도에 네안데르탈인이 포함되어 있다는 사실을 알고 있다).

그러나 시믹은 진흙 상형문자에 대한 이야기를 듣기는 한 상태였다—그의 동료 찰스 포크너가 그 동굴에 대한 이야기들을 편집한 책이 그가 부임한 해에 간행되었다. 테네시계곡기구Tennessee Valley Authority[4]의 천연자원 조사를 위해 대학원생들을 고용하는 임무가 신임 교원인 그에게 떨어졌고, 그는 학생들에게 조사를 나가서 어떤 동굴이라도 발견하면 벽들을 확인하라고 미리 주지시켰다. 별다른 결과를 얻지 못한 채 몇 년을 보내던 어느 날 저녁, 흥분한 학생들이 그의 연구실 문을 박차고 들어와 한쪽 벽면에 거미가 한 마리 그려져 있는, 테네시강을 굽어보고 있는 한 동굴에 대해 떠들어 댔다. 학생들이 보여준 스케치에는 눈이 앞으로 모아져 있는 거미가 벽에 거꾸로 매달려 있는 모습이 그려져 있었다. 시믹은 책꽂이로 가서 책 한 권을 꺼냈다. 그는 조개껍데기로 만든 미시시피인들의 목장식 그림이 있는 곳을 펼쳤다. 목장

---

4   테네시주와 인접 6개 주에 걸친 지역에서 전력 공급과 홍수 조절, 토지 관리와 지방정부의 경제개발에 두루 관여하는 기구로 1933년에 설립되었다.

식 한가운데에 스케치와 똑같이 생긴 거미가 그려져 있었다. "이렇게 생겼던가?" 그가 물었다.

그것이 '이름 붙여지지 않은 첫 번째 동굴'로, 시믹은 "여전히 나의 가슴속 동굴"이라고 말한다. 내가 그와 함께 그 동굴을 찾아갔을 때, 그가 그 거미를 보여주었다. 머리 위로 양팔을 뻗어올리고 긴 머리카락을 늘어뜨린, 사람처럼 보이는 기이한 형상도 보여주었다. '이름 붙여지지 않은 첫 번째 동굴'은 그렇게 명명된 동굴들 가운데 가장 최근 시기의 것이었다. 그 형상들은 대략 1540년경의 것이다. 스페인 사람들이 플로리다에 들어와 노예를 잡아들이기 시작한 지 이미 수십 년이 지난 무렵이다. 전염병이 엄청난 충격파를 던지면서 남동부를 휩쓸고 있을 때였다. 드소토와 그가 이끄는 무리가 바로 그 무렵, 바로 그 동굴 근처를 지나갔다. 이 상형문자를 만든 후기 미시시피인들의 세계는 이미 산산조각 나고 있었다.

우리는 샛길로 접어들었고, 풀이 더 무성한 또 다른 샛길로, 그러고 나서는 계곡을 향해 가파르고 꼬불꼬불한 길을 내려가기 시작했다. 계곡 바닥까지 내려와 차에서 내려 주변을 둘러보고 나서야, 나는 우리가 어떤 곳을 내려왔는지 감을 잡을 수 있었다—마치 거인이 도끼로 1.5킬로미터 깊이까지 땅을 내려찍어 벌려놓은 것 같았다. 무성한 숲이 사방에서 벽을 이루면서 끝없이 뻗어 올라가고 있었다. 우리는 작고 좁은 밭을 가로질렀다. 이곳의 토지를 소유하고 동굴 일대를 보호하는 사람들의 농장이었다. 얀은 그들에게 전화를 걸어 우리가 가고 있다는 걸 알렸다. 머리 위의 좁고 긴 틈으로 하늘이 보였는데, 그 한쪽 끝으로 비바람을 품은 구름이 모여들고 있었다. 천둥소리가 깊은 계곡을 메웠다.

우리는 그로토grotto[5]로 다가갔다. 비탈이 노천극장처럼 완만하게 휘어지면서 작은 분지 쪽으로 이어졌다. 에덴 동산처럼 아름다웠다. "아직 어떤 다이버도 저 바닥까지 내려가 본 적이 없어요." 얀은 검푸른 물이 고여 있는 웅덩이를 가리키면서 말했다. 우리의 모습을 보고 목소리를 들은 개구리들이 그 속으로 뛰어들었다. 우리는 고사리와 보라색 풀협죽도, 나는 이름을 모르는 대롱 모양의 작은 흰색 꽃이 피어 있는 폭이 15센티미터 정도 되는 길을 옆걸음으로 걸어갔다.

물가에 선반처럼 튀어나와 있는 길을 걸어 우리는 입구에 도달했다. 얀은 문에 달아놓은 자물쇠와 씨름했다. 문은 아주 큰 쇳덩어리처럼 보였다. 약간 과잉이 아닌가 싶었는데, 나중에 몇몇 테네시 사람들이 출입이 금지된 동굴 안에 들어가기 위해 무슨 짓을 할 수 있는지 이야기를 들었다. 다이너마이트와 용접 도구를 쓰기도 하고, 문을 통째로 뜯어내려고 트럭에 문을 묶어 끌어당기기도 한다고 했다. 얀은 내게 트럭으로 돌아가 모터오일을 가지고 오라고 시켰다. 자물쇠에 윤활유 대용으로 쓸 생각이었다. 나는 새것처럼 깨끗한

5 　동굴cave보다 작은 동굴을 구분해서 일컫는 말.

동굴용 헬멧을 엉덩이 위에 매달고 덜렁거리면서 즐거운 마음으로 그 낙원 같은 곳을 가능한 한 천천히 뛰어갔다.

이곳을 발견한 첫 번째 백인에 대한 기록이 남아 있다. 1905년 한 주민이 자신의 증조부가 남긴 일기를 발견했다. 그의 증조부는 1790년대에 이 골짜기에 들어온 원정착민 중 한 사람이었다. 그는 지역 신문에 증조부와 정착민들에 대한 이야기를 썼다. 정착민들은 이곳에 자기들만의 법을 가진 공동체, 작은 유토피아를 건설하겠다는 희망을 가지고 남부여 대男負女戴해서 메릴랜드에서 들어왔다. 그들의 지도자는 그린베리 윌슨이라는 사람이었다. 그들은 악기를 가지고 있는 노예들을 몇 명 데리고 왔는데, 이따금 그린베리가 그들에게 노래를 부르라고 명령했던 것 같다. "지도자가 윙크로 신호를 보내면 올드 집 쿤Old Zip Coon[6] 멜로디가 숲의 대기를 채운다. 야생동물들이 멀리서 그 소리에 귀를 기울이고, 피부색이 칙칙한 인디언 여자가 다가와 자신의 백인 자매들이 즐기는 모습을 부러운 눈으로 쳐다본다." 묘사는 이런 식의 상상으로 채워져 있다. 이 글이 일기 원본을 충실하게 옮겨 적었다고 신뢰하기는 어렵다. 그 증손자는 술꾼이었던 걸로 보인다. 그는 같은 이야기를 같은 신문에 몇 주 간격으로 쓰면서도 아주 다르게 서술한다. 옛날 일기에서 본 내용들과 자신

---

[6] 19세기 초반의 노래. 미국에서 19~20세기 초반에 걸쳐 많이 볼 수 있었던 유랑 악극단에서 백인들이 흑인으로 분장하고 부르는 경우가 많았다.

이 꿈꾸는 걸 뒤섞어놓은 것이 분명하다. 어느 순간에는 자신이 그랬다는 걸 인정했다가, 다른 순간에는 그런 사실을 감추려는 것처럼 보인다. 그 증손자가 이야기를 완전히 꾸며낸 것은 아니고 18세기의 일기가 있었을 거라고 우리가 생각하는 이유는, 그가 그 동굴 안이 미이라들로 가득 차 있었다고 한 정착민들의 이야기를 전달하기 때문이다. 그 일기가 아니라면 1905년에 그가 그 사실을 알 수 있는 방법이 없다.

우리는 제대로 된 횃불을 준비해서 물가의 오른쪽으로 뻗어나와 있는 바위의 선반 혹은 테이블 같은 부분으로 돌아갔다. 그리고 넓이가 3~3.5미터 정도 되는 입구를 통해 15~18미터 정도 더 들어갔다. 공간이 넓어지기 시작한다… 벽에 선반이나 테이블 같은 것들이 튀어나와 있는데, 대부분은 오래전에 지나간 세계에 속하는 해골들로 뒤덮여 있다.

그 매장지는 개척자 농부들이 그 지역의 고지대를 개간하기 시작한 1800년 무렵 카르스트 지형을 쓸고 내려온 퇴적물들에 뒤덮인 상태로 여전히 그 자리에 있다. 테네시 대학 발굴단은 해골들이 그 일기에 나온 바로 그곳, 선반처럼 튀어나온 공간에, 퇴적물에 덮인 채 놓여 있는 걸 발견했다. 고고학자들은 진흙 사이로 드러난 뼛조각들을 보고 그것들을 그대로 두기로 했다. 사자의 내세를 위해 함께 놓은 장신구와 다른 물건들은 아마 도난당했을 것이다—정착민들 중에는

거리낌 없이 그런 식의 약탈을 자행하는 이들이 있었다. 그
날 그 동굴을 본 정착민들은 계곡에서 3킬로미터쯤 아래에
있는 인디언들의 둔덕[7]을 파헤쳤다. "둔덕 한가운데에서 파티
가 시작"되었고 그들은 "많은 유물들을 손에 넣었다".

　당시 이런 동굴들의 바닥은 석관 무덤으로 채워져 있었
다. 이 내용에 대해서는 조지 팬쇼George Featherstonhaugh[8]의 잘
알려져 있지 않은 《여행》을 읽어보라. 그는 1830년대에 그
지역을 답사한 정부 소속 지리학자였다. 그는 무덤이 사십
여 년 전에 정착자들에 의해 약탈당했다는 걸 지적하면서,
무덤이 "시간에 의해 거의 지워졌다"고 묘사한다. 하지만 그
는 농부들이 자기 밭에 있던 수백 기의 석관묘에 얼마나 집
착했는가에 대해서만 주로 이야기한다. 그들은 관을 제일 많
이 열고 그 안에서 제일 좋은 장신구를 찾아내는 데 경쟁적
으로 매달렸다. 작은 관들은 석회석 판으로 만들어져 있었
다. 어떤 것도 길이가 60센티미터를 넘지 않았다. 인디언들
은 사체를 외부에 노출시켜 일단 건조시킨 뒤, 아마도 몸을
구부려서 어떤 제의적 방법을 거쳐 매장했을 것이다. 농부들
은 그 묘들이 알려지지 않은 난쟁이족의 흔적이라고 확신했

7　인디언들의 집단 매장지인 이 둔덕들은 패류의 껍데기로 조성한 것들도 있
고, 흙으로 쌓아올린 것들도 있다. 높이가 20미터나 되고 상당히 넓은 면적을
차지하는 등 크기 또한 다양하다.

8　1780~1866. 지리학자이자 지질학자. 미국 정부의 첫 번째 공식 지질학자로
임명되어 루이지애나 구매를 위한 사전 조사의 한 부분을 맡기도 했다. 라틴어
고전 번역본과 몇 종의 기행문을 남겼다.

다. 각 매장지마다 머리 밑에는 한 개의 토기가 들어 있었다. 팬쇼는 직접 석관묘를 하나 열어보기로 마음먹었다. 그는 가지고 있던 칼로 석회석 뚜껑을 들어올렸다. 그 안에는 작은 미시시피인 어린이의 유골이 들어 있었다. 그 옆에는 달팽이 껍데기 한 개와 사슴 갈비뼈가 하나 들어 있었다.

백인들은 미 대륙을 점령하고 나서 처음 몇백 년 동안 무덤들을 모두 열어젖혔다. 그 결과 우리는 무덤들로 가득 차 있던 풍경을 상상하기 어려워졌다. 미 대륙 동부의 원주민 사회들은 루이지애나 지역의 파버티 포인트 문화Poverty Point culture[9]를 시작으로 오천여 년에 걸쳐 이런 매장지를 건설해왔는데, 어떤 이들은 그 시기가 남미에 있는 기념비적 건축물보다도 앞선다고 판단한다. 그리고 나서 아데나Adena, 우들랜드Woodland, 그리고 미시시피 문화가 있었는데, 이들은 모두 둔덕형 공동묘지를 건설하는 문화였다. 어떤 것들은 공동체의 중요한 인물이거나 가족 구성원이었던 이의 시신 위에 흙을 쌓아올린 단순한 형태의 둔덕형 묘지였고, 오하이오나 켄터키에 있는 놀라울 정도로 큰 새와 뱀 모양을 한 둔덕처럼 동물 형상을 한 상징적인 것들도 있었다. 그리고 미시시피인들이 건설한 상부가 평평한 거대한 둔덕들이 있다. 그들이

---

9 이 유적지가 발견된 플랜테이션의 이름을 딴 선사시대의 문화 유적지. 오랜 기간에 걸쳐 거대한 반원형으로 건설된 공동묘지를 기반으로 한다. 물물교환 장소로도 활용되었을 것이라고 추측된다. 전 세계 다른 지역의 피라미드나 거대한 묘역을 건설한 문화가 농경인들을 주축으로 한 것과 달리, 이곳을 만든 주체는 수렵과 채취를 주요 생산수단으로 삼는 이들이었을 것으로 추측된다.

이 둔덕을 만든 목적은 아직까지 밝혀지지 않았다. 이 유적들 가운데 백인 약탈자들의 손길을 피한 건 극소수다.

필그림들이 제일 먼저 한 일은 둔덕형 무덤 하나를 약탈한 것이었다. 마일스 스탠디시^{Myles Standish}[10]가 소규모의 약탈자 그룹을 상륙시켰다. 그들은 모랫길을 따라갔다. 그들은 둔덕형 무덤을 보았다. 한쪽 끝에 토기가 하나 묻혀 있었고, 위에는 "뒤집힌 배" 모양의 물건이 놓여 있었다. 그들은 의논 끝에 파헤쳐보기로 결정했다. 그들은 활 하나와 녹슨 화살 몇 개를 꺼냈다. 그러고 나서는 무덤을 다시 덮고 계속 나아갔다. "왜냐하면 무덤을 파헤치는 게 그 안에 누워 있는 이들에게는 끔찍한 일일 것이라고 생각했기 때문"이었다.

그들의 후손들 가운데 극소수만이 이런 일에 양심의 가책을 느꼈다. 일기에 기록되어 있는 이런 사건들과 같은 옛날 개척자들의 약탈에 뒤이어 19세기에 들어서면서 상업적인 목적을 지닌 도굴범들(수상가옥 형태의 배를 타고 남부를 돌아다니면서 토기들을 파낸 뒤 신문광고를 통해 팔아치웠다)이 등장한다. 그 뒤 중서부에서 엄청난 수의 무덤들을 마구 파헤친 전문적인 골동품 상인들이 나타났고, 1930년대와 1940년대에는 뉴딜 정책의 기조에 따라 거대한 피라미드를 발굴하

---

10 c.1584~1656. 영국군 장교. 메이플라워호를 타고 온 필그림을 비롯한 이민자들이 그를 군사고문으로 고용하여 지금의 매사추세츠주 플리머스에 함께 상륙했다. 그는 필그림들로 구성된 민병대의 사령관이 되었다. 원주민들과 갈등이 생겼을 때 매우 공격적인 작전을 펼쳤다.

는 수준으로 이어졌다. 이 마지막 발굴 작업들을 통해 드러난 엄청난 자료들은 미시시피인들의 예술에 대한 최초의 진지하고 체계적인 연구와 남부 컬트라는 개념의 탄생으로 이어졌다. 안토니오 워링과 프레스턴 홀더라는 두 학자는 남부 전역에 특정 이미지가 넘쳐나는 데 주목하고, 이것이 알려지지 않은 신들에 대한 숭배를 바탕으로 한 복음주의적인 운동을 나타낸다고 주장했다.

문이 열리고, 우리는 헤드램프의 스위치를 켰다. 당시에 범람한 침적토 때문에 동굴 안으로 들어가는 게 어려웠다. 우리는 1790년대 사람들이 했던 것처럼 단순하게 "통로로 들어"갈 수 없었다. 대신 우리는 포복하며 들어가야 했다. 진흙의 질감이 녹은 초콜릿 같았다. 녹은 진흙이 달러스토어에서 사 입은 오버올의 지퍼 사이로 스며들었다. 통로가 얼마나 좁은지, 포복 자세로 기는 동안 등이 천장에 긁혔다. 얀 말로는 그 통로에 갇힌 사람을 구하기 위해 땅을 판 적도 있다고 한다.

마침내 그 구간을 통과하고 나서야 구부정하게라도 설 수 있게 되었다. 나는 고개를 돌려 헤드램프로 벽 아래위를 비추어보았다. 동굴은 연한 갈색이었다. 얀은 좀 더 크고 강력한 조명을 가지고 있었다. 그가 그 조명으로 주변을 밝혔다. 그는 벽의 한 부분을 보고 고개를 끄덕이며 "불을 땐 흔적"이라고 말했다. 그의 시선을 따라가보니 검은 파리 한 무리를 한꺼번에 돌 위에 눌러서 죽인 것처럼 까만 점들이 몰려 있는 곳이 눈에 들어왔다. 그런 곳이 동굴 곳곳에 있었다. 시믹에 따르면 고대 동굴인들이 강가의 갈대로 만든 횃불의 재를 부빈 자리였다. 그렇게 하지 않으면 안으로 들어갈수록 연기가 더 많이 나기 때문이었다.

그는 걸음을 멈추고 내가 따라오기를 기다렸다. 그는 벽을 마주보고 있었다. "첫 번째 그림이에요." 그가 불빛의 초점을 모으면서 말했다. "쌍둥이 딱따구리예요." 희미한 하얀 선이 석회석에 패어 있었다. 보자마자 새들을 알아볼 수 있었다. 두 마리가 겹쳐진 채 새겨져 있었다. 시믹은 상당수의 동굴에서 새가 첫 번째 그림으로 나온다고 말했다.

"무슨 의미가 있는 건가요?" 내가 물었다.

"몰라요." 그가 말했다.

나는 이게 "무슨 의미가 있는 건가요?"라는 질문에 그가 늘 내놓는 대답이라는 사실을 알게 됐다. 그러고 나서야 그는 개연성 있고 재미있기도 한 이론을 설명해주었는데, 하지만 언제나 "몰라요"라는 대답부터 나왔다. 그가 심술궂어서라기보다는, 이게 그의 이론적인 입장이었기 때문이다.

그는 딱따구리가 전쟁과 관련되어 있을 수 있다고 말했다. 다른 원주민들 신화에서 딱따구리는 사자의 영혼을 사후세계로 운반하는 역할을 맡고 있다.

우리는 앞으로 나아갔다. 핍이라는 이름의 작은 갈색 박쥐들이 몸을 감싼 채 벽에 매달려 있었다. 날개에 습기가 응결되어 있어서 우리의 조명이 가 닿자 박쥐들이 마치 보석으로 둘러싸여 있는 것처럼 보였다. 얀이 벽 하단에 있는 무언가를 살펴보려고 무릎을 꿇자 박쥐 한 마리가 그의 등에 내려앉았다. 그는 내게 그걸 치워달라고 했다. 내가 헬멧을 벗어서 휘두르자 박쥐는 그의 등에서 떨어져나와 어둠 속으로 날아갔다.

얀은 몇 미터를 더 가더니 동굴 안의 경사면 같은 곳에 등을 대고 누웠다. 나도 따라 했다. 우리는 둘 다 천장을 보고 있었다. 그는 가지고 있던 전등으로 일련의 그림들을 비추었다. 한눈에 봐도 패널화라고 부르는 게 적절하다고 느껴졌다—그림들에는 일련의 흐름이 있었고, 어떤 이야기를 들려주고 있었다. 거기에는 도끼 혹은 토마호크와 더불어 모호크족처럼 머리를 볏 모양(우리가 딱따구리 그림에서 본 것과 같은 모양)으로 올린 사람의 얼굴도 있었다. 도끼 옆에는 날개를 펼친 채 칼을 휘두르는 모습의 전사독수리가 앉아 있었다. 그리고 마지막 그림에는 체스의 비숍을 길게 늘려놓은 것 같은 모양의, 꼭대기에 관을 씌운 곤봉 같은 것이 그려져 있었는데, 그것은 상징적인 무기를 표현한 것으로 아마 공적인 제의에서 가장 권위 있는 자가 들었을 가능성이 큰 물건이었다. 이것은 미시시피 영역의 "유형 유물type artifact"로, 그 유물이 발견된 장소가 어디든 그곳은 남동부 제의 집합체, 또는 그동안 불려온 대로(고고학자들은 남들이 듣고 있지 않다고 생각할 때에는 여전히 그렇게 부른다) 남부의 죽음 컬트에 속한다는 뜻이다. 이 그림 속 주인공은 맹조류로 변신하고 있는 것처럼 보인다. 이건 무얼 의미하는 걸까?

"모릅니다." 시믹이 말했다. "분명한 건 이게 변신에 대한 거라는 겁니다."

그 안에 있는 모든 것은 죄다 다른 무엇인가로 변하고 있었다.

의미에 관해 모든 사람들이 죄다 시믹처럼 회의적인 건 아니다. 텍사스의 고고학자 F. 켄트 라일리가 조직한 일군의 학자들은 지난 십여 년간 역사 기록물들—주로 19세기의 민족지—과 미시시피인들의 섬뜩한 전쟁신들, 괴물들, 그리고 세 부분으로 구성된 우주에 대한 믿음을 결합시켜 미시시피인들의 세계관에 접근하려는 작업을 해왔다. 우주를 구성하는 세 부분은 상부 세계, 현 세계, 하부 세계를 말한다. 남동부 제의 집합체(SECC) 작업 그룹이라고 불리는 그들은, 억압에도 불구하고 미시시피인들의 문화가 역사시대까지 살아남았다고 주장한다(무엇보다 유럽인들이 그들을 만났다. 미시시피인 사회의 잉걸불은 프랑스인들이 마지막 '위대한 태양', 즉 나체즈의 족장을 노예로 팔아넘긴 1731년까지는 꺼지지 않고 남아 있었다). 라일리와 그의 동료들은 텍사스 대학의 마야 성각문자聖刻文字 워크숍을 명백하게 모델로 삼았다. 금석학자들로 구성된 그 워크숍이 마야 상형문자를 해독한 덕분에 우리는 마야인들의 사회를 (약간이나마) 이해할 수 있게 되었다.

하지만 북미인들의 경우에는 해독해야 할 언어가 없다. 전성기의 미시시피인들—멕시코의 석조 유적들과 거의 같은 규모의 장엄한 둔덕형 무덤들을 만들었지만, 흙을 사용했기 때문에 사라지고 없다—은 기술적으로 가장 발달한 미국 원주민 사회이지만 우리에게 읽을거리를 남겨주지 않았다. 북아메리카의 선사 연구자들을 미치게 하는 게 바로 이 문제다. 인디언의 무덤에서 출토되었다는 히브리어나 페니키아어로 쓰인 신비의 서판을 들고 나와 "무덤의 건축자"에 대한 이론을 펼친 엉터리가 한둘이 아니었다. 그런 이들 가운데 19세기의 사상가이자 약간 맛이 간 켄터키의 천재 콘스턴틴 라피네스크도 있다. 그는 마야 언어를 해독하는 데 실질적인 기여를 했다고 전반적으로 인정받지만, 반면에 존재하지 않는 북아메리카의 문자언어 레나페어를 조작해내기도 했다.

몇 년 전 나는 시카고에서 켄트 라일리를 만났다. 그는 내게 시카고 아트 인스티튜트에서 열리고 있던 〈영웅, 독수리, 그리고 펼친 손〉 전시회를 안내해주었다. 아메리카 동부 원주민 예술을 무대에 올려놓은 진정한 대표성 있는 전시로는 최초의 것이었다. 그 전시에는 주요 유물들—대형 조상들, 운모[11] 조각품들, 아칸소에서 나온 인면人面 도기들—이

---

11 운모는 여러 겹의 광물이라 떼어내면 반투명하고 반짝거리는 얇은 판을 얻을 수 있다. 북아메리카 원주민들은 이걸 이용해서 다양한 모양을 만들어냈다.

포함되었고, 그 분야에 조예가 깊은 사람들조차 깜짝 놀랄 만큼 덜 알려진 유물들도 나왔다. 바로 이천 년 역사를 지닌 호프웰 현장에서 나온 사람 엄지 모양의 조상, 그리고 '개구리 배[船]'라고 알려진, 자연주의적으로 묘사된 작은 녹색 개구리들이 우글우글한 미시시피인들의 붉은색 그릇이다. 중부의 미국인들 중 자신들의 발밑에 이런 수준의 표현에 도달한 사회들이 묻혀 있다는 걸 알고 있는 사람들이 얼마나 됐을까?

라일리는 자신의 그룹이 성취한 것들 중 일부에 대해 설명해주었다. 두 명의 연구자가 엄밀한 모티프 분석을 통해 미시시피 문화의 다양한 유물에 나타나 있는 기하학적인 화려한 문양들이 나비를 표현한 것이라는 사실을 밝혀냈다. 펼쳐져 있는 몸의 한쪽에 모여 있는 점들의 개수—자세히 들여다보면 알 수 있다—와 실제 나비의 점을 맞춰본 것이다. 그리고 조지아의 에토와 무덤에서 나온 목장식을 다시 검토해본 결과 그들은 사람의 머리를 한 뱀 머리 부분이 독수리 전사가 쥐고 있던 또 다른 목장식의 머리 부분과 같다는 걸 알아냈다. "우리는 그들이 남긴 예술품들에만 근거해 새로운 신의 집합체를 밝혀낸 듯합니다." 라일리가 말했다.

시믹은 그런 식의 이야기를 신뢰하지 않는다. 그는 데이터를 좋아한다. 그는 "동굴 속으로 200미터를 들어간 지점에서 수직으로 그려진 개의 상형문자를 발견했다"는 식의 서술을 좋아한다. 그는 개가 영혼의 길을 따라 사자의 영혼을 안내한다는 식으로 말하고 싶어 하지 않는다. 개가 그런 역할을 한다는 게 남동부 지역 복수의 장소에서 드러났는데도 말이다. 그는 그런 이야기들이 데려다놓는 "아마도"라는 장소를 좋아하지 않는다. 민속지학자들이 조사한 사회들은 미시시피 문화 시기 이후로 엄청난 충격과 파괴의 과정을 겪었다. 유럽인들과의 만남은 말할 필요도 없지만, 그 이전에도 문제는 있었다. 후기 미시시피 문화는 통념과 달리, 스페인인들이 플로리다에 도착한 이후 발생한 질병과 학살 때문에 사라진 것이 아니라 **그 전에** 붕괴했다. 이는 미국 고고학이 안고 있는 수수께끼다. 시믹은 과학적 확신 같은 걸 통해 그 모든 문제들을 돌파할 수 있다는 생각은 하지 않는다.

"옥수수, 콩, 그리고 호박뿐이에요." 라일리가 시믹을 비판하면서 한 말이다. 그는 인류학 연구실의 건조한 데이터의 지루함을 이야기하는 것이다. 내가 이해하기로는, 그들이 그 지루한 것들에 매달리고 싶어 하면 그러라고 하라는 의미였다.

하지만 우리가 보고 있는 건, 그게 뭐든, 지루하지 않았다. 나는 선선한 동굴 안에서 땅에 등을 대고 누워 천장을 보고 있었다. 나처럼 카르스트 지형 고장에서 자라난 사람이라면 그런 육체적인 기억이 피부에 스며들어 있을 것이다. 어렸을 때 인디애나주 남부에서 살았던 나는 와이언도트 동굴로 소풍을 가곤 했는데, 그곳에서는 불을 끄고—"애들아, 이게 바로 완전한 어둠이란다"—우리에게 얼굴 앞에 손을 대어보라는 지시를 하곤 했다. 자기 손도 볼 수 없는 상황을 체험할 수 있도록 말이다.

"동료들은 'SECC가 뭐야? 그게 뭘 가리키는데?' 하고 질문을 던지죠." 시믹이 말했다. "그러면 나는 그들을 이곳에 데리고 옵니다. 바로 이걸 보라고요. 이게 남부 컬트예요."

우리는 앞으로 더 나아갔다. 시믹에 따르자면, 다음 번 상형문자는 이름 붙여지지 않은 동굴들 가운데 여러 개에서 나타나는 이미지였다. 이빨을 다 드러내고 있는 소름 끼치는 입. 피가 쏟아져나오고 있는 목에서 잘려나간 동그란 머리. 울고 있는 눈. 부패로 인해 잇몸이 물러진 걸 보여주기 위한 장치일 가능성이 있는, 할로윈 호박 같은 미소. 시믹에 따르면, 매장지의 어디에서나 이 이미지가 나타나는 경향이 있다. 심지어 우들랜드 동굴에서도 이 이미지가 하나 발견되었다—이 동굴은 미시시피 문화보다 앞선 시기의 것으로, 우리는 이 시기에 대해 아는 게 더 적다. 하지만 최소한 이천 년 동안 이 나라에서 동굴 벽에 그려진 이 그림은 "시신들이 여기에 묻혀 있다"는 것을 의미했다.

시믹에게 배우는 대학원생 가운데 체로키 부족 출신이 한 명 있었다. 러스 타운젠드라는 훌륭한 고고학자로, 지금은 체로키 부족의 동부 밴드Band[12]에서 '부족 역사 보존 담당

---

12 보통 수십 명 정도의 그룹으로, 이들이 연대해서 부족을 구성한다. 유럽인

관'으로 일하고 있다. 타운젠드는 얀과 함께 많은 프로젝트를 수행해왔지만, 동굴 안에는 한 번도 들어가지 않았다. 나는 그에게 그 이유를 물었다. "체로키족은 저런 동굴들에 함부로 들어가면 안 된다고 생각해요." 그는 말했다. "저렇게 깊이 들어가는 건 틀림없이 나쁜 사람들이라 그런 거라고 생각하거든요. 저렇게 깊은 데는 나쁜 사람들을 갖다놓는 장소예요. 땅이 아니라 바위 위에 눕게 되는 거죠. 체로키족에게는 동굴 안을 드나드는 게 마음이 편치 않은 일이에요. 지하세계는 모든 것들이 뒤섞여 있고, 혼돈이고 나쁜 곳이에요."

우리는 커다란 홀로 들어섰다. 천장이 매우 높았는데 30~40미터는 되어 보였다. 표면은 매끄럽고 옅은 회색이었다. 시믹은 전등을 들어 천천히 호를 그렸다. "뭐가 보입니까?" 그가 말했다.

"저것들은 진흙말벌 집인가요?" 내가 물었다. 내게는 그렇게 보였다.

"저 천장에," 그가 말했다, "삼백 개의 진흙 덩어리를 붙여놓은 거예요."

나는 입을 다물지 못한 채 천장을 올려다봤다. 무어라 질문을 해야 할지 아무것도 떠오르지 않았다.

"우리도 그랬어요." 그가 말했다. "그 사람들은 뭘 하고

들이 들어오기 전까지 각 부족은 독립적인 행정과 법체계를 지닌 하나의 국가였다.

있었던 거지?" 그래서 연구원 한 사람이 기어 올라가서 덩어리 하나를 떼어내서 학교 연구소로 가지고 갔다. 그리고 잘라서 열어봤다. 그 안에는 담배 필터처럼 생긴 불에 탄 강 갈대 한 조각이 들어 있었다. "요만한 갈대 조각이었어요." 얀이 자신의 새끼 손가락을 가리키며 말했다. 인디언들은 강 갈대의 줄기에 불을 붙여 진흙 덩어리에 꽂은 뒤 천장으로 집어 던진 것이다. "그것들로 이 공간을 생일 케이크처럼 밝힌 거예요!" 그가 말했다.

"일종의 제의 같은 거였을까요?"

"누가 알겠어요!" 그가 말했다. "박쥐를 사냥한 걸 수도 있죠."

"여기서 뭘 하고 있었던 걸까?" 나는 혼잣말처럼 물었다.

"최소한," 그는 말했다. "예술활동을 하고, 죽은 자를 묻고, 크리스마스트리처럼 불을 밝힌 거죠. 어쩌면 박쥐 사냥을 하고 있었을 거고요."

우리는 동굴 뒤쪽으로 가서 진흙 언덕을 올랐다. 거기에는 두 개의 맨발 자국이 나란히 찍혀 있었다. 시믹은 그 모양을 떠서 아무런 설명 없이 정형외과 의사에게 보여줬다고 했다. 의사는 "이 사람은 신발은 신지 않고 살았군요"라고 말했다. 발가락 사이가 벌어져 있었기 때문이다.

진흙 언덕 꼭대기에서 우리는 마지막 그림을 보았다. 처음 보았던 그림과 같았지만, 이번에는 딱따구리가 한 마리만 있었다. 숯으로 그린 그림문자가 마치 라미네이트된 것처럼 얇은 플로스톤[13]으로 덮여 있었다. 그 그림이 얼마나 오래된 것인지를 보여주는 장면이었다. 플로스톤이 딱따구리 그림 위로 흘러 새를 감싸고 있었다. 딱따구리는 마치 나무에 달라붙어서 먹이를 찾는 것처럼 똑바로 서 있었다. 맨 처음 그림의 딱따구리 두 마리와 여기에 있는 딱따구리 한 마리. 이게 무슨 뜻일까?

"책이 끝난 겁니다." 그가 말했다.

다음 동굴은 길고, 축축하고, 어려웠다. 얀은 이런저런 것들을 조정해주었을 뿐 같이 오지는 않았다. 그는 이미 충분히 와본 곳이었다. 그곳은 고대 후기Late Archaic period[14]에 속하는 가장 오래된 현장으로, 사천 년 정도 된 곳이었다.

나는 이름 붙여지지 않은 동굴에 관련된 일을 하는 이들 중 몇몇 사람들을 알게 됐다. 1990년대에 시믹이 동굴고고학 연구팀Cave Archaeological Research Team(CART)이라는 이름으로 조직한 수준 높은 동굴광팀이었다. 여기에는 동굴 매장 전문가도 있고, 〈내셔널 지오그래픽〉의 동굴 사진가도 있고, 동굴 활용(초석硝石[15] 채굴과 "동굴 댄싱")의 역사를 공부하는 학

---

13 주로 동굴 같은 환경에서 석회 성분이 많은 물이 오랜 기간에 걸쳐 흐르면서 얇게 형성되는 광물질.

14 북아메리카의 고고학에서는 B.C. 8,000~B.C. 1,000년을 고대로 분류한다. 그 전을 석기시대, 그후 A.D. 500년까지를 형성기 혹은 신인디언 시대로 분류한다.

15 정식 명칭은 질산칼륨potassium nitrate으로 비료나 육류 가공에 사용하는데, 특히 화약의 주요 원료로 쓴다.

자도 있다.

CART의 영웅은 앨런 크레슬러다. 미국 지리학조사회 조지아주 지부 소속으로 일하는 키가 크고 마르고 대머리인 그는 수없이 부상을 입었는데도 불구하고 체력이 어마어마하다. 그의 팔과 다리에는 털이 하나도 없다. 동굴 안에서 좀 더 수월하게 움직이기 위해 면도를 한 걸까? 거의 진화 작용에 따른 것처럼 보인다. 한쪽에 "스포츠" 동굴인이 있다면, 그는 "탐험" 동굴인이다. 그는 단서를 좇아 아무도 가보지 않은 길을 찾아내는 걸 좋아한다. 또한 그는 남동부 지역 양치식물의 전문가로 알려져 있다. 내가 이런 경력에 대해 묻자, 그는 "난 늘 무언가를 찾아내도록 스스로를 훈련시키는 데 능했어요. 꽤 오랫동안 양치식물에 몰두했죠. 고속도로를 시속 80킬로미터로 달리다가도 녹색 천지인 곳이 나타나면 달리는 상태에서 양치식물들의 이름을 적어 넣을 정도였어요. 전 넓디넓은 자갈밭에서도 쇠귀나물 한 포기를 알아볼 수 있어요."

크레슬러가 참여한 뒤로 CART의 새로운 발견이 급속히 늘어났다. 그들이 발견한 일흔 개가 넘는 이름 붙여지지 않은 동굴들 가운데 삼분의 일 이상이 그가 직접 찾아낸 것들이다. 이제 그는 더이상은 공격적으로 탐험할 수 없기 때문에 그림을 찾아내고 사진을 찍는 데 주력하고 있다. 그가 찾아낸 동굴들 중에는 그 안에 들어가는 것이 너무 어려워서 얀이 한 번도 본 적 없고, 앞으로도 그럴 수 없을 곳들이 두어 군데 있다. 크레슬러는 그곳들을 사진에 담아 가지고 온다.

그날 우리는 대학원에서 얀에게 배운 제이 프랭클린과 그가 가르치는 학부생 몇 명을 따라갔다. 다들 큰 판초를 뒤집어쓰고 있었지만, 푹 젖기는 마찬가지였다. 프랭클린은 우리가 걷는 동안 그룹 전체가 다 들을 수 있도록 천천히, 큰 목소리로 말했다. 그는 고원 고고학 연구에 집중하고 있다. 그의 설명에 따르면, 아주 오랫동안 남부의 고고학자들은 고원에서 사람이 살지 않았다고 오해했다고 한다. 원주민들이 그곳에는 항구적인 마을을 세우지 않는 경향이 있었기 때문이다. 원주민들은 그곳에 좋은 유물들, 즉 "스미스소니언 박물관에 보낼 만한 것들"을 남기지 않았다. 하지만 프랭클린이 알아낸 바에 따르면, 원주민들은 고원을 오르내리면서 자원을 채집하고 동굴들을 탐험하는 등 다양하게 활용했다.

얀은 고원이 남동부 원주민들에게는 그 자체로 성스러운 장소였고, 순례지였다는 증거도 남아 있다고 말했다. 그의 동료 한 사람이 연구소에 보관되어 있던 오래된 토기 조각들을 찾아내서 분석했다. 1970년대에 외부에 노출되어 있는 암벽화 현장에서 수집해 연구소에 갖다놓은 것들이었는데, 그 현장은 "고원의 제일 꼭대기에, 서쪽으로 지는 해를 바라보고 있는 자그마한 주거지"였다. 그들이 보기에 이상할 정도로 토기 유형이 다양했다. "여기저기서 온 거였어요." 반면에 사냥 캠프에서 발견된 토기들은 상당히 일관성이 있었다. 얀이 말했다. "분명 서로 다른 계획을 가진 이들이 암벽화 현장에 온 거예요." 고원에는 이런 현장이 많았다.

이름 붙여지지 않은 세 번째 동굴의 입구는 거칠고, 진흙탕 빛으로 탁하고, 가까이 서 있는 나무의 둥치에 차오르고 있는 강으로부터(그 강은 그로부터 불과 몇 시간 후에 둑을 허물어버렸다) 대략 9미터 정도 위에 나 있었다. 하지만 우리는 안전할 것이었다. 우리는 동굴 입구의 마르고 편안한 곳에서 쪼그리고 앉아 고개를 돌려 강의 아래위를 쳐다볼 수 있었다. 바깥에서는 그 자리가 보이지 않았다. 그 좁은 입구, 그 바닥에 있는 흙의 밀도, 그곳의 윤곽에는 무언가가 있었고, 그 모두가 사람들이 그 자리에 얼마나 오래 웅크리고 있었는지를 느끼게 해주었다.

프랭클린이 동굴 안으로 들어가기 시작했고, 우리는 뒤처졌다. 입구는 곧 좁아졌다. 동굴 한가운데서 얼마나 깊은지 알 수 없는 곳으로 사납게 쏟아지는 한 줄기 폭포를 지났다. 계단이나 손잡이 같은 거라고는 찾아볼 수 없는 천연의 동굴이었다. 얼음처럼 차가운 물이 손에 닿았다.

우리는 멈춰 섰다. 프랭클린이 돌아서더니 아주 까다로운 지점에 도달했다고, 동굴의 바닥이 떨어져나간 지점이라고 말했다. 우리는 그를 지켜봐야 했다. 그 지점을 어떻게 통과해야 하는지 그가 보여줄 것이었다. 그는 땅에서 발을 떼더니 동굴의 벽과 벽 사이에 몸을 수평으로 뉘었다. 한쪽 벽에 발을 대고 반대편에 어깨를 붙인 뒤 힘으로 버티는 것이었다. 일단 그렇게 압력을 형성한 뒤에 몸 전체를 오른쪽으로 밀고 갔다. 그렇게 해서 18미터 이상 꺼진 바닥 위를 통과하는 것이었다. 그들은 이걸 굴뚝 통과라고 불렀다. 학생들은 키득거려가면서 수월하게 해냈다. 정확히 말하자면, 그리 어려운 일은 아니었다. 물리학적인 바탕에 대해서는 프랭클린이 이미 설명했고. 두 다리의 힘은 이 양쪽 표면을 지탱하는 데 필요한 힘보다 훨씬 더 강하다. 여기에서 떨어지려면 다리가 완전히 풀릴, 무언가 정신나간 짓을 해야 할 것이다. 그렇기는 한데, 내 다리는 반대편 벽을 짚는 순간부터 후들거리기 시작했다. 약간 헐거운 바위를 짚었는데, 마치 기관총을 쏘는 것처럼 덜덜덜 소리가 났다.

이제는 익숙해진 검댕이 자국들이 사방에 있었다. 숯을 문지르면서 생긴 그 검은 별자리는 이 터널을 지나간 인디언들의 움직임을 점으로 구현한 그림자 같았다. 동굴 안에서 우리는 바로 코 앞에서 움직이는 그들의 몸을 실제로 느낄수 있었다. 그들이 든 횃불에서 나온 짙은 연기가 천장을 따라 흘러다니는 듯했다. 선사시대의 흔적이 고스란히 남아 있는 동굴이 가진 효과다. 공간적 제약, 물리적인 협소함에서 비롯된 효과일 텐데, 이 안에서 우리가 그 시절 인디언들과 똑같은 방식으로 움직이고 있다는 사실을 끊임없이 자각하게 된다. 우리는 그들이 바로 이 바위들에 등을 대고 비비면서 지나가야 했다는 걸 안다. 그들 역시 저 지점에 발을 디뎌

야만 했다. 그리고 여기에서는 몸을 구부려야만 했다.

프랭클린이 다시 걸음을 멈췄다. 우리는 그의 뒤에 줄지어 섰다. 우리는 이 동굴의 마지막 방, 그림들이 그려져 있는 곳에 들어와 있었다. 길고 천장이 낮고, 가장자리를 따라 돌출부가 있어서 조명을 비춰도 밝아지기를 거부하는 곳.

프랭클린은 미술관의 도슨트처럼 자신의 형광봉을 들어 우리에게 다양한 암각화들을 보여주기 시작했다. 기하학적인 다이아몬드 패턴. 길다란 속눈썹이 달린 일종의 눈처럼 보이는 것. 팔과 다리를 펼치고 꼬리를 내린, 뾰족한 머리와 뾰족한 귀를 가진 어떤 존재. 그들은 이것을 '주머니쥐[16] 소년'이라고 불렀다. 태양 상징도 하나 있었다. 패티 조 왓슨— 동부에서 가장 잘 알려진 동굴 고고학자다. 켄터키에서 배설물을 헤집어본 이야기를 하고 있는 여성을 케이블 티브이에서 본 적이 있다면, 그가 바로 왓슨이다—의 친구가 이 방에 드러누워서 머리에 두른 전등으로 천장을 살피다가 "태양이다! 태양이야!"라고 외쳤을 때, 사람들은 그녀가 또 다른 출구를 발견한 줄 알고 좋아했다. 지금까지 온 길을 되짚어가지 않아도 될지 모른다고 생각했기 때문이다.

프랭클린은 그림들을 재빨리 훑고 지나갔다. 이것들은 그의 관심사가 아니었다. 그는 석기에 빠져 있는 사람이다.

---

16 오파섬opossum. 코가 뾰족하게 튀어나와 있는 설치류 동물로 고양이 정도 크기까지 자란다.

그는 거기에 있는 그림문자들을 모두 확인한 뒤 우리를 한 쪽 구석으로 데리고 가더니 무릎을 꿇고 앉았다. 우리는 그의 뒤에 반원형으로 앉은 다음 그의 앞쪽 땅바닥에 우리가 가지고 있는 전등 불빛을 비추었다. 커다란 규질암 덩어리들이 그 앞에 널려 있었다. 규질암은 대부분의 화살촉을 만드는 데 쓰인 반짝거리는 회색 돌 플린트flint[17]의 순수한 형태다. 플린트나 규질암 모두 석회석 내부의 화학작용에 의해 만들어진다. 석회석 바위는 이 일급의 동그란 규질암 덩어리들을 밀어내 바닥에 떨어뜨렸다. 고대의 광부들이 목숨을 걸고 이렇게 깊은 동굴 속까지 들어온 것은 바로 이것 때문일 수도 있었다. 무기와 도구를 만들 수 있는 이 돌을 얻기 위해. 하지만 프랭클린에 따르면, 지표면에도 이 정도 수준의 플린트가 있었다. 그들이 여기에 오는 이유는 바로 이곳이 품고 있는 수수께끼 때문이었다.

인디언들이 어떻게 이 동그란 돌을 깨뜨려서 그 안에 들어 있는 양질의 규질암을 꺼냈는지를 설명하는 프랭클린의 모습은 생기가 넘쳤다. 깨어진 단괴를 재구성해내는 그의 손놀림을 지켜보는 건 놀라운 경험이었다. 그는 인디언들이 깨뜨려놓은 조각들로, 그들이 행한 '추출 과정'을 민첩하게 재연했다. 모든 필요한 조각들은 사천 년 전에 그 자리에 떨어진 그대로 그를 위해 놓여 있었다. 그의 작업을 지켜보자

---

17 부싯돌도 이것으로 만든다.

니 루빅 큐브를 아주 빨리 풀 수 있는 아이들을 지켜보는 것 같았다. 어느 순간 갑자기 프랭클린이 방금 고치기라도 한 것처럼, 완전한 형태의 타조알 같은 짙은 색 돌을 손에 들고 있었다.

프랭클린에 따르면, 인디언들은 일정한 시간 안에 작업을 끝내야 한다는 걸 알고 있었다고 한다. 그들은 이 여행을 사전에 계획해야 했다. 그들은 동굴 안에 불을 지폈는데, 그것은 그들이 땔감을 등에 지고 들어와야 한다는 걸 의미했다. 그들을 돌을 깨뜨릴 망치 역할을 할 돌도 들고 와야 했다. "이 안에 갇히지 않아야 하니까요." 프랭클린은 말했다. 그들이 원석을 얼마나 빨리 골랐는지를 보면 알 수 있는 일이었다. 그들은 꽤 괜찮은 원석도 내버렸다. 원석을 깨뜨렸는데 그 순간 품질이 마음에 들지 않으면 바로 옆으로 밀어놓고 다른 걸 잡았다. 그러면서도 그들은 시간을 내어 저 그림들을 그렸다.

그 '그림방'—프랭클린은 '작업실'이라고 불렀다—을 떠나기 전에 그는 우리를 반대편 끝으로 데려가서 사천 년 전의 발자국을 구경시켜줬다. 왼발, 오른발, 왼발—화석화된 몇 걸음의 움직임이 거기 있었다. 마지막 발자국까지 따라가다보니 그 뒤꿈치가 떨어질 때 쩍 하고 빨아들이는 듯한 소리가 났을 거라는 상상이 들었다. 각 발가락 자국이 모두 달랐다. 이 발자국들은 내가 본 다른 발자국—발가락 사이가 벌어져 있는 것—이 진흙 바닥에 찍히던 순간보다 이미 삼천 년 전 이곳에 있었다. 신세계에는, 물론, 새로운 게 하나도 없다. 인디언들은 이미 그들만의 전사前史를 가지고 있었다. 그들은 천 년 전에 사용된 화살촉을 주워서 다시 다듬어 사용했다. 그것들 가운데 몇 개가 무덤들에서 발견되었다. 그들은 그 둔덕형 무덤들을 만든 게 누구인지에 대해 자신들만의 이론을 가지고 있었다.

어느 날 시믹의 연구실에 갔을 때, 그가 19세기 것으로 보이는 갈색 표지의 책 두 권을 가지고 왔다. 개릭 맬러리의 《미국 인디언의 그림으로 쓰기Picture Writing of the American Indians》 초판본으로, 그의 바위예술 도서관의 보물이었다. 그가 책장을 넘겨 어떤 페이지들로 갔다. 맬러리는 동부에는 별로 주의를 기울이지 않았다. 아메리카의 바위예술에 대해 쓴 초기 작가들은 다 마찬가지였다. 그들은 서부 계곡들에 있는 거대하고 선명한 평면들을 좋아했다. 가장 이상적인 사막 조건에 있는 절벽 도시들이 거기에 있다. 우리도 가볼 수 있다. 우리의 동부 도시들은 그들의 안중에 없다.

하지만 동부의 현장에도 유명한 것들이 몇몇 있다. 가장 잘 알려져 있는 것은 다이턴 록Dighton Rock[18]이다. 코튼 매

---

18 매사추세츠주 버클리에 있는 단일한 결정질 사암. 높이 3미터, 폭 3.5미터 정도 되는 넓은 면에 형상과 선이 새겨져 있다. 원래의 위치인 톤턴 강변에 있을 때에는 물이 불어나면 일부가 잠겼다고 한다. 톤턴강에 댐이 건설되면서 인근에 조성된 공원으로 옮겨졌다.

더Cotton Mather[19]가 그에 대해 썼고, 버클리 주교George Berkeley[20]가 보러 갔다. 그것은 매사추세츠주 버클리 인근을 흐르는 톤턴강에서 나온 고래 모양의 커다란 바위로, 아메리칸 원주민들의 꼬불꼬불한 암각화로 덮여 있다. 얀은 맬러리의 책에서 이 바위를 다룬 부분들—나는 이 책의 보급판을 본 적이 있는데, 이 책에 실려 있는 도판들이 더 매끄럽고 검은색이 훨씬 더 깊었다—을 보여줬다. 저자는 여러 사람들이 지난 이백 년 동안 이 바위를 읽어낸 결과를 매우 기발하게 재구성해서 보여줬다.[21] 저자는 모든 이미지들을 같은 폭과 길이로 잘라낸 뒤, 여러 페이지에 걸쳐 연대순으로 배열했다. 그것은 일종의 역사의 문이었다. 그 안으로 들어가면 당대 미국인들의 마음의 눈 배후에 무엇이 자리했는지 잠시 들여다볼 수 있다. 그리고 그 눈들이 어떻게 변화해왔는지 지켜볼 수 있다. 초기에는 다양한 예술가들이 그 이미지들을 자신들이 알고 있는 이집트, 스칸디나비아 등지의 '상형문자'처럼 보이게 만들려고 애썼다. 아니면 아예 그 이미지들을 시대가 완전히 다른 근대의 것들로 바꿔서 범선이나 필그림[22]처럼 보이게끔 그리기도 했다. 수십 수백 년의 시간이 지나 엉킨 선들이 저

---

19 1663~1728. 보스턴 지역에서 주로 활동한 목사이자 저술가.
20 1685~1753. 아일랜드 출신으로 성공회 주교를 지냈다. 경험론 철학의 주요 인물 중 하나다.
21 이 책은 1894년에 처음 간행되었다.
22 '순례자'라는 뜻이지만, 여기서는 1620년에 메이플라워호를 타고 미국으로 건너온 필그림을 뜻하는 것이므로 그대로 두었다.

절로 풀리고 나서야, 사람의 모습과 네발동물의 모습이 눈에 들어오기 시작했다. 우리는 아직도 그것들의 의미로부터 멀리 떨어져 있다. 우리의 눈이 의미를 파악하려는 욕망을 버리자 형상들이 모습을 드러냈다. 실제로, 그게 여기에서 벌어진 일이다. 시믹이 내게 맬러리의 책을 보여준 것은, 대상을 정말로 읽어낼 수 없을 때 그걸 읽는 건 위험한 일이라는 이야기를 하기 위해서였다. 그리고 우리는 읽어낼 수 없다.

있는 그대로를 보려고 애쓰라. 그것만으로도 충분히 어려운 일이다.

우리는 고원으로 가기 위해 녹스빌에서 서쪽으로 향했다. 10월의 테네시 중부 벌판은 간유리를 통해 보는 것처럼 냉기가 도는 녹색이었다. 패스트푸드 식당에서 산 비스킷을 먹는 동안, 시믹은 우리의 행선지인 이름 붙여지지 않은 열두번째 동굴에 대해 이야기했다. "그 동굴은 정말 놀라워요." 그가 말했다. 그곳에는 삼백 개가 넘는 이미지가 있는데, 그중 어떤 건 너무 작아서 눈을 가늘게 뜨고 봐야 한다고 했다.

인근에 그 동굴만 있는 게 아니었다. 그 지역에는 여러 개의 동굴이 있고(지금은 그보다 더 많다)—열두 번째 동굴도 이것들 중 하나다—유형 면에서는 서로 비슷했지만, 연구원들이 본 다른 동굴들과는 전혀 달랐다. 어느 누가 본 어느 동굴들과도 달랐다. 동굴들의 연대(이 경우에는 1160년 무렵)

는 우들랜드와 미시시피 문화에 정확하게 중첩되지만, 어떤 면으로도 두 문화와 비슷한 데가 없었다. 얀은 이 특정한 동굴들이 죽음 컬트가 확산될 때 거기에 흡수되거나 사라지지 않은 우들랜드 지역의 좁은 문화 영역일 것이라고 추측했다.

우리는 덜컹거리면서 정문을 통과한 다음, 신중한 농장주들의 보호를 받고 있는 다른 농장의 다른 현장을 향해 달렸다. 우리는 필요한 장비를 챙긴 다음 소똥과 흰 버섯 무더기가 있는 곳들을 조심스럽게 피해 걸었다. 몇백 미터를 걸어 우리는 완만하지만 확연히 아래로 내려가는 경사로에 진입했다. 우리는 석회암 속의 공동이 붕괴되면서 땅이 움푹 꺼진 고대의 '침몰지'로 들어서고 있었다. 이 녹색 그릇 같은 지형의 가운데에 분화구처럼 좀 더 경사가 가파른 구덩이가 있었다. 그 주변으로 나무들이 자라 있었다. 우리는 돌무더기를 기어 내려갔다.

얀이 진흙 묻은 발자국들을 보았다. "누구 거지?" 그가 놀라서 물었다.

동굴 입구 바로 안쪽 바닥에 구멍이 나 있었다. "최근 거네요." 그가 말했다. "토기 도굴범들이에요."

구덩이 위쪽의 바위 위에 콜라 캔이 하나 있었다. 만져보니 아직 따뜻했다. 얀이 그걸 집어들어 냄새를 맡더니 말했다. "석유예요." 그자들은 그의 트럭이 오는 소리를 듣고 도주한 것이었다.

FBI가 1990년대에 확보한 도청 기록 가운데 상당히 중요한 게 있다. 나는 이스트테네시 주재 연방검사실[23]의 전 보조 검사인 가이 블랙웰로부터 복사본을 받았는데, 그의 말로는 그가 관여했던 사건들 가운데 가장 기이한 것이었다고 했다. 어느 날 아침 지역 토박이 몇몇이 언덕 등성이의 구멍에서 증기가 올라오는 걸 목격했다(새로운 동굴이 이런 식으로 발견되는 경우가 종종 있다). 그들은 그 안으로 기어 들어갔고, 그 지역 산림청 소속 고고학자인 쿠엔틴 베이스가 "당신이 보고 싶어 한 인디언의 비밀스러운 진짜 보물에 가장 가까운 것"이라고 묘사한 걸 발견했다. 바로 홀 호수 동굴Lake Hole Cave이다. 남동부 지역 선사시대를 연구하는 이들은 알고 있는 곳이다. 그곳은 누구의 손도 닿지 않은, 완벽하게 보존된 우들랜드 후기 문화의 매장동굴이었다. 그 안에는 여러 세대에 걸친 백여 기의 유골이 들어 있었다. 시체가 안치되어 있는 공간으로 들어가는 통로는 커다란 바위들로 막혀 있었다. "예수그리스도의 무덤처럼 말예요." 그걸 옮겨서 여는 데 일조한 약탈자들 중 하나가 한 표현이다. 그들은 그 안에서 몇 주를 보냈다. 그들은 여러 개의 버킷들을 체계적으로 이용해서 부장품들을 밖으로 실어날랐다. 그들 중 한 사람은 꽤 유명한 지역 유지로, 이런 유물에 증독되어 있는 부자였

---

23 각 주에 주재하고 있지만 미국 연방을 대표하는 검사실. 연방 법무부 소속이고, 전국에 96개 사무실이 있다.

다. (도굴범 중에 실력 있는 이들은 대개 "부자"를 위해 일하기 마련이었다. "그 사람에 대해서 뭐 할 말 있어요?"라고 물어보면 그들은 "그 사람 정말 부자예요"라고 대답할 것이다.)

그 무렵 연방 수사관들은 같은 구역 내에서 약탈한 유물을 소지한 죄로 체로키의 피를 절반 가진 밥이라는 키 큰 사내를 체포한 직후였다(그가 소유하고 있는 유물의 가치가 수십만 달러는 된다는 소문이 돌았다). 그들은 밥에게 형을 경감해줄 테니 도굴범들 중 하나와 접촉해보라고 회유한 후 그가 도청장치를 한 채 홀 호수 건에 가담하게 했다. 그 지역 도굴범들은 밥에 대해 알고 있었고, 그를 신뢰할 것이었다.

밥은 뉴웰이라는 사내의 집으로 찾아갔고, 둘은 거실에 마주 앉았다. 그날의 도청에서 들은 건 그들이 찾아낸 유물들과 그들이 본 것에 대한 경탄이 대부분이었다. 뉴웰은 약에 취한 상태에서(연방 수사관들은 한 구덩이 옆에서 대마초가 잔뜩 든 불룩한 부대를 하나 찾아냈다), 그가 어린 시절 이래로 늘 찾아내고 싶어 하던 이천 년 된 유물들을 발굴하며 그 동굴에서 수많은 밤을 보냈다. 유물들을 커피 테이블 위에 늘어놓고 두 사람이 소파에 앉아 나눈 대화록을 읽다보니 한편으로는 감탄스럽고, 한편으로는 끔찍했다. 그 유물들은 나중에 체포될 위기에 처한 도굴범들이 강에 집어던지는 바람에 모두 사라져버렸다.

밥: 혹시 [그 부자가] 그 파이프를 팔 생각이 있나 해서 왔어.

뉴웰: 팔지도 모르지.

밥: 그거 좀 보고 싶은데.

뉴웰: 내가 하나 아는 건, 그게 전에 본 것들하고는 완전히 다른 물건이라는 거야. 내가 전에 본 것들하고는 완전히 달라.

밥: 근데 그게 어떻게 생겼는지, 그림으로 그리거나 묘사를 좀 해줄 수 있으면…

뉴웰: 그게 어, 내가 그림은 못 그리는데… 오케이 여기부터 시작하면 되겠군. 여기가 이렇게 길어, 이 위가 이렇게 생겼고. 이 아랫부분에 이렇게 가로지르고. 그리고 이 대가 엄청 커, 여기에 딱 이렇게 내려오고…

밥: 그러니까 그게, 그게—

뉴웰: 여기에 날개가 한 쌍 달려 있는데, 이게 재료가 같아. 이게 아주 신기하더라고.

밥: 뭔데?

뉴웰: 몰라. 진흙인데, 뭔가 갈아서 바깥에 붙였더라고…

밥: 와.

뉴웰: …내가 평생 이 짓을 했고 십칠 년 동안 호프웰산이니 오하이오밸리를 돌아다니면서 봤잖아, 거기가 콜럼버스하고 어, 펜실베이니아의 피츠버그 다 따져서 제일 큰 박물관들인데, 거길 다 다녀봐도 이런 새카만 재료는 본 적이 없고…

다른 부분에서는 거북이에 대한 이야기가 나온다—두 사람의 이야기는 그게 전부다. "그 거북이… 그 거북이." 밥은 세금 환급금이 수중에 좀 있었지만 그걸 그 자리에서 다 쓰고 싶어 하지는 않았고, 그사이에 누군가가 그 거북이를 사간다. 뉴웰은 밥에게 정교한 방울뱀 디자인이 새겨진 조개껍데기 목장식을 보여주었다.

밥: 휴우.
뉴웰: 남부 컬트지, 죽음 컬트.
밥: 응, 이런 거 딱따구리 새겨진 게 보고 싶은데…
뉴웰: 그건 드물지.

이런 게 바로 내가 말한 삭제에 가까운 망실亡失의 수준이다. 홀 호수 동굴 같은 경우가 무수하다. 그리고 이런 일은 주기적으로 반복된다. 대공황 시기에도 안 좋았다. 같은 시기에 거대한 뉴딜 발굴이 있었고, 여기에 관련된 이익에 주목한 지역 사람들이 미친 듯이 토기 발굴에 달려들었다. 1970년대에도 안 좋았다. 히피들이 불을 붙인 아메리칸 인디언 문화에 대한 관심은 유물들의 가격을 끌어올렸다(홀 호수 관련 도청 기록의 어느 부분에서 밥은 이렇게 말한다. "70년대에 찾아내곤 하던 그런 거 좀 보고 싶은데"). 70년대는 토기 발굴과 동굴 탐사 취미가 문화적으로 교차하는 순간의 정점을 찍는 시기다. 그전에는 접근할 수 없던 곳들에 사람들이 들어갔다. 시장은 아메리칸 원주민 역사에 열광하는 이들이 많았던 독일과 일본으로 확대되었다.

우리가 알고 있는 다수의 주요 현장들은 오로지 도굴범들이 남긴 흔적과 그들이 관련된 기록들 덕에 알려졌다. 죽음 컬트 영역의 서쪽 끄트머리에 해당하는 오클라호마주 스파이로 둔덕이 그런 예다. 스파이로는 SECC 그룹에 다른 어떤 현장들보다 더 많은 재료와 들여다봐야 할 도상들을 제공해주었고, 이런 둔덕형 무덤들의 주요 구성 요소에 대해 우리가 알게 된 것들의 상당 부분이 이런 도굴꾼들과의 인터뷰를 통해 얻어졌다. 그리고 그들을 인터뷰한 건 심지어 고고학자도 아니고, 미주리주에서 은행에 다녔던 헨리 해밀턴이었다. 그는 그 현장을 방문했다가 상황을 알게 되었다. 그 지역 사람들 여섯 명이 법인을 만들어서—그들은 광산 회사라고 주장했다—밤낮으로 둔덕형 무덤을 드나들며 손수레에 유물들을 실어내오고 있었다. 메모도, 사진도 없었다. 그들은 중개상을 하나 찾았고, 그는 이 유물들을 전국으로 내보냈다. 알려진 바로는, 프랑스로도 팔려나갔다. 이들로부터 대단한 물건들을 봤다는 이야기를 들은 해밀턴은 이미 사라진 물건들을 회수하는 건 불가능하더라도 최소한 묘사는 할 수 있을 거라고 생각했다. 그는 네 명의 도굴꾼으로부터 이야기를 들었다. 그들은 제일 큰 둔덕의 가운데로 뚫고 들어간 방법이며, 그 안에서 목재로 지은 내실을 찾아낸 이야기를 들려줬다. 목재들은 사내들이 바깥으로 끄집어내서 장작으로 사용했다. 내실 안은 건조하고 텅 비어 있었다. 그들이 열고 들어가자 찬공기가 얼굴에 훅 끼쳐왔다. 그 안에는 제단들이 있었는데, 구슬이 놓여 있고 여자 인물상들이 그려져 있었다. 바닥에는 고등 껍데기가 벽을 따라 일정한 모양으로 놓여 있었다. 그 무덤을 파괴한 도굴꾼들이 우리에게 전하는 정보에 의하면, 후기 미시시피 문화에 속하는 그 무덤의 작은 내실은 독특한 양식을 보인다. 그들은 해밀턴에게 터널로 기어 들어가 남은 것들을 확인해보라고 했지만, 해밀턴은 터널에 지지 구조물이 아무것도 없는 걸 보고 그 제안을 거절했다.

나는 켄터키의 고고학자 한 사람을 방문한 적이 있다. 톰 데스 진이라는 이름의 키가 크고 느긋하면서도 사람을 홀릴 정도로 예리한 사람이었는데, 고원에서 테네시주와 켄터키주를 가로지르는 빅사우스포크 주립공원의 문화 자원 전문가로 일하고 있었다(그는 이렇게 자신을 소개했다. "고고학자 대신 이 이름으로 통하는 쪽을 택했어요. 정리 해고할 때 자르기가 좀 애매하거든요"). 데스 진은 공원에서 도굴꾼들과 수시로 맞부딪치다 그들 중 몇몇과 알고 지내게 되었다. 데스 진이 자신들을 체포하려는 게 아니라 그저 도굴을 막으려는 것이라는 걸 알자, 그들 중 몇몇은 데스 진을 자기 집으로 초대해서 소장품을 보여주기도 했다. 그는 그런 소장품들을 볼 때마다 깜짝 놀랐다—어디에서 어떤 것들과 같이 발굴된 것인지 전혀 알 수 없는 것들인데도, 그것들은 존재 자체만으로도 고원 고고학의 서사에 영향을 미치고 있었다. 그는 이 도굴범들과 일종의 관계 개선이 필요하다는 걸 깨달았다. 그들의 존재를 무시한다면 잃을 게 너무 많았다. "이런 놀라운 것들을 찾아내는 이런 사람들이 있단 말이죠." 그가 말했다. "그리고 이 사람들은 체포될까봐 무서워서 사람들한테 그 물건들에 대해 이야기하는 걸 꺼려요. 하지만 이 상황에서 정말 손해보는 건 누굴까요?" 데스 진은 도굴꾼들이 가지고 있는 소장품들에 대해 쓰기 시작했고, 그들을 발굴 현장에 자문위원으로 초대했다. 어쩌면 그 덕분일 수도 있는데, 공원에서 도굴 횟수가 줄어들었고, 보고되는 현장의 수가 더 많아졌다. 그는 내게 흥미로운 보고서를 보여줬다. 그의 동료가 쓴 것으로, 토양 분석법을 이용하여 도굴당한 유물에서 발굴 현장 정보를 추출해내는 방법에 관한 것이었다.

데스 진은 주립공원이 걸쳐져 있는 양쪽 주 모두에는 동굴에 들어가 발굴하는 일이 예전부터 민속문화처럼 퍼져 있었다고 설명했다. 지역 사람들은 이걸 시프팅Sifting이라고 불렀다(공원 입구 쪽에 아예 시프터스 힐[24]이라는 장소가 있었다고 그는 말했다). 상황을 종합적으로 검토해보고 그는 이 일이 사냥과 연계돼 있다는 걸 알게 됐다. "사냥감들은 아침에 많이 먹어요." 그가 말했다. "나와서 먹이를 찾고, 잔뜩 먹고 나서는 해가 질 때까지는 다시 안 나와요. 그동안 사람들은 그냥 숲속에 있죠. 그럼 그동안 뭘 할까요? 화살촉을 찾으러 다니

---

[24] 시프팅은 '걸러내기'라는 뜻이다. 유물을 도굴한 사람들이 걸러내기를 하는 장소Sifter's Hill가 공공연하게 있었다.

는 거죠." 그는 군용 지프의 배터리에 조명기를 연결해놓고 밤에 다 함께 유물을 캐러 다니는 가족에 대해 이야기해줬다(데스 진에 의하면, 전쟁이 끝난 뒤 지역에 지프차가 많아지면서 도굴이 활기를 띠었다). 한번은 그 가족 중에 가장 발굴에 열심인 아들이 데스 진에게, 거르는 체에서 흙 알갱이 구르는 소리가 음악처럼 달콤하다고 말하기도 했다. 데스 진은 나를 그 아들의 집으로 데려가기도 했다. 가는 길에 그는 그 가족이 제일 좋아하는 현장인 월넛 록하우스Walnut Rockhouse에 얽힌 이야기를 들려줬다. 그들은 십여 년 동안 그 장소를 거의 정기적으로 뒤졌다. "만약에 그들이 거길 그냥 내버려뒀더라면, 대학원에서 연구했을 거예요." 데스 진이 말했다. 그들은 보기 드물게 온전한, 거의 북미 대륙 최초 인디언들의 흔적이 남아 있는 석기시대 초기 층에 도달했다. 그들이 파헤친 무덤 하나는, 그 아들이 수집한 것들을 바탕으로 데스 진이 연역적으로 거슬러 올라간 바에 근거해서 판단하자면, 최소한 팔천 년 전 또는 그보다 오래전의 것일 수 있었다.

그 아들은 외진 곳에 있는 소박한 목조주택의 문 앞에서 우릴 맞았다. 그는 우리에게 자기가 키우는 당나귀들과 당나귀만 한 개를 보여줬다. 그는 튼튼하고 원기 왕성한 사람이었다. 백발이지만 소년처럼 보이는 헤어스타일을 하고 있었다. 안경을 꼈고, 목소리가 매우 컸다. 그는 끊임없이 말했다. 다른 사람 말을 끊고 들어오는 경향이 있었지만, 예의가 없어서 그런다기보다는 귀가 어두워서 그런 것처럼 보였다. 그가 보여준 옛날 사진들에서 그는 턱수염을 기르고 있었는데, 그중 한 사진에서 영하 30도의 날씨에 얼음판에 오토바이를 세워놓은 채 그 옆의 물 속에 들어가 있었다. "같이 가서 사진을 찍어줄 사람을 구할 수가 없어서 내가 알아서 찍었어요." 그가 말했다. 이제는 그렇게 정신 나간 짓은 하지 않는다. 오토바이 사고로 허리를 다쳤지만—그 치료비를 감당하기 위해 많은 유물을 팔아야 했다—거대한 총기 보관함을 열어 차마 내보낼 수 없었던 것들을 자랑스럽게 보여줄 정도로 기분이 좋은 상태였다. 내가 그의 이름을 내보내지 않을 거라고 데스 진이 그에게 약속했고, 그는 즉시 시신에 대해 이야기하기 시작했다. 그게 그가 매혹되어 있는 주제였다. 데스 진은 그를 만나러 가기 전에, 애팔래치아의 도굴 문화에는 선사시대의 유골에 대한 페티시가 일부 포함되어 있다고 미리 설명해주었다. 그는 테네시의 헌츠빌 인근에 사는 한 사내에 대해 이야기해줬다. "이 사람이 스물네 살 정도 돼 보이는 여성의 유골—우들랜드 후기의 시신이었으니까 대략 천이백 년 정도 된 거죠—을 완전히 재정열한 뒤에 그 옆에 누웠고, 그 사람 아내가 그걸 사진으로 찍어 사람들한테 나눠줬어요. 누군가가 보안관한테 그걸 고발했어요. 보안관이 수갑을 채워서 뒷좌석에 태우는데 그가 소리를 지르는 거예요. '내 뼈들은 돌려줄 거예요?'"

"무덤을 하나 팠어요." 내 반응을 엿보려고 내 눈을 바라보면서 그가 말했다. "갓난아기 하나와 어른 둘이 있더라고요." 그는 소라껍데기 구슬로 엮은 목걸이를 내 손바닥에 올려놓았다. 각각의 구슬은 구슬을 만들 수 있을 정도로 두꺼운 나선형 소라껍데기의 안쪽 부분으로 만들어져 있었다. "시신에 닿아 부식된 부분 보이죠." 그가 말했다. 그의 모친은 홍합 껍데기로 만든 목걸이를 자기 집에 보관하고 있었다.

내가 그의 집 거실 소파에 앉아 있는데, 갑자기 그가 뛰어 들어오더니 카펫 저쪽에서 내가 있는 쪽으로 청키스톤 chunkey stone[25]을 굴렸다. 아주 멋진 돌이었다. (청키는 선사시대와 역사시대의 남동부에서도 했던 게임으로 컬링과 비슷한 방식으로 이루어지는데, 게임 중 사람들이 살해당하기도 했다—제의적인 성격이 있었고, 전쟁과 연관되어 있었다.)

"그 사람들이 가지고 놀던 거예요." 아들이 말했다.

그는 이상하게 생긴 다른 어두운 색 돌을 내 손바닥 위에 얹어놓았다. "자, 이걸 한번 봐요." 그가 말했다. "어떤 매장지에서 찾은 거예요. 운석이에요. 쇠톱으로도 안 잘려요."

그는 내게 종잇장처럼 얇은 제의용 찌르개[26] ceremonial point를 보여줬다. "이렇게 얇게 만들 수 있다니, 믿겨요?" 그가 말했다. 어느 순간에는 데스 진과 내가 공사 중인 손님 방에 서서 그의 이야기를 듣고 있었는데, 그가 속옷 서랍을 열더

---

25 체로키 부족이 게임용으로 쓰던 두꺼운 원반형 돌. 한쪽이 원반을 굴린 뒤 상대편이 창을 던져 원반이 쓰러질 곳에 가까이 가게 하는 식의 게임이다. 다양한 크기와 두께의 청키스톤이 있었다.

26 칼, 창, 화살촉 등 끝이 날카로운 제의용 무기를 통칭한다.

니 그런 찌르개들을 몇 개 꺼냈다. "최고의 날이었죠." 그는
어느 하루에 대해 이렇게 말했다. "딱 하루 동안 시프팅을
했는데 쉰일곱 점을 건졌어요. 깨지거나 금이 간 건 빼고요."

그가 말했다. "잿더미를 발견하면 모래를 파는 것보다
더 쉬워요."

그가 말했다. "내 전처의 조카가 우리 집에 몰래 들어
와 자기가 봐뒀던 찌르개를 전시대에서 빼내 가서는 약이랑
바꿔 먹었어요." 우리는 그가 한창때 파낸 것들 가운데 남은
걸 보고 있었다.

우리가 대화를 나누는 내내, TV 위에 놓인 물건 하나가
눈길을 끌었다. 그것은 커다란 녹색 종이로 덮여 있었다. 그
는 왜 빨리 물어보지 않느냐는 듯이 계속 그것을 쳐다보았
다. 마침내 내가 물었다. 그가 그걸 가지고 왔다—그는 만 이
천 년은 된 여자의 해골이라고 판단하고 있었다. (데스 진이
8,000~9,000년은 되었으리라고 생각한 발굴물이었다.) 그는 그것
을 내게 내밀었다. 그는 "가죽을 씹느라" 거의 다 닳아 없어
진 이빨 부분을 보여주었다.

그는 "사고 파는" 동네 사람들에 대해 이야기했다. 그리
고 이렇게 덧붙였다. "나는 얼마를 줘도 내 수집품들을 팔지
않을 거예요. 팔려고 파낸 게 아니니까."

그는 어떤 자동차 정비공에 대해 이야기했다. "정비소를
가지고 있는데, 차를 고쳐주고 유물을 받기도 해요. 브레이
크를 바꿔야 되는데 돈이 없다? 찌르개 같은 유물들을 보여

주는 거예요. 그러면 브레이크를 갈아주죠."

나는 그에게 요즘도 발굴을 하는지 물었다. 이따금요. 그가 말했다. 그전처럼 빨리, 효과적으로 하지는 못한다고 했다. 그는 밤 열시나 열한시쯤에 나가서 "수집"하는 걸 좋아한다고 했다. 나는 그 이유를 물었다. 그가 대답했다. "나는 일을 하거든요. 나는 사회보장기금을 받는 사람이 아녜요. 사회보장기금을 받는 게 나을지도 몰라요. 그러면 하루종일 팔 수 있겠죠." 그는 자신의 소유물이라고 생각하는 것들에 달려드는 다른 사람들에 대해 이야기했다. 자기는 밤에 굴을 파고 나면 거길 다 치우고 파낸 것들은 숲속으로 던진다고 했다. 그런데 다음 날 돌아와보면 많은 경우에 굴이 메워져 있었다. 누군가가 그의 자리로 들어와서 뒤를 이어 파는 것이었다.

그의 말로는 자기 식구들 가운데 체로키 피가 사분의 일이 섞여 있는 자기 아버지만 유물 채집과 관련된 어떤 일도 하고 싶어 하지 않는다고 했다. "내가 뭐하러 동굴은 뒤지고 다니겠냐?" 그의 아버지는 되묻곤 했다.

우리가 떠나려고 하는데 그가 로널드 레이건에게서 받은 편지를 보여줬다. 유물 수집에 대한 그의 열정을 알게 되어 큰 흥미를 느꼈다는 내용이었다.

우리는 두 세계의 경계가 불분명한 영역에 들어섰다. 해가 비치는 세계는 이제 우리 등 뒤에서 입을 벌리고 있는 구멍 뒤에만 존재했다. 얀은 마술봉의 스위치를 올렸다. 그는 이 동굴에 들어서자 달라졌다. 말을 별로 하지 않았다. 나중에 그 이유를 묻자, 그는 자기가 작업한 어떤 동굴에서보다 이곳에서 많은 실수를 저질렀다고 말했다. 처음 한 시간 반동안 완전히 당황했기 때문이었다. 나는 눈이 전기봉에 익숙해지도록 애썼다. 나는 그때까지 네다섯 개의 이름 붙여지지 않은 동굴에 들어가봤는데, 동굴 벽을 전과 다르게, 좀 더 인내심을 가지고 보는 법을 배워가고 있었다. 결과적으로 아주 능숙해지지는 못했지만, 그래도 남들이 무얼 발견한 건지 볼 수는 있었다.

이 동굴의 무엇이 시믹을 그렇게 감탄하게 했는지는 쉽게 알 수 있었다. 선사시대의 남동부 지역 아메리카 원주민들의 예술 관련 화보집을 아무리 뒤져도, 여기에 있는 그림 같은 것들은 절대로 볼 수 없을 것이다. 새는 여기저기서 많이 보이지만, 이곳의 새는 상자처럼 생겼다. 그리고 그 상자 같은 몸에 깃털이 달려 있었다. 그리고 그런 이미지가 많았다. 햇볕이 사라진 바로 그즈음, 태양의 도상이 나타났다.

안으로 들어가자 그림 속 동물들이 바뀌었다. 새들은 사라졌지만, 새와 관련된 대상들이 나타났다. 마치 새들한테서 튀어나온 것 같았다. 다른 종류의 상자 생명체들이었다.

우리는 좀 더 자연스럽게 보이는 인간들과 나란히 있는 상자 인간들을 보았다. 다시 한 번 도상들은 서로 이미지를 교환하고, 서로를 반사하고, 따라 하고 있었다.

통로는 더 낮아지고 좁아졌다. 얼굴이 동굴 벽에 거의 붙다시피 했다. 우리는 길고 구불구불한 팔에 이상한 노 같은 손이 달린 생물체의 그림과 마주쳤다.

나는 환각에 빠진 듯한 느낌을 받기 시작했는데—나는 그 좁아터진 공간에서 얀이 던지는 수수께끼 같은 말들을 받아 적느라 악전고투하고 있었다—이건 내가 만들어내는 환각이 아니었다. 다른 사람이 나를 위해 만들어준 다른 사람의 꿈, 아니면 내가 아니라 누군가 다른 사람, 전혀 다른 사람이 뚫고 나아가도록 만든 꿈을 경험하고 있었다. 시믹이 말했다. 이 동굴 안에는 샘물이 하나 있는데, 동굴 안에 한참 있다보면 물소리가 사람 목소리처럼 들릴 수도 있다고.

"이건 벽화처럼 구성되어 있어요." 그가 말했다. 그는 이 그림들이 기원에 대한 신화이거나, 부족의 종교 속으로 젊은 세대를 이끌어들이려는 하나의 방법일 거라고 생각했다. 나는 그를 쳐다보았다. 그 순간만큼은 그도 내가 이 이름 붙여지지 않은 동굴들을 다니면서 대부분 그랬던 것처럼 압도된 듯 보였다. 그는 지금도 여전히 "몰라요"라고 말하고 있었지만, 그 위치가 이젠 그가 반복하는 구절의 시작이 아니라 마지막에 가까워지고 있었다.

통로의 어느 한 지점에 탄생을 그린 장면이 있었다. "삼면화triptych[27]예요." 시믹이 말했다. 왼쪽에 네모난 머리에 외계

---

27 세 폭으로 된 제단화. 기독교 성화의 대표적인 양식 중 하나다.

인처럼 팔이 기다란 상자 인간이 있었다. 그의 배에 여러 개의 동심원이 그려져 있었다. 팽창된 음순이었다. 작은 인간을 낳고 있는 것처럼 보였다. 그녀는 보다 관습적으로 의인화된 형상과 손을 맞잡고 있다.

끝이 막힌 통로의 바닥에서 멀지 않은 곳에는 거대하게 발기한 성기를 가진 한 사내가 일종의 왕관을 쓰고 춤을 추고 있다.

이제 우리는 새들이 그려진 패널 앞에 도착했다. 각각 1달러짜리 은화 정도 크기의 작은 새들이 있었다. 칠면조, 매, 그리고 연작류가 최소한 한 마리 있었다. 플린트를 이용해 석회석에 아주 정교하게 새겨져 있었다. 새로 시작해서 새로 끝난 또 다른 동굴.

다시 밖으로 나와 트럭으로 걸어가기 전에 잠시 쉬면서 시믹이 말했다. "한번 생각해봐요. 저 동굴 안에 없는 게 뭐였죠?"

나는 대답할 말이 없었다. 저 동굴 안에는 모든 게 있었지 않나?

"삼백 개가 넘는 이미지들 가운데 무기는 단 하나도 없었어요." 그가 말했다. "지금 여기 있는 초기 미시시피 문화 예술에는 폭력의 이미지가 하나도 없고, 새들은 전쟁에 연루되어 있지 않은 그냥 순수한 새들—날아가는 새들이에요. 심지어 인간의 형상들조차도 노골적으로 전사처럼 보이는 경우는 없어요."

그리고 저 동굴 안에는 여자들과 섹스가 있었다. 나는 그 사실에 대해 생각했다. 다른 동굴들에는 여자들과 섹스가 없었다.

"고대 종교인 거예요." 얀이 말했다.

내가 시믹과 CART팀을 따라다니는 일을 중단한 뒤로도, 그들은 고원의 위나 옆에서 지금까지 알려지지 않은 이전통 이미지들을 포함한 현장들을 여럿 찾아냈다. 그 이미지들 가운데 몇몇은 양식상 더 오래전의 것이었다. 한 동굴에는 사실적으로 묘사된 작은 새 그림들이 잔뜩 그려져 있고, 수칠면조들이 날아다니는 수백 개의 암각화가 사방에 있었다. 그들이 찾아낸 또 다른 동굴에는 사람 같은 형상이 천장에 조각되어 있었다. 그의 상반신은 직사각형 모양으로 접혀 있고 그 안에 X 자들이 적혀 있다. 그의 양팔은 허수아비의 팔처럼 보이는데, 90도 각도로 벌려져 있다. 그의 동그란 머리에는 토끼 귀처럼 귀가 삐져나와 있다. 그의 두 발에는 길다랗게 늘어뜨려진 발가락들이 붙어 있는데, 열두 번째 동굴에 있던 노처럼 생긴 손들을 연상킨다. 태양이 그의 배에서 떠오르고 있다. "그게 가장 간단명료한 설명이에요." 얀이 내게 말했다. "태양이 그 사람 배에서 떠오르고 있잖아요."

해가 가면서, 예술작품이 함의할 수 있는 의미에 대한 얀의 설명이 바뀌기 시작했다. 아주 많은 현장들이, 이를테면 빛을 보게 되었고—이제는 기준점이 되는 데이터들이 많이 축적되었다—일부 과감한 추정이 가능해졌다. 그래도 그는 SECC 그룹의 영역 깊숙이까지 들어갈 생각은 없었다. 그건 애당초 그의 선택지가 아니었다. 간접적인 자료들까지 따져보아도 우들랜드 문화에는 현존하는 신화가 없었다. 그들이 섬기던 신들의 이름이나 성격을 알 수 있는 방법이 없고, 앞으로도 없을 것이다. 하지만 얀과 그의 동료들이 찾고 있는 건 그보다 깊은 어떤 것, 신화에 선행하는 것, 굳이 이름을 붙이자면 풍경을 바라보는 영적인 시선이었다. 동굴들과 지상의 현장들 모두 "그들이 대지와 자신들을 영적으로 연결시킨 힘의 장소들"을 분명히 보여주고 있었고, 그 현장들은 모두 연결되어 있었다. 이런 것들을 발견하면서 시믹은 테네시주에서 나오는 골동품들을 주의 깊게 들여다본 첫 세대인 존 하비우드 판사와 예기치 않게 공통점을 갖게 되었다. 1823년에 그는 《자연과 원주민의 역사Natural and Aboriginal History》에서 "둔덕형 무덤들, 숯과 재, 그림들, 그리고 동굴들 사이의 연결"에 대해 썼다.

어느 날 밤 얀이 전화를 걸어와 사냥 장면이 그려진 새로운 현장—녹스빌의 바로 외곽, 그의 집에서 가까운 곳이었다—을 찾았다고 말했다. 동굴 가장 깊은 곳에 한 사내가 사슴을 사냥하는 모습을 숯으로 그려 넣은 상형문자가 있었다. 그들은 숯에서 미세한 탄소 조각을 추출했다. 분석 결과, 그것은 육천 년 전의 것이었다. 그들은 믿지 못했다. 석회암에는 그것의 생물학적 근원을 알려주는 증거인 유기물(석회석은 본질적으로 선사시대의 조개껍데기이다)이 남아 있는데, 그 유기물이 침출되면서 석회암 위에 그려진 그림에서 채취한 샘플을 오염시킨다. 그들은 그림이 그려진 석회암을 검사했다. 유기물이 나오지 않았다.

그림 속 사내가 들고 있는 무기는 창일 수도 있다. 하지만 창을 던지면 반대편 손은 허공에 들려야 한다. 이 사내는 창을 들고 있지 않은 손을 옆구리에 붙이고 있다. 활과 화살의 전신이라고 할 수 있는 투창기인 아틀라틀atlatl을 사용할 때 저런 자세가 나온다.

내가 아는 한, 아틀라틀을 사용하는 사람의 이미지는 신세계와 구세계를 막론하고 어디에도 남아 있지 않다. 이게 유일한 그림일 것이다. 삼만 년 동안 인류에게 고기를 제공해주고 인류가 이 지상을 지배하는 일에 일정한 역할을 한 무기. 그 무기를 들고 있는 사냥꾼은 지금 막 발사대에서 미사일을 날려보내는 중이다.

그 복잡한 새 그림들을 그린 예술가들과 동시대인인 이천 년 전 우들랜드의 탐험가는, 이 작은 그림 앞을 지나면서 ─그의 시점에서 봤을 때 이 그림은 그와 우리 사이의 시간차보다 더 먼 과거에 그려졌다─누가 이걸 그렸는지, 도대체 무슨 의미인지 궁금해했을 것이다.

11

알려지지 않은 시인들

1998년 말 혹은 1999년 초—그 두 해를 묶는 겨울 동안—의 어느 날 밤, 나는 존 페이히라는 사람과 몇 차례 전화 통화를 했다. 당시 나는 미시시피주 옥스퍼드에 사무실을 둔 〈옥스퍼드 아메리칸Oxford American〉이라는 잡지의 신참 편집자였다. 그때 오리건주 포틀랜드 외곽의 한 사회복지 모텔 5번 방에 살고 있던 페이히는 예순 가까운 나이였고, 무슨 뜻인지는 몰라도, "현재 '자기 자신'"이라고 했다. 일종의 영매, 매개자 같은 것임에는 틀림없었고, "낯설고 기이하고, 심지어 으스스하기까지 한 감정적인 상태의 음악을 통해 외연화 작업을 수행하는" '개척자'(그가 자신의 위대한 영웅 찰리 패튼Charley Patton[1]에 대해 그렇게 묘사한 적이 있듯이)였다. 그는 다른 이들의 작업과 옛날 노래들에서 가지고 온 요소들을 콜라주해서 기타곡을 작곡했다. 그중 가장 뛰어난 곡들에는 이미 사라진 스타일들이 사이좋게 공존했다. 나의 아버지가 1969년에 멤피스에서 그를 본 이야기를 해줬다. 지금은 전설이 된 그해 여름의 블루스 페스티벌에서 페이히는 늙은 떠돌이 농장 일꾼 같은 차림새에 진한 선글라스를 쓰고 누군가의 팔을 붙잡은 채 무대에 올라 자신이 만든 곡 〈블라인드 조 데스Blind Joe Death〉를 연주했다. 그것은 진짜배기에 집착하는 온통 백인뿐인 컨추리블루스 전문가들을 놀리는 포스트모던적인 장난이었는데, 그는 당시에 그런 장난을 칠 수 있다고 인정받는 독특한 위치에 있었다. 그보다 오 년 전, 그는 포크 음악의 부흥을 꿈꾸는 특별한 목적을 품은 한 무리의 애호가들을 이끌고, 전쟁 전에 이뤄진 컨추리블루스 혹은 '포크블루스' 녹음 시기(대략 1925~1939년까지)의 연주자들 가운데 생존해 있는 주목할 만한 음악인들을 찾아 남부를 주유하는 일종의 자유로운 탐사여행을 떠난 적이 있다.

페이히는 비틀린 사과twisted apple[2]처럼 깊은 내면에 있는 결점이 남긴 흔적에 집착하는 운명을 가진 사람이었다. 그

---

1   1891~1934. 미시시피 출신의 블루스 뮤지션. '델타 블루스의 아버지'라고 불린다. 원주민의 피가 섞인 흑인이다.

2   미국 작가 셔우드 앤더슨(1876~1941)의 단편소설 〈종이 알약Paper Pills〉에 한쪽이 유난히 튀어나와 일꾼들이 따지 않는 비틀린 사과에 대한 이야기가 나온다. 하지만 이 사과는 유난히 달아 아는 사람들은 이렇게 생긴 사과들만 골라 담는다고 한다.

는 워싱턴 D. C.에서 유복하게 성장했고, 어린 시절부터 핑거 피킹^{finger pivking} 스타일의 기타 연주에 매혹되었다. 그는 대학을 마치고 나서 서부로 옮겨와 버클리 대학에서 철학을 공부했고, 중요한 순간 UCLA의 민속학으로 전공을 바꾸었다. 거기에서 얻은 학위는 그가 하고 싶었던 일, 늙은 블루스 뮤지션들을 찾아다니는 데 큰 도움이 되었다. 그는 부커 T. 워싱턴 '부카' 화이트와, 결정적으로, 컨추리블루스의 어둠의 왕자 느헤미야 커티스 '스킵' 제임스를 찾아내어 대중 앞에 다시 세우는 데 직접적인 역할을 했다. 옅은 색 눈에 마른 몸, 낯선 가성으로 노래하는 스킵 제임스는 1931년에 너무나 슬프고 사람들을 불안하게 만드는 노래들을 녹음했는데, 그가 길모퉁이에 나서면 사람들이 그에게 노래를 하지 말아달라는 뜻으로 돈을 줬다는 이야기도 전해진다. 페이히와 그의 동료 두 사람은 1964년에 미시시피주 튜니카의 자선병원에서 위암으로 서서히 죽어가던 그를 찾아냈다. 우리는 당신이 천재라는 걸 알고 있습니다. 그들이 그에게 말했다. 이제는 사람들도 준비돼 있어요. 우릴 위해 연주해주세요.

"모르겠어요." 그는 이렇게 대답했다고 한다. "스키피는 피곤해요."

나는 사실 확인을 해야 할 일이 있으면 페이히에게 연락하라는 말을 귀가 따갑게 들었다. 잡지에서는 기시 와일리(기치 혹은 깃치라고도 불렸는데, 이 이름들은 모두 별명이거나 활동

명으로 그녀가 굴라Gullah³의 혈통을 가지고 있거나, 그녀의 피부와
머리카락이 붉게 염색되어 있었다는 뜻일 것이다)에 대한 기사를
준비하고 있었다. 그녀는 으스스한 아름다움이라는 면에서
아마도 동시대의 스킵 제임스와 쌍벽을 이루는, 그의 영혼
의 신부라고 할 만하다. 우리가 와일리에 대해 아는 거라고
는 우리가 그녀에 대해 잘 모른다는 사실뿐이다. 언제 어디
에서 태어났는지, 어떻게 생겼는지, 어디에서 살았는지, 어디
에 묻혔는지 아무도 모른다. 그녀에게는 엘비 토머스라는 연
주 파트너가 있었는데, 그에 대해서는 알려진 게 더 없다(엘
비에 대해서는 풍문조차도 없다). 미시시피주 잭슨에서 기시 와
일리를 보았다고 주장하는 뮤지션들이 수년에 걸쳐 연구자
들에게 자기들이 아는 내용을 이야기해주었다. 그녀가 미시
시피주 나체즈 출신이고(부분적으로 인디언의 혈통을 물려받았
을 거라고), 약장사들과 함께 노래했다고 했다. 가혹한 운명의
장난일 텐데, 미시시피 블루스 학자이자 레코드 수집가인 게
일 딘 워들로(로버트 존슨의 사망증명서를 찾아낸 사람)가, 한때
잭슨시에서 악기상을 운영하면서 부업으로 소위 인종 레코
드race recods(단순히 흑인들을 대상으로 하는 음악이라는 뜻이다)라
고 불리던 전쟁 전 레이블들의 뮤지션들을 발굴하던 H. C.
스페어라는 백인과 1960년대 후반에 인터뷰를 했다. 이 스

---

3   조지아, 플로리다, 사우스캐롤라이나, 노스캐롤라이나 등의 남부 주 해안
지역과 섬에 거주하는 아프리카계 미국인 인종 그룹. 그들이 사용하는 언어를
가리키기도 한다. 같은 의미로 '기치Geechee'라는 말이 사용되기도 한다.

페어라는 이가 1930년 즈음에 와일리를 만났고, 위스콘신주 그래프턴에 있던 파라마운트에 있는 지인에게 그 사실을 이야기한 건 거의 확실하다. 당시에 그는 와일리와 엘비를 데리고 북쪽으로 기차 여행을 했을 가능성이 있다. 그는 자신이 '발굴한' 다른 뮤지션들과 그렇게 기차 여행을 했다고 알려져 있다. 하지만 와일리와 토머스가 녹음한 것들 가운데 아직 남아 있는 여섯 곡 중 최소 두 곡(업계에서는 '면sides'이라는 은어로 더 많이 쓰인다)이 워들로가 1969년 스페어의 집을 방문했을 때 수집가들에 의해 재발견되었는데도, 와일리와 토머스는 고작 동부에 있는 두세 명의 마니아한테만 알려진 그룹에 머물고 있었다. 워들로는 와일리에 대해 물어볼 생각도 하지 않았다. 그때 그는 그녀가 노래를 불렀던 곳에서 반 마일도 떨어지지 않은 곳에 앉아, 그녀의 얼굴과 그녀가 기타를 튜닝하는 모습을 지켜봤던 사람과 대화를 나누는 등 다른 어느 누구보다도 그녀 가까이 가 있었는데도 말이다.

기시 와일리처럼 매혹적이고 크나큰 궁금증을 남긴 사람들은 그리 많지 않다. 와일리와 엘비 토머스가 녹음한 여섯 곡 가운데 세 곡은 셸락[4]에 새겨진 가장 위대한 컨추리블루스 연주에 포함되는데, 그중에서도 〈래스트 카인드 워즈 블루스Last Kind Words Blues〉[5]는 미국 예술에서 핵심적인 작품이

---

4 비닐을 사용하기 전 레코드를 만들던 소재.
5 유튜브에서 들을 수 있다.

고, 무엇과도 비교할 수 없는, 블루스가 아닌 블루스, 무언가 다르지만 동시에 완벽한 블루스, 최고봉에 오른 작품이다.

사람들은 그 노래가 이미 사라지고 없는 오래된 음유시 스타일의 노래를 보여주는 유일한 작품이라고 주장하고, 다른 사람들은 그것이 일회성의 노래로 와일리와 토머스의 결합으로 만들어졌다가 그들과 함께 사라진 일시적인 작품이라고, 두 사람이 어디선가 우연히 들은 걸 시도해본 것에 불과하다고 봤다. 노래의 절들은 블루스가 일반적으로 취하는 A-A-B의 반복 패턴을 따르지 않으며, 애절한 멜로디는 그 시기든 아니든 다른 녹음들과 전혀 다르다. 노래를 구성하는 코드 역시 마찬가지다. 〈래스트 카인드 워즈 블루스〉는 쿵 하고 내려놓는 것처럼 크고 거친 E로 곡을 열지만 재빨리 Am로 물러선 뒤 거기에 한동안 머무른다(초기 블루스는 단조로 연주되는 경우가 거의 없었다). 두 대의 기타가 서로 주고받으며 연주하는 부분은, 아마도 엘비가 연주하는 것일 슬라이딩 리드를 타고 놀라울 정도로 능란하게 대위법적 구성을 넘나든다. 이 노래는 하나의 정신에 복종하는 네 개의 손이 내는 소리로 들리다가 끝도 없는 연습, 약장사 세계의 그 가없는 지루함을 떠올리게 하기도 한다. 가사는 이렇게 시작된다.

아빠가 하는 마지막 친절한 말을 들었어요,
하나님, 아빠가 하는 마지막 친절한 말을 들었어요,

"독일 전쟁에서 내가 죽거든, 내가 죽거든,

내 돈을 보내주오,

내 돈을 보내주오 장모님한테.

"내가 살해당하거든, 내가 살해당하거든,

내 영혼은 묻지 말아주오.

제발, 그대로 밖에 버려두어, 독수리가 통째로 먹게 해주오."

와일리가 분명하게 발음하지 않아 그런 건지, 78rpm 음반이 심하게 훼손되어 잡음이 많아 그런 건지는 모르겠지만, 이어지는 절에 해독이 안 되는 단어들이 몇 있다. "내가 오는 게 보이거든, 부자의 벌판 너머를 보렴"이라는 부분이 상당히 선명하게 들리고 나서, "내가 꽃을 가지고 오지 않는다면 / [한 송이 꽃 boutonnière 을?] 가지고 오마"라고 노래하는 것 같다. 그런데 이건 거의 난센스에 가깝고, 그보다 더 중요하게는, 자연스럽지가 않다. 하지만 내가 사실 확인을 담당한 글의 저자는 그 가사를 인용할 필요가 있었고, 그걸 해결하거나 아니면 그걸 해결하는 게 불가능하다는 걸 내 상사들에게 납득시키는 게 내가 해야 하는 일이었다. 페이히한테 연락해보라고 제안한 건 당시 미시시피 주립대학의 성지 B. B. 킹 블루스 아카이브를 담당하던 에드 코마라였다. 실제로는 그가 "그런 잡다한 건 존 페이히가 알죠"라고 했던 것 같다.

프런트에서 페이히의 방에 전화를 연결해주기로 했다.

좀 더 읽어나가다보니, 그즈음의 페이히는 고물상에서 구한 희귀 음반들을 되팔아 매주 방세를 내고 있다고 했다. 그렇게 음반을 팔아 얻는 이윤이라는 건 매우 박한데, 페이히는 아마도 특별한 안목을 가지고 있었던 거 같다. 나는 내가 읽은 몇몇 스케치 기사에서 그를 인터뷰한 사람들이 표현한 대로 그의 모습을 그리고 있었다. 오로지 먹기 위해서 일어나기라도 한 것처럼 거대한 사지를 벌리고, 어쩌면 벌거벗은 채 침대에 엎드려 있는 수염이 허연 사내. 그 무렵 그는 수십 년에 걸친 중독과 이 년 뒤에는 그를 사망에 이르게 할 심장 문제 때문에 건강이 좋지 않았지만, 그 전에도 성질이 고약하기로 유명해서, 그가 전화를 받는 그 순간부터 밑도 끝도 없이 친숙한 사람이라는 느낌을 받는 건 꽤나 이상한 일이었다. 나는 나중에 이 대화에 대해 그의 친구와 이야기할 기회가 있었는데, 그가 이렇게 말했다. "물론 그 친구가 친절하게 대했겠죠. 자신에 대해 이야기하려고 했던 게 아니니까."

페이히는 자신의 '비트박스'를 연결하고 그 노래가 들어 있는 테이프를 찾는 데 십오 분이 필요하다고 했다. 나는 정해진 시간에 다시 전화를 걸었다.

"어, 뭐라고 하는지 모르겠어요. '한 송이 꽃'은 분명 아네요."

"짐작하시는 거라도?"

"없어요."

우리는 다음 절에 나오는 다른 이상한 단어로 넘어갔

다. 와일리는 "엄마가 나한테 말했어요, 죽기 바로 전에 / 제발, [소중한precious?] 딸아, 너무 거칠게 살지 말아라"라고 노래한다. "무슨 소린지 감도 안 잡혀요." 페이히가 말했다. "뭐가 됐든 별 상관도 없어요. 옛날에 하던 말들을 아무거나 집어넣는 거거든요."

우리의 실험은 그렇게 끝나는 것 같았다. 페이히가 말했다. "한 시간만 줘요. 좀 궁리해볼게요."

나는 〈옥스퍼드 아메리칸〉에서 빌려준 테이프를 들고 내 차로 갔다. 바깥에는 미시시피 북부의 황량한 추위가 기승을 부리고 있었다. 남부에서 언덕이라고 부르는 약간 굴곡진 평평한 땅으로는 바람을 전혀 막을 수 없었다. 이 지역의 추위는 옷 사이사이에 얼어붙은 공기 덩어리를 만들어놓았다가 몸을 조금 움직이는 순간 공격해왔다. 나는 자동차 오디오의 베이스를 완전히 낮추고 트레블을 끝까지 올려서 음악에서 와일리의 목소리를 가능한 한 분리시킨 뒤 속도제한을 지키면서 한 시간 가까이 천천히 시내를 돌아다녔다. 문제되는 단어들은 여전히 선명하게 들리지 않았지만, 테이프가 돌아가는 동안 노래가 그 단어들을 둘러싸고 모습을 드러내기 시작해서, 알 수 없는 단어들이 있는데도 나는 처음으로 그 노래를 제대로 들었다.

〈래스트 카인드 워즈 블루스〉는 유령이 된 사랑하는 사람에 대한 노래다. "아빠가 하는 마지막 친절한 말"에서의 "친절한kind"은 우리가 사용하는 그 뜻의 말이 아니다. 그녀는 그 말을 '부드러운'이나 '다정한'이라는 뜻으로 사용한 게 아니다. 그 말이 옛날에 가지고 있던 뜻 그대로, '자연스러운'이라는 뜻으로 쓴 것이다(그 뒤에 오는 그녀의 '아빠'에 대한 모든 사항이 비자연적이고 초자연적이라는 걸 염두에 두자). 'kindly'라는 단어를 사용하는 구절에 남아 있는 남부의 관용어는, "I thank you kindly"에서처럼 아직 이 용법을 유지하고 있다. 옥스퍼드 영어 사전에서는 이 표현이 이 말의 처음 의미, 원형적인 의미의 흔적을 유지하고 있다고 설명한다. "당신에게 공손하고 다정한 태도로 감사한다"는 게 아니라, "당신의 행위에 걸맞은 방식으로 당신에게 감사한다"는 뜻이라는 것이다. 아버지가 자신의 시신을 어떻게 처리할지에 대해 남기는 냉정한 지시 사항에 우리가 일상적으로 사용하는 의미로서 'kind'라는 단어가 들어설 자리는 없다. 관용구에 많이 의존하는 블루스에 대해 생각할 때는 이런 점을 고려해야 한다. 블루스는 이런 식의 실수를 하지 않는다.

그녀의 아버지는, 스스로 예상하고 있었던 것처럼 보이는데, 죽었다. 첫 세 절에서 분명하게 말로 하지는 않았더라도, 느낌은 그렇다. 이제 노래는 아무도 모르는 곳으로 흘러간다. 그녀는 길을 잃었다. 그녀의 엄마는 "죽기 바로 전에" 딸에게 남자들에 대해 경고했다. 딸은 그 말을 듣지 않았고, 이제는 너무 늦었다. 그녀는 방황한다.

나는 역으로 가서, 태양을 올려다봤어요,

소리쳤어요, "기차가 오지 않아요,
걸어서 가야 해요."

어딜 그렇게 꼭 가야 하길래 다른 기차를 기다릴 수가
없는 걸까? 실마리는 있다. 그녀는 아직 아버지에게 말을 하
고 있기 때문이다. 혹은 아버지가 그녀에게 말하는 것일 수
도 있지만 확실하지는 않다. "내가 오는 게 보이거든, 부자의
들판 너머를 보렴." 이건 내가 너한테 무언가를 가지고 오지
않는다면 그걸 대신할 다른 무언가를 가지고 올 것이라는
이야기인데, 최소한 이 부분은 분명해 보인다. 내가 너한테
은을 가져다주지 않으면 대신 금을 가져다줄 것이라는 식의
옛날이야기의 한 부분이다.

그렇게 읽고 나면, 이 노래의 세 번째이자 마지막 부분
이 정말로 이상해진다.

미시시피강, 너는 그게 깊고 넓다는 걸 알지,
나는 바로 이 자리에 서서,
건너편으로부터 내 아기를 본다.

이것은 컨추리블루스에서 수도 없이 나오는 상투적인
혹은 '떠다니는' 가사이고, 연주자들은 이런 가사를 소문
을 나누듯이 가져다 썼다. 블루스 음악의 가사에서 예술성
은, 하이쿠의 접근법과 유사하게도, 발명보다는 편집에 있다.

여기에서 드라마 혹은 서사란 순전히 이미지의 순수함과 여러 상황이 병치된 밀도에 의해 만들어진다. 와일리는 이 가사들에 어떻게 손을 댔나? 대개의 가사는 "나는 이쪽에서 / 내 아기[혹은 나의 '브라우니']를 볼 수 있어"라고 되어 있다. 그런데 와일리의 가사에서는 공간적인 관계가 어딘가 으스스하게 비틀어져 있다. 만약 내가 지금 이곳에 서 있다면, 어떻게 반대편에서 너를 볼 수 있는가? 이건 내가 내 몸에서 빠져나와 반대편에 있는 내 아기에게로 가지 않는 한 불가능한 일이다. 와일리는 이런 이상한 점을 확인하는 듯한 말로 노래를 끝맺는다.

아가야, 네가 내게 해주는 것,
그건 절대 내 밖으로 나가지 않는단다.
널 보게 될 거라고 믿어,
내가 그 깊고 푸른 바다를 건넌 뒤에.

이건 가장 오래된 죽음에 대한 은유인데, 와일리의 세속적이지 않은 전쟁 전 시대 동료들 덕에 늘 가까이 접할 수 있었을 것이다. 〈귀하신 예수여, 부드럽게 날 인도하소서Precious Jesus, gently guide me〉라는 1926년 복음성가의 후렴구는 이렇게 이어진다. "검고 넓은 저 바다 너머." 너머로 가는 일. 이건 죽음을 뜻한다. 위가 아니라, 너머로 간다.

내가 사실 확인을 맡은 글의 저자인 그레일 마커스는

"아가야, 네가 내게 해주는 것"이라는 가사에 들어 있는 무한한 '다정함'에 대해 언급했다. 그건 부인할 수 없다. 거기엔 어마어마한 피로도 있다. "그건 절대 내 밖으로 나가지 않는단다"라는 구절을 보면, 그녀의 어떤 부분에서는 이 길게 끄는 질병, 너의 기억이 그렇게 되기를 바라고 있다. (로버트 존슨은 코코모 아널드가 부른 노래를 변주한 〈더 블루스 이즈 어 로다운 에이킹 허트 디지즈The blues is a low down achin' heart disease〉[6]를 불렀는데, 코코모 아널드가 부른 노래는 클래라 스미스가 어느 유랑 극단의 백인 가수가 1913년에 쓴 〈니거 블루스Nigger Blues〉를 참조해 만든 것이다.) 죽음이 가져올 재회 외에는 기대할 게 아무것도 없다. 이 노래는 사람들에게 일종의 반향으로 다가오는, 밤에 잠 못 이루게 하는 좁고 저주받은 우주이다.

나는 낡은 토요타 안에서 이 가사가 제기한 문제에 몰두해 있었다. 그런데 내가 다시 페이히에게 전화했을 때, 그는 거의 키득거리고 있었다. 한 가지를 해결한 것이었다. '축복받은blessèd', 그게 바로 그녀의 엄마가 그녀에게 한 말이었다. "제발, 축복받은 딸아, 너무 거칠게 살지 말아라." 나는 그 단어를 가사에 끼워 넣었다. 이제 그 가사의 의미는 자명해졌고, 못 알아듣는 게 불가능해 보였다. 나는 페이히의 귀에 찬사를 보냈다. 그는 기침을 해가며 "그들이 가사에 대해

---

6 〈프리칭 블루스Preaching Blues〉의 한 구절로, 블루스에서는 노래 제목 대신 특정 구절로 별칭을 삼기도 한다.

서는 신경을 쓰지 않았고, 어차피 다들 문맹"이었다고 큰 소리로 설명했다.

컨추리블루스에 대한 극단적인 찬양과 그 미학적 중요성을 최소화하려는 충동 사이에서 그때그때 방향 전환을 거듭하는 건, 나중에 알게 된 건데, 페이히가 자기 커리어를 유지해온 패턴이었다. 블라인드 조 데스에 관한 일화도 그런 방식의 한 부분이었다. 그는 컨추리블루스가 그 많은 사람들에게 행사한 거의 악마적인 힘에 굴복하는 게 두려웠거나, 아니면 이미 굴복한 것일까봐 염려했을 수도 있다. 나는 그가 2000년에 낸 단편소설집에 '블루그래스 음악은 어떻게 내 인생을 망쳤나'라는 제목을 붙였을 때, 제목의 아이러니 레벨은 '0'에 가까웠다고 거의 확신한다. 하지만 그보다도, 아예 무시하는 모드로 진입해 제멋대로 튕겨버리는 능력은 컨추리블루스 뮤지션들로부터 일정한 거리를 두면서 자신의 전문가적인 지위를 유지하기 위한 한 방법이었다. 중요한 블루스 전문가들의 상당수에게서 같은 경향을 찾아볼 수 있다. 음악이 전혀 알려져 있지 않을 때에는 그것이 무엇과도 바꿀 수 없는 위대한 미국적 예술이라고 칭송하지만, 사람들이(이를테면 롤링스톤스가) 알아보고 떠들기 시작하자 사실은 그건 술 취한 농장 일꾼들을 위한 댄스 뮤직이었을 뿐이라고 하는 식이다. 페이히는 한 문장에서 두 입장의 극단을 오가고 있었다.

그 역시 '한 송이 꽃'에 관해서는 내가 도달한 정도의 지점에 머물러 있었기 때문에 그 문제는 여전히 그대로 남아 있었고, 우리는 다시 멈춰 섰다. 원래의 자리로 돌아와 답보 상태에 빠진 것이다. 이 상태로 두어 시간이 지나갔다. 그는 예상 외로 끈질겼다. 그러다가 어느 순간, 다시 차에 돌아와 그 테이프를 수도 없이 되감아 듣고 있는데, 내 귓속 가장 깊은 곳의 가장자리에 있는 솜털들이 마지막 단어의 시작 부분 근처에서 희미한 "L" 소리를 감지했다. 볼터드boltered? 옥스퍼드 영어 사전을 죽 훑어나가다가 볼트bolt에 이르렀고, 이어서 볼티드bolted에, 그리고 마침내 바르톨로메우스 앙글리쿠스의 1240년경 저술인 라틴어 백과사전 《사물들의 질서에 관하여De proprietatibus rerum》를 영역한 존 드 트레비사의 1398년 판본에서 인용한 이 구절에 도달했다. "밀의 가루, 곡물을 체로 거른 것."

와일리는 '꽃flowers'이라고 한 게 아니라 '밀가루flour'라고 말한 것이었다. 부자의 밀가루. 그녀는 너를 너무나 사랑한 나머지 너를 위해 부자의 밀가루를 훔친다. 그걸 손에 넣을 수 없다면 그녀는 으깬 곡식을 체로 친 걸 가지고 올 것이다.

내가 오는 게 보이거든, 부자의 벌판 너머를 보렴
내가 밀가루를 가지고 오지 않는다면,
체로 친 곡물을 가지고 오마.

페이히는 회의적이었다. "그런 말은 한 번도 들어본 적이 없어요." 그가 말했다. 그러고 나서 마지막 인사처럼 느껴진 작별인사를 건넸는데, 나중에 그가 전화를 걸어왔다. 생각이 바뀌어 있었다. 그는 그동안 여러 사람에게 전화를 걸었다. (그가 누구에게 전화했는지 아는 것도 재미있을 것이다—우리는 세기말 미국의 아주 고귀하고 좁은 신경망을 따라가게 될 것이다.) 그들 가운데 한 사람은 그 가사가 남북전쟁에 관련된 것이라고 말했다. 당시에 밀가루가 떨어지자 옥수수가루를 체로 걸러 쓰기 시작했다는 것이었다. "우리가 이 새로운 이론을 같이 입증할 수 있다면, 음반 해설에 당신 이름도 넣어주겠소." 그가 말했다.

그는 죽는 순간까지도 그 새로운 이론을 연구하고 있었다. 우리는 전화로 그가 딘 블랙우드라는 이름의 텍사스주 변호사와 함께 1996년에 공동 설립한, 그가 스스로 "날것인 음악"을 추구하는 레이블이라고 묘사한 레버넌트에 대해 이야기를 이어갔다. 레버넌트에서 나오는 음반들은 학자들의 세미나를 그대로 옮겨 적은 것 같은 해설지를 갖춘, 시각적인 디테일에 심혈을 기울이는 구성주의자들의 디자인 프로젝트 같다. 페이히와 블랙우드는 새 음반 시리즈를 구상하고 있었는데, 그것은 와일리와 토머스 같은 전쟁 전의 "유령들"(음질을 개선해서 수록한 두 사람의 여섯 곡이 포함되었다)의 녹음에 대한 게 될 것이었다. 이 선집에 유일한 선정 기준이 있다면, 이 시리즈에 관련된 뮤지션들의 전기적 사실이 전혀 알려지지 않았어야 한다는 것, 그리고 모든 녹음이 엄격한 의미에서 경이로워야 한다는 것이었다. 마이크 앞에서 한번 벌어진 일은 흉내 낼 수도 없고, 단순하게 재경험될 수도 없다. 두 사람은 오랫동안 이 프로젝트를 꿈꾸면서 명단을 정리하고 또 정리했다. 그리고 나는 여기에 아주 사소한, 작은 개미 한 마리가 물고 갈 수 있을 만한 작은 지식 하나를 보탰다.

그 후로 거의 육 년이 지났다. 그동안 페이히는 여러 번의 바이패스 수술를 받았고 그에 따른 합병증으로 병원에서 세상을 떠났다. 다른 사람들과 마찬가지로 나 역시 그의 죽음과 함께 그 유령 프로젝트도 무산됐을 거라고 생각했다. 그런데 2005년 10월, 레버넌트가 문을 닫은 일에 대한 뒷담화도, 화려한 팡파레도 없이 '전쟁 전 시대에서 돌아온 유령들Pre-War Revenants (1897~1939)'이라는 부제를 달고 두 장의 디스크에 모두 오십 곡을 담은 프로젝트가 모습을 드러냈다.

미국 문화에 관심이 있는 사람이라면 어떻게 해서든 이 레코드를 들어봐야 한다.[7] 이 음반은 아마도 해리 스미스가 1952년에 낸《미국 민속음악 선집Anthology of American Folk Music》이래, 그 음반이 중요한 것과 같은 이유로, 가장 중요한 음반이다. 이 음반들은 구하기 어려운 녹음을 보존하고 보급하겠다는 이런 작업에 꼭 필요한 학문적인 노력보다는, 이 노래들과 그들의 기교가 만들어내는 뉘앙스를 통해 평생 동안

---

7 지금은 유튜브에서 American Primitive – Volume 1 & 2, Pre-war Revenants(1897~1939)라는 제목으로 모두 들어볼 수 있다. 이후 본문에서는《프리워 레버넌츠》로 통칭한다.

열정적으로 서로의 고통에 교감하면서 서로에게 깊은 영향을 미친 미학적인 감수성을 기록하는 데 더 집중한 결과를 보여준다. 이 선집을 듣는 건, 베르길리우스[8] 같은 사람들을 보존하는 작업에 참여하는 것이나 다름없다.

이 작업을 제대로 하기 위해서는 78rpm 음반을 새롭게 복각하는 작업이 필요했다. 그것은 소위 진지한 수집가들끼리만 연결되어 있는, 매우 광범위하지만 폐쇄적인 국제 네트워크를 설득해야 한다는 것을 의미했다. 주요 수집품들은 해를 거듭할수록 점점 더 소수의 힘 있는 사람들에게로 집중되고 있었다. "진지한 블루스 애호가는 열 명이 채 안 됩니다."《프리워 레버넌츠》에 해설을 쓴 어떤 이가 내게 말했다. "컨추리는 일곱 명, 재즈는 아마 열다섯 명일 거예요. 그리고 이들의 대부분은 어느 정도 소시오패스라고 보면 돼요." 이 사람들이 하는 일은 수십 년 묵은 원한을 잊지 않기 위해 인생의 대부분을 바치는 것과 다르지 않다. 그들은 엄청나게 복잡한 사람들인데, 아마 그들 스스로도 이해하기 어려운 이유 때문에 시간과 무관심으로부터 이 음악을 보호하는 일을 해온 것이다. 수집가들은 무엇보다 발굴자들이었다. 오래된 블루스 뮤지션들을 찾아내기 위해 여행하는 이들은 레코드를 찾아 돌아다니는 일부터 시작했다. 게일 딘 워들로는 흑인들이 사는 지역을 돌아다니면서 문을 두드릴 수 있

---

8   로마를 대표하는 시인으로 꼽힌다. 서양 문학에 지대한 영향을 미쳤다.

는 합법적인 이유를 마련하기 위해 병충해 방제 요원이 되기도 했다. "집에 소독약 뿌려드릴까요?" 아뇨. "혹시 다락방에 이상한 옛날 레코드 같은 게 있을까요?"

《프리워 레버넌츠》에 수록된 곡들의 60퍼센트는 수록 음반이 단 한 장밖에 남아 있지 않다. 이 노래들은 캄캄한 어둠 속에서 켜진 전등불들이다. 가장 깊이까지 파고들어간 옛날 음악광들이나 들어본 블루스 블루버드, 베일리스 로즈, 피그밋 테리 같은 가수들의 노래다. 알려지지 않은 가수 키드 브라운은 "나는 아주 고약한 보-리타 블루스를 부른다"고 노래한다('보-리타'는 지금은 이해하는 사람이 거의 없는 멕시코 게임으로, 백여 년 전에 들불처럼 남부를 휩쓸어서 많은 사람들의 주머니를 털었다). 목을 직접 이용하는 방식으로 노래를 하는 토미 세틀러스라는 사내가 있다. 이 창법은 말로는 묘사가 불가능하다. 어쩌면 프릭쇼freak show[9]의 일원이었을 수도 있다. 〈빅 베드 벅Big Bed Bug〉과 〈셰이킹 위드 블루스Shaking Weed Blues〉가 그가 남긴 전부인데, 그 두 곡만 보아도 그는 대가였다. 매티 메이 토머스의 놀라운 노래 〈워크하우스 블루스Workhouse Blues〉는 여자 교도소의 봉제실에서 무반주로 녹음되었다.

나는 사냥개들과 씨름한다, 검은 사내여,
지옥에서 온 사냥개들과 온종일.

---

[9]   신체가 기형인 사람들을 구경시키던 순회 공연단.

나는 그것들을 꽉 조른다,

그것들이 사라질 때까지.

알려지는 걸 거부하는 자에 대한 신뢰를 높여주는 지표라고 할 수밖에 없는 사례인데,《프리워 레버넌츠》에 수록된 한 곡은 내슈빌의 한 벼룩시장에서 발견되었다. 이걸 찾아낸 이는 바로 《프리워 레버넌츠》 선집의 리마스터링 작업을 맡았던 크리스 킹이었다. 그는 자동차 사고가 나도 버틸 수 있도록 나사못으로 짜맞춘 강화 나무 상자를 배달받아 직접 서명을 한다. 대부분의 78rpm 레코드는 이렇게 운송된다. 수집가들은 킹을 신뢰한다. 그는 그 자신이 중요한 수집가(그는 현재 세 장이 있는 것으로 알려져 있는 〈래스트 카인드 워즈 블루스〉 중에서 두 번째로 상태가 좋은 레코드를 소유하고 있다)인 동시에 전쟁 전에 만들어진 레코드의 훼손된 그루브 groove[10]에서 소리를 복원해내는 일에 관한 한 전문가로 인정받고 있었다. 나는 이 프로젝트가 어떻게 결실을 볼 수 있었는지 그 상세한 내막을 알고 싶어 그에게 전화를 걸었다. 페이히와 마찬가지로 킹 역시 대학에서는 종교와 철학을 공부했다. 그 역시 자기가 하는 일을 장황하게 설명하는 데 재능

---

10 CD가 나오기 전까지 음반 시장의 주류는 포노그래프 레코드였는데, 레코드의 소재인 셸락(1940년 이전까지의 소재)이나 비닐에 홈을 파서 그 미세한 굴곡에 소리 정보를 저장했다가 읽어내는 방식으로 음악을 재생한다. 이 홈을 '그루브'라고 한다.

이 있다. 그는 내슈빌에서 햇볕 아래 쌓여 있던 45rpm 레코드들 위에 놓인 투 푸어 보이즈Two Poor Boys의 희귀 음반《올드 헨 캐클Old Hen Cackle》을 건졌을 때의 상황을 묘사했다. 갈색 음반이었다. 땡볕에 휘어서 "수프 그릇 모양"이 되어 있었다고 그는 말했다. 그 그릇 밑바닥에서 그는 '퍼펙트Perfect'라는 글씨를 읽었다. 힐빌리 음악을 냈던 단명한 레이블이었다. 퍼펙트의 갈색 음반은 매우 가치가 높다. 그는 그 음반을 집으로 가져와 두 장의 투명한 유리 사이에 끼워 밖에 내어놓고―수집가들 사이에 전해져 내려오는 지혜―태양열과 유리판의 무게에서 오는 약간의 압력이 음반을 서서히 평평한 상태로 되돌려놓아 재생이 가능해질 때까지 기다렸다.

킹은 소리가 마모된 방식을 통해 그 레코드의 일생에 대해 이야기할 수 있는 경우들이 있다고 말했다. 그가《프리워 레버넌츠》에 수록하기 위해 작업했던 기시 와일리의 〈이글즈 온 어 해프Eagles on a Half〉(이 곡이 수록된 음반은 단 한 장 남아 있다)의 경우 대충 만든 바늘을 사용해서―"옛날에는 재봉틀 바늘 같은 것까지 아무거나 다 썼어요"―"긁었다"는 걸알게 됐고, 마찬가지로 그 음반 바닥이 앞쪽과 오른쪽으로 기울어진 상태에서 재생되었다는 것도 파악할 수 있었다. 그러면서 갑자기 사람들이 웃고 떠들고 춤을 추는, 바닥이 한쪽으로 기운 방이 눈앞에 보이는 것이다. 이 곡은 고약하고, 섹시한 노래다. "내가 그랬잖아요, 낮게 쪼그리고 앉아요, 아저씨, 아저씨 애인이(내가) 볼 수 있게 / 내 마음을 끄는 그 오래된 수작을 보고 싶어요." 킹은 턴테이블을 왼쪽 뒤로 기울였다. 그렇게 해서 그는 망가지지 않은 시그널을 찾아냈고 생생한 새 버전을 얻었다.

이 노래들 가운데 제일 이상한 건 가장 오래된 〈푸어 모너Poor Mourner〉인데, 이 노래를 부른 커즌즈 & 드모스는 19세기 후반에 유랑 악사들로 약간 유명했던 샘 커즌Sam Cousin과 에드 드모스Ed DeMoss일 수도 있고 아닐 수도 있다. 만약 맞다면, 둘 중 샘 커즌은 《프리워 레버넌츠》에 수록된 인물들 중 이미지가 남아 있는 유일한 뮤지션이 되는 셈이다. 강하고 각진 그의 얼굴이 1889년에 인디애나폴리스에서 간행된 〈프리맨Freeman〉에 입자가 거친 사진으로 남아 있다. 이 두 사람은 1897년 베를리너 컴퍼니에서 〈푸어 모너〉를 불렀다. (그즈음 에밀 베를리너는 실린더 대신 디스크를 사용하는 녹음 기술로 특허를 냈다. 디스크는 복제가 더 쉬웠다.)

밴조 두 대가 아주 열정적인 랙타임 리듬을 타고 터져 나오고, 우리는 흥이 오르는 정도까지는 아니더라도 최소한 익숙하기는 한 지점에 있는 것 같다. 하지만 세 번째와 네 번째 마디 사이에서 두 번째 밴조는 마치 걸음을 멈추듯이 발을 빼고 첫 번째 밴조 위에 얹혀서 가는데, 첫 번째 밴조는 곧 있을 분위기 전환에 대해 경고받지 못했다는 듯이 아주 잠시 연주를 멈춘다. 그후 두 대의 악기가 함께 연주하면서 노래는 단조로 내려가고, 언제 무슨 일이 벌어졌는지 정확히 파악할 여유도 없이, 노래는 완전히 다른 어두운 영역으로 접어든다. 낡은 프로젝터에 영화 필름이 걸려 프레임이 녹아 들어가고 색이 번지는 것과 동일한 효과가 음악에서 벌어진 다. 이 모든 일이 정확히 오 초 만에 벌어진다. 설명이 불가 능한 일이다. 크리스 킹은 "그건 내가 고칠 수 없는 기능 이 상에서 비롯된 이상한 일이 아니"라고 말했다. 나는 혹시 낡 은 기계가 초반에 약간 빠르게 돌아갔던 건 아니냐고 물었 다. 그는 그 노래가 음악으로 시작하지 않았다는 사실을 상 기시켰다. 노래는 높은 톤의 목소리로 "커즌과 드모스가 노 래합니다!"라고 소리치면서 시작되었다.

이 노래가 흘러나올 때마다 항상 나는 그 노래가 녹음 된 해인 1897년에 태어난 나의 증조할머니 엘리자베스 베이 넘을 떠올린다. 나는 그해를 생생하게 느낀다. 그해와 나 사 이에는 아무런 거리가 없다. 내가 할머니에 대해 가지고 있 는 기억이라고는, 휠체어에 앉아 숄을 두르고 자기 방 앞 복 도에서 우리를 기다리던 눈이 멀고 다리가 보이지 않는 할 머니가 전부다. 이 노래가 할머니가 태어난 세계의 한 부분 을 형성하고 있었다는 걸 알게 되면서 나는 내가 그 시기, 19 세기의 *끄트머리*에 대해 이해하고 있는 게 아무것도 없다는 사실을 깨닫는다. 우리는 매 순간이 끝 모르게 빨려 들어가 는, 지나간 시간들의 심연에 너무나 밀착된 채 살고 있다. 러 시아 작가 빅토르 쉬클로프스키는 예술이란 "돌을 돌처럼 만들기 위해" 존재한다고 말했다. 이 녹음들은 우리에게 시 간의 시간스러움의 어떤 면, 갑자기 깨닫게 되는 시간의 회복 불가능성 같은 걸 느끼게 해준다.

　《프리워 레버넌츠》가 백인 남성들이 주도한 남부 초기 흑인음악에 대한 그로테스크한 미학화의 어떤 절정을 기록한 거라면—그래서 다른 것들과 더불어 이 에세이도 가능해진 건데—그 선집이 지금 모습을 드러낸 것 역시 시의적절한 일이다. 마침내 우리는 블루스에 대한 글쓰기의 새로운 투명성이 새로 시작되는 모습을 목격하고 있기 때문이다. 블루스에 대한 학문에 대한 학문. 지난 몇 년 사이에 이 분야에 대한 훌륭한 책이 두 권 간행되었다. 일라이자 월드의 《델타 탈출기: 로버트 존슨과 블루스의 발명Escaping the Delta: Robert Johnson and the Invention of the Blues》와 메리베스 해밀턴의 《블루스를 찾아서In Search of the Blues》(미국판에는 '백인들의 흑인음악 발명The White Invention of Black Music'이라는 부제가 달렸다)가 그것이다. 둘 다 매력적이고, 탄탄하고, 필요한 작업이다. 나는 컨추리블루스에 대해 이야기할 때마다 늘 그늘을 드리우는 인종주의적인 불편함이 어쩔 수 없이 끼어들 거라는 걸 염두에 두고, 일종의 방어막을 친 채 이 두 책에 접근했다. 조라 닐 허스턴[11]과 도로시 스카보로[12] 같은 두드러진 예에서 볼 수 있듯이, 백인들

11　1891~1960. 흑인 여성 작가이자 인류학자. 남부의 흑인문화에 대한 영화 기록들을 많이 남겼고 소설도 썼다.

12　1878~1935. 텍사스 출신의 백인 여성 소설가. 텍사스를 배경으로 하는 소설들을 썼고, 민담과 포크송의 수집가이기도 했다. 컬럼비아 대학 교수를 역임했다.

이 자기들끼리 흑인음악에 대해, 그리고 생존하는 흑인 예술가들을 진기한 옛것 정도로 여기는 특정한 한 시기에 대해 담론을 형성할 때, 이런 인종주의가 끼어들곤 했다.

이 두 권의 책은 훨씬 더 흥미진진한 자료 조사를 바탕으로 오래된 신화들을 대체한다. 두 책 모두 갈림길과 악마의 저주, 독살, 실존적 고립에 대한 원초적인 토로 같은 '델타 블루스맨'의 신화를 해체하고자 시도한다. 그리고 그 결과, 두 책은 이 그림을 복잡하게 만든다. 월드는 로버트 존슨의 "설명 불가능한" 기교에 대한 신화를 제거한다. 통설에 의하면 그의 라이벌들은 존슨이 기교를 얻는 대신 자신의 영혼을 악마에게 팔았다고 소문 냈는데, 월드는 그런 통설 대신 존슨이 기교를 중시한 기타리스트로 스킵 제임스를 포함하는 다른 뮤지션들의 음반을 연구했다고 말한다. 존슨은 스킵 제임스로부터 "dry long so"라는 아름다운 구절을 별 생각 없이 혹은 작심하고 훔쳤다. 나는 《델타 탈출기》가 간행되었을 때 나온 서평들이 그 책의 특별함을 충분히 묘사하지 못했다고 생각한다. 그것은 부분적으로, 로버트 존슨에 대해 폭로할 거라든가, 심지어 존슨은 당시 유행하던 음악을 단지 흉내 냈을 뿐이라는 식으로 모호하게 암시하는 그 책의 마케팅 탓이다. 《델타 탈출기》의 업적은 한 차원 높은 수준에서 존슨의 방법론을 우리에게 소개한 것이다.

월드는 샌안토니오와 댈러스에서의 녹음 세션 당시 존슨의 머릿속에 우리를 집어넣고, 매우 철저하게 노래 한 곡한 곡을 들여다보게 만든다(월드 역시 평생 음악을 해온 사람이다). 그는 존슨이 무엇을 언제 연주하기로 결정했는지를 보여주고, 더 나아가 존슨이 어떤 소재들을 모아들였는지, 그것들을 어떻게 바꾸고 어떻게 경의를 표하는지 보여주면서 그가 그렇게 한 이유를 설득력 있게 설명한다. 월드는 특히 서로 다른 시도들을 비교하는 데 탁월해서, 우리가 존슨이 리듬과 코드를 바꿔나가는 세밀한 부분까지 들을 수 있게 한다. 이 방법은 우리가 존슨의 연주 기법의 밀도를 들여다볼 수 있는 창문 역할을 한다. 어떤 실마리를 포착함으로써 우리는 그의 움직임을 따라갈 수 있다. 블라인드 레몬 제퍼슨은 "기차는 빨갛고 파란 불빛을 뒤로하고 차고를 떠났다 / 파란 불은 블루스이고, 빨간 불은 근심스러운 마음이다"라고 노래했다. 훌륭한 가사다. 똑 떨어진다. 세련되고, 거의 양식화된 노스캐롤라이나 출신의 컨트리블루스 듀오인 에디 앤오스카(에디는 백인이고, 오스카는 흑인이다)는 이미 자기들 방식으로 이 노래를 불렀다. 존슨은 아마도 그들이 부르는 걸 들었을 것이다. 하지만 그는 이렇게 바꿨다.

기차가, 그것이 그 역을 떠났을 때, 뒤에 두 개의 불을 켜두고,
아, 기차가 그 역을 떠났을 때, 뒤에 두 개의 불을 켜두고,
파란불은 나의 블루스였고, 빨간 불은 내 마음이었다.
내 모든 사랑은 헛되다

이건 차원이 다르다. 존슨은 그게 다른 차원의 것이라는 걸 알았다. 그는 그게 훨씬 더 좋다는 걸 알았고, "빨간 불은 근심스러운 마음이다"라고 하는 것과 "빨간 불은 내 마음이었다"라고 말하는 것 사이의 차이를 알았다. 무엇보다, 그는 바로 "멤피스에서 노포크까지는 서른여섯 시간 거리 / 사람은 죄수와 같고, 그는 절대 만족하지 못하리" 같은 2행 연구聯句를 쓴 사람이었다. 블루스를 듣는 일이란, 부분적으로, 의도는 좋았으나 방향을 잘못 잡아 우리 안에서 감각을 앞질러 발달시켜온 사회적 필터를 제거하는 일이고, 또한 초기 블루스 뮤지션들의 자의식을 듣는 것이다. 그걸 듣는다는 것은, 새뮤얼 차터스가 헨리 타운젠드의 〈타이어드 오브 비잉 미스트리티드Tired of Bein' Mistreated〉(1962)의 해설에 쓴 것처럼, "블루스 싱어는 스스로를 블루스 스타일의 한계 내에서 창의적인 개인이라고 느낀다"는 사실을 듣는 걸 의미한다. 월드가 백여 페이지에 걸쳐 만들어낸 것은 주목할 만한 생각-영화thought-movie다. 그 책 겉표지의 홍보 문구는 존슨의 음악성에 대한 내 경외심이 오해에서 비롯된 것이라는 사실을 일깨우려는 것이었지만, 내 경외심은 오히려 두 배가 되었다. 존슨은 그가 손대는 모든 걸 더 은근하게, 더 슬프게 만들었다. 그는 전체적으로 코믹하고 발랄한 피티 휘트스트로의 〈데빌스 선인로Devil's Son-in-Law〉를 로버트 존슨의 악마, 사람처럼 걷고 사람처럼 보이는, 쉽게 웃어넘기기 어려운 우울한 악마로 다듬어냈다.

월드가 컨추리블루스에 대한 우리의 반응을 노스탤지어로부터 멀찌감치 떼어내고, 민속음악이 한때는 누군가의 대중음악이었다는 사실을 상기시킴으로써 좀 더 성숙한 평가로 이끌려고 했다면, 영국에서 가르치는 미국 문화역사가 메리베스 해밀턴은 좀 더 고전적인 후광을 붙들고 그것이 어디에서 온 것인지, 무엇으로 만들어졌는지를 묻는다.《블루스를 찾아서》는 제임스 맥큔이라는 한 백인 사내의 마음속에 뿌리내린 컨추리블루스의 매혹을 추적한다. 〈뉴욕 타임스〉의 편집부 기자였다가 떠돌이가 된 맥큔은 허약하고 비밀스러우며 알코올의존증이 있었는데, 브루클린에 있는 YMCA의 벙크베드 아래에 78rpm 레코드를 담은 상자를 보관해두고 있었다. 지금까지도 그에 관한 이야기는 〈계간 78 Quarterly〉의 독자들에게만 알려져 있다. 맥큔은 노스캐롤라이나 출신으로, 1971년 성매매 과정이 잘못 꼬이면서 비참하게 죽었다. 그는 아이비리그 대학 세계에서 발달해오다가 1930년대 후반에 이르러 전문성에 기반하는 복잡한 세계로 변모한 골수 뉴올리언스 재즈 수집가들의 세계를 깨뜨리고 나온 1940년대 초반 인물들 가운데 선두주자였다. 해밀턴은 맥큔의 변해가는 취향을 능란하게 따라잡는다. 처음에 그는 상업화된 민속지적인 결과물들, 이를테면 컬럼비아 레이블에서 나온 스페인의 지방 춤곡들에 집착했다. 다시 말해, 그는 아무거나 닥치는 대로 처리하는 자본주의의 탈곡기에서 제자리를 잃어버린 톱니바퀴에 우연히 걸려서 살아남은, 문화적으로 귀중한 것들에 관심이 있었던 것이다.

수집가들의 세계에서도 후미진 뒷골목인 이곳을 같이 헤매고 다닌 소수의 동료 중에는 1952년《미국 민속음악 선집》을 펴내는 해리 스미스가 있었다. 스미스는 맥큔에게 의회 도서관에 편지를 보내 앨런 로맥스가 현장 녹음을 다니던 시기에 수집한 흥미로운 사항들과 '상업 레코드에 담긴 미국의 민속음악들'에 관한 수고手稿들을 요청하라고 강력히 권했다. 이 리스트는 컨추리블루스라는 장르의 진정한 DNA이다. 해밀턴은 이렇게 쓴다.

> 맥큔은 그걸 읽고 나서 자신이 지금까지 인종 레코드에 대해 짐작하고 있던 모든 것들과 관련해 혼란에 빠졌다. 현기증이 날 정도로 다양한 음악 스타일들, 매우 특이한 곡명들… 그중에서도 가장 흥미로웠던 건 블루스 녹음에 대한 로맥스의 이야기들이었다. 그 이야기들은 희석되지 않은, 날것 상태의 무언가를 약속했다.

여기서 눈에 띄는 이상한 점은, 맥큔의 발견이 1942년에 이뤄졌다는 사실이다. 로맥스가 "개개의 작품들이 매우 뛰어나고, 부두voodoo[13]의 느낌이 있음"이라는 메모를 단 로버트

---

13 아프리카에서 이주해온 이들의 종교. 지역에 따라 전통적인 아프리카 부족 종교에 기독교 혹은 이슬람의 영향이 결합되었다.

존슨은 그 시점으로부터 사 년 전까지만 해도 살아 있었고 녹음도 하고 있었다. 우리가 고고학적인 거리를 두고 그에게 접근할 때 그가 우리 앞에 모습을 드러내는 것처럼, 그는 이미 맥퀸 앞에 모습을 드러내고 있었다. 컨추리블루스는 십여 년 동안 반짝하다가 느닷없이 닥쳐온 대공황과 2차 세계대전, 그리고 시카고 사운드의 에너지에 의해 지워져버렸다. 미국 포크 음악의 초기 프로모터인 존 해먼드(나중에 밥 딜런의 첫 번째 프로듀서가 되었다)는 1938년에 '영가로부터 스윙까지From Spirituals to Swing'라는 이름의 콘서트를 조직했다. 미국의 흑인음악에 공식적으로 미학적인 지위를 부여하겠다는 의도였다. 해먼드는 로버트 존슨에게 북쪽으로 올라와 카네기홀에서 있을 콘서트에 참여해달라고 초대하는 전보를 보냈다. 이것은 블루스 역사에서 매우 흥미로운 전환점이 된다—중심이 북쪽으로, 그리고 페스티벌로 넘어간 제2장이 전쟁이 발발하면서 사라져가는 제1장에 손을 내밀어 그 연속성을 확보하려는 시점에 도달한 것이다. 하지만 존슨은 독살된 것인지 선천성 매독 때문인지 스물일곱의 나이로 막 사망한 뒤였다. 그 무렵 그는 목화 따는 일을 하고 있었다. 그들은 콘서트에서 축음기를 무대 위로 밀고 들어와서 정적 속에 두 곡을 틀었다. (녹음은 물질화된 형태로만 존재하지만, 동시에, 유령처럼, 살아 있는 것이기도 한데, 우리가 너무나 포스트모던하다고 생각하는 이 매개체는 아주 초창기부터 존재한다.)

맥퀸은 이런 녹음들에 대해 알기 위해 이 레코드들을

찾아나선다. 해밀턴에 따르면, 맥큔은 딕 스파츠우드가 발견한 스킵 제임스의 〈하드타임 킬링 플로어 블루스Hard Time Killin' Floor Blues〉를 듣기 위해 브루클린에서 버스를 타고 워싱턴 D.C.의 교외 지역까지 400킬로미터가 넘는 거리를 가기도 했다. 그는 그 집에 찾아가, 자리에 앉아, 레코드를 듣고, 다시 떠났다. 그를 알고 있던 사람들은 그날 그가 "침묵 속에서, 경외감 속에서" 음악을 들었다고 기억한다. 제임스는 노래한다. "사람들은 이 집에서 저 집으로 흘러다녀 / 천국을 찾을 수 없어, 나는 그들이 어디로 가는지 신경 쓰지 않아."

스파츠우드는 1940년대 후반과 1950년대에 맥큔 주변에 모여들었던 전문가들 중 한 사람이었다. 그들은 그렇게 지내다가 진지한 수집가들, 즉 블루스 마피아가 되었다. 그들이 문자 그대로 맥큔 주위에 몰려든 건 아니었고—그는 YMCA에서 살고 있었다—스파츠우드에 의하면, 맥큔이 그들의 모임에 찾아가 '살롱의 우두머리chef du salon'가 된 것이었다(스파츠우드는 몇 년 뒤에 젊은 존 페이히와 통화하면서 전화상으로 블라인드 윌리 존슨의 〈프레이즈 가드 아임 새티스파이드 Praise God I'm Satisfied〉를 틀어준 그 딕 스파츠우드이다. 페이히가 그에게 전화를 걸어 부탁했고, 페이히는 그걸 들으면서 울다 거의 토할 지경이 되었다).

맥큔은 물건에 집착한 적이 없었다. 그 역시 여느 수집가들처럼 끈질기게 찾아다니긴 했지만, 그가 원한 건 페이히가 그랬듯—페이히가 스킵 제임스를 찾아다닌 건 어렵기로

유명한 그의 단조 튜닝법을 배우고 싶었기 때문이다—노래
와 사운드였다. 그가 〈레코드 체인저Record Changer〉지에 쓴 초
기의 '원하는 것 리스트'는 이제 그것 자체가 수집 대상이다.
해밀턴은 맥큔이 이따금 이 리스트에 올린 가상의 레코드들
에 대해 상세하게 설명한다. 이를테면 그는 "보캘리언Vocalion[14]
에서 선보인 흑인 블루스, 샌안토니오 마스터 번호가 붙은
거면 아무거나" 찾는다고 광고하는데, 그것은 로버트 존슨
이 가장 유명한 녹음 세션을 가졌던 그 주에 같은 스튜디오
에서 만들어진 레코드들을 찾는다는 이야기이다(괴테가 워프
플란츠Urpflanze[15]를 찾듯이!).

　　레코드들이 도착했고, 맥큔은 음악을 듣고 경악했다. 해
밀턴은 이 주제를 진지하게 다루고, 이것을 상상된 '원시성'
이나 '조악함'으로 반사적으로 치부하지 않았다는 사실만으
로도 전쟁 전 시대의 것들에 집착하는 이들의 존경을 받을
자격이 있다. '원시성'과 '조악함'은 이 음악을 대체로 하잘것
없는 촌놈들의 것, 너무 가난해서 뉴올리언스까지 갈 수 없
는 사람들이 만든 새로운 노래 정도로 무시했던 시절 재즈
수집가들이 사용했을 법한 용어였다. 해밀턴이 슬기롭게 파
악했듯 우리도 맥큔이 자기 내면에 건설한 세계를 대략 추

14　1916년에 처음 모습을 보인 레이블로 1920년대에 흑인 시장을 대상으로 한
흑인 음악(인종 레코드) 시리즈를 내놓았다. 짐 잭슨의 〈캔사스시티 블루스〉와
로버트 존슨의 〈크로스 로드 블루스〉가 여기에서 나왔다.
15　괴테가 상상한, 모든 식물들을 품고 있는 원형적 식물.

측해볼 수 있을 것이다. 이를테면, 그가 찰리 패튼을 가장 위대한 컨추리블루스 싱어로 추정한 건 패튼의 레코드가 가장 잡음이 심하고 알아듣기 어려운 것이라 해석의 여지가 가장 커진다는 데 영향받은 것은 아닌지 생각해볼 수 있다. 그러나 맥큔이 철저하게 집중해서 모든 걸 듣는다는 사실은 그에 대한 변호가 될 것이다.

맥큔은 미학적 판단을 담은 글을 발표한 적이 거의 없지만, 일단 발표하면 한 단어를 반복해서 사용했다. 1960년 맥큔은 〈VJM 펄레버VJM Palaver〉에 새뮤얼 차터스의 당시로서는 최근 저서인 《컨추리블루스The Country Blues》에 대해 쓰면서, 차터스가 음반을 가장 많이 판매한 블라인드 레몬 제퍼슨이나 브라우니 맥기 같은 이들에게만 집중했다고 탄식했다. 맥큔은 이 두 사람의 작품들이 전부 그저 그렇고 겉만 번지르르하다고 여겼다. 맥큔은 편지에서 사소한 차이에 대한 이해하기 어려운 나르시시즘적인 분노를 끊임없이 쏟아내는데, 그는 **위대한**이라는 단어에 집착하고 있다. "제퍼슨은 내가 **위대하다**고 말할 수 있는 레코드를 단 하나 만들었을 뿐이다"(강조체는 맥큔이 표시한 것이다)라는 식이다. 아니면, "검둥이의 컨추리블루스를 수집하는 사람들을 스무 명 알고 있다. 우리는 모두 누가 **위대한**(역시 맥큔이 강조한 것이다) 컨추리블루스 가수인지가 궁금한 것이지. 누가 제일 많이 팔았는지에는 관심이 없다"고 말한다. 그리고 뒷부분에 이렇게 썼다. "나는 블루스 가수들을 평가할 때 다른 기준을 원하는 사람들을 위해 쓴다. 이 기준이란 그들의 상대적인 위대함이다."

해밀턴의 책에서 이 편지에 대한 부분을 읽는데, 레버넌트 레코드에서 존 페이히와 파트너 관계인 딘 블랙우드와 전화 통화를 할 때의 일이 떠올랐다. 그는 유령 프로젝트에 대해 페이히와 초기에 토론할 때 상황을 이야기하던 중이었다. "존하고 나는 늘 이 가수들의 위대함을 제대로 알려주는 작업이 충분치 않았다고 생각했어요." 그가 말했다. "그들이 해온 작업의 힘을 제대로 이해하려면, 그들이 해온 걸 한데 모아봐야 해요."

이런 식의 과열된 선언은 모두 물정 모르는 짓이라고 무시해버리기 전에, 우리는 그 노래들에 표현된 느낌이나 표현되지 않고 남아 있는 것들에 대해 단순하고 기술적인 설명이 하나도 없는지 질문하는 게 나을 것 같다. 내 생각에는 있는데, 바로 이것이다. 젊은 소비자들의 물결을 타고 전 세계를 장악해버린 로큰롤에 블루스의 서사를 강탈당했다는 것이다. 이 분리 이전으로 돌아가보면, 다른 요소 또한 존재한다. 더 깊고, 더 농익은 근원이다. 이 음악에 대해 쓴 많은 사람들이 여기에 주목했다. 로버트 파머는 이걸 '깊은 블루스'라고 불렀다. 물론 우리는 중압감 속의 중압감에 대해 이야기하는 것이다. 이슈먼 브레이시가 〈우먼 우먼 블루스Woman Woman Blues〉에서 "그녀는 석탄처럼 검은 곱슬머리를 갖고 있어"라고 노래할 때의, 힘겹지만 그럼에도 흠잡을 데 없는 가성 같은 것을 들어보라. 이런 노래들은 춤을 추기 위해 만들어진 게 아니었다. 심지어 따라 부르기 위한 것도 아니었다. 이 노래들은 가만히 듣도록, 어른들을 위해 만들어진 것이었다. 실내용 음악이었다. 블라인드 윌리 존슨의 〈다크 워즈 더 나이트, 콜드 워즈 더 그라운드Dark Was the Night, Cold Was the Ground〉를 들어보라. 여기에는 가사가 없다. 이 노래는 기타로 불결한 음을 낼 능력이 없는 눈먼 설교자가 허밍으로 부른다. 우리는 이 지점에서 우리가 교육받아온 인류학적 사고를 중지하고 다시 반대 방향으로 가야 한다. 그런 식의 사고로는 이런 다양한 지층을 아우르지 못한다. 흑인이나 가난한 백인 민중의 빈곤을 무의식중에라도 페티시나 이국적인 취미의 대상으로 놓지 않으려는 고상한 생각을 가진 이들은 민중들이 만들어낸 어떤 형식을 고급 예술 혹은 고급 예술보다 더 고급한 형식으로 진지하게 다루는 게 민중에게서 비롯된 것일 수도 있지 않을까 하는 질문조차 해보지 않는다.

《델타 탈출기》와 《블루스를 찾아서》에 공통적으로 취약한 부분이 있다면, 그건 두 책 모두 이런 함정에 덜 예민하게 반응한다는 것이다. 월드는 이렇게 말한다. "블루스 뮤지션의 세계에서는 누구도 이 음악을 에술이라고 부르지 않는다." 이건 사실일까? 이미 1927년에 칼 샌드버그[16]는 자신

---

16 1878~1967. 미국의 시인, 전기작가, 언론인. 퓰리처상을 세 차례 수상했다.

의 선집에 블루스 곡의 가사들을 포함시켰다. 그보다 더 중요한 것은, 도시화된 '블루스 퀸'들 중 한 사람이었던 에설 워터스 같은 경우다. 날것 그대로이고 전혀 정제되지 않은 컨추리블루스 녹음들 가운데 독특한 가사와 멜로디로 유명한 워터스는 이미 몇 년째 자의식이 강한 모더니스트 블루스를 써오고 있었다(이를테면, "나는 꿈을 꾸기 위해 잘 수는 없어요…"라는 그녀의 가사를 나는 크라잉 샘 콜린스가 부르는 노래에서 처음 듣고, 콜린스 특유의 아름답게 뭉개는 창법으로 인해 시적 효과가 생겼다고 생각했지만, 그녀가 처음부터 그런 효과를 염두에 둔 것이었다는 사실을 금세 깨달았다). 메리베스 해밀턴은 제임스 맥큔의 광적인 집착을 해부하면서 아주 매정한 태도를 보이지는 않았고, 그 결과 맥큔이 우리가 스킵 제임스를 들은 방식, 즉 그를 뛰어난 예술가로 들은 첫 번째 사람이라는 생각에 위험할 정도로 가까이 다가선다. 하지만 스킵 제임스를 그렇게 들은 첫 번째 사람은 스킵 제임스 자신이었다. 월드의 책에 묘사된 익명의 흑인들, 테네시의 한 집 바닥에 앉아 로버트 존슨이 〈컴 온 인 마이 키친Come On in My Kitchen〉을 부르는 걸 들으면서 눈물을 흘리던 그들이 컨추리블루스를 그런 식으로 들은 첫 번째 사람들이었다. 그렇다, 백인들은 블루스를 '재발견'한 것이다. 우리는 마침내 그 일의 복잡성에 대해

저자가 여기서 말하고 있는 선집은 샌드버그가 1927년에 편찬한 포크송 모음집 《미국인의 노래가방American Songbag》을 말한다. 이 책은 포크 음악의 중흥을 주도한 피트 시거에게 중요한 영향을 미쳤다고 한다.

이야기하게 되었다. 흥분해서 그들이 블루스를 발명했다고 이야기하거나, 그들의 '비전'에 너무 힘을 실어주어 그들의 역할을 너무 부각시키지는 말자. 그건 생산적이지 못할 뿐만 아니라, 심지어 모욕이 될 수도 있다.

레버넌트의 패튼 세트에 들어 있는 게일 딘 워들로의 인 터뷰에는 어떤 순간이 있다. 워들로는 찰리 패튼과 알고 지 낸 그리 유명하지 않았던 전쟁 전의 연주자 부커 밀러와 대 화를 나누고 있다. 상대를 무장해제시키는 데 일가견이 있 는 훌륭한 인터뷰어인 워들로가 하는 이야기가 들리고—그 는 이 사람 저 사람의 이름을 마구 주워섬겨서, 마주 앉은 상대가 자신이 지금 떠들고 있는 사람보다 덜 어색한 상태에 있다고 느끼게 해준다—지금 그는 밀러에게서 나이 든 패튼 밑에서 배우던 시절 늘 거치던 **의례**에 대한 이야기를 이끌어 내려 한다는 걸 알 수 있다. 워들로가 묻는다. "그 양반을 만 난 데가 주크 조인트juke joint[17]였어요, 아니면 길거리였나요?" 서로를 어떻게 알아본 거죠? 그것은 꼭 물어봐야 하는 종류 의 질문이었다.

"제가 그분의 레코드들을 우러러봤거든요." 부커 밀러 가 대답했다.

---

17 간단한 음식과 음료를 팔면서 주크박스나 생음악에 맞춰서 춤을 출 수도 있 었던 허름한 시설. 주로 타운을 벗어난 외곽 지역에 위치했고, 흑인들이 흑인 고 객을 상대로 운영했다. 주로 남동부에 있었고, 선술집barrelhouse이라고도 불렸다.

12
마지막 웨일러

2010년 7월 초, 나는 밥 말리의 첫 밴드였던 웨일러스의 마지막 멤버 버니 웨일러를 만날 수 있기를 바라며 자메이카로 날아갔다. 버니 웨일러가 누군지 모른다면—이 글을 읽는 이들 가운데 상당수가 분명 모를 것이다. 그리고 아는 이들이라면 이런 중요한 인물을 새삼스럽게 찾아야 한다는 게 어처구니없게 들릴 것이다. 어떤 경우가 됐든, 이건 할 만한 가치가 있는 일이었다—웨일러스가 BBC의 음악 프로그램 〈올드 그레이 휘슬 테스트The Old Grey Whistle Test〉에 나와 〈스터 잇 업Stir It Up〉을 연주하는 영상을 찾아보라. 1973년에 있었던, 그들의 제대로 된 첫 번째 투어였다. 버니는 밥의 왼쪽에서 스네어드럼으로 하나-둘 반복되는 액센트를 넣으면서 고음부를 노래하고 있었다. 그는 술이 달린 자주색 아랍식 모자Shriner's fez[1]에 추상적인 라스타파리안[2] 무늬가 들어간 스웨터 베스트를 멋지게 차려입고 있었다. 세 사람 모두 〈뚱뚱이 앨버트의 친구들Fat Albert's gang〉[3]의 멤버처럼 보인다. 아마이들보다 더 쿨해 보였던 뮤지션들은 없을 것이다. 장신의 피터 토시는 짙은 색안경에 보랏빛 옷을 입고 스핑크스처럼 무표정하게 서서 이루 말할 수 없이 달콤한 가성으로 노래했다. 엘비스가 그 자리에 걸어 들어왔다 해도, 토시는 말없이 목례를 보내고 그만이었을 것이다.

버니 웨일러를 만나는 건 내가 오랫동안 가지고 있던 파이프 드림pipe dream[4]이었다. 내가 실제로 파이프를 들고 있는 동안 꾸었던 꿈이니 문자 그대로 파이프 드림이라 할 수 있겠다. 나는 자메이카 음악에 대해 아는 게 없지만, 창의성이라는 면에서 자메이카 음악의 수준이 높다는 건 확실해 보인다. 어쩌면 섬이라는 특수성 덕분인지도 모르겠다. 고립은 때로 이런 밀도를 만들어내는 경향이 있다. 예를 들어 아

---

1 Shriner는 '성지 수호자'를 의미하는데, 이건 엉뚱하게도, 아랍 세계와는 전혀 관계없이, 1800년대 말 미국에서 '프리메이슨Free Mason'의 방계 단체로 만들어진 조직을 가리킨다. 이들은 행사 때 개인 고유의 붉은색 아랍식 모자 페즈(원래는 모로코의 지명이다)를 썼다.

2 에티오피아의 황제 하일 셀라시에를 메시아로 받들면서 모든 흑인들이 언젠가 아프리카로 돌아간다고 믿는 자메이카 민속 종교의 신도들을 말한다. 이들은 헤어스타일부터 시작해서 식생활, 초록과 노랑, 빨강으로 이뤄진 옷의 색깔에 이르기까지 독특한 생활 규범을 지니고 있다.

3 미국의 코미디언 빌 코즈비의 어린 시절 기억에 바탕해서 만든 1970년대의 TV 만화영화 시리즈.

4 이룰 수 없는 일.

일랜드를 생각해보라. 많은 면에서 낙후된 곳이지만, 한 세기에 예이츠, 베케트, 조이스가 나왔다. 이게 어떻게 가능했을까? 킹스턴에서는, 십 년 동안, 밥 말리 앤드 더 웨일러스, 투츠 앤드 더 메이털스, 지미 클리프, 데즈먼드 데커, 파이어니어스와 패러건스, 멜로디언스와 에티오피언스, 헵톤스와 슬리커스, 게이래즈, 그리고 거기에 더해, 아마도 당신이 이름은 몰라도 그 음악을 한번 듣고 나면 절대 잊지 못할 사람들이 꽤 나왔다. 생각해보라. 세계적인 수준의 재능들이 만들어낸 소용돌이를. 그들 대다수는 같은 공공 주택 단지 출신이고, 그곳을 벗어나는 게 그들이 노래하는 목적의 큰 부분을 차지했다. 그리고 부분적으로는 당신이 듣고 있는 이 갈망, 이 눈부신 배고픔이 있었다.

하지만 그게 다는 아니다. 이 위대한 자메이카 음악이 시간이 지나고 해가 지나면서 과거에 대한 향수가 아니라 의미와 그 섬세한 느낌이 가미되어 더욱 깊어지는 건, 그것이 영혼의 음악이기 때문이다. 그것이 이 음악이 가진 힘의 저변을 받치고 있는 이례성이다. 자메이카 음악은 크리스천록처럼 계산에 의해 만들어진 게 아니라, 저 안으로부터 나오는 영적인 팝이다. 라스타파리아니즘이 이제 막 형성되기 시작한 킹스턴의 레코드 산업을 장악해 자기 존재 표현의 방식과 관점을 부여하면서 이런 일이 가능해졌다. 미국에서는 로큰롤이 언제나 어느 정도는 신에게서 악마한테로 넘어가는 음악이라면, 자메이카에서는 문화적 조건이 달랐다. 그곳에서 팝은 자Jah[5]를 향해 다가갔다.

버니와 접촉하는 건 쉽지 않았는데, 그리 놀라운 일은 아니었다(그는 은둔생활을 하는 걸로 유명하다). 내가 보낸 이메일들은 다른 주소로 보내라는 상관없는 이들의 답신으로 돌아왔고, 전화를 걸면 다른 번호로 걸어보라는 대답만 들었다. 마침내, 어느 순간, 메시지를 받았다. 예상치 못했는데 그가 직접 보내온 것이었다. "와도 좋다"는 내용이었다. 그 메일에 실제로 쓰여 있던 문구는 이것이었다. "인사를 전합니다. 당신의 여행을 계획대로 준비하셔도 좋습니다. 하나의 사랑, 자Jah B." 수신함에 나타난 이름은 네빌 리빙스턴, 버니의 진짜 이름(네빌 오라일리 리빙스턴)이었다.

그후로는 완벽한 침묵이었다. 나중에 알고 보니, 그 초대는 덴마크에 사는 한 덜떨어진 약쟁이가 보낸 것이었다. 게다가, 버니는 킹스턴과 산에 있는 농장 사이를 왔다 갔다 하며 산다는 이야기를 여기저기서 읽기도 했다. 그를 찾아갔는데 막상 그는 내가 가 닿을 수 없는 내륙 어딘가에 가 있으면 어떡하지?

루이스가 공항에서 나를 픽업했다. 우리는 그전에 여러 번 전화 통화를 나누었다. 누군가가 킹스턴을 잘 아는 사람

---

5   성경의 야웨(여호와)를 말하지만 라스타파리아니즘에서는 셀라시에 황제를 가리킨다.

이라면서 그를 추천해줬다. 무슨 이유에서인지는 모르겠지만, 루이스는 짐 찾는 곳에서 내가 볼 수 있게 표지판을 들고 있는 걸 꺼렸다. 나도 특별히 부탁하지는 않았지만, 그렇게 했더라면 쉬웠을 것이다. 대신 루이스는 내게 노란 조끼를 입은 직원들한테 가서 자기를 찾는다고 말하라고 했다. 그들이 자기가 있는 곳을 알려줄 거라고 했다. 나는 그들에게 다가갔다.

"저기 있어요." 그들이 밖에 서 있는 키 큰 사내를 가리켰다. 하얀 폴로셔츠를 입고 선글라스를 쓴 사내는 목소리보다 젊어 보였다. 가까이 가보니 그가 사인을 하나 들고 있긴 했다. 거기에는 다른 사람 이름이 적혀 있었다.

"루이스?" 내가 말했다.

"존?" 그가 말했다.

"네."

그는 들고 있던 사인을 내려놨다. "그냥 내 친구를 위해 들고 있었어요." 그가 말했다. "그 친구를 기리기 위해서요."

그는 그 사인을 주차장까지 들고 갔다. 루이스는 사인을 안 들겠다고 했으면서 엉뚱한 사인을 들고 있었던 변덕에 대해 아무 설명도 하지 않았고, 그의 이름 첫머리에 'L'이 두 개나 있는 이유에 대한 질문에는 아예 대답하길 거부했다. 나는 자메이카를 떠날 때까지도 그 두 가지가 계속 궁금했다. 하지만 수수께끼는 그 두 가지뿐이었다. 그는 다른 것들에 대해서는 분명한 태도를 보여줬다. 킹스턴에 볼 일이 있는 사람은 누구든 그의 도움을 받을 것을 추천한다. (첨언. 루이스는 나중에 메시지를 보내와서, 그의 어머니가 이름을 지을 때 본 책에 철자가 그렇게 적혀 있었던 거라고, 다른 사람들도 그의 이름 철자가 잘못됐다는 지적을 했다고 했다. "어쨌거나, 철자가 잘못되긴 했지만, 나는 이 이름을 좋아합니다"라고 그는 썼다.)

우리는 하얀색 깡통 밴에 올라탔다. 그는 자기의 좋은 차가 정비소에 들어가 있는데 내일이면 나올 거라고 사과했다. 하지만 나는 그 밴에 아무 불만이 없었다. 차고가 높아서 군데군데 밝은 색으로 칠해진 교차로들을 지날 때 킹스턴 시내를 잘 볼 수 있었다. 루이스는 중고 LP 레코드를 파는 음반가게들의 위치를 미리 알아둔 상태였다. 그는 내가 들어본 적이 없는 1980년대 초반의 음반들을 소개해줬다. 우리는 1982년에 나온 파파 미시건 앤드 제너럴 스마일리의 〈디지즈Diseases〉를 들었다. 노래 가사는 불길했지만 음악은 흥미로웠다. 노래는 "자자Jah Jah가 기뻐하지 않는 헛된 것들을 경배하는" 자들에게 경고를 내리고 있었다. 그런데 경고에도 불구하고 그런 헛된 것들을 추구한다면 이렇게 된다.

자께서 너를 질병으로 핥으리라는 걸 알아라!
가장 위험한 질병으로.
불알이 늘어지는 병이라든가
또 다른 건 소아마비.

여름이었다. 도시가 뿜어내는 휘발유와 쓰레기 냄새, 공장들이 죽 늘어선 해안선의 삭막함은 사람을 불안하게 만들었다. 습도가 너무 높아 대기가 무겁게 내려앉는 바람에, 마치 구름이 어깨에 걸려 있는 듯했다. 제너럴 스마일리가 발음하는 'poliomyelitis(소아마비)'는 어딘가 아름답게 들리기까지 했다. 그는 이 단어를 **폴라이어**라고 발음했다. 폴라이어마이엘리티스.

버니 웨일러 본인은 제대로 동의한 적도 없고 거의 아무런 관심도 없는데, 그가 어디에 사는지도 모르는 어떤 사람이 무작정 그를 만나러 왔다는 데 루이스는 전혀 당황하지 않은 것처럼 보였다. 루이스가 보여준 반응만 놓고 본다면, 마치 내가 수출입에 관련된 일거리를 찾으러 왔다고 말하기라도 한 것 같았다. 그는 버니가 이 년 전에 킹스턴의 페스티벌에서 연주하는 걸 봤다. 그에게는 여전히 사람들을 열광시키는 힘이 있었다. 허연 수염에 긴 로브를 걸친 버니는 날이 갈수록 무대에 나선 사막의 현자처럼 보였다. 루이스는 버니가 군중들 앞에서 시적으로 전달한 말, 레게의 **열매**는 따먹고 싶어 하지만 레게의 **뿌리**에 물을 주고 싶어 하지는 않는 사람들에 대한 이야기를 들려줬다.

예전에 킹스턴에 가본 사람이라면, 그곳이 변한 것처럼 보일 것이다. "이런 모습은 전혀 본 적이 없어요." 루이스는 말했다. "이랬던 적이 없는데." 사람들이 고개를 숙이고 있었다. 도시는 이미 사람들이 "피의 5월"이라고 명명한 폭력 사태를 경험한 뒤였고, 그것은 고스란히 사람들의 마음을 무겁게 가라앉힌 짐이 되었다.

설명하자면 이렇다. 킹스턴 시내 주거지에서 일련의 총격전이 벌어져서 치안 공백 상태가 되었다. 미국 법무부에서는 자메이카의 수상 브루스 골딩에게 자메이카 최대 마약 조직의 두목 크리스토퍼 코크(실명이다)에 대한 범죄자 인도를 요청했다. 그는 두더스Dudus라는 별명으로 통했는데, 뉴스에서는 그를 두드-어스Dude-us라고 불렀지만, 루이스는 두-더스라고 발음하는 게 맞다고 가르쳐줬다. "두드-어스는 좋게 불러주는 거예요."[6] 그가 말했다. "너무 좋게."

두더스는 작은 키에 체격이 다부지고 얼굴이 둥글넙적한 사내로, 혼자 속으로 재미있는 걸 떠올리고 빙글거릴 거 같은 남의 눈에 잘 띄지 않는 사람이다. 가난한 이들에게 밀린 월세를 내주거나 축구팀 유니폼을 마련해주는 산타클로스 같은 일을 해서 수많은 사람들에게 사랑받고 있었다. FBI에 의하면, 그가 거느린 갱단 샤워 파시Shower Posse[7]는 (알려진 것만) 천사백 건의 살인에 연루되어 있다.

자메이카인들은 두더스를 잡는 데 별다른 열의를 보이지 않았다. 자메이카의 정치는 놀라울 정도로 부패했고, 여러 장관들이 그와 연루되어 있었다. 골딩은 미국의 법률회사

---

6   Dude는 대개 성인 남자를 친근하게 부르는 호칭으로 쓰인다. 따라서 그와 우리를 동일시하거나 최소한 관계를 맺어주는 이름이 되는 셈이다.
7   '소나기 집단'이라는 뜻.

를 고용해 로비를 해가면서까지 미국의 요구를 무마하려고 애썼지만, 결국 워싱턴은 압력을 가하고 나섰다.

코크는 무장 병력을 집결시켰다. 자메이카 전역에서 조직 폭력배들을 불러들이고, 지방에서 총 좀 다룰 줄 안다는 이들을 용병으로 끌어들였다. 마침내 경찰과 보안 요원들이 그를 끌어내려 나섰다. 코크는 지붕에 저격수들을 배치했다. 그는 도처에 CCTV를 설치해두었고, 경찰과 행정부 안에 스파이를 심어두었다. 전투는 한 달을 끌었다. 꽤 많은 수의 민간인을 포함해서 엄청난 수의 사람들이 죽었다. 정부는 국가 경제에 중요한 역할을 하는 관광산업에 피해가 가지 않도록 피해자 수를 줄이는 데 급급해 정확한 사망자 수를 공개하지 않았다.

이 모든 것은 소극으로 끝났다. 두더스는 킹스턴 외곽의 고속도로 검문소에서 검거되었다. 두더스가 탄 차를 운전하던 이는 그의 영적 조언자였다. 그들은 두더스가 투항하기 위해 미국 대사관으로 가는 길이라면서, 투항하되 자메이카인이 아니라 미국인들에게 할 것이라고 했다. 두더스는 곱슬거리는 검은색 여자 가발을 쓰고 그 위에 부드러운 검은색 구찌 모자를 썼고, 나이 든 여자들이 쓰는 쇠테 안경을 걸치고 있었다. 어떤 이들은 여전히 그를 따르는 무장 폭력배들의 사기를 떨어뜨리기 위해 경찰이 그가 허약해 보이도록 일부러 그렇게 입혀 사진을 찍은 거라고 했지만, 그가 그렇게 변장하고 돌아다녔을 가능성이 크다. 현장에 있었던 병사들 중 하나가 나중에 말한 내용에 따르면, 두더스는 체포되어 수갑을 찰 때 이상하게 행복해 보였다고 한다. 두더스는 현장에서 죽을 거라고 생각했다가 법대로 처리되리라는 걸 안 순간 안도감을 느꼈을 것이다. 현재 그는 뉴욕으로 이송되어 무죄를 주장하고 있다.

두더스 전쟁을 준비할 때 있었던 가장 수수께끼 같은 일은, 버니 웨일러가 두더스 편을 들어 〈대통령을 건드리지 마라Don't Touch the President〉라는 춤곡을 내놓은 일이다. (대통령 혹은 통Pressy은 두더스의 수많은 별명 중 하나다.)

재임 중인 대통령을 건드리지 마라.
우린 확신한다, 그는 죄가 없다.
이웃에 있는 로빈후드를 건드리지 마라
그는 나쁜 걸 가져다 선으로 만들기 때문이다.

자메이카 문화계의 원로가 왜 킹스턴 거리에서 고함을 질러가며, 정의가 이뤄지지 못하게 가로막는 TV 속 무리들의 편을 들었던 걸까? (해외 뉴스 카메라가 두더스를 예수그리스도에 비교하는 내용을 손으로 적은 종이를 든 약간 정신 나가 보이는 여인을 클로즈업했는데, 이 영상은 카리브 지역의 혼돈상을 보여주는 전형적인 모습으로 몇 주에 걸쳐 모든 나라에서 재방영되었다.)

슬슬 차량이 많아지고 있었다. 루이스는 호텔로 가는 동안 밴에 있는 고물 라디오를 틀었다. 디제이는 바이브즈

카르텔의 〈슬로모션Slow Motion〉이라는 곡을 틀었는데, 아마 그
는 현재 자메이카에서 가장 잘 나가는 클럽 가수일 것이다.
그 무렵, 바이브즈는 두더스와 관련된 폭력 행위에 연루되었
다는 모호하기 짝이 없는 혐의로 수감 중이었다. "하지만 곧
나올 겁니다." 루이스가 운전하면서 말했다. "아마도 이번 금
요일에요." 루이스가 가장 사랑하는 건 오래된 것들(그가 알
고 있고, 존중하긴 하지만)이 아니라 이런 음악이었다. 만약 웨
일러스가 요즘에도 연주활동을 한다면, 이런 음악을 할 것이
다. 우리 차와 나란히 서 있던 차 안의 젊은 커플이 이 음
악에 맞춰 미소를 지으며 고개를 까딱거리는 걸 보면서 우리
는 앞으로 움직였다. 나는 댄스홀 음악에 빠져본 적이 한 번
도 없는데, 지금에야 내가 댄스홀 음악을 제대로 들어본 적
이 없어서 그렇다는 걸 깨달았다. 댄스홀 음악은 그냥 '듣기'
만 할 수 있는 음악이 아니다. 그 음악은 현장에서 벌어진다.
그 음악을 들으려면 그 현장에 있어야 한다. 디제이는 서너
곡의 다른 노래들을 믹스해서 내보냈다. 갑자기 비트가 사라
지고 넉넉하게 울려대는 베이스 소리만이 울려대는 위로 카
르텔의 몽환적인 음성이 떠돌았다. "이게 요즘인가 봐요, 맞
아요?" 내가 물었다. "이게 바로 현재예요." 루이스가 손가락
으로 라디오를 가리키며 말했다. "이제 딱. 지금이에요."

　　호텔에 와서 나는 〈슬로모션〉을 다운받았다. 그 버전은
어딘가 축 처진 데가 있었다. 마치 우리가 차에서 들은 것의
가라오케용 믹스처럼 들렸다. 컴퓨터 안은 바이브즈가 사는

곳이 아니었다. 그는 킹스턴의 대기 중에 있었다.

버니에게 전화를 걸었다. "네." 어떤 목소리가 그렇게 받
았다. "네?"가 아니라. 네. "웨일러 씨인가요?" (그럼 달리 뭐라
고 부른단 말인가? 자 B라고 부를 생각은 없었다.) 우리는 잠시 대
화를 나눴다. "그럽시다." 그가 말했다. 그는 내게 주소를 불
러주었다. 중심 도로에서 몇 블록 들어간 곳으로, 킹스턴에
서 딱히 부촌이라고 할 만한 곳은 아니었다. 우리는 시간을
정했다. "축복을." 그가 말했다.

나는 여행을 앞둔 몇 주 동안 머릿속을 맴돌던 〈렛 힘
고Let Him Go〉를 들으면서 곯아떨어졌다. 그 노래는 밥 말리가
델라웨어주에 가서 도널드라는 이름으로 듀폰 실험실에서
조수로 일하던 무렵인 1966년에 버니가 쓴 곡이었다. 이것
은 루드보이Rude Boy[8]의 레퍼토리로, 1965~1967년에 자메이카
의 사운드 시스템sound system[9]을 장악한 일련의 노래들과 그에

---

8 약칭은 '루디스Rudies'로, 1960년대 중반 자메이카의 반항적인 젊은 세대를
가리키는 말이다. 또한 초등학교 시절부터 같이 성장한 버니 웨일러와 밥 말리
가 같이 만든 밴드의 이름이기도 하다. 이들은 처음에 다른 친구들과 함께 '틴
에이저스Teenagers'라는 이름으로 밴드를 시작해서 '웨일링 루드보이즈Wailing
Rude Boys', '웨일링 웨일러스Wailing Wailers'를 거쳐 결국엔 '웨일러스The Wailers'로
이름을 바꿨다.

9 스카, 록스테디, 레게 등을 틀어주는 디제이와 엔지니어, MC들로 이뤄진
그룹을 일컫는다. 이들은 길거리 페스티벌을 조직해서 트럭에 사운드 시스템을
싣고 다니며 보수적인 제도권 방송에서 틀지 않는 음악을 주로 틀었다. 이들은
사운드 시스템을 위한 음반도 자체 제작하기 시작했다.

대한 답가들 중 하나였다. 킹스턴의 중산층을 두려움에 떨게 한 동시에 매혹시킨, '루디스'라고 불린 난폭한 청소년들 무리는 그 수가 불어나면서 국가적인 골칫거리가 되었다. 스카Ska[10]의 주요 스타들 반 이상이 이 문제에 메시지를 보냈다. 루드보이 편을 드는 노래들이 있는가 하면 비판하는 노래들이 있었고, 입장이 불분명한 노래들도 있었다. 섬 전체가 이 문제에 주목하면서 초점이 분명한 경쟁(이에 관한 한 자메이카 음악은 부족함이 없다)이 불붙었고, 더 많은 노래들이 만들어졌다. 그 결과 이제는 고전이 된 많은 곡들이 탄생했다.

그 노래들 가운데 어느 것도 버니 리빙스턴이 쓴 〈렛 힘 고〉의 수준에 도달했다고 보기 어렵다. 스카텔라이츠Skatalites[11]의 멤버 몇 명이 백밴드로 참여해 이 곡에 활기를 얹고, 마지막 부분에 가서 강하게 끌어올리는 느낌을 살짝 주면서 약간 잡아끄는 그루브가 있는 관악 리듬 파트를 제공했다. 그 파트를 다시 들어보면 스카가 록스테디Rocksteady[12]로 변해가는 시점이었다는 걸 알 수 있다. 이 노래가 시작되는 부분을 들

---

10 1950년대 후반에 시작된 자메이카의 음악 장르. 카리브해 지역 전래의 리듬에 미국의 재즈와 리듬앤블루스가 섞여들면서 형성되었다. 록스테디와 레게의 선조 격이다.

11 스카 밴드. 1964~1965년에 활동이 가장 활발했고, 이후로 밥 말리 앤드 더 웨일러스의 녹음과 공연에 많이 참여했다.

12 1966년에 자메이카에서 출현한 장르로 스카와 레게의 중간 형태 음악이다. 스카처럼 엇박자를 기본으로 하지만 훨씬 느리고, 그에 따라 베이스가 맡을 수 있는 역할의 폭이 좀 더 넓어졌다. 기타와 피아노 또한 스카에 비해 다양한 액센트 실험을 했다.

을 때마다 나는 에어하키 게임의 퍽이 된 듯한 느낌을 받는다. 우우우우, 사운드가 한 겹씩 쌓이고, 그렇게 코드를 만들어나가다가 마침내 다음의 가사로 이어진다.

루디가 교도소에서 나오지 왜냐면 보석 처분을 받았으니까.
루디가 교도소에서 나오지 왜냐면 보석 처분을 받았으니까.

이 노래의 99초와 100초 사이의 지점에 "So!"라는 목소리가 녹음되어 있다. 언제나 루디를 방어하는 입장인 웨일러스가 방금 "그가 젊다는 사실을 기억해, 그리고 그는 오래 살 거야"라고 노래한 다음이다. 그러고 나서 누군가가—누군지는 분명히 알 수 없다—이 소음을 낸 것이다. 읊조림이라고 하는 게 낫겠다. 이 소리는 스튜디오 안에서 난 것 같지 않다. 오히려 이 소리는 녹음 세션의 일관된 결에 속하지 않는다. 이 소리는 몇 킬로미터 밖에서 생겨나 열려 있는 창문을 넘어 도달했다. 자메이카의 내륙 지방 어디에선가, 지팡이를 들고 염소를 치는 이가 뒤로 기대어, 사람이 아니라 자의 귀에 들리게 하려고 계곡을 향해 소리를 내뱉은 것이다. 소오오! 모음은 메아리를 일으키지 않고, 순수한 생명의 힘으로 왔다가 재빨리 스러진다. 버니가 낸 소리였을까?

루이스는 다음 날 아침 이십 분 일찍 도착했는데, 미국에서는 자주 볼 수 없는, 어딘가 독일 차처럼 보이는 멋진 파란색 토요타를 몰고 왔다. 알고 보니 이건 그에게 걸맞은 일이었다. 내가 그에 대해 한 가지 알고 있었고 그후로 며칠에 걸쳐 더 잘 알게 된 바로는, 루이스는 독일 국가대표 축구팀을 열렬히 응원하고 있었고, 무얼 하는 중이든 상관없이 그의 뇌 절반은 월드컵에서 지지부진한 모습을 보이고 있던 독일 팀의 상황을 부지런히 챙겼다. 아마도 자메이카에서 그런 태도를 가지고 있는 건 그가 유일할 터였다. 그는 나를 태우고 다니는 동안 독일 선수들과 팀워크에 대해 시시콜콜한 것들까지 이야기했다.

나는 그에게 버니와의 인터뷰 자리에 참석할 건지 물었다. "그러죠." 그가 말했다. "그럼 그 양반의 긴장이 좀 풀릴 거예요."

"나 때문에 그가 긴장할까요?" 내가 말했다.

"그 양반이 워낙 은둔형이잖아요, 안 그래요?" 루이스가 에둘러서 대답했다.

버니는 도로표지판이 네다섯 개 중에 하나만 성하게 붙어 있는 지역에 살고 있었다. 루이스가 여러 차례 좌회전과 유턴을 반복해가며 그가 살고 있는 게 틀림없는 굽은 골목길을 발견할 때까지, 나는 지도에 손가락을 짚고 있었다. 꼭 쿠바처럼 생겼지만, 더 칙칙했다. 도로는 형편없이 패어 있었다. 집들은 죄다 미니어처로 지어놓은 군대 막사처럼 생겼는데, 여력이 있는 이들은 모두 담장을 높게 세우고 그 위에 깨진 유리를 꽂거나, 철조망을 쳐두었다. 하지만 내부에는 차양과 예쁜 색깔과 예의가 자리하고 있을는지도 모른다. 다만 그런 걸 하나도 드러내 보이고 싶지 않았던 것이다.

버니가 그런 가난한 동네에 산다는 사실을 알게 돼서 놀랐다고 말하진 않겠다. 그 지역은 슬럼이 아니었고, 버니는 언제나 소박하게 사는 쪽을 좋아했다. (그가 밴드의 방향을 두고 의견을 달리하다 1973년에 웨일러스의 첫 번째 월드투어를 포기한 뒤 고국으로 돌아와 바닷가의 다 쓰러져가는 오두막에서 살면서 바다에서 잡은 물고기로만 연명하며 작곡을 했다는 사실은 잘 알려져 있다.) 그럼에도, 그 동네가 너무 추레해서 좀 놀랐고, 루이스도 그 사실에 대해 이야기했다. 버니 웨일러의 음악—그가 제작에 참여한 노래들—이 그 모든 기숙사 방, 모든 커피숍에서 울려퍼진 기간이 도대체 얼마인데, 그가 낡고 더러운 일제 세단을 탄다고? 말이 안 되는 이야기였다.

골 진 철판으로 된 높은 문이 두 개 있고, 각 문에는 거대한 라스타파리아 사자가 하나씩 붙어 있었다. 문이 삐걱이며 조금 열리고 우리를 맞아들였다. 한 문에 양철판으로 된 사인이 걸려 있었는데, 거기에는 '자 B는 3월 15일까지 부재중일 예정임'이라고 쓰여 있었다. 그날은 7월 6일이었다. 내 생각에 버니는 메시지라는 것 자체에 그다지 신경 쓰지 않는 것 같았다. 그는 중정에 서 있었다. 레게 머리를 하고 웃통을 벗은 채 축구하는 유명한 사진에서처럼, 체구는 작지만 구석구석 강단이 있어 보였다. 그는 새미 데이비스 주니어가 1970년대의 힙한 파티에서 입었을 것 같은 칼라 없는 멋진 갈색 수트를 입고 있었다. 그의 턱수염은 길고, 성글고,

노리끼리한 흰색이었다. 그는 드레드를 정수리에 관처럼 말아올려 고무줄로 고정시켜두었다.

그는 아주 예의 바르게 우릴 맞이했지만, 조금도 시간 낭비를 원치 않는 것처럼 보였다. 그는 루이스를 "병사"라고 불렀다! 그는 우리가 앉을 수 있도록 라임나무 아래로 의자를 내왔다. 우아하게 나이 든 그의 아내 진 워트가 오렌지주스를 내오면서 "축복을, 축복을"이라고 말했다.

"어," 나는 말문을 열었다. "만나 뵈서 영광입니다."

"이 지구상에 있을 수 있는 게 영광이죠." 그가 말했다. "무슨 말인지 알겠어요? 그래서 우리가 하나잖아요. 자, 용건이 뭡니까?"

이쯤 되면 위압감을 느끼게 되지만, 부당하게 느껴지는 종류의 것은 아니다. 그 사람은 밥 말리에게 하모니가 무엇인지를 가르쳐준 버니 웨일러였다. 우리가 처음 들어갔을 때, 나는 그에게 어디든 그가 좋아하는 곳에 가서 점심을 대접해도 될지 물었다. 루이스가 미리 내게 라스타파리안이 먹어도 되는 음식을 제공하는 "이탈ital" 식당으로 가자고 구체적으로 이야기하라는 충고를 했었다. 버니는 "고맙습니다"라고 대답하고는 잠시 멈추었다 말했다. "하지만… 검은 심장의 사내Blackheart Man[13]는 의심이 많아요. 그는 자기 집에서 먹

---

[13] 버니 웨일러의 첫 솔로 앨범의 제목이기도 한데, 웨일러가 어린 시절 듣던 무서운 이야기에 등장하던 인물이다. 그는 아이들을 꾀어내서 외딴 들판으로 데려가 아이들의 심장을 꺼낸다. 이는 어른들이 라스타파리안을 경계하기 위해 지

는 걸 더 좋아합니다."

내 노트에는 이렇게 적혀 있다. "1번. **현재의 상태, 두더스와 관련된 일에 대해 질문할 것**." 하지만 한 시간이 지나도록 우리는 녹음기 버튼을 눌러야 하는 지점 근처에도 가지 못했다. 버니는 두더스 위기가 발생한 배경을 설명하느라 1960년대에 주거기지garrison[14]가 만들어지게 된 이야기까지 거슬러 올라갔다.

자메이카에 대해 조금이라도 이해하려면, 그리고 그곳이 통계적으로 봤을 때 지구상에서 가장 위험한 지역 가운데 하나가 된 이유를 알려면, 자메이카 정치가 작동하는 기반인 주거기지라는 독특한 시스템을 알아야 한다. 이야기가 지루해질 것 같아 이쯤에서 책장을 덮으려는 생각이라면, 이렇게 뒤틀린 상태가 미국의 해안에서 불과 800킬로미터 남짓 떨어진, 미국과 우호적인 관계를 맺고 있는 섬나라의 상황이라는 걸 떠올려보자. 다시 흥미가 일지도 모르겠다. 자메이카 문제를 논의하기 위해 소집된 한 위원회에서는 주거기지 문제를 "정치적 부족주의"로 묘사했다. (버니는 이것을 삼십여 년 전에 발표한 〈무고한 피Innocent Blood〉에서 "정치적 부족학살"이라고 불렀다.) 주거기지의 역사를 그야말로 대충 요약

어낸 이야기였지만, 웨일러는 오히려 이 존재를 수용한다.

14 일반적으로는 '수비대'나 '자경대'를 뜻하는데, 자메이카에서는 정당에서 지지자들을 위해 만든 집단 거주 지역이면서 어느 정도 민병대 같은 역할도 하기 때문에 '주거기지'라고 옮겼다.

하자면 이렇다. 1960년대에 자메이카의 두 라이벌 정당—자메이카판 민주당과 공화당인 자유주의 경향의 인민국가당 People's National Party(PNP)과 보수주의 쪽의 자메이카 노동당Jamaica Labour Party(JLP)—이 킹스턴의 가장 가난한 동네들에 주택단지를 조성하기 시작했다. 일단 건물이 완공되면, 그 건물을 지은 정당은 그 지역에서 자신들에게 투표하지 않을 이들은 내쫓고 자신들의 지지자들만 입주시켰다. 가족들과 친구들이 갈라졌다. 아이들은 자신들이 다니던 학교와 정치적으로 연계되어 있던 당이 바뀔 경우 전학을 가야 했다. 살던 지역에서 쫓겨난 이들의 대부분은 무단 점유지로 나앉았다.

이것이 자메이카 내부만의 문제였을 때에는 외부인들 누구도 관심을 두지 않았다. 오늘날 두더스가 심각한 문제를 일으키기 전까지는 외부인들 누구도 자메이카 상황에 관심을 갖지 않았듯이. 하지만 70년대에 PNP의 리더인 마이클 맨리가 카스트로에 동조하면서 상황이 바뀌었다. 미국의 CIA는 쿠바의 공산주의가 카리브해의 다른 섬나라들에 퍼져나가는 걸 극도로 경계하고 있었다. CIA는 레이건주의자인 JLP의 리더 에드워드 시가를 지원했다. 이제 더 많은 양의 더 치명적인 총기류가 주거기지들로 흘러들어갔다. 맨리 대 시가, 사회주의 대 자본주의, PNP 대 JLP가 이 섬나라의 주도권을 둘러싸고 싸움을 벌였는데, 그걸 실제로 담당한 것은 각 주거기지들이었다. 킹스턴은 냉전의 축소된 최전선이었다.

주거기지를 기반으로 세를 키운 거물들이 마약 거래를

통해 국가를 필요로 하지 않을 정도로 성장한 건 80년대 이후의 일이었다. 주거기지들은 유사 국가화되어가고 있었다. 거물들은 직접 총기를 구입할 수 있었고, 병력 또한 조달할 수 있었다. 그들은 정당 대표들에게 자신들의 요구 조건을 내걸기 시작했다. 거물들이 장악한 수천 표를 원한다면 그들의 말을 들어야 했다.

"내가 '대통령을 건드리지 마라'라고 한 건," 버니가 말했다. "두더스를 제거하고 나면 또 다른 두더스가 나타날 거라는 얘기였어요. 원천을 제거하기 전까지는요." 원천이란 정부의 부패를 말하는 것이었다. 버니는 두더스가 좋은 두목 역할을 해왔다고 말했다. 그가 한 말을 문자 그대로 옮기면 이렇다. "두더스는, 예수그리스도처럼, 나쁜 걸 좋은 걸로 바꿨어요." 나는 그에게 두더스를 만난 적이 있는지 물었다. 지역 거물이 제공하는 동네 콘서트인 파사파사Passa passa[15]에서?

"살면서 그를 본 적이 한 번도 없어요." 그가 말했다.

버니는 철대문을 쇠사슬로 감아놓고 거기에 자물쇠까지 채워두고 있었다. 순하지만 생긴 건 고약한 잡종개가 파티오를 지키고 있었다. 버니는 의자 앞쪽에 걸터앉아 발가락으로 땅을 두들기고 있었다. 그의 핸드폰 두 대가 쉴 새 없이 울렸다. 이건 루이스도 증언해줄 것이다. 정말 쉴 새 없이

---

[15] 킹스턴에서 매주 벌어지는 길거리 파티로, 2003년 재의 수요일(부활절 일요일로부터 46일 전, 사순절이 시작되는 날)에 시작되었다고 한다. 매주 수요일 밤부터 다음 날 아침까지 이어지는데, 카리브해의 다른 나라들까지 퍼졌다.

울렸다. "그런데 놀라운 건, 누구한테서 오는 건지 절대 확인도 하지 않고, 그렇다고 전화기를 꺼두지도 않는다는 거예요." 루이스가 말했다. 그렇다. 그는 두 대의 전화기가 마냥 울리도록 내버려뒀다. 나는 거기에 익숙해졌다.

어린아이가 와서 문을 두들겼다. 알고 보니 사람들이 자주 찾아와 그러는 것 같았다. 도움을 청하는 것이었다. "거기 누구야? 거기 누구야? 안 돼, 지금 안 좋아, 나중에 다시 와봐, 알겠니? 나중에 다시 와봐, 지금은 중요한 미팅 중이야." 아이는 말을 듣지 않았다. 대문 틈으로 들여다보고 있는 아이의 눈이 보였다. "나중에 다시 오라고!" 버니가 고함을 질렀다. 이따금 그의 아들들 가운데 하나가 낙엽이 덮인 파티오를 지나갔다. 그의 딸로 한창 뜨고 있는 가수인 센시러브의 포스터가 벽에 기대 세워져 있었다. 검은 심장의 사내에게는 훌륭한 성채였다.

그는 말을 할 만한 기분인 것 같았다. 그뿐만 아니라, 옛날에 대한 이야기도 할 만한 것 같았다. 나는 너무 그 방향을 강조해서 그를 화석처럼 다루는 건 피하고 싶었다. 여전히 그는 이따금씩 곡을 쓰고, 소규모 투어를 다니고 있었다. 너무 옛날 것만 캐고 들면, 어떤 예술가들은 그걸 비판으로 받아들인다.

버니는 두 사람이 세인트앤의 스테프니 올에이지 스쿨 Stepney All Age School에 같이 다니던 시절의 어린 밥 말리에 대해 이야기하기 시작했다. 그 시절에는 모두들 밥 말리를 그가 태어날 때의 이름인 밥 네스타라고 불렀다.

"많은 사람들이 이 사람의 천성을 잘 몰라요." 버니가 말했다. "어릴 때부터 밥은 아이콘, 성인이 될 재목이었어요." 혼혈이라는 사실에서 오는 고통은 그의 감성을 어릴 때부터 깊게 만들었다. 그의 아버지는 노벌 싱클레어 말리라는 이름의 백인으로, 영국군 대위였다. 버니는 이런 상황이 밥의 어린 시절부터 영향을 미쳤다는 사실이 과소평가되어 왔다고 여겼다. 밥은 "아무도 아니라는 조건" 속에서 성장했다. 당시 자메이카에서 "혼혈아는 비난의 대상"이었다. 왜냐면 "백인 사내의 가족과 흑인 여성의 가족에게 모두 수치를 안겨주었기 때문"이다.

"밥은 날 보고 이렇게 말하곤 했어요. "넌 신이 백인인 거 같니? 신은 흑인이야! 아하!" 버니는 손가락을 한 개 들어올렸다. "그런데 그애의 아버지는 백인인 말리 대위였고, 밥에게는 그의 유전자도 있었어요." 버니는 이 문제를 깊이 생각해왔던 게 틀림없다. 그는 고개를 흔들면서 어둡게 웃었다. "아하, 여전히 대위지." 그가 말했다.

밥은 시골 **출신**이다. 하지만 버니의 가족은 시골로 **이사를 왔을** 뿐, 킹스턴 출신이다. 버니는 최고의 어린이 댄서였고, 음악에 대한 지식을 가지고 왔다. 버니는 아버지가 목회를 하던 세인트앤의 부흥파 교회에서 드럼을 쳤다. "나는 드럼을 상당히 잘 쳤어요." 그가 말했다. "어떤 때는 교회의 분위기를 끌어올리기 위해서 내 영향력을 이용하기도 했죠."

버니는 자기가 만든 기타를 마을에서 연주했고, 밥은 그 연주를 들으려고 많은 사람들이 몰려드는 걸 보았다. "그 삼림지대의 마을에서는 그게 유일한 오락거리였어요." 버니가 웃었다. 버니는 밥에게 기타 만드는 법을 보여줬다.

밥이 음악에 보인 열정은 버니를 놀라게 할 정도였다. "나는 취미로, 동네 사람들을 즐겁게 하려는 목적으로 한 거였어요." 그가 말했다. "그런데 밥은 그걸 무기로 삼았어요. 아무도 아닌 상태에서 자기를 꺼내 누군가로, 뮤지션으로 만들어줄 무기로 삼은 거예요." 버니는 밥이 스카의 개척자인 중국계 자메이카인 프로듀서 레슬리 콩과 함께 여러 이름으로(그중 하나는 '바비 마르텔'이었다) 낸, 그다지 성공적이지는 못했던 초기의 싱글들에 대해 이야기했다. 그중에서 〈테러Terror〉라는 곡은 자메이카 레코드 수집가들의 세계에서는 성배처럼 여겨진다. 그 레코드는 지금까지 한 번도 발견된 적이 없다. 버니는 그 곡이 너무 급진적이어서 발매되지 않았을 거라고, 나왔다면 정부에서 좋아하지 않았을 거라고 넌지시 비쳤다. "대부분의 사람들은 그 노래를 몰라요." 버니가 말했다. "무시무시한 노래예요." 그가 그 노래의 가사 일부를 읊어주는 바람에 나는 깜짝 놀랐다.

공포로 통치하는 사람은
정말 잘못하는 것이다.
지옥에서 나는 그의 잘못을 헤아릴 것이다.

그들이 내 노래를 듣도록 하라.

"그들이 감췄어요." 버니가 말했다. "그 노래는 아무도
몰라요. 그들이 감췄어요. 감춰진 노래죠."

　　나중에 나는 그 구절들이 앨프리드 테니슨 경의 시 〈선
장: 해군의 전설The Captain: A Legend of the Navy〉에서 가져와 여기
저기 변형시킨 거라는 사실을 깨달았다. 아마도 밥이 학교에
다닐 때 그 시를 외웠던 것일까? 그 시는 선장이 너무나 잔
인해서 선원들은 집단자살을 하는 마음으로 그의 명령에 따
라 적선을 향해 돌격했고, 그런 다음 모두 무기를 내려놓은
채 산산조각이 나도록 내버려둔 배—'슬레이브 드라이버Slave
Driver'[16]의 전조 격—의 이야기를 전해준다. 이제 사망한 지
칠 년이 된 말리 대위의 혼이 이 노래 위를 떠돌고 있는 건
말할 것도 없다. 그는 밥이 막 걸음마를 뗄 무렵 아들을 버
렸다. 그후 밥의 모친은 버니 부친의 애인이 되었다. 그 기간
동안 두 사내아이는 한 지붕 밑에서 함께 살았다. 덕분에 두
아이는 서로를 너무나 잘 알았고, 버니는 나중에 밥이 어린
시절에 만든 〈팬시 컬즈Fancy Curls〉라는 제목의 반복성이 강한
동요 같은 노래를 기억해냈다(그리고 그 노래를 녹음했다).

　　여기까지 이야기하고 나서 버니는 점심이었는지 낮잠이
었는지를 위해 자리를 떴다. 루이스와 나는 파티오에서 조용

16　밥 말리의 동명의 노래이기도 하다.

히 대화를 나누면서 한 시간 정도 앉아 있었다. 루이스 말이 맞았다. 그가 있어서 버니는 훨씬 편안해했다. 내가 놀라움을 표현할 때마다—사람들을 인터뷰할 때 어떤 이유에선가 "정말로요?!" 하는 식으로 반드시 드러내게 되는 그 과장된 놀라움 말이다—버니는 루이스를 보며 이렇게 말했다. "병사, 내 말이 맞지?" 그러면 루이스는 "100퍼센트 맞는 말씀입니다"라고 대답하곤 했다.

돌아온 버니는 기분이 가라앉은 듯했다. 그는 의자 안쪽으로 좀 더 깊숙이 앉았다. 눈꺼풀이 감겼고, 그가 완전히 무시하는 전화벨 소리는 그의 주머니 안에서 끊임없이 울려댔다. 지난 한 달 동안 그가 아무 대답도 하지 않았던 게 훨씬 덜 당황스럽게 느껴졌다. 나는 웨일러스를 가능하게 만든 조 히그스에 대해 질문했다. 히그스는 자메이카 음악에서 누락된 천재다. 최근에 재출시된 그의 1975년 앨범《라이프 오브 컨트래딕션Life of Contradiction》에는 무인도의 아름다움 같은 게 있다. 그는 꽤 젊은 나이에 암으로 죽었다. 히그스는 무장한 라스타파리안들의 정치 봉기가 있었던 1959년에 구타당한 뒤 수감되었다. (버니는 그로부터 팔 년 뒤에 마리화나 때문에 수감되었다.)

히그스는 감옥에서 나온 뒤, 자기 집 근처 공터의 과일나무 아래서 별다른 형식이 없는 음악 강습을 열기 시작했다. "그 시절의 트렌치 타운에는 마당하고 마당 사이에 제대로 된 경계가 없었어요." 버니가 말했다. "담장도 없고, 아무것도 없었어요. 그래서 조 히그스네 마당에서 온갖 게 다 벌어졌어요. 도박도 하고, 덤플링[17]을 튀겨서 파는 여자도 있었고… 사람들이 많이 모여드는 장소였죠.”

히그스는 웨일러스의 잠재력을 금세 알아봤고, 그들의 멘토가 되었다. 버니에 따르면, 그들보다 나이가 많았던 히그스는 자신의 커리어를 제쳐두고 이 년 동안 웨일러스를 훈련시켰다. “그 양반은 웨일러스에 정말 신경을 많이 썼어요.” 버니가 말했다. “그리고 자기 자신보다 웨일러스를 더 믿기 시작했어요.” 그는 그들에게 화음과 호흡법을 가르쳤고, 젊은 밥 말리가 특히 배우고 싶어 하던 작곡의 기초를 가르쳤다. 버니에 따르면, 히그스는 미스터 미야기[18]가 사용하던 것과 비슷한 방법들을 활용했다. 그는 새벽 한 시 반에 찾아와 그들을 깨우고는 연주하게 했다. 그러면서 “이런 시간에 노래를 못하면 노래를 못하는 거야”라고 말했다. 그는 멤버들을 메이펜 공동묘지의 안쪽 깊숙이 데려가 무덤들 사이에서 화음을 맞추라고 요구하곤 했다. “너희들이 더피[카리브해 지역의 정령]를 위해 노래하는 걸 무서워하지 않으면, 관객들한테도 겁먹지 않을 거야.” 그는 그렇게 이유를 설명했다.

“히그스는 그런 스승이었어요.” 버니가 말했다. “그렇게 우릴 용감하게 단련시켰죠.” 그는 투어를 시작한 1969년 이

---

17 자메이카의 덤플링은 속을 넣지 않고 밀가루만 동그랗게 말아서 튀긴 도넛에 가깝다.
18 할리우드 영화 〈가라데 키드〉에 등장하는 스승.

래로 일을 하는 기간에는 여자와 잔 적이 단 한 번도 없다고
말했다. 그는 남자의 에너지는 정자 안에 들어 있다는 이론
을 늘어놓았다. "매번 사정을 할 때마다 5파운드를 잃게 돼
요." 그는 나보고 다음에 하게 되면 끝나고 난 뒤에 체중을
재보라고 권했다.

"아마 선생님이나 5파운드가 빠지는 거겠죠." 루이스가
말했다. 버니는 웃었다.

버니는 피로를 느끼기 시작했다. 밴드의 잉태기 무렵의
이야기들을 다 듣고 나니, 버니가 육십대 중반에 접어들고
있다는 사실이 낯설게 느껴졌다. 피터와 밥, 그리고 조 히그
스를 비롯해 그 많은 사람들의 노년을 보지 못했기 때문에
버니가 늙어가는 모습 또한 기대하지 못했던 것이다. 그는
자그마한 라스타파리안 마법사처럼 보였다. 그는 더 오래 살
것이다. 그는 마르고 장수하는 사람 특유의 면모를 가지고
있다. 어떻게 이게 가능했을까? 나는 그에게 물었다. 어떻게
여태 살아 있을 수 있었는지. "나는 내 믿음을 가장 높은 곳
에 두고 있어요." 그가 말했다. "자 라스타파리에게." 그는 우
리더러 다음 날 같은 시간에 와도 좋다고 말했다.

아침에 우리는 전날처럼 버니의 집 앞에 차를 대고 대
문을 두드렸는데, 분위기가 달랐다. 말라서 가슴이 움푹 패
고 백발의 레게 머리를 한 나이 든 라스타 한 사람이 "아프
리카 사랑"이라고 말하며 우리를 맞이했다. 생각해보면, 그

사내는 루이스에게만 그런 식으로 인사했던 것 같다.

사내는 버니가 나올 수 없다고 설명했다. 그는 중요한 회의를 하는 중이었다. 나중에 다시 와보라고 했다.

우리는 트렌치 타운을 둘러보기로 했다. 돌아보는 동안 루이스는 주거기지들이 어디에 있는지, 어떤 것들이 PNP 진영이고 어떤 것들이 JLP 진영인지 설명해주었다. 우리는 티볼리 가든으로 차를 몰고 갔지만 도로 차단 장치가 막고 있어서 차를 돌렸다. "이 사람은 기자예요." 루이스가 말했다. "기잡니다." 내가 말했다. 젊은 경찰은 아무 말 없이 우리를 쳐다봤다. 그는 왼손을 자동소총에 얹은 채 오른 손가락을 빙글빙글 돌리기만 했다.

안쪽 거리로 들어갈수록 확연하게 긴장도가 높아졌다. 두더스의 지지자들도 어떻게 대처해야 할지 몰랐다. 자메이카 정치는 장관들이 부를 축적해가는 동안 영속되도록 만들어진 《1984》 스타일의 영구적인 대치상태이다. 그런 정치는 진공상태에서 어떻게 작동해야 하는지 모른다.

솔직히 나는 트렌치 타운 컬처 야드Trench Town Culture Yard[19]의 겉모습을 보고 충격받았다. 박물관은 슬럼 한가운데에 있다. 슬럼이라는 말은 실례가 되는 표현일 수도 있지만, 망치로 벽에 구멍을 내서 창문으로 삼는다든가, 아기를 팔에

---

[19] 트렌치 타운 커뮤니티에서 운영하는 박물관으로 밥 말리와 레게 음악을 중심으로 한다.

안은 여자들이 거리에 서서 대놓고 구걸하면서 사진을 찍는 대가로 돈을 요구하고, 피부병에 걸린 주인 없는 개들이 떼를 지어 몰려다니면, 그건 슬럼이다. 하지만 입구에는 나무 그늘이 드리워진 사랑스러운 작은 공간과 벤치도 있다. 벌새도 있고, 라스타들이 여러 명 나와 앉아 있다. 불을 붙여놓은 대마 냄새 때문에 공기는 질식할 정도로 달착지근하다.

루이스와 나는 이야기를 나누다 질 좋은 대마를 좀 구해서 버니에게 가져가면 좋을 거라는 결론을 내렸다. 버니는 꼭 해야 할 정도 이상으로 우리에게 시간을 넉넉하게 할애해주고 있었다. 우리는 오래 걸리지 않아 우리의 필요를 충족시켜줄 수 있는 모페드를 몰고 다니는 한 젊은 사내를 만났다. 우리는 그게 누구한테 갈 건지 설명했다—트렌치 타운에서는 다들 버니를 잘 알고 있었다. 그곳에서는 다들 그를 '버니 웨일러스'라고, 복수형으로 불렀다. 그들은 버니가 제대로 된 대마의 효과를 느끼기 위해 마른 재 같은 걸 네 대씩 피워댈 사람이 아니라는 사실을 굳이 설명하지 않아도 될 만큼 잘 알고 있었다. 사내는 자기가 가지고 있는 최상품을 가져오겠다고 약속했다. 루이스 역시 그 사내가 자기가 가지고 있는 대마의 질에 대해 지나치게 구라를 푸는 건 아니라고 생각하는 듯했기 때문에, 나는 기꺼이 시가보다 더 높은 금액을 지불했다.

하지만 버니의 집에 가자, 아까 보았던 그 라스타 사내가 또다시 우리를 대문에서 맞이했다. 자 B가 미안해한다고,

회의가 예상했던 것보다 더 길어질 것 같다고, 밤에 다시 오라고 했다. 사내 말로는 버니가 우릴 만나고 싶어 하지만, 심각한 문제를 의논 중이라고 했다.

　이미 늦은 오후였다. 우리는 더위와 피로에 지쳐 있었는데 아직 일을 제대로 시작하지도 못하고 있었다. 루이스와 나는 다시 대책을 논의한 뒤, 아까 구입한 대마초를 우리가 먼저 좀 피워보는 게 좋겠다는 결론에 도달했다. 대마초의 품질이 좋다는 걸 확인해야, 의도와는 다르게 버니를 모욕하는 불의의 사태를 피할 수 있을 테니까. 이를테면, 왕의 음식을 미리 맛보는 자들의 역할을 우리가 해보자는 것이었다. 하지만 어디에 가야 이 임무를 안전하게 수행할 수 있을까? 당신이 막연히 상상하는 것과 달리, 자메이카는 공원에 드러누워 하루 종일 마리화나를 피울 수 있는 곳이 아니다.

　루이스는 자기가 아는 클럽들이 좀 있다고 했다. 우리는 도시 외곽으로 차를 몰았다. 정문에 있던 보안 요원이 우릴 통과시켜줬다. 안에 커다란 야외 바가 있었다. "좀 피워도 될까요?" 루이스가 물었다. 보안 요원은 좋을 대로 하라고 했다. 우리는 '마리화나 흡연 금지'라고 쓰여 있는 거대한 표지판 밑에서 담배 종이 두 장을 겹쳐 크게 말았다. 안쪽은 스트립클럽이었고, 우리가 있는 바깥은 널널한 분위기였다. 안쪽에서 일하는 여자들한테는 손님이 하나도 없었다. 두더스가 킹스턴의 관광산업을 고사시켰다. 여자들은 무료한 표정으로 끊임없이 밖을 서성거렸다. 자연스럽게 우린 한 모금 빨아보라고 그들에게 권했고, 그게 금지사항은 아니었는지 그들이 받아들였다. 우리는 그들에게 팁도 주었다. 그냥 그 자리에 있어주는 대가였던 것 같다. 그들은 모두 시골 출신이었다. 그들의 속옷은 슬플 정도로 싸구려였고, 끔찍하기로는 안에서 계속해서 흘러나오는 80년대 미국 팝송도 마찬가지였다. 케이시 케이점Casey Kasem[20] 유의 악몽 같은 것들이었다.

여자들이 TV를 얹은 테이블을 밀고 나왔다. 월드컵 축구 경기가 벌어지고 있었다. 우리의 일정이 예정대로 진행되었더라면 루이스는 그가 사랑하는 독일과 스페인의 경기를 놓칠 준비를 하고 있었다는 이야기인데, 나는 그가 그럴 거라고는 생각조차 하지 못했다. 알고 보니 루이스는 이 경기에 돈까지 걸고 있었다. 루이스. 얼마나 견실한 친구인가. 그리고 지금 우리는, 마법처럼, 버니를 만나러 갈 시간이 될 때까지 기다리는 동안 대마초를 피우고 술을 마시면서 축구를 볼 수 있게 된 것이었다. 우린 몇 시간의 여유가 있었다.

대마초는 효력 면에서 상당히 강력했다. 나는 한동안 제정신이 아니었다. 어쩌면 이건 루이스가 독일의 패배 때문에 완전히 좌절한 사실과 관련이 있을 것이다. 그는 패배를 받아들이지 못했다. 그에게는 스페인의 승리가 잘못된 것일

---

20 〈아메리칸 탑 40〉를 비롯해 여러 종류의 라디오 순위 프로그램을 만든 디제이 겸 배우.

뿐만 아니라 정상적이지 않은 일이었다. 그가 바에 모여 있던 몇몇 손님들과 댄서들에게 장황하게 늘어놓은 기능적인 면과 윤리적인 면에서의 설명은 그들 사이에 논쟁거리가 되었다. 루이스는 아예 강의를 하고 있었다. 루이스는 완전히 자메이카 크레올로 갈아탔고, 다른 사람들도 그에게 그 언어로 말했기 때문에 나는 그들이 나누는 대화를 아주 일부만 알아들을 수 있었지만, 루이스가 독일의 우월성에 대해 장황하게 떠들 때 그걸 확인해주는 게 내 역할이라는 사실 정도는 알 수 있었다.

우리는 T.G.I. 프라이데이에 가서 일종의 해장저녁을 먹었는데, 루이스의 기분은 계속 좋지 않았다. 이번이 마지막이길 바라면서 버니의 집으로 가는 길에 우리는 〈디지즈〉를 다시 들었다. 열대 휴양지에서 열리는 세일즈맨 연수에 끌려와 술을 멀리한 채 버텨야 하는 알코올중독자의 가라앉은 기분마저도 들뜨게 할 수 있는 곡이었다.

루이스에게 배운 게 있다. 그가 말해준 바로는, 자메이카의 고등학교에서는 자기네 팀이 졌을 때 경기장을 빠져나오면서 "우리는 아무 느낌도 없다! 우리는 아무 느낌도 없다!"라는 구호를 외치는 전통이 있다고 했다. 그 말의 핵심적인 뜻은, 우린 신경 안 쓴다, 사실은 애당초 아무 관심도 없었다는 것이다. 나는 이 구호에 현실적인 심리적 깊이가 있다는 걸 느꼈고, 루이스가 대시보드를 두드리면서 같이하자고 했을 때 두 번 말하게 하지 않았다. 우리는 버니의 집까지 내내 그러면서 갔고, 루이는 그렇게 자신의 실망을 떨쳐 버리는 것처럼 보였다.

이제 날은 어두워졌다. 우리는 대문을 두들겼다. 아까의 그 사내가 나왔는데, 이번에는 자 B한테서 우릴 들어오게 하라는 지시를 받았다고 했다. 우리는 안으로 들어가 다시 파티오로 갔는데, 버니가 여러 명의 라스타파리안과 테이블에 둘러앉아 있는 모습이 보였다. 그들은, 버니가 사용하는 용어에 따르자면, '따질 걸 따져보고' 있었다. 그는 몸짓으로 우릴 맞이하면서 회의가 끝나간다고 말했다. 일곱 시간 동안 진행된 회의였다.

사내는 의자 두 개를 테이블에서 멀리 떨어진 파티오의 한쪽 구석에 갖다놓고, 우리에게 앉으라는 몸짓을 했다. 우리는 그들이 해야 할 이야기를 하는 동안 그 자리에 앉아 있었다. 루이스와 나는 못 올 곳에 온 것처럼 불편하고 어색했다. 그 자리에 있던 여자 둘은 노골적으로 우리가 거기에 있는 걸 못마땅해했다. 어느 순간엔가 우리는 자리에서 일어나 바깥에서 기다려도 상관없다는 의사 표시를 하려 했는데, 우릴 안으로 들여보내준 사내가 여자들에게 말했다. "자 B가 이 사람들을 안에 들이라고 했고, 이 사람들은 자 B에게 특별한 사람들이에요." 이 말 한마디로 사태는 진정됐다.

모임은 한 시간 정도 더 진행되었다. 비가 내리기 시작했고, 우린 의자를 그들과 좀 더 가까운 곳으로 들여왔다. 그들은 기도를 드렸다. 그러고 나서 한 시간 정도에 걸쳐 작별

인사를 나누었다. 라스타들은 떠나면서 우리에게 다정하게 손을 흔들었다. 버니는 서재에 앉아 문을 열어놓고 라스타 자매들 가운데 하나와 사적인 대화를 나누고 있었다. 울음 소리가 들렸고, 그러고 나서 기도 소리가 들렸고, 버니가 영문을 알 수 없는 환호성을 지르는 소리가 들렸다. 부흥사들이 내는 것 같은 소리였다.

그는 그 과정들을 거치고 나서야 밖으로 나왔고, 목욕을 하고 정신을 좀 차려야겠다고 말했다. 우리와 마지막으로 만난 그 자리에서, 그는 자기가 잠을 많이 자지 않으며 자기가 만든 최고의 것들은 대개 밤에 나왔다고 말했다.

내 셔츠 주머니에는 꽤 큰 대마초 꽁초가 두어 개 남아 있었다. 우리는 마당의 컴컴한 쪽에서 그것들을 피웠다. 길 건너에 있는 교회에서 노랫소리가 들려왔다. 꼭 막혀 있는 상자 안에서 많은 사람이 목청을 높이고 있는 듯한 소리였다. 버니의 집 한쪽 콘크리트 벽에는 마커스 가비[21]의 얼굴이 담긴 오래된 포스터가 기대어 세워져 있었다. 루이스는 버닝 스페어의 〈너는 노예시절을 기억하는가Do you remember the days of slavery?〉[22]를 불렀다. 그는 대마초를 한 모금 빨 때마다 "좋다"

---

21 1887~1940. 자메이카의 정치운동가, 출판인, 언론인, 사업가이자 대중 연설가. 흑인 전체를 하나의 민족으로 보는 흑인 민족주의자였고, 아프리카가 하나의 정당으로 통일되어야 한다는 생각을 가지고 있었다.

22 이 노래 역시 제목은 〈슬레이버리 데이즈Slavery Days〉이나 노래의 한 구절이 제목처럼 통칭된다. 이 책 〈알려지지 않은 시인들〉 편의 주석 6번 참조.

고 중얼거렸다. 루이스는 라스타가 아니었다. 그는 우리가 위스키를 스트레이트로 마신 뒤에 남부 사투리로 무어라 말하는 것처럼, 빈정거리는 쪽에 가까웠다. 그는 고등학교를 졸업한 뒤 라스타파리아니즘에 잠시 관심을 두기도 했지만, 아예 어느 종교도 믿지 않게 되었다고 했다.

하일 셀라시에의 카키색 에티오피아 군복 정장을 갖춰 입은 채 서재의 빛을 등진 버니의 어두운 실루엣이 조용히 모습을 드러냈다. 그의 머리 드레드는 새로 말려 있었다. 그는 우리에게 앉으라는 제스처를 했다. "무엇에 대한 회의였나요?" 내가 물었다. 그는 라스타의 열세 곳 '맨션'(일종의 교파다. 버니는 나이야비니파Nyabinghi[23]로, 장로들 중 하나다)을 대표하는 이들을 포함해, 스스로를 밀레니움 협의회라고 부르는 그룹의 모임이었다고 설명했다. 그들은 곧 있을 국제 라스타파리안 회의에 자메이카가 참여하는 문제를 의논하기 위해 회의를 한 것이었다.

그는 자신이 어떻게 라스타가 되었는지 이야기를 들려주기 시작했다. "라스타에 대해서는 어릴 때부터 알았어요." 그가 말했다. "사람들은 라스타 신자를 검은 심장의 사나이라고 부르면서 젊은이들이 그 사람들과 가까이하지 못하게 하려고 했죠. 그들이 심장을 꺼내서 먹는다는 둥 해가면서 말이죠. 그리고 아이들이 집에서 말을 안 듣는다든가 하지

---

23 라스파타리아니즘 가운데서도 전통적이고 강경한 교파.

말아야 할 짓을 한다든가 하면 '말을 안 들으면 검은 심장의 사나이를 부를 거'라고 위협하곤 했어요."

킹스턴의 트렌치 타운 아이들은 등교 시간에 늦을 것 같으면 지름길인 배수로를 따라 달리곤 했다. 배수로 안에는 라스타들이 살았다. 시에서 그들이 캠프로 사용할 수 있도록 하수도와 쓰레기처리장을 내어준 것이었다. "검은 심장의 사나이는 맨홀 안에 살았어요." 버니가 말했다. "그게 라스타맨이에요." 아이들은 어쩌다가 머리를 드레드락으로 꼰 라스타가 "조그만 냄비에 물을 받으러" 움막에서 나온 걸 보면, 다른 길로 달아나곤 했다. 버니는 친구들 중에 두엇이 달아나려고 너무 빨리 달리다가 넘어져서 찢어지고 멍이 들었던 일을 기억하고 있었다. 하지만 어떤 이유에선가—아마도 조 히그스의 영향이었을 듯한데—네빌이라는 아이가 자신이 왜 뛰어야 하는지 의문을 품기 시작했다. 아이는 자신과 친구들이 라스타들로부터 달아나는 동안 정작 그들은 천천히 걸어서 자기들이 있던 구멍 속으로 되돌아간다는 걸 알았다. "그래서, 어떤 사람이 나올 때, 난 마음을 굳게 먹었어요. 그랬더니 그 사람이 마치 '너는 도망 안 가니?' 하는 듯한 표정으로 쳐다보더군요."

버니는 그 사내에게 무엇 때문에 그렇게 사는지 물어봤다. "그 사람이 입을 열었는데, 변호사나 의사 같은 사람들한테나 기대할 지성이 있었어요." 그가 말했다. "그때 그 사람이, 하일 셀라시에 1세가 이런 길을 가도록 영감을 줬다고 하더군요. '먼저 자의 나라를 구하라, 그러면 다른 모든 것이 더해지리라.' **라스타맨**이 그렇게 말했죠. 나는 성경에서 그런 걸 배우지 않았어요—**라스타**가 그런 걸 가르쳐줬고, 나는 즉시 이해했어요."

1966년 봄 에티오피아의 황제로 백인들의 가장 높은 자리인 유엔에 서면서 〈타임〉지의 표지를 장식한 흑인 사내, 제국의 황제 하일 셀라시에가 자메이카를 방문하는 일이 일어났다. 마커스 가비의 영향을 받은 범아프리카 시오니즘으로 달아오를 대로 달아오른 상당수의 자메이카인들에게는 그리스도가 오는 것과 마찬가지의 사건이었다. 라스타파리Ras Tafari[24](에티오피아 공식언어인 암하르어로는 '두려움 없는 왕자'를 뜻한다)가 킹스턴 공항에 도착했을 때 그는 군중의 격렬한 환영에 압도되었고, 생명의 위협을 느끼고 바로 비행기 안으로 되돌아갔다. 세례 요한처럼 소박한 자루옷을 걸친 라스타파리안의 지도자가 허락을 받고 비행기에 올라, 군중들은 순전히 그에 대한 사랑 때문에 저런 격렬한 반응을 보이고 있는 것이라고 셀라시에에게 설명했다. 셀라시에는 눈물을 흘렸다고 전해진다. 그날 버니 리빙스턴도 거기에 있었다. "그날 황제 폐하를 보지 않은 사람들은 보고 싶어 하지 않는 사람들이었어요." 버니가 말했다. 군중 속의

---

24 하일 셀라시에가 왕세자일 때의 호칭이다. 여기에서 라스타파리아니즘 명칭이 나왔다.

많은 사람들이 그랬던 것처럼, 버니 또한 황제의 눈이 자기 한 사람만 쳐다보면서 동시에 다른 사람들도 보고 있다는 걸 느꼈다. 그날은 (성자의 위력을 보여주는) 그런 식의 다른 "신비"들이 많이 일어났다. 소나기가 지나가면서 수천 명이 흠뻑 젖었지만 그 자리에서 금세 말랐다. 몇몇 라스타들이 허브를 태우기 위해 성배에 불을 붙이자 머리 위를 날아가던 비행기가 폭발했다. 그들에게 권능이 임한 것이었다. 버니는 하얀 드레스를 입고 얼굴에는 검은 칠을 한 모라비아 여인들 한 무리가 종려나무 가지를 흔들고 호산나를 부르면서 춤추며 걷는 걸 보았다. "왜냐면 그가 그 사람이었으니까요." 버니가 말했다. "왜냐면 그가 바로 그 사람이니까요."

나는 작은 디지털 스피커를 가지고 갔다. 우리는 그가 1967년에 십사 개월 동안 강제 노동형을 살 때 대부분의 시간을 보낸 리치콘드 농장 감옥에서 쓴 노래를 들었다. 그 노래는 "형기를 꼬박꼬박 살아내면서Battering down SEN-tence…"라는 가사로 시작하는데, "SEN" 부분에서 음이 갑자기 올라간다. 나는 멜로디가 워낙 독특해서 듣는 즉시 사로잡히게 된다고 그에게 말했다. 버니는 다른 죄수들이 그 노래를 요청했지만, 몇몇 고참 간수들이 노래하지 못하게 했다고 말했다. "그러니까, 그게 어떤 거냐면," 그가 말했다. "멜로디는 자신이 느끼는 메시지를 노래해야 하는 거예요. 감옥 안에서는 자신이 실제로 경험하는 무언가에 대해 **울부짖는** 것 같은 종류의 멜로디가 될 수밖에 없어요. 남한테서

들은 걸 가지고 노래하지는 않으니까요."

이 부분쯤에서 나는 내가 짐작이라도 할 수 있는 건 일
종의 순간적인 환각일 뿐 아닐까 하는 생각에 빠졌다. 버니
가 말하는 동안 그의 얼굴에서 이상한 현상이 일어나고 있
었다. 서로 다른 인종들—흑인, 백인, 아시아인, 인디언 등 서
인도제도를 휘젓고 다니면서 그 지역을 만들어낸 이들—의
모습이 그의 얼굴을 스쳐 지나가고 있었다. 대서양이라는 세
계가 그의 얼굴을 스쳐 지나가고 있었다. 나는 그 순간 나도
모르게, 그러나 아주 분명하게 식민주의자의 생각을 가지고
있었고, 흰색 사파리 모자를 쓰고 외눈안경을 통해 그를 관
찰하고 있었다고 해도 과언이 아닐 것이다. 느닷없이 버니는
과일들에 대해, 자메이카에서 자라는 온갖 종류의 독특한
과일들에 대해 이야기하기 시작했다. 나는 그가 자기 고향에
품고 있는 구체적인 사랑, 그가 그곳을 절대로 떠날 수 없는
이유를 인정하게 됐다. "가시여지가 있단 말이요, 번려지가
있고. 내즈베리란 게 있고, 준 플럼이라는 게 있어요. 빵나무
열매도 있고." (원래의 웨일러스 멤버들이 모였던 조 히기스네 마
당에 있던 나무는 '쿨리 플럼' 나무였다. 나도 트렌치 타운에서 그
열매를 하나 먹어봤다. 꽤 맛있었다.)

"기넵guinep[25]도 있죠." 버니가 말했다. "다른 나라 어디에

---

25 올리브보다 조금 더 크고 열매가 한데 몰려서 열린다. 종류가 다양한데, 자
메이카에서 열리는 건 무척 단 종류다. 열량이 매우 높다.

서도 기넵은 본 적이 없어요. 꼬랑내 나는 발가락stinking toe[26]
이라는 것도 있고요. 그건 수분이 워낙 없어서 먹을 때 조심
해야 돼요. 과육에서 날리는 먼지 때문에 질식할 수도 있거
든요." 그가 자리에서 벌떡 일어섰다. 원기 왕성한 사람이었
다. "마침 나한테 좀 있어요." 그가 말했다. "꼬랑내 나는 발
가락이 지금 여기 있어요. 포도당액을 좀 섞어 젤리를 만들
테니, 맛이나 봐요." 그가 말했다. 버니가 버켓 밑바닥에서
그 과일을 좀 퍼냈다. 웨스트 인디언 로커스트 나무, 학명은
히메나이아 쿠르바릴Hymenaea courbaril. 내가 먹어본 것 가운데
가장 메마른 것일 수 있다고 버니는 내게 경고했다. 내 입은
대마초 때문에 이미 솜이라도 문 것 같은 상태가 되어 있었
다. 그 과일 한입을 먹는 데 얼마나 걸렸는지 모르겠다. 먹고
난 다음에 이빨 사이에 낀 찌꺼기를 제거하는 데에만 이십
분이 걸렸다. 하지만 깍지 안에 들어 있는 그 과일의 단맛은
정말로 기이하고 전혀 예기치 못했던 단맛이었다. 마치 며칠
이고 사막을 헤매고 다니다가 작은 덤불을 만났는데, 거기에
서 말도 못하게 단 과일을 따먹은 것 같은 느낌이었다. 내 인
생에는 꼬랑내 나는 발가락을 한입 먹고 나서 그 과일의 윌
리 웡카적인 기이함을 경험하고 있는 내 표정을 지켜보면서
키들거리던 버니가 들어 있는 한 페이지가 있다.

---

26 조금 큰 발가락 모양의 단단한 갈색 껍질에 둘러싸여 있는데, 그 껍질을 깨
뜨리면 고약한 냄새가 올라온다. 과육은 밀도가 매우 높고 수분함량이 아주 낮
으며, 가루 설탕처럼 단맛이 난다.

"이건 흥분제예요." 버니가 내 무릎을 찰싹 치면서 말했다. "자지가 아주 단단하게 설 거요. 그 껍질처럼 말이요—자지를 그 껍질처럼 단단하게 만들어줘요."

길 건너편에서 들려오던 노랫소리는 한참 전에 멈추었고, 비도 마찬가지였다. 아주 늦은 시간이었다. 마지막으로 한 가지 해야 할 일이 있었다. 나는 그와 함께 작은 플레이어로 〈렛 힘 고〉를 듣고 싶었다. 내가 그 노래의 시작 지점을 찾는 동안, 버니는 그 시절에 나온 다른 루드보이 노래들에 대해 이야기했다. 그는 그 노래들을 모두 기억하고 있었다. "이 노래, 이게 [루드 보이] 전쟁을 끝내버렸지." 그가 말했다. "그렇게 오래 이어지던 걸 〈렛 힘 고〉가 끊어버린 거요." 그 노래가 던진 질문은 대답되지 않았다. 노래는 계속 이어졌고, 버니가 따라 불렀다. 그 갈라지는 톤이라니. 황홀한 목소리였다.

당신들은 그를 모함해, 하지 않은 짓을 했다고 말해,
당신들은 그를 꾸짖고, 그에게 소리를 지르고, 그가 우울해지게 만들어.
그가 가게 내버려둬…

버니는 고개를 뒤로 젖혔다. "로이드 니브스."[27] 그가 말

---

27 1963년에 결성된 스캐털라이츠의 창립 멤버로 웨일러스와 함께 자주 연주

했다. 스캐털라이츠의 드러머를 말하는 것이었다. 우리 셋은 상체를 앞으로 모았다. 버니는 양손을 자기 허벅지 사이에 끼워 넣었다. 그 음악은, 내가 타깃에서 산 작은 녹음기에서 흘러나오는 것인데도, 그 공간을 금빛의 바이브로 태웠다.

"So!" 부분이 다가올 때, 나는 그와 눈을 맞췄다. "이 부분이 다가오네요." 나는 음악을 들으면서 말했다. "저 So! 저거 누가 한 거죠?"

버니는 자신의 가슴을 두드렸다. "물론 나지!" 마치 내가 그걸 묻는 것에 실망했다는 투였다.

버니는 의자에서 일어나 당시의 상황을 재현했다. 나는 그 모습을 보기 위해 몸을 뒤로 기댔다. "여기에 비전이 서 있어요." 그가 말했다(1966년에 밥 말리 대신 참여했던 콘스턴틴 '비전' 워커를 말하는 것이었다[28]). 버니는 비전이 "그가 젊다는 사실을 기억해, 그가 강하다는 사실을 기억해"라고 노래하는 동안 파도가 치는 것처럼 손을 움직였다. "그리고 여기에 내가 있어요." 버니가 속삭였다. 그가 고개를 앞으로 내밀어 상상의 마이크에 대고 오래전 자신이 부르던 부분을 노래했다. "그가 젊다는 사실을 기억해, 그리고 그는 오래 살 거야."

했다. 스캐털라이츠가 이 년간의 활동 끝에 해체되었다가 1983년에 재결성된 이후부터 2011년 사망할 때까지 계속 활동했다.

28 1966년에 밥 말리는 리타 앤더슨과 결혼한 뒤 그의 모친이 살고 있던 미국의 델라웨어주 윌밍턴으로 가서 듀폰사와 크라이슬러사에서 일한 적이 있다. 이 기간 동안 '비번 워커'가 밥 말리 대신 공연에 참가했다.

그러고는 뒤로 재빨리 물러서서 허공에 대고—마치 "아하!" 하는 것처럼—손가락을 찌르고는 "So…!" 하고 외쳤다.

그건 그였다.

그를 방문하고 나서 석 달 뒤, 버니와 나의 관계는 서먹서먹해졌다. 꼬랑내 나는 발가락 젤리의 그 신비한 달콤함 조차도 우리의 관계를 되살려낼 수 없었다. 잡지사에서는 세계적으로 유명한 사진가 마크 셀리거와 그의 팀을 킹스턴으로 보내 그의 사진을 찍게 했다. 나는 그의 초상 사진을 둘러싼 협상에 관여했다. 버니는 사진을 찍고 싶어 하지 않았지만, 결국 (최소한 우리의 대화를 통해 내가 이해한 바로는) 동의했다. 우리가 요구한 건 그의 집에서 한 시간을 쓰는 것 외에는 아무것도 없었다. 하지만 우리는 한편으로 많은 것, 즉 그의 얼굴을 원했다. 나는 그의 심정을 충분히 이해했고, 조심스럽게 접근하려고 애썼다. 하지만 그는 전화상으로 점점 더 거칠어졌고, 의심스러워했다. 법적인 사항을 담은 편지가 왔다. 이 모든 것이 촬영팀이 킹스턴에 도착한 다음에 벌어졌다. 호텔비, 일일 경비, 비행기표 교환 등의 문제가 발생했다. 버니와 나 사이의 마지막 대화는 적대감 수준으로 추락했다. 그는 나를 자메이카에서는 가장 심한 욕인 "라스 클랏", "붐바 클랏"이라고 불렀다. 그 의미를 100퍼센트 이해하지는 못하지만, 대략 똥걸레나 이미 사용한 탐폰과 관련된 것들이다. 그는 내가 이 사진 촬영과 관련해 자기를 구석으로 몰아

넣고는 자기에게 죄의식을 느끼게 하려고 한다고 비난했다. 어쩌면 어느 정도 수준에서는 내가 정말 그렇게 했는지도 모르겠다. 그는 고함을 질러댔다. 그는 자신이 혁명군의 사령관이라는 사실을 상기시켰다. 자신의 얼굴이 노출되면 안 된다는 걸 모르느냐고 그가 물었다. "당신이 버니 웨일러를 알아?" 그가 물었다. "당신 날 알아?"

나는 모른다고 인정했다. 나는 그를 모른다.

그는 그 지역 욕설의 검은 구름을 불러모았다. 나는 마지막 몇 분 동안은 따라갈 수조차 없었다. 그러고 나서 그는 전화를 끊었다. 다시는 내게 전화하지 않을 것이었다. 나는 그의 그 고급 양복 주머니 안에 들어 있던, 받지 않는 전화벨 소리가 되었다.

나는 크게 마음 쓰지 않기로 했다. 버니 웨일러에게 거절당하는 게 그럴 만한 일로 느껴졌다. "〈GQ〉에서 날 위해 뭘 할 수 있나요?" 그는 요구했다. 그 질문에 대한 대답은 아무것도 없다는 것이었다. 우리는 혼돈의 땅에서 왔고, 그는 우리를 그곳, 우리의 주거기지로 돌려보냈다. 내가 마지막으로 받은 메일에는 "인사를, 존, 여기에 사진 보냅니다. 하나의 사랑. 자 B. 웨일러." 사진은 그가 주차장에서 하얀 선원복을 입고 경례하고 있는 스냅샷이었다. 여러 가지로 해석할 수 있는 메시지였다.

버니가 내게 준 진짜 선물은 '노'라는 대답이었다. 그것은 그가 검은 심장의 사나이로 남는다는 선물이었다. 그 모

든 세월 동안 그에게 매혹되게 한 바로 그것—그가 아직 살
아 있다는 것.

13
양들의 폭력

인간의 역사란 인간 관습의 역사를 주내용으로 하고 있어, 이 관점에서는 동물의 역사에 대해 거의 알 수 없다. 그러거나 말거나, 동물들은 그들의 관습을 바꾼다.

_존 버던 샌더슨 홀데인, 영국의 유전학자,《생명이란 무엇인가?What is Life?》, 1947

동물들이 변화하고 있는데, 나는 그 이유를 설명할 수 없다.

_이누시크 나잘리크, 88세의 이누이트 장로, 2004년 9월 6일

작년에 나는 한 잡지에서 인류의 미래에 관한 글을 써 달라는 요청을 받았다. 내가 이따금 팝록 문화의 붕괴된 정신세계를 들여다보는 글을 써왔기 때문에 이런 주제에 걸맞

은 사람이라고 생각했을 것이다. 어쨌든 나는 이 임무를 완수하기 위해 성심성의껏 일했다. 인류의 미래는 우리가 진지하게 접근해야 하는 주제다. 우리는 거대한 우주 감시용 안테나와 탐사위성 등에 엄청난 비용을 쏟아붓고 있지만, 우리가 살고 있는 이 푸른 구체로부터 멀리 떨어져 있는 우주가 아무런 감정도 느낄 수 없는 물질의 무한한 연속이라는 합리적인 가정과 모순되는 결정적인 증거를 전혀 찾아내지 못하고 있다. 그러니 한번 계속해보자, 하는 게 나의 자세다.

이 문제에 관한 통찰력을 얻기 위해 나는 영국 옥스퍼드 대학에 있는 '인류의 미래 연구소Future of Humanity Institute'를 이틀 동안 방문했다. 나는 연방재난관리청에서 가장 무서운 사람이라고 하는 여성에게 전화를 걸었다. 그리고 스스로를 미래학자라고 밝히고 질문에 응한 이들 중 한눈에 보기에도 제정신이 아닌 사람들을 제외한 모든 이들—인간의 진보를 위한 뉴스쿨New School for Human Advancement의 빌 릴리는 특히 협조적이었다—과 대화를 나눴다. 나는 바티칸에 있는 누군가와도 이야기했다. 바티칸에는 실제로 미래 전문가가 있는데, 계시록 전문가가 바로 그 사람이다. 간단히 말해, 내가 여기에 써놓은 것 말고 다른 글을 쓰기 위해 지난 몇 달 동안 노력에 노력을 거듭했다는 사실을 독자들이 알아줬으면 좋겠다는 이야기다. 지금 쓰고 있는 이 이야기는 자료 조사 초기에 떠올랐는데, 이게 내 경력을 위태롭게 할 이야기라는 게 너무나 분명했고, 그래서 가까운 미래에 활성화될 나노테크

놀로지가 인간의 통제를 벗어나는 것과 같은 종류의 이야기들에 끊임없이 밀려났더랬다(이 문제는, 모두들 다행이라고 생각할 텐데, 인류의 미래 연구소에서 깊이 들여다보고 있는 중이다). 하지만 내가 우리의 미래에 대해 절반쯤이라도 말이 되는 진실을 찾으려고 백방으로 노력해서 찾아낸 이 사실을, 독자들이 댈러스가 됐든 어디가 됐든 사랑하는 사람들이 사는 곳으로 가는—가능한 한 빨리, 이를테면 올해 안에 찾아가기를 바란다, 진심이다—비행기 안에서 읽기를 바란다. 아무튼 문제는, 미래에 대해 진지하게 생각하는 걸 직업으로 삼는 사람들은 아주 조심스럽게, 얼버무려가면서, 아주아주 확실한 게 아니면 말하지 않으려는 경향이 있다는 것이다. 그 이유는, 나 역시 아주 서서히 이해하고 받아들이게 됐는데, 누구도 미래에 무슨 일이 벌어질지 모르기 때문이다.

알고 보면 이런 자명한 사실에 대해 내가 놀라워했다는 건, 할리우드 때문이든 나 자신의 편집증 때문이든, 이 모든 것에 대해 잘 아는 인물이 있을 거라는 믿음을 무의식중에 내재화시켜놓았기 때문일 것이다. 일찌감치 중년에 도달한, 아마도 유태인이거나 아시안일(이게 코미디 버전이라면 아일랜드인일 것이고), 정부 청사의 가장 깊숙한 곳에 있는 방에 앉아 있으면서 미래에 어떤 일이 벌어질지를 실제로 내다보고 있는 인물. 따라서 누구나 이 사람이 중얼거리는 소리에 귀를 기울여야 하고, 이 사람의 기분 변화 또한 비상사태로 다루지는 않더라도 최소한 깊은 관심을 가지고 추적해야 하고,

무엇보다 그 존재 자체가 너무나 당연하게도 전 세계에 걸쳐서 약간의 지속적인 불안의 원인이 되는 그런 인물 말이다. 이런 식의 생각은 종교 유전자가 죽어가는 과정의 경련인가? 그럴지도 모른다. 아무튼 한 가지 분명한 건, 한쪽으로는 경계 수준이 어쩌고 생존 장비가 어쩌고 하는 식의 온갖 대비를 외치면서 다른 쪽으로는 핵무기를 만들고 전쟁을 개시하는 이런 존재를 내 상상 속에서 지워버렸고, 그 결과 엄청난 해방감을 느꼈다는 사실이다. 나는 파멸을 불러올 재앙의 가능성이 끊임없이 이어지는 것이 현재 인간이 처한 상태이며, 그것이 곧 우리가 의식을 가지고 있다는 사실의 대가라는 사실을 다시 한 번 되새기면서, 앞으로는 좀 더 마음을 놓고 살아가기로, 누구도 미래에 대해 나를 겁주지 못하게 하기로 마음먹었다. 왜냐면, 우리에게 일어날 최악의 사건은 죽음인데, 이 사건은 우리가 아무리 걱정하고 어떤 노력을 해도 닥쳐오고야 말 것이기 때문에, 여기에 대해 "좆까라 그래"라고 하지 않는 것이야말로 비이성적인 것이기 때문이다. 그렇다고 지금 당장 정향으로 만든 담배[1]를 연거푸 피우고 부둣가의 트랜스젠더 바에 가서 콘돔도 없이 섹스를 하라는 얘기는 아니다. 하지만 그렇게 하는 게 당신을 좀 더 살아 있는 것처럼 느끼게 한다면 그걸 포기하라는 말도 하지 않을

---

1   일반 담배에 비해 좀 더 자연적이고 독성물질이 덜 함유되어 있다고 알고 있는 이들도 있지만, 사실은 별 차이 없거나 더 해롭다.

것이다. 내 말은 그저 용기를 가지라는 것이다. 바로 그것, 그리고 그것만이 절대로 틀리지 않는 유일한 것이다. 이런 생각들을 하면서 나는 정신적으로 한결 고양되었고, 그래서 당신의 짐도 좀 덜어줄 수 있으면 좋겠다는 마음에서 이 생각들을 꼭 함께 나누고 싶어졌다.

그리고 그즈음 마커스 리벤굿이라는 사람을 소개받았다.

좋은 하루가 되기를.

괜찮다는 생물학과들에서 최근 회자되는 질문은 이것이다. 우리가 자연계를 침탈하고, 절멸시키고, 불태우고, 오염시키고, 점령하고, 너무 덥거나 건조하게 만들고, 아니면 다른 방식으로 이 행성의 점점 많은 부분을 자연의 동식물이 더이상 서식하기 어려운 환경으로 만드는 등, 야생동물의 개체수 감소에 인간이 필연적으로 점점 더 큰 역할을 하는 상황에서 어떤 일들이 벌어질 것인가? 우리들뿐 아니라, 동물들에게도 말이다. 생명체의 각 개체 차원에서 전 지구적으로 생물학적 파국이 다가오고 있다는 압박감을 느끼기 시작한 이 상황에서, 우리는 동물들로부터 어떤 종류의 변화, 적응, 반응을 기대해야 할까? 우리가 여기서 염두에 두어야 할 것은 현존하는 종 내부의 미세 진화적인 변화가 아니라, 소위 표현형 적응성이라고 일컬어지는, 스트레스에 관련된 행동 수정이다. 우리는 행동 수정이 비록 드물게 관찰되기는 하지만 다수의 동물 종에서 발현할 잠재성이 있다는 사실을 알고 있다. 다시 말해, 단지 드물게 관찰되어왔을 뿐이다. 하지만 이제는 자연 관련 영상을 시청하는 일반인들도 증명할 수 있듯, 이런 현상이 도처에서 벌어지고 있다. 우리는 다양한 종, 다양한 서식 형태의 동물들이 이전에는 본 적이 없는 아주 잔인한 행동을 하는 걸 목격하고 있다. 이 주제는 돌팔이와 사기꾼의 낌새가 너무나 선명하게 드러나는 영역이라, 이 주제에 대한 기사를 쓰는 동안에는 웬만하면 소극적인 자세를 유지하고 싶어 가급적이면 직설적으로 이야기하는 걸 피하는 중이다. 게다가 내가 사람들한테 겁을 주려는 게 아니라는 것 역시 지금쯤 분명하게 드러났을 듯하다. 내가 지금 말할 수 있는 건 이게 실제로 벌어지고 있는 일이라는 것, 합리적이고 배운 사람들이 쉽게 부인하기 어려울 정도로 증명되었다는 것, 그리고 이 주제의 다양한 양상들을 기록하면서 의견을 내기 시작한 이들이 비록 소규모의 연구자 그룹과 분석가들, 그리고 블로거들에 불과하지만, 앞으로 십 년 내지 이십 년 동안 이 주제에 대해 훨씬 더 많은 이야기를 듣게 될 것이라는 사실이다. 심지어 인류의 미래 연구소 사람들도 이 문제에 좀 더 관심을 기울이고 싶어 할 것이다. 물론 이 주제의 연원은, 학문적으로 말하자면, 옥스퍼드의 돌이 깔린 길로부터는 멀리 떨어져 있지만 말이다.

　오하이오 남부에 있는 센터브룩은 중서부에서 자랐거

나 교육받은 이라면 누구에게나 익숙한 작은 타운 대학의 전형성을 보여주는 학교다. 19세기에 일반지식이나 기술을 가르치는 직업학교로 시작해, 시간이 지나는 동안 북동부에서 은퇴하거나 부모를 돌보기 위해 고향으로 돌아온 학자들이 학과도 만들고 교수가 되기도 하면서 대학의 모습을 갖췄고, 나중에 리버럴 아트 대학liberal arts college[2]으로 인가를 받았다. 센터브룩에 다녔다는 것만으로는 좋은 직업을 얻을 수 없지만, 그곳을 찾아간 날 내가 본 학생들은 예리하고 야심만만해 보였다. 상당수의 학생들이 학생 평균 나이인 열여덟에서 스물두 살보다 열 살은 더 들어 보였다. 교정이 아름답지는 않았지만—수수한 벽돌 건물들과 주차장이 전부였다—그들이 중시하는 것에 대한 진지한 분위기가 있었다.

학생들에게 '미스터 마크'라고 불리는 마커스 리벤굿 교수는 센터브룩에서 학부를 마치고 캘리포니아의 샌타클래라 주립대학에서 비교동물학으로 박사학위를 받았다. 그 후 그는 자신의 학부 모교로 돌아와 생명과학과에 자리를 잡았다. 내가 약속시간에 사십 분 늦게 나타났을 때, 그는 놀라울 정도로 커다란 그의 연구실에 혼자 있었다.

나는 이 사람처럼 생김새를 묘사하기 쉬운 인물을 본 적이 없다. 리벤굿은 젊은 조지 루커스처럼 생겼다. 똑같은

---

[2] 구체적인 직업을 준비하는 게 아니라 인문, 사회, 자연 과학의 기초 학문과 예술교육에 중점을 두는 학부 중심 대학. 대개는 소규모다.

머리 모양에 수염, 가늘게 뜬 눈 등 모든 게 똑같은데, 다만 키가 더 크고 머리도 아직 백발이 아니고, 아직 몸피가 그렇게 커지지 않았을 뿐이다. 한 가지 더, 리벤굿은 포니테일을 하고 있었다. 그리고 악당 과학자들의 비밀조직에 가입할 때 반드시 써야 할 법한 묵직한 사각형 안경을 쓰고 있었다.

리벤굿은 이미 이 문제에 대해 몇 주 동안 서로 이메일을 주고받았는데도 마치 연극을 하듯, "그러니까, 동물에 대해 얘기하고 싶어서 오셨다는 거죠?"라고 말했다.

이 인터뷰로 이어진 이런저런 과정들은 대략 일 년 전쯤 시작되었다. 이 내용을 먼저 털어놓으면 내가 이 이야기를 하는 데 꼭 필요한 신뢰도를 잃을까봐 두렵지만, 나는 인터넷을 통해 이 작업을 시작했다. 미리 말해두지만, 매니아들의 사이트는 아니었다. 매니아들의 사이트에서 시간을 보내기 시작한 건 이 작업을 시작하고 나서 한참 뒤, 그러니까 마크와 연결된 후였다. 시작은 AOL, 아메리칸 온라인American Online[3]에서였다. 나는, 대다수의 사람들이 그렇듯이, 매일 인터넷에 접속해 메시지를 확인하곤 했다. AOL을 통해 인터넷에 들어가면 첫 페이지에 뉴스 헤드라인의 목록이 뜨고, 거기에서 관련 기사로 넘어갈 수 있다. 누구나 아는 사실이다. 그런데 그 회사 편집부의 바삐 돌아가는 한 큐비클에서 근

---

3 초창기부터 전화선을 통해 메일을 비롯한 인터넷 서비스를 제공한 회사로, 여전히 명맥을 유지하고 있다.

무하는 누군가가, 전 세계에서 들어오는 전송 기사를 검토하고 그중 어떤 것이 주목을 끌 만한 것인지 결정하는 업무를 맡은 누군가가, 무언가를, 어떤 패턴을 보기 시작했다. 이 사람이 누구인지 알 수 있는 방법이 있었으면 좋겠다(시도는 해봤다). 요즘에는 그 혹은 그녀가 나와 같은 전선에 선 형제 혹은 자매로 여겨지기 때문이다. AOL의 첫 페이지에는 무슨 일이 있어도 거의 매일, 최소한 한 주에 한 번은 동물이 사람을 공격한 극단적인 이야기가 실려 있었다.

그냥 단순한 이야기가 아니라, 퓨마가 조깅 중인 사람을 덮친 사건, 곰이 차를 부수고 들어간 사건, 서핑을 하던 사람이 한쪽 다리를 잃은 사건들 같은 것이었다. 게다가 이런 사건들은 세계 여러 곳에서 증가세에 있는 것으로 보인다. 하지만 이런 사건들은 우리가 이미 알고 있는 것들이다. 동물 종의 자기 보호+누구나 야외 활동을 좋아한다는 사실=이따금 일어나는 사망 사건. 지금 내가 여기서 새삼 말하려는 건 동물이 보이는 공격성의 특성과 그 치명도에 변화가 일어나고 있다는 보도들에 관한 것이다. 우리가 여태 못 본 척하던 방 안의 코끼리를 밖으로 몰고 나가, 있는 그대로를 말하자. 우리는 지금 스티브 어윈Steve Irwin[4]에게 벌어진 일 같은 사건들에 대해 이야기하려는 것이다.

---

[4] 〈악어 사냥꾼〉이라는 TV 프로그램을 진행하면서 세계적인 명성을 얻은 오스트레일리아의 동물 애호가이자 환경운동가이다. 2006년 방송 녹화 중에 가오리의 꼬리침에 찔려 사망했다.

물론 어윈 사건은 온라인 논객들의 끔찍한 농담거리가 된 지 이미 오래다. 나까지 그러고 싶은 생각은 없다. 어윈에게는 리틀 빈디라는 이름의 어린 딸이 있었다. 어윈을 죽음에 이르게 한 사건은 빈디가 진행하는 프로그램을 촬영하는 과정에서 일어났다. (내 딸은 그 프로그램을 정기적으로 시청하고 프로그램과 관련된 상품도 가지고 있다. 프로그램 주제곡의 가사는 이렇다. "악어 사냥꾼이 그녀를 가르쳤다네 / 악어 사냥꾼의 외동딸 / 그녀는 정글의 소녀 빈디.")

　　사실을 확인해보자면, 대략 지난 삼백 년 동안 인간은 1) 얕은 물에서, 알고 있었든 모르고 있었든, 대형 가오리 위에서 수영을 하고 있었고, 2) 바다에서 인간에게 일어난 흔치 않은 사건을 기록해놓은 사례들 가운데 가오리가 누군가의 가슴에 독침을 찔러 넣어 숨지게 한 사례는 단 한 번도 없었다. 미늘이 돋힌 가오리 꼬리의 끄트머리—내가 듣기로 가오리는 놀라운 조종 능력과 정확성으로 꼬리를 움직여 아주 작은 물고기도 사냥할 수 있다—가 어윈의 갈비 사이를 뚫고 들어가 왼쪽 심실에 박혔다. 그는 자리에서 일어섰고, 그걸 뽑았고, 그리고 죽었다. 그 장면을 촬영한 비디오가 있었지만, 어윈의 가족이 파기시켰다. 그 뒤로 몇 주에 걸쳐 오스트레일리아인들은 연안 지역에 서식하는 가오리들을 잡아 죽이기 시작했다. 경찰과 바닷가를 찾은 이들은 난도질당한 가오리 사체들을 발견했다. '어윈의 야생 전사 기금Irwin's Wild-life Warrior Fund' 책임자인 마이클 혼비는 기금에서는 가오리를

"어떤 형태로든 응징하는 이들을 용납하지 않으며, 그들을 보호하지도 않을 것"이라는 성명을 발표하여 그들의 행동을 인정할 수 없다는 점을 분명히 했다.

이 세상에서는 무시무시한 일들이 늘 일어난다. 어떤 일이든 그 일이 처음 일어나는 순간이 있을 것이다. 어원에 대한 이야기를 들으면서 우리가 되뇌인 말도 바로 그것이다. 우린 삼백 년 동안 이런 사고를 한 번도 겪지 않고 살아왔다. 앞으로 그렇게 삼백 년을 더 살아간다면 괜찮을 것이다. 스노클을 잘 정비해두자.

그러나 실제로는 여섯 주 만에 문제가 생겼다. 2006년 10월 19일, 플로리다의 보카 러턴 앞바다에서 제임스 버타키스라는 사내가 지인과 함께 보트를 타고 있는데 거대한 가오리가 물에서 뛰어오르더니 그의 무릎으로 떨어졌다. 이 상황을 정확하게 그려보는 게 중요하다. 버타키스가 손에 아무것도 들지 않고 가만히 앉아 있는데—그는 낚싯대를 가지고 있지 않았다—그 동물이 그의 무릎으로 뛰어올라와, 버타키스와 눈이 마주친 것이다. 이것은 그 자리에 있던 한 여성이 묘사한 장면이다. 버타키스와 가오리는 서로를 마주 봤고, 가오리가 꼬리를 움직였다. 그러고는 빵. 가오리는 꼬리를 자기 몸 위로 구부려 버타키스의 심장 근육, 바로 심장에 몇 센티미터 깊이로 침을 꽂아 넣었다.

즉시 언론에서는 국제적으로 인정받는 마이애미 대학의 해양생물학자들에게 이 두 사건 사이에 어떤 연관성이 있는지 물었다. 그들을 대표해 답변한 밥 카우언 박사는 "어떤 연관성도 상상할 수 없으며", 이 공격 사건은 "두 건의 극히 비정상적인 상황일 뿐"이라고 말했다.

"근데 그게 그렇지 않단 말이죠." 리벤굿이 말했다.

우리는 이제 자리를 잡고 앉아 있었다. 나는 비슷한 어조의 다른 글들과 함께 앞에서 말한 회의적인 코멘트를 방금 읽은 참이었다. 그 글들에 등장하는 학계의 주류라고 할 수 있는 전문가들은 하나같이 전 지구적인 동물행동의 진화처럼 보이는 이 일련의 흐름들이 사실은 미디어가 이런 일들에 대해 좀 더 주목한 결과라고 주장하거나, 일련의 우연한 사례들이 인터넷에서 돌면서 한데 엮인 것일 뿐이라고 말했다. 가장 너그러운 입장을 취한 이들의 경우에는, 인간의 생활영역이 더 넓어지고 동물들이 먹이를 구하는 게 더욱 어려워지면서 동물들이 자발적으로 자신들의 영역 밖으로 나오게 되었고, 그 결과 인간 개인이 야생의 동물들에게 노출되는 경우가 잦아진 것이라고 말했다.

"근데 그게 그렇지 않다는 게 무슨 뜻인가요?" 내가 물었다.

"그게 비정상적인 상황이 아니라는 겁니다."

당연히 나는 그게 미늘로 사람의 심장을 찌른 가오리의 공격 사건이 또 있다는 이야기로 알아들었고, 그래서 그 자료를 보여줄 수 있느냐고 질문할 준비를 하고 있었다.

"가오리요? 아뇨, 없어요." 그가 말했다. "혹은, 그게 아니면, 우리가 그 두 건만 본 거죠. 하지만 다른 사건들이…" 리벤굿은 마치 내가 사진을 찍게 그런 포즈를 취해달라고 하기라도 한 것처럼 고개를 기울여 방 한구석을 올려다봤다. 그러더니 벌떡 일어섰다.

"우리 파일을 한번 볼래요?" 그가 물었다. 그는 방 한구석에 있는 좀 더 큰 다른 컴퓨터로 어슬렁거리며 가더니 무언가를 하기 시작했다.

내 파일은 이미 우리가 마주 앉자마자 바로 꺼내서 그에게 보여주었다. 내 파일은 마닐라 폴더 안에 들어 있었다. 그 폴더에는 내가 지난 한 해에 걸쳐 모아놓은 자료들을 프린트한 것과 일부분을 오려놓은 것들이 들어 있었다. 그중 상당수는 내가 "가드를 올리시압" 따위의 장난기 어린 제목을 붙여 친구들에게 먼저 이메일로 보내본 것들이었다. 그렇게 시작해서 서른 번 내지 마흔 번 정도 메시지를 주고받은 끝에 한 친구가 운 좋게도 이런 답신을 보내왔다. "이런 일이 벌어지고 있다는 걸 정말 믿는 사람이 있다는 거 알아?" 내가 "응. 나"라고 답장을 보내자, 그 친구는 다시 메시지를 보내왔다. "그래, 근데 이 사람은 동물학을 하는 사람이야."

내가 리벤굿에게 내 폴더를 보여주자, 그는 한 번 크게 웃더니 이렇게 말했다. "그건 사람들이 우리 작업에 대해 알게 된 뒤로 한 주 정도면 들어오는 분량이에요."

순진한 척하지 않겠다—나는 리벤굿이 "우리"라고 했을 때, 그게 그와 학과의 동료들을 의미하는 게 아니라 리벤굿 본인과 강박적인 외톨이 블로거들, 아마추어 자연주의자들, 처음으로 그럴듯한 주장을 해보는 맛에 취해 현기증을 느끼는 공상가들, 그리고 뉴스에 보도되는 사건들에 일종의 밀교적인 패턴이 있다고 생각해 아무런 정당한 이유도 맥락도 없이 홀려 있는 나 같은 사람을 의미한다는 걸 그즈음에는 이미 잘 알고 있었다. 이 "우리"—이 무리를 "우리"라고 부를 수 있다면—는 적절한 호칭도 아직 얻지 못했고, 내가 모아놓은 것들과 같은 종류의 이런저런 통신사들에서 나온 몇 건의 산발적인 "반대되는 관점"을 다룬 기사들 말고는 학술회의에 제출한 논문도 없고, 미디어에 뚜렷한 인상을 남긴 것도 전혀 없다.

"이것 좀 한번 보세요." 리벤굿이 자기가 앉은 의자를 옆으로 굴려 빼서 내가 앉을 자리를 마련해주며 말했다. 화면에는 옛날 항해 지도처럼 둥그런 모양으로 그려진 총천연색의 커다란 세계지도가 띄워져 있었다. 땅덩어리들과 해안선 여기저기에 연필심 정도 굵기의 자잘한 검은 점들이 빼곡하게 찍혀 있었다. 바다 한가운데에는 대략 스물다섯 개 정도의 검은 점들이 찍혀 있었다. 리벤굿이—대수롭지 않은 듯이, 신입 직원에게 사무실 안내라도 하는 듯한 말투로—말했다. "이건 다 검증된 사례들인데, 대부분이 지난 육 년 동안 벌어졌던 일들이에요."

"이게 정확히 뭔가요?"

"직접 클릭해보세요!" 그는 내가 언제 그 질문을 할까 궁금했다는 듯이 말했다.

　나는 그 자리에 적어도 삼십 분은 앉아 있었다. 어느 순간 리벤굿은 자리에서 일어나 복도로 나갔다. 내가 자랑스럽게 모아놓은 기사들은 리벤굿과 그의 조교들이 모아들였을 이 자료들에 비하면 아닌 게 아니라 새 발의 피였다. 어떤 아이템이 그의 목록에 포함되기 위해서는 누가 봐도 엉성하지만 그래도 존재하지 않는 건 아닌, 다음의 조건들을 충족시켜야 한다는 점을 미리 말해두어야겠다. 1) 사기가 아닐 것―이것은 후속 조사를 통해 그 사건이 사고였다는 점을 입증할 수 있어야 한다는 뜻이다. 2) 뻔한 착오의 결과물이 아닐 것. 독자들도 구글이나 렉시스넥시스, 혹은 〈동물행동개요Animal Behavior Abstracts〉(이 저널의 전질로 보이는 세트가 리벤굿의 책상 뒤에 있는 책꽂이에 꽂혀 있었다)에 수록된 기사를 통해 이런 사례들을 검증해보기를 권하는 바이다. 이 사례들은 〈위클리 월드 뉴스Weekly World News〉에는 실려 있지 않지만, 쉽게 속지 않아야 하는 데 회사의 이익이 걸려 있는 BBC 웹사이트와 AP, 〈사이언스Science〉, 〈네이처Nature〉에서는 찾아볼 수 있다. 아무튼 한 가지 확인해줄 수 있는 건, 내가 동물의 왕국에 대해서는 이런 수많은 비정상 상태를 조작하기는커녕 정상적인 행태에 대해서조차도 충분한 지식을 가지고 있지 않다는 것이다.

그 작은 점들 중 몇 개를 클릭했더니 각각 여러 건의 사고로 연결되면서 이런 사고들의 규모와 경향성이 드러났다. 한 지역의 사고들은 항상 그런 건 아니지만 대개 단일 종과 관련되어 있었다. 예를 들어, 영국의 작은 항구 마을 네 곳에서는 다양한 종류의 바닷새들이 사람들을 노리기 시작했다. 백조가 물에서 나와 개를 물속으로 끌어가기도 했다. 실제로 이런 사건들에 관여한 동물의 구체적인 수를 헤아려보면, 새가 이런 변화의 배후에 가장 많이 보이는 단일 종이라는 것을 알 수 있다. 지난 몇 년간 보스턴에서는 야생 칠면조들의 주기적인 포위 작전이라는 말로밖에는 달리 설명하기 어려운 사건들이 반복해서 벌어졌다. 희생자는 어린아이들과 노인들이었다. 얼마 전 캘리포니아의 소노마 카운티에서는 닭떼가 "동네 어린아이들을 갑작스럽게 공격하는 소란"이 벌어졌다. 당시 공격당한 아이들 중 한 아이의 엄마는 기자에게 이렇게 말했다. "아이가 공격당하는 걸 꼼짝없이 지켜보는데 끔찍했어요. 피가 아이 얼굴로 흘러내리고 아이는 비명을 지르고… 저는 지금도 밤에 잠을 이루지 못해요."

이 새로운 폭력 사태의 꽤 많은 부분을 차지하는 것은 동물에 대한 동물의 공격이다. 말할 것도 없이, 이런 사건에는 미디어의 관심이 덜하다. 2000년 6월(리벤굿이 기억하기로는 초기의 사건들 중 하나다) 폴란드의 스투비엔코라는 마을에서 황새들이 갑자기 날뛰면서 수백 마리의 닭들을 무참하게 죽이기 시작했다. (지금 생각나는데, 그 당시 "인간들에 대한 간헐적인 공격"에 대한 별도의 보도도 있었다.) 그 사건을 들여다본 사람들은 "그런 비정상적인 행동에 대해 설명할 방법을 찾지 못했다".

이제 내가 무슨 말을 하는지 알겠는가. 이 이야기들에는 뭔가 정말 **말이 안 되는** 게 있다. 황새들이 수백 마리의 닭을 학살했다니.

대부분의 동물들 간 폭력 사태에는 광증이라고 할 수밖에 없는 요소가 개입하고 있는 듯하다. 침팬지들 사이에서 "강간, 아내 구타, 살해, 어린 개체의 살해"가 벌어진다는 이야기는 반복적으로 보고되고 있다. 아프리카 초원에서 벌어지는 코끼리들의 코뿔소 강간은 일반인들뿐만 아니라 동물학자들도 불편하게 만든다.

이 이야기가 전개되는 동안 특정한 국면에 주의를 기울이게 되었다면, 그건 아마도 게이 브래드쇼의 연구에 관련된 분야일 것이다. 브래드쇼는 아프리카와 아시아의 심각하게 불안정한 지역들에서 코끼리의 정신 상태가 급속하게 악화되어가는 현상을 추적 연구해온 심리학자이자 환경과학자이다. 그녀는 매우 존경받는 연구자로, 인간과 고등동물의 심리 중 애정, 고통, 스트레스, 그리고 그 외에 우리가 정확하게 특정하지 못하는 영역들에서 중첩되는 부분이 많으며, 그 사실이 상당히 저평가되어 있다는 내용을 연구하고 있다. 그녀의 연구는 이 분야에서 가장 설득력 있는 증거를 축적해온 것으로 인정받는다. 어쨌든 나는 브래드쇼의 연구를 그렇게 이해하고 있다. 올해 초, 상당한 영향력이 있는 잡지 덕에 그녀는 전국적인 관심을 끌었고 출판 계약까지 하게 됐는데, 결론만 먼저 이야기하자면 그녀는 내가 제안한 인터뷰를 거절했다. 그리고 나로서는 그녀의 선택을 비판할 마음이 전혀 없다. 만약 내가 그녀처럼 세계적으로 존경받는 동물과학자라면, 마크 리벤굿과 마주 앉는 걸 피하기 위해서라면—그에게 영웅적인 면이 있다는 걸 내가 인정하지 못한다는 이야기는 아니다—기꺼이 고난을 무릅쓰고 도망치는 쪽을 택할 것이다. 심지어 그게 럼즈펠드가 사담 후세인을 만난 것처럼 은밀한 이익을 얻기 위한 것이라고 해도 말이다.[5] 그럼에도 불구하고, 두 사람의 작업 가설 사이에는 두 사람이 인정하려 하는 것보다 훨씬 더 강한 친연성이 있다. (독자들은 깜짝 놀랄 이야기겠지만, 리벤굿은 브래드쇼에 대해 약간의 질투를 느끼는 동시에 어이없어한다.)

브래드쇼는 코끼리의 정신적 파탄을 다루면서 동물 대 인간의 관계라는 샛길로 빠지지는 않지만, 어쨌든 코끼리 또한 상상조차 못할 규모로 사람들을 죽인다. 지난 십 년 동안 천 명이 넘는 사람들이 코끼리에 의해 희생되었다. 나이지리아에서는 코끼리들이 이동하는 단 한 철 동안, 미친 듯이 질

---

5 1983년, 전직 국방부 장관이자 당시 제약회사 CEO였던 도널드 럼즈펠드는 레이건 대통령의 특사 자격으로 이라크를 방문해, 당시 이란과 전쟁을 벌이면서 화학무기를 사용했다는 혐의로 국제적인 비난을 받고 있었고 핵 개발 계획을 세우고 있던 사담 후세인을 격려한다.

주하는 코끼리떼에 의해 마흔네 개의 마을이 "지워졌다". 어떤 사건들은 다수의 동물들이 협력 체계를 갖추고 상당한 규모로 일으키는데(외톨이이거나 "악당" 수놈이 말썽을 부리는 흔한 경우와는 전혀 다르다), 이때 이들은 민가가 밀집된 지역을 쓸고 지나가면서 사람들을 노린다. 여러분이 코끼리가 사람을 공격하는 장면을 본 적이 있는지 모르겠다. 앙심을 품은 아주 사적인 행위처럼 보인다. 코끼리는 사람이 쓰러져도 계속 공격한다. 피해자는 최소한 처음에는 의식이 있는 상태에서 코끼리 코에 맞아 정신을 잃고, 그다음에는 땅과 하나가 될 때까지 짓밟힌다. 한 마을에서는 코끼리들이 광란의 질주를 벌여 마을을 완전히 쑥밭으로 만들어놓고는, 지키는 사람이 아무도 없는 그 지역에서 생산된 쌀맥주를 퍼마시고 고압 펜스로 돌진해 감전사했다. 브래드쇼는 이렇게 쓴다. "어떤 생물학자들은 증폭되고 있는 코끼리의 공격성이 사고 혹은 고의적으로 이뤄진 코끼리들의 죽음과 관련해서 인간에게 책임을 묻는 보복의 성격을 부분적으로 가지고 있을 수도 있다고 생각한다." 〈뉴욕 타임스〉에 의하면, "분노한 마을 사람들"이 그에 맞서 독약을 살포해, 한 해에 평균 스무 마리 정도의 코끼리들을 살해한다.

어원이 살해당한 직후에 난자당한 가오리의 사체들에서 알 수 있듯, 인간의 보복 행위가 그전에 있었던 동물들의 공격에 비해 더 극적으로, 신속하게 이뤄진 경우가 아주 드물지는 않다. 일 년 반 전에 악어들이 미쳐 날뛰면서 한 주

양들의 폭력

에 세 명의 여성을 죽인 플로리다의 솔트스프링스에서는 시민들이 "악어들에 대해 전쟁을 선포"했다. 그게 덫을 놓느라 바쁜 사냥꾼이 묘사한 내용이다. 그는 "사람들이 완전히 돌아버렸다"고 말했다. 냉정한 이성을 가진 사람들의 목소리가 우위를 점해 그보다 좀 더 평화적인 접근법을 택한 경우들도 있다. 예를 하나 들어보자. 올해 초 인도의 뭄바이에서는 표범들이 떼를 지어 마을로 들어와—도시 한가운데에 있는 숲에서 한가로이 걸어나왔다—총 스물두 명을 죽였다. 그 숲에서 야생 생태계를 사십 년 동안 관찰한 환경운동가 J. C. 대니얼은 "우리는 동물들이 왜 숲 밖으로 나오는지 연구해야 한다. 전에는 한 번도 나온 적이 없었다"고 말했다. 사람들은 이 문제에 대해 창의적으로 대응했다. 야수들을 달래려는 바람에서—그리고 분노한 고양이 신을 달래기 위해 희생제물을 바치는 괴이한 성격을 함축한 행동으로—이 지역의 공무원들은 숲에 각각 수백 마리의 새끼 돼지와 토끼를 놓아주고 있다. (열왕기 하 17장 25절. "그들이 처음으로 거기 거주할 때에 여호와를 경외하지 아니하므로 여호와께서 사자들을 그들 가운데에 보내시매 몇 사람을 죽인지라.")

중국에서는 반려동물들이 변하고 있다. AP 통신은 "올해의 첫 여섯 달 동안에만 베이징에서 약 구만 명의 사람들이 개와 고양이에게 공격당했는데, 정부에 의하면 이는 작년 같은 기간에 비해 34퍼센트 증가한 수치"라고 보도했다. 동물들이 다른 지역에 비해 무기에 대해 좀 더 자유로운 의지를 가지고 있을 가능성이 있는 미국에서는 지난 이 년 동안 최소한 네 명이 자신이 기르는 개가 쏜 총에 맞았다. 그중 한 건에서는 전기충격 총이 사용되었다. 한 건은 주인이 개를 죽이겠다고 마음먹고 구타하는 과정에서 발생한 것으로 알려져 있다. 그렇다면 그 살해 사건은 실제로 정당방어로 설명할 수 있을 것이다. (멤피스에서 일어난 세 번째 사건에서는, 주인이 여자친구와 다투는 동안 개가 등 뒤에서 주인을 쐈다―이 건은 단순 사고였을 가능성이 있다.)

이백 마리의 개가 무리를 이루어 산을 내려와―알바니아에서 벌어진 일이다―마무라스라는 도시의 중심가로 바로 진격해서 노인과 젊은이를 가리지 않고 공격했다. 개들은 "사람들을 바닥에 끌고 다니면서 심각한 부상을 입혔다". 한 목격자는 그 무리에 "분명하게 식별되는 리더"가 있었다고 말했다. (이게 알바니아에서 정기적으로 벌어지는 일일지도 모른다고 생각할까봐 말하는데, 이 도시의 시장인 안톤 프로쿠는 "이백 마리의 버려진 개들이 산에서 내려와 도심 한복판에서 사람을 공격하는 일은 영화에서조차 본 적이 없다"고 말했다.)

"분명하게 식별되는 리더"라. 다른 지역에서도 조직, 협력 관계를 시사하는 사건들이 있었다. 인도에서는 가장 교통량이 많은 고속도로 중 한 곳이 한 번에 이천 마리에 이르는 원숭이들에 점령당해 완전히 막히는 일이 반복적으로 발생한다. BBC에서는 "침략자 원숭이들의 군대"라고 표현했다. "우린 새로운 부대가 불과 몇 주 전에 이 지역에 들어온 걸 이미 목격했습니다." 그 지역 공무원은 BBC에 이렇게 말했다. 그들은 그 집단을 "이주"시키는 방안에 관해 이야기했다. 영국에서는 지난 십 년 동안 쥐의 개체수가 40퍼센트 증가했는데, 노인들은 2차 세계대전 당시의 야간공습 이후로 이렇게 많은 쥐를 본 적이 없다고 말한다. 과학자들은 쥐들이 "다른 쥐들로부터 쥐약을 피하는 법을 배우고 있다"면서, 그렇지 않고는 쥐들의 급증 현상을 달리 설명할 방법이 없다고 못 박았다. 아무튼, 이 숫자를 다시 들여다보자. 우리는 4~5퍼센트가 아니라, 40~50퍼센트 수준의 증가를 지속적으로 목격하고 있다.

최소한 한 경우에서는, 명백하게 기술적 혁신이라고 볼 수 있는 상황이 개입했다. 세네갈의 초원지대 가장자리에 사는 침팬지 무리는 이빨을 이용해서 날을 다듬는 방식으로 창을 만들고 사용하는 방법을 배웠다. 우리는 이 침팬지 무리를 이백여 년 동안 관찰해왔는데, 이들은 한 번도 창을 사용한 적이 없다. 이제 이 침팬지들은 창을 이용해 작은 갈라고 원숭이galago[6]들을 사냥하기 시작했다. 갈라고 원숭이들은 속이 빈 나무에 숨어서 산다. 침팬지들은 사람이 개구리를 잡아 꿰듯이 갈라고 원숭이들을 퐁듀처럼 창에 꿰어 끄집어낸다. 침팬지 한 마리가 처음으로 이런 식으로 무기를 사용

---

6   부시베이비bushbaby라고도 부른다. 야행성으로 여러 종류가 있는데 작은 종류는 500그램 내외, 조금 큰 종류는 1킬로그램이 조금 넘는 소형 동물이다.

하는 게 관찰되고 나서 일 년 동안 총 스물두 번에 걸쳐 이들을 관찰한 결과, 아홉 마리의 다른 침팬지들이 같은 행동을 하는 게 포착되고 녹화되었다. 이는 최소한 침팬지의 수준에서는 급진적이라고 볼 수 있는 행동의 변화가 한 세대 안에서 일어났다는 사실을 시사한다.

이런 일을 과학적으로 캐보면, 그 원인이 불안할 정도로 근원적인 데 있다는 걸 알 수 있다. 지구온난화가 진행되면 진화가 빨라진다. 우리는 이 사실을 이미 오래전부터 알고 있었다. 대학 생물학에서 배우는 내용이다. 적도 근처에서는 진화의 속도가 더 빠르다. 열은 분자의 활동을 더 빠르게 만든다. 오징어 군집의 예를 들어보자—이 군집은 둘로 나뉜다. 한 그룹은 알래스카 근처에 머무르고, 다른 그룹은 페루 연안으로 내려간다. 그로부터 오천 년이 지난 뒤에 각 그룹을 찾아가보자. 알래스카에 머문 그룹은 서서히 두 개의 종으로 나뉘고 있다. 페루로 내려간 그룹은 스물여섯 개의 종으로 쪼개졌고, 더이상 예전의 모습을 찾아볼 수 없다. 그런데 요즘에는 지구 전체가 페루 연안과 같은 효과를 경험하고 있다. 더 뜨겁고, 더 밝다. 동물들은 예전과 다르게 움직이고 있다. 가지 말아야 할 곳에 모습을 드러내고, 예전과 다른 시간에 자고, 예전과 다른 것들을 먹는다. 현장 요원들 누구와 이야기해보든, 안내서가 예전에 비해 열 배의 속도로 쓸모없어지고 있다. 2001년 한 연구자는 BBC에 이렇게 말했다. "매일매일에 대응해서 유전적 변화가 일어납니다. 오

년 정도 되는 짧은 기간에도 이런 변화가 포착됩니다. 진화가 일어나고 있는데, 그 속도가 아주 빠릅니다." 그는 모기의 어떤 특정 종에 대해서만 이야기한 것이었다. 유진에 소재한 오리건 대학의 크리스티나 홀차펠 박사는 캐나다 붉은청설모 집단 내부에서 벌어지고 있는 변화를 지켜봐왔다. 그녀는 〈사이언스〉와의 인터뷰에서 이렇게 말했다. "표현형 적응성이 전부가 아닙니다" 그녀의 발언은 계속된다. "연구 결과들을 통해, 지난 수십 년 동안에 걸쳐 이루어진 급격한 기후변화가 동물들에게 여러 세대 동안 이어질 수 있는 유전적 변화를 일으켰다는 것을 알 수 있습니다." 가장 최근에는 〈스미스소니언〉에 "최근 들어 식물과 동물 모두 훨씬 빠르게 변화하고 있다는 증거들이 나타나고 있다"는 요지의 글이 실렸다.

요컨대, 좋지 않은 시점에 모든 동물들의 분노가 우리 인간을 향하고 있다는 뜻이다. 동물들의 성질이 바뀔 것으로 예상되는 그 순간, 놈들이 엄청난 속도로 진화할 것이기 때문이다.

내가 리벤굿의 컴퓨터에서 점을 클릭하는 동안 특히 눈에 띈 것은 내가 인터넷에 뜨는 뉴스들을 대충 쫓아다닐 때 보았던, 압도적인 비율로 나타나던 "첫" 공격이라는 경향이 여기에서도 똑같이 나타난다는 것이었다. 요컨대, 표범이 떼를 지어 붐비는 도시로 들어가 살상을 저지른다든지 하는 식의 전례 없는 유형의 공격을 감행하는 데 그치지 않고, 전에는 사람을 죽이겠다는 욕망을 한 번도 드러내지 않았던 동물들이 사람을 죽이는, 처음 보는 경우들이라는 것이다.

불과 이 년 전인 2006년 10월, 미래연구소—"보다 풍부한 정보에 근거해 미래에 대한 결정을 내리고, 다양한 기관들과 협력해 그들을 향상시키는" 일에 상당한 규모의 예산을 투여하는, 미국에 본부를 둔 "독립적인 비영리 연구 그룹"—의 웹사이트에 이런 포스팅이 올라왔다. 내부적으로 지적인 교류가 가능하고 해체할 수 없는 한 그룹이 너무나 노골적으로 움직인 첫 번째 경우라, 이 문제를 둘러싼 전체적인 상황에 대해 처음으로 주의를 환기시키려고 한다는 내용의 글이었다.

"이 건을 미지의 것들 가운데 가장 거친 경우들의 하나로 정리해두자. 그런데 동물에 의한 공격의 횟수를 예전에는 큰 문제가 없다고 보았거나, 반드시 증가세에 있다고는 보기 어렵다고 판단하지 않았던가? 전에는 특별히 공격적이지 않던 동물들에 의한 공격 횟수가 증가하고 있음을 보여주는 다른 흥미로운 통계가 있는가?"

블로거이자 동료 탐색자인 알렉스 수정-김 방은 당연히 있다고 말한다.

돌고래가 인간을 공격하는 사례도 눈에 띄게 늘어나고 있는데, 특히 공격적인 성향을 보이는 개체들이 멕시코의 칸쿤 해안에서 수영하는 사람들을 반복적으로 공격해 피해자가 수십 명에 이르고, 그중 최소한 두 명이 살해되었다. 또

한 별다른 이유 없이 익사한 경우들도 여러 건 있는데, 이들 역시 돌고래들에 의해 물속으로 끌려 들어갔을 가능성이 있다. 돌고래의 공격으로 확인된 경우들에 대한 의견을 듣기 위해 연락해본 해양생물학자들은 하나같이 똑같은 반응을 보였다. "돌고래의 치명적인 공격 같은 건 존재하지 않습니다."

이 소식은 브르타뉴의 브레젤렉항港에 소재한 '어부와 요트맨협회' 회장인 앙리 르 레이에게 경각심을 불러일으킬 것이다. 그는 배 위의 어부들을 습격해온 장 플로크라는 별명의 "미치광이 돌고래"에 대해 기자들에게 이야기했다. "놈은 미친개 같아요." 르레이는 말했다. "나는 과부나 고아들을 보고 싶지 않아요. 이러다 끝이 안 좋을 수도 있어요."

바다사자들 또한 사상 처음으로 인간들을 타격 대상으로 삼고 있다. 실수로 부딪히는 게 아니라, 한바다에서 의도적으로 인간을 추격하는 것이다. 알래스카에서는 바다사자 한 마리가 배 위로 뛰어올라 갑판에 있던 어부 한 사람을 쓰러뜨린 뒤, 물로 끌고 들어가는 일이 있었다. 바다사자는 어떤 종류의 갈등도 피해 도망치는 걸로 유명하다. 이에 대한 전문가의 의견은? "비정상적인 행동입니다."

이런저런 신화들에 비춰봐서는 그럴 거 같지 않지만, 유럽인들이 북미를 점령한 이후의 역사에서 (광견병에 걸리지 않고, 기아 상태에 처하지 않은) 건강한 늑대가 사람을 물어 죽인 기록은 단 한 건뿐이다. 이 사건은 2005년 알래스카에서 일어났다. 한 사내가 소변을 보러 나간 건지 별을 보러 나간 건지, 아무튼 밖으로 나갔다. 사람들이 그의 시신을 찾아냈을 때에는 이미 청소동물들까지 다녀간 뒤였다.

우간다와 탄자니아에서는 "자신들의 숲속 서식지가 파괴되는 와중에 살아남기 위해 분투하는 침팬지들이 인간의 아기들을 잡아채가서 살해"하는 일들이 벌어지고 있다. 침팬지들은 지난 칠 년 동안 열여섯 명의 아기를 납치해갔고, 그중 절반이 발견되기 전에 살해당했다. 이 사건을 기록한 글에 따르면, 침팬지들이 아기들을 먹는 건 "최근 들어 새로이 나타나고 있는" 변화다.

클릭, 클릭, 클릭—이런 사례들이 끝없이 나타난다. 벨라루스에서는 비버들이 사람을 공격하고 있다("[이 나라의 오랜 역사에서] 비버가 사람을 공격한 사건은 최초인 것으로 기록되었다"). 아주 최근에 비슷한 사건이 스웨덴의 린데스베리에서 벌어져 한 여성이 병원에 실려갔다. 시 공무원이 보고한, 그 마을 사람들의 전혀 스웨덴인답지 않은 반응은? "강에서 비버 네 마리가 사살당했고, 나머지도 처리될 것이다. 그런 후에 다른 가족이 와서 자리 잡지 못하도록 비버 둥지도 폭파할 것이다." 이와 관련된 별로 편안하지 않은 소식이 워싱턴 D. C.에서 나왔다. "비버들이 도시 안으로 급속히 서식지를 넓히고 있다"는 소식이다.

이 모든 사례들은 약간 과장되어 보이고 중요한 사실들이 몇 가지 빠져 있는 것 같은 느낌을 주지만, 이렇게 황당한 면이 있으면서도 누가 지어냈을 것 같지 않은 이야기도 있다. 바로 노스캐럴라이나주 남동부에서 조깅하던 한 남자의 이야기이다. 목격자들에 의하면, 그가 바닷가의 보드워크를 뛰고 있을 때 덩치가 커다란 한 무리의 수소라게들이 모여들더니 커다란 한쪽 집게를 앞으로 내민 쿵푸 비슷한 자세로, 마치 그를 부두에서 떨어뜨리겠다는 듯 접근했다는 것이다. 그리고 이런 사례들에서 언제나 그렇듯이, 동물학자의 말이 주문처럼 인용되어 있다. 처음 기록된 일이고… 전에도 이런 일이 있었다는 건 알려진 바가 없고… 관련된 자료들을 검색해봤지만 비슷한 사례를 찾을 수가 없었고… 전문가들도 놀랐고… 비정상적이고… 처음 들어본 일이고… 등등.

리벤굿이 돌아왔을 때, 나는 의자에서 15센티미터 정도 가라앉아 있었다. 아마도 사악한 비디오게임에 영혼이 완전히 털린 사람처럼 보였을 것이다.

"여전히 '회의적이긴 한데 궁금'한 상태인가요?" 리벤굿이 말했다. (우리가 처음 전화 통화를 했을 때, 그는 내 '입장'이 어떤지 물었고, 나는 "회의적이긴 한데 궁금"하다고 대답했는데, 사실 그 말에는 아무 의미도 없었다—그런데 그 말이 그의 뇌리에 박혀 있었던 것이다.)

나는 무어라 중얼거렸다. 그러자 리벤굿은 한숨을 푹 쉬면서 지겨운 척 대답했다. "그렇죠 뭐. 무슨 일인가가 벌어지고 있어요." 그러더니 자신의 검은 사무용 의자에 앉아 일 분가량 의자를 흔들거리며 손가락 끝을 마주 두드렸다.

"불가능한 일이에요." 내가 말했다.

그러자 그는 나를 쳐다보더니, 내 말은 듣지도 못했다는 듯이 말했다. "자! 아무래도 나하고 같이 아프리카에 가야겠어요!"

우리는 케냐의 북동쪽, 원래는 유목인들의 땅이었던 건조 지대로 가고 있었다. 나이로비에서 북동쪽으로 560킬로미터가량 떨어진 곳으로, 소말리아와의 국경에 인접한 만데라라는 지역이었다. 하지만 마크는 계속 우리가 "그라운드제로에 가고 있다"고 말했다.

2000년—마크는 반복해서 "영년"이라고 불렀는데, 이처럼 고집스러울 정도로 노골적인 태도를 보이는 게 그가 학계에서 존재감이 전혀 없는 것과 관계있다는 사실을 조금씩 파악하는 중이었다—이 지역에 있는 여러 마을들 중 그리 멀리 떨어져 있지 않은 두 마을에서 서로 무관한 두 건의 사고가 같은 달에 일어났다.

다카르 출신의 키가 크고 보기 드물게 자세가 곧은 실라 폴이라는 젊은 여성이 우리를 마중 나왔다. 그녀는 땋은 머리에 온통 흰 옷을 입고, 목에는 푸른색 반다나를 두르고 있었다. 그녀는 유니세프의 이 지역 담당관이었다. 그녀는 우리를 마을로 데려갔다. 자리 잡힌 마을이라기보다는 일종의 캠프에 가까워 보였다. 하지만 그곳에 거주하는 사람들은 모두 건강해 보였다. 유니세프에서는 새 우물 파기 사업을 관장하고 있었다. 마을 사람들은 우리를 앉혀놓고 키캄바어 Kikamba[7]로 이루어진 일종의 공연을 보여주었다. 줄거리 정도는 이해할 수 있었다. 한 사내가 아프다. 그는 환자다. 다른 사내가 오는데, 그는 치유자다. 두 사람이 이야기를 나눈다 ─오래된 유대를 확인한다. 두 사람은 같이 춤을 춘다.

우리는 실라 폴의 뒤를 따라 걷는데 그녀의 걸음걸이는 무척 빠르다. 폴은 유니세프가 진행한 개선 사업의 결과를 모두 보여주었다─하지만 그녀는 자부심에 차 있다기보다는, 어찌 됐든 이 정도는 했다는, 불안에 가까운 감정을 드러내 보이고 있었다. 병원. 학교. "2000년에는 이렇지 않았어요." 그녀가 말했다. "2000년에 군 트럭으로 지원받지 않았다면, 이 정도도 없었어요. 우린 죽어가고 있었어요."

"이 집에 사는 여성은," 그녀는 걸음을 멈추지 않은 채 손가락으로 가리키면서 말했다. "오늘 여자형제네 집에 갔대요." 잠시 후 우리는 방금 전에 본 것과 똑같은 오두막 앞에 멈춰 섰다. 마크는 몸의 중심을 한쪽 발에서 다른 쪽 발로 옮기며 콧노래를 흥얼거리는 것으로 흥분된 마음을 드러내고 있었다. 오두막의 어두컴컴한 안쪽에서 긴 치마와 티셔츠를 입은 중년 여성이 모습을 드러냈다. 실라 폴이 그녀에게 키캄바어로 말했고, 그녀가 실라 폴에게 키캄바어로 말했

---

7   혹은 단순히 캄바어Kamba라고도 한다. 반투인에 속하는 캄바족 사람들이 사용하는 언어이다. 캄바족은 주로 케냐에 거주하지만 우간다와 탄자니아에도 분포되어 있다. 이 언어의 사용 인구는 대략 사백만 명 정도이다.

고, 실라 폴은 마크에게 다시 영어로 말했다. "여러분을 환영한대요. 여러분이 누군지 알고 있고, 알고 싶어 하시는 장소로 안내하겠대요." 그녀의 이름은 카케냐 왐보이었는데, 마크는 내게 보낸 이메일에서 그녀를 "참전 용사"라고 불렀다.

이 지역에 최악의 가뭄이 닥친 2000년 봄, 물을 싣고 온 세 대의 탱커를 둘러싸고 원숭이들과 사람들 사이에 두 시간에 걸쳐 격렬한 전투가 벌어졌다. 우리 네 사람이 180미터 정도 되는 오븐처럼 뜨거운 마을의 좁은 외곽길을 걸어서 빠져나가는 동안, 그 전투에 참여했던 카케냐 왐보이는 마크가 미리 준비해놓은 듯한 아주 구체적인 질문들을 받고 실라 폴을 통해 하나하나 대답했다. 탱커에서 물을 얻기 위해 사람들이 달려가던 이야기, 하지만 불과 몇 초 안에 원숭이떼가 나타난 이야기 등, 그날의 싸움에 관한 내용이었다. 원숭이떼는 탱커들 사이와 주변을 돌아다녔다. 다른 놈들은 길 건너에서 다가왔다. "그놈들은 우리를 물고 할퀴었어요. 트럭 위에 올라가서 우리한테 돌을 던졌어요. 제 남편은 지금은 죽고 없는데, 죽기 전까지 그놈들이 던진 돌에 머리가 깨진 자국을 이마에 달고 살았어요. 그놈들이 얼마나 강한지 당신들은 몰라요! 놈들은 열 명이나 쓰러뜨렸어요. 우린 할 수 없이 달아났어요. 남자들이 도끼를 들고 돌아왔어요. 원숭이들은 이미 물을 다 마셨고요. 남편 말로는 그놈들이 밸브를 열 수 있었대요. 운전사들은 무서워서 그대로 차 안에 남아 있었어요. 남자들이 가서 도끼로 여덟 마리를 찍어 죽이고 나서야 놈들이 달아났어요. 전에는 운전사들이 마을에서 하룻밤을 보내고 돌아가곤 했는데, 그날은 서둘러서 물을 뺐어요. 그리고 우리가 물을 채 다 빼기도 전에 트럭을 몰고 가버렸어요. 어떤 물은 썩은 통에 받는 바람에 다 상했고, 원숭이가 삼분의 일은 벌써 가져가버린 뒤였죠. 그 가뭄으로 인해 죽은 사람들 중 대부분은 그해 봄에 죽었는데, 제 남편은 늘 그 원숭이들이 그 사람들을 죽인 거라고, 원숭이들이 그 전쟁에서 이겼다고 말했어요".

그녀는 원숭이가 도끼를 휘두르며 승리의 환호성을 내지르는 것 같은 몸짓을 흉내 냈다.

어느 지점에 이르자, 실라 폴이 그녀를 제지하면서 이제 그만 가야 한다고 말했다. 마크가 가보고 싶어 하는 다른 장소까지 가려면 차로 두 시간은 가야 했는데, 날이 어두워진 뒤에는 그 길을 피해야 하기 때문이다. 그 길은 소말리아와의 국경지대에 있었다(그녀는 기관총을 뜻하는 몸짓을 보여줬다). 우리는 카케냐 왐보이에게 작별을 고해야 했다. 마크는 더 알고 싶은 게 있었을까?

"침팬지들이 공격해올 때 어떤 종류의 신호를 보내던가요? 어떤 소리를 질렀죠? 아니면 아무 소리도 안 냈나요?"

카케냐 왐보이는 전투가 벌어지던 내내 원숭이들이 떠들어댔다고 했다. 소리를 지르는 게 아니라. 그보다는 말하는 것에 가까웠다고 했다. 그러고 나서 그녀는 다른 것을 이야기했다. 실라 폴이 전해준 건 이런 내용이었다. "왐보이는 두 분을 만나 도와줄 수 있어서 기쁘대요. 그리고 집을 보셨다시피 자기는 아주 가난하고, 두 분이 좋은 분이라는 걸 알겠고, 그래서 자기를 좀 도와주었으면 좋겠대요." 이건 분명히 해두는 게 좋을 것 같은데, 마크는 나를 쳐다봤다.

여러분은 이제 마크 리벤굿에 대해 조금 알게 됐으니, 우리가 실라 폴과 함께 차를 타고 가는 동안 리벤굿이 침묵을 지켜준 것에 대해서도 감사하게 됐을 것이다. 그는 무언가 심각한 생각을 공글리고 있었다. 실라 폴은 운전하는 동안 주로 그녀가 미국에서 지낸 몇 해 동안의 일에 대해 이야기했다. 나는 그녀에게 리벤굿이 왜 지금 우리가 가고 있는 곳에 가려고 하는지, 리벤굿이 믿고 있는 게 무엇인지 등을 물어보고 싶어 애가 탔지만, 마크가 있는 곳에서는 그럴 수가 없었고 동시에 두 사람을 떼어놓을 방법도 생각나지 않았다. 마침내 밴이 방향을 바꾸더니 속도를 늦췄고, 우리는 타이어를 통해 전해진 갑작스러운 저항을 통해 차가 모래밭에 들어섰다는 걸 알았다. 우리는 차에서 내려 걷기 시작했다. 내가 실라 폴에게 물었다. "여기에 와본 적 있어요?"

그녀가 고개를 끄덕였다. "여기서 자랐어요."

우리는 낮게 형성되어 있는 사암들 사이로 이십 분 정도 걸어갔다. 우리는 원뿔 형태의 실감개를 거꾸로 놓은 것 같은 모양으로 뚫려 있는 지구의 구멍, 마치 싱크홀이 메꿔지고 남은 부분 같은 곳에 도착했다. 그곳 바닥에는 물이 고여 있었다. "건강한 물이에요." 실라 폴이 말했다. 저 아래까지 미끄러져 내려갈 수 있는 홈이 패어 있는 곳이 가장자리에 한 군데 있었다. "전 2000년에 여기에 없었어요." 실라 폴이 말했다. "그런데 그해에 만약 사람들이 말하는 것처럼 그렇게 가물었다면, 물웅덩이는 저 아래에만 있었을 거예요. 아마 인근 몇 킬로미터 내에서는 저기가 물이 있는 유일한 장소였을 거예요."

그해 2월, 알리 아담 후세인이라는 이름의 목동이 그 웅덩이로 미끄러져 내려갔다. 아마도 자기 갈증을 달래려는 것보다는 그가 몰고 있던 소들에게 조금이라도 물을 먹이려고 그랬을 것이다. 아래로 내려와 위를 올려다본 소년은 몇 마리의 원숭이가 모여 자신을 내려다보고 있는 모습을 발견했다. 아담 후세인은 아마 자신이 가지고 있던 무기로 손을 뻗쳤던 것 같다. 그러자 원숭이들은 돌을 들어 그의 머리를 향해 던지는 것으로 응수했다. 그는 그로부터 몇 시간 뒤 우리가 방금 출발한 만데라로 이송되었지만 사망했다. 그곳의 간호사는 그저 "심각한 두부 부상"이라고만 사인을 설명했다.

마크는 실라 폴에게 허락을 구하지도 않고 물웅덩이를 향해 미끄러져 내려갔다. 실라 폴과 나는 약간 놀라 그를 지켜보기만 했다. 그 역시 충동적으로 행동한 것 같았다. 하지만 일단 바닥에 도착하자, 그는 그곳에 내려간 목적을 보여줬다. 그는 카키색 센터브룩 대학 모자 뒤로 포니테일을 끄집어낸 채 짝다리로 서서는 나를 올려다보며 수염 사이로 미소를 지어 보였다. 내가 그에게 말했다. "지금 무슨 생각을 하고 있는지 말해봐요."

"나는 지금 그 사람이 서 있던 자리에 서 있어요, 존." 마크 리벤굿은 말끝에 자기가 마주하고 있는 상대의 이름을 붙이는 버릇이 있었다.

"그게 무슨 말이에요?" 내가 말했다. (제대로 된 질문은 아니었다. 리벤굿은 때때로 내가 자기한테 미끼를 던지게 만드는 걸 좋아했고, 나는 거기에 적응했을 따름이다.)

"이게 무슨 얘기냐고요?" 그가 말했다. "이건, 내가 지금 **첫 희생자**가 서 있던 현장에 서 있다는 뜻이에요." 그는 내가 강조해서 써야겠다고 느끼게 한 말투로 '첫 희생자'라는 두 단어를 말했다. "이건 지금 우리 세 사람이 자연과학의 연대기에 알려져 있지도, 연구되지도 않은 사건의 현장에 서 있다는 뜻이에요. 오늘 내가 들은 얘길 당신도 들었잖아요. 그게 무슨 뜻이겠어요." 그러고 나서 그는 수십 분 동안 사진을 찍어댔다.

덕분에 나는 마침내 실라 폴과 정상적으로 이야기를 나눌 수 있었고, 그녀에게 물었다. "저 사람이 왜 여기에 와 있는지 아시나요?"

"과학자잖아요." 그녀가 말했다.

"구체적으로 말이에요. 모르세요? 구체적으로 말하자면, 저 사람은 지금 동물들이 우리를 공격하기 시작했다고 믿고 있어요. 우리가 지금 막 동물과 인류 사이의 전쟁을 경

험하려는 참이고, 그게 이 지역에서 시작될 거라고요. 이미
시작되었을 수도 있고요."

"선생님도 그걸 믿으세요?" 그녀가 물었다.

"아뇨." 내가 말했다. 나는 그녀에게 자신의 생각을 돌
려 말할 필요가 없다고 말하고 싶었지만 적당한 방법을 찾
지 못했다. 그녀는 직업적인 이유로 그 자리에 와 있는 것이
었다. 나 역시, 좀 기형적인 형태이긴 하지만, 마찬가지였다.
내가 그녀에게 말을 거는 건 그야말로 이를테면 멍청한 짓이
었다. 하지만 나는 나이로비 공항을 떠난 이후로 쉬지 않고
떠들어대는 마크의 이야기를 듣고 있었고, 그녀 역시 잘 적
응하는 것처럼 보였다.

"대부분의 사람들은 아마 저 사람이 제정신이 아니라
고 생각할 거예요." 내가 말했다.

실라 폴은 대수롭지 않다는 듯이 대답했다. "그럴지도
모르죠."

"지금 그 말은 저 사람이 제정신이 아닐지도 모른다는
뜻인가요, 아니면 동물 대 사람의 전쟁이 벌어질지도 모른다
는 뜻인가요?"

그녀가 다시 한 번 어깨를 으쓱해 보였다.

이 이야기는 이 지점에서 장애물을 만난다. 우리가 미국
에 돌아오고 나서 얼마 되지 않아 마크 리벤굿이 센터브룩
대학에서 해고됐기 때문이다. 리벤굿도, 대학의 어느 누구도

리벤굿이 소송을 제기하려 한다는 것만 확인해줄 뿐 그 외에는 어떤 것도 말해주려 하지 않았다. 나는 신원을 밝히고 싶어 하지 않는 그 타운의 누군가로부터 리벤굿이 데이턴에서 은퇴한 기술자인 아버지와 함께 살고 있다는, 혹은 두 달 전까지는 그랬다는 이야기를 전해 들었다. 나는 리벤굿에게 전화를 걸어달라고 부탁하는 메시지를 남겼고, 결국 통화할 수 있었다. 나는 무슨 일이 생긴 건지 물었다. 그는 거의 으스대는 음성으로 이렇게 말했다. "존, 나중에 이 이야기가 알려지면 당신은⋯ 그냥, 마크 리벤굿은 더이상 이런 식으로 괄시당할 존재가 아니라는 정도만 얘기해두죠. 알았죠?" 그는 정확하게 이야기하길 거절했고, 통화를 시작하고 거의 삼십 초도 안 됐을 때 이 모든 일에 구역질이 난다는 듯한 목소리로 전화를 끊었다. 나는 아무 데나 일단 찔러보자는 심정으로 그 학교의 기술 담당 부서 직원에게 전화를 걸었고, 그는 자신의 부서장이 통화하면서 이건 전적으로 "컴퓨터에 관련된 일"이라고 하는 걸 들었다고 말했다.

말할 것도 없이, 리벤굿이 전면에 나서지 못하는 상황에서 이 이야기를 진행하는 건 상당히 까다로운 일이었다. 나는 그 분야에 있는 이들 중에서 리벤굿에 대한 이야기를 뭐라도 해줄 수 있는 사람을 전혀 찾을 수 없었다. 그건 그에 대해 조금이라도 아는 사람이 전혀 없었기 때문이다. 인터넷에 돌아다니는 게 전부였다. 학교에서 만난 그의 같은 과 동료조차, 학과장으로서 내게 해준 이야기에 따르면, 학교에서 리벤굿이 "무언가를 조직하려는 모종의 큐레이터 작업"
에 연루되어 있다고 본 거 같다고 했다. 리벤굿은 앨라바마
주의 버밍햄에서 간행되는 〈말썽꾸러기 대장Varmint Masters〉이
라는 잡지에 한 번 소개된 적이 있었다. 이것도 다들 한번
찾아보기를 권한다. 이건 실재하는 잡지다. 이 잡지는 '말썽
꾸러기'라는 단어의 의미를 아주 급진적으로 재해석했다. 이
들은 야생의 무스 같은 것들을 사냥한다. 어떤 나라, 이를테
면 오스트레일리아 같은 곳에서 이따금 지나치게 많이 번식
한 외래종 때문에—한 번은 낙타였다—문제가 발생하는 경
우가 있는데, 이럴 때 이 '말썽꾸러기 대장'들이 사방에서 고
성능 사냥총과 기타 등등을 들고 몰려든다. 이 글을 쓰고 있
는 지금까지도 리벤굿의 기사가 들어 있는 호는 이베이에서
도 찾지 못했고, 버밍햄에 있는 잡지사 연락처도 찾지 못했
다. 리벤굿은 여태까지 사냥감으로 여겨지지 않던 동물들을
좀 더 능숙하게 잡는 사냥꾼이 되고 싶어 하는 사내들로 이
뤄진 소수의 그룹과 연계되어 있었던 걸까? 지금은 이런 질
문을 비롯한 여러 질문들에 대답해줄 사람이 아무도 없다.
어느 학회에서 리벤굿을 만난 걸 기억하는 동부 해안 지역
에 있는 대학의 해양생물학자—자신의 학교와 이름 어떤 것
도 공개하지 말 것을 요청했다—가 한 사람 있긴 했다. "그
사람이 말하는 어떤 점들이 사실 상당히 흥미롭긴 했어요.
하지만 그때만 해도 주로 포식자의 먹이 활동 패턴이라든가,
영양 섭취의 장애 요소 같은 것들이 주관심사였어요. 그런

데 그후로 무언가 심각한 문제를 겪은 거 같아요. 이런저런 이야기가 들려요."

　나는 그 '이런저런' 이야기들을 리벤굿으로부터 들었다. 우리 모두 그랬어야 마땅한 일이었고, 어쩌면 지금도 여전히 그렇다. 그 일이 이제는 미래로 미뤄졌는데, 내 생각에 그 미래란—우리가 이 정도는 동의한다고 보는데—확실하게 이끌어주는 손 없이 성큼성큼 나아가기에는 상당히 거친 지형의 땅이다. 나는 리벤굿이 모아놓은 자료들 중 불과 몇 조각과 그가 구체화시키려 한 생각의 대담성에 근접한 어떤 것의 그림자를 담은 이 에세이를 그 증거로 제출한다. 나는 뉴스에서 동물이 등장하는 또 다른 뉴스를 접할 때마다 그를 생각한다. 어떤 환자가 곧 세상을 떠날지 미리 예견하고 그 환자가 사망할 때까지 그 침대에 가서 앉아 있었다는 로드아일랜드주 소재 요양원의 고양이에 대한 이야기? 마크 리벤굿은 틀림없이 몇 가지 생각이 있을 것이다.

　실제로, 반려동물의 충실성이라는 문제는 우리가 나이로비에서 함께 지낸 마지막 밤에 그가 쉬지 않고 반복해서 말하던 주제였다. 이를테면, 개들은 늑대로 살았던 시간과 개로 살았던 시간이 각각 영원에 가까울 정도로 길지만, 늑대들이 개들에게 선택하라고 요구할 때 어느 쪽이 유전적으로 더 설득력이 있는 것으로 드러날까? 개들은 우리에게 덤벼들까, 아니면 우리를 보호할까? 개들은 사람 아니면 늑대를 선택해야 하는 순간에 도달할 것이다.

그날 밤 우리는 공항에서 1.6킬로미터 정도 떨어진 곳의 불편할 정도로 작은 야외 테이블에 마주 앉아 있었다. 그는 말했다. 나는 왼손으로는 마시면서 펜을 쥔 손을 내달렸다. 그는 사태가 어떻게 진행될지, 그 사태가 실제로는 어떻게 시작될지 이야기하다 서너 문장에 한 번씩 두 손을 들어 "멈춤" 표시를 하고는 "예상이에요! 예상!"이라고 말했다.

그는 내가 여태 들었던 지구의 마지막 전쟁에 대한 묘사 가운데 가장 으스스한 모습—이 행성에서 존재하는 것 자체가 위태로워진 상태를 그려냈다. 불확실성과 공포가 급격하게 다가오는 시대, 모든 생물학적 지형에서 점점 더 거세게 닥쳐오는 공격의 파도, 아마도 돌고래의 음파 명령에 따라 심해에서 올라와 해양 운송을 마비시키는 미지의 존재들. 숲속은 더이상 캠핑에 적합한 장소가 되지 못할 것이다. 들고양이, 사슴, 무스가 떼를 지어 다니니까. 하이킹을 갔다가 무스떼에 짓밟힌 사람들을 본 적이 있는가? 깡통들이 깡통분쇄기에 들어간 모습 같다고 생각하면 된다.

한동안은 이게 곧 지나갈 일종의 단계라는 희망에 매달릴 것이고, 사람들의 마음을 위로해주려는 온갖 종류의 이론들이 난무할 것이다. 태양의 흑점 때문이라느니, 지구 중심에 있는 자기의 영향이라느니 매주 다른 설명이 나오겠지만, 하지만 언제나, 리벤굿이 즐겨 쓰는 말처럼, "전기가 다시 들어올 것"이라는 조짐이 또다시 나타날 것이다.

그는 내게 말했다. "이 사실을 이해해야 돼요. 이건 생물학적인 시스템이 정상적으로 작동하고 있는 거예요. 우린 이 동물들한테 위협적인 존재예요. 동물들은 자연이 설계해준 대로 움직이고 있을 뿐이고요. 그런 면에서 보자면, 내가 주장하는 건 전혀 혁명적인 게 아녜요. 심지어 내 연구에 새로운 게 전혀 없다고 말할 수도 있어요. 우리가 다른 종류의 위협일 뿐이라는 사실을 기억할 때 이 이야기가 정말 재미있어져요. 동물 눈에는 우리가 어쨌거나 이 지구를 장악하고 있는 단일 종으로 보일 뿐이에요. 생태계의 낮은 곳에 있는 동물들의 입장에서는 이런 건 공룡시대 이후로 한 번도 본 적이 없는 거예요. 그리고, 그 동물들이 가속화된 진화기를 관통하고 있는 중이라는 사실도 염두에 두어야 해요. 우리는 늘 공룡들이 죽고 나서 포유류가 우세종이 되었다고 하잖아요. 포유류가 어떤 역할을 했을지도 모른다는 사실은 왜 검토해보지도 않을까요?"

"포유류가 나서서 점령했다는 얘긴가요?"

"어…" 그가 말했다. "의도성이라는 건 자연선택에서는 좀 까다로운 이야기이긴 해요."

우리는 잠시 차를 마시며 침묵했다.

"이걸 생각해봐요." 마크가 말을 이었다. "지금 이 순간에도, 해군 방위 프로그램에서 훈련받다 바다로 도망친 돌고래들이 마흔 마리 정도 돼요. 그놈들이 어떤 훈련을 받았는지 우린 전혀 몰라요. 폭발물 운반? 잠수부 살해? 나는 그놈들이 2010년이 되기 전에, 일종의 지도적인 역할을 맡으면서 부상할 거라고 예상해요. 땅에서는 침팬지, 바다에서는 돌고래인 거죠. 그놈들이 지금 서로 간에 소통 가능한 일종의 신호체계를 만들고 있을 거라고 봐요. 그리고 그 장소는 서부 아프리카 해안일 가능성이 커요."

나는 그가 말하는 이 '종간 협력'에 대해 물었다. 내게는 언제나 어느 정도는 공상과학 이야기처럼 들렸기 때문이다.

"크로포트킨의 《상호부조론》[8]이라고 압니까?" 그가 이렇게 묻더니 내가 멍한 표정을 짓고 있는 걸 보고는 이렇게 덧붙였다. "그 책을 읽어보세요. 절판된 지 백 년은 됐겠지만, 그래도 읽어야 합니다. 크로포트킨은 다른 종들이 서로를 돕는 예를 수백 가지나 기록해놨어요. 그는 둘 혹은 그 이상의 종이 공동의 위협에 직면하면 공동의 방어 체계를 구축한다는 걸 발견했어요. 그 문제에 관해 한 단 하나 남는 질문은 그것의 작동 원리에 관한 거예요."

"이 모든 게 어떤 양상으로 나타날까요?" 내 질문은 이것이었다.

"알아볼 수 없을 거예요." 그가 말했다. "사람들은 떼를 지어 이동해요. 인구는 감소하고. 우린 동물 의식의 재편성

---

8 원제는 Mutual Aid: A Factor of Evolution이고, 국내에는《만물은 서로 돕는다. 크로포트킨의 상호부조론》,《만물은 서로 돕는다》,《상호부조 진화론》등의 제목으로 번역되어 있다. 다윈의 《종의 기원》에 반박하려는 목적으로 쓰인 이 책에서 크로포트킨은 생존에 유리한 조건은 개별적인 투쟁보다는 상호부조를 통해 더 효과적으로 얻어진다고 주장한다. 이 책의 첫 두 장은 동물의 상호부조, 나머지 여섯 장은 인간의 상호부조를 시대별로 다룬다.

이 이 사슬의 어디까지 진행될지 몰라요. 의식이 얼마나 깊이 침투할지 모르는 것과 정확히 같은 이유에서죠. 곤충들—그것들이 관여하게 될까요? 설치류 집단은요? 파충류는요? 지금은 의자에 앉아서 상상이나 하는 차원인 거죠."

그에게 어떤 동물을 가장 우려하는지 물었다.

"어려운 문제네요." 그가 대답했다. "돌고래라고 생각해요. 내 생각에 문제는 그놈들의 치명성이 아니라—이 문제가 지속적으로 과소평가되고 있긴 하지만요—우리 인간이 이 행성에 어떤 해를 가했는지를, 모든 동물 종들 중에 그놈들이 제일 잘 알고 있다는 거예요. 놈들은 그 행위의 엄청난 범위에 대해 알고 있어요. 다른 동물들은 갑작스러운 호르몬의 변화와 사소한 본능적인 격발 같은 것들에 반응하는 식이지만 돌고래는, 내 생각에는, 미워할 줄 아는 능력을 가지고 있고, 인간에 대한 놈들의 증오는 끝을 모를 정도예요."

"그리고 또, 지상의 동물들 가운데 가장 무서운 놈을 꼽는다면, 아마 곰일 거예요. 아니면, 침팬지와 곰이 합심해서 공격할 수도 있겠죠. 파괴력이 어마어마할 거예요. 곰은 마음만 먹으면 놀라운 사냥꾼이 되거든요. 곰 한 마리가 덤벼들 때 멈추게 하려면 총을 열 발은 맞혀야 돼요. 사냥 규칙 같은 건 사라질 거예요. 곰하고 싸우는 건 인간의 군대에 맞서 싸우는 것과 제일 가까운 일이 될 거예요. 난 곰이 무서워요. 그놈들은 사람들의 집과 자동차에 들어가는 법도 알아요. 여러 종들이 미쳐 날뛰기 시작하면…

"아, 씨발!" 그가 갑자기 멍한 미소를 지으며 말했다. "전문가로서의 내 역량을 계속 유지하려면 이런 문제에 관심을 끊어야 해요."

그는 안경을 고쳐 쓰고는 주변을 둘러봤다.

"이렇게 생각해보세요." 그가 말했다. "18세기 전반까지만 해도 북미에는 노예가 된 흑인들, 백인들 때문에 궁지에 몰린 인디언들, 그리고 불행한 가난한 백인 일꾼들이 뒤섞여서 같이 살고 있었어요. 이들을 다 합하면 거대한 규모의 다수가 돼요. 만약 어느 순간에든 이 그룹들이 자신들이 겪는 문제의 근본적인 원인이 무엇인지—각 그룹이 겪는 문제의 공통점이 무엇인지—제대로 깨달았다면, 그리고 그 원인이 당시 식민지 지배계급의 관심과 직접적으로 연결되어 있다는 사실을 깨달았더라면, 지금 우리가 살고 있는 곳은 유전적으로 유럽인들이 주류를 차지하고 있는 땅이 되지 못했을 겁니다."

"동물들 역시 자신들에 대해 같은 종류의 발견을 해가고 있어요." 그가 말했다. "그리고 내 생각엔 동물들은 그렇게 발견한 사실을 그냥 흘려보낼 거 같지 않아요."

"그래서, 결국에는 곰이 돌고래보다 더 무서운 존재가 될 거라고 생각하는 건가요?" 내가 물었다.

"어떤 게 제일 무서운지 알고 싶어요?" 그가 말했다. "제일 무서운 건 우리가 이미 알고 있는 동물들이 아녜요. 우리가 모르고 있는 동물들이 문제이지. 전 지구적으로 봤을 때 알려지지 않은 종들이 얼마나 되는지 그 통계를 본 적 있어요? 우리는 지구상에 살고 있는 것들 가운데 절반도 몰라요, 존. 마리아나해구 바닥에 내려가면… 거기에 뭐가 있는지 따져보면, 거긴 그냥 아직 발견되지 않은 행성이나 마찬가지예요. 거기에 사는 동물들이 얼마나 크고, 어떤 능력을 가지고 있는지 누가 알겠어요? 글쎄요, 동물들은 알지도 모르죠. 동물들은 거기에 뭐가 있는지, 그놈들과 어떻게 소통하는지 알고 있을 수도 있어요."

"빅블룹 소리 들어본 적 있어요?" 그가 물었다. "찾아봐요." 리벤굿은 내게 이것저것 이야기해주는 데 질린 듯했다. 그는 계산서를 가져다줄 사람을 찾아 주변을 둘러보았다.

집에 돌아온 뒤 검색을 해봤다. 육 년 전, 해군이 운용하는 스파이 마이크로폰—소비에트 잠수함의 소리를 듣기 위해 바닷속에 아주 깊숙이 드리워놓은—중 하나가 어떤 생명체가 내는 소리를 포착했다. 그렇게 선명한 음성지문은 생물학적인 존재로부터만 얻을 수 있는데, 다만 그렇게 큰 소리를 내려면 그 존재는 우리가 알고 있는 어떤 동물들보다도 어마어마하게 커야 한다. 그것은 소규모의 수중 구조 변경이 일어났을 때 생기는 흔적을 지진계에 남겼다. 5,000킬로미터 가까이 떨어져 있는 두 대의 마이크가 모두 그 소리를 포착했다. 여러분도 검색해볼 필요가 있다.

두려워하라, 그게 마크 리벤굿이 내게 가르쳐준 것이다.

양들의 폭력

그가 우리에게 가르쳐주는 것이다. 그리고 이 과제가 기대하는 바를 내가 어떤 식으로든 충족시켰다면, 그것은 내가 그가 자신의 방식으로 정제시킨 리얼리즘을 받아들였기 때문이다. 앞으로 다가올 오십 년 동안 무엇을 두려워해야 할지 알고 싶은가? 걷고 기는 모든 존재들이다. 움직이는 모든 존재들. 왜냐하면 그들이 우리를 증오하기 때문이다. "그들은 왜 우리를 증오하는가?" 그 질문을 기억하는가? 우리가 서로에게 그 질문을 던졌던 게 정말 최근이었다는 걸 생각해보면, 이건 이미 너무 신기한 일 아닌가! 그렇다 하더라도 대답은 여전히 같을지도 모르겠다. 어쩌면 하나에서 얻은 교훈을 다른 것에 적용할 수 있을지도 모른다. 그들이 우리를 증오하는 것은, 그들이 우리가 될 수 없기 때문이다. 그들은 우리의 엄지손가락과 뇌와 음악과 아름답게 흩날리는 머리카락을 가질 수 없다. 그것들을 가질 수 없다 가질 수 없다 가질 수 없다. 그리고 물론, 지금 당장은, 좀 안됐다는 느낌이 든다고 말할 수 있을 것이다. 그러나 내가 가지고 있는 발사체의 주둥이에서 폭발물을 쏟아내는 그 순간, 내 딸과, 나를 절대로 절대로 배신하지 않을 내 고양이들을 노리고 괴성을 지르면서 달려드는 거대한 독수리떼의 면전에 대고 그 쇳덩어리들을 흩뿌리는 그 순간—아니면, 이놈들은 이미 나를 배신했고, 내가 독수리떼를 겨누는 동안 내 등 뒤에 달라붙어 미친 듯이 발톱으로 할퀼까—"아, 망했구나, 너희들한테 그런 식으로 해서는 안 되는 거였는데." 이렇게 생각할까? 스스로를 기만하지 말자.

우리는 그놈들에게 정말 많은 걸 주었다. 그래서 더 화가 나는 거다. 우리가 있기 전에 그놈들은 대체 뭘 가지고 있었는가? 뭘 했는가? 우린 그놈들한테 일자리를 줬다. 텔레비전에 출연시켜줬고, 그들이 무언가를 잃으면 울어줬다. 그놈들은 이빨과 발톱으로 그에 대한 보상을 해주려는 것 같다. 우린 그놈들이 필요 없다. 우리한테 필요한 게 무엇이든 우린 옥수수로 그걸 다 만들어낼 수 있다.

내가 희망을 품지 않는 건 아니다. 당신과 내가 이 땅에 반 세기 더 머물러 있을 수 있다면, 아마도 종전을 축하하게 되는지도 모르겠다. 우리의 증손자들이 지켜워할 때까지, 전쟁이 확실히 끝난 휴전의 날에 대한 이야기를, 최고의 열정을 가지고, 하고 또 할 수 있었으면 좋겠다. 이제는 어른이 되어 얼굴에 세월의 흔적이 새겨진 우리의 리틀 빈디, 여성적인 아름다움이 확연히 드러나지만 매드 맥스의 개소년에게서 볼 수 있는 야성의 느낌도 조금 가지고 있는 그녀가 돌고래 지도자와의 회의를 위해 파도를 헤치고 하얀 깃발들 사이로 안내되는 모습 같은 이야기들. 거기서 그녀는 아버지 스티브가 가오리의 독침에 찔리기 직전에 그녀에게 가르쳐주었던 돌고래들의 쾌활한 언어로 그놈들과의 평화협정을 중재하는 것이다. 우리는 가이아와 더 위대한 조화 속에서 살 것을 약속할 것이다.

하지만 나는 이 세계를 다시 **우리의 것**이라고 부르게 될지, 이곳을 다시 우리의 집이라고 느끼게 될지 확신이 없다. 그렇게 되면 최선일 것이다. 어찌 됐든, 용감해진다는 건 어떤 상황에서도, "어떤 위험 요인이 있든, 위압적인 권력을 가진 목소리가 그 상황에 대해 얼마나 떠들어대든, 그 상황이 내 명예를 더럽히지 않는다고 생각하는 한 그 모든 것에 개의치 않고 나 자신으로 행동할 것이다"라고 말하는 것을 뜻한다. 그리고 바로 이런 생각 때문에 우린 코뿔소에게 강간을 당하게 될 것이다.

여기서 우리가 얻어야 할 교훈은? 미리미리 대책을 강구하는 것이다. 일단 〈말썽꾸러기 대장〉을 구독하는 것부터 시작하자. 우리는 정착 농경이라는 방식으로 만 년을 넘게 살아왔다. 이것이 우리에게 안겨준 거라고는 오염된 지구와, 이빨과 발톱과 기다란 송곳니, 촉수, 그리고 다시 몸속으로 집어넣을 수 있는 독침과 독을 쏠 수 있는 독니, 너무나 힘이 세서 탱크도 들어올릴 수 있는 코 따위를 지닌 분노로 가득하고 정신적으로 모자란 존재들의 무리뿐이다. 그런데 우리가 가진 건 도대체 무엇인가? 이 전쟁에서 우리가 가진 무기는 무엇인가? 나머지 손가락들과 마주보는 엄지손가락. 그런데 미안하지만, 그건 너무 약하다. 하지만 이걸 어떻게 생각해? **동물들아**, 이걸 어떻게 생각하느냐고? 우리는 이 엄지들을 가지고 무언가를 해냈다. 이 무기들을 만들어냈다. 그리고 이 무기들을 가지고 너희들한테 쏘아댈 거다.

이 에세이의 큰 부분은 내가 지어냈다. 밝히고 싶지 않았지만 편집자들이 말하라고 시켰다. 지어낸 이야기 때문에 과거에 스캔들이 좀 있었고, 편집자들이 나와 거리를 좀 유지하고 싶어 하기 때문이다. 상관없다.

나는 마크 리벤굿을 만들어냈다. 나이로비로의 여행도 지어냈다. 하지만 케냐에서 있었던 두 건의 사고—원숭이떼와 사람들 사이에 벌어진 전투, 그리고 살인 사건은 지어낸 게 아니다. 동물에 관련된 사실이나 이야기, 사건들은 단 하나도 내용을 바꾸지 않았다. 마크 대신에 그 자리에 세울 실제 인물이 인터넷상에 하나 있긴 한데, 상황이 좀 지저분해졌다. 그가 돈을 요구했기 때문이다. 게다가 약간 제정신이 아닌 것처럼 보이기도 했고.

편집자 노트: 게이 브래드쇼, 크리스티나 홀차펠, 그리고 미래연구소, 옥스퍼드 대학 인류의 미래 연구소의 다른 모든 이들은 진지한 학자들이자 연구자들로 이 에세이와 아무 관계가 없으며, 저자의 주장을 인정하거나, 짐작건대 그럴 생각도 없을 것이다. 물론 동물의 폭력을 둘러싸고 저자와 어떤 토론도 한 적이 없다.

저자 노트: 이 에세이가 처음 활자화된 뒤, 연구자들은 몸에서 청산가리 연무를 발사할 수 있는 밝은 핑크색 노래기를 발견했다. 인디애나주의 한 보호소에는 주인과 제대로 된

대화를 할 수 있는 침팬지가 한 마리 있다. 아직은 바닥을 파는 용도에 제한되기는 하지만, 도구를 사용하고 있는 돌고래들이 목격되었다. 인도네시아에서는 사상 처음으로 코모도 드래곤들이 폭동을 일으켰고, 그 결과 어부 한 사람이 사망했다. 〈뉴욕 타임스〉에서는 개에 물려 병원을 찾는 인간의 수가 증가세에 있다는 기사를 방금 내놨다. 그 비율은 약간 정도가 아니라 40퍼센트를 넘어선다. 정부 기관인 보건의료 연구 및 품질 관리원Agency for Healthcare Research and Quality의 선임 연구원인 앤 엘릭스하우저는 "정말 무섭고 불행한 일이에요. 설명할 방법이 없어요"라고 말한 것으로 인용되었다.

14

페이턴스 플레이스[1]

거의 매일 차들이 우리 집 앞에 멈추고 그 차에서 내린 사람들이 우리 집과, 우리가 밖에 나와 있을 때면 우리 식구들—나와 내 아내, 그리고 딸—까지 사진을 찍어간다. 아니면, 이 동네 집들의 잔디를 깎는 토니의 사진을 찍어간다. 토니는 그 상황을 즐긴다. 마치 "이게 전부예요, 여러분"이라고 말하듯 갈퀴와 깎은 잔디를 담는 큰 봉투를 들고 한쪽 팔을 넓게 벌린 채 미소를 지으며 포즈를 취해준다. 내가 그에게 돈을 받으라고 여러 번 얘기했지만, 토니는 들으려고도 하지 않는다. 자기가 그렇게 하는 이유는 유명인인 것처럼 느껴져 좋아서라며. 어떤 때는 차가 단 한 대만 오기도 한다. 다른

---

[1] Peyton's Place. 1960년대(1964~1969)에 방영된 인기 TV 시리즈.

날은 하루에 여덟아홉 대가 오기도 한다. 계절, 그리고 인터넷에서 어떤 일이 진행되고 있는가에 달려 있다. 언젠가 타운에서 무슨 행사가 있었을 때는 스무 대가 넘게 오기도 했다. 꽤 오랫동안 그런 일이 있다는 걸 아예 잊고 지낼 때도 있다. 내가 집 밖에 나가는 일이 많지 않아 별로 볼 일이 없기도 했거니와, 방문객들도 늘 조용하고 전혀 문제를 일으키지 않았다. 한 달 전쯤, 우리 바로 옆집으로 이사 온 새 이웃 니컬러스가 인사차 우리 집을 찾았다. 그는 안경을 쓰고 하얀 턱수염을 기른 오십대의 키가 크고 마른 사내다. 아주 친절하고 사교적이다. 자리를 뜨기 전에 그가 말했다. "뭐 하나 물어봐도 될까요? 사람들이 늘 이 집 사진을 찍어간다는 거 혹시 알고 있으세요?"

그럼요─내 안에 저장되어 있는 녹음기 버튼을 누르면서 내가 말했다. 좀 웃기는 일이죠, 근데 이 집이, 지금은 아니지만, 한동안 TV에 나온 적이 있어서요. 그 프로그램의 팬이었던 사람들이에요… 좀 웃기지 않아요?

"근데 사람들이 끊이질 않네요." 그가 말했다.

그러게요! 내가 말했다. 댁에 방해가 안 됐으면 좋겠네요. 혹시 거슬리면 얘기해주세요.

"아뇨, 아뇨, 신경 쓰이는 건 아녜요." 그가 말했다. "다들 항상 얌전하더라고요. 거의 좀 부끄러워하는 것 같기도 하고요."

나는 혹시라도 분위기가 바뀌면 이야기해달라고 말했다.

"그러죠." 그가 말했다. "아무튼 사람들이 아주 많이 오는 게 신기하긴 하네요."

니컬러스와는 그후로도 한 주에 한 번 정도씩 비슷비슷한 얘기를 세 번 나눴다. 매번 대화를 나눌 때마다 이런 상황이 곧 끝날 거라고 말하고 싶었지만, 사실은 그렇게 될지 나로서는 알 수 없는 일이다. 어쩌면 더 늘어날 수도 있다.

내 처남[2]은 애리조나주의 사막에서 트레일러를 파는 일을 한다―그의 말에 따르면, 까놓고 말해 "트레일러 매매라는 형식으로 진행되는 목 조르기 게임"이라고 했다. 얼마 전 처남이 스탬프 이야기를 해줬다. 처남의 사무실은 트레일러 안에 있는데, 그의 사무실 맞은편에 상사의 사무실이 있었다. 그들은 트레일러 안에서 트레일러 파는 일을 하는 것이었다. 상사의 책상 위에는 특별히 주문 제작한 커다란 고무 스탬프가 있었는데, '승인'이라는 글자가 찍혀 나오는 것이었다. 내 처남의 사무실에서 일이 잘 풀리지 않아 그 상사가 자기 방에서도 거래가 순조롭지 않다는 걸 들을 수 있을 정도가 되면, 이건 구매자가 융자를 받는 것과 관련된 문제인 경우가 대부분인데, 그가 그 스탬프를 들고 느긋하게 걸어 들어온다. 처남이 몸소 흉내 내서 보여준 대로라면, '느긋하

---

2   원문에는 단순히 brother-in-law라고만 되어 있는데, 영어에서는 맥락상 짐작할 수 있는 경우가 아니라면 그게 처남인지 동서인지 매제인지 매부인지 알 도리가 없다. 여기서 '처남'이라고 옮겨놓은 것은 순전히 편의에 따른 것이다.

게'란 그의 걸음걸이를 정확히 묘사하는 말이 될 수 없다. 그는 체구가 땅딸막했고, 걸을 때면 다리가, 이를테면 골반에 퇴행성 질환이 있기라도 한 것처럼, 몸에서 굴러나오는 것처럼 보였다. 그는 그런 식으로 처남의 책상까지 굴러와서 신청 서류에 그 스탬프로 **쾅!** '승인'이라고 찍고는 구매자가 처음에는 깜짝 놀랐다가 사태를 파악하고 기뻐하는 동안 다시 굴러서 사라졌다. "무슨 말인지 알겠죠." 처남이 말했다. "저한테 트레일러를 사가는 사람들 가운데 상당수는 집시예요. 문자 그대로 집시요. 주소가 없는 사람들이에요."

그리고 이 이야기는 진도가 좀 나가서 아내와 내가 은행에서 네오콜로니얼 스타일의 거대한 벽돌집을 살 수 있도록 대출 승인을 받은 사연으로 넘어간다—여기에는 세계경제가 자유 낙하한 이야기도 들어 있지만, 그건 엄청난 양의 자료를 뒤지는 것 외에는 다른 할 일이 없는 다른 작가가 다른 시절에 할 일이다. 내 아내는 그때 임신 팔 개월이었고, 우리는 침실 한 개짜리 아파트에 살고 있었다. 남북전쟁 전에 지어진 단독주택의 1층을 개조한 아파트apartment[3]였는데, 번잡한 중심가에 위치한 그 집의 위층에는 릴런드Leland[4] 출신의 키프라는 괴팍한 사람이 살고 있었다. 그는 내가 부자

---

[3] 미국에서는 집 하나를 쪼개어 여러 가구가 살 수 있도록 만든 생활공간을 모두 이렇게 부른다.

[4] 이 이야기의 배경인 노스캐롤라이나주 남부의 케이프피어강 근처에 있는 작은 타운이다.

라는 사실을 알려줬다—그는 이런 식으로 말했다. "당신 부자야, 맞잖아." 그리고 자기가 가지고 있는 초정밀 저격수용 총으로 자기 딸의 남자친구를 쏠 거라고 했다. 자기 딸을 약쟁이로 만들었다고. 그가 말했다. "무릎 아래를 쏠 거야. 그러면 살인미수로 잡아넣지 못하거든." 키프는 백인 우월주의자 그룹의 하부 조직원이었고 아직도 문신이 몇 개 남아 있지만, 바하마 크루즈 여행에서 선상 풀장에 빠진 어떤 흑인 소년의 목숨을 구해준 뒤로 인종차별주의를 버렸노라고 말했다. 뿐만 아니라 이 경험을 통해 그후로는 "몇몇 흑인들을 사랑하게 됐다"고까지 했다. 그는 나중에 2층 높이에서 페인트칠을 하던 중 사다리에서 떨어져 온몸의 뼈가 부러졌다. 흥미진진한 인간이지만, 내 딸이 태어나 성격이 형성되는 시기에 일상적으로 마주칠 대상으로 내가 원하는 유의 사람은 아니었다. 내 천사는 안 돼. 나와 아내는 '둥지 확보하기' 공황 상태에 빠져들었다. 우리는 크고 탄탄한 집을 원했다. 우리는 위대한 세대Greatest Generation[5], 심지어 그들보다 더 위대한 그들 부모 세대의 집을 원했다. 우리는 그런 집을 찾아냈다. 그 집은 슬리핑 포치sleeping porch[6]와 선실 같은 느낌의 다

---

[5]   20세기가 시작한 이후부터 대공황이 발생하기 이전에 태어난 세대를 말한다. 대공황을 겪었고 2차 세계대전의 주역이 된 세대다.
[6]   에어컨이 없던 시절의 미국 남부에서는 여름에 더위를 이기기 위해 현관 앞 포치에 침대를 놓고 잤다. 그러기 위해서는 일단 포치가 넓고, 방충망이 둘려 있어야 했다.

락방[7]도 갖추고 있었다. 그 다락방은 내가 트렁크 안에 넣어 뒀던 물건들을 꺼내 자식과 손주들에게 보여주면서 그것들의 역사를 이야기해줄 수 있을 만한 곳이었다. 우린 융자를 신청했고, 어떤 사무실에서, 어떤 사람의 상사가 스탬프를 들고 나서줬다.

우리가 우리의 재정적인 능력에 비해 너무 앞서갔다는 사실이 분명했던 바로 그 무렵—돌이켜보면, 뉴저지 말투를 쓰면서 핸드폰 네 대를 동시에 사용하는 수상쩍은 사내가 샬럿Charlotte[8]의 창고에 사무실을 차려놓고 나 같은 사람에게도 수십만 달러의 돈을 융자해주는 건 시장 붕괴의 심각한 전조였고, 저 깊은 곳에서부터 올라오는 경고 메시지였다. 직업 안정성의 피라미드에서 보자면 '잡지에 글을 쓰는 작가'는 공무원하고는 아주 거리가 먼 존재다—우리의 부동산 중개업자인 앤디가 했던 말을 떠올린 게 바로 그때였다. 우리 집을 어떤 TV 프로그램에서 쓰고 싶어 한다는 것 같은데, 아무튼 누군가가 전화할지도 모르겠다는 것이었다. 우린 그 이름을 받아 적었다. 그레그라는 사내였다.

---

7   지은이가 구입했다고 하는 네오콜로니얼 스타일의 집은 대개 2층짜리로 지붕에 경사가 꽤 있다. 따라서 2층과 지붕 사이에 빈 공간이 형성되는데, 여름 무더위가 심한 남부에서는 이 공간이 더위를 식히는 데 중요한 역할을 한다.
8   노스캐롤라이나주에서 인구 집중도가 가장 높은 도시. 뉴저지에서 멀리 떨어져 있다.

종종 그레그에 대해 생각한다. 놀라운 사내. 그가 우리를 그 미로 속으로 이끈 걸 생각하면 정말로 놀랍다. 우리는 그를 딱 한 번 만났다. 그후로는 그를 한 번도 본 적 없다. 우리가 사는 곳은 작은 타운인데도. 여기선 사람들을 마주칠 수밖에 없다. 아마 그는 나와의 미팅을 위해 다른 곳에서 날아왔던 것 같다. 그레그는 덩치가 아주 컸고, 텐트 같은 하와이언 셔츠를 입고 있었다. 염소수염을 기르고 선글라스를 썼다. 그가 럭비를 했다고 했던가, 아니면 내가 알고 있던 럭비선수를 꼭 닮았던가? 우리 집 부엌에서 테이블을 사이에 두고 우리는 마주 앉았다. 노르웨이의 농가에서 몇 조각으로 나누어 가져왔다는 4미터 정도의 진한 색 나무 테이블로, 우리가 '둥지 확보하기' 공황 상태에 빠져 있던 시절의 유물이었다(이 긴 테이블을 미리 주문해두었다). 그레그는 우리 맞은편에 앉았다. 그는 자기들이 우리 집의 앞쪽 방 두 개만 주로 사용할 거라고 설명했다. 우리 집은 그들이 촬영을 가장 많이 하던 장소였다. 주인공 집의 다른 공간들은 세트에 만들어질 것이며, 우리 집의 방에서 세트 안 다른 공간으로의 이동은 편집을 통해 매끄럽게 연결할 거라고 했다.

그는 지난번 주인과 합의했던 내용을 풀어놓았다. 우린 당신 가족을 위해 힐튼 호텔에 방을 잡아줄 것이다. 식사비와 일일 경비도 지급한다. 집을 사용하고 나면 모든 걸 원상 복구시켜놓는다. 책꽂이도 폴라로이드 카메라로 사진을 찍어놓았다가 책들이 원래 꽂혀 있던 순서로 돌려놓을 것이다.

우린 그 정도로 철저하다. 우리는 심지어 촬영이 끝나고 난 뒤 비용을 들여 청소도 한다. 집은 당신들이 떠날 때보다 더 나은 상태가 되어 있을 것이다. 우리는 외관 촬영에 $___를 지불하고, 실내 촬영에 $___를 지불할 것이다.

그렇게 해서 다 합친 금액이 우리가 내야 할 모기지와 같았다.

자, 그렇다면 해볼 만하지 않는가.

"앞쪽 방 두 개"—우리는 특히 이 문구를 반복해서 들었다. 그 말에는 "지하 저장고 문"과 같은 시적 밀도가 있었다. 그래서 그 문구가 기억에 남았다. 앞쪽 방 두 개.

머룬색 미니밴을 타고 그레그는 떠났다.

우리가 새로 정착한 해변 도시, 노스캐롤라이나주 윌밍턴, 일명 윌미우드[9]에서는 수많은 영화와 TV 프로그램들이 촬영되었다. 이런 추세가 시작된 것은 작고한 프랭크 카프라 주니어가 1980년대 초반에 이곳에서 〈파이어스타터Firestarter〉를 만들면서부터였다. 이곳이 마음에 들었던 그는 이곳에 자리를 잡았고, 영상 산업도 그의 주변에서 성장했다. 데니스 호퍼도 이곳에 집을 샀다. 현재 이곳의 다운타운에서 웨이터 일을 하는 아이들의 절반은 엑스트라이거나 배우 지망생이다. 타깃에 가면 바로 앞에 발 킬머가 줄 서 있는 걸 보게

---

9   윌밍턴과 헐리우드를 합쳐서 만든 조어. 처음 영화를 만든 1983년에 사만 오천 명 남짓이었던 인구가 이제는 십일만 명을 넘어섰다.

될 것이다. 이곳에는 촬영장들과 영화학교가 있고, 매우 다양한 촬영 장소들이 있는 것으로 영상 산업계에 널리 알려져 있다. 광활한 바닷가 장면을 찍을 수 있는가 하면, 갑자기 활엽수가 울창한 주택가로 이동할 수 있고, 들판에서 건초 트랙터를 탈 수 있는가 하면 번잡한 밤거리를 찍을 수도 있는 등 거의 대부분의 것들이 가능하다. 최근 몇 년 동안 이 도시에서 제작된 프로그램 가운데 가장 규모가 컸던 것은 WB에서 방영되다가 이제는 CW 네트워크에서 나오는 〈원 트리힐One Tree Hill〉이라는 청소년 멜로드라마였다.[10] 송출 채널이 메이저급이 아니라고 우습게 볼 수는 없다. 놀랄 만큼 많은 사람들이 이 드라마를 봤고, 어쩌면 여러분도 봤을지 모른다. 이 드라마는 역대 최악의 드라마들 가운데 하나인데, 내가 이렇게 말하는 건 결코 이 드라마를 모욕하기 위해서가 아니다. 이 드라마는 멕시코 드라마들이 나쁘다고 할 때처럼, 과도한 스타일을 가지고 있기 때문에 나쁘다. 좋게 나쁜 것이다. 사실 그런 식의 나쁨이 특정한 방식으로 과장되어 나타날 때가 있다. 나는 그런 면모가 나타나고 있다는 걸 어떤 식으로든 느끼지만, 그건 인터넷에서 게임을 할 때 들리는 삐 소리를 나는 못 듣는데 어린아이들은 들을 수 있는 것처럼 내 영역 밖, 내 주파수 너머의 일이다. 내 과장 수용

---

10 WB는 워너브러더스 TV 네트워크를, CW는 CBS방송과 워너브러더스가 공동으로 출자해서 만든 TV 네트워크를 말한다.

세포들은 이미 너무 많이 죽었다. 어쩌면 〈원 트리힐〉은 천재의 작품일 가능성이 있다. 이 드라마는 아홉 번째 시즌으로 갈 것이 분명한데, 혹시라도 모자라 보이는 면이 있다면 그건 그것들이 후속 시즌들이기 때문이고, 마크 슈완이 만들어낸 원래의 시리즈는 아주 멀쩡한 것이라고 보는 게 타당할 것이다.

〈원 트리힐〉의 등장인물들 중 우리 집에서 살았던 이는 주연 배우들 가운데 한 사람인 앙상한 금발 미인 힐러리 버턴이 연기한 페이턴이었다. 구릿빛의 곱슬머리를 생각하면 된다. MTV를 보기에는 내가 너무 늙었다고 처음으로 느끼던 무렵 그녀를 MTV에서 본 적이 있다. 직접 만나보니 그녀는 정말 친절했다—언제나 그랬다. 힐러리는 윌밍턴에서 세평이 아주 좋았다. 그녀는 그 지역으로 옮겨온 등장인물들 중 하나였고, 지역에서 벌어지는 일에 참여했다. 처음 만났을 때 그녀는 우리를 안아주고, 우리 집에 대해 좋은 말을 해주고, 집을 사용할 수 있게 해줘서 고맙다고 말했다. 그녀는 우리를 무장해제시켰다—우리는 배우가 그렇게 매너가 좋을 거라고는 기대하지 않았기 때문이다.

어쩌다 우리 집이 촬영하기에 좋은 곳으로 알려졌는지는 모르겠다. 별로 특별할 게 없는 집이기 때문이다. 보는 순간 너무나 분명하게 '큰 벽돌집'이라는 게 드러나는 걸 찾는 감독 눈에 시각적으로 쓸모 있고 튼튼해 보였기—이런저런 걸 수리하러 오는 사람들마다 하나같이 "나무를 정말 많이 써서 지은 집"이라고 말했다—때문이 아닌가 싶다. 스튜디오에는 돌아다니면서 이런 걸 찾는 일을 하는 사람들이 있다. 게다가 이 동네는 재미있는 곳이다. 이 지역 역사가 말로는 이 동네가 1920년대에 크리스천 사이언티스트[11]의 집단 거주지로 지어졌다고 한다. 영화 〈롤리타〉—제러미 아이언스가 출연한 버전—에 나오는 롤리타의 집이 우리 집과 같은 길 선상에 있다(그 집은 정말 예쁘다). 우리 거실에 페인트칠을 하러 온 미술팀 직원—작달막한 키에 바이커 콧수염을 기르고 모자를 쓴 엄청난 근육질의 사내로, 윌밍턴에서 촬영한 영화들의 소소한 일화들을 꿰고 있었다—말로는, 데이비드 린치가 이 동네에서 만든 영화 〈블루 벨벳〉에 우리 집이 등장했다고 했다. 영화를 찾아봤다. 정말이었다. 몇 초에 불과했지만. 자동차 추격 장면으로, 제프리는 사이코인 프랭크(데니스 호퍼가 불멸의 연기를 보여주었다)가 자기를 따라오고 있다고 생각했는데 사실은 프랭크가 아니라 멍청이 마이크라는 걸 알고 안도한다. 그 순간, 자동차 휠캡이 떨어져나와 장난감 굴렁쇠처럼 거리를 굴러 내려가는 장면(의도하지 않았던 효과인데, 편집하던 린치가 그 장면을 아주 좋아해서 길게 넣었다고 들었다—속도감을 강조하기 위해 커브를 도는 장면 같은 것들은 짧게 편집하는 데 비해 그 휠캡 장면은 유난히 길게 보여준다)이 바로 우

---

11 19세기에 만들어져 1930년대까지 급성장한 미국 기독교의 한 종파. 지금은 교인 수가 오만 명에 불과할 정도로 교세가 쇠퇴했지만, 이들이 발행해온 신문 〈크리스천 사이언스 모니터〉는 여전히 신뢰받는 신문으로 남아 있다.

리 집 앞에서 촬영되었다. 다른 드라마들도 있었다. 우리 집 손님방에 있는 옷장은 〈도슨스 크릭Dawson's Creek〉에서 케이티 홈스가 사용했다고 들었다. 그 드라마 시리즈의 한 에피소드 에서 우리 집은 귀신 들린 집으로 나왔다.

지금은 이 집에 페이턴이 살고 있었고, 제작진은 그녀가 사용하는 것들을 들여와야 했다. 그레그는 우리에게 선택권을 주었다. 우선, 촬영할 때마다 매번 우리 가구를 가져와서 원래 가구들과 교체하는 방법이 있습니다—선생님 가족의 가구를 내어가고 우리 걸 가지고 들어오고, 촬영 후 그걸 내 어가고 선생님 가족의 물건들을 다시 가지고 들어오는 식으로요. 매번 촬영 전에 내가는 것부터 끝나고 들여오는 것까지 우리가 얼마든지 해드릴 수 있습니다. 아니면 우리가 가 지고 온 것들을 그냥 그 자리에 두고, 선생님 가족이 선생 님 가족 소유의 가구인 것처럼 사용하는 방법도 있고요. 시 리즈가 완전히 끝났을 때까지 두었다가 가지고 나갈 겁니다. 선생님이 새로 이사 온 집을 저희가 장식해드리는 거죠. 어 떤 것들은 선생님께 그대로 드릴 수도 있을 겁니다.

이론적으로는 별문제가 없었다. 다만 실제로는(이 말을 쓸 때마다 웃음이 나오는데), 우리 가족이 TV 세트에서 산다는 걸 뜻했다. 물론 그들은 우리와 모든 것을 의논했다. 가구 카 탈로그를 보여주고, 우리의 취향을 만족시키는 동시에 페이 턴이 자신의 집에 둘 것처럼 보이는 것들을 찾아주려고 했 다. 이것은 내가 기대했던 것보다는 좀 더 꽃무늬가 많이 들어간 물건들을 의미했지만, 뭐 상관없었다. 어쩌면 내 안에 페이턴과 같은 성격이 약간 있었던 것일 수도 있겠다.

페이턴은 〈원 트리힐〉의 다른 청소년 인물들에 비해 조금 더 복잡하고 깊이가 있는 인물이었는데, 그건 청소년 드라마의 세계에서는 플란넬 셔츠를 조금 더 자주 입는다는 뜻이기도 했다. 다른 청소년들이 조언을 구하기 위해 그녀에게 왔다. 그녀는 혼자 살았다. 그녀의 생물학적인 부모는 모두 사망했고, 양부모는 어디론가 사라졌거나 아니면 이런저런 요소들이 뒤섞인 상태였다. 그것이 현재 페이턴이 아직 고등학생이면서도 커다란 집을 소유하게 된 사연이었고, 집에서 다른 십대 사내아이와 침대에서 대화를 나누고 서로를 안아주면서 누워 있고, 문을 두드리면서 "왜 공부하는 것 같지가 않니!"라고 소리를 질러대면서 괴롭히는 끔찍한 부모가 없는 이유였다. 페이턴 소여는 너무 빨리 자라도록 강제된 존재였다. 내적인 순수함은 그대로 감춰둔 채.

선택지 가운데 우리가 관여하지 않은 것도 하나 있었다. 어두운 느낌의 목탄 스케치들이 그것이다. 내 기억에 그것들은 어느 날 밤 갑자기 나타났다. 여러 개였는데, 집에 들어서는 순간 제일 먼저 눈에 띄는 곳에 배치되어 있었다. 꼭 죄수들이 감옥에서 예술치료 시간에 그린 것 같은 느낌을 주는 그림이었다. 언제였나, 내가 스태프들 중 한 사람에게 이런 식으로 얘기했다. "집 입구가 온통 날이 서 있고 화가 나 있는 예술작품으로 가득하네요."

"네." 그가 말했다. "행복한 그림들은 아니죠."

페이턴은 그 시즌에 고통스러운 예술가로서의 시간을 보내고 있었다.

"우리가 촬영하고 있지 않을 때는 떼어서 옷장 같은 데 넣어두셔도 됩니다."

집 안이 다시 조용해졌을 때, 우리는 아기를 안고 새 소파에 앉아 그것에 적응해가고 있었다. 우와—방은 아주 근사했다. 멸균 처리된 전시실 같은 느낌이었다. 하지만 우리는 그 방을 꾸밀 수 있는 여력이 없던 차였다. 우리 계획은 다른 사람들이 쓰다가 길에 내다 버린 걸 집어오는 거였던가? 기억도 나지 않는다. 계획이라고 할 만한 게 없었다.

나의 고등학교 때 라틴어 선생님은 이름이 패티 파파도폴루스였다. 덩치가 크고—그녀는 고도비만이었고, 그로 인해 무릎이 심하게 나빠져 휠체어를 타고 다녀야 하는 경우가 종종 있었다—매우 뛰어난 교사였다. 그녀는 결혼을 일찍 했는데, 남편이 베트남에서 전사했다. 그녀는 늘 염색한 금발을 높이 틀어 올린 헤어스타일을 고수했다. 파파도폴루스 선생님은 자신을 태우고 내려줄 승강기가 달린 밴으로 아직 라틴어 과목이 남아 있는 몇몇 공립학교들을 오갔다. 그녀는 고대 세계에 매료되어 있었다. 그녀는 우리에게 로마군이 가장 인정사정없이 효율적으로 움직일 때는 오후에 행군을 멈춘 뒤 도시를 건설하고, 거기에서 밤을 나면서 먹고, 섹스를 하고, 주사위 놀이를 하고, 전략 전술을 토론하고, 무기를 예리하게 손질하고, 화장실에도 간 뒤, 다음 날 아침이면 다시 다 싸들고 행군을 이어갔다고 말해주었다.

그 시즌의 첫 번째 촬영을 위해 촬영팀이 도착했을 때, 파파도폴루스 선생님의 그 묘사가 떠올랐다. 당시 아기가 겨우 생후 이 주였기 때문에, 우린 집과 힐튼 호텔을 오가면서 살기에는 아기가 너무 어리다고 생각했다. 그들이 몇 장면을 촬영하는 동안, 우리는 집 2층에 격리되어 있었다.

상자처럼 생긴 조명 트럭들이 줄지어 길에 늘어선 모습이 열을 지어 서 있는 하얀 들소들 같았다. 〈E. T.〉에서 요원들이 E. T.를 잡아가려고 나타난 장면과 똑같았다. 경찰들이 길 양쪽 끝 모퉁이에 차를 세워놓고 다른 차량의 통행 방향을 돌리고 구경꾼들을 쫓아주었다. 촬영팀은 멀지 않은 공터에 식당 천막을 세웠는데, 그곳은 오래지 않아 스태프들로 북적거렸다. 배우들은 밴 안에서 식사했다. 나는 창밖을 내다봤다—끝도 없이 깔려 있는 케이블, 늘어선 조명기, 간이 화장실들, 그리고 워키토키를 든 사람들이 사방을 채우고 있었다.

낮 촬영이었지만 밤 장면이었다. 그들은 대부분의 창문에 검은 천을 매달았다. 우리가 있는 2층은 오후였다. 아래층은 밤 열 시쯤이었다. 들려오는 소리로 미뤄보아, 집 안에 낯선 사람들이 스무 명 정도 있는 것 같았다.

그리고 침묵. 우리는 귀를 기울였다.

페이턴의 목소리가 들렸다.

대사가 뭐였는지는 기억나지 않는다. '내가 원한 건 그게 아냐' 비슷한 거였다. 그러고 나서는 다른 인물이 무어라 말했고, 발소리가 났다. 감독이 힐러리에게 다른 방식으로 대사를 해보라고 지시하고 있었다.

"내가 원한 건 그게 아냐."

"내가 **원한 건 그게 아냐.**"

"내가 원한 건 **그게 아냐.**"

마루장 너머로도 100퍼센트의 노력을 쏟아붓는 아역배우 출신 힐러리의 직업의식을 느낄 수 있었다. 계속 갑니다. 계속 갑니다. 배터리 교체. 모든 테이크를 다 쓸 수 있겠어요.

그들이 이런저런 이야기를 주고받는 소리가 들렸고, 그 장면을 촬영하기 위해 설치한 장비들을 해체하는 소리가 들렸다. 아기한테 젖을 물리면서, 우리는 다음 장면을 기다렸다.

다음 장면은 없었다. 촬영이 끝났고, 그들은 빠져나가고 있었다. 자정이 됐을 때는 모두 철수했고, 차량 통행을 막기 위해 세워두었던 차단기도 사라졌다. 도시가 흔적도 없이 사라졌다. 그 도시는 이십 초 분량의 필름을 위해 존재했던 것이다.

다음 촬영날이 되었을 때는 야외 촬영이었고, 가족이 우릴 방문하러 타운에 와 있었다. 즐거운 경험이었다. 가족들이 이따금 유명한 배우들을 보고 신나 하는 걸 보는 것만으로도 즐거웠다. 이 얘기는, 내가 아빠가 되고 나서 기억에 남을 만한, 내 인생이 바뀌는 경험—내 집 부엌에서, 내가 낳은 아기를 안고 여러 세대를 함께 만난 일—을 한 순간이 페이턴 역시 옛집의 앞방들로 돌아와 강렬한 시간을 보낸 시기와 일치한다는 뜻이기도 하다. 외항선을 타던 페이턴의 두 아버지 중 한 사람이 상륙해서 그녀의 삶 안으로 들어오려고 하고 있었다. 어쩌면 내 말이 아주 정확하지는 않을지도 모르겠다. 조금씩 들리던 대사의 파편들을 모아 짐작한 것이기 때문이다.

힐러리가 얼마나 다정한가는 그녀가 우리 가족들을 대한 방식에서도 볼 수 있다. 한 장면에서 그녀는 뒷마당을 가로질러 뛰어와 뒷문으로 들어오면서 "아녜요, 아빠!" 하고 소리를 지르고는 뒤로 문을 쾅 닫게 돼 있었다. 매번 테이크를 할 때마다, 내 어머니와 아흔 살 되신 쿠바 출신의 내 처할머니는 우리가 제발 앉아달라고 애원하는데도 포치 문의 유리창에 얼굴을 바짝 들이대고 창문 너머의 힐러리를 향해 미소를 지으며 마구 손을 흔들어댔다. 힐러리는 해야 할 것들을 다 하면서 그 사이에 손을 흔드는 동작을 끼워 넣었다. **"아녜요, 아빠."** (문 쾅, 미소를 짓고, 손을 흔들고, 돌아선다.) "아빠, 아녜요!" (문 쾅, 미소를 짓고, 손을 흔들고, 돌아선다.)

저 아가씨가 블랙빈을 좀 먹고 싶어 하려나? 할머니가 물었다. 너무 말랐잖니!

"아녜요, 아녜요, 괜찮아요. 하지만 감사합니다." (내 아내를 향해 손등 뒤로 말했다. "두 분 너무 다정하세요.")

그녀는 뒤뜰에서 바비큐를 하고 있었다. 그릴에 버거. 피크닉 테이블. 어두워질 무렵 모두 떠났다. 그리고 다음 날 아침 어느 순간엔가, 아무 소리도 없이 수표 한 장이 문 아래로 날아 들어왔다. 〈원 트리힐〉의 한 에피소드를 마무리하는 내레이션에 나왔듯, 모든 게 너무 정신없이 돌아갔지만, 우린 모두 괜찮을 것이었다.

세트를 치장하는 단계에서 한 가지 일이 있었다. 사소한 일이긴 했지만, 그것이 상징하는 바가 너무나 뚜렷하고 분명해서 내가 좀 더 주의를 기울였어야 할 일이었다. 제작팀에서 계단참에 새로 도배를 하고, 벽등을 설치한 것이었다.

이것은 앞쪽 방 두 개를 중심으로 그어진 그레그의 경계선을 처음으로 살짝 넘어온 사건이었다. 처음으로 살짝 촉수를 내밀어 두드려본 것이고, 처음으로 뻗쳐온 덩굴손이었다.

"그레그는 분명 앞쪽 방 두 개만 사용한다고 했는데요."

아, 촬영은 이 안에서만 하죠. 하지만 이 방에서 보이는 곳들은 전부 이 방과 어울려야 해서요. 연속성 때문에 그러는 겁니다.

페이턴이 벽지를 고를 때―혹은 그녀의 사라진 부모들 중 하나가 벽지를 골랐을 때―우리는 물론 거기에 없었다. 그 벽지가 보기 싫거나 그랬다는 이야기는 아니다. 약간 칙칙했을 뿐이다. 신혼이라거나, 신생아가 있다거나, 아무튼 무언가 새로운 느낌이라는 게 없었다. 그건 우리 집 계단이었다. 우리가 매일 오르내리는 곳이었다. 계단은 우리가 앞쪽 방 두 개를 응접실 취급하면서 드나드는 걸 피해온 것처럼 피할 수 있는 공간이 아니었다. 그 앞방들에는 페이턴의 영혼이 살고 있었다.

그런데 문제는 벽지 자체가 아니라, 미술팀이 2층에 올라와서 남겨놓은 독특한 흔적이었다. 그들은 벽 중간에서 작업을 멈추었다. 앞방에서 카메라 앵글이 위로 향할 때 보이는 계단 꼭대기부터 벽지를 붙였는데, 시선을 가로막는 첫 번째 장애물인 첫 번째 문간에 도달하기 전 약 50센티미터 되는 지점까지만 붙인 것이다. 그 벽은 한 부분은 페인트, 한 부분은 벽지가 발린 상태가 되었다. 나는 사랑하는 사람들과 함께라면 종이상자 속에서 살아도 행복할 수 있는 사람인데, 그런 내 눈에도 거슬렸다.

다음 날 아침 그게 이상하다는 걸 지적하자, 그들은 즉시 손을 봤다. 불편함 자체는 큰 문제가 되지 않았다. 촬영팀은 고도로 전문적이었다(거의 대부분의 영화 촬영팀은 그렇다—그들은 늘 시간에 쫓기기 때문에 사소한 문제도 즉각적으로 해결하고 게으름과 서투름을 바로바로 제거하는 시스템을 만들어냈다). 오히려, 한결같이 꼼꼼하게 작업을 해오던 그들이 애당초 그렇게 시선을 끄는 어울리지 않는 짓을 한 게 더 이상한 일이었다(나중에 보니, 그들은 정말로 내 책꽂이의 원래 상태를 사진으로 찍어두었더랬다). 벽지는 카메라의 배경으로 들어오는 지점

에서 정확하게 끝났다. 카메라가 포착하는 범위 밖은 현실이
아니었다.

어떤 사람들은 만 두 살이 되기 전의 일에 대해 맥락도
없고 순전히 시각적인, 기억 이전의 기억을 가지고 있는데,
만약 우리 딸이 그런 기억을 가진다면 그건 아마도 노스캐
롤라이나주 윌밍턴의 다운타운에 있는 리버사이드 힐튼 호
텔의 한 스위트룸과 관련된 기억일 것이다. 그 호텔은 케이
프피어 강변에 베이지색으로 솟아 있다. 그곳에서 얼마나 많
은 시간을 보냈던가. 호텔의 체크인 담당자들은 우리 모습
을 보기만 해도 알아보았다. 우리 가족은 베개로 하는 게임
을 개발했다. 사실은 게임이랄 것도 없고, 끝없이 되풀이될
수 있는 어린아이의 곡예놀이 같은 것이었다. 우리는 스위트
룸 안에 있는 열두 개쯤 되는 베개들을 모두 끌어모아 킹사
이즈 침대의 한가운데에 쌓아놓고 그 맨 꼭대기에, 완두콩
과 공주 이야기에서처럼, 우리 딸을 눕혔다. 그러고는 탑이
무너지는 것처럼 쌓여 있는 베개를 무너뜨렸다. 우리 딸은
딸꾹질이 나올 때까지 웃었다. 그 무렵 내 딸은 물론 걸어다
니는 나이였다. 갓난아기였다면 그렇게 험한 놀이는 하지 않
았을 것이다. 물론 갓난아이들은 균형을 잘 잡기 때문에 아
마도 베개를 열다섯 개나 스무 개까지 더 높이 쌓았어도 별
문제 없었을 것이다. 쿠바 출신의 처할머니는 따로 방을 쓰
면서, 아내와 내가 식권을 챙겨 강가에 있는 식당에 가 있는

동안 아기를 봐주곤 했다. 나는 아침 해가 뜰 무렵, 아기가 깨어나기도 전에 일어나 창가에 앉아 책을 읽으며 조용한 시간을 보냈다. 제일 좋았던 건 도심 쪽이 보이는 방에 묵었을 때였다. 그 방에서는 18세기의 오래된 모습이 그대로 남아 있는 타운에 새벽빛이 들면서 길 하나하나를 점령해가는 모습을 볼 수 있었다.

이 숙식 패키지를 쓸 때마다 나는 유령이 된 것 같은 느낌이 들었다. 내가 살고 있는 도시에서 호텔에 묵는 기분은 무척 묘했다. 우리는 이 도시로 이사 와서 여기 있는 집을 샀는데, 그 사람들은 우리가 그 집에 머무르지 않는 대가로 우리에게 돈을 주고 있었다. 우린 마치 여기가 아니라 다른 곳에 사는 사람들 같았다. 로비에서 마주치는 사람들은 "어디에서 오셨나요?"라고 묻곤 했다.

그 드라마를 보기 시작하면서부터는 불안해지기 시작했다. 힐튼에 있으면서 지루한 나머지 미친 듯이 케이블채널을 돌리다가 보게 된 것이었다(아, 조작하기도 어렵고 우울하게 생겨 먹은 그 총천연색 고무 버튼의 호텔 케이블 리모컨). 우리는 어두웠던 집에 불이 들어오는 걸 지켜봤다. 우린 마치 제스처 맞히기 놀이를 할 때처럼 서로 먼저 "저기 있다!"라고 소리쳤다. (정식으로 경쟁한 건 아니었고, 자연스레 그렇게 됐다.)

우리는 우리 집에 대해 기억이 아닌 기억을 갖게 되었다. 우리는 온전히 TV를 통해서 우리 집을 경험했다. 우리가 경험하지 않은 일이, 우리가 그곳에 사는 동안 일어났다. 기억상실증 환자에게 그들이 기억하지 못하는 삶을 기록한 사진을 보여줄 때 이런 느낌일까. 어떻게 이걸 기억하지 못할까, 이런 일이 있었던 걸 어떻게 내가 모를 수 있지? 이런 생각이 들었다. 촬영이 끝나고 집으로 돌아와, 그동안 온갖 극적인 일들, 심지어 폭력적인 일들까지 일어났다는 걸 분명히 알고 있는 상황에서 우리가 떠날 때의 상태 그대로인 집의 모습을 보고 있으면, 스티븐 라이트가 1980년대에 그의 코메디 스페셜에서 했던 농담이 자꾸 생각나곤 했다. "도둑이 집에 들었는데, 내 물건들을 다 가져가고, 대신 똑같은 복제품들을 그 자리에 놔뒀더라니까요."

한번은 우리가 힐튼에서 널널하게 지내고 있는 동안 박물관의 레이저 방범 보안망이 순식간에 사라지듯 그레그의 경계선이 자취를 감춘 적이 있다. 벽지 사건으로 한번 경계선이 흐려진 뒤로, 촬영 초반에 이런저런 사소한 영역 침범이 있었다. 이를테면 낮 장면을 밤에 촬영하면서 가짜 햇볕을 보강하기 위해 2층 창에 조명을 비추는 경우가 있었다. 촬영 중에 우리가 집에 머물렀던 건 그때가 마지막이었는데, 우리 집 앞마당을 오후로 바꿔놓은 그 장면은 정말로 기이했다. 그런데 이제 촬영팀은 다른 공간에서도 촬영을 진행하고 있었다. 페이턴과 루커스(채드 마이클 머리가 연기한 인물)가 부엌에서 함께 쿠키를 구운 것이다. 두 사람은 음식을 집어던지며 놀다가 어느 순간 쿠키 반죽을 서로에게 휘두르기 시작했다. 쿠키 반죽이 우리 부엌 벽에 온통 달라붙었다. 가구들 틈에, 찬장에 달라붙었고, 복도로까지 날아가 떨어졌다. 이건 상당한 돈을 더 받고 계약서를 수정해야 할 사안이었다. 나는 계약서 조항을 살펴봤다—이런! 내가 서명한 계약서는 집 전체에 대한 것이었다! "그래도 모기지를 낼 수 있는 금액이잖아." 내 어깨에 올라앉은 녀석이 말했다.

게다가 우리가 집에 와서 확인해보니 조금의 흔적도 남아 있지 않았다. 어디에서도 단 한 점의 반죽을 찾아볼 수 없었다. 초콜릿칩 한 조각도 눈에 띄지 않았다(있기를 바랐는데 말이다—이베이에 내다 팔면 가격이 좀 나갔을 텐데). 물질적인 면만 엄격하게 따지자면, 그 장면이 우리에게 끼친 영향이라고는 비용을 하나도 들이지 않고 전문가 손에 부엌 청소를 했다는 것뿐이었다. 그리고 우린 그보다 어려운 도전에 직면했다.

사이코 데릭이 등장하면서였다.

시간이 한참 지나, 우리가 〈원 트리힐〉 측과 더이상 좋은 관계가 아니게 되었을 때, 나는 사이코 데릭이 우리가 페이턴 소여라는 이름을 절대로 잊지 못하도록 하기 위해, 순전히 우리 집을 함부로 다루기 위해 만들어진 인물이 아닐까 의심할 정도였다. 그는 누구였을까? 사이코 데릭은 과연 누구였나?

다른 나라, 다른 세계에서 '이언 뱅크스'는 스코틀랜드 출신의 젊은 금발의 작가이다. 어여쁜 아내가 있고, 두 사람은 어느 날 밤 차를 몰고 달리고 있다. 그는 취한 상태이고 핸들을 제대로 못 다룬다. 충돌, 그리고 아내가 사망한다. 죄의식과 슬픔 속에서, 뱅크스는 인터넷을 뒤져 죽은 아내와 닮은 여자를 찾기 시작한다. 그래서 어떻게 됐겠는가, 그의 죽은 아내는 페이턴과 똑같이 생겼다. 뱅크스는 뒷조사를 한다. 그는 페이턴에게 피를 나눈 오빠가 있었는데 태어나자마자 헤어졌다는 사실을 알게 된다. 그의 이름은 데릭이다. 불이 반짝 들어온다―그는 그 오빠인 척할 생각이다. 뱅크스는 데릭이라는 가면을 쓰고 페이턴의 세계로 슬금슬금 기어들어온다. 하지만 페이턴은 그가 폭력적인 강박증을 가지고 있다는 사실을 눈치챈다. 페이턴은 그를 잘라낸다. 그 순간부터 뱅크스는 공격을 시작한다. 우리 집을.

그놈은 페이턴과 그녀의 가장 가까운 친구 브룩을 강간할 작정으로 두 사람을 묶어 지하실에 가둔다(《원 트리힐》은 점점 어두워져갔는데, 그 시점에서 나는 더이상 그 드라마의 과장을 견딜 수 없었다―십대 특유의 멍청함에 정신병자가 십대에 대한 강간 환상을 갖는 이야기를 붙여놓는 걸 이해하기 어려워진 건데, 이미 말했듯이, 그 장르의 아이러니라는 것도 진화를 거듭하면서 새로운 틈새를 발견한 것일 터이다). 한 에피소드에서, 사이코 데릭은 우리 집 계단에서 떠밀려 뒤로 굴러떨어지면서 스스로를 보호하기 위해 그 자체가 골동품인 계단 난간을 거세게 움켜쥔다. 다른 에피소드에서는 우리 침실 창문에서 안전 매트를 깔아놓은 앞마당으로 떨어졌다. 우리 집은 스턴트 하우스가 되고 말았다(그 사람들 걱정 안 해도 돼, 힐튼에 가 있잖아, 돈만 주면 그만이야!)

　이번에는 촬영팀에서도 완벽하게 치워놓지 못했다. 우리가 집에 돌아왔을 때 많은 것이 우리가 떠날 때와 달라져 있었다. 마당에는 깨진 안전유리 조각이 잔뜩 흩뿌려져 있었다. 계단 난간은 사이코 데릭이 워낙 힘주어 잡았던 탓에 곧 무너질 것 같은 상태가 되어 있었다(TV로 보니, 스턴트맨이 체중을 실은 상태로 난간 위로 떨어지는 게 보였다). 우리 마음속에서는 우리 집 지하실이 상호 합의하에 난교를 벌이는 밀실 수준도 아니고, BDSM[12]이 행해진 적이 있는 끔찍한 곳으로 아예 자리를 잡았다. 사이코 데릭은 우리 집에 아주 심각할 정도로 고약한 시각적 연관성을 만들어냈는데, 그건 우리 딸이 십대가 되었을 때 알게 되면 달갑지 않을 일들이었다. 특히 데릭이 두 십대 여자아이들을 강간하기 위해 지하실에 묶어두었던 사건은 페이턴의 프롬[13]이 있던 날 밤에 벌어졌다. (우리 집과 프롬은 고약한 인연이 있었다. 페이턴의 친구 브룩은 무슨 이유에선지 페이턴에게 화가 나서, 프롬을 하는 날 우리 집에 계란을 던졌다. 브룩의 팬들 중 제정신이 아닌 이들이 우리 집에 찾아와 같은 지점에 실제로 계란을 던졌다. 그 사람들이 그런 이유로 그렇게 했으리라는 건 우리 짐작이다. 관계없는 이들의 단순한

12　Bondage, domination, sadism, and masochism. 묶고 마음대로 다루는 걸 포함하는 사디즘과 마조히즘.
13　고등학교 졸업생들을 위한 공식적인 축하 댄스 파티.

행패였을 수도 있다.)

모든 걸 데릭 탓이라고만 할 수는 없다. 그리고 이 기회에 진짜 데릭, 적절한 시점에 학교 운동부 재킷을 입고 나타나 사이코 데릭에게서 페이턴을 구해주고, 우리 집에 더이상 상처가 생기지 않게 해준 페이턴의 진짜 배다른 형제인 데릭—이 친구는 알고 보니 흑인이었다—에게 고맙다는 인사를 전해야겠다. 사이코 데릭에게 모든 책임이 있다고 할 수 없는 것은, 우리 계약이 파기되는 시점에는 그도 이미 제거된 뒤였기 때문이다.

무슨 일이 있었던 것일까? 그것이 일종의 동굴인간 본능과 관련된 것이라고 하는 것 외에는 달리 설명할 방법을 찾지 못하겠다. 몇 세대에 걸쳐 내려온 내 유전자 속에서 잠만 자고 있던 본능이 깨어난 것이었다. 내 굴속에 들어와 있는 이 낯선 존재들은 누구인가? 이들은 무슨 이유로 노크를 하거나 작별인사를 하지도 않으면서 내 집을 드나들고, 도대체 왜 내 동굴을 계속해서 '페이턴의 집'이라고 부르는 것인가? 여기는 내 집이다. 이 드라마의 이야기가 확대되어 그들이 점점 더 많은 공간을 점유할수록 이런 느낌은 더욱 심해졌다. 그리고 이제 몇 년째 우리 집을 드나들고 있는 촬영팀원들—이 친구들은 어떤 면에서는 우리보다 우리 집에 대해 더 잘 알았다—은 시간이 지나면서 당연히 우리 집을 점점 더 편안하게 느꼈고, 화장실도 더 자주 드나들었다. 어떤 날은, 선명히 기억하는데, 이들이 그날 어느 방에서 촬영을 하기로 한 건지 내가 헷갈리는 바람에 침실을 청소하지 않은 채 내버려둔 적도 있다. 나중에 촬영팀원 한 사람—내게 〈블루 벨벳〉에 대한 이야기를 해줬던 바로 그 사람—이 와서 "다른 사람 속옷을 치워주는 건 우리가 해본 적이 없는 일이에요"라고 말했다. 나는 그 순간 이렇게 말하고 싶었다. "그럼 아침 아홉 시에 남의 침실에 들어가는 짓을 하지 말라고!" 하지만 그들은 내 침실에 들어오는 대가로 내게 돈을 주고 있었다.

사람들을 자신의 침실로 들이는 대가로 돈을 받는 직업이 또 있지 않을까?

어느 날은 힐튼에 가 있는데, 필요한 무언가를 집에 두고 왔다는 게 떠올랐다. 나는 한창 촬영 중인 시간에 집으로 돌아갔다. 필요한 걸 찾아서 집을 나서다가 촬영팀 한 사람하고 마주쳤다. 그는 여러 개의 큰 접시를 들고 있었다. 내 눈에 익은 접시들이었다. 우리가 결혼할 때 선물로 받은 것들이었으니까.

그는 자기가 선을 넘었다는 걸 당연히 알았기 때문에 어쩔 줄 몰라했다. 그는 식당차에 있는 배우들이 진짜 접시를 갖다달라고 했다고 말했다. 그리고 그것들이 처음 눈에 띈 것들이었다고. 그날, 벽돌을 깔아놓은 집 앞의 그 좁은 통로에서 그와 마주친 그 어색한 순간, 길 건너에 사는 이웃 아니가 집 앞 인도에서 나와 마주칠 때마다 비아냥거리는 투로—내가 느끼기에—하던 말이 번뜩 떠올랐다. 분명히 〈원

트리힐)과 관련된 이야기였을 텐데, 그는 이렇게 말하곤 했다. "내 와이프하고 내가 느끼는 건, 우리가 가진 건 별로 없지만, 그래도 그것들은 우리 거라는 거요."

　그즈음, 나는 우리 이웃 모두가 나를 미워하고 있다는 걸 확실히 깨닫고 있었다. 우리가 이사 들어올 때, 그들은 우리가 전 주인이 그 드라마와 맺은 계약을 갱신하지 않기를, 그래서 여태까지 감수해오던 악몽이 끝나길 기도하고 있었을 것이다. 촬영이란 건 그 블록의 심리적 지형을 망쳐놓을 수밖에 없는 일이었다. 자기가 사는 골목인데 경찰한테 제지당하다니, 얼마나 터무니없는 일인가! 그 조명, 그 소음(촬영팀은 바깥에서도 늘 조심스럽게 목소리를 낮추었지만, 그 많은 사람들이 모여 있다보니 항상 벌들이 웅웅거리는 듯한 소리가 났다). 만약 내가 이웃들 가운데 하나였다면 나 역시 이 상황을 증오할 것이었다. 근데, 하필이면 왜 우리 집인가? 우리가 사는 이 작은 공간에는 그다지 좋지 않은 인류학적 마법이 걸려 있었다. 좋지 않은 일이었다. 피해야 할 일이다. 갑자기 종말을 부를 전쟁이 벌어져 온 동네가 원시 상태로 돌아가면 우리 부족은 일체의 자원에 접근하는 게 차단될 것이다.

　돈을 두고 이견이 생겼을 때—우린 하루치를 더 받아야 한다고 생각했다—나는 무의식 속에서 이걸 핑계로 삼기로 작정했다(사실 핑계가 필요하지는 않았다. 그들은 돈 문제가 불거지자 불쾌해했는데, 나로서는 한 번도 이 문제로 불만을 얘기해본 적이 없어서 그들의 태도를 납득하기 어려웠다). 그리고 마침내 어느 날, 우리는 그들에게 더이상 우리 집에서 촬영할 수 없다고 통보했다. 촬영은 이제 감당할 수 없을 정도로 힘든 일이 되어 있었다. 나는 그들이 우리 집의 다락방도 노리고 있다는 의심이 들었다. 그게 사실인지 확인하지는 못했지만, 우리 다락방은 상태가 아주 좋았고, 따라서 다음 촬영 장소가 되는 게 자연스러운 순서였다. 사이코 데릭이 죽지 않고 다락에 살면서 몰래 구멍을 뚫고 실내를 엿보고 있다는 식으로. 게다가 우리 딸이 점점 자라서, 대체 우리가 왜 정기적으로 집을 떠났다가 얼마 지나지도 않아 바로 다시 돌아와야 하고, 그동안 우리 집에서는 누가 사는지 의아해할 나이가 되어가고 있었다. 나도 이 모든 상황이 미치는 정신적인 영향을 소화하기 어려운 지경인데, 딸아이는 어떨 것인가? 프로듀서가 전화를 걸어와 돈을 전보다 훨씬 많이 지불하겠다고 제안했지만—페이턴이 떠나는 장면을 찍을 수 있도록—그즈음에는 이게 이미 원칙의 문제가 되어 있었고, 무엇보다, 분명하게 거절하고 내 동굴을 다시 찾아오는 그 느낌이 좋았다. 그렇게 해서, 그런 사소하고 신경증적인 이유로 나는 우리의 재정적인 미래에 부정적인 영향을 미치는 결정을 내렸다. 좋은 아빠가 되는 길이라는 게 이렇다.

그들이 페이턴의 가구들을 가지러 왔던 날을 기억한다. 그녀와 우리 가족이 같은 시기에 이사를 들어왔기 때문에, 접경 지역에서는 그녀의 것과 우리 것이 뒤섞였다. 내 아내는 출근한 뒤였고, 몇 가지는 누구 건지 알 수가 없었다. 그날 그쪽 책임자가 탁자 위에 놓여 있던 화병을 집어들었다. "솔직히 그게 우리 건지 페이턴 건지 모르겠네요." 내가 말했다. 그녀의 물건인 것 같았지만, 그건 내가 좋아하는 물건이기도 했다. "그렇다면," 그가 말했다. "선생님 것인 걸로 하죠."

그들은 페인트공을 보냈고, 나는 그게 품위 있는 조처라고 생각했다. 벽 여기저기가 각종 장비와 테이프 같은 것들 때문에 흠이 나 있었다. 내 아내는 전에는 엄두도 내보지 않았던 대담한 색깔들을 그들에게 주었다. 그 방들은 이제 완전히 달라 보인다. 그 방들은 다시, 아니, 처음으로 우리 것이다. 우리는 세이지 향을 살랐다. 문자 그대로, 그리고 은유적으로.

우리가 염려한 단 한 가지 문제는, 우리 때문에 힐러리한테 무슨 문제라도 생기지 않을까 하는 것이었다. 우리의 결정이 어떤 식으로든 플롯에 영향을 미칠 텐데, 그 때문에 이 드라마에서 페이턴의 비중이 줄어든다든가 하는 식으로 말이다. 하지만 몇 주 뒤에 그녀를 우연히 마주쳤을 때 이 이야기를 하자, 그녀는 평소 성격 그대로 매우 성숙한 자세로 그 문제를 이해해주었다. "사실은, 두 분이 그렇게 결정한 게 페이턴이 성장하는 데 크게 도움이 됐다고 생각해요." 힐러리는 자신이 연기한 페이턴을 그렇게 객관화시켜서 설명했다. 프로듀서들은 이야기를 사 년 뒤로 순간 이동시키기로 결정했다. 대학 생활을 생략하고, 고등학교를 졸업하는 시점에서 바로 대학 졸업 이후로 건너뛰어 인물들이 다시 고향으로 돌아오게 한 것이다. 이렇게 함으로써 〈펠리시티Felicity〉같은 드라마들이 대학 기숙사의 우울한 이야기 때문에 시청률이 떨어졌던 문제를 피할 수도 있었다. 지금 페이턴은 시내에 살면서 밴드 매니저로 일한다. "페이턴은 더이상 부모님집에서 살지 않아요." 힐러리가 말했다. "페이턴은 이제 자기아파트를 장만했어요. 그럴 만한 때가 됐죠."

한 해가 지났다. 아내가 런던에서 회의가 있어 함께 런던의 공항에 있었다. 우리는 탑승객 줄에 서서 기다리는 동안 그 드라마에 대해 이야기하며—스코틀랜드에 머무는 동안 묵었던 호텔에서 옛날 에피소드들 가운데 한 편을 봤던것 같다—그때 참 대단했지, 하는 유의 대화를 나누고 있었다. 그러던 어느 순간, 정장에 검은 머리를 납작하게 틀어 올리고 우리 앞에 서 있던 여자가 뒤돌아섰다. 그녀는 우리를 향해 상체를 숙이고, 어디 출신인지 알 수 없는 유럽인의 액센트로 "아주 예쁜 집을 가지셨네요"라고 말했다. 섬뜩함을 느끼게 하는 말투는 아니었다. 이런 말을 하면서도 최대한좋게 들릴 수 있는 말투였다. "그 드라마 팬이세요?" 내 아내가 물었다. "오 그럼요." 그녀가 말했다. "빼놓지 않고 봐요." 그녀는 페이턴의 집이 어떻게 생겼는지 정확히 알고 있었다. 그녀는 우리에게 집 안 모습을 묘사했다. 흰색 난간 하며, 복도 하며. 그즈음에는 우리도 우리 집 앞을 지나가고 수시로

문을 두드리는 팬들에게 단련이 된 상태였다. 그들은 초기에는 좀 더 열정적이었고, 다른 말로 하자면 더 뻔뻔스러웠다. 그들은 사진을 찍고 싶어 했다. 우선 자기들끼리, 그러고는 우리와 함께, 그러고는 우리와 집, 그러고는 자기들과 집. 이런 식으로 한 번에 하나씩. 그들은 90퍼센트 이상이 십대거나 이십대 초반의 여자아이들이었는데, 상당수는 엄마와 같이 왔다. 우리 집에 찾아온 몇 안 되는 남자들 가운데 키가 크고 비쩍 마르고 어딘가 좀 얼이 빠져 보이는 한 사람은 나한테 일 달러짜리 종이돈의 반쪽을 주면서 촬영장 안 어딘가에 숨겨놔달라고 부탁했다. 나는 그 반쪽짜리 종이돈을 우리와 페이턴이 현관문 옆에 놓아둔 아프리카 스타일의 나무 그릇 안에 넣었다. 뚜껑이 있는 그릇이었다. 청년은 우리에게 열렬하게 감사 인사를 하고는, 이제 집에 가서 페이턴을 사랑하는 여자친구와 함께 그 드라마를 볼 때마다 자기들이 가진 반쪽짜리 일 달러 지폐의 다른 반쪽이 페이턴의 집 안에 있다는 사실을 느낄 수 있게 됐다고 말했다. 촬영팀이 페이턴의 물건들을 가지러 왔을 때에도 그 반쪽짜리 지폐는 그 안에 들어 있었다. 내가 확인했다.

　무례하거나 위협적으로 군 사람은 아무도 없었다. 한번은 벨기에에서 여자아이들이 찾아왔다. 정신건강에 좋지 않을 정도로 드라마에 집착하고 있는 것처럼 보였다. 여섯 명이 함께 나타났는데, 우리 집에서 사 분 거리에 있는 공항에서 레바논 출신의 택시 운전사가 모는 밴 택시를 타고 곧장

온 것이었다. 틀림없이 그 택시 운전사가 수하물을 찾는 곳에서 이들이 〈원 트리힐〉에 대해 주고받는 대화를 듣고 촬영장소 투어를 시켜주겠다며 태웠을 것이다. 그렇게 해서 그들은 우리 집에 도착했다. 운전사는 그 여섯 명의 젊은 여자아이들을 우리에게 선보이기라도 하는 것처럼 그들 뒤에 서 있었다. 우리는 그 여자아이들에게 집 안에 굴러다니던 옛날 대본 한 부와 정확히 기억나지 않는 무언가를 기념품으로 주었다. 이 별것 아닌 친절에 그들은 눈물을 터뜨렸고, 그 모습을 본 내 아내는 다시 안에 들어가 그들에게 줄 만한 것들을 더 찾아가지고 나왔다. 그들은 더 심하게 울었다. 아름다운 소녀들이 우리 복도에 서서 울고 웃으며 서 있던 모습이 아직도 선명하다. 그들은 자기 나라에서 가지고 온 아주 좋은 꿀 한 병과 에펠탑 열쇠고리를 우리에게 선물했다. 우리 딸은 그 열쇠고리를 무척 좋아했고, 우리가 아직도 잘 쓰고 있다. 얘들아, 어디에 있든 잘 지내고 있기를 빌게. 아마도 〈원 트리힐〉을 보고 있겠지.

가장 멀리서 온 이들은 태국에서 온 모녀였다. "페이턴 집?" 그들이 물었다. 대개는 오하이오, 플로리다 같은 곳에서 온 이들이었다.

이번 주만 해도 사우스캐롤라이나주에서 온 두 사람이 우리 집 문을 두드렸다. 나와 내 딸이 포치에서 그들을 맞았다. 내 짐작이 맞다면, 이 둘은 아마도 고등학교 마지막 학년에 올라가는 아이들인 것 같았다. 두 사람이 서로 한마디도 나누지 않는 걸로 보아 아주 친한 사이 같았다. 두 아이는 우리를 본 다음 우리 뒤로 집 안을 들여다보았다.

"어떻게 오셨죠?" 내가 말했다.

둘 중에 키가 더 작고, 나이에 비해 헤어스타일이 어딘가 아줌마처럼 보이는 갈색 머리 여자애가 말했다. "저기… 이 집이 드라마에 나온 거 아세요?"

"네." 내가 대답했다. "사실은 그 드라마를 찍는 동안 여기에서 살고 있었어요."

두 아이의 눈이 커졌다. "들어가봐도 돼요?" 나는 내 딸을 내려다봤다. 신이 나 있는 것 같았다—언니들이다!

"그럼요."

갈색머리 아이가 던진 질문 때문에 나는 잠깐, 생각하지 못했던 향수에 젖었다. 우리 집이 드라마에 나오곤 했다는 걸 우리는 알고 있었나? 정말 알고 있었나? 천천히 떨어지는 것처럼 보이지만 사실은 엄청난 속도로 쏟아지는 대중문화라는 망각의 모래, 우리 옆에 그리 오래 머무르지도 않을 그것이 지난 몇 년 동안 우리를 장악하고 있었다. 우리는 그 안에서 사소한 존재들이었다. 이 여자아이들은 대학이 그들을 갈라놓기 전에, 그들이 지금보다 더 어렸을 때 함께 지켜보면서 기억하게 된 걸 보기 위해 여기에 찾아왔다. 페이턴은 더이상 그 드라마에 등장하지 않는다. 힐러리와 채드 마이클 머리 두 사람 모두 가장 최근 시즌에 참여하지 않았다. 계약 과정에서의 이견 때문이라고 했다. 채드는 자신의 예술과 인생이 격랑을 일으키며 합류하는 과정에서 이 지역 고등학교, 바로 아랫동네에 있는 뉴하노버 고등학교에 다니는 여자아이를 만나 결혼에 이르렀다. 두 사람이 처음 만났을 때 여자아이는 아직 고등학생이었다. 채드는 그 아이가 성인이 될 때까지 기다린 끝에 결혼할 수 있었다. 언젠가 우리는 촬영이 시작되기 전 평소보다 늦게 집을 떠나다가 앞마당에서 채드가 통화하는 소리를 들었다. 그는 여자아이에게 SAT 시험[14]에 대해 조언해주고 있었다.

힐러리는 아직 윌밍턴에 남아 자신이 세운 서던 고딕 Southern Gothic이라는 제작사를 운영하고 있었다. 작년에 우리는 그녀가 윌리엄 게이의 소설을 각색한 진지한 영화 〈밤의 지역Provinces of Night〉에 출연한 걸 봤다. 발 킬머도 출연했다. 힐러리는 "종종 의식을 잃는 약쟁이" 역을 맡았는데, 훌륭했다. 제대로 된 배우다. 그녀는 괜찮을 거다.

여자아이들은 지하실을 보고 싶어 했지만—이 아이들은 프롬 에피소드를 잘 기억하고 있었다—내가 안 된다고 했다. 대신 지하실 사진을 찍어서 주었다.

그 아이들이 떠난 뒤 나는 이제 거의 다섯 살이 되어가는 내 딸과 함께 복도를 걸었다. 딸은 사랑스러운 어린아이로 컸다. 매끄러운 머리카락이 작은 갈색 헬멧 같았다. 내 딸은 루니 툰에 나오는 작은 화성인—'폭발 가능한 우주 변조

14　미국의 상당수 대학들이 대입 사정 때 참고하는 전국 규모의 시험.

기 일루디움 Pu-36'를 만든—을 연상시킨다. 윤곽만 보자면 그렇다는 얘기다. 아이는 매우 절도 있는 동작으로 행군하듯 돌아다닌다.

"아빠," 그녀가 말했다. "저 언니들은 왜 우리 집을 보고 싶어 했어요?"

"이 집이 TV 드라마에 나왔었다고 얘기한 거 기억하지?"

"네." 그녀가 말했다.

"저 언니들은 그 드라마를 좋아해서, 그게 만들어진 장소를 보고 싶었던 거야."

딸아이가 걸음을 멈췄다.

"우리 집 아직도 TV에 나와요?" 딸애가 물었다.

"글쎄," 내가 말했다. "재방송을 하니까, 아직도 이따금 나오겠지."

딸아이의 얼굴에 걱정스러운 표정이 떠올랐다. 딸아이는 양다리를 벌리고 서서, 팔을 앞으로 뻗고는 이 방 저 방을 쳐다봤다.

"우리가 지금 TV에 나온다고요?!" 아이가 대답을 요구했다.

나는 아닐 거라고 대답했다.

옮긴이의 말

이 책에는 모두 열네 편의 에세이가 실려 있다. 각 편의 내용을 추려보자면 이렇다. 대형 크리스천록 페스티벌, 연습 중에 감전되어 임사체험을 한 록 뮤지션, 남부문학의 대부였던 이의 마지막 모습, 궤멸적이었던 태풍 카트리나가 지나간 뒤의 사람들의 모습, '리얼리티쇼'라는 장르를 만들어낸 MTV 쇼 출연자들, 마이클 잭슨, 록 밴드 건즈 앤 로지스의 보컬 액슬 로즈, '오바마케어'로 불린 의료보험 개혁을 둘러싼 반발, 19세기의 르네상스형 기인 라피네스크, 미국 남동부 원주민들의 동굴 유적과 그걸 발굴하는 사람들, 20세기 초반의 블루스 뮤지션들과 그들의 흔적을 찾아다니는 사람들, 레게 밴드 밥 말리 앤드 더 웨일러스의 멤버이자 말리의 어린 시절 친구였던 버니 웨일러, 지구를 망치고 있는 인간에 대한 동물들의 반격, 자신의 집을 TV 촬영지로 빌려준 이야기.

이 내용들을 일일이 열거한 것은, 이 한 권의 책에 얼마나 다양한 이야기들이 담겨 있는지 말하고 싶었기 때문이다. 사실은 각각의 이야기들이 가닿고 있는 깊이에 대해서도 이야기하고 싶지만, 그건 그리 길지 않은 각 에세이들을 읽으면 될 문제다. 그리 길지 않다고 했지만, 우리가 흔히 접하는 '에세이'라는 장르를 염두에 두고 읽자면 상당한 길이다. 짧은 것은 20여 페이지가 채 안 되지만, 긴 건 60페이지를 넘어가니까. 매 편마다 '충분히' 이야기되고 있다고 해두자.

여기에 실린 열네 편의 에세이들은 모두 미국 유수의 잡지들에 수록되었던 것들이다. 말하자면 잡지 기사인 셈인데, 그러나 글의 스타일로 보자면 우리 잡지들에서는 드물게 차용하고 있는 방식이다. 영미권에서 '잡지 저널리즘Magazine Journalism'이라고 구분해서 부르는 이 특정한 방식의 글에는 전통적인 언론 기사에 비해 몇 가지 두드러지는 특징이 있다. 우선, 사실에 기반하되 사건을 설명하는 대신 장면을 구성해서 보여준다든가 하는 식으로 극적인 효과를 얻을 수 있는 구성 방식을 사용하고, 신문기사 등에서는 불필요한 것으로 치부하는 세부적인 묘사들을 적극적으로 활용한다. 또한 인물의 행위는 물론이고 '생각'을 묘사하고, 필자가 이야기 속에 등장하고, 때론 개입하기도 한다. 게다가 명확한 플롯을 구성하고 인물들 간의 대화도 그대로 가지고 오고, 첨예한 의견 대립을 낳을 가능성이 있는 관점을 도입하는 것 또한 주저하지 않는다. 그렇기 때문에 한 사람의 글인데도 어조도 다양하고, 저자의 개인적인 시선이 강하게 개입하기도 하고, 이야기의 속도감 역시 에피소드마다 다양한 스펙트럼을 형성하되, 일반적인 기사에 비해서는 대체로 차근차근하고 완만한 편이다.

논픽션의 기본을 유지하되 다양한 소설적인 기법들을 채택한 이런 방식의 글은 저널리즘 역사 속에서의 독특한 위치 때문에 '뉴 저널리즘New Journalism'이라고 불린다. 이 용어는 톰 울프Tom Wolfe가 트루먼 카포티Truman Capote, 조앤 디디언Joan Didion, 존 던John G. Dunne, 노먼 메일러Norman Mailer, 게이 털리즈Gay Talese를 포함하는 스물한 명의 작가들이 1960년대에 여러 잡지에 발표했던 글들에 자신의 글도 포함시켜 1973년에 펴낸 동명의 책을 통해 보편화되었는데, 정작 울프가 〈에스콰이어Esquire〉지 1972년 12월호에 쓴 글을 보면, 그가 처음부터 '뉴 저널리즘'이라는 표현을 흔쾌하게 받아들인 건 아니었다.

기억을 더듬어보건대, '뉴 저널리즘'이라는 말이 사람들의 대화 중에 수시로 등장하기 시작한 건 1966년 말부터다. 확실치는 않다… 사실, 나는 그 말이 마음에 들지 않았다. 무슨 운동이 됐든 그룹, 정당, 프로그램, 철학, 아니면 이론이 됐든, '뉴'라는 말을 앞에 붙이는 순간 구설수에 오르게 마련이기 때문이다.

그러나, 톰 울프가 그 말에 거리를 두고 있는 동안에도, '뉴 저널리즘'은 서서히 그 시대의 잡지계를 압도하는 흐름이 되어가고 있었다.

나는 이 표현의 유래에 대해 아는 게 없고, 큰 관심도 없었다. 다만, 토머스 모건Thomas Morgan, 브락 브라워Brock Brower, 테리 서던Terry Suthern, 그리고 무엇보다 게이 털리즈가 〈에스콰이어〉에 그런 글을 쓰고 있다는 건 알고 있었다. 그 잡지에 논픽션을 게재하던 노먼 메일러와 제임스 볼드윈 같은 소설가들도 쓰고 있다는 것 역시 알았다… 그리고, 내가 일요일마다 읽던 〈뉴요커New Yorker〉지에도 브레슬린Jimmy Breslin을 비롯해 둔 아버스Doon Arbus, 게일 시히Gail Sheehy, 톰 갤러거Tom Gallagher, 로버트 벤턴Robert Benton, 데이비드 뉴먼David Newman 등이 그렇게 쓰고 있었다.

그리고 그는 이어서 말한다.

나는 대기 중에 떠돌아 다니던 이 새로운 흐름에 완전히 사로잡혔다. 우리 모두가 이 새로운 게임에 빠져들었다.

'뉴 저널리즘'은 대세가 되었다. 그러나 그것을 거부하는 분위기가 없었던 건 물론 아니다. 소설적인 기법이 과도하게 수용되면서 기사의 객관성이 훼손되고, 그 결과 신뢰도가 떨어진다는 것이 비판의 핵심이었다. 이에 대해 '뉴 저널리즘'을 옹호하는 이들은 비판자들이 말하는 '객관성'에 대한 질문을 제기하고 나섰다. 1950년대에 매카시즘이 맹위를 떨쳤을 때 혹은 미국이 베트남전의 수렁으로 빠져 들어갈 때, 미국의 저널리즘이 스타일 면에서는 전통적인 '객관성'을 유지하고 있었지만 그때의 '객관성'은 진실을 전달하는 데 실패했을 뿐만 아니라 오히려 진실을 효과적으로 감추는 방편으로 사용되었을 뿐이라는 것이었다. '진실성'과 '객관성'이 반드시 같이 움직이는 건 아니라는 주장이었다. 그후로도 '뉴 저널리즘'의 과도한 형식 파괴에 대한 비판은 수시로 제기되었지만, 기자협회의 1996년 윤리강령에서 '객관성' 항목이 '공정성'과 '정확성' 같은 것들로 대체되는 등, 신문을 중심으로 하는 전통적인 저널리즘에도 그 영향이 나타났다.

그러나 무엇보다 중요한 건, 더이상 그 용어가 자주 쓰이지 않는 오늘날에도, '뉴 저널리즘'이 미국의 각종 잡지 지면에서 가장 주된 표현 양식으로 자리 잡았다는 사실이다. 그리고 영미 문학에서 '에세이'라는 이름을 달고 출판되는 글들의 상당수가, 설리번의 이 책이 그렇듯이, 대개 이런 스타일로 쓰여 일차적으로 잡지에 게재되는 순서를 거친다.

이 이야기를 이렇게 길게 하는 이유는, 이런 형식의 글을 우리 저널리즘 역사나 문학사에서는 흔히 볼 수 없기 때문이다. 이 책의 6장은 마이클 잭슨의 생애와 음악, 그의 아동성애를 둘러싼 이야기를 두루 다루고 있는데, 내가 과문한 탓인지는 몰라도 지금까지 김광석의 생애와 음악, 그의 죽음을 둘러싼 논란을 두루 살핀 두툼한 에세이가 나온 것을 보지 못했다. 훌륭한 저널리즘이 갖춰야 할 덕목인 공정성과 정확성을 가지고, 대상이 되는 인물에 대해 찬양이나 비판 일색으로 흐르지도 않고, 음모론에도 빠지지 않고, 일정한 거리를 유지하면서, 그러나 자신의 목소리와 시선, 무엇보다 체온을 잃지 않고 대상을 입체적으로 그려내려는 노력이 이 책에 실린 글들에는 있다.

어느 대형 온라인 서점의 '에세이' 분야에 들어가보니 대략 이런 식으로 하위 "분류가" 되어 있었다. 감성/가족, 나이듦에 대하여, 독서, 동물, 명사/연예인, 명상/치유, 삶의 자세와 지혜, 여성, 여행, 연애/사랑, 예술, 음식, 일기/편지글, 자연, 포토, 휴먼, 그림, 외국, 한국. 다른 서점들도 크게 다르지 않다. 이 책은 어느 분야로 분류될까. 음악에 관련된 것들이 상대적으로 많긴 하지만 다른 주제들도 있으니 아마도 무난하게 '외국' 에세이로 들어가지 않을까 싶다. 그러고 보니 폭과 깊이를 갖춘, 따라서 필연적으로 길이도 꽤 되는 묵직한 에세이들은 주로 이 외국 에세이 분야에 몰려 있다. 나는 이런 글들이 한국 문학, 한국 저널리즘의 한 부분을 차지해야 할 필요가 있다고 믿고 있다. 과연 그런지, 많은 이들이 이 책을 읽고 함께 생각해주었으면 좋겠다.

지은이..존 제러마이아 설리번 John Jeremiah Sullivan

〈뉴욕 타임스 매거진〉 전속 필진이자 〈파리 리뷰〉의 남부 담당 편집자로 활동 중이다. 〈GQ〉 〈하퍼스 매거진〉 〈옥스퍼드 아메리칸〉 등 다양한 잡지에 글을 기고했는데, 《펄프헤드》가 〈타임〉 〈뉴욕 타임스〉 〈보스턴 글로브〉, 그리고 아마존 등의 '2011년 최고의 책'에 선정되면서 본격적으로 알려졌다. 〈뉴요커〉의 제임스 우드는 그를 레이먼드 카버에 비교하는 동시에 "에머슨과 소로의 분위기"도 가지고 있다고 표현했다. 다른 지면에서는 그를 두고 새로운 톰 울프, 데이비드 포스터 월리스, 헌터 S. 톰슨, 혹은 이 세 사람을 합친 작가로 일컫기도 했다. 저서로 《혈통마 Blood Horses》 《펄프헤드 Pulphead》가 있다. 노스캐롤라이나주 윌밍턴에서 아내와 딸들과 거주하고 있다.

옮긴이..고영범

평안북도 출신의 실향민 부모님 밑에서 1962년 서울에서 나고 자랐다. 한국에서는 신학을, 미국에서는 다큐멘터리 제작을 공부했다. 대학원을 마친 뒤 십수 년 동안은 이런저런 방송용 다큐멘터리와 광고, 단편영화를 만드는 한편, 영화와 광고 등의 편집자로 일했고, 그후로는 번역과 글쓰기를 주로 하고 있다. 번역한 책으로는 《시나리오 어떻게 쓸 것인가 1, 2》(이승민과 공역) 《레이먼드 카버: 어느 작가의 생》 《불안》 《별빛이 떠난 거리》 《나는 다시는 세상을 보지 못할 것이다》 《스웨트》 《예술하는 습관》 《우리 모두》 등이 있고, 쓴 책으로는 《레이먼드 카버》, 장편소설 《서교동에서 죽다》와 희곡 〈태수는 왜?〉 〈이인실〉 〈방문〉 〈에어컨 없는 방〉, 단편소설 〈필로우 북_리덕수 약전〉 등이 있다. 현재 미국에 살면서 집안의 실향민 전통을 이어가고 있는 중이다.

펄프헤드 — 익숙해 보이지만 결코 알지 못했던 미국, 그 반대편의 이야기

1판 1쇄 찍음 2023년 8월 9일
1판 1쇄 펴냄 2023년 8월 25일

지은이 존 제러마이아 설리번
옮긴이 고영범
펴낸이 안지미
편집 오영나

펴낸곳 (주)알마
출판등록 2006년 6월 22일 제2013-000266호
주소 04056 서울시 마포구 신촌로4길 5-13, 3층
전화 02.324.3800 판매 02.324.7863 편집
전송 02.324.1144

전자우편 alma@almabook.by-works.com
페이스북 /almabooks
트위터 @alma_books
인스타그램 @alma_books

ISBN 979-11-5992-385-2 03840

알마는 아이쿱생협과 더불어 협동조합의 가치를 실천하는 출판사입니다.